로자리아

로자리아 3

문해랑 장편소설

초판 1쇄 찍은 날 | 2018년 6월 22일
초판 1쇄 펴낸 날 | 2018년 6월 30일

지은이 | 문해랑
펴낸이 | 권태완 우천제

편집책임 | 박은정
편집 | 김효주 천희진
편집 디자인 | 이즈플러스

펴낸곳 | (주)케이더블유북스
등록번호 | 제25100-2015-43호
등록일자 | 2015. 5. 4
WFN | 제3-032호

주소 | 구로구 디지털로31길 41 이앤씨벤처드림타워 6차 1108호
전화 | 02-867-4626 팩스 | 02-866-4627
E-mail | cl_production@naver.com

ISBN 979-11-293-1666-0
      979-11-293-1663-9 (set)

로자리아

3

···• 문해랑 장편소설 •···

위시북

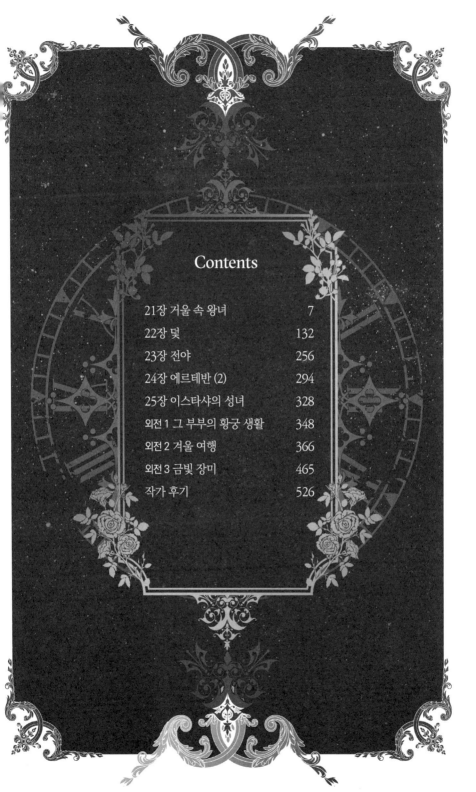

Contents

21장 거울 속 왕녀

한때 성녀 데레사를 배출한 에르키사의 가주이자 명망 높은 대사제였던 자가 설 자리가 아니지 않나. 귀족들이 당혹한 얼굴로 수군거렸다.

"제가 무나크에 비를 내린 정령술사입니다."

귀족들은 경악했다. 입을 다물지 못하는 자들도 있었고, 벌떡 일어나 손가락으로 그를 가리키는 자들도 있었다.

"그 말에 책임을 져야 할 거예요, 라뮤엘 에르키사."

"책임지도록 하죠."

누아는 당황했다. 그녀가 누명을 씌우려고 했던 건 공작 부인이었지 라뮤엘이 아니었다.

"그대가 신성가문의 가주라 한들 선황을 시해한 죄까지 피해 갈 순 없어요."

유리가 라뮤엘을 노려보며 말했다. 저 계집을 감싸 주는 건 바르세데스 공작으로 충분했다.

"정령술사라 하나, 전 노만 1세를 시해한 적이 없습니다."

"증인이 있는데 거짓말을 하시는 건가요?"

라뮤엘의 시선이 누아에게로 향하자 누아의 몸이 움찔했다. 노만 1세가 시해될 때 있었던 건 프리실라와 클라인뿐이었다. 성녀가 분명 거짓으로 자백하면 끝날 거라 하였다. 자신은 죽게 되더라도, 어린 황자만큼은 황족으로 자라날 수 있게 해준다고 했다. 그러나 상황은 바뀌었고, 누아의 혼란과 불안함은 더욱 커져 갔다.

로자리아는 라뮤엘을 바라보며 입술을 떼었다.

"라뮤엘 공이 정령술사라 하더라도 노만 1세를 시해했다는 주장엔 동의할 수 없습니다."

낮으면서도 확연에 찬 목소리가 재판장을 울렸다. 증인을 내세웠지만 선황을 시해했다는 결정적인 증거가 없었다.

일이 잘못되어 가자 불안감에 입술을 잘근잘근 깨물던 유리가 로자리아를 노려보았다.

"분명 다른 정령술사가……."

"정령술사가 노만 1세를 시해한 걸 직접 목격한 건가요?"

"……네, 맞아요."

로자리아의 물음에 누아가 고개를 숙이며 웅얼거렸다.

"뭐로 죽였는지 기억하나요?"

"……검. 단검이었어요."

대답하는 누아의 얼굴이 하얗게 질렸다. 단검으로 노만 1세를 죽인 건 자신이었다.

"독살이라 하지 않았나요?"

"……독을 먼저 마시게 한 다음 검으로 찔렀습니다."

부검한 결과 독에 중독된 게 먼저였다. 누아의 답을 들은 로자리아는 바로 결정을 내렸다.

"노만 1세를 돌보았다던 사제를 부르면 좋겠군요."

유리는 그럴 필요가 없다고 말하려고 했지만 귀족들도 이에 동의했다. 이윽고 죽기 직전까지 노만 1세를 살폈던 사제가 재판장에 섰다.

"선황의 시체에서 독이 검출되었다고 들었습니다."

"그렇습니다."

머리가 희끗희끗 센 나이가 지긋한 사제가 고개를 끄덕였다.

"선황께서 드시던 음식에서 독이 나온 건가요?"

로자리아의 말에 사제는 말도 안 된다는 듯 기함했다. 수십 년간 노만 1세를 모셔 왔던 자신이었다. 노만 1세가 입에 대는 물과 음식은 물론 귀한 술조차 먼저 입에 대어 확인했다.

"당치도 않습니다. 그랬다면 제가 지금까지 살아 있진 않겠지요. 시신에는 수십여 개에 달하는 자상이 있었습니다. 또한 저항하신 흔적은 없었습니다."

사제가 떨떠름한 얼굴로 말했다. 노만 1세를 진심으로 모셨고 선황의 안위를 책임지는 데 최선을 다했다. 그런데 까닥했다간 그가 책임을 지게 될 상황이었다. 다른 사제가 그때의 기록을 들고 와 로자리아에게 내밀었다.

로자리아가 말했다.

"라뮤엘 공이 죄인이라는 증거가 현재로선 없습니다. 마땅한 증거 없이 에르키사의 가주를 죄인으로 모는 겁니까?"

"분명 후궁의 증언대로라면……."

유리는 싸늘한 시선에 입을 다물었다. 자칫했다간 꼬리가 잡힐 가능성이 있었다.

"소란을 들은 시종이나 기사가 들이닥칠 텐데 수십 번이나 검으로 찌를 이유가 있나요?"

"그게 무슨 소리죠?"

"선황께서 독에 당해 저항하지 않았다고 쳐도 검으로 그토록 찌르는 것은 이상한 일입니다."

로자리아는 곧바로 누아에게 물었다.

"정령술사가 죽이는 광경을 목격했다고 했었죠."

"맞, 맞아요."

"얼굴과 목소리를 확인했나요?"

"로브로 가리고 있어 얼굴은 보지 못했고, 목소리도 듣지 못했습니다. 정령술사란 사실밖에…….."

로자리아는 사제에게 몇 가지 사실을 물었다. 노만 1세가 숨을 거둔 지 반나절도 되지 않아 선황이 독살당했으며 정령술사가 선황을 시해했다는 황명이 공표되었다.

"누아, 선황을 죽인 범인이 정령술사란 사실은 어떻게 알게 되었나요?"

"그건…….."

반쯤 열렸던 여인의 입술이 멎었다.

"설령 얼굴을 보았다고 쳐도 정령술사인 걸 어떻게 판단할 수 있는 건가요?"

누아는 바닥을 두 손으로 짚은 채 덜덜 떨었다. 지금이라도 잘못을 빌까? 사실은 프리실라에게 협박당한 거라고, 배 속에 있던 아이를 협박했기에 죽일 수밖에 없었노라고…….

"그건 성녀님께서…….."

누아의 말에 재판장에 무거운 침묵이 내려앉았다. 여인은 흐릿한 눈동자로 바닥을 보면서 입술을 달싹였다. 말을 하면서도 자신이 무엇을 실수했는지 알지 못했다. 말이 맞지 않았다. 정령술사가 노만 1세를 죽이는 것을 목격했지만 어떻게 정령술사라 단언하는가.

백 년 전 문헌에 의하면, 실제로 정령술사가 정령술을 써도 이를 알아보는 자는 극히 드물었다. 성력을 쓰는 사제와 정령술사, 주술사를 구별하는 건 어려운 일이었다.

"거짓으로 증언한다면 누아 그대뿐만 아니라 그대의 가문 또한 위험해질 거예요."

누아는 가문이라는 소리에 퍼뜩 정신이 들었다. 누아는 흐느끼며 울음을 토해 냈다. 어디서부터 잘못된 건지, 어째서 자신이 이곳에서 죄인처럼 무릎을 꿇고 있는 건지 절망감이 몰려들었다. 누아는 피가 새어 나올 정도로 입술을 깨물었다.

"전 정령술사인지 아닌지 알 수 없었어요. 전(前) 성녀 님께서 정령술사라 하였으니까요."

몸을 웅크리던 누아가 고개를 치켜들었다. 어차피 자신은 죽은 목숨이었다. 그건 노만 1세를 죽일 때 이미 깨달았다.

"그 자리에 성녀가 있었나요?"

"예, 있었어요. 프리실라 님은 줄곧 저와 함께 있었어요."

누아는 그렇게 말하며 붉게 충혈된 두 눈에 힘을 주었다. 그녀의 말이 끝나기도 전에 웅성거리는 소리가 재판장에 퍼졌다.

"선황이 돌아가시기 전 프리실라가 함께 있었다는 건가요?"

"언제나 함께 있었어요. 때로는 폐하를 모시는 저보다 더……."

누아가 비척거리며 몸을 일으켰다.

"그게 무슨 소리지?"

라쉬드가 눈을 가늘게 뜨며 물었다. 이미 프리실라와 노만 1세가 침대에서 밤을 보냈던 깊은 관계임을 모를 리가 없었다.

클라인이 헛기침을 몇 번 내뱉었다. 까딱했다간 프리실라와 자신이 노만 1세를 암살한 사실이 밝혀질 터. 그는 상황이 더 악화되기 전에 유리에게 일렀다.

"증인으로 나선 후궁이 제정신이 아닌 것 같은데 그만하는 게 좋겠소."

"폐하!"

유리가 말도 안 된다는 듯 소리쳤다. 그런 성녀를 보던 라쉬드가 클라인에게 되물었다.

"하지만 폐하, 선황 폐하의 억울함은 벗겨야 하지 않겠습니까?"

"증언부터가 이상하지 않소! 성녀의 말만 듣고 정령술사가 선황을 죽였다니, 거참."

클라인이 혀를 끌끌 찼다. 겉으론 답답한 듯 소리치면서도 그는 안절부절못했다. 등 뒤가 땀에 흠뻑 젖어 축축해졌다.

"오늘은 이만하도록 하지."

클라인이 손을 휘저으며 먼저 자리를 벗어났다. 상황을 정리하기 위해 유리가 입을 열었다.

"재판은 다시 열릴 거예요. 그동안 죄인은 감옥에 구금하도록 해요."

성녀의 명령에 성기사들이 재빨리 움직였다. 라뮤엘을 포박하려던 그들의 움직임을 제지한 건 로자리아였다.

"다들 라뮤엘 에르키사 공에게서 물러나세요."

라뮤엘에게 접근하던 성기사들이 행동을 멈추었다. 그들은 서로의 눈치를 보며 뒤로 물러섰다. 애초에 신성가문의 가주인 라뮤엘 에르키사를 붙잡는다는 건 그들에게 쉽지 않은 일이었다.

유리가 드레스 자락을 거세게 움켜쥐었다. 본래 성녀의 명령이라면 뭐든 따라야 했다. 프리실라가 성녀 자리에서 파면당한 이후, 성녀의 권력이 미약해졌다.

성기사들이 물러났음에도 로자리아는 자리에서 몸을 일으켰다. 거리가 가까워지자 움찔하던 성기사를 지나쳐 그녀는 라뮤엘의 곁으로 다가갔다.

"죄송합니다."

"죄송할 것 없어요. 당신은 죄인이 아니에요."

보는 이가 많아서 고맙고 미안하다는 말조차 꺼내지 못했다. 로자리아는 자신을 물끄러미 바라보는 라뮤엘의 어깨를 그러쥐었다.

누아는 멍하니 그 광경을 지켜보았다. 로자리아는 저를 빤히 보는 누아에게 다가갔다. 거리가 가까워지자 누아는 고개를 떨구었다. 노만 1세를 죽이고 거짓 자백을 해야 하는 자신의 상황이 더없이 초라했다. 속이 메스꺼울 정도로 스스로가 역겨웠다.

로자리아는 몸을 웅크린 누아를 보며 시녀들에게 명령을 내렸다.

"선황의 후궁을 모셔라."

"누아를 어디로 데려간다는 거죠?"

유리가 로자리아를 제지했다. 데려가서 어떻게 하려고? 어떤 감언이설로 꼬드기려고 데려간다는 건가!

로자리아는 제가 입던 웃옷을 벗어 누아에게 걸쳐 주었다. 누아의 눈이 크게 떠졌다.

"저 때문에 부인의 옷이 더러워질 수도……."

누아는 말을 잇지 못했다.

"잠시 대화를 나누고 싶어요. 누아, 저에게 시간을 내어줄 수 있나요?"

로자리아는 한쪽 무릎을 꿇고는 누아와 시선을 마주치며 물었다. 그녀의 손을 붙잡아 오는 따스한 온기에 누아의 눈동자가 흔들렸다. 이 일로 성녀가 제 아이를 죽이려 들면? 누아는 덜컥 겁이 나서 결정을 내리지 못했다.

'어차피 공작 부인도 나를 이용하려는 거야. 안 된다고 말하기만 하면 돼.'

처음에는 로자리아, 그리고 나중에는 라뮤엘에게 누명을 씌우려던 그녀였다. 그러나 자신을 향한 경멸과 원망은 눈 씻고 찾아보려고 해도 보이지 않았다. 그럴 수 없다고 대답하려던 누아의 눈이 크게 떠졌다. 자신을 바라보는 공작 부인의 푸른 눈동자와 마주한 순간, 누아의 입술이 서서히 열렸다.

"……부디 제게 귀한 시간을 내어주세요."

로자리아는 고개를 끄덕였다. 그녀는 기사들을 물러서게 한 후, 누아를 서궁으로 데려왔다. 시녀들의 도움을 받아 씻고 깨끗한 옷을 걸친 누아는 지금의 상황이 의아한 듯했다. 자작의 딸로 태어나 좋은 옷을 입고 자랐지만 노만 1세가 죽은 후, 죄인처럼 숨어 지내야 했다.

누아는 응접실에서 로자리아를 기다렸다. 달각 문이 열리는 소리와 함께 로자리아가 들어섰다. 누아는 자리에서 벌떡 일어나 그녀를 맞았다.

"갑작스럽게 말해서 놀라지 않았나 싶어요."

"아, 아니에요. 괜찮아요. 불러 주셔서 감사할 따름입니다."

목소리가 제대로 나오지 않을까 걱정이 되었다. 누아는 힐끔힐끔 로자리아를 곁눈질로 살폈다. 공작 부인은 왜 자신을 서궁으로 부른 걸까.

"서궁에 온 건 처음인가요?"

"네. 저는 쭉 본궁에서 지냈으니까요."

노만 1세의 후궁이었으니 그럴 만도 했다. 먼저 물어볼 법도 한데, 로자리아는 누아에게 아무것도 묻지 않았다. 한참을 망설이던 누아는 용기를 내어 말을 꺼냈다.

"말씀드릴 게 있어요."

노만 1세를 죽인 건 누아 자신이었다. 선황의 심장에 단검을 꽂았을 때 살 수 있을 거란 희망은 버렸다. 지금도 마찬가지였다. 이미 죽은 목숨, 더 이상 망설일 필요가 없었다.

"제가 부인께 사실을 말씀드린다면 황자와 제 가문의 이들은 살 수 있나요?"

'살 수 있다니. 협박이라도 받았던 건가.'

로자리아의 얼굴이 심각해졌다. 단순히 선황이 죽고 나서 숨어 살던 건 아닌 모양이었다.

"약속할게요. 무슨 일이 있었던 건지 얘기해 주겠어요?"

누아는 떨리는 목소리로 운을 떼었다.

"어린 나이에 선황을 모시게 되었어요. 좋든 싫든 후궁 자리를 제가 선택할 수 있는 건 아니었죠."

처음에는 두렵고 무서웠다. 노만 1세는 제1황비와 2황비가 서거한 후 오랜 시간이 흐르고 나서야 후궁을 뽑았다. 누아는 서서히 과거의 일을 되짚었다. 공작 부인이 자신의 얘기를 들어주자 어쩐지 안심이 되었다.

"궁에 오고 나서 이상한 소문을 들었지만 모른 척했어요. 제가 상관할 수 있는 문제도 아니었으니까요."

"무슨 문제였나요?"

"부인께서 아실지 모르겠지만 프리실라와 선황께서……."

누아가 말끝을 흘리자 로자리아는 알 것 같다는 얼굴을 했다.

"알고 있어요. 모두 쉬쉬하며 말을 안 한 것뿐이지."

로자리아의 덤덤한 목소리에 놀란 건 누아였다. 차를 마시며 속을 진정시킨 누아가 말을 이었다.

"선황께서 병환에 드셨고, 제가 모실 때도 사제들이 곁을 지켰어요. 그만큼 몸이 안 좋으셨지만 독에 중독될까 모든 걸 철저하게 준비한 사람이었어요."

"그런데 갑자기 독살당했다?"

"선황께서 돌아가시던 날, 그 자리에 제가 있었어요. 프리실라와 선황께서 동침했고, 그 여자가 선황에게 독을 먹게 했죠."

누아는 어떻게 먹게 되었는지 자세한 상황은 이야기하지 않았다. 독을 먹고 쓰러진 노만 1세를 보고 누아는 숨겼던 몸을 낮췄다. 그러나 곧 발각되고 말았다.

"엿보려던 건 아니었어요. 선황과 프리실라 모두 제가 간 거라 생각했겠죠. 프리실라는 숨어 있던 절 발견했고, 제 두 손으로 직접……."

누아는 숨을 들이켜며 말을 이었다.

"노만 1세를 죽이게 했어요."

눈앞의 여자도 곧 경멸의 눈으로 저를 바라볼 것이다. 누아는 그렇게 생각하며 공작 부인의 반응을 기다렸다.

그러나 이야기를 전부 듣고서도 로자리아의 반응은 덤덤했다.

"당신이 죽인 게 아니에요, 누아."

그 말에 누아의 눈이 크게 떠졌다. 분명 이 두 손으로 선황의 심장을 찔렀건만!

"아이와 가족의 목숨을 담보로 협박한다면 누구라도 그렇게 할 수밖에 없었을 거예요."

프리실라가 어떻게 멀쩡한 사람에게 죄를 뒤집어씌우는지 모르려야 모를 수가 없었다.

로자리아는 누아를 보며 말했다.

"재판이 열리게 되면 그때 다시 증언해 주세요."

"제가 노만 1세를 죽였던 것도……."

로자리아는 고개를 저었다. 사실대로 밝히면 누아는 살아남지 못했다.

"진실을 전부 밝히자는 게 아니에요. 프리실라가 노만 1세를 죽이려 했다는 사실만으로 충분하니까."

누아는 고개를 끄덕였다. 잘게 떨리는 두 손을 움켜쥐었다.

"저는 앞으로 살아갈 수 있나요?"

불안했다. 두려웠다. 성녀가 죄를 저질러도 전부 제 잘못이라 손가락질할 것 같아서.

"살아갈 수 있어요. 제가 약속해요."

누아는 로자리아를 멍하니 바라보았다. 충격이었다. 어떻게 저런 말을 할 수 있는 걸까. 그것도 확신을 가지고서.

'믿어도 되는 걸까.'

후궁이 된 후로 행여 책잡힐까 몸을 움츠리며 살았다. 암투에 휘말리지 않기 위해 있는 듯 없는 듯 숨죽이며 지내 왔다. 그러나 그 대가로 선황을 죽인 살인자가 될 거라곤 생각지 못했다.

'그래, 여기까지 온 이상 다시 무를 수 없어.'

뜻대로 하지 않으면 제 아이나 가족을 죽이겠단 위협이 아니라 살아갈 수 있게 해주겠다는 약속만으로도 충분했다.

"부인의 뜻에 따를게요. 제게 잘못을 바로잡을 기회를 주세요."

누아는 진심을 담아 청했다.

그날 저녁, 로자리아는 라쉬드를 불러 그와 의논했다. 그녀는 누아에게 들었던 말을 알려 주었다. 노만 1세의 죽음 앞에서도 라쉬드는 담담한 반응이었다. 마치 예상이라도 한 것처럼.

"자칫하다간 위험해질 수 있어."

누아란 여자가 선황을 죽인 건 사실이었다. 협박을 받았든 받지 않았든 결정을 내릴 귀족들에겐 중요한 문제가 아니었다.

"사실대로 밝히는 게 나을 거야."

"나도 알고 있어요, 라쉬드."

그건 로자리아도 잘 아는 사실이었다. 누아가 프리실라의 협박을 받아 죽이게 되었다고 밝히는 게 최선이란 것도.

"나도 당신이 모를 리가 없다고 생각했어. 그런데도 내게 이런 말을 하는 건 선황의 후궁을 도와주고 싶어서겠지."

예전이었다면 생각해 볼 가치도 없는 문제였다. 프리실라의 죄를 밝히고, 누아란 후궁은 선황을 죽인 죄로 처리하면 그만이었다. 그러나 라쉬드는 로자리아의 뜻을 존중했다. 그는 쭉 뻗은 길이 있는 걸 알면서도 어려운 길을 택하기로 했다.

"미안해요. 내가 고집을 부린 것 같아서."

“괜찮아. 어차피 클라인은 우리 편을 들 수밖에 없을 테니까.”

황제가 프리실라와 작당하여 선황을 죽였단 사실이 드러나면 폐위는 확정된 것이었다. 클라인을 믿는 건 아니었지만 지금으로선 제 뜻에 따를 수밖에 없었다. 라쉬드는 로자리아가 무엇을 걱정하는지 알 것 같았다. 그는 어두워진 아내의 얼굴을 보며 말했다.

“아직은 클라인을 쳐 낼 필요가 없어. 그가 황제로 있는 편이 시간을 끌 수 있으니까.”

“그렇군요.”

“재판이 다시 열릴 때까지 당분간은 쉬도록 해.”

라쉬드는 로자리아의 이마에 가볍게 키스했다. 그러자 신기하게도 무겁게 느껴졌던 걱정과 불안이 서서히 사라지는 기분이 들었다.

“우리가 재판에서 이길 거예요.”

로자리아는 라쉬드의 어깨에 고개를 묻으며 중얼거렸다.

일주일 후, 재판이 다시 열렸다. 라뮤엘의 자리는 처음 그가 재판에서 앉았던 자리 그대로였다. 바르세데스는 철저하게 라뮤엘을 보호했다. 죄인이 아닌 에르키사의 가주로 재판에 서야 한다며 뜻을 굽히지 않았다.

라뮤엘은 예전과 달라진 시선을 느끼면서도 평온한 얼굴로 재판장을 둘러보았다. 신기하다는 듯 흘끔흘끔 훔쳐보는 자들도 있었고, 개중에는 더럽다는 듯 눈을 찌푸리는 자들도 있었다.

“가주님, 이번에 제발, 절대로 나서지 말아주세요. 이번에도 얽히면 가주님의 목뿐만 아니라 에르키사 전원의 목이 잘릴 겁니다.”

“괜찮습니다. 그런 일은 없을 테니까요.”

라뮤엘이 눈꼬리를 휘며 대답하자, 가신이 답답한 듯 제 가슴을 쳐 댔다. 가신은 라뮤엘에게 원망의 눈길을 보냈다. 에르키사 후작이면서 바르세데스의 가신으로 가겠단 것도 제정신이 아니었지만, 테베에서 온 공작 부인을 애틋한 눈길로 쳐다보는 건 더욱 이해가 가지 않았다.

문이 열리며 로자리아가 들어서자 무심했던 라뮤엘의 표정이 바뀌었다. 저에겐 한없이 냉정하게 대하던 에르키사 가주가 부드러운 미소를 입가에 걸쳤다. 그 급격한 온도 차에 가신은 한숨을 내쉬었다.

'이젠 빼도 박도 못하게 에르키사는 무조건 바르세데스 편이야.'

자신들이 모시는 라뮤엘 에르키사가 이단이 되겠다고 선언했을 때도 울며 겨자 먹기로 받아들였다. 이번에는 제발 무사히 넘어가야 할 텐데. 가신은 불안함을 억누르며 속으로 되뇌었다. 이번 재판에 바르세데스 공작은 적극적으로 나서지 않았다. 그래서 모두의 시선이 공작 부인에게로 쏠렸다. 그럼에도 로자리아는 예전과 다름없이 차분해 보였다. 이미 8가문의 귀족은 모여 있었고, 로자리아가 들어서자 한순간에 분위기가 바뀌었다.

마지막에 클라인과 성녀가 들어오고 나서야 재판이 시작되었다. 그때처럼 누아가 증인으로 나섰다. 담담해 보이는 누아를 보던 유리가 먼저 입을 열었다.

"이번 재판에서 선황을 죽인 범인을 밝힐 거예요. 증거와 증인 모두 찾았으니까요."

유리의 말에 귀족들은 고개를 끄덕였다. 그녀는 가벼이 올라가려는 입매에 힘을 주었다. 누아는 자신에게 로자리아와 무슨 대화를 나눴는지 전부 밝혔다. 그러곤 저를 믿어주는 공작 부인이 우습고 멍청하다고 덧붙이기까지 했다.

'살려고 아등바등하는 계집에게 기회를 주겠다고?'

사람이라고 다 같은 사람은 아니었다. 유리가 보기에 누아는 살고자 노만 1세를 죽인 짐승이었다. 단 하나, 기묘한 청이 있었지만 크게 염두에 둘 건 아니었다. 누더기 대신 깨끗한 의복으로 갈아입고 단정한 차림으로 재판에 서고 싶다고 했다. 유리는 행여 마음이 바뀔까, 누아의 간곡한 청을 받아들였다. 말끔한 옷을 걸친 누아가 후궁이 되기 전 배웠던 예법대로 허리를 곧게 펴고 재판장에 들어섰다.

증인석으로 가던 누아와 로자리아와 눈이 마주쳤다. 누아는 고개를 숙여 로자리아의 시선을 피했다. 그녀는 증인석으로 가서 품에서 그때 쓰였던 단검을 꺼냈다. 핏자국을 닦지 않아 단검에 퍼렇게 녹이 슬어 있었다.

"증인으로서 이 자리에 서게 되었으니 진실만을 말하겠습니다."

그때는 한없이 떨렸던 목소리가 지금은 고요하게 흘러나왔다.

'멍청한 계집이 후궁을 믿고 있는 거겠지.'

유리는 누아의 대답을 기다리는 로자리아를 보았다. 그녀는 절로 터져 나오는 웃음을 참기 위해 입술을 꾹 물었다.

"제가 들고 있는 단검이 그때 선황을 죽일 때 쓰였던 도구예요."

독살이라던 말과 다르게 녹이 슨 단검이 드러났다. 누아는 단검을 내려놓으며 말을 이었다.

"그리고 제가 선황 폐하를 죽인 범인입니다."

누아의 대답이 약속했던 것과 다르자 로자리아의 눈이 크게 떠졌다.

"누아!"

또한 유리가 예상하던 대답과도 달랐다. 성녀가 날이 선 목소리로 누아를 불렀지만 누아는 하려던 말을 계속했다.

"성녀 프리실라와 선황 폐하는 함께 동침하던 사이였어요."

"그런 말도 안 되는……!"

"한때 성녀인 프리실라가 전염병을 해결하지 못하자 선황 폐하와 프리실라의 사이는 틀어졌습니다. 푸른 사막을 해결했던 건 바르세데스 공과 공작 부인이셨기에…….”

누아는 저를 물끄러미 바라보는 로자리아에게서 시선을 떼어 냈다. 약속해 주었기에 살아갈 희망을 얻었다.

“바르세데스의 세력이 커질까 두려워 프리실라는 누명을 씌우고자 했습니다.”

덤덤한 목소리에 몇몇 자가 말도 안 된다며 소리쳤다. 그러나 누아는 끝까지 사실을 밝히기로 했다.

“그리고 제게 위협했습니다. 제 손으로 단검을 쥐게 하여 선황 폐하를 죽이게 한 후, 다른 사람에게 누명을 씌우지 않으면 황자와 가족들을 죽이겠다고…….”

“억지입니다!”

대신전의 사제가 말도 안 된다는 듯 소리쳤다.

“저는 물론 그때 가담했던 사제들과 프리실라가 죗값을 받아야 한다고 생각합니다.”

누아의 말에 유리가 피가 새어 나오도록 입술을 깨물었다.

‘저 계집이 미친 건가! 제 목이 잘릴지도 모르는 상황에서 저딴 말을 지껄이다니!’

유리는 치밀어오르는 격분에 숨을 깊이 들이쉬었다. 당장에라도 닥치도록 저것의 입술을 꿰매고 싶었다.

“다행히 프리실라는 제물을 바친 죄로 감옥에 있고, 그때 프리실라를 보필했던 최측근의 목은 잘렸죠.”

누아는 그러지 말라는 듯 자신을 보는 로자리아를 향해 웃어 보였다. 귀족들조차 선황을 죽였다고 믿기 힘들 만큼 말간 웃음이었다. 누아는 로자리아에게 살짝 고개를 숙였다. 되도록 직접 감사하다는 말을 전하고 싶었건만 그러지 못해서 아쉬웠다. 누아는 목소리를 가다듬고는 자신이 밝히려던 마지막 사실을 토해 냈다.

"저는 진실만을 말하기 위해 이 자리에 섰어요. 뒤늦게야 사실을 밝히려던 제게 함구하라며 거짓 증언을 강요한 건 유리 성녀입니다."

누아는 차분한 목소리로 말을 이어 나갔다.

"이스타샤는 더 이상 성녀의 나라가 아닙니다. 저를 살인자로 만들었을 뿐, 프리실라와 유리, 두 성녀로부터 어떤 구원도 받지 못했으니까요."

누아는 죽음을 직감했다. 어찌 된 이유로든 노만 1세를 죽인 죄를 피해 갈 순 없었다.

'부인께선 내게 살라고 했지만……'

전에 했던 증언을 번복한다면 다시 이 자리에 서서 증언해도 사람들은 믿어주지 않을 것이다. 제 목숨을 건다면 증언의 신빙성이 무거워질 거란 생각이 들었다.

"어느 안전이라고 거짓을 고하는 거예요!"

유리가 서늘한 목소리로 소리쳤지만 누아는 뜻을 굽히지 않았다. 거짓 증언을 해도 성녀는 제 핏줄을 보호해 주지 않을 것이며 언젠가 죄가 발각된다면 그 책임을 져야 할 것이다.

"선황을 죽인 범인을 밝힐 거라고, 증거와 증인 모두 찾았다고 성녀께서 여기 계신 모든 분께 말씀하셨어요. 유리 성녀께선 제가 거짓 증언을 하기를 바라셨지만."

유리가 말도 안 된다고 소리쳤지만 평소라면 나설 사제들조차 침묵을 지켰다. 상황을 깨달은 유리는 곧 입을 다물었다. 누아는 그녀가 세웠던 증인이었다.

"저 말이 사실이라면 사형을 시켜야 합니다."

"맞습니다! 후궁은 물론 프리실라도 죽여야 합니다."

재판장에 소란이 찾아들었다. 그 누구도 누아를 변호해 줄 거란 생각이 들지 않자 로자리아는 자리에서 일어나 말했다.

"선황 폐하를 죽이려고 했던 건 프리실라입니다."

"하지만 후궁이 직접 말하지 않았습니까? 자기 손으로 선황 폐하를 죽였다고요."

"황자의 목숨이 달렸던 일이에요."

상황을 지켜보던 유리가 넌지시 말했다.

"공작 부인께선 지금 선황 폐하를 죽인 죄인을 감싸는 건가요?"

"……."

이번만큼은 유리에게 진실을 숨기려 하지 않았느냐고 묻지 못했다. 감싸는 게 아니었다. 누아가 죄를 지었으나 죽도록 내버려 둘 수도 없었다. 로자리아를 보던 누아는 결정을 내렸다. 그녀는 떨리는 목소리로 입을 열었다.

"……성녀님께서 명령에 따르면 저를 살려 주실 거라 하셨죠?"

'어차피 난 죽을 목숨이야.'

성녀인 유리를 파면시키기 위해선 거짓 증언을 시킨 것만으론 부족했다. 그녀는 결심한 얼굴로 단검을 그러쥐었다. 제대로 먹지 못해 가느다란 몸을 비척대며 움직였다.

검을 든 채로 로자리아에게 다가간 누아가 덜덜 떨리는 손으로 단검을 휘둘렀다. 누아의 검이 닿기 전 라쉬드가 로자리아를 감쌌다. 공작을 보던 누아의 손에서 뎅그렁 힘없이 단검이 떨어졌다.

"선황의 후궁을 잡아라."

기사들이 누아의 팔을 비틀어 돌려세웠다. 머리채가 잡힌 여인과 로자리아의 눈이 마주쳤다.

"왜 내 부인을 죽이려 한 거지?"

공작의 목소리가 들렸지만 누아의 시선은 줄곧 로자리아에게 닿았다.

"몰, 몰라요. 전 유리 성녀님께서 시키신 대로 했을 뿐이에요."

유리가 로자리아를 죽이라는 명령을 내린 적은 없었다. 죽는 걸 알면서도 누아는 거짓말을 했다. 말을 마친 누아는 고개를 떨구었다. 기회를 주겠다고 약속을 해준 공작 부인이 고마웠지만, 어차피 자신은 죽은 목숨이었다. 기사들에게 양팔이 잡힌 누아가 끌려갔다.

누아가 재판장에서 사라진 뒤, 재판소에 무거운 정적이 내려앉았다. 라쉬드는 그를 다친 곳이 있나 살피려는 사제의 손길을 거부하고는 로자리아를 살폈다. 선황의 후궁은 제대로 검을 들어 본 적 없는 자였고, 먼저 단검을 손에 놓았기에 다행이었다.

"다친 곳은?"

"난 괜찮아요, 라쉬드."

그렇게 대답하는 로자리아의 목소리는 가라앉아 있었다. 누아의 계획을 알아차렸던 탓이다. 자신을 향하던 검 끝이 멈췄던 것도, 성녀의 명령이라며 말했던 것도 유리에게 누명을 씌우기 위함이었다.

라쉬드는 라뮤엘에게 로자리아를 보호하도록 명령을 내리고는 얼어붙은 듯 꼼짝 않는 유리에게 다가갔다.

"유리 성녀."

무겁고 낮은 목소리가 재판장을 울렸다. 겨우 분노를 억누른 라쉬드가 숨을 깊게 들이쉬었다. 그러지 않으면 당장에라도 그녀의 목을 벨 것만 같았다.

"그대가 내 부인을 죽이기 위해 후궁을 사주했습니다."

사주한 거냐고 묻는 대신 라쉬드는 확신을 가지며 말했다.

"설마 공작님께선 저 소리를 믿는 건가요? 제가 공작 부인을 죽이려 했다고?"

"성녀께서 거짓 증언을 시킨 것으로 모자라 제 부인을 죽이라고 명령을 내리지 않았습니까?"

유리가 헛웃음을 터뜨렸다. 거짓 증언을 시키긴 했어도 저 멍청한 계집에게 로자리아를 죽이라고 명령을 내린 적은 없었다. 모든 귀족이 보는 앞에서, 그것도 검 하나 들지 못한 후궁에게 그걸 시킨다고? 그제야 유리가 주위를 둘러보았지만 사제들은 성녀의 시선을 외면했다. 상황이 이상하게 돌아가기 시작했다. 전혀 예상하지 못한 결과였다.

'어째서 누아가 저런 짓을 벌인 거지?'

분명 누아도 로자리아를 죽일 수 없다는 걸 알았다. 그럼에도 무리를 해가면서 검을 들어 소란을 일으킨 건…….

'모두 로자리아를 위해서였나.'

그게 아니라면 마땅히 설명되지 않았다. 진실을 밝히는 순간 죽음을 직감했겠지. 유리는 분노로 잘게 떨리는 손을 움켜쥐었다.

클라인은 라쉬드의 눈치를 살폈다. 그는 복잡한 사정 따윈 알지 못했지만, 성녀에게 불리한 상황이 되었다는 건 알아차렸다.

"……성녀의 처우는 공작이 결정을 내리는 게 좋겠소."

결정을 내려야 할 황제가 선택을 유보하자, 공작이 대신하여 성기사들에게 명령했다.

"성녀를 모셔라."

"하, 나를 어디로 데려간다는 거예요?"

"죄수가 있는 감옥으로 데려가도록."

유리가 어이가 없다는 듯 웃었지만 라쉬드는 싸늘한 목소리로 성기사들에게 일갈했다. 유리가 라쉬드를 노려보았다. 성녀인 제게 충성을 바친 성기사들에게 그딴 명령을 내리다니! 유리는 그녀에게 다가오는 성기사들을 보며 소리쳤다.

"……멈추세요!"

"죄송합니다, 성녀님."

성기사들은 유리의 말을 듣지 않았다. 하얀 제복을 걸친 그들이 자신에게 다가오자 유리는 허탈한 웃음을 지었다. 최초의 성녀라 불리며 이스타샤의 초대 황제 엔리케를 도와 이스타샤를 세웠던 그녀였다.

이스타샤의 모든 황제가 아니타에게 복종했고, 후대의 성녀들조차 제 신탁이라면 뭐든 들어주었다. 그러니 이건 말이 되지 않는 일이다. 성기사들의 손이 그녀에게로 닿자 유리는 소스라치게 놀라며 뒤로 물러섰다. 그녀를 따르던 성기사들이 성녀의 목에 검을 겨누었다.

"전 이스타샤의 성녀예요. 재판도 열지 않고 죄를 확정 짓는 건가요?"

"당신은 더 이상 성녀가 아닙니다."

라쉬드는 감정 하나 서리지 않은 목소리로 대답했다. 차가운 시선이 유리에게 닿자 그녀의 손이 힘없이 떨구어졌다. 짙은 흑발을 가진 아름다웠던 황제. 그러나 눈앞의 공작은 엔리케 황제가 아니었다.

라쉬드는 눈짓으로 성기사들에게 성녀를 끌고 가게 했다. 더 이상 성녀의 말을 들어줄 이유가 없었다. 발악할 것 같았던 유리는 성기사들에게 순순히 끌려갔다. 성녀는 원망이 그득한 눈을 짙게 감았다.

'당신 뜻대로 되게 하진 않을 거야.'

죄인처럼 푹 고개를 숙인 유리는 우는 대신 기묘한 웃음을 입가에 걸쳤다.

"후회하게 될 거예요, 바르세데스 공작."

유리에게 시선조차 주지 않던 라쉬드가 흐트러진 숨을 내쉬는 로자리아의 곁으로 다가갔다. 제 부인을 끌어안자 격렬했던 감정들이 거짓말처럼 사그라들었다. 라쉬드는 로자리아의 머리칼을 조심스레 헤집었다.

"이젠 괜찮아, 로즈."

약속을 지켰어. 라쉬드의 말을 들으며 로자리아는 그의 품에 지친 몸을 기대었다.

재판은 끝났고, 누아는 결국 사형선고를 받았다. 누아의 사형 날짜가 이틀 뒤로 정해졌다. 유리는 신전 안에서 지내며 성기사들에게 감시를 받을 뿐, 성녀의 직위는 유지되었다.

그 소식을 들은 로자리아는 가만히 지도를 내려다보았다. 그녀는 자신의 곁을 지키는 라뮤엘을 보며 말했다.

"라뮤엘, 그때 누아가 나를 해치려던 게 아니었어."

"······마님."

"검이 내 몸에 닿기 전 멈추었으니까."

검이 향하던 방향도 배나 가슴이 아닌 어깨 쪽이었다. 라뮤엘에게서 아무런 대답이 없자 로자리아는 쓰게 웃었다. 누아의 사형은 이미 결정되었고 번복할 수 없었다.

"라쉬드는 내가 누아를 보는 걸 원치 않아."

"공작님께선 마님의 곁을 지켜 달라 부탁하셨습니다."

감옥에 갇힌 누아를 보러 가지 말란 뜻이었다. 그때는 어렴풋이 느껴졌던 감정이 이젠 뭔지 알 것 같았다. 아이를 가진다는 건 어떤 기분인지, 그때의 누아가 노만 1세를 죽여야만 했던 이유를.

"누아를 보러 가고 싶어."

누아의 사형은 황제가 동의했고 공작이 내린 결정이었다. 지금에서 사형을 되돌린다면 귀족들은 바르세데스의 진의를 의심할 것이다.

"하지만······."

"가게 해줘, 라뮤엘."

몰래 갈 순 있었지만 소란을 일으키고 싶지 않았다. 하는 수없이 라뮤엘이 로자리아에게 로브를 건네었다. 그들이 향한 곳은 황성의 지하 감옥이었다. 자욱한 안개에 가려 한참을 봐야 감옥의 입구가 보였다.

축축한 이끼를 밟자 서늘한 감각이 발끝을 타고 올라왔다. 로자리아는 로브를 더욱 감싸며 라뮤엘의 뒤를 따랐다. 라뮤엘을 알아본 병사가 길을 내어주었다. 계단을 조심스레 내려가 감옥 가장 깊숙한 곳에 다다랐다. 그곳에 몸을 웅크린 여인이 있었다. 목과 양 손목, 발목에 가시가 돋친 쇠사슬이 채워 있었다.

바스락.

"누아."

부드러운 천이 거칠한 바닥에 닿는 소리에 누아는 고개를 들었다. 그곳에 로자리아가 있었다.

'죽기 전에 보게 된다면 하고 싶은 말이 많았는데.'

어째서 입이 열리지 않는 걸까. 누아는 무어라 말을 하지 못했다. 로자리아는 창살 안으로 손을 내밀었다. 조심스레 로자리아의 손을 잡으려던 누아는 멈칫했다. 그녀는 로자리아와 제 손을 멍하니 보았다. 손톱이 빠져 피에 젖은 죄인의 손과 너무나도 다른 깨끗한 손. 그녀의 손을 잡으면 안 될 것만 같아 누아는 힘없이 손을 내렸다.

"누아."

누아는 고개를 떨구며 말했다.

"전 로자리아 님을 죽이려고 했어요."

"날 지켜 주려고 했잖아요."

"아니에요, 전……."

"이미 알고 있었어요."

로자리아는 누아가 손을 내밀 때까지 기다려 주었다. 한순간 감옥에 갇힌 그녀의 모습이 과거 자신의 모습과 겹쳐 보였다.

"왜 목숨을 버리면서까지 나를 도와준 거예요?"

"제게 기회를 주셨으니까요."

누아는 떨구었던 고개를 들었다. 그녀의 녹색 눈동자에 저를 봐주는 로자리아의 모습이 담겼다.

"어렸을 때 황성에 끌려와 선황의 후궁이 된 이후로 제 뜻대로 해본 적이 없었어요."

"……."

"이상하게 들릴진 몰라도 전 기뻐요. 죽는 것보다 제가 뜻대로 살아 봐서 기뻤어요."

누아의 손등으로 눈물이 떨어졌다. 툭, 툭. 손등을 치는 눈물에 누아 는 눈을 깜빡였다. 감옥에 갇힌 후로 눈물을 보이지 않을 거라 결심했 던 그녀였다. 그런데 어째서……

자신을 바라보는 푸른 눈동자에 눈물이 맺혔다. 하얀 뺨을 타고 흘 러내리는 눈물은 오로지 그녀를 위한 것이었다. 어쩐지 위로가 되었 다. 제 죽음에 슬퍼하는 사람이 생겼다는 것도.

누아는 말간 웃음을 지었다.

"전 괜찮아요. 죽는 것이 아쉽지도, 후회되지도 않아요."

로자리아를 위한 거짓말이었다. 살아서 제 아이를 만나고 싶었지만 허락되지 않으리라. 누아는 조심스레 입을 떼었다.

"제 아이와 가족들이 이스타샤에서 살아갈 수 있게 해주세요."

무리한 부탁이란 걸 알면서도 그녀는 애틋한 목소리로 로자리아에 게 청했다.

"약속할게요, 누아."

맞닿은 손 사이로 따스한 온기가 느껴졌다. 서늘한 손을 감싸 주는 다정한 온기에 누아는 안도했다. 누아는 고맙다는 말 대신 로자리아를 바라보며 말했다.

"로자리아 님, 제 이름을 기억해 주세요. 선황을 죽인 죄인이 아 닌…… 진실을 밝히는 사람이었다고."

목이 잔뜩 멘 로자리아가 답하지 못하자 곁에 있던 라뮤엘이 대신 말 했다.

"부인께서 그리하실 겁니다. 누아, 그대의 아이는 에르키사와 바르 세데스의 비호를 받으며 자라날 겁니다."

라뮤엘의 말에 누아는 평온한 얼굴로 진심으로 감사를 표했다.

"아이의 이름은 슈리엔이라고 지어주세요. 제 아이만큼은 황자로 자라나지 않았으면 해요."

그녀의 아이가 이스타샤에서 살아갈 수 있다면 그걸로 족했다. 그것이 누아가 남긴 마지막 부탁이었다.

이틀 뒤, 선황을 죽인 죄목으로 누아는 사형당했다. 죽음을 기리는 새하얀 안개꽃이 그녀가 죽은 그 자리에 놓였다.

누아가 죽은 이후로 많은 것이 바뀌었다. 누아의 가문이었던 알펜 자작가는 반역죄로 일가가 몰살당했다. 하지만 실제로 알펜의 혈족이 죽었다는 걸 본 사람은 없었다.

그 후, 유리의 파면을 결정하기 위해 회의가 수차례 열렸다. 확실한 증거가 없었기에 성녀의 파면은 몇몇 귀족의 반대로 무산되었다.

감옥에 평생 갇혀 살아야 하는 프리실라와 다르게 유리는 신전 안에서 성기사들의 감시를 받으며 지냈다. 성녀의 지위는 유지할 수 있었으나 예전처럼 자유롭게 다니는 것도, 사제나 기사들에게 명령을 내리는 것도 불가했다.

로자리아와 라쉬드는 북부 케딜락으로 돌아왔다. 한동안 웃는 법을 잊었던 로자리아는 시간이 흘러서야 평소의 모습을 찾아갔다. 집무실에서 서류를 보던 라뮤엘은 뻑뻑한 눈을 깜빡였다. 케딜락으로 돌아와 쌓인 업무를 보느라 한시도 잠을 자지 못했다.

"이대로 쭉 평화로웠으면 좋겠네요. 마님도 저도 아무런 걱정 없이 지낼 수 있는……."

"그렇게 될 거야."

라뮤엘은 고개를 끄덕이면서도 기나긴 한숨을 감추지 못했다.

로자리아는 라뮤엘 앞에서 바람의 형태로 떠도는 윈드를 바라보며 말했다.

"라뮤엘, 이만 가서 쉬는 건 어때? 줄곧 밤을 지새워서 피곤할 테고, 여긴 윈드가 지킬 테니까."

"배려해 주셔서 감사합니다. 마님께서도 너무 늦지 않게 주무세요."

"그럴게."

"그럼 내일 다시 찾아뵙겠습니다."

라뮤엘이 가고 나서 로자리아는 윈드와 함께 창밖을 바라보았다. 별이 자욱하게 깔린 여름의 밤이 끝나 가던 때였다. 로자리아는 오래간만에 휴식을 즐기기로 했다. 그녀는 일하는 대신 윈드와 함께 미지근한 바람을 쐬었다.

유리에게 반가운 손님이 찾아왔다. 신전에 갇혀 지낸 지 한 달째, 그녀는 검은 로브를 쓴 사내를 보며 입꼬리를 올렸다.

"여긴 어떻게 온 거예요?"

"상황을 지켜보고 있었습니다."

발루아는 필요 이상의 말은 하지 않았다. 이대로 유리를 버리기엔 아쉬웠기에 직접 찾아온 것이다. 낯선 자가 침입했다면 소란이 일 법도 한데 지나치게 조용했다. 수면향을 피운 것인지 무장한 성기사들이 모두 잠들었다.

유리는 문을 열고 빠져나가는 발루아의 뒤를 따랐다.

"나를 그 남자에게로 안내해 줘요."

"안내할 필요는 없을 겁니다."

대답은 발루아가 아닌 하얀 의복을 걸친 사제에게서 흘러나왔다. 얼굴을 가리던 후드를 벗자 백발이 드러났다. 한때 프리실라의 수기사였지만 유리는 사내의 정체를 단번에 알아보았다.

　"내가 직접 당신을 찾아왔으니까."

　마르쉬는 자신을 바라 보는 유리를 내려다보았다. 발루아에게 듣기론 아니타의 환신이라 했지. 솔직한 감상평으론 이 가녀린 계집이 이스타샤를 휘두른 성녀라고는 생각되지 않았다. 그럼에도 형형한 눈빛은 이전의 성녀들과는 확연히 달랐다.

　"반가워요, 마르쉬."

　유리의 인사에도 마르쉬는 그저 성녀를 관찰하듯 주시했다. 그 오만한 시선에 유리의 몸이 잘게 떨렸다.

　"시간이 없으니 본론을 말하도록 하지."

　마르쉬는 로브를 걸친 채로 유리에게 다가가 물었다.

　"내가 원하는 것을 내주면 당신은 내게 뭘 해줄 수 있나."

　그가 원하는 건 이스타샤, 신성제국 그 자체였다.

　"이스타샤든 공작 부인이든 뭐든 내어드릴 거예요."

　"바르세데스 공작이 보호해서 쉽지 않을 텐데?"

　"그러니 공작부터 먼저 치도록 하죠."

　유리의 말에 마르쉬는 눈을 가늘게 떴다. 어떻게든 공작만큼은 보호하려던 프리실라와는 다른 결정이었다. 구구절절한 신화 따위야 제 알 바 아니었지만 눈앞의 소녀가 아니타라는 것은 확실했다. 공작이 성녀가 사랑했던 남자, 엔리케 바르세데스와 닮았다던데. 어찌 됐든 공작을 친다면 거절할 이유가 없었다.

　"바르세데스를 삼키는 데 전력을 다하도록 하지."

　마르쉬는 유리에게 그가 생각했던 계획을 알려 주었다. 견고한 성에 함부로 덤비는 건 무모한 짓이었다. 그러니 뿌리를 흔들 수밖에.

로테사는 억지로 감기는 눈꺼풀에 힘을 주었다. 불면증을 앓고 있던 미치광이 왕은 닥치는 대로 사람을 죽이곤 했다. 로자리아가 테베를 떠난 지 오 년이 훌쩍 지났지만 왕은 제 혈육을 두려워했고 전전긍긍했다. 한밤중에 느껴지는 인기척에 로테사의 몸이 뻣뻣하게 굳었다. 성의 경계를 다섯 배로 늘려서 암살자가 찾아오는 건 불가능했다. 불필요한 병력을 소모한다며 귀찮게 굴던 가신들의 목을 벤 지 오래였다.

　"누구냐!"

　로테사는 잠에서 완연히 깨어나 소리쳤다. 그는 불면증을 가시게 하기 위해 피웠던 수면향을 휘휘 손으로 내저었다.

　"누군지 밝혀라!"

　왕은 어둠 속에서 몸을 숨긴 사람에게 고함쳤다. 두려움에 몸이 사시나무 떨듯 떨렸지만 그는 위엄을 잃지 않았다. 어차피 자신의 소리를 들은 병사들이 달려와 무엄한 놈을 죽이면 그만이었다.

　"누군지 밝히면 어쩌려고?"

　그를 조롱하는 가벼운 말투였다. 로테사가 격분하기도 전에 휘어진 곡도가 왕의 목을 겨누었다.

　"고작 소국의 왕이 날 어떻게 할 수 있을 거라 자만하는 건가?"

　검은 로브를 쓴 사내가 웃음을 참지 못했다. 그의 가느다란 입꼬리가 꼼짝 얼어붙은 왕을 보며 올라갔다. 테베에선 포식자로 알려진 왕이었으나 다른 먹이사슬에선 사냥꾼에게 잡힌 가련한 짐승에 불과했다.

　"누, 누구길래 내게 이러는 거냐!"

　"네가 알면 뭘 할 수 있다고."

　사내는 신분을 알려 주는 대신 혀를 낮게 찼다.

　"원하는 게 뭐든 말하기만 하면……."

그 말에 사내는 참지 못하고 웃음을 터뜨렸다. 그가 웃는 사이에 로테사가 부리나케 발을 놀렸다. 시간을 벌어 도망칠 생각이었나. 곧 사내의 웃음이 멎었다. 그는 곡도를 쥔 손에 힘을 주었다.

"너 따위가 내게 뭘 줄 수 있지?"

소국의 왕이 제게 할 소리는 아니었다. 사내는 덜덜 떠는 로테사를 내려다보았다.

"테베의 폭군이 이다지도 순할 줄이야. 제 부인을 죽이고 딸까지 죽이려 드는 쓰레기라고 들었는데."

"그건……."

예언 때문이라고 내뱉으려던 로테사의 말은 끝까지 나오지 못했다. 스정, 가볍게 움직인 검날이 한순간에 로테사의 목을 베었다. 툭, 데구루루. 한때 테베를 좌지우지했던 왕의 머리가 허무하게 바닥에 뒹굴었다.

사내, 아니, 마르쉬는 허리를 굽혀 왕의 잘린 머리를 들어 올렸다. 그는 아주 재미난 구경을 하듯 죽음을 맞은 왕을 바라보다가 몸을 돌렸다. 마르쉬는 병사들은 마주치는 족족 죽였다. 뒤에서 이를 지켜보던 비올라가 눈을 찡그렸지만, 그에겐 별문제는 되지 않았다.

마르쉬는 느릿하게 걸음을 떼었다. 조금의 급박함도 없이 여유로운 움직임이었다. 비올라보다 앞서 걷던 마르쉬는 성벽에 그대로 왕의 머리를 꽂았다.

"저에게 시키셔도 될 일이었습니다."

"궁금했거든. 왕은 어떤 놈이기에 제 딸을 죽이려는지."

마르쉬는 피가 묻은 손을 마른 천으로 닦아 내며 중얼거렸다. 이미 왕의 목을 벤 검은 바닥에 내던진 지 오래였다. 기대만큼 실망도 컸다. 그러나 테베에 온 이유가 왕을 보기 위한 것만은 아니었다.

"멀리서 올 정도로 가치 있는 자는 아니었어."

마르쉬는 석상처럼 굳은 왕의 머리를 주시했다. 새벽이 밝으면 왕의 부고가 알려질 것이다.

"테베의 왕이 죽었으니 곧 후계자 문제가 거론되겠지."

성벽 아래를 내려다본 마르쉬는 비올라와 함께 왕성을 떠났다.

케딜락성에 테베 왕의 부고 소식이 알려졌다.

"마님, 테베의 왕이 죽었습니다."

집무실에서 왕의 죽음을 듣게 된 로자리아는 덤덤했다. 과거에 그녀는 직접 제 아비의 목을 베었고 프리실라의 예언은 그대로 실현되었다. 이번엔 그러지 않았지만, 왕의 죽음을 애도할 이유가 없었다.

탁. 로자리아는 손에 쥔 깃펜을 내려놓았다. 라뮤엘의 걱정이 담긴 시선에도 그녀는 이렇다 할 감정을 내보이지 않았다.

"스스로 목숨을 끊은 건 아닐 테고."

"암살자에 의해 목이 잘려 성벽에 머리가 걸렸다고 합니다."

한 나라 왕의 죽음치고는 초라한 말로였다.

"왕을 죽인 범인은 누구지?"

"범인은 밝혀지지 않았으나 그 자리에서 곡도가 나왔습니다."

'바렛사인가. 아니, 단정 짓긴 어려워.'

곡도를 쓰는 건 바렛사뿐만이 아니었다. 바렛사의 영향을 받은 테베에서도 자주 쓰이는 검이었다. 정말로 바렛사에서 로테사를 죽였다면? 누가 왕을 시해했든 두고 볼 문제는 아니었다.

"마님, 항간에 이상한 소문이 떠돌고 있습니다."

"소문이라니?"

라뮤엘이 선뜻 대답하지 못하자 로자리아가 피식 웃으며 물었다.

"내가 로테사를 죽였다는 소문?"

지금에서 로테사를 죽였다면 그 목적밖에 더 있겠나.

"마님……."

"괜찮아, 라뮤엘. 어차피 예상했던 결과였어."

자신과 관련된 예언은 모두 두 개였다. 프리실라가 했던 왕을 죽일 거란 예언과 유리가 했던 바르세데스 공작을 해칠 거란 두 예언. 프리실라가 성녀 직위를 박탈당한 지 오래되었지만 이번 일로 소란이 일 것은 자명했다.

"수도에서는 물론이고 바르세데스 내에서도 예언을 믿는 자들이 있을 거야."

"……기사들을 관리하겠습니다."

라뮤엘은 차마 그렇지 않다고 거짓말을 하지 못했다. 소수에 불과했지만 공작 부인의 진의를 의심하는 이가 많아졌다. 그들을 관리해서 막을 문제는 아니었지만 로자리아는 고개를 끄덕였다.

"왕의 장례식에 가실 생각이십니까?"

"가고 싶지 않아."

로자리아는 처음으로 제 감정을 내보였다. 왕의 죽음에 슬플 까닭도 없었지만 기쁘지도 않았다. 심장을 무거운 돌로 누른 것처럼 갑갑했다. 로자리아는 무거운 숨을 내쉬었다.

"하지만 가야겠지."

자신은 테베의 후계자였다. 라쉬드와 결혼해 이스타샤의 황족이 되었지만 본래 테베의 왕녀였다. 로테사왕은 유언을 남기지 않았고, 왕에겐 다른 혈육이 없었다. 왕은 왕녀를 후계자로 인정하지 않았지만, 부왕의 혈통을 이은 건 로자리아뿐이었다. 지금 가지 않으면 그마저도 문제가 생길 것이다. 문제가 생기지 않기 위해서라도 테베의 후계자임을 확고히 해야 했다.

테베의 수도 거리를 무장한 병사들이 점령했다. 평소와 다른 분위기에 요안나는 목울대를 삼켰다. 요안나는 반반한 얼굴로 멍청한 귀족들 주머니나 뒤적거리는 소매치기였다. 간혹 그것마저 어려우면 우둔한 사내들을 상대하면서 근근이 살았다.

'네가 가진 금발이 그 계집의 것과 닮았구나.'

그녀를 본 귀족 사내들은 하나같이 입을 모아 말했다. 요안나는 누구를 뜻하는지 알지 못했다. 나중에야 로테사왕의 유일한 후계인 로자리아 왕녀임을 알아차렸다. 왕녀와 머리칼이 닮았다는 건 묘한 기분이었다. 비록 왕에게 미움받은 왕녀라 하더라도 천한 신분의 저와 비교되는 것 자체가 위안이 되었다.

지금까지와는 다른 삶을 살 수 있을 거란 기대감도 들었다. 그럼에도 요안나의 인생은 달라지지 않았다. 매일 생계를 걱정해야 하며 삭기 전의 음식으로 곯은 배를 채우고 더러운 흙탕물을 마셔야 했다.

'하룻밤만이라도 깨끗한 옷을 입고 맛있는 음식을 먹었으면 좋겠어.'

그런 생각을 하던 차에 수상한 자들이 찾아왔다. 한 명은 남자였고 다른 한 명은 여자였다. 둘 다 로브로 얼굴을 가렸지만, 언뜻 보이는 비단옷으로 보아 귀한 신분임을 알아차렸다. 목을 겨우 덮는 은발을 한 여자는 허리춤에 두 개의 곡도를 찼고 안대로 눈을 가렸다. 로브를 젖힌 남자가 요안나에게 먼저 다가갔다.

"신분은 천민에 소매치기로 근근이 살아가는 계집이로군."

맞는 말이었기에 요안나는 고개를 숙였다. 설령 반발심이 들더라도 높은 신분의 사내에게 혀를 잘못 놀렸다간 머리가 잘리는 것도 예사였다.

"네게 기회를 준다면 받아들일 건가?"

"……예?"

요안나는 달라붙은 입술을 겨우 떼어 냈다. 사내의 말이 무슨 말인지 이해되지 않았다.

"꿈으로도 못 누릴 기회를 네게 주겠다는 뜻이다. 목숨을 바꿔 얻어 낼 값어치가 있는 일이지."

사내의 거친 손이 그녀의 턱을 그러쥐자 요안나는 고개를 들었다.

"살면서 원하는 게 있지 않더냐."

딱딱한 말투가 곧 부드럽게 변했다. 겁먹은 어린아이를 달래듯 사근사근한 목소리였다.

요안나는 용기를 내어 말했다.

"……깨끗한 물과 풍요로운 음식을 하루만이라도 먹을 수 있다면 뭐든 좋아요."

무슨 짓을 시킬지 아둔한 제 머리론 추측이 힘들었지만 요안나는 고분고분한 태도로 답했다.

"시키는 일만 해낸다면 네 소원을 들어주겠다. 하루로 끝나기엔 부족하지 않느냐?"

낮게 속삭이는 목소리에 요안나의 얼굴이 붉어졌다.

"제, 제가 무엇을 하면 되나요?"

"어렵지 않은 일이다."

요안나는 불안한 얼굴로 고개를 끄덕였다. 남자의 부탁이 뭔지도 모른 채 선뜻 하겠다고 했지만, 물건을 훔치는 잔재주밖에 없는 그녀였다. 사내의 입술이 열리고 요안나의 얼굴은 충격에 굳어 갔다. 그가 내린 명령은 간단했다.

"한 사람을 흉내 내면 된다."

"흥, 흉내라뇨?"

"로자리아 비아 데모나 발데르가."

왕녀의 이름이 귓가에 파고들자 요안나는 몸을 떨었다.

"그, 그분은⋯⋯."

요안나는 주저했다. 간단하다고 했지만 분명 위험한 일이었다.

"어, 어찌 제가 왕녀님을⋯⋯."

요안나는 고개를 가로저었다. 왕녀의 얼굴도 보지 못한 자신에게 왕녀 흉내를 내라니! 말도 안 되는 명령이라 여기며 거절하려던 요안나는 자신의 목에 들어오는 칼날에 입을 다물었다. 서늘한 눈빛의 여인이 그녀의 목에 곡도를 겨누었다.

"아아, 비올라가 성정이 급해서 말이야."

사내는 겁주지 말라는 듯 여인을 가볍게 탓했다. 그러자 요안나의 목을 벨 것만 같았던 여인이 검을 거두었다. 벌벌 떠는 요안나의 손을 잡아챈 마르쉬가 매혹적인 미소를 지었다.

촤락. 그는 자신의 목에 걸고 있던 사파이어 목걸이를 빼내 오른손으로 거머쥐었다. 그러곤 요안나에게 잡으라는 듯 목걸이를 내밀었다. 처음 보는 귀한 보석에 그녀의 눈이 커졌다.

"무얼 주저하느냐. 어떤 귀한 것이든 전부 네 것이 될 텐데."

요안나는 홀린 듯 사파이어를 응시했다.

"제게 기회를 주세요, 귀하신 분."

그녀는 입술을 달싹이며 떨리는 손으로 목걸이를 움켜쥐었다.

테베로 떠나기로 한 날, 로자리아는 뜻밖의 소식을 듣게 되었다. 공작 부인에게 보고하기 위해 집무실로 찾아온 라뮤엘의 표정이 심각했다.

"테베에서 이상한 소문이 돌고 있습니다."

"이상한 소문이라니?"

"마님이 후계자 자리를 포기한다는 소문이 돌더군요."

"……내가 후계자 자리를?"

로자리아의 목소리가 한껏 낮아졌다. 테베에 후계자 자리를 포기하겠단 전언을 보낸 적은 없었다.

"아무래도 마님을 사칭하는 자가 있는 것 같습니다."

'사칭이라……..'

공작 부인의 표정을 살핀 라뮤엘이 말을 이었다.

"자신을 로자리아 왕녀라고 밝힌 여인이 왕성에서 지내고 있습니다."

로자리아의 눈이 가늘어졌다. 어떤 얼간이들이기에 왕녀의 얼굴을 알아보지 못하는가.

"대부분의 귀족이 믿는 듯하더군요. 왕녀가 아니라고 했던 재상은 감옥에 갇혔다고 합니다."

"그자는 어렸을 때 나를 봤을 테니까."

"또한 왕이 죽고 재상마저 감옥에 갇혀 테베는 혼란스러운 상황입니다. 고작 열흘 만에 왕성에서 죽어 간 자가 오십이 넘는다고 합니다."

로자리아는 깃펜을 쥔 손에 힘을 주었다. 자신을 사칭할 거라곤 생각지도 못했다. 그 자리는 어머니 이오르가 목숨을 바쳐 지켜 낸 그녀의 것이었다. 로자리아가 곧바로 자리에서 일어섰다.

"라뮤엘, 지금 당장 테베로 가야겠어."

"테베까지 가셔도 괜찮을지……."

임신 초기였으니 조심해야 했지만 테베로 가지 않으면 안 될 상황이었다. 바렛사에서 꾸민 함정인 걸 로자리아도 알고 있었다. 그래서 상황을 지켜보려고 했지만 사태는 심각했다. 후계자 자리를 포기한다면 테베의 군사권도 가지지 못하리라. 군사권을 잃으면 바렛사와의 전쟁에서 이길 수가 없었다.

"테베를 뺏길 순 없어."

"저도 함께하겠습니다."

"아니, 라뮤엘은 여기에 남아줘."

과거에는 복수만이 전부여서 다른 것을 돌아볼 기회가 없었다. 그러나 테베는 줄곧 데모나 가문이 지켜 왔던 나라였다.

"누가 벌인 일인지 알아보겠습니다."

"바렛사가 벌인 일이겠지. 나를 테베로 불러들이려고. 함정인 걸 알지만 왕녀인 내가 가야만 해."

로자리아는 자리에서 몸을 일으켰다. 서둘러 준비를 해야 했다.

"테베에 사람을 보냈습니다. 전령이 돌아올 때까지 기다리시는 편이 어떻겠습니까?"

그때가 되면 이미 늦는다. 왕의 장례식이 끝나기 전까지 테베로 가야 했다.

"아니, 바렛사가 테베를 빼앗을 때까지 두고 볼 순 없어."

로자리아는 테베로 가겠다고 결정을 내렸다.

라뮤엘로부터 소식을 들은 라쉬드가 급히 로자리아를 찾았다. 하던 일을 끝내기 위해 집무실에서 서류를 보던 로자리아가 자리에서 일어나 그를 맞았다.

"테베로 가겠다고?"

그녀를 본 라쉬드는 반대의 뜻을 내비쳤다. 얼마 전 테베의 왕이 시해되었단 소식은 그도 들었다. 테베의 군사권을 잃는 건 공작가에 불리한 일이었지만 로자리아가 위험해지는 건 더욱 원치 않았다.

"위험하다는 거 잘 알아요. 그렇지만 이번에 가지 않으면 모든 게 물거품이 되고 말 거예요.”

　수년 전과는 상황이 달랐다. 왕녀를 데려가기 위해 이스타샤에서 공식적인 사절단을 보냈던 때와 달리, 지금은 테베의 왕성에 바렛사의 군사들이 주둔했다.

　“당신이 말린다 해도 난 가야 해요.”

　로자리아는 이번만큼은 단호했다. 왕녀로서 자리를 되찾는 건 그녀의 일이었다.

　라쉬드는 한동안 말이 없다가 로자리아가 보던 서류를 내려다보았다. 이미 라뮤엘에게 들었지만 서류에는 부인을 사칭한다는 여자에 대해 나와 있었다.

　중요한 사안이었지만, 그렇다고 오랫동안 케딜락을 떠날 순 없었다. 무나크의 가뭄을 해결하고 수도에서 재판을 받느라 북부에서 긴 시간 동안 자리를 비웠다. 전령을 시켜 바렛사의 동태를 확인할 때까진 부인 혼자 테베로 보낼 수 없었다. 같이 가야만 안심이 될 것 같았다.

　“로즈, 당신을 혼자서 보낼 순 없어.”

　“괜찮을 거예요, 라쉬드. 당신은 군사령관이니 북부로 돌아가야 해요.”

　로자리아는 우려를 표했다. 바렛사에서 공작을 테베로 유인하려는 계책일지도 몰랐다. 라쉬드는 그녀의 의견을 받아들이기로 했다. 그는 집무실 문 앞에 대기 중이던 기사를 불러 두 명의 기사를 불러오라 일렀다.

　“로열의 기사를 붙이도록 하지.”

　이윽고 센과 함께 처음 보는 기사가 공작 부인의 집무실에 들어섰다.

　“부르셨다고 들었습니다.”

　“네가 할 일이 있다, 노엘 경.”

　어두운 잿빛 머리칼에, 짙은 남색 제복을 걸친 사내였다. 여우처럼 눈매가 가느다란 사내의 시선이 공작 부인을 향했다.

　‘노엘이라면…….’

　로자리아는 알 듯 말 듯한 얼굴로 그를 쳐다보았다. 분명 얼굴은 처음 보는데 몇 번 들어본 이름이었다.

"주군의 명이라면 뭐든 따르겠습니다."

"노엘, 네가 테베로 가는 부인의 호위를 맡도록 해라."

"알겠습니다. 부인의 호위를 맡게 되어 영광입니다."

노엘은 로자리아를 알아보고는 정중하게 인사를 건넸다. 기사의 인사를 들은 후 그녀는 테베로 떠날 준비를 마쳤다.

다음 날 아침, 로자리아는 라뮤엘에게서 노엘이 누구인지 들을 수 있었다. 로열의 부기사단장이자 지오보다 늦은 시기에 바르세데스에 왔던 기사였다. 대부분의 로열 기사가 귀족인 것과 달리, 노엘은 평민임에도 출중한 실력으로 부기사단장이 된 남자였다.

라뮤엘이 임페리얼 테베 지부의 관리자로 있을 때 '노엘'이란 이름을 썼었다. 라뮤엘에게서 연락받은 아델도 케딜락을 찾아왔다. 아델은 오랜만에 보는 로자리아를 보며 반가움을 표했다. 라쉬드는 북부에서 바렛사의 동태를 주시하다가 테베로 오기로 하였다.

공식적으로 가는 것이 아니었기에 어스름한 새벽이 되어서야 떠나게 되었다. 라쉬드가 걱정스러운 듯 로자리아를 바라보다가 와락 끌어안았다.

"조심해서 돌아와, 로즈."

그는 아내를 끌어안고 놔주지 않았다. 떠날 시간이 되어서야 아쉬운 듯 로자리아를 놓아주었다.

"별일 없을 거예요. 테베만 안정되면 다시 돌아올 테니까요."

그는 대답 대신 로자리아의 어깨에 고개를 묻었다. 라뮤엘은 좀처럼 쉽게 떨어지지 못하는 공작 부부를 보며 깊은 한숨을 내쉬었다. 아쉬운 건 로자리아도 마찬가지였지만 이제 떠날 시간이었다. 공작의 배웅을 뒤로한 채, 그녀는 라뮤엘에게 다가갔다.

"라뮤엘도 케딜락에서 몸 조심히 지내."

"윈드 경도 함께 간다니 다행입니다. 물론, 센과 노엘도 뛰어난 실력자이지만요. 무사히 돌아오시길 기다리고 있겠습니다, 마님."

손수건으로 촉촉해진 눈가를 꾹 누르는 라뮤엘을 보던 로자리아는 그에게 인사를 한 뒤 케딜락성을 빠져나왔다.

이스타샤에서 테베로 돌아가는 길은 험난했지만 견딜 만했다. 윈드는 로자리아가 다치지 않도록 신경을 곤두세웠다. 중간에 마을을 한 번 들른 이후로 로자리아 일행은 쉬지 않고 말을 타고 테베로 달렸다.

그들은 테베의 경계인 테라강에 도착했다. 선두에서 말을 타고 달리던 노엘이 고삐를 세게 움켜쥐었다. 강가에서 멈춘 일행은 잔잔히 흐르는 테라강을 바라보았다. 강가에는 바르세데스에서 준비한 배가 있었다. 말에서 내린 로자리아가 배가 있는 방향으로 다가갔다.

'인기척이 없어.'

맞이해야 할 사람이 나오지 않자 로자리아는 걸음을 멈추었다. 발걸음을 떼는 순간, 노엘이 그녀를 막았다. 그에 의해 몸이 돌려진 사이, 배가 있는 방향에서 화살이 휘익 날아들었다.

"습격인 것 같습니다."

노엘은 윈드에게 눈짓했다. 검을 든 병사들이 배에서 내려 강가로 달려들었다. 어림잡아 그 수가 이백이었다.

"제가 아델 경과 시간을 벌겠습니다!"

"금방 따라갈게요."

노엘이 검을 꺼내 들자 아델은 그녀의 검을 쥐었다.

"로즈, 따라오십시오!"

로자리아는 윈드를 따라 강과 떨어진 숲으로 내달렸다. 풀숲에서 바스락거리는 소리와 함께 숨어 있던 바렛사의 기사들이 나타났다.

"공작 부인을 모시라는 명이 있었습니다."

한눈에 봐도 보통 실력은 아니었다. 로자리아의 앞을 가로막은 이들은 바렛사의 최정예 기사들이었다. 그녀를 알아본 기사들이 검을 겨누었다. 로자리아는 윈드의 뒤에서 상황을 주시했다.

"날 어디로 데려간다는 거지?"

"저항만 하지 않으신다면 상처 입는 일도 없을 겁니다."

"저항하지 말고 얌전히 있어 달라?"

단장의 말에 로자리아가 우스운 듯 되물었다. 윈드에 뒤에 숨어 있던 그녀는 앞으로 걸어 나갔다. 그러곤 윈드와 등을 맞대며 바렛사의 기사를 주시했다.

"내 허리춤에 찬 검은 장식으로 보였나 봐."

로자리아는 데모나를 소환하여 기사들에게 겨누었다.

"유감이군요. 상처를 입히더라도 왕녀를 바렛사로 데려가야 한다."

단장이 기사들에게 명령하자 로자리아는 검을 강하게 그러쥐었다. 윈드는 검을 든 채로 바람을 조절했다. 북풍으로 불던 바람이 역풍으로 불기 시작했다. 미묘한 움직임에 단장이 눈짓으로 습격할 것을 명령했다.

바렛사의 기사가 총 일곱 명임을 확인한 로자리아는 방어술을 펼쳤다. 그녀는 제게로 오는 사내의 오른팔을 베었다. 바렛사의 검은 변칙적이고 유동적이라 검이 가는 방향을 판단하기 어려웠다. 툭, 그녀의 턱 끝에서 맺힌 땀이 바닥으로 떨어졌다. 단장으로 보이는 사내는 아직 나서지 않고 다섯 걸음 떨어진 곳에서 둘을 지켜볼 뿐이었다.

로자리아가 세 명의 기사를 베었을 때, 단장이 검을 든 채로 나섰다.

'배가 급소인 건 맞지만 보호하려는 듯한…….'

단장의 눈에 이채가 서렸다. 끝이 휘어진 검이 로자리아의 배를 찌르려고 하자, 검을 버린 윈드가 그녀를 감쌌다.

푹. 윈드의 등을 찌른 검이 시계 방향으로 비틀어졌다.

"으윽!"

쉽게 지혈하지 못하도록 더욱 검을 깊숙이 박고 근육을 찢어 냈다. 윈드는 신음을 흘리면서도 로자리아를 몸으로 감쌌다. 고통을 억누른 그가 눈을 가늘게 뜨고 주위를 살폈다. 어차피 자신은 정령이니 베어도 고통스러울 뿐, 죽을 일은 없었다. 풀썩, 바닥에 무릎을 꿇은 윈드가 바람을 조절했다.

단장이 로자리아에게 다가가려는 찰나, 윈드는 몸을 일으켜 로자리아를 안아 들었다.

"도망갈 데도 없는데 어딜 가겠단 거지?"

바람이 거세게 불어 바로 앞의 광경도 보이지 않자, 단장이 눈을 찌푸렸다. 모래가 섞인 바람에 팔을 들어 시야를 가리는 찰나, 저 멀리 도망가는 윈드가 보였다.

"쥐새끼 같은 놈!"

도망가 봤자 강이었다. 배를 준비해 둔 바르세데스의 병사에게 공작부인을 데려왔다 속여 죽였으니 배로 강을 건너진 못할 것이다.

풍덩. 핏물이 흐르는 채로 윈드는 강으로 뛰어들었다.

"오래 버티지 못할 거다. 강 주변을 샅샅이 뒤져."

시야에서 사라진 둘을 본 단장이 기사들에게 명령했다. 강만 건너면 곧 테베의 국경이었다. 어떻게 해서든 왕녀가 테베로 돌아가는 일은 막아야 했다.

윈드는 로자리아를 먼저 뭍으로 올려 주었다. 정령이라 물속에서 숨이 막힐 일은 없었지만 오랫동안 강물에 잠겼던 몸이 서늘했다.

"하아, 하아."

숨을 몰아쉰 로자리아가 윈드의 손을 붙들어 강에서 빠져나오는 걸 도와주었다.

"배로 건너는 건 무리야."

"저도 그렇게 생각합니다."

로자리아는 윈드의 상처를 치료해 주었다. 그러고 난 뒤 강가 주변에서 노엘과 아델을 기다렸지만 둘의 흔적을 찾을 수 없었다. 로자리아는 눈을 가늘게 좁히며 주위를 살폈다.

"바렛사의 병사나 기사들은 없는 것 같아."

"죄송합니다. 제가 인기척을 먼저 느꼈어야 했는데……."

정령인 윈드는 물론, 정령술사인 로자리아도 사람의 기척에 예민했다. 그러니 윈드만의 잘못은 아니었다.

"바렛사에서 주술을 썼을 수도 있어."

"그럴 수도 있겠군요."

윈드는 고개를 끄덕이며 수긍했다. 방금 전에는 아무것도 느껴지지 않았던 탓이다.

"아델과 노엘은 괜찮을까?"

"둘 다 실력자이니 괜찮을 겁니다."

병사의 수는 많았지만 최정예 기사들과 맞붙은 건 아니었다. 병사들에게 검을 휘두르다 적당한 틈에 빠졌으면 좋으련만.

조금 더 기다렸지만 아무도 보이지 않자, 로자리아는 강가로 다가갔다. 그녀는 눈을 감고서 물을 부리는 수목(水木) 마린을 불렀다.

좌라락. 거대한 나무뿌리가 물길을 휘감자 강물이 두 갈래로 나뉘며 치솟았다. 강물이 갈라지며 건널수 있는 길목이 생겼다. 마나가 떨어지기 전에 로자리아와 윈드는 강을 건넜다.

반나절이 지나자 저 멀리 테베의 국경이 보였다. 로자리아는 로브를 깊이 눌러쓴 채 경계로 향했다. 왕녀인 신분이 탄로날까, 머리 색과 눈 색을 잠시 바꾸는 것도 잊지 않았다. 그녀는 신분을 요구하는 병사에게 이스타샤의 자유민을 뜻하는 신분패를 내밀었다.

늦은 새벽이 되어서야 로자리아는 윈드와 함께 테베의 수도에 도착했다. 흉흉한 수도의 분위기는 왕의 죽음을 알려 주는 듯했다.

수도의 대저택, 테베 성으로 가기 전 마지막 날 밤이었다. 상아로 깎아 만든 의자에 앉은 사내가 요안나를 날카롭게 주시했다. 탁한 금발에 색을 빼자 왕녀의 것처럼 보였다. 왕성에 가기 전에, 보름이 채 되지 않는 시기 동안 요안나는 궁중 예법과 예절을 익혔다. 그 짧은 시간 동안 요안나는 능숙하게 예법을 해내었다. 완벽하진 못해도 눈속임은 할 정도였다.

"그런 대로 봐줄 만하군."

의자에 앉은 마르쉬가 턱을 괸 채로 요안나를 지켜보았다.

"감사합니다, 저하."

요안나는 긴장이 역력한 얼굴로 대답했다.

"왕성에 가게 되면 다들 널 로자리아 왕녀로 알 거다."

"……하지만."

"하지만?"

마르쉬가 낮아진 목소리로 묻자 요안나는 목울대를 삼켰다.

"네가 해야 할 일이 뭐라고 했지?"

"장례식이 끝난 후 왕녀로서 후계자 자리를 포기하는 거예요."

요안나는 떨리는 목소리로 대답했다.

"좋아, 요안나. 아니, 로자리아. 앞으로 왕녀로서 행동하거라."

마르쉬는 흡족한 얼굴로 고개를 끄덕였다. 테베의 후계자 자리를 빼앗은 뒤, 로자리아 왕녀를 바렛사로 데려갈 계획이었다. 다리를 오만하게 꼰 마르쉬의 입꼬리가 올라갔다.

그때, 국경으로 보낸 전령이 마르쉬를 찾아왔다. 요안나는 눈치껏 자리를 비켰다. 둘만 남게 되자 전령이 마르쉬에게 고했다.

"왕녀를 놓쳤습니다."

"바렛사에서 최정예 기사들을 보냈는데 그걸 놓쳤다고?"

팔걸이를 쥔 그의 손에 힘이 들어갔다.

"강으로 뛰어든 터라…… 붙잡을 수 없었다고 합니다."

"강에 빠져서라도 찾아냈어야지!"

황자의 격노에 전령은 말없이 고개를 숙였다. 강에 빠졌다면 살아날 가능성이 희박했다.

"왕녀의 가치는 높아. 죽이지 말라고 했거늘."

로자리아는 이용하기 까다로운 상대였지만 그만큼 바렛사로 회유할 가치가 있는 여자였다.

"흔적은 찾았나?"

"병사들을 시켜 강 일대를 샅샅이 뒤지고 있지만 흔적을 발견하지 못했습니다."

"죽었다면 시신이라도 거둬."

마르쉬의 말에 전령은 묵례로 답을 대신했다.

'……그 여자가 그토록 쉽게 죽을 리가 없다!'

격노로 잘게 떨리던 손이 멎었다. 평정을 되찾은 마르쉬가 대기 중이던 기사에게 명령을 내렸다.

"요안나를 준비시켜. 왕성으로 가는 일정을 더 서둘러라."

아쉽긴 해도 지금이 기회였다. 가짜 왕녀를 시켜 테베의 후계자 자리를 포기시키면 그만이었다.

다음 날, 날이 밝자 로자리아는 윈드와 함께 성을 찾았다. 테베의 왕성에서 왕의 장례식이 거행되던 때였다.

"신분을 밝히십시오."

"이스타샤에서 로테사왕의 죽음을 기리기 위해 온 사절단입니다."

성에 도착하자 경비병이 신원을 요구했다.

"로브를 벗으십시오."

로자리아는 로브를 벗는 대신 신분이 기록된 서류를 보여 주었다. 사흘 전 요안나가 도착한 이후로 성의 경계가 무척 삼엄해졌다. 신원을 확인한 경비병이 창을 거두었다.

"이스타샤에서 오셨군요. 들어가셔도 좋습니다."

경비병은 이들을 성안으로 들여보냈다. 이스타샤 황가에서 신원을 보증한 이였으니 함부로 의심할 수 없었다.

성문을 통과한 로자리아는 걸음을 멈춰 테베의 성을 올려다보았다. 수년이 지났는데도 성의 구조는 그대로였다. 오늘이 왕의 장례를 치르는 날이었다. 장례식은 본궁에서 치러졌으며, 테베의 중앙 귀족들만이 참여할 수 있었다.

로자리아는 윈드와 함께 본궁을 향해 걸었다. 왕성 전체가 왕의 장례로 부산한 터라, 아무도 로브를 쓴 여인에게 관심을 두지 않았다. 왕의 부재로 인해 흐트러졌을 거란 예상과 달리, 성안의 경계 또한 엄중했다.

오래 지나지 않아 로자리아는 본궁에 도착했다. 장례식이 시작할 시간이 훌쩍 지났기에 성문은 굳게 닫혔다.

"본궁에 들어가지 못하십니다."

창을 든 기사가 로자리아를 제지했다. 관례에 따라 왕의 장례는 엄격하게 치러졌다. 입장할 시간이 늦은 것은 물론, 명부에 기록된 귀족들은 이미 모두 참석한 후였다.

'따로 명령을 내린 건가.'

본래는 경비병이 맡아야 할 자리를 왕의 직속 기사에게 맡긴 이유가 있었나. 로자리아는 기사의 독특한 억양에 눈을 가늘게 떴다.

"왕명입니다. 지금 들어가실 수 없습니다."

"테베의 왕께서 돌아가셨다고 들었다. 한데, 누가 내린 명령이라는 거지?"

"왕녀님께서 내리신 명령입니다."

기사는 고압적이었다. 왕이 죽고 나면 왕녀가 왕위를 이을 후계자였고, 왕녀의 명령에 따르는 상황에서 네깟 것이 무얼 할 수 있느냐는 태도였다.

로자리아는 굳게 잠긴 철문을 바라보았다. 저 안에 가짜 왕녀가 있을 터.

"왕녀가 내린 명령이라고 하였나?"

"그러니 명부에 기록되지 않았다면 들어가실 수 없습니다."

기사는 엄중한 태도로 경고했다. 로자리아는 이스타샤 황가의 서신을 보여 주었다. 그걸 보았음에도 기사는 물러서지 않았다. 오히려 기사는 주위를 둘러보며 누군가에게 알릴 틈을 보고 있었다.

"그대, 바렛사의 기사로군."

로자리아는 윈드에게 눈짓했다. 무언가 눈치챈 기사가 달려가기 전에 윈드가 단번에 제압했다.

"왜 도망가는 거지? 그대의 주군에게 알려 주기 위해서?"

"으윽, 놔라!"

로자리아는 윈드에게 붙잡혀 바닥에 엎드려진 기사를 내려다보았다. 윈드는 쓰러진 기사를 일으켜 세웠다. 붙잡힌 채로 로자리아와 마주한 기사가 벗어나기 위해 버둥거렸다.

"왕의 죽음을 기리기 위해 온 거니 황자에게 알릴 필요는 없어."

"무슨 짓을 하려는 거지?!"

퍽. 로자리아는 도망가려던 기사의 뒷목을 후려쳤다.

"장례식이 끝날 때까지 푹 자면 될 거야."

풀썩, 바닥에 쓰러지는 소리와 함께 기사는 정신을 잃었다.

"윈드, 묶어서 창고에 넣어 놔. 내가 온 걸 알지 못하게."

"알겠습니다, 로즈."

윈드는 축 늘어진 기사를 붙들었다. 홀로 남게 된 로자리아의 시선이 장례식이 있는 본궁을 향했다.

왕성의 본궁에서 로테사의 장례식이 시작되었다. 요안나가 왕성에 온 지 사흘이 되던 날이었다. 테베의 중앙 귀족과 바렛사의 황자가 모인 자리는 왕의 죽음을 기리듯 엄숙했다. 검은 장막이 쳐진 곳에서 귀족들은 왕의 죽음을 애도했다.

그때였다. 철문이 열리고 검은 드레스를 입은 여인이 바렛사의 황자와 함께 본궁에 들어섰다.

"로테사왕의 죽음에 애도를 표하는 바이오."

테베 귀족들의 시선이 마르쉬와 여인에게로 쏠렸다. 귀족들이 웅성거렸다. 수년 만에 왕녀가 바렛사의 황자와 나타났다. 왕녀가 이스타샤 공작과 결혼했기 때문에 왕국과 바렛사의 사이가 틀어질 거라며 우려했던 귀족들조차 놀라워했다.

테베의 귀족들은 혹시 예언이 사실인 게 아니냐며 목소리를 낮추며 속삭였다. 이미 왕의 장례는 그들의 주요 관심사가 아니었다. 왕이 죽기 전까지 테베는 줄곧 이스타샤의 줄에 섰다. 왕의 마지막 혈육이었던 로자리아 왕녀를 이스타샤로 보내면서 테베에 대한 이스타샤의 지배력은 더욱 확고해졌다.

귀족들은 어째서 이스타샤로 간 왕녀가 바렛사의 황자와 같이 있는 건지 궁금해했다. 그들은 테베의 유일한 후계자인 로자리아 왕녀가 바렛사의 편에 섰다는 소식에 의아한 반응을 보였다. 이스타샤의 황족이 된 왕녀가 테베의 왕이 될지도 귀족들의 관심사였다.

귀족들은 수년 만에 나타난 왕녀를 호기심 어린 시선으로 쳐다보았다.

요안나는 움츠린 어깨를 곧게 폈다. 경박하게 보이지 않도록 발끝에 힘을 주며 유리관을 향해 다가갔다. 유리관에 든 주검이 바로 왕이었다. 왕에 대한 무성한 소문만 들었지, 실제로 보는 건 처음이었다. 천민으로 태어났기에 먼 발치에서도 왕을 보지 못했다.

'왕녀에게 잔혹한 아버지였지만 어쨌든 혈육이니 슬퍼해야겠지.'

요안나는 처연한 얼굴로 고개를 숙였다.

"……아바마마."

그녀는 다리에 힘이 풀린 듯 유리관 앞에서 털썩 주저앉았다. 그 모습을 보며 귀족들은 숨을 삼켰다. 상아색 금발은 수년 전 왕녀의 것과 같았으며, 어딘지 모르게 경건해 보였다. 검은 장갑을 낀 요안나가 유리관을 어루만졌다. 그러곤 죽은 왕의 뺨을 쓰다듬으며 애처롭게 울었다. 왕에게 마지막 작별을 고하는 건 왕녀의 몫이었다.

"흐흑, 아바마마……."

요안나는 목소리를 죽이며 흐느꼈다. 그녀는 저를 멀리서 보는 마르쉬의 시선을 느끼며 고개를 숙였다.

"아바마마, 어찌 저를 두고 가시나요?"

겨우 정신 차린 요안나는 떨리는 입술을 움직였다. 어차피 들키면 죽은 목숨, 거리낄 것이 없었다. 그런 왕녀를 보며 눈시울을 붉히는 귀족 부인도 있었다.

두근두근. 요안나의 심장이 미친 듯이 요동쳤다. 누군가 나서서 왕녀가 아니라고 손가락질할 것만 같았다. 그러나 아무런 말이 나오지 않자 요안나는 고개를 들었다. 그녀는 바닥에 주저앉은 채, 목에 걸린 사파이어 목걸이를 틀어쥐었다.

'내가 진짜 왕녀야.'

왕녀가 와도 그녀의 자리를 빼앗진 못했다. 테베와 이스타샤, 바렛사의 깊은 관계 따위 길거리에서 자라난 그녀에겐 어려웠다. 하지만 이것 하나만큼은 확실했다. 바렛사의 황제가 될 사내가 자신을 봐주고 있다는 것. 이 목걸이가 대수랴. 더 귀한 것도, 더 가지기 힘든 것도 제 손아귀에 거머쥘 수 있었다.

'영원히 속이는 것도 아냐. 잠시만 테베 귀족을 속이면 앞으로 평생 걱정 없이 살 수 있어.'

요안나는 마르쉬의 말을 떠올렸다. 이 일만 성공하면 테베의 귀족이든, 바렛사의 귀족이든 원하는 자리를 내어주겠다고 하지 않았던가.

귀족들의 차례가 끝났고 왕녀의 애도가 마지막이었다. 왕녀의 애도가 끝나면 왕의 시신을 불태우는 것으로 장례는 끝이었다.

'장례가 끝난 후에 후계자 자리를 포기한다는 선언만 하면 돼.'

요안나는 입술을 질끈 깨물었다. 채 하루도 안 되는 시간이었다. 이 시간만 버티면 비참한 거리에서 벗어날 수도, 원하는 건 뭐든지 가질 수도 있었다.

한때 테베를 다스렸던 왕, 로테사의 시신이 화르륵 불꽃에 타올랐다. 드디어 기다렸던 장례식이 끝이 났다. 눈물을 닦아 낸 요안나는 단상 위로 걸어갔다. 새로 부임한 재상, 월터가 요안나의 뒤에 섰다. 월터는 중앙 귀족들의 동의를 얻어 재상이 된 원로 귀족이었다. 그는 바렛사를 지지하는 귀족으로 왕녀를 이스타샤에 보내는 데 반대했던 자였다. 귀족들의 시선이 몰리자 재상이 운을 뗐다.

"선황께서 서거하셨기에 로자리아 왕녀께서 테베의 유일무이한 후계자이십니다."

귀족들의 호기심 어린 시선을 받으며 요안나가 앞으로 나섰다. 후계자. 그 말만으로도 요안나의 심장이 두근거렸다. 들킬까 걱정했던 불안감은 잊은 지 오래였다.

요안나는 두 손을 단정하게 모으며 말했다.

"선황 폐하의 죽음에 깊은 애도를 표하는 바입니다."

앞으로 한마디만 하면 끝이었다. 요안나는 떨리는 입술을 겨우 움직였다.

"제가 부왕의 유일한 혈육이자, 데모나 후작가의 계통을 이은 건 다들 아실 겁니다."

반대하는 귀족은 없었다. 지금에 와서 왕의 방계 혈족을 내세우기엔 명분이 미약했다. 테베의 왕이 된다는 건가? 모든 귀족의 시선이 요안나를 향하자 긴장감에 그녀의 몸이 떨렸다. 그녀를 벌레보다 못한 미천한 존재로 내려다보던 귀족 남자들이 지금은 눈도 제대로 마주치지 못했다. 숨을 깊게 들이쉰 요안나는 마르쉬가 알려 준 대로 운을 뗐다.

"하지만 오래전, 바로 이스타샤로 떠났기에 테베의 실정을 잘 모르는 상황이에요."

요안나의 말에 귀족들은 그들의 귀를 의심했다. 분명 왕녀가 후계자 자리를 확정하기 위해 온 거라 생각했다. 몇몇 귀족은 후계자로서 할 소리냐고 속으로 의문을 가졌다. 다른 귀족들조차 이스타샤로 떠나기 전이나 지금이나 왕녀가 멍청한 건 같다며 속으로 조소했다.

"하지만 왕녀 저하, 왕녀 저하야말로 선황 폐하의 정통한 후계자이십니다."

왕녀가 일부러 떠본다고 생각했던 한 귀족이 입에 발린 말을 하자, 요안나는 고개를 가로저었다.

"전 바르세데스 공작님과 결혼했기에 줄곧 이스타샤에서만 지냈어요. 테베의 왕정은 물론, 상황 또한 제겐 어려운 일이에요."

귀족들은 아연실색했다. 테베의 여인은 결혼하면 남편의 가문을 따랐지만, 로자리아는 왕녀였다. 왕위를 이어야 할 왕녀의 입에서 저런 소리가 나올 줄은 그 누구도 예상치 못했다.

요안나는 순진무구하면서도 말간 미소를 지으며 말했다.

"전 줄곧 공작님과 이스타샤에서 살 생각이에요. 제게 왕위는 과분한 자리라고 생각합니다."

멀리서 이를 지켜보던 마르쉬가 흡족한 미소를 짓자 요안나는 안심했다. 모든 것이 순조로웠다. 정말로 왕녀를 위하는 이는 없었는지, 혹은 왕에게 버림받았던 왕녀가 테베를 망칠 거라 생각했는지 진심으로 말리는 이는 없었다. 후계자 자리를 포기하고 왕의 먼 후손에게 왕위를 잇게 하면 그만이었다. 마르쉬는 당황하는 테베 귀족들을 보며 조소했다.

"저 로자리아, 왕녀로서 테베를 위해 후계자 자리를 포기하겠어요."

두 손을 꽉 그러쥔 요안나가 수일 동안 연습했던 말을 내뱉었다. 여기 선 모든 귀족이 들을 수 있도록 선명하고도 큰 목소리였다. 홀에 있는 귀족들이 경악했다. 왕이 죽고 나서 왕위를 이을 거라 생각했던 왕녀가 너무나도 쉽게 왕위를 포기하는 게 아닌가!

"제가 왕위를 잇지 않는 편이 테베를 위한 길이라 생각해요."

"그건 테베의 왕녀로서 내린 결정인가요?"

그 순간, 목소리가 들려왔다. 로브를 쓴 여인이었다. 그녀가 터벅터벅 요안나를 향해 다가갔다. 갑작스러운 인영에 기사들이 달려왔으나 로브를 입은 여인은 걸음을 멈추지 않았다.

"수상한 자다! 왕녀님을 지켜라!"

'수상한 자라니.'

그녀는 피식, 낮은 웃음을 터뜨렸다. 요안나를 보는 눈빛만큼은 서늘했다.

"왕녀의 흉내를 낸다기에 기대했는데 이다지도 허술할 줄이야."

여인이 잔뜩 잠긴 목소리로 읊조렸다. 제 흉내를 내는 가짜에게 테베의 귀족들이 속았단 사실이 우스울 뿐.

"무기를 소지했을 수도 있다. 더 이상의 접근은 허용하지 못한다!"

기사들이 그녀를 향해 검을 겨누었다. 이를 침착한 태도로 지켜보던 여인이 로브를 서서히 젖혔다. 새하얀 뺨을 타고 상아색 금발이 흘러내렸다. 요안나를 내려다보는 에메랄드빛 눈동자가 선명한 빛을 발했다. 가렸던 얼굴이 드러나자 모든 귀족의 시선이 로자리아에게로 멎었다. 그녀를 본 모두가 경악을 금치 못했다. 귀족들의 시선이 로자리아를 향했다. 그녀를 향해 검을 겨누었던 기사들이 주저했다.

"……왕, 왕녀님."

재상이 아차 싶은 얼굴로 요안나를 불렀지만 그녀는 재상의 부름을 외면했다. 기사들은 혼란스러워했다. 그들은 두 명의 여인을 번갈아 보았다.

로자리아가 나타나자 요안나의 눈이 잘게 떨렸다. 결국 요안나는 힘없이 고개를 떨궜다. 왕녀 같지 않은 요안나의 모습에 귀족들이 정말로 저 여자가 왕녀가 맞느냐며 귓속말을 나누었다. 그에 반해 로자리아는 평정을 유지했다. 흔들림 없는 확고한 눈빛에 저쪽이 정말로 왕녀가 아니냐는 말들이 오갔다.

'테베의 왕녀가 정말로…….'

로자리아를 본 요안나의 얼굴이 새파랗게 물들었다. 자신과는 다른 진짜 왕녀였다. 자신이 왕녀라고 사칭했는데도 표정 하나 흐트러지지 않았다. 고귀한 태생을 알려 주듯 두 눈에 기품이 서렸고, 자신을 바라보는 시선은 오만하고도 위압적이었다.

로자리아가 요안나를 향해 말했다.

"그대가 나의 왕위를 포기한다니, 재밌는 소리로군요."

"……저는."

요안나는 더 이상 말을 잇지 못했다. 왕녀의 날카로운 시선이 닿자 그녀의 손이 잘게 떨렸다. 이런 일은 없을 거라 마르쉬가 장담하지 않았던가!

"……제가 진짜 왕녀예요!"

"그대가 왕녀다?"

로자리아는 요안나에게 흥미롭다는 듯 물었다. 요안나는 혼란에 물든 얼굴로 멍하니 로자리아를 쳐다보았다.

"왜 대답을 못 하지? 계속 왕녀라고 사칭할 생각인가?"

로자리아가 요안나에게 물었지만, 그녀는 꿀 먹은 벙어리가 된 것처럼 침묵을 지켰다.

"왕족을 사칭하는 건 대역죄입니다."

검을 든 기사가 경고하자 로자리아의 싸늘한 시선이 그에게로 향했다.

"그렇다면 왕녀를 못 알아본 그대들의 처사는 어찌해야 할까."

로자리아의 말에 기사들은 서로의 얼굴을 쳐다보았다. 검을 거둘 수도, 그렇다고 계속 겨눌 수도 없는 상황이었다. 눈치 빠른 재상이 로자리아에게 소리쳤다.

"여기가 어느 안전이라고 왕녀님을 사칭하는 건가!"

요안나는 안도했다. 진짜 왕녀가 나타난다면 바로 목이 잘릴 거라 생각했건만, 재상과 바렛사의 황자는 그녀의 편이었다.

"증명?"

로자리아가 헛웃음을 터뜨렸다.

"선황이 내게 남긴 인장은 없으나, 데모나의 가주셨던 어머니께서 남긴 증거가 있다."

로자리아의 말에 귀족들이 웅성거렸다.

"내가 왕녀가 아니라고 여긴다면 검을 들어 내 목을 베어라."

그러나 누구도 감히 검을 휘두르지 못했다. 그걸 보던 로자리아가 허리춤에서 데모나를 꺼내 들었다. 예리한 금빛의 검이 모습을 드러냈다.

"왕녀로서 명령하지. 내게서 물러서라."

주저하던 기사들이 하나둘씩 검을 내렸다. 하지만 여전히 그녀에게 검을 겨누는 자들도 있었다.

"왕녀를 알아보지 못한 그대가 어찌 기사의 자격을 갖출 수 있나."

로자리아는 검을 쥔 손에 꽈악 힘을 주었다. 그러고는 그녀를 위협하는 기사를 향해 검을 휘둘렀다. 동시에 검을 든 기사가 그녀를 향해 달려들었다. 로자리아는 허리를 숙여 검을 피했다.

"윽."

단번에 날카로운 검이 기사의 목울대를 겨누었다. 기사의 목을 벨 것 같았던 로자리아는 검을 거두었다. 그녀가 쥔 금빛의 검날이 선연히 빛났다.

"내가 바렛사의 황녀, 비올라와의 대전에서 이겼다는 건 들었겠지."

로자리아는 잠긴 목소리로 말을 이었다.

"보아라. 내 검, 데모나가 내가 왕녀란 증거다."

"모두 검을 내려라!"

이를 지켜보던 기사단장이 기사들에게 소리쳤다. 요안나를 왕녀라고 생각하던 기사들조차 검을 내렸다.

"저것의 말에 속지 마라! 내 곁에 있는 분이 진짜 왕녀님이시다!"

재상은 요안나를 가리켰다. 그러고는 말을 이었다.

"왕녀님께선 검을 배우신 적이 없소!"

다급한 외침에 귀족들의 시선이 월터를 향했다. 그는 감옥에 갇힌 전(前) 재상과 함께 오래전부터 로테사를 보필했던 최측근이었다. 이스타샤의 성녀가 왕녀에 관한 예언을 했을 때도, 왕이 왕녀를 죽이라는 명령을 내렸을 때도 곁에 있던 자였다. 월터는 로자리아와 눈이 마주쳤지만 주저하지 않고 입을 열었다.

"왕녀님께선 수년 전이나 지금이나 변함없으신 분입니다. 제가 아는 왕녀님께선 검을 드신 적이 없습니다."

로자리아는 월터에게 물었다.

"재상께선 그 말에 책임질 수 있나?"

곧바로 대답할 것 같았던 월터가 머뭇거리자 로자리아는 이를 지켜보는 마르쉬에게 말했다.

"바렛사의 황자께서도 나를 모른다고 하실 생각인가요?"

"……."

마르쉬는 대답 대신 침묵을 택했다. 그의 눈이 가늘어졌다. 설마하니 사칭을 계획한 자신에게 물을 줄은 몰랐다. 원래 계획대로라면 어떻게든 로자리아가 오는 것을 막았어야 했다. 요안나를 '왕녀'라고 밀었던 계획이 틀어졌다. 진짜가 나타난 이상 왕녀의 사칭을 돕는 건 다른 문제였다.

그때, 문이 열리며 제복을 입은 두 명의 기사가 들어섰다. 테라강에서 헤어졌던 노엘과 아델이었다.

"왕녀님, 먼저 도착하셨군요."

아델이 로자리아를 보며 반색했다. 본궁 근처에서 윈드와 마주친 그들은 단번에 상황을 눈치챘다. 그들은 거리낌 없이 로자리아에게 다가가 읍했다. 귀족들의 시선이 노엘에게로 향했다. 그가 입은 제복은 테베의 귀족들도 잘 아는 것이었다. 금색 견장에 남색의 제복, 분명 로열 기사단 소속이었다. 노엘은 테베의 귀족들을 훑어보며 말했다.

"수년 전에 보았다곤 하나, 어찌 가신과 기사 된 자로서 왕녀님을 못 알아보는 겁니까?"

그는 로자리아에게 묵례한 뒤, 우두커니 서 있는 요안나에게 다가갔다.

"나는 바르세데스 공작을 모시는 기사이자 로열 기사단의 부단장이다. 나와 함께 들어온 여인은 교황청 소속이며 성기사였다."

"그, 그게 어쨌다는 거죠?"

요안나가 떨리는 목소리로 물었다.

"공작 부인께선 테베의 왕녀이시자 이스타샤의 황족이시다. 왕녀를 사칭하는 건 테베만의 문제가 아니야."

스릉, 노엘이 검을 꺼내 들어 요안나의 목을 겨누었다. 날카로운 기백에 재상조차 노엘을 제지하지 못했다. 로자리아는 겁에 질린 요안나를 향해 걸어갔다.

"데모나 가문은 물론, 바르세데스까지 우습게 만들 생각인가?"

요안나는 그제야 주위를 둘러보았다. 재상 말고는 그녀의 편을 들어 주는 이가 없었다. 도와줄 것 같았던 마르쉬조차 손을 놓고 방관했다. 울음을 터뜨린 요안나가 울먹이며 소리쳤다.

"아니야, 아니에요. 저 여자가 가짜예요!"

철썩. 요안나의 고개가 세차게 돌아갔다. 뺨을 맞은 그녀는 지금의 상황을 받아들이지 못했다.

"내가 진짜 왕녀……."

철썩. 여린 살이 터지며 입가로 피가 새어 나왔다.

"주제도 모르는 계집이 어디서 로자리아 님을 사칭하나."

노엘은 자비 없이 요안나의 뺨을 쳤다. 기사로서 여인에게 함부로 손을 댈 수 없었으나 지금은 예외였다.

"왕녀님께 무례하다!"

월터가 소리쳤지만 노엘은 그에게 시선조차 주지 않았다.

'저런 것들도 기사라니.'

그는 우왕좌왕 갈피를 못 잡는 테베의 기사들을 보며 혀를 찼다. 이렇게나 해이하고 방만할 수 있나. 노엘은 속으로 중얼거렸다. 바르세데스의 로열 기사단으로서 지금의 상황이 이해가 가지 않았다.

"감옥에 있는 재상이 할 말이 많아 보이던데."

노엘은 쓰러진 요안나를 지나쳐 월터에게 속삭였다. 노엘과 아델은 바렛사의 기사들을 따돌린 후 곧바로 왕성으로 향했다. 한때 로테사왕을 보필했으나, 지금은 감옥에 갇힌 재상을 찾아가 이야기를 들었다. 왕녀가 가짜인 걸 알고 알리려다 갇혔단 것도.

"감옥에 갇힌 건 운이 좋은 편이지. 그렇지 않습니까, 재상."

노엘은 라쉬드가 내린 명령을 기억했다. 누구든 로자리아를 사칭한다면 자비를 두지 말라고. 노엘이 나서는 걸 지켜보던 로자리아가 바닥에 쓰러진 요안나를 향해 다가갔다.

"다시 말해도 좋다. 그대가 정말로 왕녀이며 내가 가짜였다고."

로자리아는 요안나의 턱을 그러쥐며 고개를 들게 했다. 왕녀의 서늘한 손이 닿자 요안나는 흠칫 놀라 몸을 떨었다. 로자리아와 눈이 마주친 요안나의 눈동자가 흔들렸다.

왕에게 버림받은 가엾은 왕녀. 후계자로서 능력도 자질도 없는 무능한 여자. 귀족들이 이야기하던 것과 너무나도 달랐다. 위압적인 시선에 요안나는 눈을 내리깔았다. 할 수만 있다면 이 자리에서 도망치고 싶었다.

하지만 그럴 수 없다는 사실을 잘 알았다. 요안나는 고개를 틀어 마르쉬를 바라봤다. 상황을 관조하던 마르쉬가 나섰다. 그는 바렛사의 기사들을 이끈 채 로자리아에게 접근했다.

"로자리아 왕녀는 이스타샤를 버리고 바렛사를 택했다."

마르쉬는 로자리아의 손목을 붙잡았다.

"나는 이스타샤에서 왕녀를 보았으니 이것만은 확실해. 그대가 가짜란걸."

마르쉬가 가리킨 건 로자리아였다. 로자리아가 왔음에도 마르쉬는 계획을 철회하지 않았다. 사실이 발각되면 바렛사가 테베의 주도권을 가지기 위해서 사칭을 도왔다는 오명을 뒤집어쓰게 될지라도, 마르쉬는 기꺼이 위험을 감수했다.

"지금 이건 내정간섭이다."

"테베의 귀족들이 해결하지 못하니 내가 나설 수밖에."

마르쉬가 묘한 미소를 지으며 말을 이었다.

"왕녀를 사칭한 이 계집을 감옥으로 끌고 가라."

마르쉬가 바렛사의 기사들에게 명령했다. 어차피 테베의 기사들은 확신이 서지 않으니 나서지 못할 터. 재상의 멱살을 잡던 노엘이 더러운 것이라도 된 듯 내던졌다. 어느새 그는 로자리아의 곁으로 와 있었다.

마르쉬는 로자리아에게만 들리도록 속삭였다.

"왕녀를 도와줄 바르세데스도, 이스타샤의 기사들도 없어."

"이런 식으로 테베의 군사권을 가지겠다고?"

"그대의 호위들이 다치는 걸 보기 싫으면 얌전히 붙잡히는 게 좋을 거다."

마르쉬의 위협에 로자리아는 검을 들어 그의 목을 겨누었다.

"그 말 그대로 돌려주지. 귀한 얼굴에 상처 나기 싫으면 바렛사 기사 뒤로 숨는 게 좋을 거야."

바렛사의 기사들이 검을 꺼내 들자, 테베의 귀족들은 비명을 지르며 도망쳤다. 마르쉬는 테베의 귀족들이 본궁을 빠져나가는 걸 그대로 두었다. 그의 시선이 이런 상황에서도 침착한 로자리아를 향했다.

"본능적으로 배를 움켜쥐더군요. 급소라 그렇다 쳐도 무언가 이상했습니다."

기사에게 보고받은 마르쉬가 로자리아를 떠보듯 말했다.

"공작의 아이를 가졌나?"

"무슨 소리를 하는지 모르겠군."

마르쉬는 로자리아의 표정을 예의 주시했다. 로자리아의 눈이 미세하게 흔들렸다.

"고작 네 명으로 바렛사의 기사들에게서 도망칠 수 있을 거라 생각하나?"

"아니, 바렛사의 기사들이 이렇게나 많은데 도망갈 수 있을 리가 없지."

로자리아는 낮게 웃으며 검을 다잡았다.

"당신은 예전이나 지금이나 착각도 잘해."

"무슨 소리지?"

로자리아의 말에 마르쉬가 눈을 가늘게 떴다.

"이곳이 내 왕성인데, 도망쳐야 할 건 바렛사의 황자 아니던가?"

무력으로는 바렛사의 기사를 전부 제압할 수 없었다. 윈드는 정령이라 죽지 않는다고 쳐도 아델과 노엘은 아니었다. 로자리아는 곁눈질로 주위를 둘러보았다. 대다수의 테베 귀족들은 도망쳤고, 남은 자들도 도망가기에 바빴다. 남은 건 저를 위협하는 바렛사의 기사와 뒤로 물러선 테베의 기사들이었다.

"공작을 따라 미쳤나 보군. 도망가지 않고 맞붙겠다고?"

"왕녀를 사칭하고 왕국에 내정간섭한 책임을 져야 할 거야."

"무슨 자신감으로 그런 소리를 하는 거지?"

마르쉬가 어이없다는 듯 헛웃음을 터뜨렸다.

"데모나를 부를 생각이거든."

그 말과 함께 데모나의 금빛 검신이 푸른 마나로 뒤덮였다. 한때 프리실라의 명령으로 자신을 죽이려던 이스타샤의 성기사 군대와 맞붙었다. 목이 잘릴지언정 적에게 항복하지 않았다. 그 수가 아무리 많다한들, 도망칠 생각은 추호도 없었다. 그건 지금도 마찬가지였다. 로자리아는 데모나를 쥔 채로 바렛사의 기사들과 맞섰다.

로자리아는 바렛사의 기사들을 주시했다. 무장한 기사들이 그녀 주위를 둘러쌌다.

"물러설 생각은 없는 거겠지."

로자리아는 마나에 휘감긴 검을 오른쪽으로 휘둘렀다. 목숨을 걸었다면 죽음은 각오했을 것이다.

"윽."

검과 검이 부딪히는 소리와 함께 기사가 뒤로 물러섰다. 로자리아는 막기에 급급한 기사에게 달려들었다. 그녀를 향해 베어 오는 칼날을 허리를 숙여 피하곤 기사의 가슴팍을 베었다.

털썩. 쓰러진 기사를 본 이들이 검을 든 채 한꺼번에 달려들었다.

'우측에 두 명. 좌측에 한 명. 정면에 세 명.'

기사들이 사냥감을 잡듯 서서히 거리를 조여 왔다. 로자리아는 정령어를 읊었다. 그러자 데모나에 감긴 푸른 마나가 한층 짙어졌다.

"그게 정말로 데모나인가?"

마르쉬가 감탄하는 소리가 들렸지만 한 귀로 듣고 흘렸다.

휘익. 횡으로 검을 베어 들자 예리한 검기에 기사들의 살갗이 베어졌다. 보다 못한 기사가 뒤에서 로자리아를 찌르기 위해 달려들었다.

그 순간, 윈드가 나타나 검으로 기사의 등을 찔렀다.

푸욱. 로자리아는 제 앞을 가로막는 기사를 붙잡아 심장에 검을 박아 넣었다. 검이 심장을 가르는 순간, 피가 폭포수처럼 튀며 그녀의 시야를 가렸다.

그때, 흐릿해진 시야로 검이 날아오는 것이 보였다. 로자리아는 숨이 멎어 가는 기사를 붙들었다. 동시에 날아오는 검을 죽어 가는 기사의 몸을 들어 막았다.

"악독한 년!"

기사가 벤 건 죽어 가는 동료였다.

풀썩. 로자리아는 추욱 몸을 늘어뜨린 기사를 바닥에 내던졌다.

"전장에서 온정이라도 베풀기 원하나."

로자리아는 그렇게 말하며 피가 묻은 뺨을 손등으로 훔쳤다.

"상처 입혀도 좋다. 어떻게서든 붙잡아."

뒤에서 로자리아를 지켜보던 마르쉬가 다시 명령을 내렸다.

"누누이 말했을 텐데. 내가 잡히는 게 아니라고."

마르쉬의 명령에 로자리아는 입꼬리를 말아 올렸다. 그녀는 두 눈을 감았다. 그러고는 데모나를 쥔 손에 힘을 주었다. 비명과 죽음이 난무하는 전쟁터에서 그녀만큼은 다른 곳에 서 있는 것만 같았다.

로자리아는 느릿하게 눈을 떴다. 동시에 아지랑이처럼 검의 주변을 감싸던 푸른 마나가 사라졌다.

"검기가 흩어졌다! 이때 바로 잡아!"

바렛사의 기사들은 틈도 주지 않은 채 밀어붙였다. 동시에 여러 방향으로 달려드는 탓에 로자리아는 눈을 가늘게 떴다.

"데모나, 나의 여제."

로자리아는 데모나의 이름을 읊었다. 부름에 대답하듯 검이 낮게 진동했다. 마르쉬는 로자리아의 검을 살폈다. 검기가 사라진 검은 한낱 무기에 불과할 터.

"네가 든 그 검이 율리아가 들었던 검이라더군."

로자리아 주변으로 서서히 안개가 짙어졌다. 검 끝에서부터 시작된 금빛의 마나가 느릿하게 움직였다. 마침내 검신이 완벽한 금빛의 마나로 뒤덮였을 때, 로자리아는 검을 든 채 마르쉬에게 다가갔다.

"윈드, 기사들을 제거해."

"알겠습니다, 로즈."

뎅그랑. 윈드는 검을 바닥에 내던졌다. 갑작스러운 움직임에 바렛사의 기사들이 눈을 의심했다. 기사가 전장에서 검을 버리는 일은 죽음을 의미했다. 항복의 의미로 검을 버리는 것도 아니었다.

"동요하지 마라! 우선 저놈부터 죽여라!"

검을 버리자 손이 한결 가벼워졌다. 윈드는 로자리아 대신 저에게로 달려드는 기사를 보며 눈가를 휘었다.

"마치 꽃에 날아드는 벌 떼 같네."

그렇게 중얼거린 윈드는 검은 로브로 얼굴을 가렸다. 동시에 그의 동공이 날카로워졌다. 정령술을 쓸 때는 눈이 정령의 것으로 변하니 보여선 안 되었다.

'지금에선 알아도 상관없겠지만.'

그 자리에서 있던 윈드의 발끝부터 투명해졌다. 빛을 점멸하며 사라지는 사내의 모습에 기사들이 긴장했다.

"젠장, 주술사다! 물러서라!"

검을 들던 아델과 노엘조차 사라지는 윈드를 보며 눈을 크게 떴다.

쨍그랑. 본궁의 화려한 유리가 깨지며 샹들리에가 끼익 흔들렸다. 심상치 않은 무거운 기운이 감돌자 바렛사의 기사들과 마르쉬는 뒤로 물러섰다.

"북쪽이다. 피해라!"

콰아앙!

그 순간, 거대한 돌풍이 왕성을 뒤덮였다. 멀쩡한 대리석 바닥에 금이 갔다.

"궁이 무너진다! 도망쳐!"

그걸 본 기사들이 소리쳤다. 도미노처럼 본궁을 지지하던 열두 개의 기둥이 쓰러지기 시작했다. 기사들이 바람에 날리지 않기 위해 기둥을 잡았으나, 그마저도 무용지물이었다.

"세상에⋯⋯."

"방금⋯⋯ 뭐였습니까?"

아델과 노엘은 검을 들다 말고 멍하니 그 광경을 바라보았다. 우왕좌왕하던 테베의 기사들도, 검을 든 채 위협하던 바렛사의 기사들도 모두 처박혔다.

"정리했습니다, 로즈."

갈비뼈가 부러져 겨우 숨만 내쉬는 자들이 수두룩했다. 오로지 로자리아가 있는 부근만이 멀쩡했다. 아델과 노엘은 윈드의 능력을 직접 보고도 믿지 못했다.

쿵. 뒤늦게 아델의 뒤에 있던 기둥이 그녀의 곁으로 쓰러졌으나, 노엘이 이를 막아주었다. 로자리아는 너무 놀라 그 자리에서 움직일 생각조차 못 하는 마르쉬에게 다가갔다. 겨우 정신 차린 기사들이 그녀를 막으려 했지만 역부족이었다.

"어때. 그대의 눈으로 실제로 보니 놀랍던가."

그렇게 말한 로자리아가 마르쉬의 목을 향해 검을 겨누었다.

"황자 저하!"

로자리아가 마르쉬를 붙잡고 나서야, 기사들이 뒤늦게 반응했다. 갑작스레 들이닥친 돌풍은 그들의 시야를 가리고 귀를 멀게 했다. 조금 전까지 앞에 있던 로자리아가 어느새 마르쉬에게 검을 겨누었다. 인기척도 느껴지지 않았다.

"기사들이 검을 버리게 해라."

"……정령술이라니, 반칙 아닌가."

"이런 상황을 원하던 게 아니었나?"

"적어도 내가 잡힐 거란 건 예상하지 못했지."

등 뒤에서 겨누어진 검에 마르쉬는 눈을 가늘게 떴다. 마르쉬는 항복하듯 두 손을 들어 올렸다. 그걸 본 바렛사의 기사들이 일제히 바닥에 검을 버렸다.

"자, 이제 어떻게 나올 거지?"

대답할 가치를 못 느꼈기에 로자리아는 마르쉬에게 대답하지 않았다. 그녀는 뒤늦게 정신 차린 테베의 기사들에게 명령했다.

"바렛사의 기사들을 포박해라."

자신들의 주군이 왕녀에게 붙잡혀 있었기에, 바렛사의 기사들은 순순히 포박되었다. 기사들은 줄에 묶이는 순간까지도 포기한 듯 저항을 그만두었다.

로자리아는 마르쉬를 본궁에서 내보낸 뒤, 기사의 보호를 받던 요안나도 따르게 했다.

"내가 왕녀의 심기를 거슬렀으니 내 목을 자를 건가?"

"우둔한 질문이로군. 고작 그대의 목숨으로 책임을 질 수 있을 거라 생각하나."

로자리아는 무너진 본궁을 지나쳐 왕성의 터에 마르쉬를 무릎 꿇게 했다.

"언제까지 그렇게 기다릴 거지?"

성벽에 숨어 틈을 보던 비올라가 입술을 깨물었다. 마르쉬를 구하기 위해 틈을 노리려고 했으나 들켜 버렸다.

'어떻게 알아차린 거지?'

비올라는 인기척을 지웠으나 로자리아는 단번에 알아차렸다. 비올라는 항복의 표시로 두 손을 올리며 걸어 나왔다.

"도망친 재상을 찾았습니다."

노엘은 도망친 월터의 목덜미를 붙들어 로자리아 앞으로 끌고 왔다. 노엘에게 붙잡힌 재상이 로자리아를 보며 억울한 듯 소리쳤다.

"전 정, 정말로 왕녀님인지 몰랐습니다. 저 요망한 계집이 절 속인 겁니다! 제발 살려 주십시오!"

노엘은 비명을 지르는 월터의 뒷목을 손등으로 후려쳤지만, 불운하게도 월터는 기절하지 않았다. 이를 보던 요안나는 벌벌 떨며 고개를 숙였다. 마르쉬는 붙잡혔고 월터는 넋이 나간 얼굴로 로자리아를 보았다.

"살, 살려 주세요, 왕녀님."

줄곧 마르쉬의 말만 따랐던 요안나였으나, 이제는 로자리아에게 빌었다. 그러자 노기가 서린 푸른 눈동자가 요안나를 향했다.

"왕녀를 사칭하여 왕국에 혼란을 가져온 건 반역죄와 같다."

"저, 저는 아무것도 몰랐습니다! 시키는 대로 했을 뿐이에요…….'

로자리아 앞에서 두 무릎을 꿇은 요안나가 애타게 빌었다. 로자리아는 벌벌 떠는 요안나를 내려다보았다. 그 싸늘한 시선에 요안나의 심장이 쿵 아래로 내려앉았다.

'……왕녀는 날 살려 주지 않을 거야.'

겁을 집어먹은 요안나는 두려움에 비는 것조차 하지 못했다. 값싼 동정으로 왕녀를 사칭한 여자를 살려 주는 건 왕족으로서 무책임한 처사였다. 지금의 선택이 테베의 관례가 될 것이며, 흔들린 왕권을 바로잡는 길이 될 것이다.

"바렛사를 끌어들여 내정간섭을 주도하고 사칭을 방조한 죄, 재상을 사형에 처한다."

조금의 흔들림도 없는 목소리였다. 그제야 뒤늦게 상황을 깨달은 월터가 로자리아 앞으로 기어가 살려 달라 빌었다.

"왕, 왕녀님. 전 선황 폐하께서 아끼시던 충신입니다. 제, 제발 이번 한 번만 자비를……."

"자비라……. 정녕 자비를 원하는 건가?"

로자리아가 묘한 시선으로 월터를 내려다보았다.

그 말을 들은 월터가 고개를 번쩍 들었다. 살려 준다는 소리인 것 같아 그는 몇 번이고 감읍했다.

"하나, 테베를 바렛사에게 넘기려고 한 죄는 그 무엇으로도 갚지 못한다."

어찌 나라를 팔아먹으려던 자에게 자비를 베풀 수가 있나. 이는 쉽게 넘어갈 수 없는 문제였다.

"왕녀로 사칭한 자 또한 죽음으로 죄를 갚을 것이다."

그때, 테베의 기사단장이 기사들을 이끌고 무너진 본궁 앞으로 찾아왔다.

"왕녀님께 감히 검을 겨눈 죄, 목숨으로 갚겠습니다."

기사단장은 로자리아에게 한쪽 무릎을 꿇고 부복했다.

"왕녀님께 예를 갖춰라!"

단장이 낮게 소리치자 기사들이 하나둘씩 무릎을 꿇었다. 기사를 따랐던 병사들도 바닥에 머리를 조아렸다.

"목숨값은 기사 작위를 받는 거로 대신하지."

로자리아는 기사단장에게 말했다. 정적에 휩싸인 주위를 둘러보던 그녀가 말을 이었다.

"나 로자리아, 부왕 로테사의 정통한 혈육이자 데모나의 후계자로서 테베의 왕위를 이을 것이다."

낮고도 위압적인 목소리가 기사들에게 선명하게 들렸다. 기사들은 검을 들었던 것을 후회했다. 뼈저리게 자신의 죄를 깨달은 그들은 자리에서 고개를 들지 못했다. 고개를 들란 명령이 떨어지자 기사들은 무릎을 꿇은 채 가슴에 손을 얹었다. 테베의 왕에게 충성하겠다는 복종의 표시였다.

아델과 노엘은 검을 찬 채로 한쪽 무릎을 꿇었다.

"테베의 왕은, 로자리아 님이십니다."

어느새 로자리아의 곁에 선 윈드도 한쪽 무릎을 꿇고서 예를 다했다. 왕위를 뜻하는 왕의 인장도, 대관식에 쓰이는 화려한 왕관도 없었지만 누구도 그녀를 부정하지 못했다. 로자리아, 그녀 자체만으로도 테베의 왕족이란 증거였다.

로자리아는 주위를 둘러보았다. 테베의 왕녀로 태어났으나, 기사들에게 왕족으로 인정받은 건 처음이었다.

"일어나도 좋다."

로자리아는 윈드의 손을 붙잡고 일으켜 주었다. 한참 후에야 다른 이들도 몸을 일으켰다. 마르쉬가 묘한 광경을 지켜보았다. 모두가 경멸하고 멸시하던 왕녀가 결국 왕위를 잇게 되었다.

"감옥에 갇힌 재상을 구출하고, 귀족들을 소집해."

"알겠습니다."

기사가 읍했다. 그들은 제각기 할 일에 따라 움직였다. 멍하니 로자리아를 보던 요안나가 흐느꼈다. 월터는 벌벌 몸을 떨며 바르작거렸다. 요안나와 월터는 감옥에 갇히게 되었다.

"나는 어떻게 할 거지?"

기사들이 물러난 후 마르쉬가 로자리아에게 물었다. 두 손에 밧줄이 묶인 채로 무릎을 꿇고 있음에도 그는 침착했다.

마르쉬는 바렛사의 황자였다. 사실상 황위가 공석이었으므로 바렛사의 황제가 될 마르쉬를 죽일 수는 없었다. 테베는 서대륙의 약소국이었고, 바렛사는 이스타샤와 맞먹는 강대국이었다. 소왕국의 왕족이 황제의 목을 벤다는 건 불가능했다.

"바렛사의 황자를 데려와라."

로자리아는 마르쉬를 감옥에 데려가는 대신, 서궁의 응접실로 끌고 가게 했다.

"황자 저하!"

무기를 버린 비올라가 그를 따랐지만 로자리아는 기사를 시켜 제지했다. 마르쉬는 순순히 요구에 따랐다. 로자리아는 기사들을 시켜 서궁의 경계를 강화했다. 왕이 지내는 본궁은 무너진 지 오래였고, 귀족들은 혼비백산하여 도망쳤다. 상황이 일단락되고 로자리아는 남궁으로 향했다. 왕의 인장을 찾고 대관식을 치러야 했다. 그러나 지금 당장 할 수 있는 일은 아니었다. 전(前) 재상, 카터가 복권되었다. 로자리아는 로테사의 죽음과 함께 갇혔던 귀족들을 풀어주었다. 그 후 그녀는 남궁의 집무실에서 서신을 작성했다.

'라쉬드가 걱정하고 있을 거야.'

이스타샤의 케딜락으로 전언을 보내기 위함이었다. 로자리아는 서신에 사칭한 왕녀와 이를 도운 귀족들을 붙잡았고, 마르쉬는 서궁에 감금되어 있다고 써 내려 나갔다. 그녀는 꾸욱 힘을 주던 깃펜을 종이에서 떼어 냈다. 그리고는 붉은 밀랍으로 봉했다.

"윈드, 노엘에게 이걸 전해 줘. 케딜락으로 전언을 보낼 거야."

"알겠습니다."

로자리아의 곁을 지키던 윈드가 서신을 받아 들었다. 로자리아는 노엘을 전령으로 보내자 한결 안심되었다.

그로부터 사흘이 흘렀다. 테베에서 처리할 일이 산더미였다. 그러니 곧바로 이스타샤를 떠나기엔 곤란했다. 로자리아는 피곤한 눈가를 어루만졌다. 그녀는 귀족들이 올린 안건을 살폈다. 개중에는 교묘히 기록을 바꿔 횡령을 일삼는 자도 여럿 있었다. 과거에는 글도 몰랐지만 지금은 아니었다. 상단을 직접 운영한 덕에 횡령한 흔적을 어렵지 않게 찾아내었다.

"윈드, 아론 백작과 샤일롯 후작을 불러."

처음에는 아니라고 발뺌하던 이들이 결국엔 큰 잘못인지 몰랐다며 빌었다. 아랫사람의 실수이니 너그럽게 봐 달라는 귀족들도 있었다.

'용케 나라가 돌아간 게 신기할 따름이야.'

왕비가 살아 있었을 때는 왕성의 기강이 이 정도로 문란하지 않았다. 하지만 왕비가 왕에게 죽임을 당하고, 왕이 왕녀를 죽이려는 모습은 귀족들에게 틈을 주었다.

'귀족들에게 틈을 보여선 안 돼.'

로테사와는 다른 길을 걸을 것이다. 예언은 물론, 테베는 이스타샤에 휘둘리지 않아야 했다. 이스타샤의 황족이라 하더라도, 테베를 왕위를 잇는다면 그에 따른 책임을 져야 했다. 왕위를 잇기 위해선 먼저 대관식을 치러야 했다. 타국의 왕족과 귀족들도 참여할 수 있도록 일주일 뒤로 시기를 정했다.

로자리아는 남궁의 침실에서 그녀의 모습을 살폈다. 시녀들의 도움을 받아 의복을 테베식으로 갈아입었다.

'이스타샤 공작과 결혼했으니 반기는 자들도 있겠지만, 의심하는 자가 더 많겠지.'

로자리아는 드레스를 걸치는 대신, 금빛 자수가 놓인 검은 제복을 걸쳤다. 그녀는 귀족들이 모여 있는 회의장으로 향했다. 무너진 본궁 대신 남궁에 있는 회의장이 쓰였다. 로자리아의 뒤로 수십의 기사가 뒤따랐다. 아델과 윈드는 가장 앞에서 그녀를 호위했다.

'예전과 달라졌어.'

열다섯, 이스타샤로 떠나기 마지막 연회에선 오직 한 명의 시녀만이 그녀를 뒤따랐다. 지금은 수십의 사람이 그녀를 뒤따랐다. 마냥 기쁘기보다 무거운 책임감이 느껴졌다.

"전하, 오셨습니까."

회의장에 도착하자 기사들이 가슴에 손을 얹고 묵례했다. 아직 공식적으로 왕이 된 건 아니었지만 기사들은 그녀를 왕으로 대했다.

"왕녀님께서 드십니다."

이윽고 거대한 철문이 열리며 기사가 소리쳤다. 끼익. 굳게 닫혔던 문이 열리고 빛이 새어 나왔다. 로자리아는 흐트러짐 없는 자세로 앞으로 걸어 나갔다.

"왕녀님께 예를 갖추십시오."

윈드가 나지막이 고했다. 그 자리에 있던 귀족들의 시선이 모두 그녀에게로 향했다. 수년 전, 왕에게 버림받은 왕녀라며 비웃던 귀족들조차 눈을 내리깔고 고개를 숙였다.

마르쉬가 서궁에 갇힌 지 나흘이 지났다. 바렛사의 기사들은 왕성을 떠나 수도 밖에서 머무르게 되었다. 그들의 동태는 테베의 기사들이 감시하게 되었다. 행여 수상한 짓을 한다면 황자의 목숨은 보장할 수 없을 거란 경고 때문에, 그들은 쉽사리 움직일 수 없었다. 검을 빼앗긴 비올라는 두 손에 무거운 사슬을 찬 뒤에야 마르쉬를 만날 수 있었다. 황자를 보고서도 그녀는 방 안을 둘러보기 바빴다.

"여기 무기가 될 만한 건 없어, 비올라. 왕녀가 그 정도도 감안 못 했을까."

마르쉬는 소파에 벌러덩 누워 중얼거렸다.

"어찌 그리 태평하십니까?"

비올라는 무거운 한숨을 삼켰다. 비록 테베가 소왕국이라 자신들을 처리하진 못한다 해도 이스타샤의 동맹국이었다. 예전에는 이스타샤와 바렛사 사이의 눈치를 보기 바빠 허울 좋은 동맹에 불과했으나 지금은 왕이 될 왕녀가 이스타샤의 공작과 혼인한 상황이었다.

"왕위를 잇게 된다면 테베는 이스타샤의 군사동맹국이 될 텐데요."

"이미 됐어. 왕위도 곧 이을 거고."

마르쉬는 천장을 올려다보며 '사실상 이은 거나 다름없지'라고 중얼거렸다.

"대책도 생각 안 하시고 결정하셨습니까?"

"언젠 그런 게 있었을까."

황자에 대답에 비올라는 침묵했다. 그녀는 주군을 책망하는 대신 그의 곁을 지켰다.

"왕녀를 만나야겠군."

마르쉬는 몸을 일으켰다. 그는 일부러 소란을 피워 기사를 불러들였다.

"더 이상 일을 만드시면 곤란합니다."

강단 있는 자로 골랐는지, 황족과 대면하면서도 조금도 떨지 않았다.

"왕녀를 불러 주겠나?"

기사는 눈을 찌푸렸다. 마르쉬가 어떤 일을 벌였는지 테베의 왕성에서 모르는 자가 없었다. 한때 바렛사를 따랐던 테베의 귀족들조차 등을 돌렸다. 이번 일로 귀족들 사이에서 암묵적으로 이스타샤를 지지하는 세력이 늘어났다.

"알겠습니다."

기사는 탐탁지 않은 얼굴로 대답했다.

"바쁘신 왕녀께선 내 청을 거절하지 않으셨으면 하는군."

마르쉬는 그동안 두 차례 로자리아를 보았고, 그때마다 이스타샤를 버리고 바렛사로 올 것을 회유했다. 그러기만 한다면 바렛사는 테베를 침략하지 않을 거라 이야기했다. 하지만 로자리아는 표정 하나 변하지 않는 얼굴로 일갈했다.

"마르쉬 히킨샤, 그대가 황위를 포기한다면 고려해 보도록 하지."

그것이 로자리아의 대답이었다.

로자리아는 단정한 걸음걸이로 단상 위를 올라갔다. 그곳에 오직 테베의 왕만이 앉을 수 있는 왕좌가 있었다.

'선왕이 늘 앉던 곳……'

로자리아는 왕좌를 물끄러미 응시하다가 왕좌에 앉았다. 그 자연스러운 모습에 테베의 귀족들은 짧게 탄식했다. 처음부터 왕좌가 그녀의 것이었던 것처럼 전혀 위화감이 없었다. 왕위에 앉으면 떨릴 법도 하건만 로자리아는 고요한 시선으로 귀족들을 내려다보았다. 이 자리에 앉으니 자신을 보던 이들의 시선이 달라졌다. 로자리아는 자신을 흘끗 살피는 시선들을 담담히 받아들였다. 주위를 훑던 그녀는 무거운 어조로 운을 떼었다.

"지금껏 왕성은 물론, 테베 전역에서 횡령이 자행되었소."

뜨끔, 몸을 움찔 굳히는 자들이 여럿 있었다. 이미 각 가문이 올린 장부를 확인한 터라 캐묻지 않아도 누가 횡령했는지 알고 있었다.

"국고가 바닥이 났기에 해결책을 제시하라고 했건만, 세율을 높이자는 말들뿐이던데."

"감히 누가 횡령을 한단 말입니까? 그저 저희는 선왕 전하 때부터 이어져 온 세법에 따른 것입니다."

늙은 가신이 여우같이 샐쭉 웃으며 대답했다. 샤일롯 후작이었다.

하얗게 센 턱수염과 희끄무레한 머리칼은 그의 지긋한 나이를 알려 주었다. 그가 보기에 갓 왕이 된 애송이 왕녀가 노련한 가신들을 상대할 수 있을 리가 없었다. 왕녀라곤 하나, 어차피 계집. 사내들만 본 정무를 이어받기엔 버거울 터.

"맞습니다. 저희는 선왕 전하의 명을 따랐던 것뿐입니다."

예언을 듣기 전까지 로테사는 젊은 나이에 성군 소리를 들었던 왕이었다. 제 자식이 저를 죽일 거란 예언을 듣고 로테사는 미쳐 버렸고, 그 틈을 탄 귀족들의 횡령과 왕가의 사치에 왕성의 국고는 바닥이 났다. 세율이 4할로 다른 왕국에 비해 높은 편임에도 왕가가 소유한 재산은 턱없이 부족했다.

로자리아는 주위를 둘러보았다.

'누구 하나 반박하지 않는군.'

왕위를 잇는다고 해서 모두 왕이 되는 건 아니었다. 귀족들에게 휘둘려 제 뜻 하나 펴지 못하는 허수아비 왕은 왕이라 부를 자격이 없다. 왕녀의 서늘한 시선에 겁에 질린 자들도 있었지만, 능구렁이 같은 대신들은 겉보기에만 공손한 태도를 취했다.

'이게 현실이군.'

쓴웃음이 나왔지만 그녀가 앉은 왕좌는 본래 편안하고 따뜻한 자리가 아니었다. 얼음보다 차갑고 송곳으로 찌르는 것 같은 고통도 감내해야 할 자리였다. 로자리아는 현실을 받아들였다. 왕이되, 귀족들에게 진정한 왕재로 인정받지 못했다. 무(武)를 최고로 숭상하는 기사 집단은 굳건한 충성을 맹세했지만 가문과 영지의 이익에 따르는 귀족들은 아니었다.

"왕녀님의 생각은 어떠하십니까?"

샤일롯 후작이 궁금한 듯 물었다. 그는 이미 왕녀의 대답을 예상했다. 분명 세율을 낮추라고 소리치겠지만 아무도 동의하지 않을 것이다. 왕이라곤 하나, 피바람이 부는 폭정을 하지 않는 이상 국정을 제 마음대로 휘두르진 못했다.

'이스타샤 공작 덕분에 왕위를 거머쥔 계집이 뭘 하겠다고.'

왕녀라고 해봤자 스물을 갓 넘긴 어린 여자였다. 그것도 남편 덕분에 이 자리까지 온 것이 아닌가. 결국 제 풀에 못 이겨 울분을 토해 낼 것이다.

"그대의 뜻에 따르도록 하지, 샤일롯 후작."

로자리아는 샤일롯을 내려다보았다. 그 위압적인 시선에 샤일롯은 목울대를 넘겼다.

'왕녀라고 하나 어차피 계집일 뿐.'

오만한 계집. 샤일롯이 이를 갈며 속으로 읊조렸다.

"후작의 청을 받아들여 세율을 더 높이도록 하겠소."

로자리아는 귀족들에게 선포하듯 말했다. 귀족들은 그들의 귀를 의심했다. 종래엔 왕녀가 제정신이 맞느냐며 수군거렸다.

"세율을 더 높이신다는 겁니까?"

샤일롯이 가소로운 듯 웃음을 꾹 참으며 물었다. 후작과 시선을 주고받는 아론 백작이 말했다.

"세율을 더 높인다면 필시 민란이 일어날 것입니다."

말하는 그조차 왕녀의 선택이 이해가 안 간다는 얼굴이었다.

"샤일롯 후작께서 세율을 낮추는 일을 반대하지 않았나."

"그렇다고 높이자는 뜻은 아니었습니다."

샤일롯이 담담한 목소리로 대답했다. 어차피 민란이 일어난들, 그것은 왕녀의 책임이었다.

"이미 테베의 국고는 바닥이 났소. 세율을 더 올리는 것 외에 다른 좋은 방법이 있나?"

"아닙니다. 왕녀님의 뜻대로 하시지요."

샤일롯의 말에 로자리아는 눈을 가늘게 떴다. 후작은 할 말을 마친 듯 뒤로 물러섰다.

"좋다. 우선 후작령인 바벨 영지부터 시행하도록 하지."

그 말에 샤일롯의 눈이 크게 떠졌다. 왕권도 미약한 상황에서 후작령을 건드리라곤 생각지 못했다.

"테베에는 24개의 영지가 있으니, 후작의 뜻을 존중해 바벨령부터 시행한다면 모범이 될 테지."

"왕녀님!"

샤일롯이 붉게 물든 얼굴로 소리쳤다. 그를 보던 로자리아가 말을 이었다.

"후작께서 좋은 안건이라도 생각난 건가?"

"4할도 많은 상황입니다. 게다가 바벨령은 테베의 건국 초부터 특세를 적용해 왔던 영지입니다!"

샤일롯 후작의 영지인 바벨령은 세율이 3할로 다른 영지보다 낮았다. 테베의 초대 왕의 건국을 도왔으며, 바벨은 데모나와 함께 왕에게 후작위를 하사받은 가문이었다. 데모나에겐 왕의 군사를 다스릴 수 있는 지휘권을 주었고, 바벨은 가장 풍요로운 남쪽 땅을 하사받았다. 하지만 세율이 3할로 낮은 편임에도 바벨 영지민의 생활은 더욱 어려워졌다.

샤일롯은 가문의 이권을 이용해 2할의 세금을 바벨 가문으로 빼돌렸다. 로테사는 이를 방관했고, 왕이 죽고 나서도 샤일롯은 탈세를 계속해 왔다.

"수년간 흉작인데, 세율을 높인다면 바벨의 영지민들의 불만이 클 것입니다."

"이런, 내가 그 생각을 못 했군. 좋소, 후작. 그대의 뜻을 받아들이도록 하지."

로자리아는 가신에게 시켜 집무실에서 작성한 서신을 들고 오게 했다. 집무관이 앞으로 나와 왕가의 인장이 찍힌 공문을 읽어 내렸다.

"바벨령으로부터 거둬들이는 세율은 4할로 하며, 바벨 가문은 5할의 세율을 금화로 바쳐야 한다."

샤일롯은 그의 귀를 의심했다. 이제껏 귀족에게 세를 걷던 적은 없었다. 샤일롯이 고개를 치켜들며 말했다.

"무리한 처사이십니다. 이건 선왕 전하께서도 반기시지 않을⋯⋯."

"테베의 국법에 따른 결정인데, 무엇이 무리하단 말이지?"

"어떤 국법을 말씀하시는지요. 귀족 가문에게 세를 걷는 거로 모자라, 세율을 높인 경우를 본 적이 없습니다."

"후작께선 평소 공부를 게을리하셨나 보군."

"⋯⋯무슨 말씀이신지?"

로자리아는 집무관을 시켜 샤일롯에게 두꺼운 책을 주도록 일렀다.

"이게 무엇입니까?"

"테베의 법전이오. 후작을 위해 친히 준비한 것이지."

한 뼘보다 더 두꺼운 법전이었다.

'주제도 모르는 것이 감히 날 무시해!'

샤일롯의 입가가 파들파들 떨렸다.

"평소 귀족 가문에게 세금을 받지 않았으나 지금은 상황이 다르오."

로자리아는 탐탁지 않은 가신들을 둘러보며 말을 이었다.

"이스타샤와 바렛사의 전쟁이 터진다면 필시 테베는 휘말릴 테지."

"외람되오나 왕녀님. 어차피 테베는 이스타샤의 동맹국입니다."

아론 백작이었다. 비교적 젊은 축에 속하는 백작이 샤일롯 대신 훈수를 두었다.

"그리고 세율을 높이는 것과 전쟁이 어떤 상관이 있는지 궁금합니다."

로자리아는 아론을 내려다보며 입을 떼었다.

"테베는 수백 년간 전쟁 없이 평화로웠소. 군대를 개편하고 전시체제로 바꾸는 데 비용과 시간이 소요되며, 또한 군식량과 무기를 사들일 자금이 있어야 하지 않겠소?"

"……아직 전쟁이 터진 것도 아닌데 성급하십니다."

로자리아와 시선이 마주친 아론이 눈을 내리깔며 대답했다.

"바벨은 예로부터 개국공신의 가문이었지. 그래서 가문의 영예를 드높일 기회를 주는 것이오."

로자리아는 아론 뒤에 선 샤일롯을 주시했다. 단단히 화가 났는지 그의 손이 잘게 떨렸다.

"바벨로부터 높은 세율로 거둬들인다 해도, 후작이 빼돌린 자금보단 적겠지. 안 그렇습니까, 후작."

모르는 귀족들도 있었지만 대부분은 아는 눈치였다. 왕가의 재산을 빼돌린 건 샤일롯 후작과 아론 백작이 주도한 일이었다.

"아, 그러고 보니 오늘 중요한 일이 있었지."

"왕녀님, 중요한 일이라뇨?"

불안한 듯 샤일롯의 눈가가 떨렸다.

"후작과 함께 개국공신이었던 재상의 처형식이 열릴 것이오. 꽤 긴밀한 사이라고 들었는데 가 보는 게 좋지 않겠소."

"아, 아닙니다. 어찌 사칭을 도운 죄인을 찾아가겠습니까……."

샤일롯이 떨떠름한 얼굴로 대답했다. 하필 개국공신을 강조한 것을 보면 가신들 앞에서 그냥 한 말은 아닐 터.

"한데, 정말로 바렛사와 등져도 되는지요?"

"그게 무슨 뜻이지, 백작?"

"이스타샤의 군사력이 바렛사에 미치지 못하는 실정입니다. 괜히 이스타샤의 세력에 붙었다가 테베도……."

아론이 말끝을 흐렸다.

"선왕을 시해하고 왕족을 사칭한 바렛사에 붙어라?"

"선왕 전하께서는 잘해 오셨습니다. 이스타샤의 문화와 법식을 따랐으나, 바렛사와 척을 지진 않으셨습니다."

"아버지를 죽인 바렛사에 붙으라는 건 그대의 소견인가?"

로자리아의 목소리가 낮아졌다. 테베는 이스타샤의 동맹국이었다. 그런데도 바렛사에 붙으라는 건 그녀의 뜻을 괄시하는 것과 같았다.

"비록 이스타샤의 공작과 혼인하셨으나, 이제는 테베의 왕이 되실 몸이니 신중한 선택을 하시는 게 어떻는지요?"

왕을 시해하고, 왕녀의 사칭을 주도했으며, 왕국에서 군사를 일으킨 바렛사의 편이 되야 한다는 건가. 왕녀를 우습게 보지 않는다면 감히 내뱉지 못할 소리였다.

"백작께선 전쟁이 두려운 건가?"

"……어찌 두렵지 않겠습니까. 고통받는 건 테베의 백성들입니다. 그러니 바렛사의 황자를 찾아가 다시 관계를 회복하는 것이 어떠한지요."

'마르쉬를 찾아가 무작정 빌라는 소리로군.'

한 나라의 수장으로 타국의 황제에게 비는 건 있을 수 없는 일이었다. 전쟁은 빗겨 나가 목숨은 연명할지 몰라도, 테베가 바렛사의 지배를 받아들이겠다는 뜻과 같았다.

"백작, 그대의 영지에서 기록된 장부를 봐야겠어."

"갑자기 무슨 말씀이신지요."

"수백 년 전 전쟁이 터졌을 때보다 지금 굶어 죽는 영지민의 수가 더 많던데, 이건 어찌 된 일이지?"

어안이 벙벙해진 아론이 입술을 달싹거렸다.

"그렇게 백성을 생각하는 백작께서 탈세를 위해 세금을 어마어마하게 걷지 않았소."

“……왕녀님, 저는.”

“긴말할 게 무어 있겠소. 내 친히 백작령의 영지민에게 구휼을 베풀 터이니, 그대가 수년간 빼돌린 자금을 모두 국고에 반납하면 되겠군.”

아론이 말도 안 된다며 항명하려던 때였다.

철컥. 검집이 열리는 소리가 들리자 무작정 로자리아 앞으로 다가가려던 아론의 걸음이 멈췄다.

“예의를 지키시지요.”

검은 로브를 쓴 사내가 아론을 가로막았다. 조금이라도 움직인다면 그 자리에서 목이 베일 것만 같았다.

“더 좋은 뜻이 있다면 왕명을 거부해도 좋소, 아론 백작.”

아론의 목울대가 꿀꺽 움직였다. 왕명을 거부한다면 그에 따른 처벌이 내려질 것이다.

“……왕명에 따르겠습니다.”

윈드의 살기에 몸을 움츠린 아론이 혼미한 얼굴로 답했다. 로자리아는 고개를 숙인 아론을 보며 웃음을 터뜨렸다.

“전쟁이 일어나도 걱정할 것 없소. 특별히 백작과 후작은 나와 함께 전장의 선방에서 서게 될 테니.”

그게 무슨 소리냐고 되묻기도 전에, 로자리아는 왕좌에서 몸을 일으켰다. 그녀는 귀족들을 내려다보며 말했다.

“오늘 회의는 이것으로 끝마치도록 하지.”

왕좌에서 내려온 로자리아가 회의장을 빠져나갈 때까지 모든 가신이 그녀에게 고개를 숙이며 묵례했다.

자박자박. 로자리아는 흠잡을 데 없는 자세로 걸음을 옮겼다. 열다섯, 귀족들의 시선에 어깨를 움츠렸던 왕녀의 모습은 더 이상 찾아볼 수 없었다.

회의장을 빠져나온 로자리아는 성큼성큼 걸었다. 그녀는 마르쉬가 머무는 서쪽 궁을 향했다.

　"얌전히 있으라고 했는데 기어코 사고를 친 모양이군."

　윈드로부터 기사가 다쳤다는 소식을 보고받았다. 다행히 경상에 지나지 않았으나, 부름을 무시하니 벌인 짓이었다. 로자리아는 기별도 없이 서궁으로 들이닥쳤다.

　벌컥. 그녀는 인사를 건네는 기사들을 지나쳐 마르쉬가 머무는 응접실의 문을 열었다.

　"아, 이제야 오셨군."

　마르쉬는 비올라와 함께 체스를 두는 중이었다. 두 손이 묶인 터라 비올라는 턱짓으로 체스 말과 방향을 가리켰다. 로자리아가 온 와중에도 비올라는 체스 말을 깎아 무기로 만들 생각을 하던 차였다.

　"왕녀께선 언제까지 나를 여기에 가둘 거지?"

　로자리아는 대답 대신 마르쉬를 서늘한 시선으로 보았다. 언제까지고 붙잡아 둘 수 없었다. 그렇다고 상처 하나 입게 해서도 안 되었다. 바렛사의 황자를 죽이려고 했다고 알려지면 바렛사에게 전쟁을 일으킬 명분을 주게 된다. 이를 알고 있던 로자리아는 마르쉬에게 손끝 하나 대지 않았다.

　"당신에게 궁금한 게 있어."

　"말해봐."

　로자리아의 말에 마르쉬가 체스를 두던 것을 멈추었다. 그는 소파에 기대던 몸을 바로 했다.

　"왜 내게 성물을 주었지?"

　뜻밖의 질문이었다. 한참 동안 말이 없던 마르쉬가 입을 열었다.

"왕녀의 것이니 돌려준 것뿐이야."

'내 것?'

로자리아는 마르쉬를 보며 눈을 가늘게 떴다. 어째서 자신의 것이라 확신하나. 이유를 들어 볼 겸 그녀는 황자의 맞은편에 앉았다.

"어째서 내가 당신에게 바렛사로 오라는 제안을 했는지 알고 있나?"

"정령술의 힘을 빌려 이스타샤와의 전쟁에서 이기고 싶은 거겠지."

마르쉬는 로자리아의 앞에 차를 따르며 말을 이었다.

"예로부터 바렛사의 황가는 여신을 모셔 왔지."

"여신?"

이스타샤인들은 바렛사가 종교도 없는 무지한 족속이라 하였지만, 실상은 달랐다.

"바렛사의 황가는 성 율리아, 정령의 신을 수호신으로 받들었다. 율리아를 처참하게 살해한 건 이스타샤의 초대 황제, 엔리케였고 그를 도운 건 아니타였지."

그건 이미 발루아에게서 들은 이야기였다. 로자리아는 동요를 능숙하게 감추며 차를 들이마셨다.

"왜 내게 이런 이야기를 하는 거지?"

"로자리아, 당신이 율리아의 환생이니까. 율리아를 배반했던 이스타샤를 버리고 바렛사로 온다면 뭐든 들어주겠어. 테베의 왕으로 남고 싶다면 그 뜻도 존중하겠다."

바렛사가 필요한 건 종교였다. 이스타샤가 천 년간 버틸 수 있었던 이유는 여신을 믿는 신성제국이었기 때문이다. 정령술사인 로자리아가 전력에 큰 도움이 될뿐더러, 전쟁이 끝난 후에도 바렛사가 무너지지 않는 힘이 될 것이다. 이제는 제 얼굴을 가리는 가면도, 정체를 숨기던 흰 터번도 없었다. 그녀를 이용하기 위함이 아닌 진심이었다.

"바렛사를 선택한다면 원하는 건 뭐든 내어주겠어."

"뭐든?"

로자리아가 재미있다는 얼굴로 되물었다. 그러나 그녀의 시선만큼은 차가웠다. 율리아에게 관한 걸 처음부터 알고 있었기에 자신에게 마르바를 준 거겠지.

마르쉬는 진심이 어린 눈으로 로자리아를 보았다.

"내가 그대를 저주했던 로테사의 목을 베었지."

"그 뒤로 왕녀를 사칭한 건?"

"그대를 바렛사로 끌어들이기 위해서야."

로자리아는 대답하지 않았다.

탁. 마르쉬는 체스판 위에 화이트 퀸을 잡아 로자리아 앞에 내려놓았다.

"나를 선택한다면 계약의 증거로 성녀의 목을 베어 바치겠다. 이스타샤를 섭정으로 다스릴 권한도 주지. 예언대로 여제(女帝)가 되는 건 어떠하냐."

"성녀의 목과 이스타샤를 내게 바치겠다고?"

로자리아는 알 수 없는 시선으로 마르쉬를 바라보았다.

"로자리아, 그대가 원한다면."

"내가 당신을 어떻게 믿지?"

눈앞의 사내는 프리실라의 수기사로 지내면서 이스타샤의 동태를 살폈던 자였다. 프리실라의 명령이라면 뭐든 따른 데다, 프리실라가 감옥에 갇히자 유리의 편에 섰다. 그런데 성녀의 목을 베겠다니. 무슨 속셈일까.

"믿지 않아도 좋아. 아니, 믿을 수 없겠지."

마르쉬는 말을 이었다.

"그러니 계약의 증거로 성녀의 목을 바치겠다는 거고. 프리실라가 감옥에 얌전히 있을 거라 생각하나?"

로자리아는 대답 대신 마르쉬를 주시했다. 적의 손을 빌려 성녀의 목을 벤다. 그건 로자리아가 원하는 방식이 아니었다.

'분명 큰 대가를 치러야겠지.'

한때 신성제국을 증오했지만, 지금은 이스타샤가 무너지기를 원치 않았다.

'배신이라니 생각해 본 적 없어.'

마르쉬와 거래를 한다면 이스타샤는 패전국이 될 것이며, 공작은 패전의 대가를 치러야 한다. 바렛사의 힘을 빌리는 대가가 결코 가볍지 않다는 걸 알고 있었다.

"당신의 손을 빌리지 않아도 성녀는 죗값을 받을 거야."

"과연 그렇게 될까?"

마르쉬는 묘한 얼굴로 물었다. 때로는 죽음보다 더 괴로운 고통이 있었다. 제국민의 숭배와 추앙을 받으며 지내 온 프리실라에게, 죄인을 묶은 쇠사슬과 감옥은 견디기 힘든 형벌이었다. 그러니 그 악독한 성녀가 얌전히 지낼 리가 없었다. 마르쉬가 아쉬운 듯 혀를 찼다.

"예언 때문에 삶과 기회를 모두 잃어버린 왕녀께서 순진한 소리를 하는군."

"당신 방식에는 따르지 않아. 뭘 원하든 내어주지 않을 거야."

대가 없는 계약은 이 세상에 존재하지 않았다. 단호한 로자리아의 결정에 마르쉬는 정말로 궁금한 듯 물었다.

"어째서 위험을 무릅쓰면서까지 공작의 편을 드는 거지?"

"그게 당연하니까."

과거의 라쉬드는 그녀의 심장을 찔렀으나, 지금은 자신의 연인이었다. 지옥 같던 이스타샤 황성에서의 삶을 버티게 해준 이였다. 더 이상 마르쉬에겐 볼일이 없었다. 로자리아는 마르쉬가 붙잡기 전에 몸을 일으켰다.

'당연한 거라…….'

마르쉬의 집요한 시선이 달라붙었지만 그녀는 뒤돌아보지 않았다. 거래는 결렬되었다. 마르쉬는 자신에게 필요한 것이 있을지언정, 그녀는 바렛사의 황자에게 원하는 것이 없었다.

그날 밤, 로자리아는 마르쉬가 서궁을 탈출했다는 소식을 전해 들었다.

"다시 잡아 올까요?"

"아니, 그대로 둬."

"하지만……."

"어차피 보낼 생각이었으니까."

로자리아의 말에 윈드는 눈을 찌푸렸다. 처음으로 그녀의 결정이 납득하기 어려웠다.

"그자를 그대로 보낼 수는 없습니다."

"더 이상 붙잡아 두었다간 바렛사에서 군사를 일으킬 거야."

"하지만……."

"바렛사의 군대를 이스타샤는 버틸 수 있지만 테베는 버티지 못해."

좌락. 로자리아는 협탁 위에 서대륙의 지도를 펼쳤다. 바렛사의 군대가 테베부터 칠지, 이스타샤부터 칠지는 마르쉬의 결정이었다. 테베의 강, 테라를 건너면서까지 마르쉬가 테베로 군대를 이끌고 올 가능성은 적었다.

"테베에 군사를 이끌고 침략한다면 막을 방법이 없습니다."

"쉽게 테베로 오진 못해. 바렛사로서도 위험부담이 너무 커."

테베와 이스타샤의 거리는 멀었다. 바렛사가 이스타샤와 전쟁을 일으키긴 위해선 테베와 이스타샤 양쪽에 군대를 보내야 했다. 이를 알면서도 군 병력이 분산되는 위험은 감수하지 않을 것이다.

다음 날, 로자리아는 전령을 시켜 수도 주위를 감시하게 했다. 이미 바렛사의 기사들은 수도를 떠난 지 오래였지만, 국경 주변에도 경계를 강화했다.

'문제는 언제 이스타샤를 침략하느냐인데…….'

집무실에서 업무를 보던 로자리아는 깊은 생각에 잠겼다. 제아무리 바렛사라 해도 곧바로 전쟁을 일으키진 못할 터. 게다가 마르쉬는 바렛사의 황위를 잇지 않았다. 황자로서 군대를 움직이는 것과 황제로서 움직이는 건 달랐다.

'마르쉬가 황제가 될 때까지 시간이 있어.'

로자리아는 생각을 정리하며 그녀의 곁을 지키던 윈드에게 물었다.

"대관식 준비는?"

"거의 준비를 마쳤습니다. 이스타샤와 다른 왕국에도 서신도 보냈습니다."

로자리아는 고개를 끄덕였다. 사흘 후면 대관식이었다.

'정말로 테베의 왕이 되는 거로군.'

로자리아는 왕의 인장을 손에 그러쥐었다. 과거에 선택했던 황금의 씨앗이 미래를 바꾼 걸지도 몰랐다. 로자리아는 그녀의 앞에 준비된 의복을 바라보았다. 발끝까지 내려오는 드레스에는 왕을 뜻하는 금빛 자수가 놓였다.

그때, 다급한 얼굴의 전령이 로자리아를 찾아왔다. 무릎을 꿇은 전령이 케딜락에서 온 전언을 전했다.

"사흘 후, 대관식에 공작님께서 오신다고 하셨습니다."

"좋아, 수고했다."

전령에게서 시선을 거둔 로자리아는 대관식에 쓰일 드레스와 왕관을 바라보았다.

프리실라는 감옥에서 숨을 죽였다. 삭은 빵 조각과 고약한 냄새가 나는 물 따위를 삼키며 악착같이 살아남았다. 상처가 난 자리를 치료하지 못해 곪아 흉터가 생겨났다. 프리실라는 한때 매끈했지만 지금은 상처투성이인 몸뚱이를 내려다보았다.

낯선 인기척에 프리실라는 고개를 쳐들었다. 사락. 드레스 자락이 바닥에 끌리는 소리였다. 어둠에 익숙해진 시야는 깜깜했으나 소리에 유독 예민해졌다.

끼이익. 문이 열리고 나타난 건 저보다 한 뼘은 작은 소녀였다.

"……누구?"

"누구인지도 못 알아봐?"

유리는 입꼬리를 올리며 조소했다. 프리실라는 그녀의 눈을 의심했다. 로브를 쓴 소녀는 아니타 그 자체였다.

"……아, 아니타 님."

프리실라는 뒤로 물러섰다. 늘 속으로 망할 여신이라고 중얼거렸지만, 실제로 보게 되자 두려움이 밀려들었다.

"내가 왜 널 찾아왔을까, 프리실라."

프리실라는 입술을 달싹거렸다. 무언가 말을 하려고 했지만 목소리가 제대로 나오지 않았다.

"뭐야, 내 신전에서 그렇게 내 욕을 하더니. 이젠 감옥에 갇혔다고 꿀 먹은 벙어리가 된 거야?"

"……."

프리실라는 입술을 깨물었다. 자신을 구해 주러 왔을 리는 없을 테고 무엇하러 여길 온 거지?

"감옥에 갇힌 제 몰골을 구경하러 오신 건가요?"

"네가 뭐라고 내가 구경까지 해?"

눈을 동그랗게 뜨고 물은 유리는 감옥의 창살에 손을 대었다. 프리실라가 얌전히 고개를 숙이자 유리가 만족한 듯 입꼬리를 올렸다.

"아, 그 표정 보니 알겠다. 여기서 나가고 싶은 거지?"

"……."

프리실라는 고개를 숙인 채 침묵했다.

"좋아, 네게 기회를 줄게."

프리실라는 바닥에 웅크렸던 몸을 일으켰다. 그녀는 창살을 두 손으로 붙잡으며 외쳤다.

"감옥에서 빠져나갈 수 있다면 무슨 짓이든 하겠어요."

"네가 할 일이 있어."

유리가 건넨 건 보라색 액체가 든 크리스털 병이었다.

프리실라는 뼈대가 보일 것처럼 가늘어진 손을 뻗었다. 그녀는 유리가 건넨 병을 두 손으로 받았다.

"이게 뭐죠?"

"독."

유리의 말에 프리실라는 눈을 크게 떴다. 독을 건네다니, 마시고 죽으란 소리인가.

"어떻게든 왕녀가 마시게 해."

"감옥에 갇힌 제가 어떻게……."

"이틀 뒤에 마르쉬가 와서 널 빼내 줄 거야."

유리의 말에 프리실라는 눈을 찌푸렸다.

'마르쉬 히킨샤?'

충성을 바친다고 했으면서 감옥에 단 한 번도 얼굴을 드러낸 적 없는 수기사?

"아, 참. 그에게 예를 차리는 게 좋을 거야. 이젠 너보다 신분이 높은 남자니까."

'신분이 높다니?'

프리실라, 그녀가 성녀 자리에서 파면당했으니 수기사인 마르쉬도 지금쯤 도망자 신세여야 했다. 유리가 말을 이었다.

"네 수기사로 있던 그 남자, 사실은 바렛사의 황자거든."

"그게 무슨 소리예요?!"

프리실라가 그녀도 모르게 소리쳤다.

"널 이용했다는 거야. 그 남자가."

창살을 쥔 프리실라의 손이 잘게 떨렸다. 유리는 그런 프리실라를 보며 본론을 꺼냈다.

"마르쉬가 널 구해 주면 바로 테베로 떠나. 왕녀가 그곳에서 대관식을 치를 테니 어떻게든 왕녀가 그 독을 마시게 해."

"……좋아요. 그러도록 하죠."

지독한 배신감이 치밀었지만 프리실라는 솟구치는 감정을 억눌렀다. 어차피 그녀에게도 마르쉬는 유용한 도구일 뿐이었다. 유리는 입술을 짓이기는 프리실라를 보며 교묘한 웃음을 지었다.

"프리실라, 이번이 왕녀에게 복수할 수 있는 마지막 기회야."

프리실라는 독이 든 병을 쥔 채 고개를 끄덕였다.

대관식 날이 찾아왔다. 테베의 왕을 축하하기 위해 서대륙 각지에서 귀빈이 모였다. 아침 일찍 일어난 로자리아는 대관식 준비를 서둘렀다. 다섯 명의 시녀가 왕녀의 치장을 도왔다.

장장 네 시간이 지난 후에야 치장이 끝났다. 로자리아는 거울 앞에서 그녀의 모습을 바라보았다. 상아색 머리는 목덜미가 드러나도록 틀어 올렸고, 다이아몬드가 박힌 왕관을 머리에 썼다. 하얀 장갑을 낀 로자리아는 기사가 내미는 사파이어가 박힌 지팡이를 건네받았다. 흰 실크 드레스에 금빛 자수가 새겨졌고, 어깨에는 붉은 망토를 둘렀다.

"어때?"

"언제나 그렇듯 잘 어울리십니다."

윈드가 부드러운 미소를 지으며 대답했다. 늘 입던 검은 로브 대신 그는 테베의 기사단장을 뜻하는 짙은 녹색 제복을 입었다.

"모시게 되어 영광입니다, 전하."

로자리아는 그녀에게 내밀어진 윈드의 손을 붙잡았다.

'전하라니.'

달라진 호칭에 멋쩍은 미소를 지은 그녀가 헛기침을 두 번 했다.

"윈드에게서 전하 소리를 들으니 묘한데."

그로서도 왕의 의복을 갖춘 로자리아가 낯설었다. 분명한 건 윈드, 그가 그토록 바라던 로자리아의 모습이었다. 왕녀로 태어났지만 수십 년을 숨죽여 살아야 했던 제 주인. 로자리아가 테베의 왕이 될 거라 믿어 의심치 않았다. 그럼에도 실제로 로자리아의 대관식을 보게 되니 정말로 묘한 기분이었다. 제복을 걸친 수십의 기사가 로자리아의 뒤를 따랐다. 시녀는 여왕의 망토가 끌리지 않도록 붙잡았다.

"테베의 14대 왕, 로자리아 비아 데모나 발데르가 님께서 드십니다!"

기사의 외침과 함께 성문이 열렸다. 눈부신 빛이 새어 나오자 로자리아는 눈을 가늘게 떴다. 빛에 적응하고 나서야 그녀는 걸음을 떼었다. 그녀는 고개를 들고 허리를 곧게 세운 채로 걸음을 옮겼다.

로자리아는 여왕을 위해 깔린 붉은 카펫을 밟았다. 모두가 보는 앞이라 더욱 긴장되었다. 내심 떨렸으나 겉으로는 드러나지 않도록 주의

했다. 왕좌까진 멀지 않았으나 유독 그 거리가 멀게 느껴졌다. 앞만 보고 걷던 로자리아는 걸음을 멈추었다.

멀지 않은 가까운 곳에 그녀가 그토록 그리워하던 연인이 있었다. 이스타샤의 공작이자 그녀의 남편인 라쉬드였다. 검은 제복을 걸친 사내의 어깨에는 금빛 견장이 있었고, 이마가 드러나도록 올린 머리칼은 평소에 보던 모습과는 달랐다.

라쉬드는 로자리아가 올 때까지 기다렸다. 숨을 죽이고 그녀가 왕좌에 올라서는 모습을 두 눈에 담았다. 로자리아가 그의 앞으로 오자 라쉬드는 그녀에게 손을 내밀었다.

"제게 여왕을 모실 기회를 주시겠습니까?"

"좋아요."

로자리아는 옅은 미소로 화답하며 그녀에게 내밀어진 손을 붙잡았다.

쪽. 라쉬드는 허리를 숙여 그녀의 손등에 입을 맞추었다. 엄숙한 대관식에 로자리아의 뺨이 붉게 물들었다. 왕족이나 황족의 손등에 입을 맞추는 건 지극히 예법에 따른 일이었다. 그걸 알면서도 그녀의 심장이 크게 요동쳤다.

로자리아는 라쉬드의 손을 붙잡고 왕좌를 향해 걸어갔다. 마침내 왕좌에 다다른 그녀는 모두가 보는 앞에서 왕좌에 앉았다. 라쉬드는 그녀의 곁에 서서 자리를 지켰다. 모든 귀족의 시선이 여왕과 공작에게로 향했다.

"보고 싶었어, 로즈."

이윽고 라쉬드가 로자리아에게로 살짝 허리를 숙이며 속삭였다.

"방금 뭐라고……."

로자리아도 라쉬드에게 들릴 만큼 작은 목소리로 물었다. 그녀는 무표정을 가장한 얼굴로 주위를 살폈다. 모른 척 미소 짓던 그가 로자리아를 바라보았다. 그러고는 진심을 담아 말했다.

"즉위를 축하드립니다, 여왕 전하."

예법에 따른 말임에도 무척이나 다정하게 들려왔다.

"고마워요, 바르세데스 공."

로자리아도 격식을 갖추어 대답했다. 그녀를 깊은 시선으로 바라보던 라쉬드가 눈가를 휘었다.

"보고 싶었습니다."

공작은 여왕의 손을 붙잡고는 손등에 키스했다.

'보고 싶었다니.'

라쉬드의 입술이 닿은 손등이 달아오른 듯 열이 올랐다.

"나도 보고 싶었어요."

그에게만 들릴 만큼 작은 목소리였지만, 용케 알아들은 라쉬드가 로자리아를 바라보며 웃었다. 다정해 보이는 여왕과 공작의 모습에 테베의 귀족들은 놀라워했다. 처음 공작이 방문했을 때만 해도 저런 모습을 보일 거라곤 생각지 못했다.

테베의 귀족들은 주위를 둘러보며 감탄했다. 그들이 보기에 선왕 때보다 많은 이가 왕성을 찾았기 때문이었다. 이스타샤와 바렛사 황족의 즉위라면 모를까, 본래 약소국인 테베의 왕위를 축하하러 올 이들은 많지 않았다고 여겼던 이들은 놀라워했다.

이윽고 테베의 귀족들이 차례로 나와 준비한 선물을 여왕에게 건넸다. 고래 기름으로 만든 향유, 상아로 조각한 장식장, 석류석으로 만든 반지까지 다양했다.

"즉위를 축하드립니다, 여왕 전하."

우아한 미소를 지으며 축하 인사를 받던 로자리아의 시선이 한곳에서 멈추었다.

"전하를 뵙게 되어 영광입니다."

새하얀 로브를 쓴 가녀린 체구의 여인이었다. 이스타샤의 대신전에서 파견한 신녀라고 했다.

유리는 프리실라를 대신전 안으로 데려갔다. 오랜만에 찾은 대신전을 둘러보던 프리실라는 입술을 꾹 깨물었다. 예전처럼 제약 없이 드나들 수도, 성기사들을 만날 수도 없었다.

'난 이제 더 이상 성녀가 아니야.'

프리실라는 이를 갈았다. 로자리아만 아니었다면 성녀의 자리와 권위는 여전히 제 것이었다. 그녀는 로자리아가 전부 빼앗아 간 걸 되찾고 말리라 다짐했다. 그토록 다른 누군가를 저주해 본 적은 처음이었다.

유리는 대신전의 깊숙한 지하를 향했다. 그녀를 따라가던 프리실라는 바닥에 꿈틀거리는 것을 보곤 비명을 질렀다.

"꺄아악!"

"놀랄 것 없어. 그저 뱀이니까."

유리는 뱀을 향해 손을 내뻗었다. 주인을 알아본 뱀이 유리의 새하얀 팔을 타고 휘감았다.

"이 뱀이 왕녀와 왕녀의 아이를 죽일 거야."

"아이라뇨?"

프리실라가 이해가 안 간다는 얼굴로 물었다. 유리는 참지 못하고 웃음을 터뜨렸다. 하기야, 감옥에 있었을 테니 알 겨를이 없지.

"저런, 가엾은 프리실라. 아직도 모르는 거야?"

"도대체 뭘 말씀하시는 거죠?"

"왕녀가 공작의 아이를 가졌어."

아이라니……? 뱀에게서 멀찌감치 떨어진 프리실라가 눈을 크게 떴다. 분노로 그녀의 손이 잘게 떨렸다.

"내가 준 독은 그레시아, 들어 봤을 텐데."

"그레시아?"

"정령술사를 죽일 수 있는 맹독이야. 주술로 만든 거지."

프리실라는 그녀의 손안에 든 보라색 크리스털 병을 보았다. 데레사의 피로 만든 독이 정령술사의 숨을 멎게 할 거라고 유리가 덧붙였다.

"정말로 이 뱀이 로자리아를 죽일 수 있단 건가요?"

"프리실라, 너만 실수하지 않는다면."

프리실라는 결심한 듯 뱀에게 다가갔다.

"이 일을 성공하면 예전처럼 성녀는 되지 못해도 귀족으로 살 수 있을 거야."

프리실라는 고개를 끄덕였다. 설령 목숨을 걸어야 한들 감옥에 죽을 때까지 처박히는 것보단 나았다.

"아니타 님을 위해서 하겠어요."

프리실라는 결심한 얼굴로 대답했다.

대신전의 응접실 안, 유리는 티 테이블에 앉아 차를 따랐다. 맞은편에는 마르쉬가 다리를 꼰 채로 앉아 있었다.

"제게 할 말이 있나 봐요?"

"이야기는 들었어. 그런 허술한 작전으로 왕녀를 죽일 수 있겠나."

"설마요."

유리는 뜻 모를 미소를 지으며 마르쉬의 앞에 차를 따랐다.

"독이든 뭐든 로자리아를 쉽게 죽일 순 없어요."

"그럼 왜 프리실라를 테베로 보낸 거지?"

"……흐음, 그건."

유리는 말을 하다가 멈추었다. 한동안 침묵이 계속되었다. 잠시 후 침묵을 깨고 유리가 말했다.

"주술이 언제 제일 강해지는지 알아요?"

"주술사가 아니라서 모르겠군."

"바로 원념을 갖고 죽을 때."

마르쉬는 묘한 얼굴을 했다.

"정령술을 무력화할 신성 주문을 쓸 거예요."

성력이든 정령술이든, 목숨을 대가로 바치는 순간 주술은 가장 강해 졌다. 프리실라는 한때 성녀였으니 다른 사제보다 월등히 성력이 높았다. 프리실라가 죽기 전, 성력으로 진을 만들 것이다. 그녀가 숨을 거둔 즉시 주술로 무방비해진 로자리아를 죽일 계획이었다.

"프리실라가 가엾어지긴 처음이로군."

차를 마시던 마르쉬가 읊조렸다.

"전하께 선물을 드리고자 합니다."

로자리아는 그녀에게로 다가오는 여인을 내려다보았다. 나이가 들어 보이는 여인이었다. 드문드문 새하얀 머리가 어렸고, 청암색 두 눈동자는 그림자가 겹겹이 낀 듯 음울했다. 가느다란 손목은 비쩍 말라 병에 걸린 사람 같았고, 눈빛 또한 약에 취한 이처럼 흐릿했다. 시선을 땅으로 늘어뜨린 여인이 로자리아의 곁으로 다가왔다.

"이것이 선물이옵니다."

로자리아는 손을 뻗어 받아 들었다. 귀한 편백 나무를 깎아 만든 보석함이었다.

"필시 전하의 마음에 드실 거예요."

로자리아는 묘한 시선으로 여인을 보다가 보석함을 건네받았다. 무엇이 들었는지 알 수 없지만, 미세한 바람 소리가 들렸다.

　"에르테반 후작님께서 준비하신 선물입니다."

　"지오반니 공이?"

　그녀는 보석함을 살폈다. 시계 방향으로 돌리면 열리는 구조였다. 로자리아는 보석함의 장치를 오른쪽으로 돌렸다.

　달칵. 보석함이 열리며 안에 갇혀 있던 뱀이 머리를 쳐들었다.

　쉬이익. 뱀의 반질거리는 눈이 로자리아를 주시했다.

　'독사?'

　처음 보는 종류였지만 삼각형의 머리를 보아 맹독을 가진 뱀이었다. 로자리아는 쉬이익 날숨을 내뱉는 뱀을 바라보았다.

　"꺄아악!"

　뱀을 본 귀족 영애가 소리쳤다. 비명이 나자 뱀이 로자리아를 향해 달려들었다.

　스릉. 그때, 라쉬드의 날카로운 검에 의해 뱀의 머리가 베어졌다. 숨이 끊긴 독사가 축 늘어졌다. 뱀이 들이닥치는 상황에서도 로자리아는 왕좌에서 일어나지 않았다.

　"나에게 주는 선물치곤 과하지 않나."

　태연한 여왕의 모습에 테베의 귀족들은 그들의 눈을 믿지 못했다.

　"저자를 잡아라!"

　선물을 건네고 도망가려던 여인이 기사들에게 붙들렸다. 붙잡힌 상황에서도 여인은 저주로 들끓는 눈으로 로자리아를 노려보았다.

　"선물을 전해 주러 이스타샤에서 여기까지 온 건가?"

　로자리아는 눈을 가늘게 떴다. 그녀는 왕좌에서 일어나 여인에게 다가갔다.

　"누가 보냈지?"

"킥, 내가 누군지 못 알아보는 거야?"

로자리아는 여인의 고개를 들게 했다. 살갗이 손에 닿는 순간 질척한 성력이 느껴졌다. 프리실라였다. 짙은 흑발도, 주홍빛 눈동자도 모두 바뀌었지만 성력만큼은 그대로였다.

"왜 나를 죽이려 한 거지?"

"네년이 내게서 모두 빼앗아 갔으니까."

독기에 가득 찬 눈동자가 로자리아를 노려보았다.

"빼앗을 것조차 없었는데."

로자리아는 프리실라의 뺨으로 손을 가져다 대었다.

"죄인의 자리에서 만족했어야지."

움찔, 몸을 굳힌 프리실라를 보며 로자리아는 눈가를 휘었다. 죽음의 공포가 프리실라의 발밑에 드리웠다. 그러나 로자리아는 아무것도 하지 않았다.

"어지간히 성녀 자리를 되찾고 싶었나. 예언조차 처음부터 끝까지 거짓이었는데도."

보석함에 든 건 유리가 준 독을 주입한 독사였다. 물리기만 하면 배속의 아이는 물론, 로자리아까지 위험해지는 맹독이었다.

"처음부터 알고 있었어."

로자리아는 프리실라의 귓가에 속삭였다.

'그걸 알면서도 열었다고……?'

프리실라는 멍하니 로자리아를 바라보았다.

"정령술사라 안에 든 뱀의 기척을 느꼈지."

로자리아의 대답을 듣기도 전에 프리실라는 기사들에 의해 두 무릎을 꿇게 되었다.

"무엄하다!"

"이거 놔!"

기사의 힘에 프리실라는 억지로 바닥에 머리를 조아렸다.

"네 마지막 발악을 봐주고 싶었어."

"아아악! 네년!"

프리실라가 악에 받친 비명을 내질렀다. 로자리아만 죽인다면 모든 게 제자리로 돌아올 거라 믿었다.

"감옥에서 숨을 연명하는 편이 나았을 텐데."

로자리아는 싸늘한 시선으로 프리실라를 내려다보았다. 어머니를 죽게 만든 거로 모자라 아이까지 해치려 들다니! 왕성에서 도망치기 위해 프리실라는 몸을 바르작거렸다. 분명 유리가 도망칠 수단을 준비해 두었다고 했다.

"크큭."

별안간 프리실라가 웃음을 터뜨렸다.

"……."

기사들이 더욱 강하게 제압하자 프리실라가 로자리아를 올려다보며 소리쳤다.

"곧 있으면 이스타샤의 성기사들이 몰려올 거야."

"죄인인 그대를 위해 성기사들이 온다는 건가?"

프리실라의 말에 로자리아는 홀의 정문을 보았다. 윈드를 시켜 주변을 훑게 했지만 어떤 기척도 보이지 않았다. 시간이 흘러도 이스타샤의 성기사들은 들이닥치지 않았다.

'어, 어째서 아무도 오지 않는 거지?!'

프리실라는 웃던 입가를 내렸다. 윈드가 주변을 감찰했으나 바렛사는 물론, 이스타샤의 기사들조차 보이지 않았다.

"왕성의 감옥으로 데려가라."

로자리아는 기사들에게 명령했다. 여왕의 명령에 의해 프리실라는 기사들에게 제압되어 감옥으로 끌려갔다. 그 모습을 본 테베의 귀족들에게서 침묵이 돌았다. 여왕을 시해하려던 범인이 이스타샤의 전(前) 성녀, 프리실라임을 알게 된 그들은 충격에 빠졌다.

수년 전, 프리실라가 이스타샤에서 테베의 왕성을 찾아왔을 때 선왕조차 함부로 눈을 마주치지 못했다. 한때 이스타샤를 손에 넣고 휘둘렀으며, 제국민의 추앙을 받는 성녀였다. 또한 예언으로 왕의 목숨을 구한 성녀라며 테베에서도 경외받았던 이였다. 귀족들은 경악에 찬 얼굴로 프리실라가 끌려가는 모습을 바라보았다.

로자리아는 침실로 돌아와 텅 빈 보석함을 손으로 훑었다.

'어떻게 테베 왕성까지 온 거지?'

프리실라가 갑자기 풀려난 것도, 뱀으로 저를 죽이려 한 것도 무언가 이상했다.

'이스타샤의 상황을 조사해 봐야겠어.'

그때, 윈드가 찾아와 상황을 보고했다.

"죄인을 감옥에 가두었습니다."

윈드의 말에 로자리아는 상념에서 깨어났다.

"프리실라는?"

"얌전히 있습니다. 죄인의 처분을 내려 주십시오."

"테베에선 처분을 내릴 수 없어."

왕족인 그녀를 암살하려고 했지만 전 성녀였던 프리실라를 테베에서 사형시킬 순 없었다. 라쉬드는 물론 이스타샤의 황제, 클라인과 의논할 문제였다.

프리실라는 감옥 안에서 몸을 웅크렸다. 축축하게 낀 이끼도, 비릿한 쇠사슬의 냄새도 기분 나쁠 정도로 익숙했다.

'이대로 죽을 수 없어.'

프리실라는 정신 나간 여자처럼 중얼거렸다.

'아니타는 아직 내가 필요해.'

그런데도 자신을 구할 기미가 보이지 않았다. 절망에 가득 찬 그녀는 울부짖었다. 간수들조차 그녀를 죽이러 온 악귀들로 보였다. 프리실라는 흐릿한 시야로 감옥 너머를 바라보았다. 흐느끼는 목소리가 새어 나갔지만 그것도 잠시였다. 프리실라는 독기에 가득 찬 눈으로 이가 빠진 그릇을 내려다보았다.

'이딴 돼지나 처먹을 사료를 나한테 주다니!'

쥐 죽은 듯 고요한 감옥에 갑작스레 소란이 일었다.

우당탕. 의자에 앉아 저를 기분 나쁘게 훑던 간수가 정신없이 자리에서 일어나는 것이 보였다.

'……누구지?'

로자리아, 그 계집이 온 걸지도 몰랐다. 이를 악문 프리실라는 소매로 입가를 거칠게 닦았다.

"공, 공작 각하. 여기까진 어인 일로……."

간수의 말에 프리실라의 눈이 크게 떠졌다.

'라쉬드가 왔어!'

프리실라는 자리에서 벌떡 일어났다. 누추한 옷차림새도, 씻지 못해 더러운 몰골도 중요하지 않았다.

자박자박. 무거운 구둣발 소리가 그녀의 귓가에 선명히 들려왔다.

"프리실라 에르테반."

지독히도 낮은 목소리였다. 표정을 읽을 수 없는 공작의 차가운 눈빛에 프리실라는 얼어붙었다.

"널 본국으로 돌려보내기로 했다."

"그게 정말인가요?"

프리실라는 쇠창살을 붙잡으며 소리쳤다.

"기뻐할 것 없다. 이스타샤에서 사형을 치르게 될 테니."

쇠창살을 붙잡던 프리실라의 손이 힘없이 떨구어졌다.

"유리 성녀가 시킨 일이었어요!"

프리실라는 애탄 목소리로 외쳤다.

"한 번만 기회를 준다면 시키는 건 뭐든……."

프리실라의 입술이 멎었다. 자신을 바라보는 공작의 눈빛에 일말의 감정도 담겨 있지 않았다.

라쉬드는 미련 없이 감옥을 빠져나갔다. 공작이 떠난 후, 프리실라는 쇠창살을 잡던 손을 떼어 냈다.

"난 그저…… 당신 곁에 있고 싶었을 뿐이야."

다리에 힘이 풀린 그녀는 바닥에 주저앉았다. 감옥에서 나가겠다는 희망도, 다시 살아갈 수 있다던 기대도 이미 늪에 잠긴 지 오래였다. 왜 그걸 몰랐지? 성녀의 자리를 빼앗겼을 때부터 끝이 정해졌음을.

프리실라의 어깨가 들썩였다. 홀로 남은 그녀는 목이 쉴 정도로 비명을 내지르다가 결국 웃고 말았다.

"멍청한 년."

프리실라는 몇 번이고 그 말을 중얼거렸다. 어째서 성녀인 내가 예언을 했는데도 로자리아는 살아 있는 거지? 모두에게 경멸과 멸시를 받았으면서도 왜 지금은 경외와 추앙을 받는 거지?

한때 자신의 것이었던 이들이 이제는 모두 로자리아의 편이었다. 굶주린 것처럼 사랑을 갈구했던 라쉬드도, 한때 그녀의 유일한 편이었던 지오도. 프리실라는 멍하니 바닥을 내려다보며 혼잣말을 주절거렸다.

"그건 원래 내 거였어."

'그래, 네 것이었지.'

곁에서 기묘한 목소리가 들려왔다.

"내 걸 전부 빼앗아 갔으니 대가를 치러야 할 거야."

프리실라는 킥킥 웃으며 벽에 몸을 기대었다.

이틀 뒤, 이스타샤 황성에 새하얀 매가 날아들었다. 서신을 확인한 클라인은 한참을 주저했다. 결국 그는 결심한 얼굴로 서신의 답장을 써 내려갔다. 일주일이 지나지 않아 황제가 보낸 서신이 전해졌다. 서신을 확인한 라쉬드는 로자리아에게 프리실라의 사형 소식을 전했다. 클라인은 더 이상 프리실라의 편을 들지 못했다.

소식을 들은 후, 로자리아는 침실에서 휴식을 취했다. 그녀는 프리실라가 있는 감옥을 찾아가지 않았다. 머리가 어질어질했고 두통이 일었다. 조금이라도 쉬면 나아질 것 같아서 침대에 누워 눈을 감았다.

'날 죽이러 테베까지 왔는데 왜 이렇게 허술한 거지?'

암살을 시도했으나 프리실라의 계획은 허술했다. 보석함에 뱀이 든 걸 알아차리지 않았다 해도 그 자리에서 열지 않으면 그만이었다.

'성기사들이 올 거라 했지만 오지 않았어.'

무언가 믿는 구석이 있는 건가? 하지만 성력을 제어하는 봉인구를 찬 데다, 쉽게 탈출할 만한 감옥이 아니었다. 유리가 프리실라를 풀어 줬을 가능성이 높았다. 마르쉬가 프리실라를 버린 것도 확실했다. 일전에 성녀의 목을 바치겠다는 소리도 하지 않았던가. 그의 제안을 거절했기에 결국 유리의 편에 선 것이다.

'곧 이스타샤로 가야겠지.'

프리실라의 사형은 이스타샤에서 진행된다고 들었다. 홀로 침실에서 휴식을 취하던 로자리아는 깊은 생각에 잠겼다. 성녀를 죽이기 위해 악귀가 된 과거의 왕녀는 이 자리에 없었다.

'과거가 완전히 바뀌었어.'

회귀 전 감옥에 갇혔던 건 로자리아, 그녀였다. 천장을 물끄러미 보던 로자리아는 두 눈을 감았다.

유리는 대신전을 찾았다. 모두 물러가라 명령했기에 대신전은 쥐 죽은 듯 고요했다. 그녀의 곁에는 검은 로브를 쓴 사내가 있었다. 수일 전, 유리는 테베에서 무슨 일이 있었는지 소식을 들었다. 사형이 결정된 프리실라가 이스타샤에 온다는 것도 알고 있었다.

"프리실라는 죽을 거야."

유리가 중얼거렸다. 기쁜 듯한 얼굴에도 사내에게선 답이 없었다. 유리는 단상에 서서 데레사 상을 올려다보았다.

"내가 널 죽였던 건……."

유리는 대리석으로 조각된 성녀의 뺨을 어루만졌다. 한때 여신의 아이라고 불릴 정도로 성력이 강했던 데레사.

"네가 죽어야만 더 쓸모가 있기 때문이었어."

유리는 손목을 그어 피를 내었다. 대신전 중앙에서 거대한 원형의 진을 그려나갔다. 그러고는 데레사의 검을 중앙에 두었다.

"가엾은 데레사, 네가 내 명령만 들었어도 난 널 죽이지 않았을 거야."

정령술사로 태어난 로자리아를 죽이라고 했으나, 데레사는 그녀의 명령을 따르지 않고 왕녀를 살렸다. 테베를 찾아간 데레사는 도리어 왕녀를 위한 예언을 했다.

"이 모든 게 네가 날 기만한 대가야, 데레사."

유리는 피가 흐르는 손으로 데레사의 검을 움켜쥐었다.

프리실라는 낡고 허름한 옷을 걸친 채 기사들에게 끌려갔다. 신발도 없이 그녀는 맨발로 처형대 앞으로 걸었다.

　"아이들을 죽인 악마!"

　퍽, 어디선가 돌이 날아들었다. 프리실라는 핏발이 선 눈으로 돌이 날아온 방향을 노려보았다. 그 뒤로 과일 껍질, 날카로운 유리 조각 등 온갖 것이 그녀에게 날아왔다. 프리실라는 처형대 앞에서 제국민들이 자신을 저주하는 모습을 내려다보았다.

　"죄인 프리실라, 이스타샤의 황족을 암살하려던 죄목으로 사형에 처한다."

　기사가 엄숙한 목소리로 프리실라의 사형을 선고했다.

　문득 프리실라는 뒤를 돌아보았다. 그곳에 한때 그녀가 가지길 원했던 사내가 있었다.

　"······라쉬드."

　그의 곁에 있는 건 자신이었다. 믿지 못할 광경에 프리실라는 눈을 감았다 떴다.

　'환각이었어.'

　그녀는 스스로를 조소했다. 라쉬드의 곁에 선 건 로자리아, 이스타샤의 황족이자 테베의 왕녀였다.

　"내가 네년의 어미를 죽이고 아비 또한 죽게 했지."

　프리실라는 밧줄에 목을 매며 중얼거렸다.

　"네년의 아이를 죽이지 못한 게 아쉬워."

　한때 성녀라고 믿지 못할 만큼 누가 봐도 악독한 모습이었다.

　"기필코 네년을 죽일 거다!"

　저주와 악에 받친 소리가 광장을 울렸다. 로자리아는 프리실라의 발악을 끝까지 지켜보았다. 겁에 질린 이들이 고개를 돌릴 때도 로자리아는 시선을 떼지 않았다.

그때, 무언가가 그녀의 눈을 가렸다. 정확히는 더 이상 보지 못하게 품에 가두었다. 그 순간, 세상과 벽이 생긴 듯 아무런 소리가 들리지 않았다. 악에 받친 고함도, 증오로 가득 찬 원망도.

"보지 마."

로자리아의 눈을 가린 건 라쉬드의 손이었다. 그는 제 품에 아내를 끌어안으며 말했다. 그러고는 커다란 손으로 아내의 눈을 가려주었다.

"이젠 괜찮아, 로즈."

라쉬드는 프리실라의 죽음을 보지 못하게 했다. 로자리아의 삶을 어찌 모르겠는가. 그러니 프리실라의 죽음이 끔찍한 과거를 떠올리게 할까 염려되었다.

"난 괜찮아요. 당신이 내 곁에 있어주어서."

로자리아는 그의 품에 안긴 채 두 눈을 감았다. 그 모습을 바라보던 프리실라는 의자에 올라섰다.

"의자를 치워라."

이윽고 밧줄을 붙잡고 버둥거리던 그녀의 숨이 끊겼다. 신성가문 에르테반 출신이자 이스타샤의 12대 성녀였던 프리실라 에르테반은 숨을 거두었다.

그때, 기묘한 보랏빛 진이 생겨났다가 흔적을 감추었다.

로자리아는 라쉬드와 함께 서궁으로 돌아왔다. 공작이 황제를 보러 떠난 후에야 그녀는 창가에 기대 정원이 보이는 창 너머를 바라보았다. 저녁이 되자 로자리아는 바깥으로 나왔다. 서궁의 정문에서 성기사가 그녀를 기다리고 있었다. 그녀를 알아본 성기사가 찾아와 아뢰었다.

"지오반니 공께서 찾으십니다."

"지오 공께서?"

로자리아의 마음이 무거워졌다. 프리실라 때문일지도 몰랐다.

"본궁에서 기다리고 계십니다."

"지오 공께 안내해 주세요."

성기사가 묵례하며 대답을 대신했다. 로자리아는 본궁으로 향하는 성기사를 뒤따랐다. 본궁에 도착했으나 지오는 보이지 않았다.

"지오 공은 어디에 있나요?"

"안으로 들어가면 계십니다."

로자리아는 눈을 가늘게 떴다. 성기사는 무엇이 잘못되었느냐는 얼굴로 로자리아를 쳐다보았다. 본궁 안으로 들어서자 분위기가 평소와 달랐다. 시종과 시녀도 있을 법한데 복도에는 아무도 보이지 않았다.

'무언가 이상해.'

이상함을 느꼈지만 로자리아는 안으로 들어섰다. 본궁에 도착하고서 성기사는 걸음을 멈추었다. 저 멀리, 복도 끝에 인영이 보였다.

'지오인가?'

거리가 먼 데다, 로브를 쓰고 있어 얼굴을 확인하지 못했다. 로자리아는 주위를 살폈다. 이곳에 있는 건 성기사와 그녀, 그리고 바람으로 변한 윈드뿐이었다. 검은 후드를 눌러쓴 인영이 다가왔다.

"오랜만이군요."

낯설었던 목소리가 곧 귓가에 익숙하게 들렸다.

"발루아."

사내는 얼굴을 가리던 후드를 벗었다. 이스타샤 황성에 있을 거라고 생각했지만, 이렇게 찾아올 줄은 예상치 못했다.

"어째서 아직도 여기 계신 겁니까?"

"……."

로자리아가 대답하지 않자 발루아가 그녀에게 다가서며 말했다.

"이스타샤를 버려야 당신이 삽니다."

"내가 이스타샤를 버릴 일은 없어."

로자리아는 발루아의 움직임을 주시했다. 물끄러미 그녀를 보던 적발의 사내가 검을 꺼내 들었다.

"당신은 율리아의 뜻을 배반하는 겁니다."

"그런 건 애초에 따르지 않았어."

발루아는 원망의 시선으로 로자리아를 바라보았다. 그의 손에 든 건 예전에도 보았던 검이었다. 성검 데레사! 검의 정체를 확인한 로자리아는 뒤로 물러났다.

"당신을 죽인다면 다시 율리아를 만날 수 있을지도 모르겠군요."

발루아가 데레사를 쥔 손에 힘을 주었다. 뒤로 물러선 로자리아는 윈드를 시켜 본궁의 상황을 확인하게 했다.

"아니타가 만든 결계 안이니 벗어날 순 없을 겁니다."

발루아가 로자리아를 향해 데레사를 겨누었다. 로자리아는 눈을 감고, 마나를 집중했다.

'데모나.'

정령어로 데모나의 이름을 읊었다. 이윽고 그녀의 손에 금빛 마나에 휘감긴 검이 잡혔다. 로자리아는 서늘한 시선으로 발루아를 노려보았다. 그가 정령술사를 죽이는 성검 데레사를 든 순간부터 적이었다. 주위에 아무런 기척이 느껴지지 않았다. 결계 안이라고 했던 말이 거짓은 아니었다. 상황을 살피던 발루아가 로자리아에게 달려들었다.

챙! 로자리아는 단번에 검을 쳐 냈다. 처음에는 미약했던 성력이 점점 짙어지기 시작했다.

'뭐지?'

평소와 달리 몸이 무거웠다. 손에 힘이 들어가지 않는데다 몸이 뜻대로 움직여 주지 않았다.

'평소와 달라.'

로자리아는 눈을 가늘게 뜨며 제 발밑을 내려다보았다. 발끝을 옭아맨 거미줄 같은 보랏빛 실선이 본궁을 가득 에웠다.

"움직일 수 없을 겁니다."

어느새 발밑에서부터 올라온 기괴한 성력이 로자리아의 몸을 붙들었다.

'이건 프리실라의 성력.'

낯설지 않으면서도 소름 끼치는 감각이었다. 진득한 성력에 붙잡혀 손가락 하나 까닥할 수 없었다. 윈드를 부르려고 했지만, 정령을 소환하는 힘조차 미약해졌다.

'윈드가 소멸되어선 안 돼.'

로자리아는 윈드를 부르는 것을 그만두었다. 그녀가 들고 있던 데모나의 마나가 안개처럼 흩어졌다.

'왜… 아무것도 할 수 없는 거지?'

로자리아는 털썩 주저앉았다. 다리에 힘이 풀려 몸을 지탱하기 어려웠다.

"소용없어. 프리실라의 죽음으로 만든 주문이니까."

귓가에 선명한 목소리가 들렸다. 하얀 드레스를 입은 유리가 그녀를 내려다보며 웃었다. 그때, 발루아의 검이 로자리아의 어깨를 파고들었다. 아릿한 고통이 느껴지자 잠시나마 몸에 감각이 돌아왔다.

"하아, 하아."

로자리아는 비틀거리며 자리에서 일어났다. 어깨에 난 상처로부터 핏물이 번져 드레스 자락을 붉게 물들였다.

"여기서 벗어날 수 있을 거라 생각해? 쯧, 가엾게도."

유리가 혀를 낮게 찼다.

로자리아는 일렁이는 데모나를 강하게 붙잡았다. 어찌나 손아귀에 힘을 주었던지 손이 새하얗게 질렸다. 로자리아는 울컥 목울대로 올라온 핏덩이를 내뱉었다.

"무슨 짓을 한 거지?"

"난 아무것도 하지 않았어. 죽은 프리실라가 다 했을 뿐이야."

손등으로 입가에 묻은 피를 닦은 로자리아가 유리를 노려보았다. 성녀를 보는 푸른 눈동자가 예기를 띠었다.

로자리아를 보는 유리의 입가가 비릿한 조소를 띠었다.

"정령도 널 지켜 주진 못해."

"무슨 짓을 한 거지?"

점점 짙어지는 성력에 데모나를 감싸던 정령의 마나가 안개처럼 흩어졌다. 윈드의 기적도 더 이상 느껴지지 않았다.

"예로부터 정령술사를 죽이던 방법이었지."

본궁 바닥에 새겨진 건 어두운 보랏빛으로 물든 진이었다. 성력으로 된 진 때문에 정령술을 쓸 수가 없었다.

프리실라의 성력으로 가득 찬 진을 본 순간, 로자리아는 어떤 주술인지 깨달았다. 죽음을 대가로 바친 금지된 주술이었다. 주술로 인해 정령의 마나가 사라져 갔다. 유리가 신어를 읊자 데모나의 소환이 깨졌다.

"어떻게……."

로자리아의 목소리가 떨렸다. 상황을 살피던 그녀는 뒤로 물러섰다. 데모나를 다시 부르려고 했지만 발루아가 그녀를 막아 세웠다. 그는 로자리아의 목에 검을 겨누었다.

"이스타샤를 포기하지 못하는 이유가 아이 때문이라면……."

로자리아의 목을 겨누던 검이 서서히 아래로 내려갔다.

"아, 안 돼!"

로자리아는 배를 감싸며 몸을 숙였다. 행여 배 속의 아이가 다칠까 그녀는 몸을 웅크렸다.

"발루아, 제발 아이만큼은……."

주저앉은 로자리아를 보던 발루아가 검을 휘둘렀다. 검이 배를 노리는 순간, 로자리아는 두 손으로 검을 붙잡았다.

"으윽!"

아릿한 고통보다 아이를 지켜야 한다는 절실함이 더 컸다. 검에 베인 손에서 핏물이 넘쳐흘렀다.

'어떻게든 아이만큼은 지켜야 해.'

피를 많이 흘려 머리가 어질어질했다. 뒤로 물러선 로자리아의 몸이 비틀거렸다.

푸욱. 발루아의 검이 그녀의 등을 베었다. 불에 덴 듯한 고통에도 로자리아는 두 팔로 배를 감쌌다.

"하아, 하아."

배 속의 아이를 지켰다는 안도감과 함께 로자리아는 거친 숨을 몰아쉬었다. 자신은 다쳐도 괜찮았다. 무슨 일이 있어도 아이만큼은 지켜야 한다. 그런 그녀를 보던 유리가 말했다.

"소용없는 짓이야."

로자리아는 이를 악물었다. 필사적으로 배를 감싸는 로자리아를 보며 유리가 비식거렸다.

"발루아……!"

로자리아의 절박한 눈동자에 발루아가 잠시 멈칫했다.

"아이를 살려 줘."

단 한 번도 적에게 애원한 적 없었다. 검을 들었으면 죽음을 각오하고 맞붙었다. 하지만 아이는 아니었다. 아직 빛을 본 적 없는, 태어나지도 못한 아이였다. 어머니를 잃고 나서 아이를 가지리라 생각지 못했다. 사랑하는 연인을 만나 가지게 된, 그녀에게 겨우 생긴 가족이었다. 가족의 품을 잃어버린 자신에게 겨우 생긴⋯⋯. 로자리아에게 아이는 목숨보다도 더 소중한 존재였다.

"아이를 해친다면 무슨 짓을 해서든 널 죽일 거다⋯⋯."

로자리아는 독기에 가득 찬 눈으로 발루아를 노려보았다. 출혈이 멈추지 않아 눈앞이 흐릿했다. 이를 악문 로자리아는 두 손으로 바닥을 짚고 일어났다. 겨우 몸을 일으킨 로자리아는 뒷걸음질 쳤다. 두려워서가 아니었다. 겁이 나서도 아니었다. 아이를 지켜야 한다는 생각만이 그녀의 머릿속에 가득 들어찼다.

회귀 전 죽음을 선택했으나, 미련과 후회는 없었다. 그러나 지금은 아니었다. 전쟁을 무사히 끝내고 라쉬드와 아이와 함께 살아가고 싶었다. 그러니 어떻게든 살아야 했다.

로자리아를 가만히 지켜보던 유리가 샐쭉 웃으며 말했다.

"어차피 네 아이도 너와 똑같은 운명일 거야. 네가 아비에게 죽을 뻔했던 것처럼 네 아이도 그럴 텐데 왜 발악하는 거지?"

로자리아는 증오로 들끓는 눈으로 유리를 노려보았다.

"발루아, 약속했던 걸 잊은 건 아니겠지?"

유리의 말에 발루아는 검을 들었다. 로자리아는 자신을 향해 겨누어진 성검 데레사를 가라앉은 시선으로 바라보았다. 발루아는 검을 쥔 손에 힘을 주었다. 고요한 시선으로 로자리아를 보던 발루아가 그녀를 향해 검을 들었다.

"저를 용서해 주십시오, 로자리아."

정면을 향한 그의 검이 로자리아가 감싼 배를 향했다.

라쉬드는 동궁의 응접실에서 클라인을 기다렸다. 한참 후에야 나타난 클라인이 공작을 보고 반색했다. 황제가 라쉬드를 부른 이유는 단하나였다. 황성에서 기묘한 움직임이 있었기 때문이다. 본궁에서 여럿 암살 시도가 있었고, 그 때문에 황제는 불안해서 잠들지 못했다. 본궁에서 동궁으로 처소를 옮겼지만, 누군가 자신을 노리고 있단 생각에 안정이 되지 않았다.

클라인이 라쉬드의 눈치를 보며 입을 열었다.

"지오반니 에르테반이 사병을 모은다더구나."

"그건 저도 들어서 알고 있습니다."

라쉬드는 덤덤한 얼굴로 대답했다.

"프리실라를 죽게 만들었다고 반란이라도 일으킨다면……."

"전령을 시켜 확인하겠습니다."

클라인과 이야기를 나누던 때였다. 갑작스레 응접실의 문이 벌컥 열렸다. 황실기사단에 붙잡힌 바르세데스의 기사가 붙들린 채로 끌려왔다.

"죄송합니다, 폐하. 들어가선 안 된다고 몇 번을 일렀는데 막무가내로 들어온지라……."

땀에 흠뻑 젖은 데다 어디서 구르다 왔는지 바르세데스의 기사는 흙투성이었다. 가문의 기사를 알아본 라쉬드가 말했다.

"제 기사입니다."

"그, 그래? 놓아주거라."

라쉬드는 창백한 얼굴의 기사에게 물었다.

"무슨 일이지?"

"각하, 부인께서 보이지 않습니다."

기사의 말에 라쉬드의 표정이 굳어졌다. 그는 곧바로 자리에서 일어났다.

"다음에 찾아뵙겠습니다."

라쉬드는 클라인이 말릴 새도 없이 동궁을 빠져나갔다.

"서궁은?"

"샅샅이 찾았으나 서궁에도 계시지 않습니다."

기사들을 시켜 황성을 돌아보게 했으나 로자리아의 흔적을 찾지 못했다. 시간이 흐를수록 초조해졌다. 로자리아가 보이지 않자 알 수 없는 불안감이 고개를 쳐들었다. 서궁의 입구에서 그는 초조한 듯 복도를 거닐었다.

그때, 한 기사가 시녀를 대동한 채 라쉬드를 찾아왔다. 기사는 시녀를 끌고 와 공작 앞에 엎드리게 했다.

"본궁의 시녀입니다. 공작 부인을 보았다고 증언했습니다."

"기사들을 본궁으로 데려와라."

라쉬드는 마구간으로 달려가 말에 올라탔다. 그는 쉴 새 없이 말을 채찍질을 하며 본궁으로 달렸다.

'제발, 로즈!'

그는 치미는 불안을 억누르며 말을 몰았다. 본궁에 도착한 라쉬드는 말에서 내렸다. 그를 맞이해야 할 기사들이 보이지 않았다. 본궁 안으로 들어서려던 라쉬드의 발걸음이 멎었다. 몇 차례 보았던 시종이었다. 숨을 거둔 시종의 주검이 바닥에 널브러졌다. 사람이 죽었다면 소란이 일 법도 하건만 주위엔 인기척이라곤 없었다.

"젠장!"

라쉬드는 본궁 안으로 뛰었다. 무언가 이상했다. 평소와 마나의 흐름이 달랐다. 유독 본궁에 밀집된 것처럼 진득한 성력이 그의 몸에 달라붙었다. 불안해서 미칠 것만 같았다. 로자리아가 말없이 사라질 리가 없었다. 클라인에게 가는 게 아니었다. 그녀 곁에 남아야 했다.

라쉬드의 등이 땀에 흠뻑 젖어 갔다. 그는 창백해진 얼굴로 복도를 내달렸다. 복도를 지나치자 적막에 휩싸인 홀이 보였다. 문을 지키는 건 황제의 기사가 아닌 성기사들이었다.

"비켜라!"

"이 안으론 들어가지 못하십니다."

창을 든 성기사들이 그를 막았다.

"비키라고 했을 텐데."

"지오반니 공께서 내리신 명령이십니다."

라쉬드는 날카로운 시선으로 그들을 노려보았다.

"황족의 명령을 듣지 않는다면 반란으로 간주하겠다."

"들어가실 수 없습니다."

같은 말만 반복하는 기사는 넋이 나간 얼굴로 창을 들고 있었다. 무언가 이상했다. 문을 지키는 다른 기사들도 정신을 빼앗긴 듯 멍한 얼굴이었다.

'주술이로군.'

라쉬드는 검을 꺼내 문을 막는 성기사를 베었다. 검으로 그들의 몸을 베어도 상처가 회복되었고 고통도 느끼지 못하는지 비척거리며 공작의 앞을 막았다. 라쉬드는 검을 들어 그들의 목을 베었다.

툭, 데구루루. 그는 싸늘한 시선으로 숨을 거둔 성기사들을 내려다보다가 다시 발을 움직여 홀 안으로 들어섰다. 그리고 라쉬드의 시선이 한군데로 멎었다.

로자리아였다. 바닥에 쓰러진 로자리아를 향해 발루아가 검을 치켜들었다.

"로즈!"

생각할 겨를도 없이 몸이 먼저 뛰어들었다.

'이대로 죽는 건가.'

로자리아의 눈이 크게 떠졌다. 희미해진 시야로 그녀에게로 달려오는 남자가 보였다.

"로즈!"

라쉬드였다. 그를 보자 울컥, 가슴속에서 알 수 없는 감정이 치밀었다.

챙! 라쉬드는 성검으로 발루아의 검을 쳐 냈다. 피를 너무 많이 흘려 창백해진 로자리아의 얼굴이 보였다. 검을 든 그의 손에 힘이 들어갔다.

"무슨 짓을 한 거지?"

라쉬드는 이를 악물며 읊조렸다. 당장에라도 저자의 목을 쳐 내고 싶었지만 로자리아를 구하는 게 먼저였다. 으득, 억누르기 힘든 격분에 그는 이를 악물었다.

"조금만 기다려 줘, 로즈."

라쉬드는 그 자리에서 검을 들었다. 유리의 목을 베고, 발루아를 죽이면 될 일이었다.

"네가 로즈를……."

라쉬드는 살기에 가득 찬 눈으로 유리를 노려보았다. 그는 끝까지 말을 잇지 못했다. 진득한 살기가 그의 보랏빛 눈에 어렸다.

"검을 버려요, 라쉬드."

유리의 눈짓에 발루아는 쓰러진 로자리아를 일으켜 세웠다.

"버리지 않는다면 로자리아를 죽일 거예요."

유리가 음울한 목소리로 말했다. 라쉬드가 검을 움켜쥐자 발루아가 로자리아의 목에 검을 겨누었다.

'로즈……!'

피에 젖은 부인의 창백한 얼굴이 선명했다. 지금 당장 저들의 목을 베어 내고 싶었다. 치미는 분노에 피가 얼어붙었고, 검을 든 손이 차가워졌다.

"좋다."

라쉬드는 바닥에 검을 버렸다. 그 모습을 보던 로자리아의 입술이 달싹거렸다. 그러지 말라고 말해야 하는데 목소리가 나오지 않았다. 그래선 안 된다고, 당신만은 살라고 해야 하는데……! 스스로가 이토록 원망스럽긴 처음이었다.

"로자리아를 살려다오."

검을 버린 라쉬드가 주저 없이 무릎을 꿇었다. 이를 보는 로자리아의 눈이 흔들렸다. 이스타샤의 황족으로 태어나, 황제에게도 무릎을 꿇지 않던 이였다.

"원하는 게 공작이 가진 군사권이라면……."

로자리아를 보던 라쉬드가 들끓는 목소리로 말했다.

"얼마든지 주겠다."

"……."

유리는 입술을 지그시 깨물었다. 그녀가 알던 사내가 아니었다. 오직 이스타샤만을 위해 검을 들었던 공작은 이 자리에 없었다.

"원하는 게 내 가문이라면 가져가도 좋다."

라쉬드는 로자리아의 모습을 두 눈에 담았다. 발루아에게 붙잡힌 그녀의 모습에 그의 심장이 날카로운 가시에 찔린 것처럼 저렸다. 전장에서 검에 찔리는 것보다 더욱 고통스러웠다. 말을 잇는 라쉬드의 목소리가 떨렸다.

"원하는 게 내 목숨인가?"

라쉬드는 유리를 보며 물었다.

유리는 분한 듯 입술을 질끈 깨물었다. 그의 목숨을 원할 리가 없었다. 그토록 사랑을 갈구했던 엔리케의 환생인 그가 죽기를 원할 리가 없다. 이제야 유리는 깨달았다. 어떻게 해서도 공작을 가질 수 없다는 것을. 엔리케는 율리아 대신 이스타샤를 택했다. 그렇기에 이번에도 그러리라 믿었다.

"하, 목숨이라도 내던지겠다는 건가요?"

유리는 실소를 터뜨렸다. 이를 악문 유리가 라쉬드를 보며 소리쳤다.

"당신은 이스타샤를 지키던 공작이에요! 고작 이런 계집 하나 때문에 당신의 삶을……!"

"내 목숨을 바치겠다."

라쉬드는 흔들림 없이 고했다. 로자리아는 눈물에 젖은 눈으로 라쉬드를 바라보았다. 이스타샤를 위해서, 바르세데스를 위해서만 수십 년을 살아왔던 이였다.

"좋아. 당신이 죽는다면 로자리아는 풀어주도록 하겠어요."

유리는 짓씹듯 내뱉었다. 어차피 가질 수 없다면 죽어버리길 원했다. 로자리아가 살아남아도 평생을 공작을 죽게 만들었다는 죄책감과 후회에 시달릴 것이다.

"검을 드십시오."

발루아가 자신이 쥐던 성검 데레사를 땅에 내던졌다. 메마른 시선으로 땅에 뒹굴던 검을 보던 라쉬드가 두 손으로 검을 들었다. 검을 든 순간부터 그는 로자리아에게 시선조차 주지 않았다. 그가 든 검이 느릿하게 움직였다. 칼날이 그의 심장을 향했다.

"라쉬드!"

로자리아가 다급한 목소리로 외쳤다.

"눈을 감아, 로즈."

라쉬드는 잠긴 목소리로 읊조렸다. 그의 부탁에도 로자리아는 눈을 감지 않았다. 눈을 감으면 라쉬드가 붙든 검이 그의 온기를 빼앗아 갈 것만 같았다.

"내 마지막 부탁이야."

하염없이 우는 로자리아의 모습이 자신이 보게 되는 마지막일지라도, 그녀에겐 죽어 가는 그의 모습이 마지막으로 기억되기를 원치 않았다.

"눈을 감으십시오."

발루아가 로자리아의 눈을 가렸다. 그걸 지켜보던 라쉬드는 안도하며 검을 들었다. 두 손으로 쥔 검날이 그의 심장을 향했다.

푸욱!

검이 라쉬드의 가슴을 뚫고 심장에 박혔다.

"라쉬드!"

로자리아가 절박한 목소리로 외쳤다.

"……제발."

로자리아가 힘없이 중얼거렸다. 제발 그를 살려 줘. 제발 그를……! 그러나 그녀의 염원은 이루어지지 않았다.

발루아는 로자리아를 놔주었다. 바닥에 쓰러진 그녀는 고개를 들었다. 희미한 시야로 그의 모습이 보였다. 늘 위에만 서 있던 사내의 신형이 비틀거렸다. 무릎을 꿇은 라쉬드가 로자리아를 바라보았다. 그는 저도 모르게 로자리아를 향해 손을 내뻗었다.

"……로즈, 당신과의 거리가 너무도 길어."

손이 맞닿으면 좋으련만. 라쉬드의 눈이 서서히 감겼다.

"라쉬드!"

로자리아는 애타게 그를 불렀지만 라쉬드는 대답하지 못했다. 한참 입술을 달싹거리던 그가 로자리아를 보며 웃었다. 입가로 붉은 선혈이 흘러내렸음에도 고통 하나 느껴지지 않는 미소였다.

"괜찮아, 로즈."

그의 말뜻이 무엇인지 이해하는 순간, 결계가 깨졌다. 본궁 안이 아닌 바깥에서 깨진 결계였다.

"곧 사람이 올 테니까."

라쉬드는 비틀거리는 몸을 일으켰다.

으득. 그는 제 심장을 뚫은 검을 단번에 빼냈다. 손에 힘이 풀렸지만 검을 놓칠 수 없었다. 금방이라도 숨이 멎을 것 같았지만 버텨야 했다.

점점 사라져 가는 성력이 그를 움직이게 했다.

뎅그렁. 라쉬드의 손에서 벗어난 데레사의 검이 바닥으로 떨어졌다. 마지막 순간, 라쉬드는 로자리아의 모습을 두 눈에 담았다. 죽어서도 감히 잊지 못할 모습을. 지고 있던 성력을 모두 소진했으니 곧 숨이 멎을 것이다.

"약속을 지키지 못해서 미안해."

지켜 주리라 약속했는데 결국 지키지 못했다. 잠시나마 온기가 닿을 수만 있다면 얼마나 좋을까. 라쉬드는 로자리아를 향해 손을 내뻗었다. 늘 곁에 있었던 그녀가 지금은 멀리 있는 것만 같았다.

"……내가 구해 줄게요!"

눈물이 그득 차 앞이 흐릿해졌다. 로자리아는 라쉬드에게 애탄 목소리로 속삭였다.

"……로즈."

검에 찔린 곳에서 쉴 새 없이 피가 흘러나와 바닥을 적셨다. 라쉬드는 흐릿한 시야로 로자리아를 바라보았다.

"약속하겠습니다, 율리아."

꿈속에서 보았던 이름 없는 여신과 로자리아의 모습이 겹쳐졌다. 라쉬드는 선명히 보이는 환영을 홀린 듯이 바라보았다. 황제가 여신의 발등에 입을 맞추었다.

"제 과오를 다시는 범하지 않을 것이며…….."

황제는 온기 하나 느껴지지 않는 여신상의 손을 붙잡았다.

"다음 생에선 당신을 만날 것입니다."

라쉬드의 두 눈이 서서히 감기며 차가운 그림자가 그를 감쌌다.

지오는 프리실라가 죽기 전, 그녀가 제물로 쓰였단 사실을 알아차렸다. 누이의 죽음을 지켜보던 그는 신어로 새겨진 진을 보았다. 그는 황성 안의 성력이 미묘하게 변한 사실을 깨달았다. 유리가 며칠째 기도실에 틀어박혀 나오지 않은 뒤로 무언가 이상했다.

지오는 성기사들을 이끌고 본궁을 찾았다. 그는 기사들을 뒤로 물렸다. 기사의 보고로 로자리아와 라쉬드 또한 안에 있다는 사실을 알게 되었다.

주술이 발동된 순간, 보랏빛 진이 선명하게 보였다. 프리실라의 죽음으로 완성된 결계를 깨뜨리기 위해선 시간이 필요했다. 그는 진에 새겨진 신어를 역으로 읊으며 해제했다. 결계가 깨지고 유리와 발루아는 의심을 피하기 위해 곧바로 자리를 떠났다. 성녀는 본궁에 있었단 어떠한 흔적도 남기지 않았다.

테베의 왕녀가 바르세데스 공작을 죽일 거란 예언이 이루어졌다고 꾸미기 위해서였다. 본궁에 도착한 지오는 그의 눈을 의심했다. 죽어 가는 라쉬드와 피를 흘리며 정신을 잃은 로자리아가 있었다.

다행히 로자리아의 숨은 붙어 있었다. 지오는 떨리는 걸음으로 라쉬드에게 다가갔다. 공작을 치료하기 위해 뻗었던 지오의 손이 거두어졌다. 미약하던 그의 호흡이 멎었다. 뒤늦게 달려온 사제가 성력으로도 살릴 수 없다며 고개를 저었다.

"혹 부인께서 예언대로……."

헛말을 내뱉는 사제를 노려본 지오가 로자리아를 안아 들었다.

"공작 각하의 시신을 수습해라. 에르테반으로 돌아간다."

사제가 고개를 끄덕였다. 에르테반으로 돌아온 지오는 공작의 장례식을 준비했다.

그날 밤, 한 사제가 로자리아를 간호하던 지오를 급히 찾았다.

"후, 후작님. 시신이 보이지 않습니다."

사제를 따라 그는 복도를 지나쳐 관이 안치된 방으로 향했다.

'어째서……'

공작의 시신이 사라진 자리에는 텅 빈 유리관만이 놓여 있었다.

"헉."

로자리아는 눈을 떴다. 장기를 바늘로 찌르는 듯한 격통에 그녀는 숨을 들이켰다. 로자리아는 멍하니 천장을 올려다보았다.

"여긴……."

그녀는 몸을 벌떡 일으켰다. 날카로운 것으로 살을 베는 듯한 고통이 일자, 이를 악물고 참았다.

"라쉬드!"

침대에서 바닥에 발을 내뻗은 로자리아의 몸이 휘청거렸다. 한참을 주저앉은 채 바닥에서 숨을 고르던 그녀는 주위를 둘러보았다. 라쉬드가 보이지 않았다. 그가…… 보이지 않는다.

"아아악!"

로자리아는 바닥에 쓰러져 오열했다. 그는 죽었나. 정말로 죽은 건가. 나를 두고 죽었다고? 믿기지 않았다. 믿을 수가 없었다. 머리가 깨

질 듯이 아팠다. 마지막 모습을 기억하지 말라는 목소리만이 그녀에게
남은 전부였다. 정말로 그의 바람대로 라쉬드의 죽어 가던 모습이 흐
릿했다. 로자리아가 기억하는 건 그녀에게 손을 내밀어주던 다정한 사
내의 모습이었다. 위로가 필요할 땐 말없이 안아주던 연인이었다.

　로자리아는 손을 움켜쥐었다. 손톱이 여린 살을 파고들었으나 아프
지 않았다. 산 채로 심장이 뜯기는 고통이 몸을 짓눌렀다. 숨이 멎을
정도로 호흡이 가빠졌다. 그녀는 하염없이 눈물을 흘렸다. 사람이 그
토록 울 수 있는지 몰랐다. 이곳이 에르테반의 성이란 것도, 그녀를 데
려온 사람이 지오란 사실도 조금도 중요하지 않았다.

　보름이 지나자, 더 이상 울 힘도 나지 않았다. 눈물 자국은 이미 마
른 지 오래였다. 로자리아는 침대에 누워 멍하니 천장을 올려다보았다.
그녀는 지친 듯 눈을 감았다. 몸이 나을 때까지 휴식을 취해야 했다.

　'……아이는.'

　그녀는 떨리는 손으로 배를 어루만졌다. 라쉬드와의 아이, 아이만은
지켜야 했다.

　'아이를 위해서라도 버텨야 해.'

　슬픔에 젖었던 눈이 메마른 사막처럼 무미건조해졌다. 그리움을 떨
쳐 내지 못한 그녀는 허공에 손을 내뻗었다. 라쉬드가 간절한 눈으로
그녀를 보던 모습이 잊히지 않았다.

　2주의 시간이 흘러 발루아의 검에 다쳤던 상처는 모두 회복되었다.
로자리아는 등에 남은 상처 치료를 거부했다. 그가 자신을 지키기 위
해 목숨을 걸었던 증거를 지우고 싶지 않았다.

　'언제까지고 이렇게 있을 순 없어.'

로자리아는 이를 악물었다. 그는 자신을 잊으라고 했지만 잊지 않을 것이다. 그녀는 거울 속에 비친 자신의 모습을 바라보았다. 핏기 하나 없는 창백한 얼굴이었다. 그녀는 침실에 놓인 거울로 향했다.

고개를 들자 하얀 머리칼을 가진 여인이 거울 속에 있었다. 그녀는 서서히 눈을 감았다. 지독한 악몽을 꾸었다고, 꿈에서 깨면 원래대로 되돌아올 거라고 믿었던 스스로가 우스웠다. 자신이 딛고 선 현실은 얼음 조각처럼 차갑건만.

로자리아는 단검을 들었다.

싹둑. 그녀는 허리까지 길렀던 머리칼을 들어 잘랐다. 되찾을 것이다. 되찾아야만 했다. 로자리아는 속으로 몇 번이나 읊조렸다. 그녀는 하얗게 세어버린 머리칼을 쥐었다. 악귀라 불러도 좋다. 아니, 악귀가 되는 한이 있더라도 이스타샤를 제 손아귀에 넣을 것이다.

로자리아는 지오를 찾았다.

"……떠나시는 겁니까?"

"언제까지 이곳에 머물 순 없을 테니까요. 곧 대신전에서 에르테반의 움직임을 주시할 거예요."

"조심하겠습니다."

지오는 로자리아를 보며 대답했다. 로자리아는 그에게 받았던 새하얀 장미꽃을 건네었다.

"……다시 제게 돌려주시는 겁니까?"

"그동안 고마웠어요, 지오. 하지만 언제까지 숨어 지낼 순 없어요."

지오의 시선이 무덤덤해 보이는 로자리아에게 머물렀다. 라쉬드가 떠난 이후, 로자리아는 다른 사람처럼 변했다. 잘 웃는 법이 없었으며 극도로 감정을 내보이지 않았다. 지오가 걱정스럽다는 듯 자신을 바라보자 로자리아는 쓴웃음을 삼켰다.

'행복은 환상이었나.'

로자리아는 스스로에게 조소했다. 프리실라의 목숨을 앗아 간 희대의 악귀. 이게 원래 그녀의 모습이었다. 잠시 행복에 취해 본분을 망각했다.

"아니타의 성력을 피하는 것도 그만둘 거예요, 지오."

로자리아는 데모나를 쥐었다. 아니타의 목을 베어 이스타샤 성녀의 대를 끊을 것이다. 바렛사의 군대를 무너뜨리는 건 그다음이었다.

"그가 지키고자 했던 것 모두 되찾을 거예요."

그가 지켰던 케딜락도, 그의 가문이었던 바르세데스도, 그의 나라였던 이스타샤도. 그와 나의 아이를 위해서라도! 로자리아는 숙였던 고개를 들었다. 그녀의 푸른 눈동자가 짙어졌다.

이스타샤에 한바탕 폭풍이 불었다. 공작을 따랐던 귀족 가문은 강등되거나 성기사들에 의해 감시를 받았다. 테베의 왕녀가 로테사왕을 죽이고, 바르세데스 공작을 죽였다는 소문이 이스타샤 전역에 퍼져 나갔다.

글로리아는 대신전의 검을 만들겠다는 조건으로 가문이 유지되었다. 그러나 가문의 도공을 시킬지언정, 더글라스는 더 이상 검을 만들지 않았다. 그가 마지막으로 만든 건 로자리아의 금빛 장미 인장이 새겨진 검이었다.

중앙의 곡창을 점령한 아이리쉬는 성기사들과 맞붙어서라도 가문과 곡창을 지켜 내겠다고 선포했다. 아이리쉬는 이스타샤에서 금빛 기가 꽂혀 있는 첫 번째 가문이었다. 글로리아도 아이리쉬를 따라 두 번째로 금빛 기를 성벽에 꽂았다.

세 번째는 그레이스 가문이었다.

마네 아이리쉬는 엘리샤 그레이스를 찾았다. 바르세데스 공작이 죽고, 로자리아가 사라진 상황에서 모두가 공작 부인을 범인으로 지목했다. 대다수의 귀족은 유리 성녀가 한 예언이 맞았다며, 그 예언이 정말로 실현되었다고 수군거렸다. 하지만 마네는 그 사실을 믿지 않았다. 오히려 글로리아 가문을 찾아가 로자리아를 배신한다면 굶어 죽게 만들 거라고 엄포를 놓았다.

그레이스성을 찾은 마네는 더글라스와의 대화를 떠올렸다. 그가 마네에게 한 말은 한마디가 전부였다.

"더글라스 공은 어떻게 하실 건가요?"
"글로리아는 명예를 아는 가문입니다."

응접실의 소파에 앉은 마네는 엘리샤를 기다리며 차를 마셨다. 이번엔 엘리샤 그레이스의 차례였다. 마네가 왔다는 소식에 엘리샤는 한걸음에 달려왔다. 가벼운 안부를 묻던 마네가 본론을 꺼냈다.

"엘리샤, 그레이스의 선택을 묻고자 왔어요."

"그레이스는 공작가를 따르기로 했습니다. 저 또한 로자리아 님에게 충성을 바쳤고, 제 목숨은 그분의 것이니까요."

"제 생각과 같네요, 엘리샤."

마네는 그 말에 안도했다. 태연한 얼굴과는 다르게 그녀는 속으로 놀라워했다. 엘리샤 또한 성녀인 유리의 정체를 의심했다. 그녀가 가문의 서고에서 찾은 건 당대 성녀의 모습이 그려진 초상화였다. 어찌하여 유리 성녀는 죽은 데레사와 같은 모습을 하고 있는가. 데레사의 초상화를 본 이후로, 엘리샤는 줄곧 가문의 서고에 틀어박혀 성서의 기록을 찾았다. 그러던 차에 마네가 그녀를 찾아온 것이다.

엘리샤는 기회를 기다리겠노라고 마네에게 말했다. 마네는 그녀와 묘한 동질감을 느끼며 고개를 끄덕였다.

귀족은 뼛속부터 이득을 좇는 자들이었다. 바르세데스 공작이 죽었고, 공작 부인은 정당한 후계자로 인정받지 못했다. 이미 바르세데스는 와해되었고, 많은 귀족이 공작가에 등을 돌렸다. 그런 상황에서도 글로리아, 아이리쉬, 그레이스 가문은 여전히 충성을 맹세했다.

마네는 철저히 이득을 좇던 아이리쉬의 가주였다. 어째서 자신이 이런 선택을 하게 되었는지 그녀 스스로도 의문이었다.

케딜락성에 무거운 정적이 흘렀다. 케딜락성의 병사와 기사들은 주군인 바르세데스 공작의 죽음을 받아들이지 못했다. 그것도 바렛사의 전쟁에서 목숨을 잃은 것이 아닌, 공작 부인의 손에 의해서 살해당하다니.

몇몇 병사는 그럴 줄 알았다며 속닥거렸다. 그 살벌한 성격이 어딜 가겠냐며 우스갯소리를 하는 자들도 있었고, 테베 왕으로 만족을 못 해 바르세데스의 군사권도 가지려고 한 게 틀림없다고 말하는 자들도 있었다.

대신전에서 1급 성기사를 케딜락의 지휘관으로 보냈다. 가문의 덕으로 성기사가 되었고, 수십 년을 입으로 검을 든 자였다. 대신전에서 북부에 간섭하겠다는 의사였으나 케딜락의 군사들은 그리 호락호락하지 않았다. 그들은 바르세데스 공작의 지휘를 받았던 자들이었다. 공작은 혹한과 풍토병, 바렛사의 군대 앞에서 두려워하는 병사들을 직접 이끌었던 군주였다. 목숨이 위협받는 선방에서 공작이 군을 직접 지휘했던 만큼 병사들의 주군에 대한 충성도는 높았다.

케딜락의 군사들은 너 나 할 것 없이 신전에서 파견된 지휘관을 무시했다. 대놓고 조소하진 못했지만 지휘관이 내리는 명령은 듣지 않았다. 그들이 명을 받드는 건 라쉬드 다음으로 결정권을 가진 라뮈엘 후작과 기사단장 노엘이었다.

로자리아는 로브를 쓴 채 케딜락을 찾았다. 굳게 닫힌 성문은 허락받지 않은 자들의 출입을 금했다. 병사들은 로자리아를 위아래로 훑었다. 로브를 깊이 쓴 탓에 여자인지 남자인지 모호했다.

"들어가실 수 없습니다."

얼굴은 후드로 가렸고, 양 허리춤에는 단검이 꽂혀 있었다. 언뜻 보이는 새하얀 머리칼은 이국인의 것으로 보였다. 목소리는 사내의 것처럼 낮았고, 칼로 잰 듯 무거운 절제가 흘렀다.

큰 소리를 내려던 한 병사가 조용히 입을 다물었다. 후드 사이로 드러난 새파란 눈동자는 병사들이 보기에도 예사롭지 않았다.

"노엘 님을 만나고자 합니다."

"신분도 안 밝히면서 어찌 단장님을 찾으십니까?"

"그분께 알리면 아실 겁니다."

로자리아는 케딜락성을 올려다보았다. 성에는 여전히 바르세데스 가문의 깃발이 휘날렸다. 검은 늑대의 기가 포효하듯 바람에 펄럭였다.

22장 덫

"무슨 일이냐!"

병사가 주춤거리며 단장을 찾으려던 차에 우렁찬 고함이 들렸다.

"지휘관님."

병사가 '피곤해지겠네'라고 중얼거리며 얼굴을 굳혔다.

'지휘관?'

로자리아의 눈에 머리가 희끗희끗한 중년의 사내가 보였다. 훈장은 죄다 끌어모았는지 옷이 늘어질 정도로 매달았고, 검을 잡는 기사라고 볼 수 없을 만큼 눈빛은 흐리멍덩했다. 거들먹거리는 걸음은 '내가 케딜락의 지휘관이다'라고 엄포를 놓는 듯했다.

병사들이 서로의 얼굴을 마주 보았다. 그들은 짜기라도 한 듯 대답조차 하지 않았다.

'저런 얼간이를 군지휘관으로 보내다니.'

로자리아는 실소를 지었다.

"성의 경비 하나 책임지지 못해서 되겠나?"

불혹의 지휘관, 기욤이 이죽거렸다. 그는 뾰족해진 눈매로 로자리아를 훑었다.

"노엘 경을 찾아왔다고?"

"그렇습니다만."

"뭐, 일단 들어오시게."

코를 후비적거리던 기욤이 병사들에게 손짓했다. 로자리아는 물러서는 병사들을 보다가 성안으로 들어섰다. 그녀는 자신을 노엘의 사촌 동생이라 밝혔다. 그걸 들은 기욤이 재미난 소리라도 들은 듯 어깨를 들썩였다.

"사촌 동생이라면 평민이겠군? 아, 그런 눈으로 볼 것 없다. 노엘 경보다 내가 더 직급이 높거든."

자신이 곧 케딜락의 군사를 이끌게 될 거라며 기욤이 으스대었다.

"아, 여기로 내려가면 노엘 경이 있다네."

기욤이 안내한 건 성의 지하였다. 지하는 종종 고문실로 쓰이던 터라 성 내의 병사들도 기피했다.

'내 정체를 알아차린 건가?'

로자리아는 지하로 내려가는 계단에서 걸음을 멈추었다.

"왜? 좀 으슥해서 겁이 나는가?"

"아닙니다."

로자리아는 고개를 저으며 먼저 내려가는 기욤의 뒤를 따랐다. 기욤은 한눈에 로자리아의 정체를 알아보았다.

'로브를 쓰면 못 알아볼 줄 알았나?'

분명 공작 부인이었다. 성녀님께서 보여 준 초상화에서 봤던 대로였다. 얼핏 드러난 금발과 푸른 눈동자만으로도 공작 부인을 알아보는 건 충분했다.

'저년을 붙잡으면 포상이 얼마야.'

성녀는 보상에 후했다. 잘하면 남작위 하나 던져 줄지 몰랐다. 그는 운이 좋았단 생각에 입꼬리를 슬며시 올렸다. 일부러 느릿느릿 걷던 기욤이 말했다.

"앞이 안 보여서 횃불을 켜야겠군. 먼저 들어가겠나?"

로자리아는 고개를 끄덕이며 안으로 들어섰다. 한 발 한 발 내디딜수록 지하의 축축한 이끼향이 훅 코끝으로 스며들었다. 이내 성의 지하에 도착했을 때, 철컥 문이 잠기는 소리가 들렸다.

"지휘관님?"

로자리아가 눈을 크게 뜨며 물었다. 기욤은 비틀린 나무에 말기름을 묻혔다. 화르륵, 순식간에 불이 붙으며 시야가 밝아졌다.

"노엘 경이 조금 늦을 듯한데 올 때까지 기다리도록 합세."

로자리아는 고개를 끄덕이며 관리가 되지 않은 지하의 감옥을 둘러보았다. 주위를 둘러보던 그녀의 시야가 지휘관의 허리춤에서 멈췄다. 과연, 허수아비라는 말이 틀리지 않았는지 장식용 단검이 매달려 있었다. 로자리아는 빈틈을 만들기 위해 기욤에게 질문을 던졌다.

"성녀님께선 어떤 분이십니까?"

"유리 성녀님? 오로지 이스타샤를 위해 사는 분이시지. 성녀님이야말로 제국의 주인이 되어야 해."

가만히 말을 듣던 로자리아는 시선을 차갑게 내리깔았다. 예언에 의해 악귀가 된 자신과 반대로 제국민에게 칭송받는 성녀. 유리가 원하는 대로 된 건가. 로자리아는 스스럼없이 조소했다.

"위험한 소리를 하시는군요. 폐하께서 아직 건재하신데."

"폐하? 그 꼭두각시 황제를 말하는 겐가? 뭐, 공작님께서 살아만 계셨어도 달랐겠지만."

'대신전에 전언을 보내야 하니 시간을 끌어 볼까.'

시간을 어림짐작하던 기욤이 계산을 끝마쳤다. 그는 로자리아에게서 별말이 없자 떠보듯 말했다.

"그나저나 시신조차 찾지 못했다는 거 아나? 공작님의 시신을 거두지 못해 장례식도 치르지 못했다고 성녀님께서 슬퍼하신다네."

"……."

들려오는 대답이 없었지만, 기욤은 아랑곳하지 않고 말을 이었다.

"그 정신 나간 공작 부인이 공작님만 죽이지 않았어도……."

기욤이 쯧 혀를 찼다. 지휘관에게서 등을 돌리고 있던 로자리아가 그의 뒤로 향했다. 일렁이는 횃불에 죽어 가던 그의 모습이 아직도 선연했다. 그녀는 서늘한 시선으로 기욤을 주시했다.

"뭐, 뿌린 대로 거둔 거지. 여자 하나 잘못 들여서 죽고 가문이 폭삭 망하지 않았나."

로자리아는 손끝에 힘을 주었다. 넓은 소매로 끝이 좁고 날렵한 단검이 그녀의 소매 안에 숨겨져 있었다. 라쉬드는 바르세데스의 명예와 이스타샤를 위해 온전히 살아온 이였다.

'……참아야 해.'

로자리아는 겨우 분노를 억누르며 검을 휘두르는 대신 손을 거두었다.

"그거 아십니까, 지휘관님. 아직 바르세데스의 깃발이 케딜락성에 꽂혀 있습니다."

"무슨 말을 하려는 겐가?"

"아무것도 모르는 것 같기에 드린 말입니다."

바르세데스의 깃발이 성에 꽂혀 있다니? 그 말의 뜻을 이해하기 어려웠던 기욤이 눈을 찌푸렸다. 로자리아는 녹이 슨 것처럼 낡은 성벽을 손으로 쓸었다. 그때, 그녀의 귓가로 크게 소리치는 목소리가 들렸다.

"내가 뭘 모른다는 건가!"

"모르고 지하실로 온 거라 생각했는데, 아니면 내 정체를 알고서도 들인 건가?"

서서히 로브를 젖힌 로자리아가 눈매를 반달처럼 휘었다. 역시 그의 짐작이 맞았다. 로자리아를 본 기욤의 눈이 크게 떠졌다. 공작 부인은 그림 속에서 보았던 모습보다 더 아름다웠다. 그녀와 눈이 마주친 기욤의 얼굴이 붉어졌다.

겨우 정신을 차린 기욤이 대신전에 전언을 넣기 위해 몸을 움직였다. 그러나 계단으로 누군가 오고 있다는 사실을 깨닫지 못했다.

"내가 뭘 모른단 말인가?"

기욤이 당황한 얼굴로 소리쳤다. 그의 노성은 다른 남자의 목소리에 의해 묻혔다.

"여기 계셨군요."

자박자박. 기사의 것이 명백한 무거운 발걸음 소리였다. 노엘이 허리춤에 검을 찬 채 계단 아래로 내려왔다.

"부인."

공작 부인을 부르는 목소리에 뒤를 돌아본 기욤의 얼굴이 창백하게 질려 갔다. 로열의 부기사단장이 여긴 대체 왜 온단 말인가!

"이 기회에 보여 줘야겠군요. 케딜락성의 주인이 누구인지를."

노엘이 스르릉, 그의 허리춤에서 검을 꺼내었다. 그는 기욤에게 다가가 지휘관의 목울대의 검을 겨누었다. 날카로운 검 끝이 기욤의 목을 타고 왼쪽 팔로 느릿하게 내려왔다. 금방이라도 벨 것 같은 살기에 기욤의 목울대가 꿀꺽 움직였다. 노엘은 검을 거두고는 기욤의 목덜미를 잡아 버둥거리는 사내를 들어 올렸다.

"인사는 드려야 하지 않겠습니까, 케딜락성의 주인에게."

그는 악력으로 기욤을 무릎 꿇게 했다. 공작 부인의 푸른 눈동자가 벌벌 떠는 기욤을 싸늘하게 내려다보았다.

로자리아는 기욤의 턱을 들어 올려, 그녀와 시선을 마주치게 했다.

"전언을 쓰는 데 팔 한쪽은 없어도 되겠지."

기욤이 비명을 내질렀으나 아무도 들어주는 이가 없었다.

공작이 죽었다고 알려진 이후, 많은 것이 바뀌었다. 프리실라가 제물로 바친 이후로 권세를 잃었던 대신전은 다시 귀족들을 좌지우지할 권력을 손아귀에 넣었다. 성녀를 찾는 귀족이 나날이 늘어났고, 대신전에 바치는 기부금은 그 값이 세 배에 달했다.

날이 밝으면 귀족들이 대신전으로 찾아와 성녀를 알현했고, 날이 어두워지면 성녀의 앞에서 기도를 올렸다. 가문이 수도와 멀리 떨어져 성녀를 찾기 힘든 이들은 갖가지 귀한 조공을 바쳤다. 덕분에 성녀의 하루 일과는 각 지방에서 귀족들이 수급한 조공을 확인하는 일정으로 시작되었다.

새벽부터 성녀에게 선물을 드리겠다고 기다리던 귀족이 귀해 보이는 상자를 품에 안고 유리를 찾아왔다. 긴장이 역력한 귀족이 품에서 보석함을 꺼내 열었다. 함을 내려다보던 유리가 재밌다는 듯 웃었다.

"유니콘의 깃털?"

"예, 서대륙의 끝에서 산다는 유니콘의 깃털로 만들었다고 합니다."

성녀의 맞은편에는 중년의 사내가 있었다. 고개를 숙인 남작이 유리에게 선물을 바쳤다.

"오랜만에 마음에 드는 물건이구나."

유리는 그녀에게 건네진 깃펜을 건네받았다. 허풍이라곤 해도 그 선물이 마음에 들었는지 기도실에서 성녀의 웃음소리가 끊이지 않았다. 유리는 손으로 깃펜의 깃털을 쓸었다. 실보다 가느다란 감촉이 손끝을 간지럽혔다.

"그리고 이건……."

그때였다. 남작이 다른 선물을 꺼내려는 찰나에 똑똑, 노크 소리가 들려왔다. 이윽고 기도실로 들어온 성기사가 다급하게 성녀를 찾았다.

"무슨 일이지?"

즐거운 시간을 방해받은 유리가 눈을 찌푸렸다. 그녀는 귀찮은 파리를 내쫓듯 허공에 손을 휘저으며 남작을 물러가게 했다.

"케딜락성으로부터 전보가 왔습니다."

"기욤이 보낸 건가?"

기사의 보고에 깃펜의 끝을 다듬던 유리의 손이 멎었다. 기사는 그렇다고 대답하며 케딜락성으로부터 온 서신을 유리에게 건넸다.

[케딜락성에서 로자리아 왕녀를 보았습니다. 노엘 경이 그녀를 보호하고 있으니 지원군을 보내 주십시오.]

서신을 건네받아 이를 확인하던 유리의 눈이 크게 떠지더니, 깃펜을 쥔 손이 잘게 떨렸다.

"……성녀님? 괜찮으십니까?"

"괜찮다. 모처럼 기쁜 일이 생겼구나."

유리는 기대감에 달아오른 얼굴로 중얼거렸다. 그제야 성기사가 안도한 얼굴로 옅은 숨을 내쉬었다.

"케딜락으로 보낼 성기사들을 모아라. 목숨 따위 아끼지 않는 잔혹하고 무도한 자들로."

성기사에게 명령을 내린 유리가 키득거렸다. 드디어 왕녀를 사로잡을 기회가 찾아왔다. 곧 공작 부인을 사로잡을 거란 기대감에 유리의 입꼬리가 올라갔다.

기욤은 벌벌 몸을 떨었다. 그는 왼쪽 어깨에 붕대를 두르고서 오른손으로 서신을 써 나갔다. 한 장, 두 장, 세 장. 이윽고 열 장이 넘을 때까지 기욤은 깃펜을 내려놓지 못했다.

"명, 명령하신 대로 모두 썼습니다. 매로 전언을 보낸다면 대신전에 사흘 안으로 도착할 것입니다."

로자리아는 기욤이 쓴 서신을 모두 확인했다. 케딜락에서 왕녀를 확인했으니 군 지원을 해달란 요청이었다.

"그, 그럼 저는 이제……."

기욤이 울 것 같은 얼굴로 수도로 돌아가도 되는지 물었다.

"아, 대신전에서 연락이 왔어. 그대의 안위가 궁금한 것 같던데."

"저, 저는 잘 지내고 있다고 보내겠습니다."

"아니, 당장에라도 죽을 것 같다고 살려 달라고 비는 게 좋겠군."

로자리아는 전언을 보내기 위해 기욤을 살려 두었다. 기욤은 당혹스러웠다. 노엘에게 왼팔이 잘리기 전만 해도 죽을 거라 생각했다. 그러나 자신의 목을 쳐서 공작 부인이 케딜락에 왔다는 사실을 숨기는 대신, 역으로 성녀에게 서신을 보냈다.

로자리아는 병사에게 기욤을 감시하게 한 뒤, 노엘과 함께 지하실을 빠져나왔다. 그녀는 노엘보다 앞서 응접실로 향했다.

로자리아는 노엘에게 앉을 것을 권하며 자리에 착석했다. 공작 부인에게 묵례한 노엘이 자리에 앉고 나서 입을 열었다.

"시키신 대로 에르테반가에 서신을 보냈습니다."

"수고했어요, 노엘 경."

"성기사의 군대를 케딜락으로 불러들여도 괜찮을지……."

"위험이 커야 돌아오는 몫도 큰 법이에요."

노엘이 걱정스러운 시선으로 로자리아를 바라보았다. 케딜락성이 천혜 요새이긴 하나, 지금은 북쪽에 있는 바렛사의 군대와 경계를 두고 마주한 전시 상황이었다. 수도에서 성기사들이 올라온다 한들, 케딜락성을 바로 점령하지 못할 것은 분명했다. 그러나 바렛사의 군사까지 몰려온다면 케딜락이 함락될 가능성이 농후했다.

노엘이 생각하기에, 공작의 죽음 후로 케딜락은 함락 직전의 위태로운 모래 위의 성이었다. 양동작전으로 밀어붙인다면 케딜락성은 함락되고, 공작 부인은 사로잡혀 처형될 것이다.

노엘의 우려를 그녀도 모르는 건 아니었다. 로자리아는 위험을 무릅쓰면서 계획을 감행했다. 본래 사냥을 할 때 가장 탐스러운 먹이를 내놓는 법이다. 그것이 금방 끊길 그물일지, 짐승을 사로잡는 덫이 될진 밟기 전까지 알 수 없었다.

지금으로선 요새를 지켜야 하는 케딜락에서 수도로 군사를 보내는 건 불가능한 일이었다. 프리실라가 아이를 제물로 썼을 때와 여론이 달라졌다. 제국민은 물론, 수도의 중앙귀족부터 지방의 하급 귀족까지 성녀의 예지를 경외하며 칭송했다.

성녀에 의해 공작을 죽인 죄인이 되었으나 무릎 꿇을 생각은 추호도 없었다. 성녀와 바렛사가 대가를 치를 때까지 악착같이 버텨 낼 것이다.

"대신전의 성기사들과 협력한 바렛사의 군사가 쳐들어온다면, 케딜락은 버티기 힘들 겁니다."

"알고 있어요."

눈앞의 공작 부인이 모를 리가 없었다. 그저 위험이 큰 작전이라 염려가 되었을 뿐, 노엘은 그녀의 계획을 반대하는 건 아니었다.

"노엘 경, 난 계획대로 할 겁니다. 바렛사와 성녀가 서로 원하는 걸 얻을 때까지 협력할지 몰라도, 오히려 협공이 실수가 될 테니까요."

이스타샤와 바렛사. 그 둘은 처음부터 같은 편이 될 수 없는 적대적인 관계였다. 조금이라도 서로 원하는 바가 틀어졌을 때, 미약하고 옅은 동맹의 끈을 잘라 낼 생각이었다.

"사냥을 할 땐 약한 쪽부터 집어삼키는 법이에요."

지금은 몸집이 부풀었으나, 대신전의 군사가 바렛사의 군대에 비할 바는 아니었다. 바렛사를 믿고 있는 성녀가 주저 없이 성기사들을 케딜락성으로 보낼 거라고 로자리아는 확신했다.

유리는 2만의 성기사를 소집했다. 선두에 있던 기사가 대신전의 인장이 그려진 깃발을 높이 쳐들었다.

"모두 소식은 들었을 것이다! 로자리아 왕녀에 의해 이스타샤의 황족이자 여신의 후계자였던 공작께서 살해당했다."

성기사가 주위를 둘러보며 말을 이었다.

"그런데도 제 아비를 죽이고 남편을 죽인 그 마녀는 아직 살아 있다!"

"와아아!"

함성이 바람을 타고 울려 퍼졌다.

"마녀를 죽이자!"

"마녀를 죽이자!"

쿵! 쿵! 성기사들이 든 창이 땅에 부딪히자, 거대한 짐승이 포효하는 소리가 땅을 울렸다. 성 위에서 그 모습을 내려다보던 유리가 하얀 드레스를 입은 채 성기사들 앞에 섰다.

"성녀님이다!"

성기사들의 환호 소리가 우레와 같이 빗발쳤다. 유리는 그들의 환호를 받으며 손을 들어 올렸다.

"그대들의 영예로움은 이스타샤에서 영원토록 기억될 것이며, 한낱 죽음 또한 믿음을 깨뜨리지 못할 것입니다."

"와아아!"

사그라들었던 신전의 촛불이 마른 갈대밭에 붙은 불길처럼 타올랐다. 핏발이 선 눈동자, 온몸을 파고드는 전율.

죽이자! 죽이자! 아니타 여신에 반기를 드는 놈들을 모두 죽이자!

광기에 사로잡힌 성기사들을 바라보던 유리가 흡족한 미소를 지었다.

"아니타 님의 은총과 자비가 여러분과 함께할 것입니다."

로브를 쓴 남자가 유리의 뒷모습을 지켜보았다. 발루아의 짙게 잠긴 시선이 성녀의 명을 받드는 성기사들을 향했다.

그때와 같았다. 오백 년 전, 수단과 방법을 가리지 않고 율리아를 죽이려고 했던 모습과 다름없었다.

'은총이라…….'

우둔한 자들. 발루아는 성기사 무리를 바라보며 입꼬리를 올렸다. 어찌하여 성녀가 죽음으로 내모는 사실을 모른단 말인가. 거짓된 신앙과 교묘한 축복으로 죽음의 그림자를 뒤덮고자 하는 진의를.

로자리아와 노엘은 마레샤 산맥을 찾았다. 성기사들이 오는 길목을 확인하기 위함이었다. 성녀가 건국 초 만들었던 이동진은 모두 파훼한 지 오래였으므로, 케딜락으로 오기 위해선 산을 넘어야 했다. 늦은 가을부터 눈으로 뒤덮인 산맥은 낯선 자들의 침입을 허용하지 않았다.

"곧 가을을 지나 겨울이 올 거예요, 노엘 경."

"그들이 겨울의 마레샤를 건너올까요?"

"달리 길이 없으니 올 수밖에 없어요."

그렇게 대담한 로자리아는 산맥 주변을 살폈다. 그러고서 눈으로 뒤덮인 마레샤의 정경을 두 눈에 담았다. 다시 삶을 살게 된 이후로 사람을 해치는 데 정령술을 쓰지 않았다. 그것은 스스로에 대한 약조이자 신념이었다. 그러나 신념만으론 늦이 되어버린 현실에서 벗어날 수 없었다.

"여기까지 오신 이유가 궁금합니다."

"정령술을 쓸 거예요."

대답을 들은 노엘의 눈이 크게 떠졌다. 놀란 기사를 뒤로한 채 로자리아는 군대가 밟을 길목마다 곳곳에 진을 그려 나갔다. 마치 덫을 놓듯 신중한 기색이었다. 노엘은 진을 그리는 데 방해가 되지 않도록 뒤로 물러나 있었다.

"케딜락까지 살아남아 올 이들이 몇이나 될지 궁금하군요."

"그들은 성녀의 명에 충실하니 죽음을 무릅쓰고 오겠죠."

"저 또한 목숨을 걸고 케딜락과 부인을 지킬 것입니다."

이스타샤의 기사로 살아온 그는 생전 정령술사를 볼 일이 없었다. 그러나 테베 왕성에서 보았던 것처럼, 성기사들은 쉽사리 마레샤를 건너지 못할 것이다.

로자리아는 이틀이 지나서야 진을 그리는 작업을 끝마쳤다. 눈으로 뒤덮인 산을 밟을 때마다 그녀는 스스로를 다잡았다. 질척한 과거가 그녀의 발목을 붙잡으려고 했으나, 로자리아는 덤덤히 사실을 받아들였다. 지금은 과거와 달랐다. 원망과 증오에 차 성기사들을 죽이기 위해 정령술을 쓰는 것이 아니었다. 바르세데스와 케딜락을, 그리고 아이를 지키기 위해 내린 결심이었다.

마레샤산에서 케딜락성으로 돌아온 후, 로자리아는 그녀를 따르는 귀족 가문에 서신을 넣었다. 동의 에르키사, 동남부의 글로리아, 북서부의 그레이스, 중앙 남부의 아이리스까지. 그녀를 따르는 가문에 군사를 요청하는 서신이었다. 대신전의 위협으로 움츠렸던 가주들은 그들이 지원할 수 있는 군사의 수와 무기, 군량미의 상황을 보고했다.

바르세데스를 따르는 네 가문과 대신전이 부딪힌다면 이스타샤에는 내전이 발생하게 된다. 로자리아는 바렛사가 지금의 상황을 기다렸으리라고 판단했다. 그러나 지금에서 물러설 수는 없었다. 이미 유리는 바르세데스를 따르는 이들을 반란군으로 명명했다.

공작을 시해한 로자리아와 이를 알면서도 숨겨 준 케딜락과 바르세데스 가문을 멸하라는 선전포고였다. 그럼에도 항복을 하는 자에겐 자비를 베풀 거라고 밝혔다.

케딜락의 병사들은 로자리아에게 충성을 바쳤다. 소수의 몇몇 이가 공작 부인을 따라도 되는지 의문을 제기했지만, 명령에 따르지 않는 이들은 색출되어 성 밖으로 내쫓겼다. 케딜락성의 많은 병사가 로자리아를 따르는 건, 그녀가 주군인 공작의 아내였기 때문인 것만은 아니었다.

풍토병에 걸린 이들을 돌봐 주었고, 식량난으로 굶기 직전의 병사들을 외면하지 않았다. 병사들에게 베풀었던 온기는 거대한 동력이 되어 돌아왔다. 그들은 무너져 가는 케딜락성을 일으켜 세운 사람이 로자리아란 사실을 기억했다.

병사 둘이서 불길한 서녘 노을을 바라보며 중얼거렸다.

"곧 전쟁이 닥치려나."

"요새 경계에서 병사들이 죽어 나간다던데. 바렛사가 침략할 거란 흉흉한 소문도 돌고."

"이번 겨울은 혹독하겠구먼."

"그러게 말이야, 겨울나는 것도 괴로운데 언제 전쟁이 터질지 모르니."

케딜락에 겨울이 찾아오면 한동안 이 땅에 봄은 깃들지 않을 것이다.

"누가 그랬지. 성녀의 개로 살 바엔 케딜락의 이리로 살겠다고."

"어차피 여기 지원했을 때부터 살아서 나갈 거란 기대는 안 했어."

병사들은 얼어붙은 손을 허리춤에 문질렀다. 이토록 싸늘한 추위도 숨이 멎으면 느끼지 못하게 되겠지.

케딜락성과 멀리 떨어진 황야에서 하얀 기가 펄럭였다. 성벽 위에서 적이 오는지 감시하던 정찰병의 눈이 크게 떠졌다. 중년 병사의 핏발이 선 눈동자에 하얀 기를 들어 올린 대신전의 군사가 보였다.

"침입이다! 적이다!"

"공습이다!"

긴장이 역력한 얼굴의 병사가 검은 기를 두 손에 꽉 쥔 채로 목이 터져라 소리쳤다. 적의 공습을 전하기 위해 성벽 위에서 보초를 서던 병사는 공작 부인이 있는 곳으로 내달렸다.

케딜락성으로 출발하기 전, 유리는 성기사들과 함께하겠단 포부를 밝혔다. 그녀는 마차를 버리고 말에 올라탔다. 불편하기 짝이 없었지만 이 정도는 감수해야 했다. 본래라면 마차를 고집했겠지만 그녀는 로자리아가 했던 행동을 따라 했다. 계획적이었든 진심이었든, 로자리아는 그녀에게 반기를 들던 기사들의 충성을 얻어 낸 여자였다.

한때는 테베의 왕녀라며 돌을 던지던 이들이, 결국엔 로자리아를 지키고자 온몸으로 맞서지 않았던가. 과연 로자리아가 했던 행동을 그대로 따라 하니 성녀를 대하는 성기사들의 태도가 달라졌다.

유리는 위험하니 대신전에 머무르라는 사제의 조언을 받아들이지 않았다. 그녀는 승리에 대한 전율로 고취된 성기사들을 보며 흡족한 얼굴을 했다. 성녀가 직접 나선 것만으로도 성기사들의 사기가 진작되었기 때문이다.

유리는 말을 탄 채 가장 앞에 섰다. 대신전에서 케딜락성으로 가기 위해선 겨울의 마레샤 산맥을 건너야 했다.

"제가 여러분을 비호할 것입니다."

성녀의 확신에 성기사들은 안도했다. 그러나 그것도 잠시뿐, 1대대가 마레샤 산맥에 도착했을 때 귀를 찢는 비명이 들려왔다. 거대한 물줄기가 성기사들에게 들이닥쳤다.

"피해라!"

유리는 아니타의 심장으로 만든 성마를 써서 정령술을 막아 내려 했지만, 어디서부터 정령술이 시작되었는지 알아내기 어려웠다. 케딜락을 점령하겠다는 성기사들의 흥분과 전율이 서서히 얼어붙기 시작했다. 2만으로 출발한 성기사의 무리는 팔 할만이 남아 있었다.

'괜찮아, 이 정도 희생쯤은 무마할 수 있다.'

어차피 케딜락으로 진격하기 위해선 희생양도 필요한 법이다. 그렇게 생각한 유리는 감흥 없는 표정으로 죽어 가는 성기사들을 내려다보았다.

"계속 전진해라!"

성기사들을 살리기 위해선 수도로 되돌아가야 했다. 정비해야 한다는 소리가 들렸으나 유리는 듣지 않았다. 언제 다시 대열을 정비할 것이며, 군식량과 무기를 싣고 출발하겠는가.

"성녀님, 대신전으로 돌아가야 합니다!"

"곧 케딜락에 도착할 테니 여기서 물러설 순 없어!"

유리는 제 팔을 붙잡고 만류하는 사제를 뿌리쳤다. 치미는 분노에 이를 악문 그녀가 발루아를 노려보았다.

"왜 정령술이 있다는 사실을 알려 주지 않았지?!"

"저도 오고 나서야 알았습니다."

이토록 무책임할 수 있나! 유리가 이를 갈며 소리쳤다.

"발루아! 전쟁에서 지면 우리 둘 다 목이 베일 거야!"

성녀가 격분을 터뜨리든 말든 발루아는 개의치 않았다. 그저 고요한 눈길로 죽어 가는 성기사들을 주시할 뿐이었다.

"왕녀보다 정령술이 뛰어난 거 아니었나?"

"미리 설치된 정령술을 간파하는 건 제게도 쉬운 일이 아닙니다. 성녀님께서 사제에게 말하셨듯, 어느 정도 희생은 감수해야 하지 않겠습니까?"

완벽히 이루어진 정령술을 보던 발루아는 묘한 얼굴을 했다. 오백 년 전, 율리아는 신탁을 내리는 소녀에 불과했지만 지금의 로자리아는 아니었다.

"제겐 한계가 있으니 성녀님께서 성력을 쓰시면 되겠군요."

"……당신!"

소리치려던 유리가 별안간 입을 다물었다. 프리실라의 죽음으로 완성된 진은 그때가 마지막이었다. 더 이상 그런 진을 쓰는 건 불가능했다. 유리는 핏기 하나 없는 창백한 손을 내려다보며 입술을 짓씹었다. 온전히 살아 있는 몸이었다면 성력을 자유자재로 쓸 수 있었을 터. 제약에 묶여 입으로 명령을 내리는 성녀가 지금 자신의 처지였다.

"무엇을 걱정하십니까? 수만의 군대가 우리와 함께하는데."

발루아가 유리의 어깨를 그러쥐며 속삭였다. 그 묘한 어조가 유독 불쾌하게 들렸다.

케딜락성에 도착했을 때, 2만의 군대는 1만 4천으로 줄어 있었다.

제아무리 우수한 군마라 한들, 혹한기의 산에서 버티지 못했다. 우스스 쓰러지는 말을 버린 병사들은 겨우 목숨만 부지했다. 전쟁은 이제 시작이었다. 마레샤의 협곡을 건넌 그들이 마주한 건 굳게 성문을 걸어 잠근 케딜락의 철옹성이었다.

"문을 열어라!"

방패로 몸을 가린 성기사들이 일렬로 밀어붙였다. 성문을 부술 공성 병기 3대가 좌측, 중앙, 우측으로 놓였다.

"죄인은 나와 여신의 심판을 받으라!"

성기사단장이 물소의 뿔로 만든 나팔관을 통해 소리쳤다.

"공작을 시해한 죗값을 받아라!"

성벽 위, 로자리아는 성기사들을 내려다보았다. 그들이 고함치는 소리가 그녀의 귓가로 똑똑히 들렸다. 잘못된 군주를 섬기는 것 또한 선택이며, 생과 사의 갈림길에 서는 것도 그들의 책임이었다.

"무엇이 내 잘못이더냐."

로자리아는 성벽 아래를 향해 읊조렸다.

"나는 남편을 잃었고, 내 아이는 아버지를 잃었다. 케딜락의 병사들은 주군을 잃었다."

떨리는 입술 사이로 짙은 분노에 어린 음성이 새어 나왔다. 말을 멈춘 그녀는 제 배를 어루만졌다. 배에서 곧 떼어진 손이 활시위를 붙잡았다. 그녀가 처음부터 악귀였던 건 아니었다. 그때 기회가 주어졌다면, 뒤를 돌아보는 대신 앞을 걷는 기회가 있었다면 제 삶을 찾았을 터. 그러나 지금은 제 삶 대신, 수백만의 목숨이 그녀의 어깨에 달려 있었다.

"바렛사가 국경을 마주했으나 신전은 오랫동안 조치를 취하지 않았다. 군력을 이득을 위해 썼으며, 국경을 수호하는 일은 방치했다."

로자리아의 엄숙한 목소리가 성벽을 울렸다.

"여신의 이름하에 살인과 강도, 학살이 자행되었다. 성력을 가진 아이들은 제물로 바쳐졌고, 아이를 잃은 부모 또한 스스로 목숨을 끊었다."

선명하고 곧은 목소리가 케딜락의 병사와 대신전의 성기사들에게 전해졌다.

"어찌 제국민의 아이를 죽이고 적과 내통한 성녀의 명령을 따르는가!"

천 년간 신성제국으로 유지해 온 굴레를 깨뜨려야 한다. 지금이 바로 그 시기였다.

"이스타샤는 여신을 위한 나라가 아니다."

로자리아는 활대를 쥔 손에 힘을 주었다. 성벽 아래를 향한 활시위가 팽팽하게 당겨졌다.

"바르세데스 공작과 나는 전염병과 가뭄을 방관한 신전으로부터 이스타샤를 지켰다."

처음에는 분명 이스타샤를 위한 선택은 아니었다. 그녀를 죽음으로 내몰았던 제국을 원망하고 증오했으나, 그녀에게 손을 내민 이들도 이스타샤의 사람들이었다. 왕녀로서, 그리고 공작 부인으로서 살아갈 방법을 그와 함께 찾고 싶었다. 이미 그는 제 곁을 떠났지만, 자신에게 바르세데스와 케딜락은 목숨을 걸고 지켜야 할 것이 되었다.

"나는 로자리아, 테베의 왕이자 이스타샤의 황족으로서 바르세데스 공작의 유지를 받들어 케딜락을 바렛사로부터 지킬 것이다."

로자리아는 횃불을 든 성기사를 내려다보았다. 동시에 그녀는 활을 성기사를 향해 겨누었다.

"북부 케딜락의 주인이자 바르세데스 가문의 군주로서 신전과의 전쟁을 선포한다."

휘익, 성벽 위에서 날아간 화살이 유리를 지키던 성기사의 목을 꿰뚫었다. 제 앞으로 쓰러지는 성기사를 본 유리가 비명을 내질렀다.

"항복하는 자에겐 자비가 있을 것이나, 바르세데스와 맞서는 자에겐 아니타를 일찍 볼 수 있는 기회를 주도록 하지."

정령술사로서 케딜락을 넘보는 자가 있다면, 그 누구든 살려 두지 않을 것이다.

"마녀의 사술을 듣지 마라! 성벽을 쳐부숴라!"

"케딜락을 되찾자!"

거대한 징 소리가 울리며 성기사들이 소리쳤다.

"윈드."

로자리아는 낮고도 가라앉은 목소리로 윈드를 불렀다. 성 주변을 돌던 잠잠한 바람이 날카로운 이를 드러냈다.

'정령술을 쓰겠다고?'

모두가 보는 앞에서 로자리아가 정령술을 쓸 리가 없었다. 유리는 확신하며 로자리아를 지켜보았다.

"방심하지 마라!"

"성녀님을 지켜라!"

성벽 위의 화살이 병사들의 가슴을 관통했다. 이내 잠잠했던 바람이 거세졌다. 성기사들은 무릎을 꿇고 거대한 방패를 들었다.

"진격하라!"

그들은 방패 안에 몸을 숨기면서 서서히 앞으로 나아갔다.

"불화살을 준비하라!"

방패로 몸을 숙인 이들이 몸을 굽히자, 뒤에 있던 병사들이 화살을 당겼다.

"성벽 위로 쏴라!"

불이 붙은 화살이 포물선을 그리며 성벽 위로 떨어져 내렸다.

"마린."

로자리아는 물의 정령을 불렀다. 동시에 허공에서 아름다운 인어의 모습을 한 정령이 나타났다. 마린의 손짓에 따라 나타난 물줄기가 불을 꺼뜨렸다.

쏴아아. 평범한 빗물이 아니었다. 푸른 장막과도 같은 물결이 성벽을 보호하듯 쳐졌다.

"저, 저게 뭐지?!"

물의 정령이 나타나자 병사들이 겁에 질렸다.

"물러서라!"

성기사들도 당황해 뒤로 물러섰다. 그들로서도 성서의 기록으로만 보았을 뿐, 실제로 정령을 보는 건 처음이었다.

로자리아는 검은 로브를 쓴 채로 성벽을 내려다보았다. 늘 정령술을 쓸 때 죄인처럼 정체를 숨겼던 그녀였다. 그러나 더는 정령술을 쓰는 모습을 감추지 않을 것이다. 둥글게 기운 달이 성벽 위를 비췄다. 그 사이로 모습을 드러낸 로자리아는 성기사들의 눈에도 악귀라기보다 고귀해 보였다. 마치 신성한 핏줄을 지닌 것처럼.

라뮤엘은 교황청을 찾았다. 그는 수일 전, 요한과 케딜락 내전을 상의하고 싶다는 뜻을 밝혔다. 붉은 원단을 걸친 남자가 교황청의 성좌에 앉아 있었다.

라뮤엘은 예법에 따라 교황의 손등에 입을 맞추었다. 요한은 라뮤엘이 이야기를 꺼낼 때까지 기다려 주었다. 라뮤엘은 긴장을 감추고서 차분한 목소리로 교황을 알현한 목적을 알렸다. 교황이 신전과 케딜락을 중재해 주기를 원하는 것도, 도움을 청하러 온 것도 아니었다. 그러나 요한이 들은 건 대신전의 성기사들에게 퇴각 명령을 내리지 않는다면 신성가문의 지위를 버리겠다는 대담한 통보였다.

"어찌 천 년간 유지해 온 신성가문의 의무를 내버리겠다는 겁니까! 에르키사 후작이 공작을 따랐다는 건 알고 있으나, 그는 이미 숨을 거두었습니다."

요한이 서늘한 목소리로 소리쳤다. 좀처럼 감정을 드러낸 적 없던 교황의 얼굴에 노기가 서렸다. 라뮤엘의 새파란 눈동자가 노기를 품은 요한을 향했다.

"성하께선 유리 성녀의 방만을 지켜보실 생각이십니까?"

"여신의 대리자로서, 교황을 따르는 성기사들에게 대신전과 맞서란 명령을 어찌 내리겠습니까!"

"아니타는 그 존재 자체가 거짓입니다, 성하."

"에르키사 후작, 어째서 신성가문을 이끄는 그대가 아니타를 부인하는 겁니까? 후작과 이야기를 나눌 마음이 없습니다. 이만 물러가세요."

요한의 명령에도 라뮤엘은 앞으로 걸어왔다.

"에르키사 공!"

아리안 대사제가 말렸으나 라뮤엘은 조금도 물러서지 않았다.

"저는 교황 성하께 이를 드리기 위해 온 것입니다."

라뮤엘이 교황에게 건넨 건 에르키사 가문의 인장이었다.

"인장을 어찌하여 제게 주시는 겁니까?"

"에르키사는 천 년간 신성가문으로서 이어 오던 특권과 의무를 저버릴 것입니다."

"후작!"

요한이 믿을 수 없다는 듯 소리쳤다.

"대의적인 명분 또한 버리겠습니다. 아니타를 믿고 따랐던 제 가문 성기사들의 지위를 모두 박탈해 주십시오."

라뮤엘은 한때 대사제로서 입던 하얀 의복을 아리안에게 내밀었다.

"저와 에르키사는 유리 성녀가 명명한 대로 교활하고 우둔한 반란군으로 남겠습니다."

"좀 더 사태를 지켜봐야 합니다, 후작!"

요한이 소리쳤다. 수년간 단 한 번도 목소리를 높인 적 없던 교황이
었다.

"성하께서 이미 유리 성녀의 군 지원 요청을 거부하셨다고 들었습니
다. 하나, 어찌 중립만이 길이겠습니까? 이제 이스타샤의 신성가문은
에르테반이 유일하겠군요."

"지오반니 공께선 대신전을 선택하셨습니다. 에르키사가 에르테반
의 사병과 맞서겠다는 겁니까?"

"그것이 지오반니 에르테반의 선택이라면."

라뮤엘은 이미 결정을 내린 이후였다. 교황청에 통보하는 건 신성가
문의 가주로서 행한 마지막 의무이자 예의였다.

"정령술사……."

"정말로 정령술사라고?"

성기사들이 넋이 나간 얼굴로 로자리아를 올려다보았다.

"활을 장착해라!"

휘이잉. 잔잔하던 남풍이 거센 북풍으로 바뀐 지 오래였다. 바뀐 풍향
은 신전에 불리했다. 지휘관의 명령에도 활을 든 병사들이 머뭇거렸다.

"쏴라!"

아래에서 성벽 위로 쏘던 화살이 역풍으로 되돌아왔다.

"아아악!"

성벽 위의 적군을 조준한 화살이 성기사들의 가슴을 관통했다.

"바람이 바뀔 때까지 모두 멈춰라!"

활을 든 병사들이 뒤로 물러섰다.

"당황하지 마라! 공성병기를 준비하라!"

성문을 부수기 위해 스물의 병사가 공성병기를 밀었다.

"준비."

이를 지켜보던 로자리아는 손을 들어 올렸다. 그녀의 손짓에 따라 케딜락의 병사들이 활대에 화살을 장착했다.

"조준."

폭풍처럼 거세게 휘몰아쳤던 바람이 순식간에 잠잠해졌다.

휘이익. 로자리아의 지휘에 따라, 케딜락의 병사들이 화살을 성벽 아래로 조준했다. 성벽 위의 병사들은 신중했다. 그들은 화살을 쏜 즉시 몸을 숨겼다. 성벽 위에서 화살이 장대비처럼 쏟아졌다.

"으아악!"

글로리아가의 화살이 병사들의 목을 관통하고 성기사들의 심장을 꿰뚫었다.

으득. 발루아는 쓰러진 병사의 몸에서 화살을 빼내었다. 금빛 장미 인장이 새겨진 화살을 본 그의 눈이 이채가 서렸다.

"감히……."

발루아에게서 화살을 건네받은 유리가 입술을 짓씹었다. 글로리아가 저지른 명백한 반란이었다. 더글라스 백작은 가문의 명맥만 유지시켜 준다면 뭐든 하겠노라 무릎을 꿇지 않았던가!

"그 쥐새끼 같은 백작이 감히 나를 배신해?!"

유리는 손에 쥔 화살을 그러쥐었다. 날카로운 촉에 여린 살이 베여 피가 흘렀다.

"지금으로선 성벽 위로 화살을 쏠 수 없습니다. 언제 화살이 날아올지 모르기 때문에 공성병기 또한……!"

병사들을 지휘하던 성기사단장이 다급한 목소리로 외쳤다.

철썩! 성기사단장이 명령을 듣지 않자, 유리는 그의 뺨을 후려쳤다.

"그러라고 당신에게 군 지휘를 맡긴 줄 알아?!"

"이대로 가면 몰살입니다, 성녀님!"

유리에게 늘 머리를 조아렸던 성기사단장이 이번만큼은 뜻을 꺾지 않고 목소리를 높였다.

"퇴각 명령을 내리셔야 합니다!"

"아직 성벽을 부수지도 못했어!"

"성녀님께선 저희에게 공작 부인이 정령술사란 말씀은 하지 않으셨습니다!"

오백 년 전의 기록을 성녀인 유리가 모를 리가 없었다. 과거에 그 수가 아무리 많다 한들, 일만의 군사를 전멸시켰던 정령술사였다.

그때 당시 이스타샤의 황제와 성녀 또한 죽음을 각오하고 정령술사로 이루어진 반란군과 맞섰다. 그때와 지금은 달랐다. 성기사 중에서 진실로 검을 드는 자가 몇이나 있는가. 가문의 위세를 믿고 장식용 예검을 들던 자들이 대부분이었다. 성기사단장이 주먹을 그러쥐었다.

"케딜락은 천 년 동안 이스타샤를 지켜 왔던 요새입니다."

"그래서 내가 케딜락을 되찾겠단 거야!"

유리는 성기사단장의 말을 귀담아듣지 않았다. 그걸 알면서도 그는 말을 계속 이어 나갔다.

"살을 베는 듯한 혹한과 야만족들로 이루어진 바렛사의 군대와 맞붙었던 이들이 바로 케딜락의 병사들입니다!"

"지금 물러서면 영원히 케딜락을 함락시킬 수 없어! 수천 명이 죽든, 아니, 수만 명이 죽든 케딜락을 빼앗아야 해."

유리의 말에 그는 입술을 질끈 깨물었다. 제국의 성녀는 조금도 병사들의 목숨을 생각하지 않는다. 마치 기어 다니는 벌레 떼를 보듯 전장에서 죽어가는 병사들의 목숨을 하찮게 여겼다.

"어찌하여 당신 같은 분이…… 이스타샤의 성녀라 할 수 있는 겁니까!"

성기사단장이 검을 빼 들고는 유리에게 다가갔다.

"지금……!"

그는 놀라서 얼어붙은 유리를 지나쳐 검을 높이 쳐들었다.

"퇴각하라! 성녀님의 명령이시다!"

"퇴각 명령이다!"

적군에게 등을 돌리고 도망치는 건 기사의 수치였다. 그러나 승산이 없는 싸움에서 붙는 것만큼 어리석은 일은 없었다.

"발루아!"

유리가 비명 섞인 소리를 내질렀다. 발루아가 나선다면 로자리아 또한 정령술로 신전의 병사를 제압하기 어려울 것이다.

발루아는 고개를 들어 붉어진 하늘을 올려다보았다. 발루아가 손을 뻗자 성기사들의 시선이 그에게로 향했다. 퇴각 명령이 떨어졌음에도 검은 로브를 쓴 남자는 그 자리에서 조금도 움직이지 않았다.

발루아는 하늘 아래로 쏟아지는 빗물을 손에 담았다. 병사들의 죽어 가는 비명이 들리지 않는 것처럼 보였다. 오백 년 전의 죽음이 서서히 떠올랐다. 이스타샤 성기사들에 의해 죽음을 맞았던 정령술사들…….아끼던 부관도, 귀히 여기던 동료도, 목숨보다 더 사랑했던 율리아도.

'그때와 같군.'

발루아는 죽어 가는 성기사들을 바라보았다. 율리아를 위해 목숨을 걸었던 자들은 모두 죽었다. 그때의 어린 여신에게 신탁을 내리는 예언 말고는 아무런 능력이 없었기 때문이다.

"지금에서야 당신은…….."

발루아의 목이 메었다. 그는 고개를 들어 성벽 위의 로자리아를 올려다보았다.

"저의 충성도 공작의 보호도 필요로 하지 않는군요."

율리아는 자신의 무력함에 괴로워했다. 그러나 죽어 가는 이들을 보며 눈물을 흘리던 율리아와 로자리아는 달랐다.

"정령술사를 위한 나라가 존재할 수 있는 겁니까?"

발루아는 오백 년 전, 테베에서 율리아를 만난 기억을 떠올렸다. 그녀를 처음 만났을 때 자신을 정령의 신이라고 말했던 율리아를 단순히 정신 나간 소녀라고 생각했다.

"발루아. 난 정령술사도 살아갈 수 있는 나라를 만들 거예요."

이스타샤, 나의 어린아이들을 위해서. 율리아가 마지막으로 남겼던 말이 어째서 지금에야 생각나는 건가.
'풍목(風木)과 수목(水木)을 동시에……'
발루아는 로자리아에게서 시선을 떼지 못했다. 한때 죽어 가는 정령술사를 보며 여신을 원망했고, 율리아의 수기사가 되고 나서는 무력한 스스로를 탓했다.
"발루아!"
발루아는 그를 부르는 목소리에 뒤를 돌아보았다.
"정령술을 써서 병사들을 보호해야 해요!"
"보호?"
발루아가 웃음을 터뜨렸다. 한껏 가늘어진 그의 눈매가 유리를 주시했다.
"불가능합니다. 제가 쓰는 정령술 자체가 율리아 여신에게 빌린 것입니다."
발루아는 담담한 목소리로 읊으며 그의 손을 빤히 내려다보았다.
"바람을 바꾸는 것도 비를 그치게 하는 것도 되지 않습니다."

윈드를 통제해 바람의 방향을 바꾸려 했으나 불가능했다. 발루아의 손에 모였던 바람이 한순간에 흩어졌다. 그가 부리는 바람은 율리아에게 권능을 직접 하사받은 윈드의 뜻을 거스를 수 없었다.

"성마를 쓰십시오."

발루아가 유리에게 말했다. 성기사단장의 명령에 따르던 기사들의 시선이 유리를 향했다.

"공작 부인을 잡고 싶다면 성력을 쓰십시오. 오백 년 전의 성녀가 정령술사로부터 이스타샤를 지켰던 것처럼."

성마를 든 유리의 손이 잘게 떨렸다. 오백 년 전의 율리아는 정령술을 쓰지 못하는 여신의 기억만 가진 소녀였다.

"난……."

성마를 쥔 유리의 손이 새하얘졌다. 천 년 전, 아니타는 자매인 율리아의 심장을 빼앗아 성물을 만들었다. 율리아가 가진 정령의 마나를 봉인하고, 다시는 정령을 부르지 못하도록. 성물 마르바가 깨어난 후에는 자신의 성력으론 정령의 마나를 상대하기 벅찼다. 그래서 발루아와 마르쉬를 끌어들이지 않았던가! 아니타가 율리아를 죽일 수 있었던 건 성력이 강해서가 아니었다. 율리아가 죽음을 예견하고서도 아니타에게 검을 겨누지 않았기 때문이다.

유리는 로자리아를 증오에 가득 찬 눈으로 노려보았다.

"전부 내 것이었어."

하나를 빼앗으면 둘을 내어주던 아이였다. 그러니 이번에도…….

"제가 정령술을 막겠어요."

발루아의 곁에 숨어 있던 유리가 앞으로 나섰다. 유리는 떨리는 손으로 성마를 휘둘렀다.

"성녀께서 직접 나서는 건가?"

그와 동시에 로자리아의 입매가 호선을 그렸다. 유리가 나서기를 기다렸던 차였다.

"공작 부인을 보호하라!"

노엘은 성력을 막을 수 없다는 걸 알면서도 케딜락의 병사들에게 명령을 내렸다. 로자리아는 쥐고 있던 활대를 노엘에게 건넸다. 이를 받은 노엘이 염려스러운 얼굴로 그녀를 보았다.

"뒤로 물러나서야 합니다."

"나를 지킬 필요 없습니다. 내가 병사들을 보호할 겁니다."

로자리아는 몸에 걸쳤던 검은 로브를 벗었다. 한때 라쉬드의 것처럼 검은 제복 사이로 금빛 견장이 드러났다.

성기사들에게 성력이야말로 숭고한 힘이며, 아니타 여신의 상징이었다. 성녀가 얼마나 무력한지 보여 준다면, 그녀를 따르는 병사들도 뜻을 꺾고 물러날 것이다.

"이스타샤의 수호신, 아니타를 짓밟는 악귀를 자처하는 것도 나쁘지 않겠지."

로자리아는 발데르가를 꺼내 들었다. 자신의 검에 입을 맞추었던 그의 모습이 아직도 잊히지 않았다. 그때와 달리 라쉬드는 이곳에 없었으나, 그와의 약속마저 사라진 건 아니었다. 로자리아는 맹세하듯 검에 입을 맞추었다.

짙은 그림자가 케딜락성 주위로 퍼져 나갔다. 로자리아가 부른 건 정령왕 발데르가였다. 성벽 위를 올려다보던 유리는 성마를 쥔 손에 힘을 주었다.

"성녀님을 보호하라!"

유리가 신어를 읊자 보랏빛 신석에 성력이 감돌았다. 퇴각하던 병사들이 다시 진영을 정비했다. 유리는 떨리는 목소리로 신어를 읊었으나, 살기가 넘실거리는 그림자가 그녀 주위를 에워쌌다. 주위를 둘러

본 그녀의 얼굴이 창백해졌다. 자신을 보호할 것 같았던 발루아가 뒤로 물러서자, 유리는 성마를 높이 들고 소리쳤다.

"악귀를 처단하라!"

성녀가 나서자 사그라들었던 병사들의 사기가 올랐다.

"아니타 여신의 명령에 따라라!"

병사들은 철로 된 갈고리를 성벽 위로 던졌다. 눈에 핏발이 선 병사들이 성벽 위를 타고 올랐다. 그들은 성녀를 전적으로 믿었기에 죽음도 불사하지 않았다.

"부인, 명령을 내려 주십시오."

로자리아는 성벽 위로 올라오는 병사들을 내려다보았다. 이스타샤를 지키기 위해선 희생이 불가피했다. 그들에게 있어 성녀의 명령보다 더 우선인 것이 있을까.

"불화살을 준비하라."

로자리아는 검을 쥔 채로 명령을 내렸다. 그녀의 명에 따라 병사들이 불이 붙은 화살을 준비했다.

"조준."

"조준하라!"

신호에 따라 병사들이 활시위를 당겼다. 성벽 위에서 화살을 계속 퍼부었으나 끊임없이 병사들이 몰려들었다. 한 명이 숨을 거두면 밑에서 다른 병사가 치고 올라왔다.

노엘이 이해가 안 간다는 얼굴로 말했다.

"성녀도 어지간히 급했는지 전력을 손실하는 방법을 쓰는군요."

"전쟁에서 이기는 것보다 성녀로서 받는 충성을 잃을까 두려운 거예요."

성벽 위의 병사들이 로자리아의 명령을 기다렸다. 그녀는 마검 발데르가를 높이 치켜들었다.

"악귀를 죽이자!"

"마녀를 죽여라!"

성벽 위에서 검게 일렁이는 기운을 보고서도 신전의 병사들은 물러서지 않았다. 케딜락의 병사들을 한번 보던 로자리아는 발데르가를 휘둘렀다. 진득한 안개에 휩싸인 검기가 병사들의 몸을 베어 나갔다. 직접 검이 닿지 않고서도 그들의 육신이 땅으로 허물어졌다. 유리가 성력을 썼지만 죽어 가는 병사들을 보호하지 못했다.

"발루아!"

유리는 새파래진 얼굴로 발루아를 재촉했다. 순간, 성벽 아래 병사들의 시선이 성녀에게로 향했다. 그들이 기대했던 모습과는 달랐다. 성력을 써서 보호할 거라고 말했으나 검게 물든 발데르가의 그림자는 점점 짙어졌다.

"성녀님, 명령을 내려 주십시오!"

"……."

성기사단장의 말은 유리에게 들리지 않았다. 성녀님께서 성력을 쓰지 못한다는 불안에 물든 병사들의 수군거림만이 유리의 귀에 선명히 들렸다. 성녀를 믿고 퇴각 명령을 철회했던 병사들이 속수무책으로 죽어 나갔다.

"성녀님!"

성기사단장이 다급한 목소리로 소리쳤다. 그제야 유리는 정신이 번뜩 들었다. 그는 탄식했다. 성녀는 전쟁을 겪어 보지 않은, 그저 여신에게 기도만 올리던 여자였다. 단장이 들끓는 목소리로 외쳤다.

"퇴각 명령을 내리셔야 합니다!"

"……내 탓이 아니야."

성벽 위를 올려다보던 유리가 허망한 얼굴로 중얼거렸다. 엔리케가 있었다면 이렇게 속수무책으로 당하지 않았을 텐데. 그가 모든 전쟁을 이끌었으니까. 과거에 묶인 성녀는 전쟁을 이끄는 법을 알지 못했다.

"퇴각하라!"

이를 악문 단장은 유리에게서 등을 돌렸다. 성녀는 전쟁을 다스릴 능력도 생각도 없었다. 오로지 단장인 자신의 책임이었다. 성녀를 믿고 따르는 것이 아니었다. 이스타샤의 군사권을 가졌던 공작이 죽었다는 사실만으로 대신전의 성기사들은 승리를 단언했다.

지금에서야 그는 경솔했음을 깨달았다. 자신들은 케딜락의 병사들이 앞다투어 로자리아를 대신전에 바칠 거라 예상했다. 전쟁을 피하기 위해서도, 막대한 포상금을 받기 위해서도. 하지만 케딜락의 병사들은 그녀를 배신하지 않았다. 공작 부인이란 신분도 공작이 죽으면 의미 없을 거라 여겼으나 오산이었다.

'무엇을 위한 전쟁이란 말인가!'

단장은 무너질 듯한 얼굴로 침음을 삼켰다. 지금에선 성녀의 예언조차 믿지 못할 지경이었다. 퇴각 명령이 떨어지자 부관이 유리를 돌아보며 소리쳤다.

"하지만 성녀님께서 맞붙으라 하지 않았습니까……!"

"지금부터 지휘관인 내 명령에 무조건 복종한다! 명에 따르지 않는 자는 처벌을 받을 것이다."

좌측, 우측, 정면 세 방향으로 진을 구축했던 대신전의 병사들이 퇴각했다.

로자리아는 퇴각하는 대신전의 병사들을 바라보았다.

'악귀라 불려도 좋다. 나는 이들을 위해 케딜락의 승리를 가져오겠노라.'

꽈악. 로자리아는 발데르가를 쥔 손에 힘을 주었다. 등을 보이는 적을 놓아주는 것만큼 어리석은 일은 없었다. 그녀는 병사들에게 명령했다.

"투석 무기를 준비해라!"

쿵. 총 열 대의 투석 무기였다. 거대한 포석이 퇴각하는 군사를 향했다.

"조준!"

포석이 포물선을 그리며 성벽 아래로 떨어졌다.

"으아악!"

쿵, 육신이 으깨지는 소리와 함께 병사들의 처절한 비명이 들렸다. 로자리아는 진득한 핏물로 물들어 가는 땅을 얼음장 같은 시선으로 내려다보았다.

케딜락은 이스타샤의 최북부, 바렛사와 국경을 마주한 천연요새. 대신전의 졸개에게 패배한다면 바렛사와 맞붙는 건 불가능했다. 그러니 신전의 병사들과 맞서더라도 승리를 거머쥐어야 했다.

"성문을 열어 퇴각하는 병사들을 칠까요?"

노엘의 말에 로자리아는 고개를 저었다.

"저들이 퇴각한 건 공성전을 하고 있기 때문이에요. 무기와 전략은 우리 쪽이 유리하다 해도 수로 밀어붙인다면 약점이 될 겁니다."

"하지만 케딜락의 군사 수가 대신전 병사의 두 배가 넘습니다."

노엘이 조심스레 대답했다. 케딜락의 군사수는 5만. 성녀가 이끈 군사는 1만 4천 명이었다. 2만에서 출발한 인원은 이번 공성전으로 인해 더욱 줄어들었다. 하지만 로자리아의 생각은 달랐다. 케딜락의 병력이 대신전보다 많았으나, 성문을 여는 건 위험한 도박이었다.

"우리의 적은 대신전이 아닌 바렛사예요."

그러니 신중해야 했다. 바렛사의 동태를 확인하기 위해 보냈던 전령이 돌아오지 않았다. 이는 위험한 징조였다. 분명 대신전의 병사들과 협공 작전을 하려 할 터.

'적당한 시기를 보는 거겠지.'

대신전의 병사들은 미끼였다. 바렛사에게 대신전은 체스의 폰, 승리를 위해 버리는 말이었다.

"저도 그렇게 생각합니다. 하지만 이상한 일이로군요. 대신전 병사들의 수가 줄어들기 전에 바렛사에서 밀어붙일 거라 생각했습니다."

바렛사는 오백 년 전 이스타샤와 전쟁을 치렀다. 그 후로도 침략을 자행했으나 이스타샤의 영토를 정복하지 못했다. 오히려 그들의 땅이었던 케딜락을 이스타샤에게 내어주지 않았던가. 수차례 패배를 겪은 바렛사가 예전처럼 무모한 정복은 하려 들지 않을 것이다. 맹수가 먹잇감을 노리듯, 서서히 숨을 죽이고 틈을 조일 것이 자명했다.

"우리 쪽에서 틈을 내어주지 않는다면, 케딜락성의 군량이 떨어질 때까지 바렛사는 움직이지 않을 거예요."

바라던 바였다. 지나친 신중함이 오히려 그들의 목을 조이는 독이 될 것이다.

바렛사의 남부 요새, 바그둠에 바렛사군이 주둔했다. 대신전 병사가 퇴각했다는 소식에 비올라는 마르쉬를 급히 찾았다.

"이렇게 상황을 지켜만 봐도 되는 겁니까?"

"빨리 먹으려 들면 체하는 법이야, 비올라."

마르쉬는 전령이 보낸 서신을 읽으며 답했다. 바렛사는 케딜락과 경계를 마주한 바그둠에 진지를 구축했다. 두꺼운 천막 사이로 바렛사의 붉은 기가 바람에 휘날렸다. 군사 수는 10만, 바렛사의 군사가 케딜락보다 월등했다. 군사 수로도 유리하니 바렛사의 장군들은 호전적인 성격의 황자가 바로 진격할 거라 예상했다. 그러나 마르쉬는 진영만 구축할 뿐, 케딜락성으로 진격하지 않았다.

"유리 성녀로부터 전언이 왔습니다."

"아아, 이번에 꽤 깨졌다지?"

"2만의 군사가 1만 2천이 되었습니다. 어서 지원군을 보내야……."

"비올라."

마르쉬가 낮아진 목소리로 비올라를 불렀다.

"죄송합니다, 황자 저하. 제 소견이 짧았습니다."

"성녀가 우리에게 신의를 지킬 거라 믿나?"

"확신은 들지 않는군요."

오로지 이익을 위해서 협력한 관계였다. 곧 언제 등을 돌려도 이상하지 않았다.

"성녀의 생각이야 뻔해. 우리가 케딜락성을 함락시킨다면, 이스타샤의 군사를 총집합해 바렛사와 붙으려고 하겠지."

성녀의 목적은 로자리아의 죽음이었다. 오로지 그 목적을 위해 케딜락성을 내어주는 위험을 무릅쓰는 거였다. 로자리아가 숨을 거둔 후에야 바렛사와 항전하려 들겠지만 그때는 이미 늦었다.

"어리석군요. 차라리 케딜락을 내어주고 성녀 지위를 유지하는 게 나을 텐데요."

"성녀에겐 제국의 안위보다 제 권세가 더 중요할뿐더러, 승리할 거란 자만심으로 가득 찼으니 전략 따윈 보이지 않는 거지."

케딜락이 함락되면 이스타샤는 무너진다. 이 간단한 명제조차 성녀는 이해하지 못했다. 아니, 알면서도 로자리아를 죽이기 위해 눈이 벌겋게 된 여자였다. 제 능력으로 안 되니 외세를 끌어들여서라도 공작부인의 목을 쳐 내려고 한 선택이 어떤 결과를 불러올지도 모른 채.

"내전이 좀 더 진행될 때까지 지켜보도록 하지."

새하얀 매가 마르쉬의 어깨에 걸터앉았다.

유리는 케딜락과 떨어진 그레이스성을 찾았다. 수일 전, 바렛사로부터 군 지원이 끊겼다. 그 소식을 알게 된 단장이 군사를 철회해야 한다고 거듭 성녀를 설득했다. 그러나 유리는 지휘관의 설득을 무시했다. 여기까지 왔는데 돌아간다면 성녀로서의 권위가 바닥을 뚫고 진창을 뒹굴 것이다. 케딜락의 군사에게 패배해 도망쳤다는 말을 들을 바에, 차라리 명예로운 성전을 위해 대신전의 병사들이 몰살당하는 게 나았다.

게다가 이틀 전, 그레이스에서 병력을 보내겠다고 협조를 약조했다. 그레이스는 아이리쉬, 글로리아와 함께 왕녀에게 충성을 바친 가문이었다.

유리는 처음에는 그레이스의 의중을 의심했으나, 그레이스성을 찾고 나서 의심은 잦아들었다. 그 진저리 나는 금빛 기가 보이지 않는다! 아이리쉬와 글로리아에 있는 왕녀에게 충성을 바친 상징이 그레이스에는 없었다.

엘리샤 그레이스가 한걸음에 달려와 유리를 맞이하였다.

"모시게 되어 영광입니다, 성녀님."

"오랜만이에요, 그레이스 백작."

유리는 깊은숨을 쉬며 안도했다. 그레이스에 협조를 구한 건 전적으로 그녀의 결정이었다. 발루아는 이번 전쟁에서 방관자로 지켜보기만 했고, 지휘관은 감히 성녀인 제게 소리치는 무뢰배였다.

'퇴각 명령을 내리는 것만 잘하는 얼간이 새끼가, 감히 내 판단이 흐리다고?'

내전에서 승리한다면 그놈의 목부터 가장 먼저 자르리라. 엘리샤와 마주한 유리는 일그러뜨렸던 얼굴을 폈다. 그리고 직접 마중 나온 엘리샤에게 상냥한 미소를 짓는 것도 잊지 않았다.

본래라면 그레이스의 가주 따위 찾아갈 생각도 없었을뿐더러 별 도움은 안 될 거라며 무시했겠지만 지금으로선 기댈 곳이 없었다.

"그레이스의 병력이 어떻게 되죠?"

엘리샤는 고심했다. 수를 높여서 말해야 하나, 낮춰야 하나.

"2만입니다."

있는 그대로를 밝히자 유리의 얼굴이 밝아졌다.

"우리 쪽에 지원해 줄 수 있는 병력은?"

"2천 정도?"

엘리샤가 고개를 갸웃했다. 마네가 보았으면 그녀의 멱살을 쥐고 짤짤 흔들었을지도 몰랐다. 유리가 고개를 추켜세우며 명령했다.

"2천이라면 턱도 없어요. 절반을 지원하도록 해요."

"……더 말입니까?"

엘리샤가 곤혹스러운 얼굴로 되물었다.

"이번 내전에서 이기면 그레이스의 공은 잊지 않을 거예요."

"알겠습니다."

유리는 흡족한 미소를 지으며 고개를 끄덕였다. 엘리샤는 묘한 시선으로 성녀를 보았다. 그레이스가 병력을 지원한다고 하니 곧바로 태도가 바뀌어 중앙귀족 가문의 가주를 마치 노예처럼 대했다. 유리를 보는 엘리샤의 눈매가 날카로워졌다. 성녀에게 기대하는 건 어리석은 일이었다.

"아, 참. 백작이 왕녀를 배신한 사실을 알고 있나요?"

"당연히 모를 겁니다."

엘리샤는 공손하게 두 손을 모으며 대답했다. 그녀는 처음부터 로자리아의 편이었다. 공작 부인은 그레이스의 영주민을 위해 반란을 눈감아주었으며, 굶주린 이들을 위해 곡창을 지원했다. 그때부터 엘리샤는 로자리아에게 뼛속까지 충성을 바치겠노라 맹세했다.

"준비되는 대로 1만의 군사를 지원하겠습니다."

"시간이 오래 걸려선 안 돼요, 백작."

"빠른 시일 내에 준비하겠습니다. 아, 참. 지오반니 공께서 사병을 모으셨단 이야기는 들으셨나요?"

지오반니 이야기가 나오자 유리가 입꼬리를 올렸다.

"한때 지오반니가 충성을 바쳤던 공작은 죽었고 누이마저 공작 부인의 손에 죽었죠."

"……프리실라 님만 가엾게 되었죠."

"프리실라가 죄인이라곤 하나, 제 누이를 죽인 악독한 계집을 살려 두겠어요? 그 칼 같은 사내가."

지오반니가 지원군을 약조했다. 거짓이라곤 모르는 그 사내가 에르테반과 그 자신을 이번 전쟁에 바치겠다고 했다.

"라뮤엘 에르키사는 공작 부인의 편이에요. 하지만 우리에겐 지오반니 에르테반이 있어요."

"에르테반 후작님께서 성녀님을 위해 나서 준다면 승리는 확실하겠군요."

"그러니 그레이스는 현명한 선택을 한 거예요."

성녀의 확신에 묘한 얼굴을 한 엘리샤가 물었다.

"저도 그렇게 생각합니다, 성녀님. 그레이스가 신전을 위해 군사를 지원한다면 어떠한 은혜를 얻을 수 있겠습니까?"

"에르키사 가문을 멸하고 그레이스 가문에게 후작위를 내리겠어요."

"1만을 바쳐도 아쉽지 않은 은혜로군요."

엘리샤가 고개를 끄덕였다. 그녀는 뒤에서 공손히 시립한 보좌관에게 눈짓했다. 의중을 알아챈 보좌관, 도나트가 소리, 소문없이 접견실을 빠져나갔다. 그레이스성에서 떠난 새하얀 매가 북부 케딜락으로 날아들었다. 매의 발톱에는 엘리샤가 보낸 전언이 붉은 실로 매달려 있었다.

　로자리아가 침실의 창문을 열자 새하얀 매가 열린 틈으로 날아들었
다. 엘리샤가 보낸 전언이었다. 로자리아는 서둘러 매듭을 풀고 서신
을 읽었다.

　[성녀가 그레이스에게 1만의 병력을 요청했습니다. 3일 후, 진영을 정비하고 케
딜락에 도달할 것입니다. 자세한 사정까진 알 수 없으나, 바렛사는 성녀의 병력 지
원을 거절했습니다.]

　'엘리샤…….'
　그레이스 가문으로선 위험을 감수한 일이었다. 로자리아는 서신을
내려다보며 깊은 생각에 잠겼다.
　'바렛사가 신전을 배신한 건가.'
　바렛사는 위험을 무릅쓰면서까지 성녀를 돕지 않았다. 내전으로 케
딜락과 신전이 함께 자멸하기를 원하는 것이 분명했다. 로자리아는 서
신을 움켜쥔 채 자리에서 일어섰다. 공작 부인이 찾는다는 소리에 노
엘은 한걸음에 집무실로 달려왔다.
　"찾으셨다고 들었습니다."
　"그레이스로부터 전언이 왔어요. 성녀가 병사들을 이끌고 다시 케딜
락을 침략한다더군요."
　그녀는 놀란 듯한 노엘에게 그레이스성으로부터 날아온 서신의 내
용을 알려 주었다. 로자리아로부터 자세한 이야기를 듣게 된 노엘이 눈
을 크게 떴다.

"그러니 노엘 경, 성녀의 군사와 다시 한번 맞서야 해요. 우리가 나서지 않는다면 그레이스 가문은……."

"알겠습니다. 무엇을 명령하시든 전 부인을 따르겠습니다."

노엘의 확답을 들은 그녀는 고개를 끄덕였다.

노엘이 떠난 후, 로자리아는 케딜락의 병력을 총집합시켰다. 군의 3할은 성벽을 지키게 하고, 2할은 케딜락의 북부 마을에 머물게 했다.

3일이 지나 약속된 시일이 되었다. 케딜락성은 신전의 침략에 대비했지만 아무런 일도 일어나지 않았다. 수도로 보낸 전령이 오고 나서야 로자리아는 그 연유를 알 수 있었다. 다리를 다쳤는지 절뚝이던 전령이 두려운 얼굴로 소식을 전했다.

"지오반니 에르테반이 전장에 나설 것입니다."

로자리아는 케딜락의 장군을 모두 불러 모았다. 나이가 지긋한 장군의 얼굴에 수심이 가득했다. 그는 떨리는 목소리로 입을 열었다.

"마님, 지오 공께서 나서신다면……."

로자리아는 장군이 무슨 말을 하려는지 알아차렸다. 에르테반의 성 기사들은 출중한 실력을 가진 데다, 프리실라가 죽기 전부터 사병을 고용했으니 지오가 나선다면 내전이 더욱 커질지도 모른다는 우려였다.

"지오반니 에르테반이 나선다면 쉽지 않을 겁니다."

로자리아는 무거운 침음을 삼켰다.

바렛사가 지원을 끊자 유리는 초조해졌다. 수일 전, 에르테반 후작가로 군 지원을 요청하는 서신을 넣었다. 그녀가 이번 전쟁에 사활을 걸었듯 지오도 마찬가지였다.

유리는 북부를 찾은 지오반니를 한걸음에 맞아들였다.

"오랜만입니다, 성녀님."

"나를 찾아와 줘서 기뻐요, 지오반니 공."

유리는 애틋한 눈길로 지오를 바라보았다. 언제 봐도 신이 빚은 것처럼 아름다운 모습이었다. 짙은 금발은 느슨하게 묶었으나, 제복을 걸친 모습은 흐트러짐이 없었다. 또한 이스타샤에서 최연소로 성녀의 수기사가 된 남자였다. 지금으로선 검술과 전략으로 지오를 따라올 자가 드물었다. 지오는 절제된 동작으로 무릎을 꿇고 성녀의 손등에 입술을 맞추었다.

"지오 공, 나는 누이의 죽음을 막지 못했어요."

"제 누이의 죽음은 성녀님의 탓이 아닙니다. 제가 어찌 누이를 지키려고 한 당신을 탓하겠습니까······."

유리의 얼굴이 슬픔에 잠겨 가자, 지오는 가라앉은 시선으로 그녀를 바라보았다.

"성녀로서 이스타샤만은 지키겠어요. 오직 대신전의 승리만이 프리실라를 위한 길이 될 테니까요."

"죽은 제 누이를 이토록 위해 주시는 분은 성녀님이 처음입니다."

그렇게 말하며 지오는 몸을 일으켰다.

"죽은 사제가 당신을 아니타 여신으로 부르더군요."

"그건······."

"당신이 아니타의 환신이길 바라겠습니다."

유리가 머뭇거리자 지오가 선뜻 미소를 지으며 대답했다.

"여신에게 이스타샤의 영광이 닿기를."

지오는 작별의 의미를 담아 유리의 손등에 입을 맞추었다.

"로자리아가 아닌 나를 선택해 줘서 고마워요."

이번 내전에서 승리를 거둘 수밖에 없었다. 그레이스와 에르테반만 있다면!

유리는 케딜락과 가까운 군 진영지에서 엘리샤를 기다렸다. 그녀는 염려스러운 얼굴로 자신을 보는 단장에게 말했다.

"힙센 경, 걱정할 것 없어요. 그레이스의 사병이 온다면 분명 승리할 거예요."

"성녀님, 그레이스는 왕녀에게 충성을 바친 가문입니다."

"그렇지 않아요. 그레이스는 충성보단 이득을 좇는 가문이니까요."

약속한 시간은 해가 뜨기 전 새벽이었다. 그러나 오랜 시간이 지나도록 그레이스 가문의 인장인 하얀 새가 그려진 깃발은 보이지 않았다.

"기다려도 그레이스는 오지 않습니다. 그들이 우리를 배신한 겁니다!"

단장의 외침에도 유리는 묵묵부답이었다. 오랜 시간이 지나지 않아, 그레이스로부터 전언이 도착했다.

"성녀님, 그레이스 백작으로부터 서신이 왔습니다."

"제 계획은 틀리지 않았어요."

힙센은 더 이상 우려를 표하지 않았다. 그는 멀리 떠나가는 성녀를 잠긴 시선으로 지켜볼 뿐이었다.

유리는 서둘러 채비를 마치고 그레이스 백작을 찾으러 갔다. 멀리서 그레이스의 군대가 보이자 그녀는 반색했다. 가까이로 걸음을 옮긴 유리의 얼굴이 점차 굳어 갔다. 약조한 대로 일만의 군사로 보기엔 그 수가 턱없이 적었다.

'분명 내게 일만의 군사를 지원하겠다고 했어!'

그레이스의 사병을 확인한 유리의 얼굴이 일그러졌다. 갑옷을 걸친 채 군마를 탄 엘리샤가 유리를 향해 다가갔다.

"백작!"

"늦어서 죄송합니다, 성녀님."

투구를 쓴 채로 주위를 둘러보던 엘리샤는 판단을 내렸다. 어떠한 전략도 없이 병력을 지원할 때까지 무작정 기다린 것이 틀림없었다.

"1만의 군사로는 보이지 않아요. 나머지 군사는 어디로 간 거죠?"

"5천의 병사는 제가 지휘할 것이며, 절반은 케딜락성 근처에 주둔시켰습니다."

"수고했어요, 백작."

유리는 안도했다. 오히려 절반의 병사만 움직인다면 더 빨리 케딜락으로 갈 수 있었다. 신전의 군사에 합류한 그레이스의 군대가 케딜락에 도착했다. 엘리샤는 말에서 내려 케딜락성을 올려다보았다. 그레이스의 인장이 새겨진 깃발을 들었으나, 철옹성 같은 성문은 굳게 잠겨 있었다.

"아직까지도 성문을 열지 않은 걸 보면 백작이 배신한 걸 알아차린 모양이야."

로브를 쓴 유리가 날카로운 시선으로 성문을 주시했다. 케딜락에서 성문을 열지 않아도 상관없었다. 신전에 합류한 그레이스와 에르테반의 군사가 곧 케딜락의 성을 함락할 테니. 시간이 흐르자 성을 에워싸던 어둠이 걷혔다. 짙은 불길에 휩싸인 해가 지평선 위로 나타났다.

"동이 튼다!"

엘리샤는 손을 들어 올렸다.

"진격하라!"

그녀의 곁에 있던 기사가 금빛 인장을 높이 쳐들었다.

"백작?"

유리가 의아한 얼굴로 엘리샤를 불렀다. 아직 진영을 정비하기도 전이었다. 유리의 뒤에서 처절한 비명이 들려오자, 그녀는 황급히 뒤를 돌아보았다. 그레이스의 병사가 대신전의 병사들을 죽였다. 동맹을 믿고 등을 내어준 신전의 병사들이 속수무책으로 쓰러졌다.

"감히 네년이……!"

으득. 방금 전까지 우군이라 여겼던 이들이 성기사들의 목을 베었다. 엘리샤는 단검을 꺼내 그녀에게로 달려드는 병사의 목을 찔렀다.

성벽 위에서 상황을 지켜보던 로자리아는 손을 들어 올렸다.

"성문을 열어라."

거대한 도르래가 돌아가는 소리와 함께 성문이 열렸다. 그 소리에 유리는 주저앉듯 뒷걸음질 쳤다.

"성녀님, 이쪽으로!"

성녀를 추앙하던 이들의 목은 이미 바닥을 뒹굴었다. 성기사단장의 예상이 맞았다. 우려가 현실이 되었다. 넋이 나간 유리를 본 단장이 그녀에게로 뛰어들었다.

"성녀님!"

다급한 목소리에 유리는 느릿하게 고개를 돌렸다.

"그대는 충성스러운 신하로군."

겨울의 늪처럼 낮고 차가운 목소리였다. 검을 든 여자가 그들의 앞을 가로막았다.

"성녀를 따르기엔 아까우나……."

여인의 말이 유독 느릿하게 들렸다. 그때, 유리의 곁을 지켰던 단장의 신형이 기울어졌다.

푸욱. 검이 살갗을 파고드는 소리였다. 심장이 내려앉을 정도로 그 소리만이 생생했다. 로자리아는 검을 든 손에 힘을 주었다. 그녀는 단장의 가슴을 꿰뚫은 검을 비틀어 빼냈다.

툭. 생을 잃은 단장의 몸이 허물어졌다. 적이었지만 그의 명예를 위해 단칼에 숨을 끊었다.

"어, 어떻게⋯⋯."

유리는 숨을 거둔 단장에게 조금의 감정도 없어 보였다. 제 살 궁리만 하는 성녀가 주춤 뒤로 물러섰다.

"그레이스는 내게 충성을 바친 가문이다."

로자리아가 고요한 목소리로 읊었다. 차가운 시선이 유리를 좌시했다.

"한낱 사욕으로 나를 배신할 만큼 가볍지 않은 가문이지."

로자리아는 유리를 향해 검을 겨누었다. 유리는 재빨리 주위를 둘러보았지만 그녀를 도와줄 만한 이는 보이지 않았다. 급습으로 인해 모두 숨을 거뒀거나 죽어 가는 상황이었다. 유리를 따르던 성기사 중에서 서 있는 자들은 없었다.

"마르쉬의 군대가 곧 올 거야. 성문을 연 걸 후회하게 될 거라고!"

유리가 발악하듯 소리치자, 로자리아는 그녀에게로 무거운 발걸음을 떼었다. 주춤 놀란 성녀는 뒤로 물러섰으나 더 이상 도망갈 곳은 보이지 않았다. 그레이스의 병사들이 성녀를 향해 창을 겨누었다.

"후회는 네가 하게 될 거야, 유리."

로자리아는 차가운 시선을 내리깔았다. 성녀를 죽이기로 결정했을 때부터 후회와 미련은 사그라든 지 오래였다.

"성녀를 포획해라."

병사들이 유리를 억지로 무릎 꿇게 했다. 그녀는 투구 사이로 보이는 시선들을 의식했다. 성녀를 경외하고 추앙하는 눈빛이 아니었다. 역한 죄인을 보듯 경멸에 휩싸인 시선들. 그 시선에 유리는 처참한 얼굴로 고개를 떨궜다.

"거짓 예언으로 황실에 혼란을 불러온 죄, 바렛사와 내통해 공작을 시해하고 케딜락을 적국에 넘기려고 한 죄는 그 무엇으로도 용서할 수 없다."

그토록 기다렸던 순간이었다. 손을 뻗으면 닿을 거리에 성녀가 있었다.

"부인!"

로자리아의 곁을 지키던 노엘이 갑작스레 그녀의 앞으로 뛰어들었다.

푸욱. 안개를 스친 화살이 노엘의 가슴팍을 관통했다. 로자리아를 가로막은 노엘의 몸이 비틀거렸다. 이윽고 수십 개의 화살이 연이어 날아들었다.

"노엘 경!"

로자리아는 검으로 화살을 쳐 내곤 바닥에 쓰러진 노엘을 살폈다.

"성으로 피하셔야 합니다! 여긴 그레이스가 맡겠습니다."

바렛사의 군대가 성녀를 도와주기 위해 온 걸지도 몰랐다. 엘리샤의 얼굴이 창백해졌다. 바렛사에서 나선 거라면……. 로자리아의 시선이 화살이 날아든 정면을 향했다. 성 주위를 감쌌던 안개가 옅어졌다. 그 사이로 녹색의 독수리기가 바람에 휘날렸다.

"에르테반가입니다!"

흰 제복을 입은 남자가 성기사들을 이끌며 앞으로 걸어 나왔다.

자박자박. 무거운 발걸음 소리가 로자리아의 귓가로 파고들었다. 노엘의 상처를 지혈하던 그녀의 손이 멎었다.

"……지오."

"당신과 제가 이렇게 만나게 될 줄은 몰랐습니다."

지오의 시선이 오랫동안 로자리아에게 머물렀다. 그는 활대를 기사에게 건네고는 그녀를 향해 예를 갖추었다.

"이스타샤를 떠나셨다면 좋았을 것을."

"……그대는 공작의 기사였어."

"한때는 그러했으나 오래전 일입니다."

지오는 로자리아에게서 시선을 떼어 냈다. 그는 낮고도 잠긴 목소리로 에르테반의 기사들에게 명령했다.

"지금부터 케딜락성을 탈환한다! 성녀가 다치지 않도록 보호하라!"

그레이스의 병사들과 에르테반의 병사들이 대치했다. 빈틈을 파고든 지오가 로자리아에게 다가갔다. 그의 시선이 쓰러져 정신을 잃은 노엘을 향했다.

"물러나십시오."

감정 따윈 도려낸 날카로운 시선이었다. 한때 부관이었던 노엘에게서 시선을 거둔 지오는 로자리아를 향해 검을 겨누었다.

이런 걸 말하는 거였나. 그때, 황성에서 내게 얘기했던 것들이…… 지오를 바라보는 그녀의 눈동자가 흔들렸다. 성녀의 즉위식 때 있었던 기억이 로자리아를 사로잡았다. 그는, 지오는 자신에게 신뢰를 약속했다.

"제가 에르테반의 가주로서, 부인을 실망시키는 선택을 하게 되더라도 저를 끝까지 믿어주시겠습니까?"

정말로 믿어주기를 바랐다면 이런 선택을 하지 말았어야 했다. 상념에서 깬 로자리아는 고개를 들었다. 그녀의 시선이 지오의 머리칼에 닿았다. 성력을 머금은 붉은 장미는 이곳에 없었다.

로자리아는 물러서지 않았다. 성주로서 도망치는 모습을 보일 수 없었다.

"대신전과 에르테반은 동맹 관계입니다."

"동맹?"

로자리아는 싸늘한 눈빛으로 지오를 보았다.

"지오반니, 그대가 말한 믿음이 바르세데스를 배신하는 길이었나?"

"바르세데스를 나오는 그 순간부터 저는 에르테반의 가주였습니다."

지오는 검을 높이 들었다. 이윽고 에르테반의 병사들과 그레이스의 병사들이 맞붙었다. 이런 일은 넌더리 날 정도로 익숙했다. 로자리아는 쓴웃음을 지으며 검을 다잡았다.

"달라지는 건 없다. 에르테반 또한 우리의 적이다."

"와아아!"

무장한 케딜락의 병사들이 들이닥쳤다. 로자리아는 병사를 시켜 노엘을 성으로 데려가게 했다.

"성안으로 피신하셔야 합니다."

"노엘 경을 부탁해요. 난 여기 남아 군을 지휘하겠어요."

성주인 그녀가 도망친다면 병사들은 끝까지 싸우기를 주저할 것이다.

"에르테반의 병사들과 맞서라!"

명령이 떨어졌음에도 지오를 알아본 케딜락의 병사들이 주저했다.

"……단, 단장님."

푸욱. 지오의 검이 한때 아군이었던 기사의 가슴을 꿰뚫었다. 힘주어 검을 빼낸 지오가 검에 묻은 피를 털어 내었다. 툭, 검으로부터 흘러내린 질척한 핏물이 바닥으로 떨어졌다. 그가 왜 배신했는지 생각할 겨를 따위 없었다. 로자리아는 검을 움켜쥐었다.

로자리아는 지오를 노려보며 그에게로 검을 겨누었다.

"프리실라를 죽여서 나를 원망하는 거라면……."

"어찌 누이의 죽음을 당신의 탓으로 돌리겠습니까? 에르테반의 가주로서 나서는 것입니다."

다시 병사의 숨통을 끊은 지오가 검을 빼내었다. 위압적인 주홍빛 눈동자가 로자리아를 향했다.

"성녀를 보호하라. 지금부터 공작 부인을 포획한다."

쓴웃음을 삼키던 로자리아는 발데르가를 손에 움켜쥐었다. 지오에게 정령술을 쓰고 싶지 않았다. 로자리아는 눈을 감았다. 라쉬드가 죽은 이후, 자신이 바르세데스의 성주이자 군사령관이었다. 한낱 감정으로 일을 그르쳐서는 안 된다.

'발데르가.'

그녀는 두 눈을 내리감고서 발데르가를 소환했다. 해가 뜨고 동이 튼 새벽에 한 치 앞을 볼 수 없는 어둠이 짙어졌다. 로자리아가 서 있는 곳부터 시작된 그림자가 어느새 케딜락성을 에워쌌다.

"저, 저게 뭐지?"

그레이스의 병사를 죽이던 에르테반의 병사들이 뒤로 물러섰다. 발끝까지 내려오는 검은 머리칼에, 찢어진 동공을 가진 사내였다. 번뜩이는 붉은 눈동자에 섬찟한 살기가 어렸다.

「내 이름을 불러 주기를 기다렸어, 주인.」

정령들의 왕, 검은 나무 발데르가가 씨익 웃었다. 악귀로 불리던 발데르가의 모습에 병사들은 그들의 눈을 의심했다. 발데르가는 그에게로 검을 드는 병사의 목을 비틀었다. 핏기가 없는 창백한 손이 다른 병사의 목을 꿰뚫었다. 검은 손톱에 핏방울이 맺히자 발데르가는 흡족한 미소를 지었다.

「언제까지 무례한 놈들을 봐줄 거야?」

"내가 말하지 않아도 왜 너를 불렀는지 알겠지."

「예전처럼 하면 되는 건가?」

발데르가를 본 엘리샤는 그녀도 모르게 뒷걸음질 쳤다. 발데르가는 곧 검으로 변했다. 검의 형태는 데모나와 같았으나, 검고 짙은 마나가 그녀가 든 레이피어 주위에 깃들었다.

로자리아는 지오를 향해 발데르가를 휘둘렀다. 위험한 살기를 느낀 지오의 눈이 가늘어졌다.

챙! 두 검이 허공에서 맞부딪혔다. 지오는 허리를 숙여 발데르가를 피하며 성검을 휘둘렀다.

"나를 배신할 거였으면……."

자신에게 하얀 장미 따위 바쳐서는 안 되었다. 믿을 수밖에 없도록 해놓고 이제 와서……! 로자리아는 검을 쥔 손에 힘을 꽉 주었다. 프리실라가 예언으로 제 삶을 송두리째 짓밟아도, 유리가 자신의 목숨을 노려도 흔들리지 않았다.

살갗을 베고 심장이 찢기는 고통에도 견디고 또 견뎠다. 그 어떤 상처에도 주저앉지 않고 다시 홀로 섰다. 그러나 믿던 자의 배신에 그녀는 흔들리지 않기 위해 이를 악물었다. 차갑게 얼어붙은 눈동자가 지오를 향했다.

"어째서 내게 그런 말을 한 거지?"

푸욱. 이를 악문 로자리아는 지오의 오른쪽 어깨에 검을 박았다.

"으……."

비틀거린 지오가 검을 땅에 박았다. 살갗이 불에 타는 것 같은 끔찍한 격통이 어렸다.

치이익. 검게 변색된 살을 보던 지오가 왼손으로 검을 쥐었다.

'마비시킨 건가?'

지오는 굳어 가는 그의 팔을 내려다보았다. 발데르가에 베인 이후로 느껴지던 고통이 점차 무뎌졌다. 들은 바가 있다. 발데르가의 마나는 성력을 쓰는 자에게 독이란 것을.

"다음에는 제 목을 베셔야 할 겁니다."

그렇게 말한 지오가 로자리아에게 달려들었다.

챙! 로자리아는 지오의 검을 부드럽게 흘려 내며 공격을 피했다.

'이제껏 겪어 왔던 검술과는 다르다.'

물결처럼 흐르는 검술은 방향을 예측하기 힘들었다. 지오의 턱 끝에 땀이 맺혔다. 그는 손등으로 땀을 훑고는 로자리아와 검을 맞대었다.

"당신이 더 이상 이스타샤에 있을 이유가 없지 않습니까?"

"내게 도망가란 건가? 난 바렛사와 맞서는 순간부터 목숨을 걸었어. 도망갈 거였다면 진작 도망갔겠지."

지오와 맞서는 것을 망설일 이유가 없었다. 그가 약속하지 않았던가. 전쟁이 끝나면 아이와 함께 살아가자고, 공작의 지위를 버려도 좋으니, 나와 함께 살아가겠노라고. 라쉬드와의 약속을 어찌 잊을 수 있을까. 그와의 약속을 위해서라도 살아남아야 한다. 살아남아 이스타샤도, 테베도 바렛사로부터 지켜 낼 것이다.

"당신과 아이를 위해서라도 전쟁에서 승리할 거야."

그의 맹세는 그녀가 살아가는 이유였다. 다정한 키스와 이마에 닿던 부드러운 입술이 심장을 뛰게 했다. 진심이 깃든 짙고 깊은 눈동자가 슬픔을 이겨 내게 했다.

지오가 숨을 돌리기 위해 뒤로 물러서자, 로자리아는 그를 향해 달려들었다. 이제껏 봐 왔던 움직임과 확연히 달랐다. 옅은 바람이 그녀를 따라 움직였다. 조금 전까지 무겁고 진득한 살기로 검을 휘둘렀던 로자리아였다. 한순간에 검의 흐름이 바뀌었다.

에르테반의 병사들에게 둘러싸인 상황에서 로자리아는 지오와 맞섰다. 살기조차 감춘 발데르가의 검날이 지오의 복부를 관통했다.

"지오!"

로자리아의 시선이 다급히 지오를 부르는 유리에게로 향했다.

지금이 마지막 기회였다. 로자리아는 검을 움켜쥔 채로 유리에게 다가갔다.

"뭘 멍청하게 서 있는 거야?! 로자리아를 막아!"

부상을 입은 지오 말고는 로자리아를 막을 사람은 없었다. 에르테반의 병사들은 못 박힌 것처럼 자리에서 움직이지 못했다. 본능적인 두려움이 그들의 몸을 잠식했다.

뎅그렁. 성녀를 지키던 기사들의 손에서 검이 떨구어졌다. 뒤로 물러서려던 기사들의 손이 잘게 떨렸다. 예측할 수 없는 움직임이었다. 단 한 번의 검술에 기사들의 신형이 쓰러졌다.

로자리아는 검을 든 채로 유리를 싸늘한 시선으로 내려다보았다.

"공작을 죽였을 때 각오했어야지."

"로자리아!"

"죽음을 각오해도 어려운 일을 다른 이들에게 맡기니 될 리가 있나."

로자리아는 입가에 조소를 걸친 채 성녀를 향해 걸음을 내디뎠다. 거리가 가까워지자 위협을 느낀 유리가 뒤늦게 주위를 둘러보았다. 더 이상 성녀를 지키는 기사들은 없었다.

"뭐, 뭐 하는 거야."

"성녀로서 긍지도, 이스타샤를 지킬 의무도 잊은 그대는 성녀로서 살아갈 자격이 없다."

휘익. 단 한순간이었다. 두 무릎을 꿇고 빌려던 유리의 목이 단칼에 베였다.

"……성, 성녀님!"

잘린 목에서 핏물이 분수처럼 튀었다. 툭, 데구루루. 주인을 잃은 성녀의 머리가 바닥을 뒹굴었다. 조금 전까지 살아 있던 성녀라고는 믿지 못할 모습이었다. 병사들은 그들의 눈을 의심했다. 금빛의 신성한 마나가 그녀의 주변에 감돌았다.

「가엾은 아니타, 조금 더 발악하게 둘 걸 그랬나.」

그런 것치곤 무심한 어조였다. 지오의 시선이 로자리아가 쥔 검을 향했다. 신성한 금빛 마나에 휘감긴 데모나였다.

「이스타샤, 내 자매의 아이들은 하나같이 무례하구나.」

귓가에서 바로 속삭이는 목소리에 병사들이 놀라 주저앉았다. 로자리아의 움직임에 따라 바람을 통제하던 윈드가 눈을 크게 떴다. 잠에서 깨어난 데모나의 마나가 케딜락성을 정령의 영역으로 만들었다.

"후, 후작님. 성력이 느껴지지 않습니다."

성기사들은 멍하니 그들의 검을 내려다보았다. 천 년간 이스타샤를 수호했던 아니타의 성력이 무너졌다.

"병력을 철회한다. 퇴각하라!"

성녀의 시신조차 거두지 못한 채 대신전의 병사들은 도망쳤다. 그때를 놓치지 않고 케딜락의 군사는 도망가는 병사들의 등 뒤로 검을 찔러 넣었다.

'저게 데모나인가.'

도망가는 병사들 사이에서 지오는 발이 묶인 것처럼 로자리아를 올려다보았다.

"제가 당신이었다면 제 목을 쳐 냈을 것입니다."

분명 검을 들어 자신의 목을 벨 거라 생각했건만, 그저 지켜만 볼 뿐이었다.

"지오, 당신을 믿겠단 약속을 마지막으로 지킨 것뿐이다."

말한 대로 마지막이었다. 다시 적으로 만난다면 그때야말로 목을 베리라. 로자리아는 데모나를 거둬들였다. 그녀의 손짓에 따라 금빛 마나가 서서히 옅어졌다. 정령의 기운이 사라졌음에도 그 누구도 로자리아에게 검을 겨누지 못했다.

"부인!"

엘리샤가 로자리아에게로 뛰어들었다.

"다치신 곳은……."

엘리샤의 눈이 빠르게 로자리아를 살폈다. 아무런 상처도 보이지 않자, 그녀는 안도했다.

"다치지 않았어. 엘리샤, 그대는?"

지오는 엘리샤의 어깨를 감싼 로자리아의 모습을 두 눈에 담았다. 이내 그는 몸을 돌려 케딜락을 빠져나갔다.

바렛사의 남부, 바그둠에 무거운 정적이 내려앉았다. 마르쉬는 날카로운 눈으로 전령이 보낸 서신을 확인했다.

"대신전이 패배했다."

예측했던 대로였다. 마르쉬의 곁에 선 비올라가 황자의 기색을 살폈다. 마르쉬는 말가죽으로 만든 서신에 단 한 마디를 써 내려갔다. 그러고는 매의 발톱에 서신을 매었다.

"어떤 전언을 보내셨는지 여쭤도 되겠습니까?"

"유감."

마르쉬는 무표정한 얼굴로 대답했다. 성녀는 수만의 군사를 가지고도 케딜락의 병력을 동 내지 못했다. 사냥할 땐 최소한의 전력으로 최대한의 포상을 얻어야 하는 법. 분명 케딜락의 군사력에 한계가 있었는데도, 성녀는 우둔했고 어리석었다. 그러나 이스타샤의 병력은 대신전 세력과 케딜락의 군사로 분열되었으니 그것만으로도 충분했다.

다른 짐승과 붙느라 힘이 빠진 먹잇감을 삼키는 것보다 쉬운 것이 어디 있을까. 소파에 느긋이 등을 기댄 마르쉬는 조소했다.

"비올라, 즉위식 준비를 하도록."

"황자 저하, 진영을 버리시고 지금 황성으로 돌아가신다면……."

"바그둠에서 약식으로 진행하지."

고작 바렛사의 황제 자리에 만족할 생각은 없었다. 그가 원하는 건 서대륙 그 자체. 이스타샤를 집어삼키고 바렛사의 붉은 기를 신성제국에 수놓을 것이다.

"지휘관을 모두 부르도록. 그녀의 전략을 먼저 읽어 내야 한다."

로자리아는 맞서기 까다로운 상대였다. 뛰어난 지략과 한 치 앞을 내다보는 전략, 부군을 잃고서도 바렛사와 맞서려는 담대함까지 갖춘 이였다. 비록 그녀가 내전에선 승리를 거뒀지만, 전쟁은 지금부터 시작이었다.

성녀의 죽음은 여파가 컸다. 일각에선 왕녀가 제국을 지키려던 성녀를 죽였다는 말이 떠돌았다.

그날 밤, 바렛사로 보냈던 전령이 케딜락으로 돌아왔다. 전령으로부터 보고를 들은 로자리아는 노엘을 찾았다. 그는 중상을 입어 의무실에서 치료를 받는 중이었다.

"바렛사가 움직였습니다. 마르쉬 황자가 황제로 즉위했다더군요."

"황실에서는 어떻지?"

"귀족들의 반발이 거셉니다. 폐하께선 상황을 지켜보기로 했습니다만……."

노엘의 우려가 가득한 목소리에도 로자리아는 담담했다. 수도에는 성녀의 죽음조차 모르는 이가 수두룩했다. 혼란이 생길까 쉬쉬한 것이다. 로자리아를 마녀로 몰아야 한다는 주장이 거셌으나, 바렛사의 군사가 밀어닥치자 귀족들은 입을 다물었다. 지금에선 바렛사의 군대를 막을 사람은 그녀가 유일했다. 군주의 아내로 군사권을 지닐 명분도 있을뿐더러, 케딜락군을 지휘할 다른 이가 없었다.

"제가 조심해야 했습니다. 죄송합니다."

"나 또한 지오 공이 나서리라 생각지 못했으니까요. 어쨌든 몸이 나을 때까지 쉬어야 해요, 노엘 경."

로자리아는 노엘의 곁에 앉아 그가 의관에게 치료받는 모습을 지켜보았다. 의관이 노엘의 팔을 꼼꼼히 살피며 붕대를 갈았다. 당분간 검을 쓰기 어려울 거란 소리에 노엘의 안색이 어두워졌다.

"도움을 드리지 못해 죄송합니다. 제가 폐만 끼치는 것 같군요."

"폐라뇨. 노엘 경이 지켜 줘서 다치지 않은 거예요. 고마워요."

노엘은 라쉬드가 아끼던 기사였다. 노엘이 지오가 쏜 화살을 맞았을 땐 어떻게든 그를 살려야겠단 생각뿐이었다.

"고맙습니다. 상처가 낫는 대로 다시 전선에 서겠습니다."

짐이 되고 싶지 않다는 말에 로자리아는 고개를 끄덕였다.

'언제 이 지루한 전쟁이 끝날는지.'

창가로 걸음을 옮긴 로자리아는 어두워진 밤하늘을 올려다보았다. 유리의 목을 베었으나 아직 바렛사의 세력은 건재했다. 성녀의 죽음으로 꼬리를 말고 도망간 건 대신전뿐이었다. 혹한기가 더 빨리 찾아온다면 성 밖에서 공성전을 해야 하는 바렛사는 더욱 불리해질 터.

드르륵. 고요한 시선으로 하늘을 보던 로자리아는 노엘을 위해 창문을 닫아주었다.

"날씨가 차니 창문을 닫는 것이 좋겠어요."

로자리아는 숄을 어깨에 둘렀다. 온기가 닿자 한결 추위가 가시는 기분이었다.

"노엘 경, 지오 공은……."

"저는 줄곧 단장의 곁을 지켰는데도, 이번만큼은 그의 생각을 알 수가 없군요."

노엘은 쓴웃음을 지었다. 자신이 공작 부인을 노린 화살을 대신 맞았지만, 아직도 지오가 쏜 화살이라고 믿기지 않았다. 그가 정말로 부인을 죽이려 했을까. 노엘은 붕대를 두른 가슴팍을 어루만졌다.

"그는 제가 존경하는 단장이었습니다."

"……나도 그를 아꼈지만 앞으로 에르테반의 움직임을 주시할 생각이에요."

에르테반이 다시 케딜락을 침략한다면, 그땐 정말로 돌이킬 수 없었다.

"옛 기억일 뿐입니다. 저는 오로지 케딜락과 바르세데스를 위해 살아가겠습니다."

노엘의 말에 로자리아는 그를 물끄러미 바라보았다. 라쉬드를 따르던 기사가 그녀를 믿고 충성을 바쳤다. 그건 다른 기사들과 케딜락의 병사들도 마찬가지였다. 이제부터 바렛사와의 전쟁을 준비해야 한다. 그 어떤 각오를 치르게 되더라도.

북부 케딜락의 경계는 삼엄했으나, 황성의 경계는 믿기지 않을 만큼 허술했다.

"뭘, 뭘 원하는 거냐! 누가 보낸 게야!"

클라인이 벌벌 떨며 소리쳤다. 동이 트기 전, 단검을 든 암살자가 황제의 침실에 침입했다.

"……."

클라인의 물음에도 암살자는 대답하지 않았다. 그의 손에 의해 황제를 지키던 기사들의 목숨이 끊긴 지 오래였다.

"원하는 걸 말하면 따라 주시겠습니까?"

복면을 쓴 암살자가 클라인에게 묻자 그는 하얗게 질린 얼굴로 고개를 끄덕였다.

"폐하께서 바렛사의 요구에 따라 주신다면 이스타샤 황제로 남을 수 있을 겁니다."

암살자가 꺼내 든 건 검은 꽃잎을 가진 독초였다.

"이, 이게 무엇이더냐?"

클라인이 질겁한 얼굴로 물었다.

"바이카입니다. 오직 바렛사의 북부에서만 나는 귀한 치료제입니다."

'치료제라고?'

클라인이 바이카를 가리키며 물었다. 바이카는 다른 독을 중화시키는 치료제로 쓰였다. 그러나 치사량을 넘을 경우, 몸이 서서히 마비 되어가며 종래엔 숨이 멎었다.

"케딜락의 식수에 독을 타십시오."

"내, 내가 어찌……!"

"믿을 만한 자를 시키시면 됩니다."

클라인이 말도 안 된다며 소리치자, 암살자는 그의 목에 검을 겨누었다.

"받으십시오."

손가락 한 마디 뼘 정도 되는 병 안에 독이 들어 있었다. 클라인은 떨리는 손으로 병을 건네받았다.

바그둠에서 갑주를 걸친 기사들이 케딜락으로 진격했다. 마르쉬는 더한 혹한이 찾아오기 전에 케딜락성을 공격하기로 결정을 내렸다.

항전을 시작한 지 보름이 지났다. 성문을 걸어 잠근 케딜락은 공성전을 계속했다. 바렛사군은 무턱대고 밀어붙이던 성녀의 군사와는 달랐다.

바렛사와 맞서면서 군사령관으로서 지휘하는 건 로자리아였다. 모두가 보는 앞에서 정령술을 썼으니 마녀로 몰릴 법도 했겠지만, 케딜락에선 암묵적으로 왕녀가 정령술사란 사실을 받아들였다. 죽음의 기로에 선 그들은 강하고 뛰어난 군주를 원했다. 로자리아가 성녀의 목을 벤 순간부터 케딜락의 병사는 더욱 그녀를 따랐다.

기사에게 망원경을 건네받은 마르쉬가 케딜락성을 주시했다. 그의 시야에 케딜락성에 검은 기가 꽂혀 있는 것이 보였다.

"항복할 생각을 하지 않는군."

"끝까지 항전할 생각인 듯합니다."

비올라는 마르쉬를 따라 케딜락성을 바라보았다. 그녀와 바렛사 황제의 생각은 별반 다르지 않았다. 성이 함락되는 한이 있어도 그들은 이스타샤의 경계를 내어주지 않을 것이다.

"내부 분열이 생각보다 빨리 해결되었습니다. 내전이 더 길었으면 케딜락을 빨리 되찾았을 텐데 아쉽군요. 이스타샤의 황제조차 공작 부인을 배반하는 걸 꺼렸습니다."

"성녀처럼 목이 잘릴까 두려운 거겠지. 성을 함락시키는 건 시간문제다. 그 얼간이가 황제인 이상, 우리가 전쟁에서 질 일은 없어."

"황가에서 병력을 지원하지 않는다면 케딜락도 버티기 힘들 겁니다. 사흘 전, 암살자를 시켜 클라인 황제에게 보냈습니다."

굳게 잠긴 케딜락성을 밖에서 여는 건 불가능에 가까운 일이었다. 그러니 황가가 케딜락을 배반하도록 유도할 계획이었다.

바렛사는 섣불리 움직이지 않았다. 군량을 미리 비축해 둔 터라, 그들은 시간을 끄는 것을 주저하지 않았다. 케딜락과 가까운 진영에 주둔만 할 뿐 공격을 하지 않으니 틈이 보이지 않았다.

보름 동안 지루한 공성전이 계속되었다. 로자리아는 성안의 집무실에서 장군을 불러 모아 회의를 시작했다.

"저들의 의도를 짐작할 수 없습니다. 시간을 끌면 도리어 바렛사에 불리할 텐데, 아무런 움직임을 보이지 않고 있습니다."

"우선 케딜락과 연결된 북부 곡창을 지켜야 합니다."

한 장군의 말에 로자리아는 고개를 끄덕였다. 그의 이름은 팔렛으로 38세의 나이에 케딜락의 장군직을 맡고 있는 자였다.

"벌써부터 바렛사와 화친을 맺어야 한다는 귀족들이 있더군요."

"그, 그렇습니까?"

로자리아의 말에 팔렛의 얼굴이 굳어 갔다. 그는 목이 타는지 연거푸 물을 마셨다. 로자리아는 한동안 그에게서 시선을 떼지 않았다. 케딜락성에서 공성전을 버틸 식량과 식수는 충분했다. 그러나 며칠 전, 성내의 식수 공급이 중단되었다. 병사들이 마실 식수를 보관하는 창고에서 문제가 생겼던 탓이다.

식수가 든 제2창고에서 독이 검출되었다. 다행히 그 자리에서 범행이 발각되어 창고에 독을 넣은 병사는 처형되었고 2창고에 있던 식수는 모두 버렸다.

로자리아는 은으로 된 수저로 물이 든 잔을 가볍게 휘저었다.

'물도 마음대로 못 마시는 건가.'

은수저의 색은 그대로였다. 어떤 반응도 일어나지 않았다. 찻잔에 든 물을 주의 깊게 살피던 그녀는 물을 마셨다. 식수에 독을 뿌린 범인을 잡았으나 무언가 이상했다. 병사의 소행이라 해도 너무 쉽게 발각되었다.

"식수의 독은……."

말을 잇던 로자리아는 배를 움켜쥐었다. 식수 안에 문제가 있었던 건지, 배에 아릿한 고통이 어렸다. 심장이 뛰는 소리가 그녀의 귓가로 파고들었다.

"아……."

칼로 살갗을 도려내는 고통이 일자 그녀는 입술을 질끈 깨물었다. 턱 끝에서 흐른 땀이 바닥으로 툭 떨어져 내렸다. 게다가 눈앞이 흐릿해서 제대로 보이지 않았다.

"부인!"

풀썩. 배를 붙잡던 로자리아의 몸이 휘청거리더니 바닥으로 쓰러졌다.

"부인을 모셔라!"

"하아, 하아."

불에 덴 것처럼 끔찍한 고통이었다. 식은땀이 쉴 새 없이 흘러나왔고 채 삼키지 못한 신음이 짓이긴 입술 사이로 내뱉어졌다.

"의관을 불러라!"

가신들이 외치는 소리조차 로자리아에겐 들리지 않았다.

로자리아는 눈을 떴다. 양각으로 조각된 천장 벽화가 희미한 시야에 잡혔다. 그녀는 이곳이 어디인지 알아차렸다. 회의실이 아닌 침실이었다.

"……아이는?"

로자리아는 떨리는 목소리로 물었다.

"……마님."

로자리아가 깨어나자 곁을 지키던 시녀는 안도했다.

"아이는 무사합니다."

의관이 한숨을 돌리며 대답했다. 무사하다는 말을 듣고 나서야 로자리아는 제대로 숨을 내쉴 수 있었다. 아이가 살아 있으면 그걸로 족했다. 다행이란 생각밖에 들지 않았다.

"아이가 죽을 뻔했어……."

그녀는 저도 모르게 힘을 주었다. 로자리아가 쥔 이불에 주름이 새겨졌다.

"……바이카 독입니다. 성인 장정의 숨도 끊는 맹독이라 살아난 것이 기적입니다."

'내 아가.'

로자리아는 그녀의 배를 끌어안았다. 아이마저 잃었다면 어찌 살아갈 수 있을까. 손톱에 살이 베여 피가 새어 나왔다. 로자리아는 그녀의 손에 붕대를 감아주는 시녀를 멍한 얼굴로 쳐다보았다. 그녀의 고개가 서서히 아래를 떨구어졌다.

'이젠 바렛사에서 내 아이마저 죽이려는 건가?'

로자리아는 입술을 깨물었다. 결코 바렛사에 내 아이를 뺏기지 않을 것이다! 아이만 있다면 되었다. 아이를 지키기 위해서 뭐든 하겠노라고 수백 번, 수천 번을 맹세하지 않았던가.

"쉬고 싶으니 자리를 비켜 주게나."

시녀와 의관이 고개를 숙이며 물러났다. 로자리아는 그녀의 배를 어루만졌다. 어느새 손의 떨림이 멎었다. 그녀는 두 눈을 감았다. 지금 이 순간은 아무런 생각이 들지 않았다. 케딜락도, 바렛사도, 이스타샤도. 전쟁이 아니었다면 배 속의 아이가 위험해지는 일도 없었겠지.

로자리아는 쓴웃음을 지으며 배를 조심스레 어루만졌다. 만약 라쉬드가 곁에 있었다면……. 아이의 아버지가 없는 빈자리는 유독 크게 느껴졌다. 진심 어린 위로도, 따스한 포옹도 지금에선 잊어버릴까 두려운 기억으로 남을 뿐이었다.

"내가 너무 많은 욕심을 부렸던 건가?"

그 누구에게서도 답은 들리지 않았다. 스스로에게 묻던 로자리아는 손에 얼굴을 묻었다. 숄을 걸친 그녀의 어깨가 들썩였다. 지우지 못한 눈물이 뺨을 타고 흘렀다.

'라쉬드……'

목이 쉴 정도로 비명을 질러도, 이를 악물고 원망 섞인 저주를 퍼부어도 지독한 슬픔을 이겨 낼 길이 없었다.

'당신이 보고 싶어.'

왕녀로 살든, 아이의 어머니로 살든 둘 중 하나를 선택하란 말이 무엇을 뜻하는지 깨달았다. 이스타샤를 버리든, 아이를 버리든 둘 다 지켜 낼 수 없다고 했던가. 그러나 그 무엇 하나 잃을 수 없었다. 이스타샤는 아이가 살아갈 수 있는 땅이어야 했다. 바렛사와의 전쟁에서 진다면 이스타샤의 황족으로 태어난 아이는 죽게 될 것이다.

'그렇게 될 순 없어!'

아이는 제게 남은 유일한 삶의 희망이었다. 무슨 일이 있어도 아이를 지켜 내리라! 로자리아는 꽈악 손에 힘을 주었다. 그녀는 북풍이 치닫는 창문 밖을 바라보았다.

"……전멸."

오로지 바렛사의 군대를 몰살시켜야 한다는 생각이 그녀의 머릿속을 파고들었다. 성녀의 숨통을 끊은 걸론 안도할 수 없었다.

로자리아는 사흘간 침대에서 누워 지냈다. 이틀간 아무것도 입에 대지 않던 그녀는 겨우 물 한 모금을 마셨다. 입이 텁텁해 무슨 맛인지 알지 못했지만 억지로 스푼을 들었다. 로자리아는 앙상해진 그녀의 손을 내려다보았다.

'살기 위해선 먹어야 해.'

아이를 위해서라도, 그녀를 지키다 죽어 간 라쉬드를 위해서라도. 로자리아가 침실 밖으로 나오지 않자, 케딜락의 군 체제는 멈추었다. 노엘이 몇 번 로자리아를 찾았으나 그녀는 줄곧 기사를 물러가게 했다.

로자리아가 침실을 벗어난 건 나흘이 지난 후였다. 슈미즈를 벗고 따뜻한 물로 몸을 씻어 내렸다. 데운 물임에도 유독 시리게 느껴졌다. 제복으로 갈아입은 로자리아는 창문 밖을 내다보았다.

"밖이 춥습니다."

그녀의 어깨 위로 두꺼운 모포가 놓였다. 그제야 로자리아는 그녀를 찾아온 사내의 얼굴을 보았다.

"……노엘 경."

로자리아가 독으로 인해 아이를 잃을 뻔했단 이야기를 들었다. 노엘은 이런 상황에서도 케딜락의 군을 지휘해야 하는 로자리아가 안쓰러웠다. 노엘은 수척해진 공작 부인을 보며 아무런 말도 하지 못했다.

"날이 밝는 대로 누벨로 떠날 생각이에요."

"……누벨 말씀이십니까?"

누벨은 아무것도 없는 오지였다. 잔뜩 갈라져 메마른 사막에는 노예 시장만이 성행했다.

"제가 어찌 부인의 결정을 말릴 수 있겠습니까? 하지만 지금 누벨로 떠나신다면……."

노엘의 안색이 한층 어두워졌다. 공작이 죽고, 케딜락성을 지휘했던 로자리아였다. 그녀마저 자리를 비운다면 케딜락의 군사를 지휘할 사람이 없었다.

황제인 클라인은 전쟁에 소극적이었다. 군 병력을 지원해 바렛사와 맞붙을 생각이 없었다. 그건 여타의 다른 귀족 가문도 마찬가지였다. 바그둠에 주둔한 군사 수는 10만. 케딜락의 2배에 달하는 병력이었다. 게다가 누벨은 척박하고 메마른 땅이었다. 누벨의 사람들은 바렛사와 가까운 계통이었지만, 오로지 생존을 위해 움직였다.

"열흘 후에 돌아올 거예요, 노엘 경."

"부인께선 휴식을 취하셔야 합니다."

"시간이 많이 지체되었어요. 난 누벨의 용병을 찾아갈 생각이에요."

"누벨의 용병은 이득을 위해서라면 동료조차 죽이는 악랄한 이들입니다."

"지금은 큰 값을 치러서라도 군병력을 증강해야 해요."

지금이 바렛사의 의심을 피할 유일한 기회였다. 독에 당했으니 며칠간 자리를 비운다 해도 알아차리지 못할 것이다.

'케딜락의 병력으론 십만의 바렛사 군대를 상대할 순 없어.'

그러니 위험을 감수해서라도 용병을 불러들여야 했다.

사막의 땅, 누벨에 한차례 소란이 있었다. 다 죽어 가는 놈을 구해 놨더니 은혜도 모르고 제 아랫놈들을 반쯤 죽여 놓은 것이다. 반라의 남자가 막사를 젖히며 들어왔다. 남자는 주위를 두리번거리더니 어쩐지 다급해 보이는 부하에게 물었다.

"그놈은?"

"대장, 도대체 뭘 주워 온 거야?"

그는 며칠 전에 보았던 이국인의 모습을 떠올렸다. 가슴에 심각한 자상이 있었고, 제대로 치료받지 못해 덧난 흔적이 가득했다. 흑단 같은 새까만 머리칼에 병사들을 노려보던 날카로운 눈동자는 다 죽어 가는 사람으로 보이지 않았다. 치료를 해주기 위해 다가온 용병들조차 지레 겁을 먹고 도망갈 정도였으니.

"말했잖아. 수도에서 귀한 도련님을 주워 왔다고."

"도련님은 무슨! 옷을 벗기니까 칼로 도려낸 상처가 가득하던데."

"그러게 허락 맡고 치료했어야지."

남자가 끌끌 혀를 차자 부하가 답답한 듯 소리쳤다.

"말이 안 통하는데 어쩌란 거야?!"

"그렇다고 그놈에게 목숨값을 받으려고 했는데 도망치게 놔둬?"

열이 잔뜩 오른 몸으로 멀리 가진 못했을 터. 아직 상처가 아물지 않은 데다 몸을 가누기 힘들어 보였다.

"한가한 놈들 풀어서 사막 일대를 샅샅이 뒤지게 해. 놓치면 죽는다."

"미쳤어? 대장이 우릴 죽이기 전에 그놈이 먼저 우릴 죽일 거라고!"

대장이라 불린 남자가 귀를 후벼 팠다. 그는 부하의 말을 한 귀로 듣고 흘리며 그물 침대에 벌러덩 누웠다.

"그만 앙알대고 알아서 주워 와. 멀리 가진 못했을 테니."

"대장! 무슨 짐승도 아니고 데려오라 마라야!"

"짚이는 게 있어서 그래."

서대륙에서 검은 머리는 무척 희귀한 편이었다. 게다가 필사적으로 가렸지만 언뜻 드러난 보랏빛 눈동자는……. 만에 하나 추측이 맞다면 그냥 보내서는 안 되었다.

'설마, 아니겠지. 분명 바르세데스 공작은 죽었다고 했으니까.'

공교롭게도 이스타샤 수도에서 발견된 터라 의심이 가시지 않았다.

'만약에 정말로 공작이라면 돈을 두둑이 받거나……. 바렛사에 팔아 넘긴다면 삼대는 먹고 놀 수 있을 텐데.'

대장이 아쉬운 얼굴로 입맛을 다셨다. 그는 떽떽거리는 부하에게 매섭게 얼굴을 구기며 명령했다.

"알아서 찾아와. 못 구해 오면 죽는다."

"대장은 뭐 하려고? 같이 찾으면 되잖아."

"너네들 전부 합친 것보다 내 몸값이 더 비싸. 잔말 말고 찾아와."

부하들이 도망친 사내를 찾아올 때까진 당분간 휴식이었다.

로자리아는 폐허의 사막, 누벨의 땅을 밟았다. 로브를 쓴 윈드가 그녀의 뒤를 따랐다. 짙은 모래바람이 시야를 가리자 그녀와 윈드는 고개를 숙이며 걸었다. 멀지 않은 곳에 용병들이 지내는 막사가 보였다. 허리춤에 칼을 찬 용병들이 막사 주위를 돌아다녔다. 콧수염을 길게 기른 중년의 사내가 로자리아 일행을 맞았다. 관리자는 로자리아를 깨끗하고 넓은 막사로 안내했다. 이윽고 자신을 상단주라고 소개한 상인이 그녀가 있는 막사를 찾아왔다.

"용병을 고용하러 왔습니다."

용병상인이 로자리아를 쭉 훑었다.

"지불할 돈은 있소?"

"……."

별안간 말이 없던 로자리아는 상인을 찬찬히 살폈다. 팔에는 전갈을 뜻하는 문신이 있었고, 귀한 상아로 된 귀걸이를 찼다. 눈매가 찢어진 신경질적인 인상에 마른 체격을 가진 이였다. 누벨의 상인, 쿠바누가 불만이 어린 얼굴로 로자리아를 쳐다보았다. 보아하니 귀족 아가씨가 여행 가는데 호위가 필요한 모양이었다. 쿠바누는 오늘도 글렀다며 혀를 쯧쯧 찼다. 그가 비단옷의 주름을 털며 말했다.

"지불할 능력이 없으면 돌아가는 게 어떻겠소?"

"지불할 능력이 없으면 여길 온 이유가 없겠죠."

로자리아의 말에 쿠바누는 귀를 후벼 팠다.

"이걸 어쩌나. 귀족 아가씨에게 팔 용병이 없는데 말이야. 아니면 저 놈을 팔러 온 건가?"

쿠바누가 가리킨 건 윈드였다.

"제 호위 기사에게 무례하시군요."

"고작 그게 무례였단 말이오? 예전부터 느낀 건데 아가씨들은 돈은 안 되면서 요구하는 건 많아. 아무튼 시간 끌 거면 가겠소."

쿠바누가 귀찮은 얼굴로 속이 비치는 옷을 걸친 여인을 불렀다. 그는 로자리아가 보는 앞에서 누벨 여인의 엉덩이를 주물렀다. 지루한 듯 하품하는 것도 잊지 않았다.

로자리아는 품에 든 주머니에서 금화를 꺼내 쿠바누에게 건네었다.

"이스타샤가 건국될 당시 만들어졌던 주화예요."

주화는 지금의 금화보다 천 배의 가치를 지닌 금화였다.

"흐음, 좋소."

금화를 감정하던 쿠바누가 고개를 끄덕였다.

"정말로 이스타샤의 주화로군. 이스타샤의 귀족인가 보오?"

쿠바누는 그의 수발을 들던 여인에게 무어라 귓속말을 했다. 그러고는 돌을 던지듯 로자리아의 앞에 금화를 던졌다.

"이런, 실수였소. 손이 미끄러져서 말이지."

로자리아가 허리를 숙여 금화를 줍자, 조롱이 담긴 웃음소리가 더욱 짙어졌다. 쿠바누가 노골적인 시선으로 로자리아의 몸을 훑었다. 개미가 몸을 기는 듯한 불쾌감이 들어 그녀는 눈을 가늘게 떴다.

'거래할 마음이 없는 거로군.'

로자리아는 자리를 박차고 나가는 대신 상인의 대답을 기다렸다. 머리를 긁적이던 쿠바누가 가리킨 건 로자리아였다.

"건국 주화 백 개보다는 하룻밤 화대가 더 비쌀 것 같지 않소?"

"화대라니?"

"뭐, 내가 귀한 아가씨의 하룻밤을 비싸게 쳐주겠단 거요."

로자리아의 표정이 굳자, 쿠바누가 실실 웃었다.

"내 생각보다 더 비싸나 본데 얼마를 원하는 거요?"

쿠바누가 잔뜩 기대된단 얼굴로 입꼬리를 올리며 물었다.

"죽고 싶은 건가?"

곁에 있던 윈드가 검을 꺼내 들자, 쿠바누의 얼굴색이 바뀌었다. 쿠바누는 질겁하며 손사래를 쳤다. 그는 윈드가 든 검을 슬쩍 보고는 자리에서 일어섰다.

"어떤 용병들인지 직접 봐야 하지 않겠소? 용병을 보고 나서 결정해도 늦지 않을 것이오."

"그러도록 하죠."

로자리아의 대답에 쿠바누가 시중을 들던 여인에게 소리쳤다.

"귀빈께 잘 안내해 드려라!"

행여 제 목이 잘릴까 노심초사하던 쿠바누가 여인에게 명령을 내리고는 막사에서 도망쳤다.

"용병들이 있는 곳까지 안내해 드리겠습니다."

천으로 얼굴을 가린 여인이 로자리아와 윈드를 안내했다.

'이스타샤어를 할 줄 아는 건가?'

로자리아는 여인의 뒤를 따랐다. 뒤에서 이를 훔쳐보던 쿠바누가 뒤에서 용병들과 품평을 하듯 로자리아를 훑었다.

"누벨은 바렛사의 땅이야. 겁도 없이 이스타샤의 귀족이 오다니."

이득에 의해 움직이는 관계였지만 누벨은 바렛사의 군대가 주둔한 바그둠과 가까웠다.

"바렛사의 황제에게 잘 보여서 나쁠 건 없지."

이스타샤가 바렛사와의 전쟁에서 진다면, 건국 주화 따위 아무런 가치가 없었다.

"멀리 갈 수 있는 놈으로 하나 준비해 둬라."

관리자가 쿠바누의 말에 고개를 끄덕였다. 발이 빠른 전령을 보내면 될 것이다.

여인이 안내한 곳은 아늑한 막사였다. 손님을 대접하기 위한 용도였는지 귀한 비단과 상아로 된 장식장, 사위를 밝히는 촛농과 촛대가 준비되어 있었다.

화륵. 여인이 촛대 위에 불을 붙였다. 날이 어두워진 까닭에 막사 안의 촛불이 더욱 밝아 보였다.

"용병들을 곧 준비시키겠습니다. 이곳으로 오시면 됩니다."

여인이 안내한 곳은 모래바람이 날리는 공터였다. 피와 땀이 엉킨 냄새가 코끝을 찔렀다. 발목까지 오는 천을 걸친 사내들이었다. 등 뒤에는 달군 인두로 지진듯한 노예 인장이 새겨 있었고, 팔이 없는 자들도 있었다.

"누벨의 용병들입니다. 다소 과격하나 용맹하기로 소문난 자들이지요."

여인이 손을 앞으로 내밀었다. 가까이서 보라는 뜻이었다.

"검을 쓰는 것을 볼 수 있나?"

"검 대신 창을 쓰는 건 보실 수 있을 겁니다. 준비해 두겠습니다."

로자리아는 한 발자국 앞으로 다가갔다. 이윽고 두 명의 용병이 공터로 걸어 나왔다.

챙! 창술을 보던 로자리아의 시선이 잠겼다. 훈련을 받아 체득한 것이 아닌, 오로지 전쟁에서 살아남기 위해 터득한 창술이었다.

"나쁘지 않아."

"누벨의 용병은 용맹하기로 소문나 있습니다. 분명 마음에 드실 겁니다."

여인의 말에 로자리아는 고개를 끄덕였다. 한참 뒤에야 쿠바누가 로자리아를 찾아왔다.

"신분을 알려 주실 수 있겠소?"

"신분 말인가요?"

"전부 지불할 수 있는지 우려가 돼서 말이오."

아까 이스타샤 귀족이라고 단언하지 않았나. 로자리아는 쿠바누에게 몸을 돌리며 물었다.

"이미 이스타샤의 주화를 보지 않았나요?"

"혹 평민일 수도 있지 않소? 같은 값이면 귀족에게 파는 게 편해서 말이오."

로자리아에게서 대답이 없자 쿠바누는 확신했다.

'역시 이스타샤에서 온 거로군.'

쿠바누가 손을 들어 올렸다. 그러고는 바렛사어로 무어라 지껄였다. 상인의 명령에 창을 닦던 용병들이 일어섰다. 창을 섞던 이들도 대련을 멈추고 로자리아 쪽을 바라보았다.

"보아하니 이스타샤의 귀족 같은데……."

쿠바누가 제멋대로 로자리아가 쓴 로브를 벗겼다. 그러고는 느릿한 손길로 그녀의 어깨를 쓸며 중얼거렸다.

"돈이 많은 것 같지 않으니 금화는 받지 않으마. 내 대신 화대는 후하게 쳐줄 수 있는데."

상인의 말에 그를 보는 로자리아의 눈동자가 가늘어졌다.

"내 화대를 쳐주겠다고?"

로자리아는 상인의 손을 도리어 붙잡았다. 이윽고 느껴지는 강한 악력에 쿠바누가 비명을 내질렀다.

으드득. 로자리아는 쿠바누의 손을 잡고 힘을 주었다. 뼈가 단번에 부러지는 소리에 그가 아연실색했다.

"이, 이년이!"

너덜너덜해진 손목을 본 쿠바누가 비명을 질렀다.

"이 계집을 잡아라!"

쿠바누가 바렛사어로 소리쳤다. 그 소리를 들은 용병들이 로자리아와 쿠바누 주위로 몰려들었다. 그때, 허름한 로브를 쓴 사내가 설렁설렁 걸어 나왔다. 그가 움직이자 창을 들던 용병들이 모두 뒤로 물러섰다.

'저자가 용병대장인가?'

로자리아는 상단주에게도 거리낌 없는 사내의 태도를 보고 추측했다.

"보아하니 또 집적대다가 걸린 모양이야. 귀찮은 일은 꼭 우리를 시키는군."

'테베 사람이로군.'

로자리아는 눈을 크게 떴다. 분명 테베어가 똑똑히 들렸다. 누벨의 용병은 바렛사 출신이라고 생각했건만, 예상외의 일이었다.

"뭐 하는 거야! 빨리 저년을 잡으라고!"

"하다 하다 이젠 여자에게 잡혀서 징징대다니. 네놈이 돈만 후하게 안 쳐줬어도 뒤치다꺼리는 안 했을 텐데."

혀를 낮게 찬 사내가 창을 든 채로 로자리아에게 다가갔다. 다른 용병들은 멀뚱히 사내의 행동을 지켜보았다.

"급하게 소리쳐서 와 봤더니 얼굴 반반한 샌님 한 명에 여자 한 명? 네놈은 양심도 없지."

사내가 창을 가볍게 휘두르며 중얼거렸다.

"뭐라는 거야! 사내놈은 살을 벗겨 매달고 계집은 팔아버려."

"쉰다고 말했는데 듣지를 않는군. 휴일에 불렀으니 두 배는 줘야 할 거야."

사내가 심드렁한 얼굴로 중얼거렸다.

"위험합니다, 로즈."

로자리아는 그녀의 앞을 가로막는 윈드를 저지했다. 그녀는 품에서 주화가 든 주머니를 꺼냈다. 그러고는 사내에게 말을 걸었다.

"보아하니 창을 꽤 쓰는 거 같은데 두 배로 만족하겠나?"

"……이스타샤 여자라더니 테베어를 할 줄 아는군."

다부진 체격에 가다듬지 않은 머리칼이 사자 갈기처럼 흐트러졌다. 테베 출신치고는 바렛사의 피가 섞였는지 구릿빛 피부가 짙었다.

"더 후한 값을 쳐주도록 하지."

"후한 값? 내가 누군지 알고 그러는 건가?"

"꽤 유명했지. 누벨의 용병대장, 아르헨 누벨로 알고 있는데."

로자리아의 말에 아르헨은 걸음을 멈추었다. 탐색하는 듯한 시선이 한참 동안 그녀에게 어렸다.

툭, 로자리아는 아르헨의 발치로 이스타샤의 주화를 던졌다.

"지금 나보고 살려 달라 꽥꽥대는 주인을 배반하라는 건가?"

사내가 손목을 붙잡고 소리 지르는 상인을 가리켰다.

"뭐 하는 거야, 누벨! 저년을 붙잡으라고!"

알아들을 수 없는 테베어로 이야기하자 쿠바누의 얼굴이 일그러졌다.

"아, 이스타샤의 주화로군. 한때 갖고 싶었던 거지만 지금은 별 쓸모가 없어 보이는데."

아르헨이 어깨를 으쓱했다.

"어차피 이스타샤는 바렛사에 질 텐데, 패망국의 주화를 받으면서까지 목숨을 걸어야 하나?"

그렇게 말한 아르헨이 말라 비틀어진 육포를 으적으적 씹어 댔다.

로자리아가 그를 보며 말했다.

"평생 떠도는 용병 신세가 마음에 든다면 목숨을 걸 필요는 없지."

로자리아는 아르헨의 손에서 주머니를 빼앗아 들었다.

"이봐, 내가 안 하겠다고는 안 했어."

곧바로 뺏어 가는 손길에 아르헨은 눈을 찌푸렸다. 그는 상인의 비명을 한 귀로 듣고 흘리며 머릿속을 바삐 굴렸다.

'저 얼간이 명령을 듣고 죽이기엔 아까운데.'

아르헨은 상인의 명령에 따르는 대신 로자리아에게 말을 걸었다.

"이봐, 그렇게 여유 부릴 시간 없어. 곧 있으면 바렛사의 병사들이 들이닥칠 텐데 여기 있어도 되는 건가?"

"그게 나와 무슨 상관이지?"

로자리아의 말에 아르헨이 눈을 가늘게 떴다.

'케딜락 측에서 온 게 아니었나?'

지금의 상황에서 이스타샤 귀족이 용병을 구한다면 케딜락 출신일 확률이 높았다.

"얼마 전에 바렛사의 기사가 다녀갔거든."

아르헨은 묘한 얼굴로 로자리아를 보며 대답했다.

'바그둠과 가까운 누벨 땅에서 이스타샤 주화를 건네다니.'

무모한 건지 어리석은 건지 감이 잡히지 않았다. 아르헨은 팔짱을 끼며 비스듬히 섰다. 자신의 말을 들은 여자가 도망갈 거라 생각했다.

"이봐, 철없는 아가씨. 나는 비싼 몸이야. 싸구려 푼돈으로는 누벨의 용병을 살 수 없다고."

"승전국의 주화는?"

로자리아가 주머니를 건네며 묻자, 아르헨이 미간을 찌푸렸다.

"말이 안 통하는군. 이스타샤의 주화 따위 내겐 필요없어."

품에 주머니를 갈무리한 로자리아가 아르헨에게 말했다.

"작위에는 관심이 없나?"

"작위? 아가씨가 내게 작위를 주겠다고?"

아르헨이 흥미롭다는 얼굴로 물었다.

"날 따른다면 원하는 작위를 가질 수 있을 거야."

"당신 말이 진짜라고는 믿지 않지만, 패전국의 작위 따위 관심 없어."

아르헨이 흥미를 잃은 얼굴을 하자, 로자리아가 품에서 검을 꺼냈다.

"말이 안 통하니 날 죽이겠다고?"

아까부터 영 이상했는데 정신 나간 여자였나. 아르헨이 찝찝한 얼굴로 로자리아를 쳐다보았다.

"테베의 작위를 주겠다면?"

로자리아의 말에 아르헨의 눈에 이채가 서렸다.

"단순한 미친 여자는 아닌 건가?"

로자리아는 그에게 데모나의 검을 보여 주었다.

'도대체 저 검은 뭐지? 평범한 검은 아니야.'

무심결에 검을 보던 아르헨의 눈이 크게 떠졌다. 금빛의 마나를 가진 검이 있다고 들은 적이 있었다. 윈드는 주위를 둘러보았다. 로자리아의 말을 알아듣는 건 아르헨이라 불린 용병대장뿐이었다.

"우리는 이미 바렛사에 협조하기로 했어. 무려 저 얼간이가 보름 전에 결정한 일이지."

아직도 이스타샤든 테베든 원하는 작위를 주겠다는 말이 진짜라곤 믿기지 않았다. 로자리아는 검을 땅 아래로 내렸다. 검 끝에서부터 시작된 위압적인 정령의 마나가 용병들이 서 있는 주변을 짓눌렀다.

"이젠 협박까지? 내가 뭘 믿고 당신을 따라야 하는 거지?"

헛웃음을 터뜨린 아르헨이 창을 쥐었다.

"비아를 따르는 정령술사이자, 테베의 왕으로서 약조하지."

아르헨은 가늘게 떠진 눈으로 로자리아를 보았다.

'정말로 테베의 왕이라면…….'

용병 일을 해서 돈이라면 얼마든지 받을 수 있었다. 그러나 작위를 받는 건 이례적인 일이었다.

"얼른 저년을 죽여!"

낌새를 알아차린 쿠바누가 소리쳤다. 명령을 내리면 즉각 따르던 아르헨이 여자와 이야기를 나눈 후로는 자신의 말을 듣지 않았다.

"몇 배든 쳐줄 테니 빨리……!"

재촉하는 쿠바누와 달리 로자리아는 아르헨의 대답을 기다렸다. 느긋한 태도에 그는 손을 들어 올렸다.

"저 시끄러운 꽥꽥이부터 처리해."

대장의 명령에 창을 든 용병이 쿠바누에게 향했다.

"이 개자식!"

쿠바누가 목에 핏대를 세우며 울분을 터뜨렸다.

"알아서 맡기긴 했는데 그동안 떼인 돈이 많아서 말이지. 목숨값이면 충분하려나?"

푸욱. 쿠바누에게서 대답은 들리지 않았다. 창을 든 용병이 상인의 목덜미를 질질 끌고 로자리아 앞으로 다가왔다.

"이게 거래의 증거다."

로자리아는 그녀의 발치에 놓인 쿠바누의 주검을 무표정한 얼굴로 내려다보았다. 아르헨은 탐색하는 눈으로 로자리아를 보았다. 아직까지도 눈앞이 여자가 테베의 왕이란 확신은 들지 않았다.

"정말로 내게 귀족 작위를 줄 텐가?"

"전쟁이 끝나면 테베의 남작위를 주겠다."

로자리아의 말에 아르헨이 어깨를 으쓱했다.

"남작이라, 천출로 태어난 내게 과분한 작위지. 내가 괄목할 만한 공을 세우면 백작위쯤은 주는 게 어때?"

"그만한 공을 세운다면 그때 얘기하도록 하지."

로자리아는 아르헨을 물끄러미 보다가 고개를 끄덕였다. 아르헨은 그녀를 막사 안으로 안내했다.

"누벨의 용병은 총 1만. 얼마를 원하지?"

"전부."

로자리아의 말에 아르헨은 그의 귀를 의심했다.

"지불할 능력은?"

"내 말을 믿고 따른 게 아니었나?"

아르헨이 의심의 눈초리로 그녀를 보자 로자리아는 이스타샤의 주화가 든 주머니를 건넸다. 아르헨은 주머니를 풀어 금화의 개수를 헤아렸다.

"모두 백 개, 대가론 충분해."

"좋아, 전쟁이 끝날 때까지 누벨의 용병은 바르세데스의 소유다."

'바르세데스……!'

로자리아의 말을 들은 아르헨의 눈이 크게 떠졌다. 그도 들은 적이 있다. 바르세데스라면 케딜락에서 바렛사와의 전쟁을 지휘하는 가문이었다.

'테베의 왕녀가 바르세데스를 이끈다 했지.'

공작을 대신해 그의 아내가 케딜락의 군을 지휘했으며, 그 정체가 정령술사란 것도. 케딜락에서 일어난 신전과의 내전에서도 승리를 거뒀다고 들었다. 용병 일을 하면서 귀족이 부탁한 일을 처리한 적은 많아도, 공작 가문 밑으로 들어가게 되리라곤 생각지 못했다. 바르세데스 편에 붙는다면 위험이 큰 만큼 돌아오는 이익도 클 터. 잠시 생각하던 아르헨은 고개를 끄덕였다.

"좋아, 그러도록 하지."

누벨의 용병들은 북부 산에 주둔하기로 했다. 아르헨은 로자리아를 따라 케딜락성으로 떠났다. 그로서도 도박이었지만 두 눈으로 직접 보기 전까진 믿지 않았다. 바렛사의 군사가 주둔한 성문을 피해 숲속으로 난 길을 걸었다. 아르헨의 시선이 로자리아의 뒤를 따르는 윈드를 향했다.

'아까부터 말수가 없어.'

윈드의 시선이 아르헨에게 닿았다. 호위 기사라고 말했지만, 기묘해 보이는 분위기로 보아 주술사인 듯했다.

"도착했다."

로자리아의 말에 아르헨은 고개를 들었다. 숲에 가려 제대로 보지 않으면 보기 힘든 문이었다. 로자리아는 먼저 성안으로 들어섰다. 그녀가 왔다는 소식에 노엘은 한걸음에 달려와 로자리아를 맞아들였다.

"무사히 돌아오셔서 다행입니다."

그 뒤로 신분이 높아 보이는 이들이 로자리아의 뒤를 따랐다.

'성주의 밑으로 들어오게 될 줄이야.'

아르헨은 속으로 휘파람을 불었다.

"이쪽은 누벨의 용병대장이에요."

"아르헨 누벨이라고 합니다."

"노엘입니다."

소문으로 듣긴 했지만 누벨의 용병은 믿음이 가지 않았다. 아르헨은 노엘의 서늘한 시선을 모른 척 넘겼다.

"성을 둘러봐도 되겠습니까?"

아르헨은 눈치가 빨랐다. 누벨에선 말을 낮추던 그는 로자리아의 신분을 확인하곤 말을 높였다.

"제가 안내하겠습니다."

노엘이 아르헨에게 따라오라는 듯 눈짓했다. 아르헨은 케딜락성 안을 둘러보았다. 모래바람이 퍼붓는 사막에서 자는 처지라 성안에 오는 일은 드물었다. 그전에도 몇 번 귀족의 성을 본 적 있지만 이처럼 웅장하면서도 음울한 성을 본 건 오랜만이었다.

"2층으로 안내하겠습니다."

하인을 시키지 않고 기사단장이 직접 안내하는 것을 보면 어지간히도 경계하는 모양이었다.

'구경이 아니라 감시 같은데.'

아르헨은 속으로 생각하며 계단을 올라갔다. 무심결에 벽을 보던 그의 시선이 한곳에서 멈췄다.

"……!"

노엘을 뒤따르던 아르헨의 발걸음이 멈추었다. 그의 눈이 귀신이라도 본 듯 크게 떠졌다.

"왜 그러십니까?"

노엘이 의아한 얼굴로 아르헨을 쳐다보았다. 그는 아르헨의 시선이 향한 곳을 확인했다. 공작의 초상화였다.

"공작께서……."

아르헨은 끝까지 말을 잇지 못했다. 짙은 흑단 같은 머리칼에 선명한 보랏빛 눈동자. 분명 자신이 붙잡은 그 사내였다.

꿀꺽. 아르헨은 목울대를 삼켰다. 그때만 해도 높은 신분의 귀공자로만 봤지, 공작이라곤 생각지도 못했다.

'월척을 잡았다며 기뻐했던 게 엊그제 같은데.'

그 사내를 주운 것이 잘된 건지 망한 건지 가늠이 되지 않았다. 아르헨은 속으로 무거운 한숨을 삼켰다. 붙잡은 이후로 치료를 해주긴 했지만, 그것도 몸값을 받지 못한다면 노예로 팔아 치울 생각이었다.

"공작 각하께선 세상을 떠나셨습니다."

아르헨이 눈을 찌푸렸다. 분명 그 남자가 맞았는데 죽었다는 건가?

"그럼 성주님께선 미망인이신가 보군요."

미망인 소리에 노엘이 아르헨을 노려보았다.

'뭐야? 틀린 말도 아닌데 죽일 듯이 노려보네.'

속으로 투덜거린 아르헨이 궁금한 듯 물었다.

"아, 그런 소문을 들었는데."

"소문이라뇨?"

"⋯⋯공작 부인, 그러니까 지금의 성주께서 공작님을 죽였다는 소문 말입니다."

무례인 걸 알면서도 아르헨은 개의치 않았다. 아르헨을 보던 노엘의 표정이 서늘하게 굳었다.

"한 번만 더 그딴 소리를 지껄인다면 내 네놈의 목을⋯⋯."

이를 악문 노엘이 아르헨에게 바짝 붙자 아르헨이 항복하듯 두 손을 들어 올렸다.

"죄송합니다. 제가 생각이 짧았군요. 제가 보기에도 그 소문은 거짓 같긴 했었죠."

"⋯⋯."

노엘은 입을 다물었다. 로자리아의 부탁에 용병대장에게 성을 안내해 주긴 했지만, 더 이상 말을 섞을 이유가 없었다.

"누벨에서 공작님과 비슷한 사람을 본 것 같은데, 아무래도 제 착각인 것 같군요."

아르헨의 말을 무시한 노엘이 몸을 돌렸다.

"공작 부인께 말씀드릴까 하다가 확실하지 않은 듯하여⋯⋯."

아르헨이 말을 하다 말고 초상화를 뚫어져라 쳐다보았다. 아무리 봐도 그 남자였다.

"부인께 허튼소리를 했다간 가만두지 않을 겁니다."

노엘이 경고하듯 말하자 아르헨이 고개를 끄덕였다.

'잘못 말했다간 뼈도 못 추리겠는데.'

아르헨은 질린다는 얼굴로 노엘을 쳐다보았다. 괜한 오해를 살 수도 있으니 일단은 지켜볼 생각이었다.

한참 후에야 로자리아는 아르헨을 찾았다. 그는 홀의 응접실에서 제복을 걸친 로자리아와 대면했다.

"아르헨, 난 누벨의 용병을 교란전에 쓸 거예요."

그 말에 아르헨의 얼굴이 굳어졌다.

"제 의견을 묻지 않으셔도 됩니다. 누벨의 용병을 방패막이로 쓴다 해도, 그건 부인의 선택입니다."

그는 곧 딱딱하게 굳은 표정을 풀며 대답했다. 누벨의 용병은 목숨값을 받는다면 죽음도 받아들이는 이들이었다. 설령 용병이 죽는다 해도 신경 쓸 사람은 없었다. 아르헨의 표정을 살피던 로자리아가 말했다.

"방패막이로 쓰겠다고 말한 적 없어요."

"뭐, 아무렇게나 쓰셔도 상관없습니다."

그는 로자리아의 말을 곧이곧대로 믿지 않았다.

'어차피 방패막이로 쓸 거면서 아니라고 할 이유가 있나.'

아르헨은 겉으론 웃으면서도 속으로는 냉담한 반응을 보였다. 1만의 병력이라곤 하나, 케딜락의 병사들과 같은 대우를 받는 건 불가능한 일이었다.

"저도 그렇고 용병들도 원래 사람 대우 못 받던 놈들입니다. 어떻게 쓰셔도 그건 왕녀님의 자유입니다."

로자리아는 아르헨의 뜻을 알아차렸다. 자신의 말을 믿지 않는 게 분명했다.

"그런가요? 난 용병들을 방패막이로 써선 전쟁에서 이길 수 없다고 생각하는데."

로자리아의 말에 아르헨이 묘한 얼굴을 했다. 전쟁을 앞둔 사람치고는 지나치게 태평하지 않는가.

"뭐, 부인의 뜻이야 잘 알겠지만 워낙 고삐 풀린 망아지들이라서······ 그저 싸우라면 싸우는 놈들입니다."

그러니 과한 충성은 기대하지 말란 소리였다. 아르헨은 아무렇게나 자란 덥수룩한 수염을 매만졌다.

'이렇게 긴장이 없어서야, 백작위는커녕 남작위도 받기 힘들겠는데.'

대가를 받은 만큼만 전쟁에 나서면 그만이었다.

'도대체 왜 전장에서 닳고 구른 놈들이 이 여자를 따르는 거지?'

아르헨은 평온한 얼굴로 차를 마시는 로자리아를 이해가 안 간다는 시선으로 보았다.

바렛사의 군사가 뒤늦게 누벨을 찾았다. 그러나 용병은 보이지 않고, 숨을 거둔 상인들의 주검만이 버려져 있었다. 마르쉬는 막사 안에서 기사의 보고를 받았다.

"제 불찰입니다. 용병이라고 하나, 승기가 바렛사에 있음에도 케딜락에 붙을 줄은 몰랐습니다."

"되었다. 어차피 시간을 버는 용도밖에 되지 않아."

누벨의 용병은 바렛사의 사막에서 자라났음에도 이득만 좇는 자들이었다.

"공성전 준비는?"

"병사들이 토성을 쌓고 있습니다."

"완성되는 데 걸리는 시간은?"

"족히 2개월은 걸릴 것으로 예상합니다."

턱을 괴던 마르쉬가 무표정한 얼굴로 기사를 보았다.

"2개월이면 케딜락에 겨울이 찾아온다. 적들은 성안에 있으니 괜찮을지 몰라도 바렛사 병사들은 아니지."

"알겠습니다, 폐하."

마르쉬의 말에 기사가 읍했다. 기사가 돌아가고 난 후, 마르쉬는 지도를 내려다보았다.

'케딜락성을 외부와 단절시켜야 한다.'

우선 북부 곡창으로 가는 길목을 막아야 했다.

'북부 곡창, 그레이스 가문이로군.'

톡, 톡. 마르쉬의 손이 테이블을 가볍게 두드렸다.

'북부 곡창 이외에 수도 중앙에 곡창이 하나 더.'

그레이스의 타르난성을 함락시키고, 아이리쉬의 지원을 끊는다면 해볼 만했다.

"지원병을 모집해라."

마르쉬는 가신을 불렀다. 황제의 부름을 받은 가신이 마르쉬에게 묵례했다. 바렛사의 수도와 국경을 지키는 군사를 제외하고 모집한 병력이 10만이었다.

"노예든, 병든 자든, 이국인이든 상관없다. 방패막이로 쓸 이들을 구하면 된다."

"명령 받들겠습니다, 폐하."

가신이 물러가고 난 후, 마르쉬는 케딜락성을 바라보았다. 저 멀리 보이는 바르세데스의 기를 두 손으로 뽑아내고 말 것이다.

바렛사의 수도, 탈란에 위치한 싸구려 주점 안에 기묘한 손님이 찾아왔다. 이미 전쟁이다 뭐다 소문이 흉흉해져서 주점을 찾는 사람은 드물었다.

"뭐 드릴까요?"

사내는 말없이 은화 두 닢을 내밀었다. 눈을 동그랗게 뜬 종업원이 주위를 둘러보고는 주머니에 슥 은화를 넣었다.

'벙어리인가.'

린다는 흘끔흘끔 사내를 쳐다보다가 철로 된 잔에 맥주와 갓 데운 버섯 수프를 건넸다. 가끔 호사가들이 머물다 가곤 했는데, 린다는 손님들에게 들은 이야기를 해주는 대가로 금전을 받았다.

'그래 봤자 동화 서너 닢인데 이번 손님은 후하네.'

린다는 주근깨투성이의 뺨을 손으로 긁다가 사내의 앞에 마주 앉았다.

"손님, 이건 음식값을 빼고 남은 거예요."

린다는 아쉬운 듯 입맛을 다시며 은화를 내밀었다. 사내는 린다에게 손을 휘저었다. 전부 가지라는 뜻이었다.

"헉, 정말요? 감사합니다, 감사합니다."

린다는 자리에서 벌떡 일어나 환호성을 질렀다. 주인의 사나운 눈초리에 얌전히 앉은 그녀가 사내에게로 고개를 숙였다.

"뭐, 이미 아실진 모르겠지만……."

린다는 두근거리는 심장을 부여잡고 운을 떼었다. 바렛사의 황제, 마르쉬 히킨샤가 즉위하고 난 후 정보 길드는 황실의 감시와 통제를 받았다. 린다는 바렛사의 수도, 칸나에서 제법 잘나가던 정보 상인이었다. 그녀가 속했던 반다나는 수도에서도 손꼽히는 길드였으나 지금은 문을 닫았다. 건너 건너 물어보니, 행여 군 기밀이 누설될까 황실에서 제재했다나. 덕분에 백수가 된 린다였지만 그녀는 주점에서 일하면서 틈틈이 정보를 팔았다.

"이런 거 함부로 말하면 끅, 목이 잘려요. 그렇지만 손님께서 일당을 주셨으니 제가 말씀드릴게요."

사내가 고개를 끄덕이자 린다는 바짝 몸을 숙였다.

"어디에서 오셨나요?"

"⋯⋯."

사내는 대답 대신 테이블의 남쪽을 가리켰다. 적당히 알아들은 린다가 고개를 끄덕이며 머리를 굴렸다. 남자는 이스타샤에서 온 이국인으로 보였다. 바렛사어를 알아들으니 소문을 듣고 그녀를 찾아온 거겠지만, 듣기만 할 뿐 별다른 말은 하지 않았다.

"아아, 그 막 광신도⋯⋯ 아, 아니지. 아무튼 흰옷 입고 다니는 사람들?"

사내가 고개를 끄덕이자 린다가 자못 심각한 얼굴을 했다.

'이스타샤에서 전쟁을 피해서 온 건가?'

속으로 생각한 린다는 힐끔힐끔 사내를 쳐다보았다. 그러자 사내의 입꼬리가 묘한 미소를 띠었다.

'뭐야, 지금 나보고 웃는 거?'

린다의 얼굴이 홧홧 달아올랐다. 검은 후드를 쓴 터라 얼굴은 보이지 않고 입매만 드러났을 뿐인데 미남이란 감이 팍 들었다. 린다는 메뉴판 위에 종이를 덧씌우고는 펜과 함께 들고 왔다. 그녀가 단어를 적으면 손님이 선택하는 방식이었다. 몇 번 써 보니 사내가 원하는 건 확실했다.

'바렛사와의 전쟁.'

더 알고 싶은 건 바렛사에서 군 병력을 모집하느냐였다. 이미 수도 내에 퍼진 소문을 확인하기 위함이었다.

꿀꺽. 린다의 목울대가 넘어갔다. 그녀는 잠시 고민하다가 에라 모르겠단 식으로 펜을 내려놓았다.

"황실에서 병력을 모집하고 있어요. 사지 멀쩡한 사내라면 다 될 거예요, 아마."

주절주절 그 외의 정보를 늘어놓던 린다가 아차 싶은 얼굴로 사내를 보았다.

"말도 안 통하는데 어떻게 지원하시려구요?"

린다가 궁금한 듯 물었지만 사내는 목이 말랐는지 맥주를 마실 뿐이었다.

"손님, 바렛사어는 하실 수 있어요?"

'왜 굳이 전쟁터에 가겠다는 거야?'

곧 죽을 사람에게 돈을 받는 것만큼 찜찜한 일은 없었다. 린다가 사내의 팔을 붙잡으려던 참이었다.

탁. 가볍게 맥주를 한 모금 마신 사내가 철로 된 잔을 내려놓았다.

"조금은."

손등으로 입술을 닦은 사내가 자리에서 일어섰다. 그의 입에서 짤막하나마 바렛사어가 새어 나왔다.

"잠, 잠깐만요!"

린다가 사내의 팔을 붙잡았다. 힘을 잘못 주었던 탓에 그가 쓰고 있던 후드가 벗겨졌다. 린다는 멍하니 사내의 얼굴을 바라보았다. 가끔 내로라하는 이들이 길드를 찾긴 했지만, 사내는 무언가 달랐다. 깊게 잠긴 보랏빛 눈동자를 마주한 순간, 머릿속이 새하얘졌다.

"어……?"

방금 뭐였지? 린다는 눈을 깜빡였다. 분명 사내의 얼굴을 본 것 같은데, 어떻게 생겼는지 기억이 나지 않았다. 머릿속이 텅 빈 느낌이었다. 어떤 대화를 나눴는지, 어째서 그녀를 찾은 건지 기억이 나지 않았다. 그저 은화 두 닢, 식은 수프와 맥주만이 테이블 위에 덩그러니 놓여 있을 뿐이었다.

"바렛사에서 토성을 쌓고 있다는 건가요?"

로자리아는 집무실에서 전령의 보고를 받았다. 토성을 쌓는 데 족히 두세 달은 걸릴 터.

'장기전으로 갈 생각인가.'

신전의 병사들이 사다리를 타고 성벽으로 올라왔지만 성을 함락하는 데는 실패하고 말았다. 보병이 성벽을 오르는 건 최후의 수단이었다. 병력이 두 배나 많음에도 바렛사는 신전처럼 준비 없이 침략하진 않을 것이다.

"성으로부터 날아드는 공격을 막기 위한 걸 거예요."

"석궁을 투척할까요?"

"아뇨, 그대로 두어요."

이미 케딜락은 겨울에 접어들었다. 혹한기에 들기 전까지 토성을 구축하지 못하면 오히려 바렛사의 인력이 낭비될 뿐이었다.

"바렛사에서 병력을 모집한다고 합니다."

'혹한기에 들기 전에 아예 끝내겠다는 건가.'

로자리아는 전령의 말을 들으며 생각에 잠겼다.

"그렇군요. 누벨의 용병을 구했다는 소식은 알려졌을 거예요."

로자리아는 턱을 괸 채로 말을 이었다.

"토성을 구축하도록 내버려 두어요. 의심할 수도 있을 테니, 그쪽에서 막을 수 있을 정도로 공격을 감행하도록 하죠."

"알겠습니다."

로자리아의 말에 전령은 허리를 숙였다. 케딜락성에 대항할 토성이 완공되고 나면 불리해지는 건 케딜락이었다. 전령은 궁금한 눈치였지만 공작 부인에게 따로 이유를 묻지는 않았다. 그는 적의 상태를 감시하고 보고하는 전령이었고, 눈앞의 여인은 케딜락의 군주였다.

전령이 물러가고 난 후, 로자리아는 엘리샤를 집무실로 불러들였다.

"엘리샤, 타르난성의 병력은 얼마나 되죠?"

"1만 7천입니다. 명령하신 대로 모두 타르난성으로 돌려보냈습니다."

내전에서 살아남은 그레이스의 병사들은 모두 타르난성으로 돌아간 후였다. 로자리아는 시녀에게 일러 따뜻한 자스민 차를 내오게 했다. 신전과 맞설 땐 두려움이라곤 찾아볼 수 없던 엘리샤였으나, 바렛사군이 밀어닥치자 초조해 보였다.

"괜찮아요, 엘리샤."

로자리아는 엘리샤의 손을 붙잡으며 그녀가 진정될 때까지 기다려 주었다.

"죄송합니다. 바렛사의 군대가 타르난성으로 향한다는 전보를 들었기에……."

타르난성은 그레이스 가문의 영지였다. 그곳엔 무기라곤 들어 본 적 없는 영지민들이 살고 있었다.

'만에 하나 영지민이 모두 죽게 된다면…….'

엘리샤의 어깨가 한껏 움츠러들자 로자리아는 그녀의 앞으로 차를 내밀었다. 아까 전보단 안정된 엘리샤가 두 손으로 찻잔을 움켜쥐었다. 그걸 보던 로자리아가 말했다.

"바렛사에서 토성을 짓고 있어요. 섣부른 공격을 감행하기보단 장기전으로 갈 생각이에요."

"저대로 두어도 괜찮을지……."

"일단은 지켜볼 생각이에요. 케딜락을 당장 공격할 수는 없을 테니, 타르난성을 노릴 거예요."

바렛사가 노리는 건 북부 곡창이었다. 케딜락성과 타르난성으로 가는 병력이 나뉘게 되면 그들에게도 불리한 일이었다. 그러니 북부 곡창과 가까운 타르난성을 노릴 것이고, 성을 함락시키기 전에 곡창부터 점령하려 할 것이다. 로자리아는 생각에 잠긴 눈으로 지도를 내려다보며 입을 떼었다.

"바렛사가 그레이스에 도착하기 전에 영지민을 대피시켜야 해요."

"알겠습니다. 성내로 피신시키고, 나머지 영지민은 다른 가문의 도움을 받아 도피시키겠습니다."

엘리샤가 긴장이 역력한 얼굴로 대답했다.

"좋아요. 누벨의 용병에게 곡창을 돌보는 영지민 행세를 시킬 거예요."

"……용병들에게 말입니까?"

"아마 바로 공격하진 않을 거예요. 곡창 주위를 둘러본 후, 별 위협이 안 된다 싶으면 나서겠죠."

로자리아의 말에 엘리샤는 고개를 끄덕였다.

"곡창에 불을 지를 거예요."

"예? 그럼 군량은 어떻게……."

생각지도 못한 방법에 놀란 엘리샤가 입을 다물지 못했다. 곡창의 크기는 타르난성 하나와 맞먹었다. 바렛사와의 전쟁이 언제 끝날지 모르는 상황에서 곡창을 태운다는 건 말도 안 되는 일이었다. 엘리샤의 생각을 알아차린 로자리아가 말했다.

"전부 태우진 않을 거예요. 일단 그레이스로 돌아가도록 해요, 엘리샤. 나머진 전령을 시켜 명령을 전달할게요."

"알겠습니다."

엘리샤는 미련이 남은 사람처럼 로자리아를 보다가 묵례했다.

'이 작전이 통할까.'

로자리아의 말에 따르겠지만 확신은 가지 않았다. 적군이 곡창에 불을 지르는 것이 아니라, 그레이스가 먼저 불을 지른다니…….

'일단 부인을 믿는 수밖에.'

엘리샤는 로브를 깊게 쓰고는 집무실을 나섰다.

"2만 5천의 병력이 타르난성으로 가고 있습니다."

이틀 후, 로자리아는 집무실에서 전령의 보고를 들었다. 예상한 대로였으니 엘리샤가 그녀의 말을 따라 준다면 승산이 있었다. 엘리샤는 로자리아의 말에 따라 영주민들을 수도로 대피시켰다. 옷을 갈아입은 누벨의 용병들이 그레이스 영지에 주둔했다. 그들은 낮에는 쉬고, 밤에는 곡창을 둘러보면서 영지민 행세를 했다.

바렛사의 병사 중 2만 5천의 군사가 타르난성에 도착했다. 선두에선 군단장이 주위를 둘러보았다. 그들은 사흘 내내 영지민의 움직임을 주시했다. 행여 바렛사군에 들킬까, 영지민들은 낮에는 쉬고 밤에 곡식에 물을 주곤 했다.

이 상황에서도 곡식을 키우려는지 악취가 나는 거름 따위를 틈틈이 뿌려 두었다. 창이나 검을 든 자들은 없었고, 곡괭이나 낫 따위를 든 자들이 전부였다.

"이스타샤인이라면 무조건 죽여라. 가장 큰 공을 세운 자에겐 폐하께서 보상을 내려 주실 거다."

상대는 무기 한 번 들어 본 적 없는 영지민이었다. 바렛사의 병사들이 호기롭게 북부 곡창을 에워쌌다. 내일 새벽이 찾아오기 전까진 끝내야 했다. 군단장은 어린아이이든 여자든 발견 즉시 죽이도록 명령을 내렸다.

그 시각, 성벽 위에서 엘리샤는 긴장이 역력한 얼굴로 곡창 너머를 바라보았다. 곡창을 점거하기 위해 바렛사군이 몰려올 것이란 말이 맞았다.

'가을이 지나기 전 밀과 쌀을 수확했으니 한 해를 버틸 식량은 비축했어. 나머진……'

엘리샤는 입술을 질끈 깨물었다. 어차피 이번 도박에 성공하지 못하면 타르난성은 함락될 것이다.

"작전을 개시한다."

엘리샤는 희미하게 보이는 곡창을 내려다보며 말했다. 그녀의 곁에 있던 기사가 깃발을 들어 올리자 몸을 숙여 적의 시야를 피하던 용병이 행동을 개시했다. 그들은 로자리아의 명령대로 식물의 뿌리로 만든 기름을 땅에 뿌렸다.

"이게 무슨 냄새지?"

바렛사의 보병들이 검을 든 채 주위를 휘적거렸다. 숨을 죽이며 기름을 탈탈 부은 누벨의 용병들은 부리나케 도망쳤다.

"기름이다!"

횃불을 든 바렛사의 병사가 비명을 질렀을 땐, 이미 늦은 후였다. 언덕 위로부터 불이 붙은 석궁이 갈대밭으로 날아왔다.

"이스타샤군이다! 피해라!"

순식간에 화르륵 불이 붙으며 빠르게 불길이 번져 나갔다. 검고 매캐한 연기가 나면서 투구를 쓴 병사들의 시야를 가렸다. 밭에서 영지민을 사냥하려던 바렛사의 병사들은 치솟는 불길에서 도망치지 못했다.

"아아악!"

병사들의 비명이 들리자 군단장이 검을 든 채로 소리쳤다.

"도망치지 말고 죽여라!"

여기서 아무런 성과를 내지 못한다면 자신은 죽은 목숨이었다. 거침없이 치솟는 불길이 빠르게 번져 나갔다. 누벨의 용병이 숨은 곳까지 닿으려던 불길이 순식간에 사그라들었다.

'비?'

엘리샤는 로브를 쓴 채 상황을 지켜보았다. 병사들을 집어삼킨 불길이 퍼붓는 비에 의해 잦아들었다.

투둑, 투둑. 엘리샤는 손을 뻗어 하늘에서 내리는 비를 맞았다.

"전염병, 가뭄, 전쟁……."

연이어 닥치는 재앙들이 쏟아지는 빗물에 씻겨 나가면 좋으련만.

"성주님, 어떻게 할까요?"

엘리샤는 기사의 부름에 상념에서 깨어났다. 모든 것이 로자리아의 말 그대로였다. 살이 타는 고약한 냄새가 빗물과 함께 섞여 들었다.

"성문을 열고 바렛사의 병사들을 쳐 내라."

바렛사의 병사들은 곡창의 경계에 서서 주위를 둘러보았다. 이스타샤군과 맞붙지도 않았는데 불길에 통째로 삼켜졌다. 게다가 어디서 적이 나타날지 모르는 상황이었다. 엘리샤는 주먹을 그러쥐었다. 그녀는 높이 금빛 인장의 기를 쳐들었다.

"타르난성으로 보냈던 군사가 전멸했습니다."

"……전멸."

마르쉬는 침음을 삼켰다. 그는 빗물에 젖은 손으로 얼굴을 쓸어내렸다. 화가 나서 소리를 지르고 싶었으나 전령의 앞이었다. 마르쉬는 피가 새어 나올 정도로 입술을 깨물었다.

"단 한 명도?"

"도망간 병사는 확인하지 못했으나, 남아서 싸우던 이들은 전부 붙잡혔습니다."

2만 5천의 병사. 타르난성으로 보냈던 이들은 원래는 케딜락에 남아 후방위를 맡을 제3대대였다.

"알겠다."

마르쉬는 고개를 끄덕였다. 북부 곡창을 빼앗는 것도, 그레이스성을 함락시키는 것도 모두 실패했다.

"……정령술만 썼다면 이리 당하진 않았겠지."

군전략으로 예측해서 내린 판단이었다. 공작이라면 모를까, 전쟁 경험이 없는 왕녀가 이렇게 전쟁을 잘 이끌 거라곤 생각지 못했다.

'분명 성인이 되기도 전에 이스타샤로 끌려갔고…….'

그 뒤로는 남부 공작저, 이스타샤의 수도, 북부 케딜락에서 지낸 게 다였다.

'바렛사는 패배하지 않는다.'

마르쉬는 몇 번이고 그 말을 속으로 되뇌었다. 왕녀가 정령술사든, 율리아의 환생이든 숨통을 끊으면 그만이었다.

"병력을 모집하는 건 어떻게 되었지?"

"7천의 지원병을 모집했습니다."

"어차피 어중이떠중이들이겠지. 저들이 누벨의 용병을 방패로 쓰듯, 우리도 방패로 써야 한다."

마르쉬의 말에 전령은 읍했다.

"준비되는 대로 케딜락성으로 보내라."

토성이 완공될 때까지 기다리려던 계획을 바꾸었다. 왕녀의 시선을 돌릴 패가 필요했다.

그때, 다급한 얼굴의 기사가 마르쉬를 찾아왔다. 목젖까지 차오른 숨을 참던 기사가 마르쉬에게 보고했다.

"폐하, 진영 근처에서 수상한 자를 붙잡았습니다."

마르쉬는 기사에겐 눈길도 주지 않은 채 명령했다.

“안내해라.”

멀지 않은 곳에 한 남자가 무릎을 꿇고 있었다. 두 손목은 밧줄로 묶였고, 덥수룩한 수염을 기른 중년의 사내였다.

“간자인가?”

묵묵히 고개를 숙이던 중년의 사내가 고개를 들었다. 그는 단번에 마르쉬를 알아보곤 읍했다.

“저는 에르테반가에서 수십 년간 몸을 바쳐 온 자입니다.”

죽음을 각오하고 온 건지, 병사들의 검 앞에서도 두려워하는 기색이 아니었다. 마르쉬가 날카로운 눈으로 사내를 바라보았다.

“에르테반이라……. 네놈은 에르테반에서 도망친 건가?”

마르쉬의 말에 사내는 고개를 가로저었다. 그는 꿀꺽 목울대를 삼키곤 말을 이었다.

“에르테반의 가주, 지오반니 에르테반 공의 명령으로 폐하를 찾아온 것입니다.”

“명령?”

마르쉬가 흥미롭다는 얼굴로 사내를 보았다.

“지오반니 공께선 폐하를 도와 업적을 세우기를 원하십니다.”

‘에르테반에서 나를 돕겠다?’

에르테반의 전령을 보는 마르쉬의 눈이 이채가 서렸다.

한동안 잠잠할 거란 예측과 달리, 케딜락성에 적의 급습이 몰려왔다. 아침 밤낮으로 끊이지 않고 적군이 몰려들었다. 이틀 내내 전투를 벌였지만 바렛사군은 끊임없이 성벽을 타고 올랐다. 끓는 기름을 퍼붓고, 석궁을 쏘아 맞추고, 돌덩이를 성벽 아래로 던져도 무용지물이었다.

'이런 방법으로······.'

한 명이 숨을 거두면 다른 한 명이 치고 올라오는 식이었다. 병력이 소모된다는 걸 알면서도 마르쉬는 위험한 결정을 내렸다. 어느새 바렛사의 갑주를 걸친 이들이 성벽을 넘었다.

"왕녀님, 피하셔야 합니다!"

아르헨은 로자리아에게 날아드는 화살을 쳐 냈다. 그에게 직접 내린 명령은 없었으니, 어떻게든 공작 부인을 지켜야 했다.

'그놈의 귀족 작위가 뭐라고!'

그는 며칠 전까지만 해도 선견지명이었다고 자찬하던 스스로를 욕했다. 성벽을 넘은 바렛사군도 다행히 부상을 입은 병사들뿐이라, 사방에서 몰려드는 공격 속에서도 로자리아를 지킬 수 있었다.

'이 미친놈들은 단체로 바비큐라도 되자는 건가?!'

몸에 기름을 두른 채로 달려드는 바렛사 병사 때문에 미칠 지경이었다.

"젠장! 왜 도망가지 않고 버티는 겁니까?!"

아르헨은 욕지거리를 내뱉으며 로자리아를 살폈다. 공작 부인만 피신하면 어떻게든 숨을 돌리겠는데, 망할 저 여자가 도망칠 생각을 하지 않는다!

"저 정신 나간 놈들이 당신만 노리는 거 안 보여?!"

폭풍우처럼 휘몰아치던 빗물이 점점 잦아들었다. 그제야 아르헨은 창백한 로자리아의 안색을 보곤 눈을 크게 떴다. 철혈의 군주라도 되는지 정령술에 군 전략까지 쓰던 그녀의 얼굴이 하얗게 질렸다. 비를 오래 맞아서인지 입술은 보라색을 띠었고, 오랫동안 한기에 노출된 몸이 잘게 떨렸다.

"······명령을."

내려야 해. 로자리아는 비틀거리면서도 이를 악물었다.

"명령이고 뭐고 피신을……!"

아르헨은 로자리아에게로 개미 떼처럼 몰려드는 바렛사의 병사를 보며 창을 휘둘렀다. 로자리아는 배를 움켜쥐었다. 아까부터 귓가에 이명이 들리더니, 지금은 정령술조차 쓰기 힘들었다. 휘청이던 로자리아가 쓰러지려는 순간, 아르헨은 그녀에게 뛰어들었다.

"공작 부인을 잡아라!"

아르헨이 병사들을 내치려던 때였다. 멀지 않은 곳에서 화살이 날아들었다.

"젠장!"

그대로 발목이 꿰뚫린 아르헨이 고함을 내질렀다. 그의 시야에 남색 제복을 걸친 남자의 모습이 드러났다.

"병사, 성문을 열어라."

뭐라고 지껄이는지 모르겠지만 이스타샤 귀족의 것이 분명한 어조였다.

'저 여자가 죽으면 죽도 밥도 안 된다고.'

아르헨은 얼굴에 튄 핏물을 닦으며 남자를 노려보았다. 검을 잡아 본 적 없는 건지, 남자는 화살이 빗발치는 전쟁터에서 무기 하나 들지 않았다. 어느새 몰려든 에르테반의 기사들이 아르헨에게 검을 겨누었다. 끝까지 저항하려던 아르헨은 창을 내려놓았다. 저 혼자라면 끝까지 맞서 싸우겠으나, 성주의 목숨이 위험했다.

"공작 부인을 포획했다."

나지막한 목소리가 성벽 위를 울렸다. 아르헨에게 시선 하나 주지 않던 남자가 쓰러진 로자리아를 그의 품에 안았다.

로자리아는 눈을 떴다. 온몸이 물에 젖은 것처럼 무거웠고 욱신거렸다. 그녀는 손에 힘을 주어 몸을 일으켰다. 밧줄에 묶여 있을 거라 생각했는데 침대 위였다. 양 손목은 자유로웠지만 발목에는 쇠사슬이 묶여 있었다.

끼익, 문이 열리는 소리가 나며 마르쉬가 들어왔다. 눈앞의 왕녀와 대면한 건 실로 오랜만이었다. 마르쉬는 로자리아에게 다가가 그녀의 고개를 들게 했다. 바렛사의 황제를 보는 시선은 무척 서늘했다.

"어차피 캐딜락은 빼앗겼다. 공작도 죽은 마당에 뭐 때문에 그리 발악하는 거지?"

"……."

마르쉬의 시선이 로자리아의 얼굴에서 배를 향했다. 필사적으로 이스타샤를 지키려고 하는 왕녀를 이해할 수 없었다. 테베는 이스타샤의 속국이었고, 왕녀는 강제로 끌려갔다고 들었다.

"아이 때문인가?"

전쟁에서 진다면 공작의 핏줄을 이은 아이 또한 죽게 될 터. 그것뿐이라고 하기엔 테베의 왕녀는 이스타샤를 위한 길을 걸어왔다.

"당신에게 대답할 의무는 없어."

로자리아는 그녀의 뺨을 훑는 마르쉬의 손을 탁 쳐 냈다. 그는 로자리아와 시선을 마주하며 침대에 걸터앉았다.

"내가 그대의 아이를 죽일까 봐?"

킥킥 웃던 마르쉬가 어깨를 으쓱했다. 어차피 그럴 생각이었고, 공작의 핏줄을 살려 둘 마음은 추호도 없었다. 그 어떤 위협에서도 침착했던 왕녀는 아이 앞에선 달랐다. 마치 어미가 새끼를 잡으려는 사냥꾼에게 이를 드러내는 것 같지 않나. 마르쉬는 로자리아를 물끄러미 내려다보았다.

"정말로 아이를 위해서였다면 도망쳤어야지."

"평생을 도망치라고?"

"숨어 살든, 평민의 아이로 살게 하든 그 수는 많지 않았던가?"

로자리아는 쓴웃음을 삼켰다. 어머니가 어린 그녀를 안고 왕성을 떠난 것처럼 도망치고 싶지 않았다.

"그대와 아이, 모두 살 수 있는 기회를 줄까?"

"기회?"

로자리아는 마르쉬를 똑바로 쳐다보았다. 자신을 포섭하려는 건가? 그녀를 보던 마르쉬가 입을 열었다.

"이스타샤는 바렛사를 이기지 못해. 황제는 무능하고 귀족들은 가문의 안위에만 관심이 있다."

"그래서 이스타샤를 바렛사에 바치란 건가?"

"황제가 죽고 나면 유일한 황족은 그대이고 공작의 아이가 황위를 잇게 되겠지."

마르쉬의 말에 로자리아는 눈을 가늘게 떴다.

"이스타샤를 멸망시키려는 게 아니었나?"

"생각이 바뀌었다. 원한다면 이스타샤 섭정으로 지내게 해주마."

결국 그 소리였다. 제국을 팔아넘기고 그 대가로 삶을 연명하라는. 아이는 무사히 살 수 있을 것이나, 그마저도 바렛사의 꼭두각시가 될 뿐이다. 언제 독살당할까 전전긍긍하며 살아가기를 원치 않았다.

하지만 이 세상에 태어나지 못한 아이는? 빛을 보지도 못한 아이는 어떻게 되는 거지? 로자리아의 눈꺼풀이 파르르 떨렸다. 그녀는 떨리는 손으로 배를 감쌌다.

'차라리 그때 도망쳤다면……'

아이의 존재는 이성적이고 냉정하게 판단했던 그녀를 흔들었다.

'다시 돌아간다 해도 같은 선택을 했겠지.'

라쉬드를 위해서라도 이스타샤에 남아 제국을 지키기로 했다. 바르세데스의 피를 이을 아이가 도망치면서 구걸하는 삶 따위 살게 둘 순 없었다. 마음을 다잡은 로자리아는 손에 힘을 주었다.

"아이의 목숨이 소중한 게 아니었나?"

"아이를 위해서라도 당신의 제안을 받아들일 마음은 없어."

마르쉬가 무엇을 원하는지 알 것 같았다. 그녀의 선택에 따라 테베와 이스타샤, 왕국과 제국은 물론 정령술사의 힘마저 거머쥘 수 있을 터.

"아쉽군."

낮게 혀를 찬 마르쉬는 기사에게서 검을 건네받았다. 검의 예리한 칼날이 로자리아의 목을 향했다.

"왕녀가 내게 살려 달라 빌 거라곤 생각하지 않았다. 하지만 이토록 쉽게 거절할 줄도 몰랐지."

로자리아는 무표정한 얼굴로 바렛사의 황제를 바라보았다. 조금도 두려워하는 기색이 아니었다. 마르쉬는 검을 쥔 손에 힘을 주었다. 눈앞의 왕녀는 침착했다. 지금에선 그녀가 무슨 생각을 하는지 알 겨를이 없었다.

"예전부터 궁금했었다. 그대가 원하는 건 무엇이지?"

마르쉬가 원하는 바는 명확했다. 서대륙을 통일하여 세운 제국을 다스리겠다는 열망을 평생 동안 꿈꿔 왔다. 이스타샤만 집어삼키면 모든 것이 자신의 손아귀로 들어올 터였다.

'……행복.'

로자리아는 쓴웃음을 지으며 중얼거렸다. 아무도 듣지 못할 한마디가 그녀의 가슴에 파묻혔다.

그때, 노파가 주었던 씨앗이 떠올랐다. 검은 씨앗 대신 금빛 씨앗을 택했다면 지금에서라도 행복할 수 있었을까…….

'이미 당신이 없는데.'

로자리아는 그녀의 목을 향하던 검을 붙잡았다. 살이 파이며 아릿한 고통이 일었지만 그녀는 검을 놓지 않았다.

"그 무엇도 원하지 않아."

"원하는 게 없다고?"

마르쉬가 헛웃음을 터뜨렸다. 그럼 무엇을 위해 여기까지 버틴 건가. 챙! 로자리아는 그의 허리춤에서 단검을 꺼내 마르쉬의 검을 쳐 냈다.

"정확히 말하면 당신은 내가 원하는 걸 줄 수 없어, 마르쉬 히킨샤."

로자리아의 대답에 마르쉬가 경고하듯 읊조렸다.

"마지막으로 기회를 주지."

그러나 로자리아의 생각은 바뀌지 않았다.

'지독한 계집.'

마르쉬는 로자리아의 목을 겨누던 검을 거두고는 곧바로 등을 돌려 침실을 빠져나갔다.

바렛사군에 의해 케딜락성이 점령당했다. 붉은 갑주를 걸친 병사들은 승리의 전율을 만끽했다. 땀과 피가 섞여 비릿한 냄새가 병사의 몸에서 풍겼다. 주방으로 들어선 병사의 괄괄한 목소리가 크게 울렸다.

"운 좋게 살아남을 줄이야."

병사가 케딜락성을 둘러보며 낄낄거렸다. 방금 전까지 음식을 준비했던 건지 고소한 향이 올라왔다.

"게다가 이렇게 어여쁜 시녀도 얻고."

병사는 그의 뺨을 흐르는 피를 손으로 훔쳤다. 바늘에 베여 움푹 파인 살갗이 따끔거렸다. 시녀들이 부엌에서 병사들이 먹을 음식을 준비하던 차에 갑작스레 바렛사의 병사들이 들이닥쳤다.

"어째 케딜락은 시녀들조차 살벌하단 말이지. 얌전히 있어 주면 얼마나 좋아."

주방 한편에 몸을 숙이고 틈을 보던 시녀를 발견한 건 운이 좋았다. 다만 그 시녀가 바늘로 자신을 찌르리라곤 생각지 못했다.

"이봐, 형씨. 왜 그렇게 쳐다봐? 내가 혼자 가질까 봐?"

"……."

"재미없는 놈 같으니라고."

벽에 몸을 기댄 남자에게서 이렇다 할 대답이 없자, 병사가 낄낄대었다.

"상관이 내린 명령을 잊었나?"

"명령? 그런 게 있었어?"

병사가 심드렁한 얼굴로 사내를 보다가, 구석에 몸을 웅크리고 숨어있는 시녀에게 다가갔다.

"꺄아악."

철썩. 병사는 비명을 지르는 시녀의 뺨을 후려쳤다.

"어이, 할 거 없으면 망 좀 봐라."

병사는 여전히 대답이 없는 남자를 흘기고는 버둥거리는 시녀의 머리채를 쥐었다. 클클. 기분 나쁜 웃음소리가 하나의 귓가를 파고들었다. 급습이었다. 그녀와 함께 일하던 시녀들은 잡혀가거나 도망치다가 죽음을 맞았다. 개중에 살아서 성을 빠져나간 자가 있다 하더라도, 곧 바렛사의 병사들에게 잡히고 말 것이다.

"빌빌한 이스타샤 놈보단 바렛사 남자가 낫다고."

병사가 시녀의 귓가에 훅 바람을 불어넣으며 킬킬거렸다. 소름이 끼쳐 비명을 지르고 발버둥 쳐도 아무도 도와줄 이가 없었다. 병사는 투구를 벗어 땅에 내던지고는 몸을 갑갑히 죄던 갑주도 벗었다. 주위를 둘러보던 병사가 눈을 찌푸렸다.

"어딜 도망간 거야?"

방금 전까지 눈앞에 있었던 시녀가 보이지 않았다. 눈을 깜빡이던 병사가 땅에 널브러진 대검을 주워 들었다.

"얌전히 있으면 살려 줄까 했는데……."

그 순간, 병사가 숨을 흡 들이켰다. 뼈를 뚫고 살을 가르는 고통을 느낀 건 한순간이었다. 등 뒤에서 날카로운 검이 병사의 심장을 꿰뚫었다. 병사의 몸이 작살에 찔린 물고기처럼 퍼득거렸다. 사내는 병사의 입을 틀어막고 다시 한번 검을 찔러 넣었다.

"……허억, 헉."

시녀는 주저앉아 멍하니 병사가 죽는 광경을 지켜보았다. 주검에서 흘러나온 피가 시녀의 발을 적셨다.

"살, 살려 주세요."

시녀는 후드를 눌러쓴 사내의 발치에 엎드려 빌었다. 잠시간 말이 없던 남자에게서 익숙한 이스타샤어가 들렸다.

"공작 부인은?"

한나는 머뭇거렸다.

"부인께선……."

자신을 도와주었지만 신분을 알 수 없는 이였다. 시녀가 대답을 꺼리자 남자는 그의 얼굴을 가리던 후드를 뒤로 젖혔다.

"……!"

남자의 얼굴을 확인한 한나의 눈이 크게 떠졌다.

"부, 부인께서 어디 계신진 모르겠어요. 케딜락성 안에 있다는 건 확실하지만……."

당황한 한나는 떠듬떠듬 말을 이어 나갔다. 그녀의 대답을 들은 남자는 곧바로 자리를 떠났다. 그의 발걸음이 빨라졌다. 바렛사의 갑주를 걸친 남자를 막는 이는 없었다.

"어이, 방금 전에 너와 같이 있던 놈은 어디 간 거야? 전리품을 나눠 갖자고……."

툭, 데구루루. 병사는 눈을 깜빡였다. 남자의 서늘한 시선이 닿는다고 생각하던 순간, 단번에 머리가 잘렸다. 남자는 피가 흘러내리는 검을 바닥에 털었다. 전리품이란 말이 그의 귀에 똑똑히 들렸다. 그는 무감각한 눈으로 죽은 병사를 내려다보다가 거침없이 몸을 돌렸다.

쾅!

로자리아는 단검을 들어 올렸다. 그러고는 발목을 죄는 쇠사슬을 있는 힘껏 내려쳤다. 주술을 쓴 건지 단번에 잘려야 할 사슬이 끊어지지 않았다.

"윽."

반동 때문인지 발목에 아릿한 고통이 어렸다. 발목에 붉은 반점처럼 피멍이 어렸지만 로자리아는 계속 검을 내려쳤다.

후두둑. 미친 사람처럼 내려치고 나서야 쇠사슬이 끊어졌다.

"허억, 헉."

온몸이 땀에 흠뻑 젖었고, 검은 제복이 등에 달라붙어 축축했다. 이마에서 땀이 흘러내려 그녀의 시야를 가렸다. 따끔거린 눈을 손등으로 훔친 그녀는 헐거워진 쇠사슬을 침대 위에 내던졌다.

로자리아는 절뚝거리며 거울 앞에 섰다. 혼자서 탈출할 거라고 생각지 못했는지, 마르쉬가 봐주는 건진 몰라도 문밖의 경비가 전부였다. 거울을 보니 피와 땀에 섞인 몰골이었다. 로자리아는 손등으로 뺨에 묻은 피를 닦은 뒤 문 앞에 기대어 섰다.

'문밖에 기사가 있어.'

거대한 철문을 지키는 기사가 세 명이었다.

'좌측 하나, 우측 하나, 중앙에 하나.'

로자리아는 입술을 사리물었다. 문밖으로 나가 케딜락에서 도망쳐야 했다.

'문을 열고 탈출할 수 있을까?'

전쟁이 터진 상황에서 하루도 쉬지 못하고 정령술을 썼다. 타르난성에 비를 내리고 케딜락에도 비를 내렸다. 신전의 병사들이 케딜락을 침공했을 때부터 줄곧 정령술을 썼었다. 한계까지 밀어붙인 까닭에 몸에 무리가 갔다.

"하악⋯⋯."

정령술을 쓰기 위해 마나를 일으키는 순간, 심장에 둔탁한 고통이 일었다. 어질어질한 몸을 다잡기 위해 벽을 짚었다. 서서히 숨을 내쉬자 고갈되었던 마나가 미약하게 움직였다.

'여기서 데모나를 들었다간⋯⋯.'

로자리아는 닫힌 철문을 바라보았다. 마나가 충분하다면 케딜락에서 벗어나는 건 어렵지 않은 문제였다.

달칵. 로자리아는 문이 열리는 소리에 몸을 굳혔다. 그녀의 눈앞에 바렛사의 기사들이 보였다. 아까 전부터 들리던 소리가 끊기자 문을 연 것이다. 로자리아를 발견한 기사가 단번에 그녀의 손목을 붙잡았다.

"독하기는. 쇠사슬은 어떻게 끊은 거야?"

로자리아는 벽에 걸려 있던 장식용 예검을 들려고 했지만 이미 기사들에게 포위된 후였다.

"어째서 폐하께서 죽이라는 명령을 내리지 않는 거지? 왕녀만 죽이면 바렛사의 승리가 아닌가?"

땀에 흠뻑 젖은 눈앞의 왕녀는 상관들이 말했던 것처럼 악귀로 보이지 않았다. 지금으로선 창백한 얼굴을 가진 귀족 아가씨로 보일 뿐이었다.

"이 계집이 케딜락의 성주라고?"

붙잡힌 손목에 고통이 어렸다. 로자리아는 그녀를 조롱하는 기사들을 노려보았다.

철썩. 날카로운 소리와 함께 그녀의 고개가 돌아갔다. 맞은 뺨이 화끈거렸고, 입안에 상처가 났는지 비릿한 피 냄새가 돌았다.

"이봐, 미쳤어? 폐하께서 아시면 사형이라고……!"

다른 기사가 기겁하며 소리쳤다. 그는 누렇게 뜬 얼굴로 동료의 손목을 붙잡았다.

"저년이 고분고분하면 안 때렸겠지. 이미 성도 함락되었는데 주제를 모르잖아?"

"……."

몸을 휘청거리던 로자리아는 발끝에 힘을 주었다. 여기서 넘어져서 우스운 꼴을 보이고 싶지 않았다.

"그러다 손목 잘린다. 비올라 사령관님을 무릎 꿇린 거 몰라?"

"그래 봤자 둘 다 계집인데, 머리채 쥐 뜯는 것밖에 더하려고."

마치 전리품을 감상하듯 기분 나쁜 시선이 로자리아를 향했다. 함부로 손을 올린 기사가 상품의 등급을 매기는 것처럼 그녀를 훑어보았다.

"뭐 하려고?"

"고분고분하게 만들어야지."

느릿한 손길이 뺨에 닿았다. 진득한 욕망이 서린 눈길에 로자리아는 기사를 노려보았다.

"계집을 얌전하게 하는 일이 뭐 있겠어?"

킥킥 웃음을 터뜨린 기사가 그녀에게 다가갔다.

"아직도 자기가 왕녀인 줄 아는 건가?"

기사는 손을 들어 올렸다. 그가 손이 움직이기도 전에 거친 비명이 방 안을 울렸다.

"……왕녀를 감시하라 했지, 해하라고 명령을 내리진 않았을 텐데."

지오는 힘주어 기사의 손목을 잡았다.

우드득. 뼈가 부서지는 소리에 다른 기사들이 주춤 뒤로 물러섰다.

"황제의 명령을 우습게 아나 보군."

그의 싸늘한 시선이 닿자 몸을 움직일 수가 없었다. 덜덜 떠는 기사를 지나친 지오가 로자리아에게 다가갔다.

"제 무례를 용서해 주십시오."

달아오른 뺨에 차가운 손이 닿자 아릿한 고통이 잦아들었다. 그녀의 눈앞에 미미한 빛이 들더니 신어를 읊는 나지막한 목소리가 들려왔다. 이내 따스한 기운이 감도는 순간, 상처가 치료되었다.

"지오반니 에르테반."

로자리아는 잠긴 목소리로 그를 불렀다. 그녀로선 왜 자신을 치료해 주는지 이해가 가지 않았다. 지오가 그녀를 배반했음을 뼈저리게 느끼고 있지 않은가. 로자리아는 가라앉은 시선으로 지오를 바라보았다.

"왜 날 돕는 거지?"

"……제가 해야만 하는 일입니다."

예전이었다면 그녀의 부름에 답했을 이가 말없이 허리를 숙였다. 한쪽 무릎을 꿇은 지오는 로자리아의 발목을 내려다보았다. 얼마나 힘껏 내려친 건지 발목이 퉁퉁 부어 있었다.

"전쟁이 끝날 때까지 인질이 될 테니 다쳐선 안 됩니다."

서늘한 손이 피가 흐르는 발목에 닿았다. 아릿한 고통도 잠시, 지오의 손길이 닿자 상처가 사라졌다. 로자리아의 상처가 낫는 걸 확인하고 나서야 지오는 몸을 일으켰다. 잘못을 깨달은 기사들이 물러나자 둘만 남게 되었다.

"곧 그가 올 테니까요."

그렇게 말한 지오는 잠긴 시선으로 로자리아를 내려다보았다.

'도대체 무슨 소리를 하는 거지?'

로자리아가 이해할 수 없다는 얼굴로 물었다.

"그라니?"

그녀의 물음에 지오는 주위를 둘러보았다. 지오는 반쯤 열렸던 문을 닫으며 로자리아를 침대로 이끌었다.

"얘기하기 전에 쉬셔야 합니다."

"지금 쉴 수 있는……."

갑작스레 현기증이 일었다. 귓속에 이명이 심해지자 로자리아는 숨을 천천히 내쉬었다.

"쉬셔야 합니다."

지오의 손길을 뿌리치려던 로자리아는 숨을 고르다가, 침대 헤드에 몸을 기대었다.

'결국 지오는 바렛사를 택했어. 어째서…….'

로자리아는 지오를 바라보며 생각에 잠겼다. 시간이 흐른 후에야 그녀는 지오에게 물었다.

"도대체 누구를 말하는 거지?"

"당신을 도와줄 사람입니다."

"나를 도와줄 사람이라고?"

로자리아는 쓴웃음을 지었다. 케딜락마저 함락된 상황에서 무얼 할 수 있을까.

"날 도울 수 없어. 성주인 내가 전쟁을 이끌지 못했다."

로자리아는 이불을 두 손에 그러쥐었다. 그녀는 전쟁에서 패배한 이들이 어떤 일을 겪는지 이미 알고 있었다.

'아이와 여자는 노예로 팔리고 남자는 죽게 되겠지.'

그런 생각을 하자 쓴 물을 삼킨 듯 입안이 메말랐다. 이스타샤를 지켜야만 테베는 바렛사로부터 자유로울 수 있었다.

'내 과책이야.'

여기서 이렇게 무너질 순 없었다. 다른 수를 생각해 봐야 했다. 아직 5만의 군사가 있었으나, 지금으로선 그들을 지휘할 군사령관이 없었다. 서서히 숨을 내쉬자 줄곧 요동치는 심장이 제 맥박을 되찾았다.

"날 도와줄 사람이라면 누굴 말하는 거지?"

그녀로서는 짐작 가는 이가 몇 있었다. 라뮤엘 에르키사, 아직 그가 이끄는 군사가 남아 있지 않던가. 로자리아와 시선을 마주한 지오는 시녀에게 시켜 따뜻한 물과 깨끗한 수건을 가져오게 했다.

"됐어, 이런 건……."

그는 수건에 물을 적셔 로자리아의 발목을 닦아주었다.

"목이 마르실 겁니다."

그러고는 지오는 로자리아에게 미지근한 물을 건네었다.

'뜨겁지도…… 그렇다고 너무 차갑지도 않아.'

로자리아는 흘끔 지오를 살피며 물잔을 건네받았다. 입안이 사막의 모래알처럼 바싹 말랐다. 그녀는 조심스레 잔을 입가에 대었다.

꿀꺽. 물을 마시자 살 것 같았다. 한숨을 돌린 로자리아를 본 지오가 입을 열었다.

"누벨에서 공작님을 본 자가 있다더군요."

"……!"

툭. 로자리아가 든 물 잔이 침대 위로 떨어졌다. 다행히 큰 소리는 나지 않았지만 이불이 물에 젖어 들었다. 로자리아가 이를 악물며 읊조렸다.

"지오, 나를 가지고 놀 생각이라면……."

"제가 어찌 당신께 그러겠습니까?"

"지오, 당신의 말대로 라쉬드는 죽었어. 하지만 그의 시체는 발견되지 않았지."

"……알고 계셨군요."

로자리아는 꺼질 듯한 미소를 짓다가 고개를 숙였다. 그의 마지막을 본다면 마음 정리를 할 수 있을 거라 생각했다. 나와 아이를 위해 죽음을 택한 그의 마지막을 지키고 싶었다.

'그의 장례도 치르지 못했어.'

라쉬드의 눈을 감겨 주고 마지막으로 손을 다시 한번 잡는다면……. 그 기억만으로도 평생을 아이와 함께 살아갈 거라고 다짐했었는데.

투둑. 새하얀 이불에 눈물이 떨어져 내렸다. 울음을 참는 그녀의 어깨가 들썩였다. 로자리아는 손등으로 눈물을 훔쳤다.

"흐윽, 윽."

흐느끼는 소리가 새어 나갈까 로자리아는 입술을 질끈 깨물었다. 이불을 꾸욱 쥔 그녀의 손이 잘게 떨렸다. 고작 소문일 뿐인데도 심장이 덜컹 내려앉았다.

"그 소문이 진짜였으면 좋겠어."

지오는 로자리아에게 손수건을 내밀었다. 은은한 향이 한결 마음을 안정시켰다.

"그러니 그가 올 때까지 버티셔야 합니다."

"……."

지오의 말에 로자리아는 대답하지 않았다. 그 말을 듣자 속으로 화가 치밀었다. 그가 바렛사에게 붙지 않았다면 케딜락은 함락되지 않았을 것이다. 토성을 완공할 때쯤 정령술을 쓸 계획이었다. 그녀의 몸을 한계까지 밀어붙이더라도 바렛사의 군사에게서 케딜락을 지켜 낼 생각이었다.

"버틸 거야."

지오가 한 말을 믿는 건 아니었다. 단지 자신이 지켜 내야 할 것이 많았기에 버텨야만 했다. 로자리아는 마음을 추슬렀다. 지오든, 마르쉬든 그들의 생각에 따라줄 생각은 없었다.

아르헨은 죽은 병사에게서 투구와 갑주를 벗겨 냈다.

'썩 맞진 않지만 어떻게든⋯⋯.'

그는 짙은 한숨을 쉬며 투구와 갑주를 걸쳤다. 피와 땀에 엉킨 머리칼과 덥수룩한 수염, 타고난 구릿빛 피부 덕에 누가 봐도 바렛사의 병사였다.

'괜히 귀족 작위를 받는다고 했나.'

왕녀가 죽으면 작위는커녕 목숨도 부지하기 힘들어진다. 그럼에도 아르헨은 바렛사의 병사들을 죽여 나갔다.

'그나마 다행인 건 노엘, 그자가 병사들을 이끌고 성을 빠져나갔다는 거지.'

왕녀는 케딜락에 붙잡혔지만, 노엘과 그를 따르는 병사들은 성을 탈출했다.

'다시 돌아올 틈을 볼 거야. 그때까지 왕녀가 살아 있어야 하는데.'

아르헨은 바렛사와 케딜락의 병사들이 맞붙은 틈을 타서 바렛사 병사로 위장했다. 방금 죽인 병사에게서 방패를 빼앗은 아르헨이 성 너머를 내려다보았다.

'그래도 체계가 잘 잡혀 있군.'

왕녀가 잡히면 끝날 거라 생각했지만 다행히 케딜락의 병사들은 저항했다. 그러나 바렛사의 황제가 왕녀의 목숨으로 위협한다면 병사들도 저항을 멈출 수밖에 없었다. 성벽 귀퉁이의 병사를 처치한 아르헨은 묘한 인기척에 눈을 가늘게 떴다.

'내가 동료를 죽이는 걸 본 건가?'

마지막 한 놈을 해치우고 고개를 돌린 순간, 거짓말처럼 인기척이 사라졌다.

"비겁하게 숨어 있지 말고 나와라!"

아르헨이 도리어 소리쳤지만 사방은 쥐 죽은 듯 고요했다.

'적인가 아군인가.'

잠시 상황을 살피던 아르헨은 성안으로 들어섰다. 그는 피가 묻은 방패를 버리고는 허리춤에 검을 찼다. 누가 봐도 의심할 수 없도록 바렛사 병사들처럼 걷고 행동했다.

'경비가 삼엄하군.'

간혹 마주치는 병사가 있어서 바렛사어로 몇 마디 농을 던졌고, 그때마다 무사히 의심을 넘길 수 있었다. 아르헨은 바렛사의 시녀를 발견하곤 걸음을 멈추었다. 시녀들은 따뜻한 물이 든 대야에 깨끗한 천, 말린 과일 따위를 든 채 어떤 방으로 향했다. 멀리서 보기에도 검고 반질반질한 문을 보니 성안의 침실인 듯 보였다.

'무장한 기사들이 저 방을 지키고 있군.'

아르헨은 저 방에 로자리아가 있다고 확신했다.

'이젠 대놓고 따라오는 건가.'

누군가 그의 뒤를 따라오고 있었다. 살기가 느껴지지 않는 거로 보아 적은 아닌 듯싶었다.

"왕녀가 탈출했다!"

그때, 문 앞을 지키던 기사들이 고함을 쳤다.

"……!"

왕녀가 도망쳤다면 이건 기회였다. 아르헨은 긴장이 역력한 얼굴로 뒤를 돌아보다가 기둥 뒤에 몸을 숨겼다.

"무슨 일이 있든 버티셔야 합니다."

"······."

로자리아는 헛웃음을 터뜨렸다. 그녀를 팔아넘긴 사내가 할 말은 아니란 생각이 들었다.

"폐하께서 지오반니 공을 찾으십니다."

"알겠다."

너무 오랜 시간을 지체했는지 황제의 의심을 산 듯했다. 지오는 기사를 따라 침실 밖을 나섰다. 홀로 남게 된 로자리아는 손으로 얼굴을 쓸어내렸다.

'탈출해야 해.'

하지만 어떻게? 로자리아의 시선이 아이보리색 커튼으로 향했다. 질긴 원단으로 만들어졌으니 엮어서 밧줄을 만든다면 탈출이 가능할지도 몰랐다.

'해보자.'

로자리아는 침대에 앉아 귀를 쫑긋 세웠다. 문밖에 작은 소란이 일더니 그 이후론 아무런 소리도 들리지 않았다.

'아까 일 때문에 기사들도 함부로 문을 열진 못할 거야.'

로자리아는 손을 뻗어 커튼을 뜯었다. 소리가 날까 조심조심 뜯다 보니 속도가 무척 더뎠다. 실처럼 꼬인 밑단을 잘라 내고는 커튼의 끝부분끼리 엮었다. 있는 힘껏 잡아당기자 커튼으로 된 밧줄이 팽팽해졌다. 로자리아는 침대 기둥에 커튼의 끝자락을 묶었다. 무거운 힘에도 풀리지 않도록 단단히 매었다.

'정령술을 쓸 수 있었다면 더 빨리 탈출할 수 있었겠지······.'

로자리아는 난간에 발을 내디뎠다. 바람이 세차게 불어 몸이 흔들릴 때마다 심장이 두근거렸다. 로자리아는 밧줄을 꾹 잡은 채 맨발로 벽을 밟았다.

'조금만 더······!'

식은땀이 이마를 타고 흘렀고, 찬 바람에 몸이 으슬으슬했다. 벽에 달라붙던 그녀는 한 시간이 지나서야 땅에 발을 디딜 수 있었다.

그때였다. 누군가의 목소리가 들려왔다.

"얌전히 있으면 좋았을 텐데."

나지막한 여인의 음성이었다. 곡도를 쥔 여인이 로자리아를 보고 있었다.

'……비올라!'

로자리아는 입술을 질끈 깨물었다. 침실 밖의 삼엄한 경계만 조심하면 될 거라 여겼다.

"……폐하께서 베푼 자비가 마음에 안 들었던가 봐?"

"자비?"

비올라를 보던 로자리아가 픽 웃었다. 짐승처럼 가둬 놓은 걸 자비라고 할 수 있나. 비올라는 예리한 눈으로 로자리아를 살폈다. 아이를 가진 데다 검을 쓸 수 없는 상태였다. 여기서 검을 드는 건 그녀의 검, 샴쉬르를 우습게 만드는 일이었다. 곡도를 거둔 비올라가 기사에게서 활을 건네받았다.

"두 다리가 멀쩡하니 도망칠 수 있었던 거겠지."

그렇게 말한 비올라가 화살을 로자리아에게 겨누었다.

"로자리아, 당신은 내가 검으로 패배한 두 번째 사람이었다. 검술 실력으론 따라올 자가 없었지."

비올라의 말에 쓴웃음을 삼킨 로자리아는 자신에게 겨누어진 활을 바라보았다.

"무슨 말을 하고 싶은 거지?"

"난 검사이기 전에 폐하를 따르는 기사다. 더 이상 도망치게 놔둘 순 없어."

비올라가 든 활이 로자리아의 발목을 향했다.

"아직 협상이 끝난 건 아니다. 로자리아, 당신과 아이를 살려 두는 건 당신의 선택에 달렸어."

"……."

로자리아는 대답하지 않았다. 그런 그녀를 주시하던 비올라가 활을 쥔 손에 힘을 주었다.

"평생 못 걷게 되더라도 바렛사를 택하면 왕녀로선 살 수 있을 터."

비올라는 활시위를 팽팽하게 당겼다. 그녀의 시선이 가만히 멈춰 서 있는 로자리아를 향했다. 마치 예견이라도 한 것처럼 담담한 반응이었다.

"죽더라도 바렛사의 개론 살지 않아."

그건 케딜락과 바르세데스를 위해서, 그리고 이스타샤를 위해서 내린 선택이었다. 아이를 위해서라도 바렛사에 살려 달라 빌지 않을 것이다. 아이가 있었기에 그녀는 삶에 집착했다. 전쟁에서 패배해도 쉽사리 목숨을 끊을 수 없었던 건…….

활시위가 당겨지고 화살이 로자리아에게 날아들었다.

"윽!"

화살촉이 무자비하게 살갗을 꿰뚫었다. 실수인 건지 일부로 빗맞힌 건지, 비올라가 쏜 화살은 급소를 비껴 나갔다.

로자리아는 살이 패인 어깨를 그러쥐었다. 손으로 꽉 누르자 진득한 핏물이 손바닥에 묻었다. 그 후로도 몇 번이고 화살이 그녀의 몸을 스쳤다. 사냥감을 노리는 것처럼 비껴 나간 화살에 로자리아 몸 곳곳에 상처가 생겨났다. 처음엔 어깨, 그 뒤로는 팔과 다리, 허벅지까지.

"언제까지 버틸 거지? 케딜락은 함락되었고 왕녀, 당신은 전쟁에서 패배했다."

왕녀는 독한 여자였다. 로자리아를 보던 기사들이 질린다는 얼굴로 고개를 저었다. 비올라가 쥔 화살이 로자리아의 목을 향했다.

"폐하께선 당신을 죽이라고 하지 않았지만 살아 있을 가치가 없어 보이는군."

"……어차피 죽일 생각 아니었나?"

"당신은 살고 아이는 죽는다."

그 말에 로자리아는 비올라를 노려보았다. 비올라는 무표정한 얼굴로 활시위를 당겼다. 화살촉이 로자리아의 목에서부터 서서히 배로 내려왔다.

"폐하껜 사고라고 해두지."

휘익. 비올라의 손에서 화살이 쏘아졌다. 포물선을 그리며 날아간 화살이 로자리아의 배를 향했다.

"제길!"

수풀에서 이를 지켜보던 아르헨이 욕설을 내뱉었다. 따라가서 쳐 내기엔 거리가 너무 멀었다. 그때였다. 검은 그림자가 재빨리 몸을 움직였다.

휙. 허공에 나타난 은빛의 검이 로자리아에게 향하던 화살을 베었다.

"사고라…… 바렛사의 군사령관께선 정직한 가신은 아니로군."

검에 의해 두 동강 난 화살이 툭 바닥으로 떨어졌다. 남자는 그의 얼굴을 가리던 후드를 젖혔다. 그를 알아본 비올라의 눈이 크게 떠졌다.

"당신은……!"

비올라는 말을 끝까지 잇지 못했다. 활을 쥔 그녀의 손이 불안한 듯 떨렸다. 비올라는 바렛사 황제의 혈족답게 매사 철두철미한 사령관이었다. 답지 않은 그녀의 모습에 주위의 기사들이 술렁거렸다. 남자의 뒷모습을 지켜보던 로자리아의 눈꺼풀이 파르르 떨렸다.

'라쉬드……!'

너무 많은 피를 흘려서 제정신이 아닐지도 몰랐다. 그가 너무 그리워서 보이는 환상인 것만 같았다. 그러나 라쉬드의 모습은 여전히 그녀의 눈앞에 존재했다.

'정말, 정말로 라쉬드야?'

로자리아는 흐릿한 시야로 로브를 걸친 남자를 바라보았다.

"거짓말……."

한참이나 남자를 보던 로자리아는 그녀의 눈을 의심했다.

"거짓말이면 좋겠어?"

늘 그리워하던 부드러운 목소리였다. 라쉬드의 얼굴을 알아본 로자리아가 급히 숨을 들이켰다. 멍하니 라쉬드를 보던 로자리아의 눈동자가 흔들렸다.

"라쉬드 당신이야……? 꿈이……."

로자리아가 잔뜩 쉰 목소리로 물었다. 버쩍 갈라진 입술이 할 말을 끝까지 내뱉지 못하고 달싹거렸다.

'라쉬드가…… 살아 있었어.'

바닥을 짚은 그녀의 손이 한차례 떨렸다.

"흐윽, 흑."

결국 참던 로자리아의 눈에서 눈물이 떨어져 내렸다.

라쉬드는 한쪽 무릎을 꿇고서 하염없이 눈물만 흘리는 로자리아를 끌어안았다.

"돌아왔어, 로즈. 이제 괜찮아질 거야."

그 말이 얼마나 듣고 싶었는지 모른다. 그의 입술에서 자신의 이름이 불리길 얼마나 기다렸는지 모른다.

"……난 괜찮아요. 당신을 다시 만나서, 다시 보게 되어서……."

어떻게 이 감정을 다 담을 수 있을까. 어찌 지금의 심정을 말로 표현할 수 있나. 로자리아는 라쉬드의 품에 고개를 묻었다. 이대로 시간이 멈춘 것만 같았다. 그의 따스한 온기가 놀란 가슴을 진정시켰다.

"보고 싶었어."

라쉬드는 로자리아에게 속삭이듯 말했다. 이윽고 그녀의 어깨를 감싸던 손길이 떼어졌다. 라쉬드가 자리에서 일어나자 그를 보던 비올라가 기사들에게 명령했다.

"다들 뒤로 물러서라."

"하지만 사령관님……!"

"저 모습을 보고도 모르겠느냐?! 바르세데스 공작이다."

기사가 불복하자 비올라가 더욱 낮아진 목소리로 읊조렸다. 짙은 흑발과 여신의 후계임을 알려 주는 보랏빛 눈동자. 분명 공작이 맞았다. 비올라의 말에 기사들이 주춤거렸다. 그중 상관이 넋이 나간 부관들에게 소리치고는 검을 다잡았다.

"지원군을 불러와라! 나는 비올라 님과 함께 남아 지키겠다."

그 모습을 물끄러미 보던 라쉬드가 검을 다잡았다.

"아니타는 죽었으니 당신의 성력 또한……."

비올라가 긴장이 역력한 얼굴로 라쉬드를 바라보았다.

"이봐, 용병."

라쉬드는 구석에 몸을 숨기던 아르헨에게 외쳤다.

"예?"

언제 봤다고 자기 집 종 부리듯 용병이래? 아르헨은 마음에 안 든다는 얼굴로 라쉬드를 보면서도 착실히 그의 명령에 따랐다.

"부인을 안전한 곳까지 모셔라."

"아, 알겠습니다."

기사들이 로자리아에게 다가가는 아르헨을 막으려고 했지만 라쉬드가 더 빨랐다.

"여기서 시간을 끌면 불리할 텐데."

라쉬드는 곁눈질로 로자리아를 살폈다. 그녀가 안전한 곳으로 피신할 때까지 시간을 벌어야 했다.

"무슨 소리지?"

비올라는 주위를 둘러보았다. 멀지 않은 곳에서 병사들의 비명이 들렸다.

"피해라! 침공이다!"

도망치던 케딜락 병사들의 비명이 아닌, 이미 성을 점령한 바렛사 병사들의 비명이었다. 공중으로 솟아오른 불화살이 전쟁의 서막을 알렸다.

"……잠깐만!"

"여기 있으면 다 죽습니다, 부인. 싫으셔도 조금만 참으시죠."

라쉬드가 비올라와 대치하는 사이, 아르헨은 로자리아를 안고 달렸다. 저항할까 하다가 로자리아는 힘을 뺐다. 오히려 지금은 몸을 회복하는 게 라쉬드를 도와주는 일이었다. 피를 너무 흘린 탓에 누군가가 막대로 머릿속을 휘젓는 것처럼 어지러웠다.

'아까 분명 성력이 느껴졌어…….'

불화살과 함께 케딜락성을 감싸던 성력이 느껴졌다. 라쉬드의 것이 아니었다면 단 한 사람뿐이었다. 아르헨은 로자리아를 안고 쉬지 않고 달렸다. 그는 하얀 제복을 걸친 성기사들을 발견하고 나서야 걸음을 멈추었다.

'젠장, 이놈이고 저놈이고 죄다 하얀 옷이야!'

"멈춰라!"

빌어먹게도 이스타샤어였다. 이스타샤 제국이 내전을 겪지 않았다면 반가웠겠지만 지금은 전혀 반갑지 않았다.

'신전인가? 아니면 정말로 아군?'

하얀 제복을 입은 기사들이 적인지 아군인지 분간이 가지 않았다. 찰나의 선택에 공작 부인과 자신의 목숨이 달려 있었다. 도망가야 할지 안심하고 숨을 돌려도 되려는지 극심한 고민을 하던 찰나, 엄중한 목소리가 들렸다.

"모두 물러서라!"

이스타샤어를 알아듣지 못한 아르헨이 가늘어진 눈동자로 주위를 살폈다.

'전쟁터에서 갑주를 걸치지 않은 걸 보니 이자가 대장인 건가.'

게다가 남자의 명령에 검을 찬 기사들이 뒤로 물러섰다. 어떻게 보아도 방금 말한 남자가 직급이 가장 높아 보였다. 기사들과 다르게 신성제국 의복을 걸친 사내가 앞으로 걸어 나왔다. 신기하게도 푸른 머리칼에 청아한 푸른 눈동자를 가진 이였다. 전통 복례를 따른 건지, 허리까지 기른 머리칼을 단정하게 묶은 사내의 허리춤에는 장식 하나 없는 무거운 장검이 매여 있었다.

"……라뮤엘."

로자리아는 라뮤엘을 보며 반색했다. 오랫동안 보지 못했던 라뮤엘의 얼굴을 보자 이루 말할 수 없는 감정이 치밀었다.

"무사하셨군요."

라뮤엘이 다정한 미소를 지으며 로자리아에게 다가갔다.

"무사하셔서 정말로 다행입니다."

라뮤엘은 몇 번이고 안도했다. 감격도 잠시, 그는 빠르게 상황을 판단했다.

"부인을 이쪽으로."

라뮤엘은 아르헨이 말을 알아듣지 못한다는 걸 알아차리고는, 손짓으로 막사 안을 가리켰다. 간이침대에 로자리아를 눕히고 나서야 아르헨은 안도했다. 아르헨이 빠져나간 후, 로자리아는 라뮤엘과 막사에 둘이 남게 되었다.

"앞으론 에르키사가 부인을 지킬 것입니다."

라뮤엘이 로자리아의 두 손을 붙잡았다. 공작저에서 지낼 땐 부드러웠던 손이 어느새 거칠어져 있었다. 혹한과 상처로 덧난 로자리아의 손을 보자 마음이 아려 왔다.

"고마워, 라뮤엘. 언제까지고 나를 위해 줘서⋯⋯."

로자리아는 라뮤엘에게 진심으로 감사 인사를 표했다.

"아닙니다. 저와 에르키사는 이제껏 부인에게 보호만 받아 왔으니까요."

라뮤엘이 로자리아를 애틋한 눈으로 바라보았다. 눈에 넣어도 안 아픈 사람이 있다면 그녀가 유일했다. 로자리아는 라뮤엘을 마주 바라보며 말간 미소를 지었다. 라뮤엘의 나긋한 목소리를 들으니 조금 진정되는 기분이었다. 겨우 안정을 되찾은 로자리아가 라뮤엘을 붙잡고 말했다.

"라뮤엘! 그를 봤어⋯⋯. 라쉬드가 살아 있었어!"

놀랄 거라 생각했던 라뮤엘은 의외로 담담한 반응이었다. 로자리아가 라뮤엘에게 무슨 소리냐고 묻자, '에르키사의 군사가 케딜락에 오기 전, 공작님을 먼저 만났습니다'라는 대답이 들려왔다. 그때 무척 놀랐지만 곧바로 공작의 명령에 따라 케딜락성으로 왔다고 상황을 알렸다.

"늦어서 죄송합니다."

라뮤엘이 죄책감이 어린 얼굴로 사죄하자 로자리아가 괜찮다는 듯 고개를 저었다. 무심결에 그녀를 보던 라뮤엘의 눈이 커졌다.

"⋯⋯발목을 다치셨군요."

라뮤엘은 터져 나오려는 한숨을 겨우 삼켰다.

'마르쉬의 짓인가?'

깊어진 상처를 본 라뮤엘의 낯빛이 어두워졌다.

"치료해 드리겠습니다."

라뮤엘의 말에 로자리아는 고개를 끄덕였다. 남자치고는 고운 손이 발목에 닿자 새하얀 빛과 함께 상처가 아물었다. 상처가 다 나은 발목을 내려다보던 로자리아는 쓴웃음을 지었다.

"화살을 맞았을 땐 사냥당하는 기분이었어."

로자리아의 말을 들으며 라뮤엘은 그녀의 어깨를 치료했다.

"라뮤엘, 라쉬드는⋯⋯."

"무엇을 걱정하시는지 압니다. 공작님께서 다치실까 염려되시는 거 겠죠."

라뮤엘이 부드럽게 타이르자 로자리아는 고개를 끄덕였다.

"공작님께선 괜찮을 겁니다."

라뮤엘이 확신하듯 말했지만, 그녀에게선 대답이 없었다.

'정말로 괜찮은 건가? 지금이라도 가서⋯⋯.'

그가 걱정되었다. 라뮤엘의 말을 의심하는 건 아니었다. 하지만 바렛사의 기사들이 지원군을 부르기 위해 도망쳤고, 라쉬드는 홀로 비올라와 남은 기사를 상대해야 했다.

"에르키사의 뛰어난 기사들을 모두 공작님 곁으로 보냈습니다."

라뮤엘이 걱정 말라는 듯 로자리아를 안심시켰다.

이윽고 그녀의 팔과 다리에 난 상처를 모두 치료한 그가 따뜻한 재스민차를 준비하여 건넸다.

"잘 마실게, 라뮤엘."

로자리아는 조심스레 손을 뻗어 찻잔을 건네받았다. 그가 있는 곳으로 가고 싶은 마음은 굴뚝같았지만 일단은 라뮤엘의 뜻에 따르기로 했다.

'지금 가 봤자 아무 도움도 못 될 테지.'

심장에 무리가 생길 정도로 정령술을 써 댔으니, 잠시간이라도 마나를 회복해야 했다. 만에 하나 자신이 인질로 붙잡힌다면 더욱 위험했다. 걱정에 휩싸인 로자리아를 보던 라뮤엘이 말했다.

"공작님께선 성력을 가지셨으니 쉽게 다치시진 않을 겁니다."

"알겠어, 여기에 남을게."

로자리아의 대답을 듣고 나서야 라뮤엘은 안도했다. 따뜻한 차를 한 모금 마시자 한결 진정되는 기분이었다. 평정을 되찾은 로자리아가 라뮤엘에게 물었다.

"에르키사 병력만으로 바렛사군을 상대할 수 있을까?"

"저희 가문의 병력만으론 힘들 겁니다. 하지만 노엘이 이끄는 케딜락의 병사들과 누벨의 용병을 합친다면 바렛사와 맞붙을 수 있습니다."

라뮤엘은 로자리아에게 상황을 보고했다. 아까 전만 해도 뛰쳐나갈 것 같았던 그녀는 차분한 얼굴로 보고를 들었다.

"황도에서는?"

"황제 폐하께서 결정을 내리지 못하시더군요. 워낙에 미적거리던 탓에 제가 지원을 요청했습니다."

라뮤엘은 곧 이스타샤 수도에서 출발한 지원군이 케딜락에 도착할 거란 말을 덧붙였다.

"클라인이 단번에 지원을 약속했다고?"

"……성력의 도움을 받았습니다."

로자리아가 의아한 듯 물었지만, 라뮤엘은 어떻게 지원을 받아 냈는지는 입을 다물었다.

"그레이스 성으로도 지원군을 보냈습니다. 또한 글로리아 가문에서 만든 무기도 수일 내에 보급될 겁니다."

그제야 그들의 약속이 다시금 떠올랐다. 과거의 기억을 떠올리며 로자리아는 반쯤 남은 찻잔을 바라보았다.

"로자리아 님께 충성을 바치겠습니다."

타르난성의 성주, 엘리샤 그레이스는 자신에게 했던 맹세를 지켰다.

"부인의 명이라면 뭐든 따를 거예요."
"로자리아 님을 위한 인장을 만들겠습니다."

타고난 장사꾼이라고 일컬어지던 마네 아이리쉬도, 명가(名家)의 가주인 더글라스 글로리아도 약속을 지켰다. 로자리아는 목이 메 애꿎은 잔만 만지작거렸다.

"맞아, 더글라스가 약속했었지."

그녀는 옅은 숨을 내쉬며 중얼거렸다.

로자리아는 휴식에 취하고자 침대에 몸을 기대었다. 로자리아는 서서히 두 눈을 감았다. 오랜만에 눕자 고단했던 몸의 피로가 한결 풀리는 기분이었다.

"라뮤엘, 케딜락은 승리를 거둘 거야."

아직 케딜락은, 바르세데스의 군사는 패배하지 않았다. 바렛사군이 성문을 열었으나 성 구조를 파악하지도 못할 만큼 촉박한 시간이었다.

"그들이 오히려 성안에 갇힌 신세가 된 겁니다."

'갇힌 신세라……'

라뮤엘의 말에 로자리아는 살며시 눈을 떴다.

"라뮤엘, 잠시 바깥바람을 쐬고 싶어."

"바람이 차지만 잠시간이라면 괜찮겠지요."

라뮤엘은 로자리아의 어깨에 모포를 둘러 주었다. 그녀는 자리에서 몸을 일으켰다. 로자리아는 라뮤엘의 부축을 받으며 막사 밖으로 조심스레 걸음을 떼었다. 밖으로 나간 그녀의 시선이 케딜락성이 있는 북쪽을 향했다. 멀지 않은 케딜락성 위로 검붉은 연기가 치솟았다.

마르쉬는 초조한 얼굴로 성안을 걸어 다녔다.

"폐하, 명령을 내려 주십시오."

누벨의 용병에게 한쪽 팔을 잃은 군단장이 두 무릎을 꿇었다.

"……명령이라, 명령!"

마르쉬가 격분이 어린 목소리로 소리쳤다.

"폐하, 명령을……."

군단장이 당혹스런 얼굴로 마르쉬의 명령을 기다렸다. 황제의 명령에 부상을 치료하다 말고 그를 찾아온 지 한 시진이 지나던 차였다. 어떤 위급 상황에서도 명령을 내리던 주군이 선택을 망설이는 건 처음 있는 일이었다.

"사지 멀쩡한 자가 몇이더냐! 고작 용병 따위에게……."

"송구합니다, 폐하. 하지만 그자는 단순한 용병이라고 하기엔……."

군단장은 말없이 고개를 숙였다. 마르쉬가 이를 악물며 물었다.

"비올라는?"

"사령관님의 위치를 알아내지 못했습니다. 더불어 생사 여부도……."

눈 깜짝할 사이에 일어난 일이었다. 로자리아가 창문을 넘어 도망치려 했고, 비올라는 보고한 후 왕녀를 잡으러 가지 않았던가.

'그런데 왜……!'

고작 다친 왕녀 하나 잡지 못해서 시간을 끌었는가.

'차라리 그때 죽었어야 했다.'

자신의 선택이 어리석었다. 무슨 조건을 내걸든 로자리아는 이스타샤를 배신할 사람이 아니었다.

'아이와 왕녀를 살려 주는 대가라면 내 말을 따를 거라 생각했지.'

처음에는 왕녀가 고고한 자존심을 지키기 위해서 거절한 거라 생각했다. 그러니 몇 번 더 설득한다면, 공작도 죽은 상황에서 이스타샤를 버릴 거라 여기지 않았던가!

"비올라를 지키던 기사들은 어떻게 됐지?"

"1대대 출신의 기사 다섯이었습니다. 사령관님을 지키던 기사들도 생사 여부를 확인하지 못했습니다."

마르쉬는 잔뜩 잠긴 목소리로 입을 열었다.

"비올라의 안전이 최우선이다. 바렛사군을 지휘할 사령관이 만에 하나 죽는다면……."

비올라는 그의 유일한 혈육이었다. 또한 자신이 아끼는 충신이자 등을 내어줄 수 있는 유일한 기사였다.

'아직 살아 있어. 살아 있어야 한다.'

사령관이 죽었다는 소식이 알려지면 병사들의 사기는 급격히 저하될 것이다. 마르쉬는 피가 새어 나올 정도로 주먹을 그러쥐었다. 남쪽에서 에르키사의 군대가, 북쪽에서 케딜락의 군사가, 서쪽에서 누벨의 용병들이 바렛사군이 점령한 케딜락성에 들이닥쳤다. 마르쉬는 살기가 들끓는 목소리로 명령했다.

"성안에 남아 있는 이스타샤군을 모두 죽여라. 항복을 하든 투항을 하든 이스타샤인이라면 전부 몰살해!"

"알겠습니다, 폐하."

군단장이 읍했다.

"기필코 성을 지켜 내야 한다."

케딜락만 집어삼키면 이스타샤가 넘어온다. 그 생각이 마르쉬의 심장을 뛰게 했으나, 지금으로선 초조하게 만들 뿐이었다. 아직 수적으로는 바렛사가 유리했다. 그로선 패배 따위 생각해 본 적 없었다.

'괴소문이겠지. 공작이 다시 살아 돌아올 리가…….'

성벽 너머를 보는 마르쉬의 등이 축축한 땀에 흠뻑 젖었다.

23장 전야

비올라는 주위를 둘러보았다. 그녀를 지키던 기사들은 모두 죽어 있었다. 목숨을 걸고 공작과 맞서던 기사들이, 그의 검 끝에 허물어졌다.

"……아."

비올라는 넋이 나간 얼굴로 부서진 검을 내려다보았다. 샴쉬르, 바렛사의 초승달이라고 불리는 두 개의 곡도는 그녀가 목숨보다도 귀히 여기던 검이었다. 이미 오른손에 들린 검은 부서진 지 오래였다. 라쉬드가 그녀의 목울대에 검을 겨누었다.

"이길 수 있을 거라 생각하지 않았다. 하지만 이토록 참패할 거라고 여기지 않았어."

비올라는 침음을 삼키며 중얼거렸다.

"나는 당신에게 져도 바렛사는 패배하지 않으리라 믿었다."

목숨을 걸고 검을 섞었으나 참패였다. 일 대 다수의 불리한 상황에서도 공작은 바렛사의의 기사들을 제압했다. 한 명 한 명 검에 베이는 걸 보면서도 비올라는 굳게 믿었다. 비록 공작과 붙어 죽게 되는 한이 있더라도, 바렛사는 승리할 거라고…….

킥킥, 어깨를 들썩이던 비올라는 피 끓는 울음을 토해 냈다. 두려웠다. 지독히도 두려웠다. 겉으론 담담히 말했지만, 눈앞의 사내가 두려웠다. 삶을 집착하고 죽음을 두려워하는 건 본능이었다. 죽음 앞에 초연한 이가 있다면 미치광이라 생각했다.

그런데 지금이 그러했다. 검이 꺾이는 순간 죽음의 그림자가 넘실거리며 드리웠다. 비올라는 죽음을 직감했다. 여자로 태어났으나 여자로 살아 본 적 없는 자신이었다. 조금이라도 힘들다고 고통을 표하면 바로 듣는 소리가 계집이었다. 살아도 검 하나 못 쓰는 불구가 될 바엔…….
차라리 죽는 것이 나을지도 몰랐다.

"지루한 싸움이 될 거다. 성을 함락시키는 것만큼 어려운 일은 없지."

비올라는 그녀의 발치에 떨어진 샴쉬르를 들어 올렸다. 두 개의 검 중, 하나의 검이 부러졌을 때 이미 그녀의 숨도 꺼졌다.

"바렛사의 군사는 건재하다. 우리를 상대로 쉽게 승리를 거두진 못할 거다."

바렛사는 타고난 전투 민족이었다. 부족에서 마을, 마을에서 도시, 도시에서 나라로 커져 가며 창과 검을 들었던 이들이었다. 비올라는 샴쉬르를 높이 쳐들며 두 손으로 검의 손잡이를 잡았다. 어차피 여기서 살아 나가지 못한다. 죽음을 받아들이자 몸의 떨림이 서서히 잦아들었다.

푸욱. 비올라는 그녀의 가슴에 곡도를 꽂았다. 그녀의 입가로 왈칵, 붉은 핏덩이가 새어 나왔다.

"……바…… 렛사는…… 반드시…….."

의미 모를 미소를 짓던 비올라의 입매가 느슨히 굳어졌다. 숨이 멎어 가는 그녀의 손에서 곡도가 서서히 떨어졌다.

풀썩. 숨이 멎은 주검이 땅으로 떨어져 내렸다. 비올라의 죽음을 지켜보던 라쉬드가 그녀의 두 눈을 감겨 주었다.

"……당신이 바라던 대로 숙원을 이루지 못할 거야."

라쉬드는 검을 든 채로 케딜락성을 빠져나갔다.

에르키사의 병사들이 먼저 케딜락성을 빠져나왔다. 케딜락의 병사들은 공작의 명령을 따랐다. 공작이 살아 있다는 사실을 믿지 못하는 자들이 대부분이었지만 노엘은 빠르게 혼란을 수습했다. 누벨의 용병은 아르헨이 이끌었다. 세 개의 병력이 찾은 곳은 케딜락성 밖의 막사였다. 반쯤 짓다 만 토성과 멀지 않은 곳으로, 한때 바렛사 병사들이 군 주둔을 위해 지은 진영지였다.

'바렛사놈들이 막사는 잘 짓는단 말이지.'

아르헨은 비가 와도 무너지지 않을 것 같은 막사를 보며 감탄했다.

"아이고, 이제야 살 것 같네."

그는 막사 위 그물 침대에 몸을 뉘었다.

"대장, 상처 치료 안 하실 겁니까? 그러다 덧나기라도 하면……."

"자잘한 상처를 입은 거야, 하룻밤 자고 나면 나을 테고. 이틀 밤을 꼴딱 새워서 죽을 것 같으니까 말 걸지 마."

부하가 불쑥 고개를 내밀며 묻자 누워 있던 아르헨이 질색하며 소리쳤다. 그는 천을 질질 끌고 와서 얼굴을 가렸다. 시야가 차단되니 살 것만 같았다.

"그나저나 너도 그걸 봤어야 했는데."

아르헨이 슬며시 운을 떼자 부하가 궁금한 듯 물었다.

"그거라뇨? 뭘 말입니까?"

"죽다 살아난 귀신 보듯 공작을 보던 병사들 말이야."

부하가 눈을 깜빡였다. 소문을 듣긴 했는데 정말인가?

"그건 저도 믿기지 않습니다, 대장. 혹 망령 같은 게 아닐까요?"

부하가 의미심장한 얼굴로 목소리를 낮췄다.

"망령 같은 거였으면 우리가 여기 있겠냐. 진작에 바렛사 병사들에게 죽었지."

자리에서 벌떡 일어난 아르헨이 부하의 뺨을 손등으로 툭 치며 말했다.

"헛소리 그만하고 피곤하면 잠이나 자라."

그렇게 말하면서도 아르헨은 쉽사리 잠들지 못했다.

'젠장! 내 입을 틀어막았어야 했는데.'

몸값 높은 귀족 도련님이라고 웃던 자신이 원망스러웠다. 누군가 도련님 소리를 내뱉는다면 그자의 입을 다물게 해줄 자신이 있었다.

'이젠 작위가 문제가 아니라, 배신하면 삼대가 멸하겠는데.'

공작 부인을 지키기 위해 바렛사의 기사들과 맞서는 공작은 그야말로 전쟁의 군신이었다. 처음에 공작 부인이 보는 눈이 있다고 으스대던 아르헨은 누벨의 용병을 고른 로자리아에게 진심으로 고마워했다.

케딜락성을 빠져나온 라쉬드는 로자리아가 있는 막사를 찾았다.

"부인은?"

그는 근처에서 입구를 지키는 기사에게 물었다.

"안에 계십니다. 시녀의 말론 잠드셨다고 하더군요. 공작 각하께서 오셨다고 고할까요?"

"아니, 되었다."

로자리아의 생사를 확인하고 나서야 라쉬드는 안도했다. 바렛사의 기사들과 맞설 때, 행여 로자리아가 다쳤을까 봐 몸을 사리지 않았던 그였다. 긴장이 딱 풀리자 짙은 피로가 몰려왔지만 라쉬드는 막사를 떠나지 못했다.

"각하?"

"……잠시 피로한 것뿐이다."

라쉬드는 제 얼굴을 쓸어내렸다. 시녀들에게 다시 한번 안부를 물은 뒤에야 그는 자리를 떠났다.

"따뜻한 물을 준비해 두었습니다."

라쉬드는 시종의 말을 들으며 막사 안으로 들어섰다. 커튼이 처진 막사 안에 커다란 욕조가 준비되어 있었다. 라쉬드는 물에 비친 그의 모습을 보며 눈을 찌푸렸다.

"영락없는 부랑자 꼴이야."

죽었다고 생각한 순간, 성력이 그의 죽음을 막았다. 라쉬드도 자신이 살았단 사실을 믿기 어려웠다. 어떻게 에르테반의 성을 빠져나갔는지 기억이 나지 않았다.

정신을 잃고 눈을 뜨니 처음 보는 사막이었다. 얼마 동안 정신을 잃은 건지, 어째서 살아 있는 건지 이유를 알지 못했다. 눈을 뜬 사막이 용병들이 있는 누벨임을 알게 된 건 시간이 지나서였다.

용병대장이 이스타샤 수도에서 자신을 발견한 지 보름이 지났다고 했다. 흐릿한 시야에는 금빛의 모래가 휘날렸고, 자신은 짐승처럼 철창에 갇혀 있었다.

'누벨의 용병이 날 구했지.'

물론 좋은 의도는 아니었다. 반반한 귀족 사내니 마나님에게 팔아 해치우자는 말도 심심찮게 들렸다. 용병들 덕분에 상처는 치료되었고 틈을 보다가 바로 도망쳤다.

'로자리아가 누벨의 용병을 고용할 줄 몰랐지만.'

누벨의 용병들은 겨우 숨만 붙어 있는 송장이 도망칠 거라곤 생각하지 못했다. 그렇게 도망친 뒤로 북쪽 사막을 지나던 상인들을 붙잡아 그들의 도움을 받아 사막을 탈출할 수 있었다.

그가 흙먼지에 뒤엉킨 로브와 린넨 셔츠를 벗자 겨우 아문 상처가 드러났다. 시종이 덥힌 물에 몸을 담그자 살 것 같았다. 목덜미를 겨우 덮던 머리칼이 제멋대로 길어버렸다.

'시간이 많이 흘렀던가.'

씻고 나온 라쉬드는 시종의 도움을 받아 제복으로 갈아입었다. 그는 잠시 고민하다가 다시 막사로 향했다. 라쉬드는 조심스레 막사의 천막을 젖히며 안으로 들어섰다.

"……로즈."

그의 아내가 곤히 잠들어 있었다. 라쉬드는 손을 뻗어 로자리아의 뺨을 다정한 손길로 쓸었다. 잠든 아내를 바라보던 그의 시선이 가라앉았다. 마지막으로 보았던 그녀의 모습과 달라서 가슴이 아려 왔다. 수척해진 얼굴을 보니 그간 얼마나 고생했는지 알 것 같았다.

'……살이 빠진 건가.'

얼굴은 하얗다 못해 창백해 보였고, 입술은 비쩍 말라 있었다. 라쉬드는 잠든 로자리아의 머리칼을 정리해 주다가 이마에 입술을 맞추었다. 요사이 불면증에 시달렸다고 들었는데 지금은 깊은 잠이 든 모양이었다. 라쉬드는 떨리는 손길로 로자리아의 배에 손을 얹었다.

'조금 자란 것 같기도.'

로자리아가 뒤척이자 조심스레 배를 만지던 라쉬드는 놀라 손을 떼었다. 잠결에 인기척을 느낀 로자리아는 눈을 떴다.

"……라쉬드!"

무심결에 정면을 보던 그녀의 눈이 크게 떠졌다. 로자리아는 남편을 보자마자 그를 와락 끌어안았다. 라쉬드는 손을 뻗어 그에게 안겨 오는 아내를 품에 안았다.

"······로즈,."

행여 지금의 온기를 놓칠까, 다시 잃게 될까 두려워 라쉬드는 품 안에서 아내를 놓지 못했다.

날이 밝자, 로자리아는 라쉬드와 함께 막사 안에서 군 전략을 짜고 있던 라뮤엘을 찾았다. 좀 더 쉬어야 하지 않느냐고 라뮤엘이 걱정했지만 그녀는 괜찮다는 뜻을 표했다. 하룻밤 사이에 안색이 바뀐 로자리아를 보니 늘 그녀를 걱정하던 라뮤엘도 마음이 놓였다.

막사로 들어선 라쉬드는 협탁 위에 놓인 지도를 내려다보았다. 그는 깃펜을 들어 케딜락성으로 들어설 수 있는 지점마다 표식을 남겼다.

"바렛사군은 서쪽 본성에 몰려 있더군. 군량미와 물자가 있는 곳이지."

그의 시선이 붉은 점으로 표시된 서쪽 본성을 향했다.

"성의 지리는 우리가 더 잘 알고 있어요. 그들이 성을 파악하기 전에 먼저 끝내야 해요."

"저도 같은 생각입니다. 지금 바렛사군이 점령한 건 서쪽 성이고, 어떻게든 식량과 물자가 있는 창고를 지키려고 할 겁니다."

라쉬드는 고개를 끄덕였다. 바렛사군이 서쪽 본성을 점령한 건 어젯밤 확인한 사실이었다.

"동쪽 외성은?"

그는 두 손으로 협탁을 짚으며 라뮤엘에게 물었다. 동쪽 외성에는 비상문이 있었으며 숲과 연결되었다. 지금은 혹한기인 겨울일뿐더러, 숲에는 각종 독초와 날 선 짐승이 많아 오래선부터 출입이 금지된 곳이었다.

"동쪽 외성은 서쪽과 멀리 떨어져 있는 데다, 예전부터 버려진 곳이라 경계가 허술할 거라 추측됩니다."

라뮤엘의 말을 듣던 라쉬드가 말했다.

"숲으로 난 길로 군사가 잠입할 수 있으나, 이미 발견했다면 오히려 함정을 팔 텐데."

"그 또한 전령을 보내 파악하겠습니다."

이른 아침에 보냈던 전령이 늦은 밤이 되어서야 돌아왔다. 전령은 동쪽 외성은 경계가 허술한 데다가, 부상을 입거나 다친 병사들이 주변을 돌고 있다고 전했다.

"서쪽 본성에 대부분의 전력을 쏟아부은 건가?"

"그런 것 같습니다, 각하."

"동쪽 외성으로 들어가 서쪽 본성을 되찾는 걸로 하지."

라쉬드는 동쪽 외성으로 잠입하기로 결정을 내렸다.

"만약 도리어 저희가 있는 주둔지를 쳐들어온다면……."

"병력을 나눌 생각이다. 그럴 가능성도 감안해야겠지."

"알겠습니다, 각하."

라뮤엘은 라쉬드의 말에 수긍했다. 가만히 대화를 듣던 로자리아가 물었다.

"저희 쪽이 먼저 성의 정문을 침공하는 건 어떤가요?"

생각지도 못한 의견에 라뮤엘은 눈을 크게 떴다. 군 진영지에 남아 지킬 생각만 했지, 먼저 성의 정문을 공격할 생각은 하지 못했다.

"하지만 정문을 공격하는 건 위험 부담이 큽니다."

"정면으로만 공격하자는 건 아니야. 그들의 시선을 돌려야 케딜락의 병사들이 동쪽 외성으로 들어갈 수 있을 테니까."

한두 명 들어가는 것이 아닌, 수천의 군사가 비상문으로 잠입하는 일이었다.

"잘못했다간……."

잠시 주저하던 라뮤엘이 고개를 저었다. 대사제로서 수없이 공부를 해왔고, 많은 경험을 해온 그였지만 전쟁에 있어선 라쉬드와 로자리아가 한 수 위였다.

"제가 그럼 성의 정문을 맡겠습니다."

에르키사의 병사들을 이끌어 케딜락성의 정문을 공격할 계획이었다. 유인하는 역할이니 자칫하다간 위험해질 수도 있었다. 그걸 알고 있던 라쉬드가 자리에서 일어나며 말했다.

"아니, 내가 맡도록 하지."

"하지만 공작 각하……!"

라쉬드는 라뮤엘에게 명령을 내리는 대신, 그의 어깨를 부드럽게 그러쥐었다.

"성의 정문을 공격할 병사들을 지휘하겠다. 라뮤엘, 그대는 부인의 곁을 지키도록."

"난 괜찮아요. 라뮤엘은 라쉬드를 따르도록 해요."

그녀는 라뮤엘이 공작과 함께하기를 원했다. 그가 돌아온 지 겨우 하루도 지나지 않았는데, 다시 보지 못하게 될까 봐 두려웠다. 지도를 보던 라쉬드가 로자리아에게 다가가 그녀를 안아주었다. 로자리아를 품에 꼬옥 끌어안은 그가 아내를 마주 바라보며 말했다.

"성의 정문이야, 언제든 치고 빠질 수 있지만 동쪽 외성으로 잠입하는 건 변수가 많아."

"……하지만."

"황제가 지원군을 보낸다고 약조했어. 그러니 큰일은 없을 거야, 로즈."

라쉬드는 그의 뜻을 꺾지 않았다. 다른 일이었다년 백번 양보했겠지만, 로자리아에게 위험한 일을 맡기고 싶지 않았다. 이미 바렛사군과 대치 중인 전쟁터 안이었다. 그 어딜 가도 안전을 확신할 순 없겠지만, 확률상 위험한 곳은 피하게 하고 싶었다.

'먼저 선수를 치다니.'

정문의 공격을 맡을 생각이었던 로자리아는 한발 물러서기로 했다.

"하아, 당신."

라쉬드의 표정을 읽은 로자리아는 옅은 한숨을 내쉬었다.

"왜?"

라쉬드가 왜 그러느냐는 얼굴로 되묻자 로자리아는 고개를 저었다.

"라뮤엘 경은 제가 지킬 테니, 다치지 말아요."

로자리아의 말에 두 사내의 표정이 모호해졌다.

'보통 반대가 아닌가?'

머쓱해진 라뮤엘은 그의 몸을 내려다보았다. 로자리아에게 보여 준 적은 없지만 대사제가 되기 전, 꽤 검을 잘 휘두르던 그였다. 그게 아니라고 말하려던 라뮤엘은 고개를 끄덕였다.

"저도 최선을 다해 부인을 지키겠습니다."

그제야 라쉬드는 굳었던 표정을 풀었다.

"이번에는 내가 졌어요, 라쉬드."

로자리아는 장난스레 눈가를 휘며 그의 어깨에 고개를 기대었다. 전쟁을 앞둔 급박한 상황이었지만 그와 죽음을 논하고 싶지 않았다. 라쉬드와 함께 있는 순간이 유독 특별하게 느껴졌다.

"로즈, 전쟁이 끝나면……."

"끝나면?"

"공작저의 정원에서 당신이 좋아하는 꽃을 볼 수 있을 거야."

"꽃이요?"

갑작스러운 말에 로자리아는 눈을 깜빡였다.

"정원에 당신이 좋아하는 꽃을 한가득 심을 생각이야. 장미와 프리지아는 어때?"

"당신이 준비한 꽃이라면 뭐든 좋아요."

그렇게 대답한 로자리아는 라쉬드의 품에 와락 안겼다.

흠흠, 낮게 헛기침을 하던 라뮤엘이 막사를 빠져나갔다. 가끔 병풍이 되는 것 같아 머쓱했지만 둘의 시간을 빼앗고 싶진 않았다.

"아들일까, 딸일까?"

라쉬드의 질문에 로자리아는 고개를 저었다. 그녀도 모르겠단 뜻이었다.

"아들이었으면 좋겠어요?"

대답하기 애매한 질문이었다. 아이가 태어난 이후에 괜히 서운한 일을 만드나 싶어 라쉬드는 대답을 꺼렸다. 한참을 침묵하던 그가 간단명료하게 대답했다.

"……딸."

"그럼 아들은 싫다는 거예요?"

로자리아가 살짝 눈을 흘기자 라쉬드가 재빨리 말을 덧붙였다.

"당신을 닮은 딸과 아들이면 좋겠어."

"난 라쉬드를 닮았으면 좋겠어요."

"당신과 나, 둘 다 닮은 아이일 거야."

라쉬드는 다정한 눈길로 로자리아를 바라보았다. 이런 이야기를 하는 게 얼마나 오랜만인지. 아내와 함께 있다는 사실만으로도 벅찼다.

"로즈."

라쉬드는 로자리아의 손을 붙잡아 그녀의 손가락에 입을 맞추었다.

"전쟁이 끝나면 당신이 원하는 곳에서 살자."

"정말이에요?"

로자리아가 미심쩍단 얼굴로 그를 쳐다보았다. 라쉬드는 제국의 공작이었으므로, 줄곧 이스타샤에서 지낼 거란 생각이 들었기 때문이다.

"당신이 가는 곳이면 어디든."

그렇게 대답한 라쉬드는 로자리아의 이마에 입을 맞추었다.

케딜락군은 라쉬드를 따라 본성 정문으로 진격했다. 에르키사의 병사, 누벨의 용병들까지 합세한 7만의 병력이었다.

　라뮤엘은 로자리아를 따랐고, 그녀는 2천의 병사와 함께 주둔지를 나섰다. 로자리아와 병사들이 향한 곳은 동쪽 외성 부근의 숲, 네사였다. 로자리아는 숲의 입구에서 걸음을 멈추었다.

　"겨울이 찾아와서 대부분의 꽃은 피지 않지만 독초는 조심해야 할 거예요."

　사람이 만든 길이 없는 숲이었지만, 로자리아는 길을 아는 듯 숲을 헤쳐 나갔다. 병사들이 긴장이 역력한 얼굴로 로자리아를 뒤따랐다. 분명 무장한 병사들도 죽어 나가는 위험한 숲이라고 들었는데, 그런 것치곤 아무런 일도 일어나지 않았다. 독초에 스쳐 상처를 입은 병사들에겐 이페리아 치료제를 마시게 했기에 큰 어려움 없이 숲을 지나갈 수 있었다. 밤이 깊어져 산짐승의 우는 소리가 들릴 때면 병사들의 목이 뻣뻣하게 굳었다. 곰이나 늑대 따위를 보게 될까 두려워하던 병사들의 시선이 로자리아에게 향했다.

　"겁이 없으신 것 같지?"

　"정령술사라 그런가 봐."

　병사 둘이 개미가 기어가는 목소리로 수군거리다가 라뮤엘의 시선에 고개를 푹 숙였다. 케딜락의 동쪽에 위치한 네사는 몹시 위험하다고 알려진 숲이었다. 그러나 숲의 독초도, 사람을 잡아먹는다던 짐승도 로자리아를 따르는 병사들을 해치지 못했다. 숲속을 매섭게 돌던 바람마저도 병사들을 보호해 주는 것만 같았다.

케딜락성 안에 싸늘한 냉기가 흘렀다. 마르쉬는 하늘 위로 치솟는 붉은 연기를 바라보며 말했다.

"누이는 죽었고 성안에 갇힌 꼴이로군."

비올라의 죽음에도 마르쉬는 담담해 보였다. 겉으론 평정을 유지했지만 그의 속은 시커멓게 타 들어갔다. 바렛사의 군을 이끌어야 할 군사령관이 죽었다. 늘 평정을 유지하던 마르쉬의 얼굴에 짙은 그늘이 어렸다.

"……."

지오에게서 별다른 대답이 들리지 않자, 마르쉬는 창 너머로 고개를 돌렸다. 그의 눈에 불길한 석양이 스쳤다. 초조함도, 불안함도 아닌 지독히도 착잡한 기분이 들었다. 비올라의 주검은 찾았고 시신은 수습했다. 전쟁에서 승리를 거둔 뒤 바렛사로 돌아가 묻어줄 생각이었다. 마르쉬가 잠긴 목소리로 말했다.

"본성 정문에 공작의 군사가 있다. 이제 어쩔 거지?"

"제가 나서겠습니다."

지오의 대답에 창문의 커튼을 친 마르쉬가 그를 돌아보았다. 지오는 어두운 낯의 마르쉬를 보며 말을 이었다.

"저들의 목적은 성을 함락하는 것이 아닙니다. 바렛사로부터 케딜락을 되찾으려 할 겁니다."

"자신이 있는 건가?"

"한때 모셨던 상관입니다. 제가 아니면 그 누가 알겠습니까?"

마르쉬는 예리한 시선으로 지오를 응시했다. 지오반니 에르테반에게선 승리에 도취된 자신감은 물론 패배했다는 절망감도 찾을 수 없었다. 에르테반 가문이 바렛사에 서겠다고 했을 때, 줄곧 가졌던 의문은 지금도 여전히 남아 있었다. 그러나 지오에게선 원하는 답을 듣지 못할 것이다.

마르쉬는 바렛사의 승리를 간절히 원했다. 전쟁을 위해서 모든 걸 내걸었던 그에게 돌아갈 길이 없었다. 그가 원하던 하나의 제국, 서대륙의 통일을 위해서 왕녀는 없어져야 할 존재였다. 더 이상 설득할 이유도, 살려 두어야 할 가치도 없었다. 그전까진 바렛사의 우세였으나, 지금은 승리를 확신할 수 없었다. 오로지 왕녀를 없애야 한다는 생각이 그의 머릿속을 파고들었다.

마르쉬는 지오의 어깨를 꽈악 붙잡으며 말했다.

"내게 왕녀의 목을 다오."

지오는 대답하는 대신 마르쉬에게 묵례했다.

케딜락의 병사들이 성의 정문을 향해 내달렸다. 삼열로 비치된 공성 병기를 스물의 병사가 붙어 밀었고, 성벽 위에서 떨어지는 불화살과 돌덩이를 막기 위해 방패를 들었다.

라쉬드는 군마를 탄 채로 성벽 위를 주시했다. 그의 날카로운 눈동자가 바렛사의 병사들을 향했다. 그는 성검 칼라네를 꺼내 들었다. 자욱하게 퍼진 안개와 함께 은빛의 검이 존재를 드러냈다.

그 순간, 비명과 악에 받친 고함으로 가득 찬 전쟁터에 정적이 일었다.

"저, 저게 뭐지?!"

바렛사의 병사들은 허공을 보다가 기겁하며 소리쳤다. 그들이 마주한 건 칼라네의 현신이었다. 안개처럼 퍼지던 형체가 거대한 물결이 되어 성벽을 에워쌌다. 땅에서부터 시작된 원형의 결계가 케딜락성으로 퍼져 나갔다. 정체를 알 수 없는 기묘한 힘에 바렛사의 병사들이 잔뜩 경계했다. 이를 알아차린 라쉬드는 검을 높이 치켜세웠다.

"케딜락은 오래전부터 이스타샤의 땅이었다. 바렛사로부터 케딜락을 탈환해라!"

"우와아아!"

우레와 같은 함성과 함께 케딜락 군의 사기가 올랐다. 죽었다고 생각한 공작이 돌아왔다는 사실만으로도 케딜락의 병사들은 승리를 확신했다.

"바렛사놈들을 끌어내자!"

적국의 야만인들에게 죽게 된다는 두려움은 잊힌 지 오래였다. 바렛사군이 성벽 위에서 창을 투척했지만 방패에 막혔다. 다시 창을 던졌지만 이번에도 방패를 뚫지 못했다.

"멍청한 놈들!"

바렛사의 군단장이 소리쳤으나 병사들이 던진 창은 방패를 뚫지 못했다. 바렛사의 창을 막기 위해선 본래의 방패보다 두꺼워야 했다. 그런 방패를 들고선 움직이기 힘들 텐데도, 케딜락군의 기동성은 무척 뛰어났다.

"저건 적군이 본래 쓰던 방패가 아닙니다."

어두울 땐 보이지 않았던 인장이 선명하게 존재를 드러냈다. 성벽 위로 올라온 지오는 성 너머를 내려다보았다.

"도대체 어떤 방패를 들었기에 저렇게 빨리 움직이는 겁니까!"

바렛사의 병사들과 정찰을 섰던 기사가 외쳤다. 성벽 위로 날아오는 화살을 막느라 숨이 턱 끝까지 차올랐다. 한때 지오가 로자리아에게 주었던 장미처럼, 금빛으로 새겨진 인장이었다. 지오의 시선이 성벽 아래를 향했다.

"우리가 맞설 로자리아 왕녀의 인장이다."

어둠이 걷히고, 만월이 땅을 비췄다. 그와 함께 금빛의 장미가 새겨진 방패가 모습을 드러냈다.

"성벽을 올라타라!"

케딜락의 병사들은 갈고리를 성벽 위로 던졌다. 바렛사의 병사들이 갈고리를 떼어 내기 위해 분주해졌다.

"케딜락성을 되찾아야 한다!"

병사들의 비명과 고함이 처절하게 퍼졌다. 그때, 지오와 라쉬드의 시선이 마주쳤다. 이미 케딜락의 병사들이 성벽 위를 오르고 있었다.

휘익. 지오는 기사에게 활을 건네받아 성벽 위를 오르는 병사들을 맞췄다.

"으아악!"

귀를 찢는 비명이 들렸지만 지오는 활시위를 놓지 않았다.

"가주님……."

도리어 그를 따르던 기사가 망설일 정도였다.

"명령이 있기 전까지 케딜락군과 맞서라."

"알, 알겠습니다."

거대한 공성병기가 성에 부딪혔다. 처음에는 미약한 진동만 울렸으나, 반나절이 지나자 케딜락성이 흔들렸다.

"성문을 열어라."

바렛사의 병사는 지오의 명령을 듣고서도 망설였다. 황제로부터 성문을 열란 명령이 떨어지지 않았기에, 이스타샤어를 할 줄 알던 병사는 머뭇거렸다. 비올라 사령관이 숨을 거둔 후로 지오반니 에르테반의 명령을 따르긴 했어도 그는 이스타샤 출신이었다.

"……지금 성문을 열면 전멸입니다!"

지오의 싸늘한 눈길에 소리치던 병사가 주춤 뒤로 물러섰다.

"폐하께서 자리를 비운 지금, 결정은 내가 한다."

그럴 순 없다며 병사가 반대하자 지오는 허리춤에 찬 검을 빼냈다.

푸욱. 지오의 검에 찔린 병사의 신형이 축 늘어졌다.

"처리해라."

지오의 명령에 기사들이 숨이 멎어 가는 병사를 성벽 위로 내던졌다.

"성문을 열어라. 적들이 공성병기에 매달린 지금, 2대대를 보내서 멸살해라."

"알겠습니다."

굳게 잠겼던 성문이 열리기 시작했다.

쿵, 쿵. 도르래가 돌아가는 쇳소리와 함께 진동음이 땅을 울렸다. 이윽고 성문이 열리고 바렛사의 병사들이 성 밖으로 들이닥쳤다.

라쉬드는 군마를 탄 채로 검을 휘둘렀다. 기사들이 탄 말의 목을 베려고 하면 보병들이 바렛사의 병사를 포위했다. 끝이 없는 전투였다. 이윽고 죽어 가는 병사를 제치고 나온 건 지오였다.

"오실 거라 생각했습니다."

"오랜만이로군, 지오."

지오를 내려다보던 라쉬드는 눈을 가늘게 떴다.

"공작 각하를 뵙게 될 줄은 몰랐습니다."

"나도 그대를 보게 되리라곤 생각지 못했어."

지오는 검을 움켜쥐었다. 그의 뒤를 따르리라 생각했던 에르테반의 기사들은 보이지 않았다.

"바렛사의 2대대만으론 우리와 맞서지 못한다. 그대의 기사들이 보이지 않는군."

"……저를 원망하시지 않습니까?"

"그대의 선택에 따른 결정이었지."

무척이나 차갑게 들리는 말이었다. 지오는 쓴웃음을 삼키며 검을 들었다.

"공작 각하, 저는 당신을 죽이기 위해 이곳에 나온 겁니다."

지오는 검을 든 채로 라쉬드와 마주했다.

네사 숲을 빠져나간 로자리아는 케딜락의 동쪽 외성과 연결된 비상문을 발견했다. 폐쇄되었던 후문 외에 다른 문이 있다는 사실에 병사들은 놀랐다. 케딜락의 고위 귀족들도 비상문의 존재를 몰랐기에 병사들은 그들의 눈을 의심했다.

"한 사람이 들어갈 정도로 문이 작으니 시간이 걸리더라도 문을 부숴야 해."

로자리아의 말에 라뮤엘이 고개를 끄덕였다. 기사에게 중간 크기의 병기를 가져오라 했으나, 로자리아가 먼저 나섰다.

"라뮤엘, 뒤로 물러나 있어."

로자리아는 데모나를 불렀다. 정령술을 오랫동안 쓰지 못해도 잠시간만이라면 괜찮을 거라 판단했다. 로자리아는 금빛의 마나에 휩싸인 데모나를 쥐었다. 잠시 물러선 그녀는 있는 힘껏 성벽을 검으로 내려쳤다.

'바로 부수면 위협적으로 보이겠지.'

벽에 검이 부딪히는 소리가 날 뿐, 아무런 일이 일어나지 않자 병사들이 수군거렸다.

쩌적. 세 번 내려쳤을 때 멀쩡했던 벽에 균열이 가기 시작했다.

'이 정도면 되겠어.'

쾅! 로자리아는 곁눈질로 병사들을 살피다가 데모나로 벽을 내려쳤다. 균열만 가던 벽에 실금이 생겨난다 싶더니 순식간에 벽이 와르르 허물어졌다.

"대, 대단하십니다."

라뮤엘의 곁에 선 기사가 입을 다물지 못했다. 정령술을 쓴다고 듣기는 했지만, 실제로 본 건 처음이었다.

"이제 들어가도록."

이미 전령을 시켜 동쪽 외성에 병력이 적다는 걸 확인한 이후였다. 로자리아를 선두로 한 군사가 동쪽 외성에 들어섰다.

"이미 본성에서 전투가 있었다고 합니다. 바렛사의 제2대대는 전멸했고, 제1대대가 서궁을, 제3대대가 남궁을, 소수의 병력이 여기 동쪽 외성을 지키고 있습니다."

"우선 동쪽 외성부터 되찾도록 하지."

"알겠습니다."

"라뮤엘, 발이 빠른 자들에게 시켜 서쪽 본성을 감시하도록 해."

라뮤엘은 로자리아의 명령을 착실히 따랐다. 로자리아가 계획한 대로 동쪽 외성을 되찾는 건 수월했다. 성문을 개방한 터라 큰 격전이 일어나는 본성으로 병력이 몰렸기 때문이다. 로자리아는 군사를 이끌고 곧바로 서쪽에 위치한 본성으로 향했다. 본성은 동쪽 외성과 거리가 있었지만 두 시간이 되기도 전에 도착할 것이다.

"최소한의 피해로 케딜락을 되찾아야 한다."

로자리아는 병사들을 둘러보며 말했다. 잠시 정찰을 하고 온 전령이 헐레벌떡 뛰어왔다.

"무슨 일이지?"

"대부분의 병력이 서쪽에 주둔하고 있으며, 서쪽 본성에 바렛사 황제가 있는걸 확인했습니다."

"에르테반의 병사들은?"

"그들은 전부 항복했다고 합니다. 투항한 이들을 살려 줄지 의문입니다만……."

"지오반니는 어떻게 됐지?"

"붙잡혔다고 들었습니다. 지금으로선 생사를 확인할 수 없습니다."

죽기 살기로 덤비던 에르테반의 기사들이 항전을 포기하고 항복을 했다는 건 이상한 일이었다. 바렛사에서 너무 빨리 성문을 열었다는 생각이 들었다. 전략대로라면 케딜락의 병력이 빠질 때까지 시간을 끌다가, 퇴각 명령을 내릴 때 성문을 열어야 했다.

'마르쉬가 실수할 리가 없지.'

로자리아는 그녀를 부르는 목소리에 추측을 그만두었다. 서쪽 본성이 코앞이었다.

"본성의 정문에서 케딜락의 병사들이 싸우고 있다. 우리는 그 틈을 타서 바렛사군의 뒤를 친다."

"와아아!"

로자리아의 말에 병사들이 창과 검을 높이 들었다.

"적들이 방어할 수 없도록 급습을 해야 한다."

로자리아는 데모나를 움켜쥐었다. 그토록 바라던 승리가 눈앞에 있었다. 그녀의 군대가 서쪽 성으로 들이닥쳤다. 바렛사군은 로자리아의 군대와 맞서려 했으나, 그와 동시에 본성의 방어를 뚫고 케딜락군이 진격했다. 서서히 원을 그리듯 좁혀 오는 포위망에 바렛사의 병사들은 독안에 갇힌 쥐 신세가 되었다.

전투는 나흘이 지나도록 계속되었다. 바렛사군이 동쪽 외성에서 오던 병사들과 대치하던 차에, 라쉬드가 이끄는 병사들이 그들을 급습했다. 초기에는 바렛사군이 수적으로 유리했으나, 그들은 성의 지리를 활용하지 못했다. 기습, 암습, 정면 공격, 전면 포위. 케딜락군은 마치한 수 앞을 보는 것처럼 바렛사의 군전략을 읽어 냈다.

나흘이 되기 전날 밤이었다. 그레이스, 아이리쉬, 글로리아 가문과 황실에서 보낸 지원군이 케딜락을 찾았다. 케딜락군과 맞서던 바렛사군이 밀리면서 전세는 이스타샤군으로 기울었다. 우후죽순으로 바렛샤의 병사들이 쓰러져 갔다. 그들의 비명을 들으며 마르쉬는 입술을 피가 새어 나올 정도로 강하게 깨물었다.

"젠장!"

쿵! 서쪽 성의 탑에서 아래를 내려다보던 마르쉬가 주먹으로 벽을 쳤다.

"폐하, 피하셔야 합니다!"

"닥쳐라!"

군단장이 그를 보호하러 왔으나 마르쉬는 주먹이 으깨질 때까지 벽을 쳐 댔다.

"피신이라니, 내게 그런 헛소리를 다시 지껄인다면…….”

격노로 떨리던 마르쉬는 숨을 삼켰다. 그의 손에 멱살이 잡힌 군단장은 날아든 화살에 이미 숨을 거둔 지 오래였다.

풀썩. 군단장의 몸이 바닥으로 쓰러졌다. 뒤를 돌아본 마르쉬의 얼굴이 흉악하게 일그러졌다.

"로자리아……!"

한때는 그가 그토록 가지고 싶어 했던 테베의 왕녀가 지금은 죽이고 싶을 정도로 증오스러웠다.

로자리아의 곁에 선 라뮤엘은 활을 거두었다. 서쪽 본성은 양동작전으로 들이닥친 병사들에 의해 점령되었다. 주요 병력을 잃은 바렛샤군은 속수무책으로 쓰러져 갔다.

마르쉬는 끝까지 퇴각 명령을 내리지 않았다. 황제의 명령을 전달해야 할 군단장은 숨을 거뒀고, 이기기 위해 목숨을 걸던 바렛샤의 병사들은 저항을 그만두었다.

"당신이 졌어, 마르쉬 히킨샤."

이미 바렛샤의 군은 전멸했고, 그나마 항복을 선언한 병사들만이 목숨을 부지했다. 죽음 따위에 충성을 팔지 않겠노라고 자결하는 이도 여럿 있었다. 그러나 마르쉬의 눈에는 죽어 가는 병사들 대신 케딜락성에 꽂혀 있는 붉은 바렛사의 기만이 그득 들어찼다.

"아직 전쟁은 끝나지 않았어! 아직 내 군사가 남았다!"

마르쉬가 일그러진 얼굴로 소리쳤다. 그는 증오로 가득 찬 눈으로 로자리아를 노려보았다.

"패배를 인정해라."

로자리아는 데모나를 황제의 목에 겨누었다. 차가운 검 끝이 목에 닿는 순간, 마르쉬는 깨달았다. 마르쉬 히킨샤, 바렛사의 황제는 전쟁에서 패배했노라고.

"그대 때문이다."

마르쉬의 눈에서 지독한 원망으로 가득 찬 눈물이 흘렀다.

"나는, 바렛사는 그대를 원했다."

로자리아는 알 수 없는 얼굴로 마르쉬를 바라보았다.

"율리아, 정령의 신. 당신이 나와 바렛사의 손을 들어주기를 원했다."

마르쉬는 그녀를 바라보며 흐느꼈다. 단 한 번도 눈물을 보이지 않던 사내가 악에 받친 눈물을 토해 냈다. 마르쉬는 로자리아를 향해 두 무릎을 꿇었다.

"왜 나를 택하지 않았지? 율리아는 바렛사의 편이었다. 이스타샤와 이스타샤의 황제는 그대를 배신했다!"

그럼에도 로자리아는 이스타샤와 공작을 택했다. 그 사실에 너무나 분통이 터지고 격분이 치밀었다.

"……지금에서야 제자리로 돌아온 거야."

마르쉬는 로자리아의 말이 무슨 뜻인지 알아들을 수 없었다.

"크큭, 큭……"

마르쉬는 미친 사람처럼 웃다가 두 바닥에 손을 짚었다.

"그래, 인정하마. 내가 졌다. 내가, 강철제국이라 불리던 바렛사가 당신에게 패배했다!"

마르쉬는 끅끅 웃음을 토해 냈다. 어차피 전쟁에서 졌으니 살아 돌아갈 거라곤 생각하지 않았다. 마르쉬는 흐릿한 시야로 성벽 위를 올려다보았다. 금빛 장미가 새겨진 기와 검은 늑대가 포효하는 바르세데스 기가 케딜락 성벽 위에 꽂혔다.

"이 가엾고 쓸모없는 패배자를 죽여라. 죽여서 그 피를 내어라."

누이도, 병사들도, 바렛사도 지키지 못한 이 쓸모없는 목숨을. 마르쉬의 애원에 로자리아는 가라앉은 눈동자로 그를 보았다. 아무런 말을 하지 않던 그녀는 마르쉬에게서 검을 거두었다. 이윽고 무장한 기사들이 서쪽 본성의 탑을 찾았다.

"바렛사 황제를 잡아들이도록."

로자리아는 그녀에게 묵례하는 기사들에게 명령했다.

"명에 따르겠습니다."

기사들이 바닥에 쓰러진 마르쉬를 일으켜 세웠다. 행여 바렛사 황제가 도망칠까, 기사들은 힘주어 마르쉬를 붙들었다.

"그래, 당신의 말대로 바렛사는 패배했다."

로자리아는 잠긴 목소리로 말을 이었다.

"마르쉬, 당신을 잡아야 비로소 전쟁이 끝난다. 바렛사와 당신은 패전의 대가를 치르게 될 거야."

로자리아는 얼음장 같은 차가운 시선으로 마르쉬를 내려다보았다.

"대가?"

마르쉬가 큭큭 웃음을 터뜨렸다. 단 한 번도 전쟁에서 져 볼 거라 생각해 보지 않았다. 로자리아는 가라앉은 눈으로 마르쉬를 바라보았다.

"비록 나는 패배했으나 내 염원은 끝나지 않았다. 바렛사는 다시 이스타샤를 집어삼킬 것이다."

마르쉬는 원통함을 억눌렀다. 승리가 코앞이었다. 손만 뻗으면 이스타샤의 기가 잡힐 거리였다.

"황제를 감옥으로 데려가라."

명령이 떨어지자 마르쉬는 저항을 그만두었다. 기사들은 축 늘어진 황제를 감옥으로 끌고 갔다.

"도망치던 바렛사의 병사들을 포박했습니다."

뒤이어 케딜락의 기사가 뛰어와 상황을 보고했다. 보고를 듣고 난 로자리아가 움직이자 기사들이 그녀의 뒤를 따랐다.

로자리아는 서쪽 본성을 빠져나왔다. 무심결에 고개를 든 그녀의 눈에 라쉬드의 모습이 보였다. 그녀의 시선을 느꼈던지, 전령의 보고를 듣던 라쉬드는 로자리아에게 다가갔다.

아내를 보면 할 말이 많을 거라 생각했는데, 막상 로자리아의 얼굴을 보니 생각이 멈추었다. 무사해서 다행이라는 말밖에 나오지 않았다.

로자리아가 말을 마치기도 전에 라쉬드는 그녀를 품에 끌어안았다. 로자리아는 라쉬드의 어깨에 고개를 묻었다. 그에게 안기자 알 수 없는 감정이 치밀어 올랐다. 그녀는 눈을 감았다. 파르르 떨리는 속눈썹 아래로 눈물이 맺혔다.

"우리가 이겼어요, 라쉬드."

목이 메 목소리가 제대로 나오지 않았다. 케딜락이 승리를 거둔 기쁨, 그를 다시 볼 수 있다는 안도감이 뒤섞여 복잡한 기분이 들었다.

"당신이 이끈 승리야."

라쉬드는 로자리아의 머리칼을 다정한 손길로 쓸었다. 로자리아가 아니었다면, 그녀가 아니었다면 이스타샤는 바렛사로부터 승리를 거두지 못했을 것이다. 한참을 라쉬드의 품에 안겨 있던 로자리아는 서서히 고개를 들었다. 그녀의 흐릿해진 시야에 그토록 그리워하던 라쉬드가 보였다. 이윽고 둘의 시선이 마주치자, 라쉬드는 로자리아에게 깊게 키스했다. 케딜락 성벽 위에 꽂힌 금빛 인장의 기와 바르세데스의 기가 바람에 휘날렸다.

10만으로 이스타샤를 침략했던 바렛사의 병력은 돌아갈 땐 삼 할도 되지 못했다. 포로로 붙잡힌 고위 기사들을 제외하곤 바렛사의 병사들은 그들의 북쪽 땅으로 귀환했다. 바렛사와 이스타샤는 겨울 협정이라 불리는 종전 조약을 맺었다. 바렛사는 이스타샤에 패배한 대가를 치러야 했다. 황폐화된 케딜락의 영토를 복구하는 데 드는 비용의 열 배를 값으로 치렀으며, 그들의 남쪽 경계였던 바그둠을 이스타샤의 영토로 바쳐야 했다. 불태웠던 북부의 곡창과 케딜락성을 재건하는 복구 작업도 진행되었다.

바렛사의 수도, 탈란에는 이스타샤의 고위 관리와 병사들이 주둔했다. 바렛사의 황제, 마르쉬 히킨샤는 이스타샤와 화친을 맺었다는 굴욕을 견디지 못했다. 마르쉬는 목이 잘리는 대신 이스타샤의 귀족들이 보는 앞에서 머리카락이 잘렸다. 이미 한번 목숨을 가져갔으니, 다시는 전쟁을 일으키지 말란 경고의 의미였다.

전쟁에서 승리를 거둔 이스타샤에 많은 변화가 찾아왔다. 성녀와 함께 부정부패를 일 삼아온 대신전의 사제들이 감옥으로 끌려갔다. 바렛사에 군 기밀을 넘겼던 사제들은 처형되었으며, 그보다 죄가 미약한 자는 감옥에서 평생을 지내게 되었다. 사제로서 탈세와 공금을 횡령했던 이들은 직위를 박탈당해 떠돌이 신세가 되었다. 전쟁이 끝나고 한 달하고도 보름 만에 처리된 일이었다.

바르세데스가 승리를 거두었단 소식에 클라인은 초조한 듯 손톱을 물어뜯었다. 처형된 사제 중에서 제 목숨을 부지하겠다고 프리실라와 클라인의 죄를 고발한 자가 있었다. 다들 쉬쉬하긴 해도 클라인이 선황 노만 1세를 죽였다는 사실이 암암리에 퍼졌다. 성녀와 결탁하고 선황을 죽인 그를 폐위시켜야 한다는 여론이 들끓었다. 또한 바렛사에 협조하려고 했던 죄목까지 밝혀져 모두가 황제의 폐위를 외쳤다.

결국 클라인은 제 입으로 황제 자리에서 물러나겠다고 선언했다. 목숨은 어떻게든 부지하려고 했으나, 귀족들은 클라인의 사형을 주장했다. 공포와 압박감을 이기지 못한 클라인은 한밤중에 측근들과 도망치다 숲속에서 죽은 채로 발견되었다. 병사들에게 쫓기다 절벽에 발을 헛디뎌 죽었다는 말이 떠돌았으나, 클라인을 따르던 최측근이 벌인 일이었다. 소수의 귀족이 황제의 죽음을 국장(國葬)으로 치러야 한다고 했지만, 그 의견은 받아들여지지 않았다. 이스타샤는 전쟁에서 승리를 거뒀음에도 황위는 공석이었다.

황성에 도착한 라쉬드는 이튿날, 수도에서 떨어진 외곽의 신전을 찾았다. 신전에 이미 도착해 있던 라뮤엘이 라쉬드를 보며 반색했다. 응접실에 도착하자마자 그는 냉큼 공작을 붙잡고는 전에도 했던 이야기를 반복했다.

"공작 각하께서 황위에 오르셔야 합니다."

"즉위라……."

라쉬드는 복잡한 심경을 내비쳤다. 그가 황위를 잇는다면 테베의 왕인 로자리아는 황후가 될 것이며, 태어날 아이는 황태자가 될 터. 이스타샤는 뿌리부터 썩어 가는 나무였다. 천 년 동안 고여 있던 물은 부패해 감히 손도 대지 못할 지경이었다. 제국을 괴롭히던 전쟁과 전염병은 해결되었지만, 부패한 귀족과 신전은 그대로였다. 또한 황위를 이을 마땅한 방계 혈족이 없었다. 그러니 공작이 황위를 잇게 될 거란 건, 클라인을 황제로 둘 수 없다는 반발이 거셌던 시점에서 이미 예상한 결과였다. 그러나 로자리아에게 말하지 않았던가. 당신이 원하는 곳이면 어디든 가겠다고.

"황제가 되면 자유롭지 못하겠지."

"공작님께 어울리지 않는 말씀이시군요."

그의 아내와 아이는 자유롭기를 바랐다. 라쉬드는 대답 대신 깊은 생각에 잠겼다. 그걸 보던 라뮤엘이 조심스레 말했다.

"적어도 부인께선 담담하시더군요. 어떤 결정을 내리든 공작님의 뜻을 존중할 거라 하셨습니다."

짙은 한숨을 내쉰 라쉬드는 바람을 쐬고자 테라스로 다가갔다. 반쯤 열린 창문을 열어젖히자 아이들과 웃고 있는 로자리아가 보였다. 한때 연인을 잃고 새하얗게 변했던 머리칼은 달빛을 그린 금발로 돌아왔다.

"성녀님, 제가 꽃을 꺾어 왔어요!"

"바보야, 꽃은 꺾는 거 아니랬어!"

아이들이 엮어준 월계관을 머리에 얹고 하얀 드레스를 입은 로자리아가 아이들의 이야기를 듣고 있었다.

로자리아는 아이가 내민 붉은 장미를 받아 들었다. 전쟁이 끝난 후, 이스타샤는 서서히 안정을 찾아갔다. 가신의 보고에 의하면 수도 외곽의 신전에 부모를 잃은 아이들이 살고 있다고 하였다.

일주일 전, 로자리아는 라쉬드와 함께 신전을 찾았다. 아이들의 후견인은 지오반니 에르테반으로 밝혀졌다. 이스타샤를 배반하고 바렛사를 따랐던 후작이 아이들을 보호하고 있을 줄은 그 누구도 생각지 못했다. 신전의 아이들은 프리실라에 의해 억지로 잡혀 온 처지였다. 아이들의 부모를 찾아주려 했으나, 신전 병사에 의해 죽임을 당하거나 목숨을 끊었다. 꽃을 받아 든 로자리아가 아이의 머리칼을 쓰다듬었다.

"성녀님, 기사님은요?"

성녀가 아니라고 누누이 말했지만 아이들은 끝까지 고집을 꺾지 않았다. 가끔 신전을 찾아온 지오가 아이들에게 말해주던 성녀님과 똑같았던 탓이다.

"기사님은……."

로자리아는 말을 잇지 못했다. 에르테반의 혈족들은 전원 사형을 선고받았다. 그들의 가주였던 지오는 감옥에 갇혀 죽을 날을 기다렸다. 지오가 감옥에 갇힌 후로 공작 부부가 갈 곳 없는 아이들을 거두었다.

"야, 그만 물어봐. 성녀님이 곤란해하시잖아."

다른 아이를 타박한 여자아이가 로자리아에게 꽃을 건넸다.

"성녀님, 이거 기사님이 키우던 꽃이에요."

"고마워."

하얀 장미꽃을 건네받은 로자리아는 고개를 숙여 향을 맡았다. 깊고 짙은 장미향이 코끝에 어렸다. 고개를 들자 멀지 않은 곳에서 라뮈엘의 잔소리를 듣는 라쉬드가 보였다.

"이 꽃 이름이 뭔지 알아?"

재잘거리는 목소리가 들렸다. 로자리아는 풀숲에 앉아 이야기를 나누는 오누이를 바라보았다.

"몰라. 빨간 건 많이 봤는데 이 하얀 건 뭐야?"

아이가 모르겠다고 고개를 젓자 오빠로 보이는 아이가 엄청난 비밀을 얘기하듯 소곤거렸다.

"로자리아."

그녀의 이름이 불리자 깜짝 놀란 로자리아가 아이들을 바라보았다.

"이스타샤를 수호할 순백의 꽃이야."

로자리아의 시선이 아이가 건네준 하얀 장미에 어렸다. 아직 피어나지 않은 봉오리가 맺힌 꽃은 제국의 상황을 떠올리게 했다. 이스타샤는 바렛사와의 전쟁에서 승리를 거두었지만, 나라의 기강은 무너졌으며 여전히 부패했다. 여전히 가문의 이익을 위해 머리를 굴리는 귀족들이 대부분이었다. 죄를 짓지 않아 파면되지 않은 사제와 신녀들은 마을 사람들에게 기도를 들어준단 식으로 금전을 요구했다. 전쟁에서 승리한 기쁨도 잠시, 사람들은 다시 전염병과 가뭄이 찾아올까 두려워했다.

로자리아는 꽃봉오리가 맺힌 하얀 장미를 부드럽게 쥐었다.

"와아!"

봉오리에서 꽃이 순식간에 흐드러지게 피어나자, 아이들의 입에서 탄성이 내뱉어졌다.

"우와, 신기해! 성녀님은 정령술사예요?"

"그래."

로자리아는 부드러운 미소를 지으며 대답했다.

"저도 정령술사가 되고 싶어요!"

아이의 말에 로자리아는 놀란 듯 눈을 크게 떴다. 이스타샤에서 숨이 멎는 순간까지도 들어 보지 못할 거라 생각했던 말이었다.

로자리아는 아이의 머리칼을 쓰다듬었다. 좀처럼 느껴 보지 못했던 다정한 손길에 아이가 함박웃음을 지었다. 별안간 활짝 웃던 아이의 표정이 굳어졌다. 무슨 일이냐고 묻자 아이가 머뭇거리다가 조심스레 이야기를 꺼냈다.

"성녀님, 기사님도 볼 수 있는 거겠죠?"

아이의 말에 로자리아의 미소가 멎었다.

"……."

"실은 신녀님과 사제님들이 여길 떠나기 전에 했던 말을 들었어요. 감옥에 갇힌 기사님을 구해 주세요."

자신들을 구해 준 기사가 무엇을 잘못했는지, 왜 감옥에 갇혀야 하는지 그 연유까진 알지 못했다. 아이는 눈물을 글썽이며 로자리아의 소매를 붙잡았다.

"다시 볼 수 있는 거겠죠?"

로자리아는 말없이 아이를 안아주었다.

다음 날, 황성에서 회의가 열렸다. 황위를 오랫동안 공석으로 둘 수도 없었을뿐더러, 지오의 사형이 연기되었기 때문이다. 이미 부정을 저지른 사제들과 귀족들은 법에 따라 처벌을 받았지만, 지오와 에르테반의 혈족들은 감옥에 갇힌 그대로였다. 바렛사와 전쟁이 터졌을 땐 참석하지 않았던 이들이 언제 그랬냐는 듯 회의에 참석했다.

마네는 탐탁지 않다는 얼굴로 그들을 흘겼고, 더글라스는 느긋한 미소를 지으며 차를 마셨다. 엘리샤는 주위를 흘끗 둘러보며 분위기를 살폈다. 마네와 더글라스야 황성에 자주 들렀다지만 줄곧 그레이스 영지에 머물던 엘리샤에게 황성은 십 년 만이었다.

주도권을 가진 백작들이 발언하지 않자, 슬금슬금 눈치를 살피던 렌 남작이 화두를 꺼냈다. 그는 전쟁이 터지자마자 북부 케딜락에서 가장 거리가 먼 남부 무나크로 피신했다. 그러다 전쟁이 끝난 후 제 영지를 버리고 도망친 죄를 물을까 두려워, 전후 복구 사업에 열성인 듯 목소리를 높였다.

'지오반니의 죄가 워낙 크니 영지를 버리고 도망간 것쯤이야⋯⋯.'

렌 남작은 떳떳한 듯 입을 열었다.

"다들 여기 왜 모이셨는진 아실 겁니다."

"그래요? 우리가 왜 모인 거죠?"

마네가 모르겠다는 얼굴로 되묻자, 렌 남작이 짐짓 엄중한 목소리로 말했다.

"지오반니의 사형을 집행해야 합니다."

"이미 감옥에 있지 않소."

다른 귀족이 그를 말렸으나 남작은 어쩐지 불퉁한 얼굴이었다.

"다른 귀족들의 불만이 큽니다. 어째서 지오반니만 살려 두는지, 진의를 의심하는 자들도 있습니다."

"그거야 그렇지만……."

그때, 닫혔던 철문이 열리며 라쉬드와 로자리아가 들어섰다. 소란스럽던 회의장에 정적이 일었다. 귀족들은 자리에서 바로 일어나 공작 부부를 공손히 맞이했다.

"그간 강녕하셨습니까, 공작 각하."

"오랜만이군, 더글라스 백작."

차례로 귀족들의 인사를 받으며 라쉬드와 로자리아는 자리에 앉았다.

"부인, 그동안 잘 지내셨나요?"

"그럼요."

마네의 안부 인사에 로자리아는 우아한 미소를 지으며 화답했다. 화기애애한 분위기에 렌 남작이 어리둥절한 얼굴로 주변을 둘러보았다.

'절반은 공작파 귀족들이네.'

클라인의 즉위를 돕고 황제의 방만을 부추긴 귀족들은 갖가지 변명을 대며 회의에 불참했다. 황제파였던 귀족들은 황성에서 부르는 서신이 사형선고라도 되는 것처럼 기피했다. 황성에 부른답시고 갔다가 감옥에 끌려갈까 몹시 두려워했다. 그들은 갖가지 선물과 뒤로 빼돌린 세금을 황가에 바치면서도 황성에 가는 것은 꺼렸다. 렌 남작 외에도 황제파 귀족이 지오의 사형을 주장했다. 그들로선 이스타샤를 배신한 후작을 살려 둘 수 없다는 견지였다. 전쟁 중에는 성에 숨어 지내던 이들이, 전쟁이 끝나자 언제 그랬냐는 듯 소극적이던 태도를 버렸다.

로자리아는 차를 마시며 귀족들의 말을 경청했다. 그녀의 가라앉은 시선이 렌 남작을 향했다. 렌 남작이 계속 사형을 주장하자, 마네가 한숨을 삼키며 말했다.

"방관자가 할 말은 아니지 않습니까, 남작. 지오반니가 배신자라면 남작께선 어디서 무얼 하고 계셨습니까?"

"……."

마네의 말에 정적이 휘몰아쳤다. 모두 꿀 먹은 벙어리가 되어 그녀를 쳐다보았다.

"아이리쉬와 글로리아, 그레이스를 제외하곤 케딜락에서 다른 가문의 병사를 본 적이 없는 것 같군요."

마네의 생각에도 지오의 사형은 정당한 주장이었다. 그렇다 해도 목숨을 걸고 싸운 이들은 가만히 있는데, 전쟁이 터지자마자 남부로 도망친 놈들이 제일 말이 많다는건 용납할 수 없는 문제였다.

"지오 경께서 성문을 여신 걸 아시는지 모르겠군요."

마네의 말에 회의장에 한차례 파란이 일었다. 라쉬드는 상황을 관조했고 그건 로자리아도 마찬가지였다.

"공작 각하께 여쭈어봐도 되겠습니까? 지오반니의 처분을 어찌하실 생각이신지……."

"예정된 대로 사형을 집행할 겁니다."

라쉬드의 말에 마네가 믿을 수 없다는 듯 그를 쳐다보았다. 마네의 시선이 다시 로자리아를 향했지만, 로자리아는 별다른 말을 꺼내지 않았다.

"다만 신성가문의 가주였으니 사형까지 시일을 두는 것뿐입니다."

"그런 깊은 뜻이……."

기쁜 기색을 감춘 렌 남작이 수긍했다. 로자리아는 깊은 한숨을 삼켰다. 그녀로선 지오의 무죄를 주장하고 싶었다. 지오가 마르쉬의 명령이 없었음에도 성문을 연 건 확실했다. 그로 인해 수만 명이 목숨을 부지했지만, 지오의 손에 죽어 간 병사들도 존재했다.

"부인께서는 어찌 생각하시는지요?"

남작의 말에 로자리아는 상념에서 깨어났다. 언제 고민했냐는 듯 그녀는 차를 마시며 부드러운 미소를 지었다.

"지오반니는 신성가문의 가주였음에도 이스타샤에 반기를 들었습니다. 그는 제국을 혼란에 빠지게 한 대가를 치러야 합니다."

로자리아의 말에 마네는 실망감을 감추지 못했다. 마네는 검을 휘둘러 본 적 없는 문외한이었지만, 보호를 받아야 하는 상황에서도 병사들을 이끌고 케딜락성으로 향했다.

아이리쉬와 글로리아의 지원군은 전쟁의 승기가 케딜락으로 기울 때쯤 도착했다. 그래서 무슨 일이 있었는지 정확히 알지 못했지만, 엘리샤로부터 놀라운 이야기를 듣게 되었다. 이스타샤와 공작 부인을 배신한 지오가 사실은 목숨을 걸고 성문을 연 것이라고.

마네는 늘 표정 관리에 익숙한 귀족이었다. 하지만 오늘만큼은 그녀는 어두워진 낯빛을 감추지 못했다. 엘리샤도 마찬가지였다. 처음엔 지오를 배신자라고 원망했던 그녀도 케딜락에 오고 나서야 진실을 알아차렸다. 명예도, 위신도, 충성도 버려 가며 그가 지키려고 했던 것이 무엇이었는지도. 엘리샤의 시선이 귀족들과 담소를 나누는 로자리아를 향했다.

'정말로 지오 공을 버리실 생각이신가……'

더글라스는 유달리 얼굴빛이 어두워진 두 여인을 보고 묘한 숨을 내쉬었다. 늘 자신만만하던 마네도, 유달리 침착한 엘리샤도 심각한 고민을 앓는 듯했다.

"다행입니다, 각하. 저는 정말로 지오반니가 이해가 되지 않습니다! 어찌 신성가문의 가주가 된 자로서 이스타샤를 배신할 수 있습니까?!"

"저도 그렇게 생각합니다!"

늙은 귀족의 말에 렌 남작이 옳다구나 하는 얼굴로 맞받아쳤다.

"각하, 배신자를 본보기로 처단하지 않는다면 제국의 기강이 흐트러질 것입니다."

귀족들의 말에 라쉬드는 알 수 없는 시선으로 그들을 쳐다보았다. 모두 전쟁이 나자마자 바렛사와 화친해야 한다고 주장했던 이들이었다.

로자리아는 황성의 지하 감옥을 찾았다. 그녀를 알아본 간수가 허리를 굽히며 공작 부인을 감옥으로 안내했다. 음침하고 어두컴컴한 감옥에는 누군가의 것인지 모를 짙은 피 냄새가 서렸다.

로자리아는 익숙한 듯 깊숙한 감옥 안으로 발을 내디뎠다. 그녀는 지오가 갇힌 감옥 앞에서 발걸음을 멈추었다. 로자리아의 무거운 시선이 죄인처럼 포박된 남자에게 닿았다. 남자의 두 눈은 안대로 가려져 있었고, 양 손목과 발목은 움직이지 못하도록 쇠사슬에 매여 있었다.

자박자박. 감옥에 들릴 일 없는 고요한 발걸음 소리가 퍼졌다. 벽에 몸을 기댄 채로 눈을 감고 있던 지오는 눈을 떴다.

누구일까. 잠시 궁금증이 어렸지만 지오는 픽 웃고 말았다. 이 와중에도 그녀가 찾아올 거라고 기대를 하다니. 거짓말처럼 부드러운 장미 향이 그의 코끝을 스쳤다. 향이 강한 붉은 장미와 달리 강가에 피는 꽃처럼 은은한 향이었다.

끼이익. 한 번도 열리지 않았던 감옥 문이 열렸다. 로자리아는 간수와 함께 감옥 안으로 들어섰다.

스르륵. 그녀는 조심스러운 손길로 지오의 눈을 가리던 안대를 풀어주었다. 간수는 지오가 도망칠까 몹시 경계하며 다시 감옥 문을 닫았다.

"지오."

그녀였다. 로자리아를 알아본 지오의 눈이 믿을 수 없다는 듯 크게 떠졌다.

"……로즈 님."

그는 잔뜩 목이 메어 말을 하지 못하는 자신이 원망스러웠다. 귀한 기회였다. 마지막으로 죽기 전 그녀를 보면 하고 싶은 말이 있었다. 그런데 머릿속에 새하얀 잉크를 퍼부은 것처럼 아무런 생각이 들지 않았다. 지금이라도 가문의 이들을 살려 달라 빌어야 하나. 쓴웃음을 짓던 지오가 텁텁한 혀를 움직여 말했다.

"……제 잘못입니다."

로자리아는 무어라 대답하는 대신 잠자코 그의 말을 들었다.

"제 판단이 어리석어 에르테반의 이들을 죽음으로 내몰았습니다. 제가 욕심에 눈이 멀어 당신과 이스타샤를 배신했습니다."

지오의 말을 듣는 순간, 로자리아는 깨달았다. 그가 처음부터 거짓말을 하고 있었던 사실을.

'당신은 처음부터……!'

로자리아의 눈이 크게 떠졌다. 성녀의 즉위식 때, 지오가 새하얀 장미를 주던 날. 성력 때문에 갑갑해 테라스로 자리를 피했을 때, 지오가 그녀를 찾아왔었다.

"제가 에르테반의 가주로서, 부인을 실망시키는 선택을 하게 되더라도 저를 끝까지 믿어주시겠습니까?"

로자리아의 눈동자가 미세하게 흔들렸다. 지오의 떨렸던 목소리가 서서히 그녀의 뇌리에 떠올랐다. 그의 말도, 그리고 그에게 당신의 선택을 끝까지 믿을 거라 대답했던 자신도.

"이제껏 제 선택에 후회는 없었으나, 기쁨을 느낀 적도 없습니다. 하지만 부인의 신뢰를 얻은 것은 살면서 가장 값진 일이었습니다."

허락을 구하듯 조심스러운 손길이었다. 눈가를 휘며 웃던 사내의 모습마저 생각났다.

"제가 부인의 뜻을 따르지 않아 저를 미워하셔도 좋습니다. 하지만 저를 잊지 않고 기억해 주실는지."

왜 그런 말을 했는지 지금에야 알 것 같았다. 지오는 처음부터 자신을 위해 목숨을 버릴 생각이었다. 성녀의 세력을 이스타샤에서 끌어내고, 종래엔 이스타샤가 바렛사와의 전쟁에서 승리할 수 있도록.

로자리아가 말을 잇지 못하자, 지오가 몸을 일으켰다. 그는 맨발로 걸음을 내디뎠다. 얼음장 같은 바닥에 쇠사슬이 끌리는 소리가 났다.

지오는 로자리아를 하염없이 바라보았다. 한참을 머뭇거리던 그는 마지막이란 생각에 그녀의 앞에 다가가 조심스레 손을 내밀었다.

"로즈, 전 당신의 기사가 되고 싶었습니다."

그에겐 허락되지 않는 이름이라 할지라도 지금 이 순간은 로즈라고 불러 보고 싶었다. 로자리아와 눈이 마주치자 시간이 멎은 것만 같았다. 배신자라며 욕을 해도 괜찮았다. 어리석은 선택이었다며 비웃어도 상관없었다.

'내가 당신을 실망시켰으니까.'

지오의 입가가 조금씩 떨렸다. 그는 몇 번이고 괜찮다는 말을 마음속에 되새겼다. 당신이 나를 경멸 섞인 시선으로 본다 해도 원망하지 않는다. 로자리아는 지오의 손을 붙잡지 않았다. 간절한 얼굴로 손길을 기다리던 지오는 결국 고개를 떨구었다.

툭, 더러워진 발치에 눈물이 떨어졌다. 지오는 자신이 울고 있다는 사실조차 깨닫지 못했다. 예상했던 반응이었다. 믿어 달라 해놓고 그녀를 배신한 건 자신이었다.

'마지막으로 한 번만 내게 다정하게 웃어주기를 바랐어.'

그럼에도 지오는 로자리아를 원망하지 않았다. 지금도 그녀가 밉지 않았다. 무슨 선택을 하더라도 믿어주겠다고 했던 말이 지오에겐 전부가 되었다.

"저를 찾아와 주실 거라곤 생각지 못했습니다."

지오는 로자리아를 보며 눈가를 휘었다.

"마지막으로 보고 싶었습니다."

그 말에 로자리아는 목이 메어 말을 잇지 못했다. 그녀는 고개를 숙인 지오의 뺨에 손을 얹었다.

"지오, 당신이 에르테반의 가주로서 나를 실망시키는 선택을 한다 해도……."

굳게 닫혔던 입이 열리며 그토록 듣고 싶었던 목소리가 들렸다. 지오는 저도 모르게 고개를 들었다.

"난 당신을 믿어요."

그의 뺨에 닿은 온기에 지오가 믿을 수 없다는 듯 눈을 크게 떴다.

로자리아의 말에 지오는 옅은 미소를 지었다. 감옥에 갇혀 사형을 기다리는 사람으로 보이지 않을 만큼 환한 미소였다.

"지오와 에르테반을 구할 거예요."

"저 때문에 위험해지실 겁니다. 저와 가문의 이들은 모두 죽음을 각오했습니다."

"하지만……."

로자리아는 입술을 질끈 깨물었다. 결코 가벼운 마음으로 지오에게 구해 주겠다 약속한 것이 아니었다.

"만약 제 가문의 사람들이라도 살 수 있다면 에르테반의 이들을 거둬주시겠습니까? 귀족으로 살지 않아도 됩니다. 부디 목숨만이라도……."

지오의 말에 로자리아는 고개를 끄덕였다. 그녀는 지오의 손을 붙잡으며 반드시 구하겠노라고 약속했다. 구해 주겠단 말에 기뻤지만 지오는 군법을 어긴 죄가 얼마나 무거운지 알고 있었다. 선처를 바라는 건 사치였으며, 애초에 죽을 각오를 하고 벌인 일이었다.

그는 사람을 죽였다. 제국을 지키기 위해 검을 들었던 이스타샤의 병사들을. 지쳐 누워 있을 때면 제 손에 죽어 간 이들의 증오와 원망 섞인 목소리가 들려왔다. 그러나 모순적이게도, 그가 그리워하던 로자리아가 승리했단 소식을 듣고 진심으로 기뻤다.

이스타샤, 케딜락, 바르세데스. 그가 충성을 바쳤던 공작과 지키고 싶었던 로자리아가 살았다면 그걸로 되었다.

"약속할게요. 에르테반과 당신을 반드시 구하겠다고."

시간이 되어도 로자리아가 돌아오지 않자 간수가 그녀를 찾아왔다. 죄인은 쇠사슬에 묶였으니 밖으로 탈출할 수 없지만, 만에 하나 사고라도 생긴다면 전부 간수의 책임이었다.

"누추한 곳에 계속 계시면 제가 송구합니다."

간수는 경멸스럽다는 듯 지오를 노려보았다. 한때는 눈도 못 마주칠 고귀한 신분의 사내였으나 지금은 아니었다. 더러운 배신자. 신성가문의 가주이면서 적국에 신념을 팔아넘긴 변절자.

로자리아는 지오를 향한 간수의 시선을 알아차렸다.

"이만 가도록 하지."

무겁게 잠긴 시선으로 지오를 바라보던 로자리아는 몸을 돌려 감옥을 빠져나갔다.

24장 에르테반 (2)

다음 날, 지오반니 에르테반이 탈옥했다는 소문이 퍼졌다. 지하 감옥을 지키던 간수는 회의장으로 끌려왔다. 한참 후에 정신을 차린 그의 시야에 심각한 얼굴로 무언가를 의논하는 듯한 귀족들이 보였다. 겁에 질린 간수가 기묘한 가면을 쓰고, 손에는 곡도를 쥔 다섯의 사내를 감옥에서 목격했다고 더듬거리며 말했다.

"바렛사에서 분명 탈옥을 도운 겁니다!"

"그렇다 쳐도 어디서 목소리를 높이는 겁니까!"

지오가 탈출했다는 소식에 회의장이 소란스러웠다. 귀족들은 제각기 목소리를 높이며 도망친 반역자를 잡아야 한다고 소리쳤다.

'아수라장이 따로 없군.'

더글라스가 쯧쯧 혀를 낮게 차며 한심한 눈길로 귀족들을 쳐다보았다. 대부분의 귀족이 전쟁을 방관했다. 귀족들은 행여 전쟁이 남부로 퍼져 강제로 지원군을 보내야 할까 전전긍긍했다. 전쟁이 끝난 지금이라도 이스타샤를 위한다는 인상을 주고 싶었던 건지, 목청이 터져라 외쳐 댔다.

"바렛사와 전쟁 중일 때는 다들 주무시고 계셨나 봅니다. 곧 공작 각하와 부인께서 오십니다. 한데 어찌 이리 소란스러운 겁니까?"

결국 더글라스가 자리에서 일어나서 중재하고 나서야 그들은 입을 다물었다. 지오가 탈옥했다는 소식에 귀족들은 충격을 받았다. 바렛사와 종전협정을 체결했지만, 그들이 다시 기회를 노리는 것이 아니냐는 말들이 오갔다.

"지금으로선 바렛사 세력이라 단정 지을 순 없습니다. 공작 각하께서 결정을 내리시기 전까지 이렇게 경거망동하셔야 되겠습니까?"

더글라스의 말에 귀족들의 입이 다물어졌다. 조용해진 회의장을 둘러본 더글라스는 흡족한 미소를 지었다.

벽에 기대 잠을 청하려던 지오가 본 건 처음 보는 기괴한 가면이었다. 아이들이 쓰고 다닐 법한 웃는 가면을 쓴 이들이 간수들을 처리했다. 몇몇은 갑갑한지 쓰고 있던 가면을 벗기도 했다. 그들은 검을 들었으나 간수를 죽이진 않았고, 그저 기절시키거나 일어나지 못하도록 발목을 부러뜨렸다. 지오가 정신을 차렸을 땐, 그가 갇혔던 감옥의 문이 이미 열려 있었다. 개중에 대장으로 보이는 자가 그에게 다가왔다.

"고지식한 놈. 처음부터 죽을 생각이었는지 도망도 안 치네."

가면을 쓴 용병대장, 아르헨 누벨이 도망갈 생각이 전혀 없어 보이는 지오를 보며 쯧쯧 혀를 낮게 찼다.

"네놈이 도망가지 않으면 우리는 선수금을 도로 뱉어야 한다고."

"……방금 뭐라고 한 거지?"

지오는 눈을 찌푸렸다. 암살자로 보였으나 자신을 해치려고 온 이들은 아니었다.

"멍청한 새끼, 네가 도망치지 않는다면 네놈 가문의 이들은 전부 죽는다."

아르헨은 서툰 이스타샤어로 욕설을 내뱉었다. 그제야 지오는 눈앞의 남자의 정체를 알아차렸다. 로자리아의 명령을 받은 이들이었다. 잠시 고민하던 지오는 누벨이 던져 준 로브를 뒤집어쓰고 황성을 빠져나갔다.

지오는 용병들과 함께 반나절이 넘게 말을 타고 내달렸다. 하루가 지나 수도를 벗어난 그들은 인적이 드문 숲에 도착했다. 황량한 숲에서 스산한 바람 소리만이 들렸다. 뒤에는 무장한 병사들이 그를 쫓고 있었다. 지오는 절벽 끝에 다다르고 나서야 걸음을 멈추었다.

'여기까지인가.'

지오는 쓴웃음을 삼켰다. 로자리아가 도와주겠다고 했지만, 자신은 반역자였다. 숨 막힐 정도로 갑갑한 지하 감옥에서 벗어나, 잠시나마 바람을 쐬게 된 것만으로 그저 좋았다. 시원한 바람, 맨발에 닿는 땅의 촉감에 죽어 가던 심장이 다시 뛰는 것만 같았다.

지오는 나지막이 웃었다. 오히려 긴장한 건 병사들이었다. 절벽에서 병사들을 따돌리는 건 불가능했다. 그런데도 죽음이 목전까지 드리운 사람치고는 잔잔하고 고요해 보였다.

"내가 잡도록 하지."

듣고 싶었던 목소리가 들리자 지오는 고개를 돌렸다. 마지막 순간, 그곳에 바로 로자리아가 있었다. 로자리아는 병사에게서 활을 받아 들고서 자신을 바라보는 지오를 향해 활시위를 당겼다.

"……로즈 님."

쉭익. 바람을 가른 화살이 지오의 가슴팍을 꿰뚫었다. 그의 몸이 고꾸라지며 절벽 아래로 떨어졌다. 격렬한 바람 때문에 앞이 보이지 않자 병사들은 몸을 숙였다. 바람이 걷힌 후에야 병사들은 움직일 수 있었다.

"오늘 지오반니 에르테반은 죽었다."

로자리아는 담담한 목소리로 읊었다. 한때 아꼈던 기사의 죽음에도 공작 부인은 냉정해 보였다.

"황성으로 돌아가지."

로자리아는 미련 없이 몸을 돌렸다. 활대를 쥔 그녀의 손이 미세하게 떨렸지만 그 누구도 알아채지 못했다.

지오의 죽음으로 에르테반 가문의 이들에게 내려졌던 사형 집행은 연기되었다. 그들에게 처음이자 마지막 재판의 기회가 주어졌다. 가신들은 1차 재판에서 지오가 그들의 뜻을 무시하고 독단적으로 내린 결정이라 밝혔다. 또한 지오의 명령에 반대하여 성문을 열었으며, 에르테반의 혈족들은 가주가 이끈 반역과는 무고하다고 주장했다. 재판의 결정권은 재판에 참석한 귀족들과 공작 부부에게 있었다. 공작 부인이 지오를 직접 잡으려고 했던 만큼 대부분의 귀족이 에르테반의 멸문을 예상했다.

"부인, 도와드리겠습니다."

로자리아는 시녀의 도움을 받아 검은 드레스를 걸쳤다. 하얀 실크 장갑을 낀 그녀는 재판장으로 향했다. 로자리아는 1차 재판에는 참여하지 않았다. 3분의 2가 사형 집행에 반대해야만 에르테반의 이들은 살 수 있었다. 그러나 오로지 3분의 1만이 사형에 반대했다.

"공작 각하께서 기다리고 계십니다."

문이 열리며 로자리아는 재판소 안으로 들어섰다. 그녀의 뒤로 검을 찬 기사들이 뒤따랐다.

"모두 부인께 예를 갖추십시오."

귀족 남성들이 일어나 가슴에 손을 얹고 묵례했다. 여성들은 드레스 자락을 살짝 움켜쥐는 걸로 인사를 대신했다. 귀족들의 시선이 로자리아를 향했다. 오늘 그녀의 선택이 재판의 당락을 결정할 것이다.

귀족들은 경건한 태도로 로자리아를 맞아들였다. 테베의 왕녀를 향한 멸시, 경멸, 조롱에 가까웠던 시선은 찾아볼 수 없었다. 제국민에게 로자리아는 공작과 함께 이스타샤를 이끌 지배자였다. 또한 지금은 공작 부인이었지만 바르세데스 공작이 황위를 잇는다면, 이스타샤의 황후가 될 이였다.

로자리아가 자리에 앉자 라쉬드는 귀족들에게 부드러운 목소리로 일렀다.

"모두 앉아도 좋습니다. 다들 이곳에 모인 이유를 알 겁니다. 2차 재판에서 에르테반의 혈족들의 처우가 결정되니, 신중한 선택을 하셨으면 하는군요."

그 말에 귀족들이 모호한 표정을 지었다.

'신중한 선택이라니.'

렌 남작이 불쾌감을 표했지만 곧 표정을 감췄다. 귀족들이 모인 재판에서 실수라도 했다간 공작파 하이에나들에게 물어뜯길 게 분명했다.

이윽고 에르테반 측의 변호인이 나와서 무죄를 주장했다. 그들은 성력을 가진 지오의 명령을 거부할 수 없었으며, 명령에 따르지 않으면 가주가 그들을 살해했다고 말했다. 잠자코 듣고 있던 렌 남작이 손을 들며 발언했다. 이참에 시골 영지에 처박힌 지방 귀족에서 중앙 귀족 자리를 노려 볼 생각이었다.

"그게 말이 된다 생각하십니까? 에르테반의 가신들도 지오반니와 똑같은 자들입니다!"

"목소리를 낮추시지요. 공작님과 부인께서 이곳에 계십니다."

곁에 있던 나이 든 귀족이 중후한 목소리로 남작을 말렸다. 그러자 렌 남작이 큼큼 목청을 가다듬으며 목소리를 낮추었다.

"성문을 연 것도 이스타샤를 위해서라곤 생각되지 않습니다! 케딜락의 병사를 죽이기 위해 머리를 굴리다 제 꾀에 넘어간 겁니다!"

"이스타샤를 위해 에르테반의 혈족들이 성문을 연 겁니다, 렌 남작!"

마네가 렌 남작을 찢어 죽일 듯이 노려보며 말했다.

"멍청한 바렛사의 병사들이 열었을 수도 있지요, 마네 백작님."

"하, 그곳에 있지도 않았던 남작께서 저보다 상황을 더 잘 알았나 봅니다."

쾅! 마네가 격분을 참지 못하고 협탁을 주먹으로 내려쳤다. 아이리쉬는 중앙의 곡창을 소유한 데다가 상단을 관리하는 가문이라 부유했지만 병력은 미약한 가문이었다. 곡창과 상단에서 거둬들인 돈으로 병력을 증강하고 싶었지만, 수백 년 전부터 황가는 이를 반대했다. 그럼에도 마네는 한 치의 망설임도 없이 로자리아를 위해 케딜락으로 군 지원을 나섰다.

처음으로 가 본 전장은 비명과 죽음으로 들끓는 지옥도였다. 전선에 서지 않았음에도 적군의 검에 의해 머리가 잘릴까, 날아드는 활에 가슴이 뚫릴까 끔찍할 정도로 두려웠다. 어릴 적부터 그녀를 지켜 주었던 기사들이 죽어 나갔다. 지오의 선택이 아니었다면 얼마나 더 아끼는 자들이 죽었어야 했는지 생각하는 것만으로도 아찔했다.

마네는 어젯밤 로자리아를 찾아가 그녀의 선택을 책망했다. 무례인 걸 알면서도 가슴이 답답해 왜 그런 결정을 내린 거냐고 물을 수밖에 없었다. 어째서 당신을 위해 반기를 들었던 지오를 죽게 내버려 두었는지 이해가 가지 않았다.

마네는 로자리아를 하염없이 바라보던 지오의 시선을 잊을 수가 없었다. 지오는 죽었고, 그는 가문의 이들이 살아남기를 원했다고 했다. 마네는 이제야 그 뜻을 이해할 수 있었다. 새는 날개를 꺾으면 날지 못한다. 신성가문인 에르테반에서 강한 성력을 지닌 지오는 가주 이상의 의미였다. 이번 일로 목숨을 넘긴다 하더라도, 에르테반은 죽은 가문이나 마찬가지였다. 지오가 목숨을 걸고 아이리쉬의 병사들을 지켜 주었으니, 이번에는 마네 자신이 에르테반의 혈족을 보호할 것이다.

'그전에 저놈부터 갈아버리고 싶네.'

마네는 에르테반의 멸문을 주장하는 렌 남작을 노려보았다. 한편으로는 로자리아가 황족의 권위를 내세워 재판을 끝냈으면 하는 마음도 있었다. 하지만 로자리아는 그러지 않았다. 그건 공작도 마찬가지였다. 곧 황위를 이을 텐데도 공작은 황제가 되기 전까지 독선적으로 권력을 휘두르지 않았다. 아직까지 라쉬드는 공작이었으며, 황제가 아닌 이상 귀족들의 의견을 억누르면서까지 재판의 결과를 좌지우지할 수 없었다.

"마네 백작에게 차를 건네주겠어요?"

로자리아는 시녀에게 일러 마네에게 차가운 허브차를 건네도록 했다. 차를 받아 든 마네는 아차 싶은 얼굴로 속을 삭였다. 그전까지 아이리쉬의 가주가 그녀의 위치였다면, 지금은 공작파를 대표하는 귀족이었다. 마네가 진정되고 나서야 로자리아는 렌 남작에게 시선을 주었다.

"흥미로운 소리로군요, 남작."

그 소리에 렌 남작의 얼굴색이 밝아졌다. 도망친 지오를 잡기 위해 직접 쫓았던 공작 부인이었다. 어째서 마네 아이리쉬가 저렇게 반대하는지 모르겠지만, 공작 부인은 자신과 뜻이 같아 보였다.

"아쉽게도 성문을 연 건 바렛사의 병사가 아닙니다."

"예……?"

"마네 백작의 말대로 에르테반의 이들이 성문을 연 겁니다."

"……하지만!"

"남작, 재판에선 그럴 거란 추측은 통하지 않습니다. 나와 다른 귀족들을 설득시킬 증거를 보여야 하지요."

"그, 그렇다 해도 에르테반 가문의 사람들이 성문을 열었단 증거가 있을 리가……!"

"나와 공작 각하는 이스타샤의 승리를 위해 목숨을 걸었고 그건 아이리쉬, 글로리아, 그레이스, 그리고 바르세데스의 병사들도 마찬가지입니다."

"……제가 그걸 어찌 모르겠습니까?"

그게 지금 재판과 무슨 상관이란 거지? 렌 남작이 이해할 수 없다는 얼굴로 되물었다.

"나와 함께 목숨을 걸었던 수만의 군사가 증인이 될 겁니다."

"……부인!"

이제 와서 에르테반의 편을 들다니, 뒤통수를 맞은 기분이었다. 렌 남작이 목소리를 높였다. 로자리아는 위압적인 시선으로 남작을 내려다보았다.

"가문의 영지를 버리고, 남부 무나크령으로 도망쳤던 렌 남작께는 어려운 이야기인가 보군요."

렌 남작의 얼굴이 석고상처럼 굳어 갔다.

"그, 그걸 어떻게……."

"렌 남작의 영지는 케딜락과 가까운 곳이더군요. 케딜락이 함락될 거라 생각해서 북부에서 가장 먼 무나크로 간 것이 아닙니까?"

"저는 단지……."

렌 남작의 얼굴이 새하얗게 질려 갔다. 곁눈질로 주위를 살피던 남작과 마네와 시선이 마주쳤다. 그녀가 경멸하는 눈으로 자신을 바라봤지만, 이 중에 떳떳한 자는 드물었다.

"무나크에 볼일이 있어 잠시 갔던 것뿐입니다. 제가 어찌 제 영지를 버리고 가겠습니까?!"

"볼일이라……. 전시 명령보다 더 우선인 것이 있었나 보군."

렌 남작의 변명을 듣던 라쉬드가 낮게 웃으며 말했다. 공작의 너스레에 남작은 겁에 질려 눈을 질끈 감았다. 로자리아는 렌 남작의 죄를 눈감아줄 생각 따위 없었다. 귀족으로 태어나 모든 특권과 권리를 누리면서 전쟁 중에 제국을 지켜야 하는 의무는 저버렸다. 로자리아는 고개를 숙인 렌 남작에게 말했다.

"그대는 이스타샤의 귀족입니다. 전쟁으로부터 제국을 지키고 제국민을 보호해야 하는 건 우리의 의무입니다. 귀족이 의무를 버리고 도망치는 순간, 귀족으로서 자격을 잃는 겁니다."

"저만 그런 것이 아닙니다, 부인! 어디 여기에 있는 귀족 중에서 지원 명령에 따른 자가 몇이나 있습니까!"

렌 남작이 억울한 듯 주위를 둘러보며 외쳤다. 마네는 똥 씹은 얼굴로 '저놈이 혼자 죽기 싫어서 발악하네요'라고 엘리샤에게 귓속말했다. 남작과 시선이 마주친 귀족이 흠칫 놀라며 고개를 돌렸다. 적어도 여기선 그의 편이 되어줄 만한 사람은 보이지 않았다. 그러던 중, 공작부인의 차가운 목소리가 들려왔다.

"나는 남작에게 물은 겁니다."

"저, 저는 무나크 공작령에 바렛사의 간자가 있다는 소식을 듣고……."

겨우 생각해 낸 변명이 이따위 것이었다. 자신이 생각해도 우스운 변명이었지만 여기서 수긍했다간 파면당할 처지였다.

"무나크에 간자가 있었다?"

라쉬드가 흥미롭다는 얼굴로 물었다. 그는 깍지 낀 손에 턱을 받치고는 렌 남작을 지그시 바라보았다.

"맞, 맞습니다! 전 그 소문을 확인하기 위해……."

"그래서 기사 열 명, 시종 두 명과 공작령을 방문한 건가?"

"네, 그렇습니다."

남작의 대답을 들은 라쉬드가 낮은 목소리로 물었다.

"신분을 위장하면서까지?"

모든 제국민은 신분패를 가졌으며, 각 이스타샤의 영지는 사람들의 출입을 세세히 기록했다. 그래서 성을 오갈 때, 누가 몇 시에 성문을 통과했는지 기록이 남게 마련이었다.

"상인으로 위장하다가 성문에 걸렸다지?"

"······!"

라쉬드의 싸늘한 시선이 렌 남작을 향했다.

"무나크령에 간자는 없었다. 정확히는 남작이 성에 오기 전에 모두 찾아내 처형당했지."

처형이란 단어가 유독 크게 들렸다. 렌 남작은 긴장이 역력한 얼굴로 마른침을 꿀꺽 삼켰다. 공작은 예외를 두지 않는 자였다. 이스타샤를 위해 목숨을 건 지오에게 사형 명령을 내렸듯, 남작 또한 무사히 넘어가지 못할 터. 라쉬드는 눈을 내리깔며 손으로 협탁 위를 두드렸다.

툭, 툭. 테이블을 느릿하게 두드리는 소리가 귀족들의 귀에 똑똑히 들렸다. 공작의 뜻을 알아차린 로자리아는 쐐기를 박기로 했다. 그녀는 무거운 목소리로 운을 떼었다.

"전쟁 중에 영지를 버리고 떠나는 행위는 준엄한 군법 위반입니다."

"군, 군법 위반이라뇨! 저는 바렛사와 끝까지 전쟁해야 한다고 주장했던 주전파였습니다. 제가 바렛사에 정보를 판 것도, 지오반니 에르테반처럼 바렛사에 붙은 것도 아니지 않습니까!"

지오의 이름이 나오자 로자리아의 얼굴이 설핏 굳었다. 그녀는 떨리는 손을 거세게 그러쥐었다.

"부인께서 유독 지오반니와 에르테반을 그토록 감싸시는 걸 보면 제가 모르는 일이라도 있었나 봅니다!"

렌 남작의 말에 로자리아는 손에 상처가 생길 만큼 주먹을 말아 쥐었다. 마음 같아선 당장 데모나를 꺼내 저자의 목을 쳐 내고 싶었다.

"로즈."

그때, 그녀의 귓가에 타이르는 듯한 목소리가 들렸다. 이윽고 라쉬드의 커다란 손이 그녀의 손을 감쌌다. 라쉬드는 로자리아가 진정될 때까지 기다려 주었다. 방금 전까지 웃고 있던 공작의 낯이 싸늘하게 굳었다. 어디까지 가나 싶어 저자의 방만한 태도를 눈감아주었으나, 로자리아에게 함부로 구는 행동을 보는 순간 피가 거꾸로 솟는 기분이었다.

"그대는 전쟁 중에 도망쳐 군법을 위반했다. 지원 명령에도 따르지 않았지. 이젠 내 부인의 명예까지 우습게 여기는군."

"……그, 그것이 아닙니다!"

"저자를 붙잡아라."

라쉬드는 짙은 분노를 억누르며 기사들에게 명령했다. 검을 찬 기사들이 순식간에 렌 남작에게 다가가 그를 포박했다.

"공, 공작 각하! 이러실 순 없습니다."

라쉬드가 눈짓하자 기사가 남작의 턱을 우악스럽게 쥐었다.

"귀빈들께서 계신 자리입니다. 조용히 하시지요, 렌 남작님."

철썩! 기사가 무언가 말하려던 렌 남작의 뺨을 후려쳤다.

"어, 어찌 에르테반에겐 기회를 주고 저에겐……."

"좋습니다, 남작. 그대에게도 재판의 기회를 주도록 하죠."

그렇게 말한 로자리아는 주위를 둘러보았다. 오로지 이 상황에서 떳떳한 건 마네와 더글라스, 엘리샤뿐이었다.

"어찌 지오반니의 죄만 가볍다 하겠습니까?"

지오는 오직 이스타샤를 위해 살았던 사람이었다. 그러니 그걸 알면서도 지오를 자신들의 방패로 삼는 꼴을 지켜볼 수 없었다. 바렛사와 화친을 주장했던 귀족 중에서 상당수가 바렛사에 군사 기밀을 넘기고도 살아남았다.

"바렛사와 화친을 주장한 이들과 지원 명령에 따르지 않은 자들은 귀족으로서 책임을 져야 할 것입니다."

"부인께 저희를 파면시킬 권한이 없습니다!"

그럴 순 없다고 항명하는 귀족들 사이로 라쉬드가 자리에서 일어나 걸어 나왔다.

"로자리아, 내 부인께선 이스타샤의 황족이며 이스타샤와 군 동맹국인 테베의 왕이다."

라쉬드의 말에 무거운 정적이 내려앉았다.

"또한 부인께선 군사령관으로서 케딜락의 군을 지휘했지."

"공작 각하께서 인정하실진 몰라도 저희 이스타샤의 귀족들은 아닙니다!"

렌 남작이 소리치자 라쉬드는 위압적인 기세로 그에게 다가갔다.

"누가 그대의 인정을 필요로 한다고 했나."

기사에게서 검을 건네받은 라쉬드가 남작의 목에 검을 겨누었다.

"윽!"

렌 남작이 겁에 질린 얼굴로 제 목에 겨누어진 검을 내려다보았다.

"이미 수만의 군사가 죽음을 각오하면서 부인을 믿고 따랐다. 귀족 자격이 없는 자의 인정 따위 불필요하다."

라쉬드는 검을 위로 들어 올렸다. 순식간에 남작을 향해 내려친 검에 귀족들의 얼굴이 하얗게 질렸다.

뎅그랑. 쇠붙이가 바닥에 부딪히는 날카로운 소리가 났다. 양 머리를 형상화한 남작 가문의 인장이 검에 의해 두 동강 나 바닥에 나뒹굴었다.

"부인은 케딜락의 성주이며, 바렛사로부터 이스타샤를 지켜 낸 군사령관이다."

검을 기사에게 돌려준 라쉬드가 사제를 불러들였다. 그는 사제가 내민 황제의 인장을 건네받았다. 얌전해진 귀족들을 본 라쉬드가 언제 소리쳤냐는 듯 정중한 태도로 말을 높였다.

"내 그대들의 뜻을 받아들여 황위를 이을 생각이오."

제국이 안정될 때까지 급한 업무부터 처리한 이후에 황위에 오를 생각이었지만, 그는 생각을 바꾸었다.

"에르테반의 처우는 귀족으로서 재판권을 가진 이들과 다시 의논할 것이오."

그 말인즉슨, 영지를 버리고 군 명령에 따르지 않은 이들은 귀족의 지위를 파면당할 거란 소리였다.

다음 날 저녁, 3차 재판이 열리게 되었다. 귀족들은 자리에 앉은 이들을 훑으며 몇 명이나 살아남았는지 확인했다. 48명의 귀족 의원 중에서 자리에 남아 있는 귀족은 27명에 불과했다. 작게는 탈세, 크게는 군 기밀 누설과 군무 이탈죄로 나란히 감옥에 끌려갔기 때문이다. 후에 재판을 받게 될 렌 남작만이 가시밭길에 서 있는 기분으로 회의에 참석했다.

이윽고 정식으로 재판이 시작되었다. 증인으로 나온 병사가 에르테반의 무죄를 입증하겠다고 재판에 나섰다. 다리를 절뚝이는 병사가 기사들의 부축을 받으며 재판장에 들어섰다. 그는 괴로운 듯 얼굴을 일그러뜨리다가 찬찬한 목소리로 전쟁에서 보았던 것을 밝혔다.

"케딜락성이 바렛사 군사에 의해 함락되었을 때, 에르테반의 병사가 저를 숨겨 주었습니다."

증인으로 나선 병사는 에르테반이 모두를 살릴 순 없었다고 말했다.

"케딜락의 병사를 숨겨 주다 바렛사에게 발각되어 죽은 에르테반의 가신들도 있습니다."

병사의 말에 재판장에 무거운 침묵이 내려앉았다.

"저 말이 사실이라면……."

"하긴, 이상하긴 했지. 다른 가문도 아닌 에르테반이 이스타샤를 배신할 리가 없어."

병사의 증언에 줄곧 사형에 찬성했던 귀족들이 수군거렸다. 다른 병사가 증인으로 나왔다. 오른쪽 눈을 다친 병사는 '바렛사 황제의 명령이 없었음에도 성문을 열다 붙잡혀 고문당해 죽은 에르테반의 기사들도 있었다'고 증언했다.

"그럼 정말로 에르테반이 이스타샤를 위해서……."

증언을 듣던 귀족들이 침음을 삼켰다. 아군을 속이면서까지, 명예와 지위를 내버리면서까지 적군에 침투한 거였나. 에르테반 말고는 그 누구도 해내지 못한 일이었다. 계속되는 증언에 귀족들은 심각한 얼굴로 의견을 주고받았다. 이를 지켜보던 로자리아가 말했다.

"변절자로 불리면서도 이스타샤를 위해 죽어 간 이들입니다. 바렛사와의 전쟁에서 승리를 거둘 수 있었던 건 에르테반의 희생이 있었기 때문이에요."

재판소에 엄숙한 정적이 흘렀다. 한때, 변절자를 찢어 죽여야 한다며 사형에 찬성했던 귀족들이 고개를 숙였다. 곧 사형 찬반 투표가 시작되었다. 각 귀족은 가문의 인장을 꺼내 들었다. 사형에 찬성하면 인장의 앞을, 반대하면 뒤를 내는 식이었다.

서기관이 와서 인장을 확인했다. 재판 결과를 지켜보던 렌 남작이 망연자실한 얼굴로 침음을 삼켰다. 분명 지오반니의 사형에 찬성했던 귀족들이었다. 무슨 바람이 불었는지, 강경하게 사형을 외쳤던 귀족들이 사형 반대를 표했다. 서기관으로부터 결과를 전해 들은 재판관이 판결을 내렸다.

"에르테반은 이제껏 누렸던 신성가문의 지위를 박탈당할 것이나……."

지오를 대신하여 끌려온 가신이 고개를 들었다. 금방이라도 쓰러질 듯한 수척한 얼굴의 사내가 기쁨의 눈물을 흘렸다.

"전쟁에서 목숨을 바친 공로를 인정하는 바, 에르테반은 이스타샤의 8대 귀족 가문으로서 제국의 부흥에 기여해야 할 것입니다."

재판관이 엄숙한 목소리로 말을 이었다.

"에르테반 가문에 내려졌던 반역죄에 무죄를 선고하는 바입니다."

마네는 저도 모르게 환호성을 내질렀다. 그 소리에 놀란 엘리샤가 너무 들떴다고 그녀를 말렸지만, 마네는 진심으로 재판 결과에 기뻐했다.

'다행이야, 정말 다행이야.'

로자리아는 한차례 요동치던 가슴을 쓸어내렸다. 그녀는 깊은 한숨을 내쉬며 눈을 감았다. 에르테반의 사람들을 구하겠다는 지오와의 약속을 지켰다. 로자리아는 벅차오르는 기분에 입술을 꾹 깨물었다. 그걸 보던 라쉬드가 그녀의 어깨를 부드럽게 끌어안았다.

"로즈, 당신이 에르테반을 구했어."

라쉬드도 기쁜 듯 눈가를 휘었다. 그러다가 울 것 같은 로자리아를 보고는 말없이 안아주었다.

렌 남작은 그날의 재판을 마지막으로 구금되었다. 그가 가문과 영지를 버리고 달아난 죄가 사실로 밝혀졌기 때문이다. 렌 남작은 귀족 지위에서 파면당했고 그의 가문은 이스타샤에서 사라지게 되었다.

또한 바렛사와 화친을 주장했던 귀족들은 탄원서를 냈지만, 모두 기각당했다. 개중에 몇몇 자를 제외한 나머지는 군 기밀을 넘긴 죄가 밝혀져 감옥으로 끌려갔다. 군 기밀을 넘긴 행위는 심각한 군법 위반이었으므로 사형이 확정되었다. 한때 뒤에서 세금을 횡령하던 이들도 자진해서 국고에 반납했다. 여기저기서 걷어 들인 국세만 해도 대규모 사업을 벌일 수 있는 정도였다.

라쉬드가 황위를 잇겠노라 공식적으로 선언한 이후로 그와 로자리아는 무척 바빠졌다. 로자리아는 집무실에서 지끈거리는 머리를 부여잡았다. 아침부터 일어나 새벽까지 일하는데도 같이 일하는 라뮤엘은 멀쩡해 보였다.

라뮤엘은 로자리아에게 모리화차를 내밀고는—얼마 전 로자리아에게 직접 차를 끓이는 법을 배웠다—바렛사로부터 온 서신을 전해 주었다. 서신을 읽은 로자리아의 표정이 서서히 굳어 갔다.

"바렛사가 보낸 서신에 기한이 나와 있지 않아. 바렛사는 언제 전쟁 배상금을 갚겠다는 거지?"

"십 년은 족히 걸린다네요."

로자리아는 눈을 가늘게 떴다. 열 배에 달하는 높은 값이었지만, 배상금은 응당 패전국이 치러야 할 대가였다. 로자리아는 기사를 시켜 외무관을 불러오도록 했다. 이윽고 볼이 홀쭉하게 파인 중년의 사내가 나타나 종종걸음으로 뛰어왔다.

"이번엔 무슨 일로 부르셨는지……."

이거 해라, 저거 해라, 이건 이렇게 저건 저렇게……. 밤낮없이 내리는 명령만으로 머리가 터질 지경인데, 또 왜 부르신 건지 조마조마했다.

"지금 당장 바렛사에 바그둠만으론 부족한 거냐고 공식 서신을 전하도록 해요."

"예? 그래도 되는지 걱정됩니다. 혹여 그들의 심기를……."

로자리아의 표정이 서늘해지자 외무관은 곧 입을 다물고 고개를 숙였다. 바그둠은 오백 년간 바렛사의 영토였으나, 종전 협정인 겨울 협정에 의해 이스타샤의 영토가 되었다.

"그들의 심기를 해치더라도 이건 명백히 항의해야 하는 일이라고 생각합니다!"

사실 외무관은 바렛사보다 눈앞의 공작 부인이 더 무서웠다. 그가 잘리지 않고 붙어 있는 이유는 심약한 성정이면서도 바렛사와 전쟁을 해야 한다고 강력히 주장했기 때문이다. 그것도 소신보다는 적당히 상황을 보고 고도의 눈칫밥으로 내린 판단이었다.

어쨌든 서대륙의 지배를 꿈꾸던 바렛사는 전쟁에서 패배했고 조용히 몸을 숙였다. 이스타샤가 바렛사와의 전쟁에서 승리를 거두면서 서대륙의 판도는 바뀌었다. 서대륙의 왕국들은 너 나 할 것 없이 이스타샤와 교역하기를 원했다.

"아, 그리고 바렛사로부터 직접 교역을 하는 왕국이 몇이죠?"

"총 세 왕국입니다. 하르카 공국, 나브라카, 벨누스 왕국입니다."

"세 왕국에 중개 교역을 권하는 서신을 보내도록 해요."

오래전부터 바렛사와 소왕국은 직접 교역을 해왔다. 주로 소왕국은 바렛사로부터 주철(柱鐵)을 수입하고, 왕국은 바렛사에 사치품을 수출하는 형태였다.

처음에는 경제적 이익을 위해 시작되었던 무역이, 이스타샤의 세력이 약해지면서 변질되었다. 주철로 막대한 수입을 올린 바렛사는 부족했는지 아편을 비롯한 마약을 팔기 시작했다. 무역 중단을 요구하면 군사로 위협을 했기에 소왕국은 울며 겨자 먹기로 바렛사와 교역을 할 수밖에 없었다.

"앞으로 바렛사의 무역은 이스타샤가 관리하게 될 거예요."

관리보다는 감시에 가까웠지만, 로자리아는 바렛사가 다시 전쟁을 일으킬까 경계했다. 이스타샤는 왕국과 바렛사 사이의 중개무역을 시작했다.

　로자리아는 상단을 운영했던 경험을 토대로, 재무관의 조언을 받아 중계무역을 진행했다. 바렛사가 명백한 주권 간섭이라며 항의했지만 로자리아는 무역을 강행했다.

　"부, 부인. 아무리 그래도 무역까지 끼어드는 건 조금 그렇지 않을까요?"

　외무관이 염려스러운 얼굴로 바렛사를 자극해도 되느냐 물었지만 로자리아는 태연히 대답했다.

　"어차피 교역을 빌미로 공국으로부터 돈을 뜯어 군대를 키울 생각이지 않나?"

　"그건 그렇지만……."

　"알려드린 대로 진행하도록 해요."

　외무관이 잔뜩 망설이며 웅얼거리자 로자리아가 단칼에 결정을 내렸다. 제국이 패권을 가지는 시기는 영원하지 않다. 천 년 전, 건국과 함께 부흥을 꾀했던 이스타샤는 오백 년 전부터 몰락의 길을 걸었다. 지금에야 겨우 살아난 이스타샤의 불길이 영원할 거란 보장은 없었다.

　로자리아는 근시안적인 미래를 보기보다 먼 미래를 내다보았다. 지금의 기회는 다시 오지 않는다. 언제 다시 바렛사가, 혹은 신 제국이 나타나 이스타샤를 위협할지 모르는 노릇이었다. 그녀는 이스타샤가 주도권을 놓쳤던 서대륙의 판도를 다시 되돌릴 생각이었다.

　"아, 그리고……."

　깃펜을 빠르게 놀리던 로자리아가 무언가 생각난 듯 말했다.

　"군대 개편안도 준비해야겠는데."

　"그, 그건 독재관(외적의 침략에 대비하는 군직책)에게 알려야, 아니, 알릴 수가 없겠네요."

　외무관이 당혹한 얼굴로 중얼거렸다. 현 독재관은 군 기밀을 넘긴 죄로 감옥에서 여생을 보내야 하는 처지였다. 아니면 단두대의 새벽이슬이 되거나.

로자리아가 개편안을 꺼내 든 이유가 있었다. 바렛사에 승리를 거두었지만, 이스타샤도 적지 않은 피해를 보았다. 부족한 군 병력을 보충하기 위해 누벨의 용병을 이스타샤의 군대로 편입할 계획이었다.

로자리아는 골똘히 생각에 잠겼다. 누벨의 용병이 전쟁에 도움이 된건 맞지만, 개중에 돈만 주면 이스타샤에 칼을 꽂을 이가 수두룩했다. 전쟁 중에서 공을 세웠던, 충성을 바칠 만한 자를 선별할 이가 필요했다.

"아아, 적임자가 생각났어요."

로자리아의 말에 외무관이 안도의 한숨을 내쉬었다. 자신 외에도 매일 휴일 없이 일하게 될 가련한 동료가 생기는 셈이었다.

"그, 그분께서 제안을 받아들이셨으면 좋겠네요."

외무관은 속으로 '누구인진 몰라도 망했군'이라고 중얼거렸다.

시끌벅적한 웃음소리에 사내는 눈을 떴다. 그는 어딘가에 누워 있었고, 싸한 약초 냄새가 코끝으로 스며들었다. 지오는 감기려는 눈꺼풀을 겨우 들어 올렸다. 희미한 시야에 불쑥 얼굴을 들이민 소녀가 보였다.

"어? 깼다!"

마치 유령이라도 본 듯 비명을 지르던 소녀가 방 밖으로 달려 나갔다.

"……!"

지오는 말을 하려고 했지만 목에 가시가 걸린 것처럼 목소리가 나오지 않았다.

"깼나?"

그때, 다시 문이 열리며 노인이 방 안으로 들어섰다.

"아, 말은 하지 않는 게 좋을 걸세. 죽다 살아난 몸이라 그냥 누워 있는 게 좋아."

노인이 곰방대에 불을 지피며 중얼거렸다. 그는 반쯤 몸을 일으킨 지오를 다시 눕혔다. 지오는 그의 몸을 내려다보았다. 미라처럼 흰 붕대로 칭칭 감긴 몸에 멀쩡한 곳이라곤 두 손뿐이었다.

'살아 있어.'

어째서 살아 있는 거지? 꿈인 건가? 지오는 꿈을 꾸는 건가 싶어 그의 얼굴을 쓸었다. 화살에 가슴팍이 뚫렸고, 다친 채로 절벽 아래로 떨어졌다. 제아무리 성력이 있다 한들 살아남기 힘든 상황이었다. 절벽으로 떨어지기 전 보았던 로자리아의 표정을 잊을 수가 없었다. 감옥에서 나눴던 이야기가 꿈인 것처럼 지오를 싸늘한 시선으로 노려보던 그녀였다.

'하지만 로즈 님이 아니라면…….'

지오는 지끈거리는 머리를 붙잡았다. 죽음을 받아들였을 때 주마등처럼 삶의 기억이 흘러갔다. 가장 깊었던 기억은 그가 로자리아에게 새하얀 장미를 주었던 때였다. 그 기억이 지오를 사로잡았을 때, 강한 바람이 떨어지는 그의 몸을 감쌌다.

'어떻게 살아난 거지?'

지오는 그의 손을 내려다보았다. 단 하나, 바람이 그의 곁에 있었단 기억이 그의 뇌리에서 떠나지 않았다. 지오는 머리가 지끈거려 눈을 감았다. 쓴 약초향이 올라오자 그의 눈이 스르륵 감겼다.

지오가 다시 말을 할 수 있게 된 건 다음 날 저녁이었다. 노인의 말에 의하면 며칠간 눈을 뜨지 못했다고 했다. 정신이 든 후에는 몸이 빠른 속도로 회복됐다. 지오는 시끌벅적한 거리를 내다보며 노인에게 물었다.

"오늘이 며칠입니까?"

"봄이 된 지 보름이 지났지. 곧 있으면 축제라네."

"축제?"

"일주일 후면 대관식이라네. 라쉬드 1세의 즉위가 코앞이지."

생각지도 못한 소식에 지오의 눈이 커졌다. 생각해 보면 당연한 수순이었지만 한때 그의 주군이었던 공작이 황제가 되고, 로자리아가 황후가 되다니 기분이 이상해졌다.

"뭐, 그래도 성기사들이 불법이라며 들쑤시지 않아서 좋네."

노인은 자신이 테베 출신이며, 약초학을 공부한 학자라고 밝혔다.

"아무튼 운 좋은 줄 알아."

지오가 입은 제복은 낡은 넝마가 되었지만, 본디 무척 귀한 원단이었다. 노인은 한눈에 지오가 귀한 신분임을 알아차렸지만, 저쪽에서 먼저 밝히지 않으니 모른 척 넘겼다.

'괜히 아는 척했다가 귀족 모독이다 뭐다 난리 칠 수도 있고.'

노인이 큼큼 헛기침을 내뱉으며 애꿎은 수염만 가다듬었다.

"그나저나 뭐 하는 놈이기에 가슴에 화살을 꽂고 다녀?"

노인이 의뭉스러운 눈으로 훑자, 지오가 '기사입니다'라고 명료하게 대답했다.

"기사라면 검 꽤 잡겠어?"

노인이 은근히 떠보자 지오가 '조금은'이라고 떨떠름한 얼굴로 대답했다. 노인이 옳다구나 하는 얼굴로 손뼉을 탁 치더니 말했다.

"아, 그럼 자네. 혹시 그 소식 들었나?"

지오가 짐작이 안 간다는 얼굴로 노인을 쳐다보았다.

"뭐당가, 황제 폐하께서 친히 기사를 뽑는다는구먼."

즉위에 맞춰 기사를 새로 뽑는 건 늘 있던 일이었다. 노인이 기억이 가물가물했는지 눈을 찌푸리더니 곧 생각난 듯 소리쳤다.

"수기사! 황후의 수기사를 뽑는다던데!"

노인의 말에 지오는 다쳤다는 사실도 잊고 자리에서 벌떡 일어났다. 지오가 떨리는 목소리로 물었다.

"……그게 정말입니까?"

"그렇다네. 나는 이스타샤의 글을 읽지 못해 손녀가 가르쳐 줬지."

그의 심상치 않은 표정을 본 노인이 얼떨떨한 얼굴로 대답했다.

"가 봐야겠습니다."

"자네 미쳤나?! 몸도 성치 않은데 어딜 가겠다고."

지오의 말에 노인이 말도 안 된다는 듯 그를 붙잡았다. 지오는 노인의 만류에도 다급한 손길로 겉옷을 갖춰 입었다.

"참……."

노인은 '잠깐 기다려 보게나'라고 지오를 붙잡은 후, 말린 약초를 챙겨서 건네주었다.

"이건……."

지오가 놀란 듯 묻자 노인이 혀를 차며 대답했다.

"쯧쯧, 갈 땐 가더라도 치료는 받고 가야지. 아무리 출세가 급하더라도 다 죽어 가는 송장이 뭘 하겠단 게야?"

노인의 타박에 지오는 약초가 든 주머니를 받아 들었다.

"감사합니다."

지오는 정중한 태도로 인사를 건넸다. 노인은 그런 지오를 한참 바라보다가 가 보라는 듯 손을 휘휘 내저었다.

며칠간 로자리아는 눈코 뜰 새 없이 바빴다. 대관식까지 앞으로 사흘, 준비해야 할 것이 수두룩했다.

"대관식에는 정복을 입어야 할 거야."

로자리아는 금 자수가 놓인 제의(祭衣)를 꼼꼼히 살폈다. 천 년 전, 이스타샤를 건국한 엔리케 황제가 입었던 의복과 같은 형태였다.

'전통 제의를 보는 건 처음이야.'

제의는 이스타샤 황가에서 입는 전통 복장이었다. 로자리아는 제의를 만지작거리다가 배시시 웃었다.

'잘 어울리겠지?'

라쉬드의 치수에 맞춰 새로 지은 제의라 설레기도 하고 기분이 묘했다.

"실례하겠습니다. 센 경께서 기다리고 계십니다."

문밖에서 기사가 헛기침을 내뱉으며 옷을 끌어안은 로자리아를 불렀다.

"아아, 들어와요."

로자리아는 붉어진 얼굴로 옷을 내려놓았다.

"어서 와요."

"오랜만입니다. 제가 방해했는지도 모르겠군요."

기사를 뒤따라온 센이 멋쩍은 듯 웃으며 들어섰다. 센을 보게 된 건 오래간만이었다. 그녀는 자리에서 일어나 센을 맞아들였다.

"먼저 찾아뵀어야 하는데 무나크에서 일이 있었습니다."

센의 말에 로자리아는 고개를 저었다.

"지금이라도 보게 되어서 기뻐요."

"잊지 않고 저를 불러 주셔서 감사합니다."

화기애애한 분위기에 기사는 슬쩍 뒤로 물러섰다. 로자리아를 보며 부드러운 미소를 짓던 센이 궁금증을 감추지 못하고 물었다.

"아, 그런데 저를 급히 찾으셨다기에……."

"아, 서신으로 말하긴 그래서 부른 거예요."

무슨 일로 불렀는지 짐작이 가지 않아 센은 눈을 깜빡였다. 이윽고 그의 눈이 번쩍 떠지는 말이 들려왔다.

"내가 센을 독재관에 추천했어요."

"……예?"

금시초문이었다. 심지어 어젯밤에 만난 공작께서도 별말 없으셨기에 안부 차 찾으셨나라고 생각했다.

그런데 독재관이라니? 센이 말도 안 된다는 듯 눈을 크게 떴다. 독재관이라면 외무관, 재무관과 함께 이스타샤의 고위 관리직이었다. 그것도 군사령관 직속으로, 이스타샤의 수도 및 국경 전반을 관할하는 직책이었다.

"제겐 너무 과분한 직책입니다."

센은 손사래를 치며 꿀꺽 마른침을 삼켰다. 이국인의 배척이 심한 이스타샤에서, 바렛사와 이스타샤의 혼혈인 자신이 고위직에 오르리라곤 생각지도 못했다. 무례를 무릅쓰고 거절하려고 했지만 로자리아는 센의 두 손을 간곡히 붙잡았다.

"라쉬드와는 이야기가 된 일이에요. 다시 한번 이스타샤를 위해 일해 주겠어요?"

황송해하는 센이 머뭇거리는 찰나, 로자리아가 고맙다며 눈가를 휘었다.

"……예? 저, 저는……."

수년 전이라면, 호기롭게 받아들였겠지만 지금은 아니었다. 먼저 병사들이 그를 따를지도 의문이며, 귀족들의 반발이 거셀 것이 분명했다.

"부인도 아시다시피 전 바렛사와 이스타샤의 혼혈입니다. 제겐 독재관으로서 자질이 부족합니다."

센의 말에 로자리아는 그를 응접실로 이끌었다. 긴장이 역력한 듯한 센을 보던 그녀는 손수 백련차를 준비했다. 하얀 연꽃잎이 잔에서 퍼지며 그윽한 향이 응접실 안을 메웠다.

"⋯⋯부인께서 저를 생각해 주시는 마음은 잘 알겠으나, 제가 독재관을 맡게 된다면 혼란이 커질 거라 생각됩니다."

센이 쓴웃음을 삼키며 말했다. 로자리아는 센에게 차를 건네며 그의 말을 들어주었다. 센의 우려가 무엇인지 이해가 안 가는 것도 아니었다.

"자, 마셔요."

"감사합니다."

마음을 진정시켜 주는 차 향에 센은 긴장을 풀었다.

'지오 경이었다면⋯⋯.'

어째서 이런 상황에서 지오가 생각나는 건지. 센은 짙은 한숨을 속으로 삼켰다.

"이스타샤에서 이국인으로 살아간다는 건 힘든 일이에요. 나도 멸시와 배척, 이유 없는 경멸을 받곤 했으니."

로자리아의 말에 센은 아차 싶은 얼굴로 그녀를 바라보았다.

"라쉬드가 공작일 때도 반발이 거셌죠. 테베 출신인 내가 황후가 된다 하니, 겉으론 드러내지 않아도 불만을 가진 자가 많아요."

"부인⋯⋯."

센이 잠긴 목소리로 로자리아를 불렀다.

부인께서 한창 대관식 준비에 바쁘다고만 생각했지, 그런 생각을 가질 줄은 몰랐다.

"설령 그런 자가 있다 한들, 저와 바르세데스는 부인의 편입니다."

센이 결연한 얼굴로 말하자 로자리아는 그럴 줄 알았다며 옅은 미소를 지었다.

"센, 그건 내가 하고 싶었던 말이에요."

"예⋯⋯?"

"누가 뭐라 하든 나와 라쉬드는 센의 편이에요."

로자리아의 말에 센은 멍하니 그녀를 바라보았다. 둔탁한 망치로 머리를 맞은 듯한 충격이 들었다.

"다수든 소수든 중요하지 않아요."

"부인……."

로자리아는 센을 물끄러미 바라보았다. 그를 보다 보면 예전 자신의 모습이 생각났다. 이스타샤의 배척을 두려워하며 숨어야 했던 그녀 자신이. 그러나 로자리아, 그녀는 과거와 다른 길을 걷고 있었다. 이스타샤를 지켜 귀족들의 충성을 받았다 해도, 여전히 이스타샤에서 배척받는 이들이 있었다.

부국강병을 위해선 제국을 받쳐 줄 기둥이 있어야 한다. 뛰어난 인재가 있어야 이스타샤는 잃어버린 영광을 다시 누리리라. 이스타샤의 관례상, 지위와 혈통을 아예 배제할 순 없었다. 능력이 출중하더라도 귀족이 아니라면, 적자가 아니라면, 이스타샤인이 아니라면 등용되기 어려웠다. 서서히 장벽을 깨는 것부터가 그녀에게 주어진 일이었다.

로자리아는 센을 바라보며 말했다.

"나와 라쉬드는 이스타샤를 바꾸어 나갈 거예요."

"……부인."

센은 목이 메어 한동안 말을 잇지 못했다. 겨우 진정을 되찾은 그가 먹먹한 목소리로 입을 열었다.

"부인의 깊은 뜻을 이제야 알았습니다. 여러모로 독재관에 부족하지만, 믿고 맡겨 주신바 끝까지 노력하겠습니다."

"나야말로 고마워요."

로자리아는 센을 보며 따뜻한 미소를 지었다. 성녀와 여신의 율법에 따라 지배되었던 신성제국 이스타샤, 지금부터 이스타샤를 새로운 나라로 바꾸어 나갈 것이다.

대관식이 시작되기 사흘 전, 교황청에 사제들이 몰려들었다. 대신전 소속의 사제들이 대거 파면당한 후로, 교황청 소속 사제들도 같은 꼴을 겪을까 몹시 염려했다. 전쟁으로 한동안 중지되었던 회의가 시작되었다. 열둘의 고위 사제가 앞으로의 일을 의논하기 위해 중앙 기도실을 찾았다.

　본래 대관식에는 성녀가 황제에게 교지를 내렸다. 율법에 따르면 황족과 성녀는 동등한 신분이나, 교지를 내릴 때만큼은 성녀의 권위가 먼저였다. 그러나 프리실라의 뒤를 이어 성녀가 된 유리 또한 죽었고, 새로이 성녀가 될 후보는 정해지지 않았다. 그렇기에 교황청의 사제들은 하루라도 빨리 새로운 성녀를 뽑아야 한다고 주장했다.

　"황제 폐하께 교지를 내릴 성녀가 필요하지 않겠습니까?"

　요한이 심각한 얼굴로 물어도 마땅한 해결책은 나오지 않았다.

　"지금으로선 적합한 성녀 후보가 없습니다."

　한 사제가 걱정이 잔뜩 서린 얼굴로 대답했다. 신성제국이라 불리는 이스타샤에서 프리실라에 이어 유리 또한 불미스러운 사건으로 죽음을 맞았다. 성녀를 새로 뽑아야 교황청은 물론 신권이 높아질 텐데 지금으로선 막막했다.

　"대관식 전에 성녀를 뽑아야 하는데, 황가는 성녀가 필요 없다며 줄곧 반대하지 않았습니까? 모두 클라인 황제 때 일을 기억하실 겁니다."

　그 말에 사제들이 술렁거렸다. 성녀 프리실라가 성검을 들지 못하자 공작 부인이 교지를 내렸던 일이었다.

　"맞습니다. 교지를 받지 않는다면 황제 폐하의 즉위 또한 인정할 수 없습니다."

　"이스타샤는 초대 황제이신 엔리케 님과 성녀 아니타 님께서 건국한 나라입니다. 그런데 성녀를 뽑지 않다뇨!"

다른 사제가 목소리를 높였다. 폐위당하긴 했어도 클라인 황제 또한 엄격히 그 자격을 치르지 않았던가.

"교지를 내려야 할 성녀가 필요하겠군요."

요한의 말에 한 사내가 앞으로 나섰다. 사내, 람모트 추기경은 붉은 자수가 놓인 망토를 두르고 있었고, 허리춤에는 성호를 긋기 위한 의례용 성검이 매여 있었다. 람모트는 교황을 보필하는 최측근으로 신성 가문 출신은 아니었으나, 성력이 높아 사제들의 지지를 얻는 자였다. 앞으로 나선 람모트가 심각한 얼굴로 이야기를 꺼냈다.

"맞습니다, 성하. 항간에 이상한 소문이 떠돌더군요."

"어떤 소문을 말씀하시는 겁니까?"

요한이 알 듯 말 듯한 얼굴로 람모트에게 물었다. 이걸 말해도 되는지 잠시 고민하던 람모트가 조심스레 운을 떼었다.

"정령술사인 공작 부인께서 죄 없는 사제들에게 누명을 씌워 파면시킨다는 소문 말입니다."

"……"

요한에게서 이렇다 할 대답이 없자 람모트는 긴장이 역력한 얼굴로 교황의 대답을 기다렸다.

"람모트 경, 그대의 우려는 잘 알겠으나 죄를 저질렀다면 사제라 한들 죗값을 치러야 합니다."

요한의 단호한 말에 람모트는 속으로 침음을 삼켰다.

'하기야 현 교황께선 원래 저런 분이셨지.'

애초에 성녀 프리실라도 탐탁지 않게 여기지 않았나. 여신에게서 직접 신탁을 받은 유리도 마찬가지. 람모트는 가슴이 답답하다 못해 터질 지경이었다. 교황은 성녀의 부정에 개입하는 대신 물 흐르듯 지켜만 보았다. 교황청의 세력이 무너질까 경계만 할 뿐, 적극적으로 성녀의 편이 되어주지 않았다.

'좀 더 강경하셨다면 좋았을 것을.'

람모트는 사태를 관조하는 교황 대신 자신이 나서야 한다고 생각했다.

"성하, 공작 부인과 긴히 이야기해야 하지 않을까 싶습니다."

"대관식 준비로 바쁘신 분입니다."

람모트의 우려 섞인 말에도 요한은 차분한 어조로 답했다.

"흐음, 이런 이야기를 해도 되려는지 모르겠지만······."

"람모트 경, 어서 말해보시오!"

람모트가 교묘히 말끝을 흘리자 다른 사제가 무슨 일이냐며 그를 재촉했다.

"듣기론 교황청을 폐쇄해야 한다는 말도 떠돌더군요."

방관하기로 마음먹었는지 그저 지켜만 보던 교황의 눈빛이 한순간에 바뀌었다.

"폐쇄라니?"

요한이 그럴 리가 없다는 태도를 보이자, 람모트가 강경하게 말했다.

"아무리 죄를 저질렀다고 하나, 성녀를 죽였습니다. 공작 부인께선 교황청을 들쑤시고도 남을 분입니다."

교황의 곁을 지키던 아리안 대사제가 짙은 한숨을 삼켰다. 조금 과장된 면은 있어도, 추기경의 말이 틀린 건 아니었다.

"이스타샤는 신성제국, 성녀가 이끄는 나라입니다. 유리 성녀께서 잘못하셨더라도 재판을 받아야 했습니다."

람모트의 말에 몇몇 사제가 고개를 끄덕였다. 공작 부인이 정해진 절차에 따르지 않고 성녀를 죽이지 않았던가.

"게다가 그분은 테베의 왕이지 않습니까? 정말로 이스타샤를 위할지는······."

수백 년간, 테베는 이스타샤의 속국이었다. 이스타샤의 입장에선 테베가 여전히 속국으로 남아야 이익이었지만, 공작 부인이 이를 용납할 리가 없었다.

"언제까지 공작 부인의 뜻을 따라야 하는 겁니까? 아니타 여신의 율법에 따라 새로운 성녀를 선출해야 합니다."

람모트는 덜컥 겁을 집어먹은 사제들을 제치고 나섰다. 성녀가 죽은 것도 충격이었지만, 대신전이 벌컥 뒤집히고 나서 사제들은 로자리아의 눈치를 살폈다.

'제 밥그릇 하나 못 챙기는 한심한 놈들!'

람모트가 터져 나오려는 욕을 삼켰다. 신전의 권력을 위해 승냥이 떼처럼 앞장섰던 대신전 사제들에 비하면 교황청의 사제들은 겁쟁이들이었다. 아무도 나서는 이가 없다면, 자신이 총대를 메면 되는 문제였다.

"서신을 넣어 부인께 교황청을 들르라 하심이 어떠하신지요?"

람모트가 넌지시 말하자 요한은 곧 수긍했다. 그는 사제를 시켜 종이와 깃펜을 가져오게 했다.

"대관식 전에 공작 부인을 뵈었으면 하는군요."

요한의 말에 람모트는 속으로 쾌재를 불렀다. 공작이 황제로 즉위하기 전에 황가의 권력을 내리눌러야 했다.

"제아무리 공작 부인이라 한들, 이번 전쟁과 무관한 교황청까진 건들지 못할 겁니다."

사제들의 걱정이 서린 시선에도 람모트는 올라가려는 입꼬리를 꾹 누른 채 말을 이었다.

"공작 부인께서 교황청에 오시면 제가 그분을 설득하겠습니다."

로자리아는 다음 날 아침 교황청을 찾았다. 사제가 준비해 둔 이동

진을 타자 하루 만에 교황청에 도착할 수 있었다. 대관식 일로 한창 바쁘던 차에 교황으로부터 '급히 의논할 것이 있다'는 전언이 온 것이다. 교황청의 사제들도 볼 겸, 로자리아는 요한의 청을 수락했다.

로자리아는 사제들이 말하기도 전에 무슨 의도로 그녀를 교황청에 불렀는지 알아차렸다. 유리가 죽은 뒤로 성녀의 자리는 한동안 비어 있었다. 전쟁 중이야 그럴 겨를이 없다고 쳐도, 전쟁이 끝나자마자 교황청은 다시 성녀를 뽑아야 한다고 주장했다. 전쟁에서 승리를 거둔 후로 황가의 세력은 예전과 비교가 안 될 정도로 커졌다. 교황청에서 줄곧 성녀를 뽑자고 제안했지만, 로자리아와 라쉬드는 이에 반대했다. 결정권을 가진 황실에서 반대하니 교황청에서 난리가 난 것이다.

로자리아는 사제의 안내를 받아 중앙 기도실로 향했다. 오랜만이란 생각이 들기도 전에, 문이 열리며 사제들이 그녀를 정중히 맞아들였다. 간단한 안부 인사를 나눈 후에 요한은 바로 본론을 꺼냈다. 빙 둘러 이야기했지만 결국 요지는 '새로운 성녀를 뽑자'는 거였다.

요한의 말을 경청하던 로자리아가 부드러운 미소를 지으며 운을 떼었다.

"성하께선 성녀가 제국에 필요하다고 생각하시는군요."

"곧 폐하의 대관식입니다. 교지를 내릴 성녀가 없지 않습니까?"

로자리아는 요한이 어째서 그녀를 불렀는지 알 것 같았다. 교황으로서 황제의 권력이 커질까 우려하는 것이다. 그러나 이스타샤의 역사상, 황권과 신권이 균형을 이루었던 적은 극히 드물었다. 오히려 성녀와 대신전에 의해 휘둘리지 않았던가.

"아니타 여신이 직접 선택한 성녀마저 이스타샤를 저버리지 않았습니까?"

로자리아의 말에 사제들이 불편한 기색을 내비쳤다.

"어찌 성녀 혼자만의 잘못이겠습니까? 프리실라에 이어 유리 성녀가 그렇게 된 건 우리 모두의 책임입니다."

람모트가 모두의 책임으로 돌리자 로자리아는 그에게 말했다.

"람모트 추기경께선 교황청의 책임을 인정하시는 건가요?"

로자리아의 예리한 질문에 람모트는 얼굴을 일그러뜨렸다.

'저 계집이…….'

람모트는 큼큼 하고 목청만 가다듬을 뿐 교묘히 대답을 피했다.

"이제껏 이스타샤는 아니타 여신을 유일신으로 받들었습니다."

그렇게 말한 로자리아는 자리에서 일어나 제단 앞으로 향했다.

"하나, 유일한 신을 믿는다는 건 제국의 부흥보다 쇠락을 가져오는 길입니다."

"어찌 여신의 존재를 부정하십니까?!"

람모트가 목에 핏대를 세우며 소리쳤다.

"이제껏 여신을 믿는다는 명목으로 죄 없는 사람들을 죽이지 않았습니까?"

로자리아는 날카로운 시선으로 람모트를 내려다보았다.

"그, 그게 무슨 소리입니까?!"

람모트가 말도 안 된다는 얼굴로 외쳤다.

'쉽게 인정하지 않겠지.'

로자리아는 속으로 생각하며 담담한 목소리로 말을 이었다.

"천 년간, 이스타샤는 여신 아니타의 이름하에 정령술사로 태어난 이들을 죽여 왔습니다."

"죽이다뇨! 우리는 여신의 명예를 위해 악마를 처단한 것입니다!"

'끝까지 정당화하는군.'

람모트의 말에 로자리아는 눈을 가늘게 떴다.

"이스타샤는 테베에 개입해 정령술사는 물론, 그들을 도운 왕국민까지 시해했습니다."

"그게 무슨 잘못입니까? 그때 사제와 성기사들은 그저 여신의 율법에 따른 것뿐입니다."

로자리아의 서늘한 시선이 람모트를 향했다. 정령술사를 박해하는 것이 죄악이라는 생각조차 하지 않는다. 종교와 이념이 다르다는 이유로 살아갈 권리를 빼앗고도 죄를 깨닫지 못했다.

"종교는 신성한 것입니다. 어찌 여신을 방패로 써서 죄악을 덮으려 하십니까?"

"정령술사는……."

무언가 말하려던 람모트는 입술을 달싹거렸다. 황명에 의해 정령술사를 박해하란 율법은 철폐되었을뿐더러, 이스타샤를 지킨 공작 부인이 정령술사였다. 지금으로선 정령술사의 존재를 부인하고 악마라 모욕하는 것 자체가 위험한 일이었다.

"여신의 명령이라면 정령술사로 태어난 이들을 죽여도 되는 거군요. 수없이 많은 이가 정령술사가 아님에도 마녀로 몰려 죽었습니다."

"전부 과거가 아닙니까? 왜 이제 와서……."

람모트가 얼버무렸지만 로자리아는 물러설 생각이 없었다. 그녀는 움찔 몸을 굳히는 람모트에게 가까이 다가갔다.

"성녀는 부족한 성력을 채우기 위해 어린아이들을 제물로 바쳤습니다."

"그, 그건……."

"교황청은 죄악을 저지르는 성녀를 감시하지 못했고, 대신전은 이를 방조했습니다."

그녀의 말에 사제들은 죄인처럼 고개를 숙였다. 그게 아니라고 반박하려던 람모트는 꿀 먹은 벙어리가 되어 입을 벙긋거렸다.

"천 년 전, 아니타 성녀가 이스타샤에 축복을 내렸는진 몰라도……."

로자리아는 차가운 시선으로 사제들을 둘러보며 말을 이었다.

"지금은 아닙니다. 아니타의 이름은 살인, 부패, 환락을 허용하는 수단으로 전락했을 뿐입니다."

교황청에 무거운 침묵이 감돌았다. 모두가 알고 있었지만 감히 입 밖으로 꺼낼 생각조차 하지 못했던 말이었다. 과거에 수차례 사제들이 썩어 문드러져 가는 신전을 바꾸기 위해 목숨을 걸고 나섰으나 모두 이단으로 몰려 죽임을 당했다. 어느 순간부터 진실을 말하는 건 위험한 일이 되었다.

로자리아는 사제들이 덮으려고 하던 불편한 진실을 들추었다. 잠자코 듣던 요한이 물었다.

"부인께선 어떤 것을 원하십니까?"

"제가 원하는 건 단 하나입니다."

"단 하나…… 무엇을 말씀하시는 겁니까?"

요한이 재미있다는 듯 웃었다. 로자리아는 교황의 서늘한 시선과 마주하며 입을 열었다.

"이스타샤는 신성제국으로서 줄곧 아니타 여신만을 믿어 왔습니다."

"그건 저도 알고 있는 사실입니다, 부인."

"성하께서 알고 계시다면야 이야기가 빠르겠군요. 이스타샤가 종교의 자유를 갖길 원합니다."

그녀의 말에 사제들이 경악한 얼굴로 로자리아를 쳐다보았다.

25장 이스타샤의 성녀

예상한 대로 사제들의 반발은 거셌다.

"말, 말도 안 되는 소리입니다!"

"어찌 그런 불경한 소리를 하십니까, 부인!"

사제들이 당혹한 얼굴로 소리쳤지만 로자리아는 담담했다.

"전염병과 가뭄, 전쟁을 막기 위해 교황청과 대신전은 무얼 했습니까?"

"저, 저희는 하루라도 빨리 전쟁이 끝나기를 기도했습니다. 전염병과 가뭄이 생겼을 때도…….

사제의 대답에 로자리아는 싸늘한 시선으로 그들을 훑었다. 전쟁과 무관한 신전에서 기도를 했다라. 공을 치하받을 생각은 없었지만, 책임을 물을 필요는 있었다. 요한이 반대하는 기색을 내비쳤다.

"종교의 자유라니, 과한 요구를 하시는군요. 이스타샤에서 정령술사가 어떤 의미인지 모르시는 겁니까?"

"과한 요구인가요? 전염병이 생겼을 땐 이페리아로 푸른 사막을 치료했으며, 정령술사로서 비를 내려 가뭄을 해결했습니다."

그녀의 대답에 요한은 한동안은 말을 잇지 못했다. 사제들도 할 말을 잃은 듯 멍한 얼굴로 그녀를 바라보았다. 로자리아는 낮고도 분명한 목소리로 말을 이었다.

　"더 이상 이스타샤에 여신은 필요하지 않습니다. 악귀라 불린다 한들, 이스타샤를 지킬 수만 있다면 뭔들 못 하겠습니까?"

　로자리아는 제단 위로 걸어 나갔다. 수많은 사제의 시선을 받으면서도 그녀는 조금의 흔들림도 없이 앞으로 향했다. 제단 앞에는 그 누구도 뽑지 못한 성검 데레사가 있었다.

　로자리아는 성검 앞에서 걸음을 멈추었다. 이스타샤는 더 이상 정령술사를 박해할 수 없다. 정령술사를 죽일 수 있었던 명분은 없어졌으나, 악마를 보는 듯한 시선은 그대로였다.

　요한이 강경한 태도로 말했다.

　"한 번은 우연일지 모르지요. 부인, 교황청은 교지를 내릴 성녀를 뽑을 것입니다."

　종교의 자유를 허락한다는 건 아니타의 율법을 무너뜨리는 일이었다. 신성제국에서 군림하던 대신전이 몰락했다 하더라도, 아직까지 많은 제국민이 아니타를 여신으로 받들었다. 그러니 다른 종교를 허락한다면 결국 신권이 흔들리게 될 터.

　"성하께선 여신을 믿으면서도 성녀의 지원 요청에 따르지 않으셨죠."

　요한이 가라앉은 시선으로 그녀를 보았다. 일단 무슨 말을 하려는지 들어 볼 심산이었다.

　"성녀가 죄 없는 아이들을 제물로 쓰면서도 들키지 않은 이유는 아니타 여신이 이를 묵인했기 때문입니다."

　"여신을 모욕하는 발언입니다!"

　요한이 화를 참는 듯한 목소리로 소리쳤으나 로자리아는 그녀가 했던 말을 되돌릴 생각은 없었다.

"아니타는 이스타샤의 수호신이었으나 재앙으로부터 제국을 지키지 못했습니다."

그렇게 말한 로자리아가 성검 앞으로 가까이 다가갔다.

"성하께선 교지를 내리기 위해 성검이 필요하다 하셨죠."

로자리아는 요한과 사제들의 시선을 받으면서도 떨지 않았다. 교황과 사제들이 신성히 여기는 성검을 뽑는다면, 새로운 성녀를 세워야 하는 명분이 사라진다.

"제가 정녕 악귀라면 성검을 뽑지 못할 겁니다."

로자리아는 제단위에 자리 잡은 성검 데레사를 내려다보았다.

"그때는 성검을 뽑을 수 있었는지 몰라도 지금은 아닙니다, 부인. 어찌 성녀를 죽인 당신에게 성검이 자신을 허락하겠습니까?"

겨우 분노를 억누른 요한이 손에 힘을 주었다. 오래전, 유리는 데레사의 성력을 지녔다고 밝혔다. 데레사의 성력 또한 아니타로부터 받은 것일 터. 로자리아가 성검을 향해 손을 내뻗자, 사제들의 시선이 일제히 그녀를 향했다.

'제게 당신의 검을 허락해 주시길.'

로자리아는 데레사에게 진심으로 기도했다. 데레사는 아니타의 명령을 듣지 않아 여신으로부터 버림받고 죽은 성녀였다. 그녀는 왕녀가 아비를 죽일 거란 예언을 하기를 거부했다. 정령술사로 태어난 아이를 죽이란 여신의 명령도. 데레사는 자신의 죽음을 예측했으나 기꺼이 받아들였다. 그녀가 낳은 아이처럼 사랑했던 제자, 프리실라의 손에 죽으면서까지…….

성검 데레사을 뽑기 전에 로자리아는 한차례 주위를 돌아보았다.

"제가 성검을 든다면 성하께선 제 뜻에 따르셔야 할 겁니다."

과거에는 악귀라 불리는 걸 두려워했다. 그러나 지금은 이스타샤의 악귀라 불린다 한들 상관없었다.

스르릉. 로자리아는 숨을 깊게 들이쉬고는 성검 데레사를 뽑았다. 이를 보던 사제들의 눈이 믿을 수 없다는 듯 커졌다. 성검 데레사가 그녀의 손에 들렸다.

"……말도 안 돼!"

사제들은 경악했다. 정령술사가 어떻게 성검을 들 수 있느냐며 진심으로 탄성을 뱉는 자들도 있었다. 대부분의 사제는 공작 부인이 클라인 1세 때 성검을 들었던 일이 우연이라고 생각했다.

"여러분의 우려와 달리, 제게 황제 폐하의 교지를 내릴 자격이 있는 거로군요."

"하, 하지만……!"

로자리아는 성검 데레사를 쥔 채로 사제들을 내려다보았다.

"성녀의 자격이 성검을 들 수 있는 거라면, 제게도 그 자격이 있지 않겠습니까."

사제들이 넋 나간 얼굴로 그녀를 쳐다보았다. 로자리아는 성검을 붙잡은 채로 당혹한 얼굴의 사제들을 주시했다. 사제와 제국민이 아니타를 믿는다고 해서 그들을 차별하고 박해할 생각 따위 추호도 없었다. 다만 이스타샤의 뿌리를 옭아맨 아니타의 거미줄을 걷어 낼 것이다.

로자리아가 성검을 든 모습을 본 요한은 눈을 감았다.

요한은 노만 1세와 성녀 프리실라가 부적절한 관계임을 알면서도 성녀를 새로 뽑는다면 달라질 거라 믿었다. 그는 교황이었기에 여신 외에 다른 생각은 할 수 없었다. 전염병을 고치지 못하는 성녀를 보면서도 아니타의 존재를 의심하지 않았다. 그의 생각이 바뀌게 된 건 프리실라가 아이를 제물로 바쳤다는 사실을 알고 나서였다.

어째서 프리실라는 아이를 제물로 바쳤나. 성녀는 어찌하여 전염병을 고치지 못하는가. 요한의 마음속에 자리 잡은 의구심은 점차 커졌다. 그렇기에 교황으로서 사제와 성녀를 지켜야 함에도 그들의 편을 들지 않았다. 프리실라에 이어 유리까지, 연이은 성녀의 타락을 보면서 요한은 아니타의 존재를 의심하게 되었다.

　모순적이게도 성녀가 고칠 수 없던 푸른 사막을 이페리아로 고치고, 계속된 가뭄에 비를 내렸던 건 정령술사인 로자리아였다. 케딜락성을 내어주면서까지 성녀의 자리를 지키고자 했던 유리와 맞서면서, 로자리아는 바렛사로부터 이스타샤를 지켜 내었다.

　"요한, 저는 마녀로 몰릴 겁니다."

　데레사는 죽기 전, 마지막 인사를 건네기 위해 요한을 찾아왔다. 성녀로서 데레사의 경건한 모습만 봐 왔던 어린 요한은 그녀의 말이 짓궂은 농담이라고만 여겼다.

　"진실을 숨기지 않는 대신 명예를 잃을 것이며, 그들을 비호하는 대신 성녀로서 자격을 잃게 되겠지요."

　데레사가 죽기 직전 요한에게 남긴 말이었다.

　결국 데레사는 숨을 거두었다. 순리에 따른 임종이 아닌, 제자였던 프리실라에 의해서. 성녀가 죽은 이후에도 그들이 누구를 의미하는지 요한은 알지 못했다.

　과거의 기억을 떠올리던 요한은 쓴웃음을 삼켰다. 아니타의 가르침을 받던 성녀의 대가 끊겼듯, 어쩌면 그가 이스타샤의 마지막 교황이 될지도 모른다는 생각이 들었다.

　신전 안에 무거운 침묵이 가라앉았다.

　"성, 성하."

　사제의 다급한 부름에 요한은 상념에서 깨어났다. 그의 고요한 시선이 성검 데레사를 든 로자리아에게 오랫동안 머물렀다.

"대관식을 위해 성녀를 뽑는 일은 없을 겁니다."

교황의 선언에 사제들이 충격을 받은 얼굴로 그를 올려다보았다.

"성, 성하. 공작 부인께서 검을 드셨다 해도 성녀를 대신할 순 없습니다. 저희에겐 이스타샤를 위할 성녀가 필요합니다."

람모트가 그게 무슨 소리냐고 되물었지만 교황에게선 그에 대한 대답을 들을 수 없었다.

"앞으로 이스타샤에 여신의 신탁은 내리지 않을 겁니다."

생각지도 못한 말에 로자리아는 눈을 크게 떴다. 성검을 들기 전만 해도 그녀의 의견에 반대하던 교황이었다.

"성, 성하! 그게 무슨 말씀이신지요?"

람모트는 목소리까지 떨며 요한을 불렀다. 교황에게 함부로 소리칠 수 없었던 사제들은 당혹감을 감추지 못했다.

"성녀는 여신의 대리자로서 이스타샤를 지켜 오던 존재였습니다."

요한은 늪처럼 잠긴 목소리로 운을 뗐다.

"그러나 프리실라와 유리, 우리가 믿었던 성녀는 이스타샤를 지키지 못했습니다."

맞는 말인지라 사제들은 조용히 입을 다물었다.

"공작 부인께서 전염병과 가뭄, 바렛사로부터 이스타샤를 지켰지요."

로자리아는 요한의 말을 잠자코 들었다. 교황인 그가 이런 말을 하는 이유가 궁금했다.

"성녀는 이스타샤의 수호자이며, 성검을 들었다는 건 성녀란 증거입니다. 그러니 그대가……."

요한이 성좌에서 일어나 단정한 걸음새로 로자리아에게 다가갔다. 성녀였던 아니타는 초대 황제였던 엔리케와 이스타샤를 건국해 여신으로 추앙받았다. 그러나 천 년이 지나면서 신전의 사제들은 타락했고, 아니타 여신의 성력 또한 희미해져 갔다.

요한은 성검을 쥔 로자리아의 손등을 떨리는 손으로 그러쥐며 말을 이었다.

"이스타샤를 수호할 성녀입니다."

요한은 로자리아 앞에서 한쪽 무릎을 꿇었다. 그러고는 그녀의 손등에 엄숙한 태도로 입을 맞추었다. 교황, 요한 2세의 경건한 모습에 사제들은 혼이 나간 듯한 얼굴로 그를 지켜보았다.

"당신께서 성 율리아의 환생이시라면, 어찌 제가 여신의 존재를 부정하겠습니까."

이스타샤, 나의 어린아이들. 태초에 주신 비아의 권능을 받아, 율리아가 그들을 위해 건국한 나라.

"저 요한, 여신의 대리자로서 진실을 받아들이겠나이다."

요한은 가슴에 손을 얹고 성검을 든 로자리아에게 묵례했다.

대관식의 날이 밝았다. 본성의 동쪽에 위치한 예배당에 황제의 즉위를 축하하기 위해 귀족들이 모여 있었다. 제단의 중앙에는 성검이 놓여 있었고, 예배당의 스테인드글라스 사이로 빛이 스며들었다.

뚜벅뚜벅. 로자리아는 검을 잡기 위해 제단으로 걸음을 옮겼다. 황족으로서 흠잡을 데 없는 완벽한 걸음걸이였다. 그녀가 걸친 기다란 망토가 바닥에 끌리지 않도록 신녀가 이를 붙들었다. 화려한 정복을 입은 귀족들의 시선이 로자리아에게 몰려들었다. 엘리샤와 마네는 멀지 않은 곳에서 그녀를 지켜보았다. 성검 데레사 앞에서 로자리아는 걸음을 멈추었다. 그녀는 성검을 향해 손을 뻗었다. 로자리아는 귀족들의 시선을 받으며 검을 움켜쥐었다.

로자리아는 모두가 볼 수 있도록 성검 데레사를 높이 들어 올렸다.

"이번에도 성검을 드실 줄이야."

그 모습을 보던 더글라스의 입에서 탄성이 흘러나왔다. 클라인의 대관식 때 보았던 광경임에도 볼 때마다 경이로웠다.

"라쉬드 1세, 성녀께 교지를 받으십시오."

라뮤엘의 말에 라쉬드는 서서히 제단 앞으로 걸어 나갔다.

'성녀라니?'

'무슨 말이지?'

성녀란 소리에 이스타샤 귀족들이 그들의 귀를 의심했다. 하나같이 전부 교황을 돌아보았으나, 요한은 그저 대관식을 지켜볼 뿐이었다.

라쉬드의 시선이 오랫동안 로자리아에게 머물렀다. 곧 그의 시선이 그녀가 쥔 검, 데레사를 향했다. 무척 기묘한 순간이었다. 건국 초 쓰였던 성검 대신, 데레사의 혼이 담긴 검을 자신의 대관식에 쓰게 될 줄은……. 숨을 깊게 들이쉰 라쉬드는 제단 앞으로 걸어갔다.

'데레사, 스승님께서 바라시던 대로 이스타샤는 무너지지 않았습니다.'

성녀 데레사는 그에게 성력을 처음으로 가르쳐 준 스승이자 부모와 같은 존재였다. 그녀의 혼이 담긴 검으로 교지를 받는다는 건 생각지도 못한 일이었다. 그리고 그 검을 든 건 그가 가장 사랑하는 아내, 로자리아였다.

라쉬드는 성녀 데레사의 제자였으며, 여신의 후계자라 불렸다. 그럼에도 스승의 죽음을 막지 못했던 어린 자신을 증오했었다. 로자리아는 데레사의 죽음 이후로 감정이 사라진 그에게 새로운 삶을 살게 해준 이였다.

라쉬드는 성검 데레사를 든 로자리아에게 다가갔다. 수많은 이가 보고 있었지만, 그에겐 검을 든 로자리아만이 보였다. 시간이 멈춘 것처럼 로자리아의 모습이 그의 눈에 선명토록 담겼다. 심장이 낮게 뛰는 소리가 제 귓가에 들리는 것만 같았다.

'로즈.'

그녀의 이름을 속으로 되뇌며 라쉬드는 짧게 심호흡했다. 어째서 대관식에서 로자리아와 눈이 마주쳤단 것만으로 이토록 떨리는지. 곧 평정을 되찾은 라쉬드는 제단 앞에서 한쪽 무릎을 꿇고 앉았다.

로자리아는 데레사를 들어 올려 그의 이마를 향해 검을 가져갔다. 대관식은 제국의 황위를 공표하는 경건한 의식이니만큼, 로자리아는 엄숙한 목소리로 교지를 읊기 시작했다.

"라쉬드 폰 칼라네 바르세데스, 그대는 바르세데스 공작으로서 제국을 전쟁과 전염병으로부터 지켜 내었다. 그대는 이스타샤의 황제로서 제국의 부흥을 가져올 것이며……."

라쉬드의 이마를 향하던 검이 그의 왼쪽 어깨에서 오른쪽 어깨로 움직였다. 로자리아는 라쉬드를 내려다보며 고요한 목소리로 속삭이듯 말했다.

"여신의 뜻에 따라 제국을 수호할지어다."

라쉬드는 눈을 내리깔며 로자리아가 읊는 교지를 가슴 깊이 새겼다. 로자리아가 교지를 내리는 이 순간만큼은 그녀는 그의 아내가 아닌, 황제로서 경외해야 할 이스타샤의 성녀였다.

"또한 전염병으로부터 제국민을 구하며, 영토를 메마르게 하는 가뭄으로부터 제국을 지켜야 할지어다."

로자리아의 잔잔하고도 부드러운 목소리가 대관식이 치러지는 예배당을 울렸다. 성검 데레사가 자신의 어깨에 닿자 라쉬드는 이루 말할 수 없는 기분이 들었다.

"그대는 엔리케 초대 황제의 뜻을 이어받아 전쟁으로부터 이스타샤를 수호할지어다."

로자리아는 아니타의 성서를 읊는 대신 그녀가 라쉬드에게 해주고 싶었던 서약을 읊었다. 귀족들은 로자리아의 서약이 천 년간 대관식에서 읊어졌던 성서가 아님을 단번에 알아차렸다.

이윽고 라뮤엘이 성유(聖油)를 가져왔다. 동시에 천 년 전의 황제를 기리는 성가가 울려 퍼졌다. 로자리아는 라뮤엘로부터 성유를 건네받았다. 그녀는 라쉬드의 머리에 성유를 바르고는, 그와 애틋한 시선을 마주했다. 이내 라뮤엘이 황제가 쓰던 왕관이 든 함을 들고 왔다. 금장식으로 세공된 함의 안에는 보라색 벨벳 천이 깔려 있었고, 그 중앙에 왕관이 있었다. 왕관의 중앙에는 사파이어가 달려 있었고, 성검의 표식이 새겨져 있었다.

로자리아는 하얀 면장갑을 낀 채로 왕관을 받아 들었다. 그러고는 고개를 숙인 라쉬드의 머리 위로 왕관을 씌워 주었다.

"라쉬드 1세, 그대는 신성의 수호자로서 제국의 영광과 명예를 가져올지어다."

라쉬드의 이명(異名)은 초대 황제, 엔리케와 같은 신성의 수호자였다. 이스타샤를 건국한 성녀가 여신으로 불렸듯, 천 년간 대관식에서 초대 황제의 이명이 쓰인 적은 없었다. 그 의미와 무게가 무척 무거웠기에 황권을 높인 선대 황제들조차도 기피했다. 그러나 로자리아는 라쉬드에게 대현자나 신의 사자란 이명 대신 수호자란 이명을 주었다.

라쉬드는 바르세데스 공작으로서 목숨을 걸면서까지 전염병과 전쟁으로부터 이스타샤를 지키지 않았던가. 로자리아의 차가운 손길이 이마에 닿자 라쉬드는 저도 모르게 미소 지었다. 그는 경건한 태도로 일어나 로자리아의 손을 붙잡았다.

"당신께 맹세하겠습니다."

성녀가 교지를 읊고 나서, 황제가 이에 대한 맹세를 선서하는 것으로 대관식은 끝이 난다. 귀족들은 황제가 어떤 서약을 할지 기대된다는 얼굴로 지켜보았다.

"이름 모를 여신이여. 후회와 증오로 가득 찬 제 삶을 돌보시어……."

'후회와 증오라니?'

라쉬드의 서약을 듣던 로자리아는 눈을 크게 떴다.

"저와 이스타샤를 구원해 주소서."

귀족들은 저게 무슨 뜻이냐며 궁금해했지만 엄숙한 대관식이라 입도 벙긋하지 못했다. 황제의 서약에 숨도 제대로 쉬지 못할 만큼 무거운 정적이 흘렀다. 잊을 수 없었던, 죽어서도 기억해야 했던 과거의 맹세가 그의 뇌리를 잠식했다.

"나의 율리아, 이스타샤에 축복을 내린 신성한 정령의 신께 맹세합니다."

라쉬드는 고개를 숙여 로자리아의 금발에 입을 맞추었다. 버려진 신전에서 그에게 기회를 주었던 이름 없는 여신은 율리아였다. 어찌 신성한 푸른 눈동자와 달빛을 그린 금발을 잊을 수 있겠는가.

그때, 과거의 신성 황제는 율리아에게 머리를 조아리고 드러난 발등에 입을 맞추었다. 꿈속에서 여신의 발등에 입술을 맞추어도 온기는 느껴지지 않았다. 그러나 지금 이 순간, 로자리아는 그의 눈앞에 살아 있었다. 그에게 삶과 기회를 주겠노라 손을 내밀어준 율리아, 그가 사랑해 마지않던 여신. 그저 꿈이라고, 손을 뻗으면 재가 되어 사라질 환상으로만 여겼었다. 그러나 그건 환상 따위가 아닌, 그가 과오를 저질렀던 과거의 시간이었다.

"꿈속의 환상이라 생각했던 것은 과거였습니다. 여신께서 저를 기억하지 못하더라도……."

과거의 신성 황제가 썼던 죄인처럼 얼굴을 가리던 검은 터번 대신, 라쉬드는 황제로서 왕관을 썼다. 바렛사 제국으로부터 도망치던 패국의 황제는 승전국 이스타샤의 황제가 되었다.

"제가 여신께 했던 맹세는 변치 않을 것입니다."

로자리아는 고요한 시선으로 라쉬드를 바라보았다.

"그러니 이스타샤에 축복을 내려 주십시오. 향락한 귀족과 타락한 사제, 오만한 황족들의 죄를 감내할 것입니다. 영혼을 바쳐 진심으로 아뢰옵건대, 이스타샤를 위해……."

맹세의 의식을 치르는 그의 목소리가 점차 잠겨 갔다. 이스타샤의 역대 황제들은 대관식에서 줄곧 승리의 포부만 이야기하곤 했으나, 라쉬드는 죄를 밝히듯 고했다. 그는 짙은 보랏빛 눈동자를 들어 올려 로자리아와 시선을 마주했다.

라쉬드는 로자리아와 처음 만났던 때를 떠올렸다. 이스타샤를 떠나기 하루 전, 과거의 꿈을 꾸었고 테베의 왕성에서 열다섯의 로자리아 왕녀를 만나게 되었다. 황제의 명령에 따라 이스타샤의 칙령을 전달하기 위함이었으나, 그가 처음 만난 로자리아 왕녀는 소문과는 달랐다.

"공작님, 저는 그 예언을 믿지 않아요."

신성제국의 공작 앞에서 성녀의 예언을 믿지 않노라 했던 테베의 어린 왕녀.

"성녀의 예언을 믿지 않는다?"
"제 삶은 제가 결정할 것이며 예언에 휘둘리지 않아요."
"그건 나와 같군요. 저도 여신을 믿지 않습니다."

자신의 시선을 피하지 않던 왕녀의 푸른 눈동자가 잊히지가 않았다. 과거의 기억을 떠올리던 라쉬드는 로자리아를 한없이 깊은 시선으로 바라보았다. 그는 신성제국의 황자로서 테베의 왕녀인 로자리아에게 교지를 내렸었다.

로자리아 왕녀에게 검으로 교지를 내리고서 그녀의 옅은 금발에 차디찬 입술을 맞추었다. 왕녀를 향하던 맹세의 키스조차 차가웠다. 아무런 감정이 담기지 않은 형식적인 절차였다. 이스타샤의 공작으로서 왕녀에게 교지를 내렸던 자신이, 황제로서 성녀가 된 로자리아에게 교지를 받을 줄 어찌 알았겠는가.

라쉬드는 저도 모르게 성검을 든 로자리아에게서 두 눈을 떼지 못했다. 테라강에 빠졌던 로자리아를 구해 주었던 기억도, 물에 젖어 그의 뺨에 달라붙은 머리칼을 떼어 내 주었던 로자리아의 차가운 손길도……. 과거의 상념에서 깨어난 그는 로자리아를 바라보며 말했다.

"마지막 시험에 들었으매, 저는 당신을 저버리지 않았습니다."

그는 로자리아의 손등을 소중한 듯 그러쥐며 맹세했다.

"나는 율리아의 수호자로서 이스타샤와 당신을 지킬 것입니다."

라쉬드는 기사가 여왕에게 맹세의 서약을 하듯 로자리아의 손등에 입을 맞추었다. 로자리아는 라쉬드의 손을 맞잡으며 그의 맹세를 받아들였다.

"이스타샤와 폐하께 축복이 가득하기를."

그렇게 말한 로자리아는 라쉬드에게 말간 미소를 지었다. 예배당에서 이루어졌던 경건한 의식이 끝나자, 귀족들은 긴장이 풀렸는지 참았던 숨을 내쉬었다. 대관식이 끝나자, 귀족들은 예배당을 빠져나가 연회 장소인 본성 홀로 향했다.

"즉위를 진심으로 축하드립니다, 폐하."

라쉬드에게 다가간 더글라스가 그에게 축하를 건네며 묵례했다.

"그대의 공이 컸다."

"폐하와 황후마마께서 이루신 일인데 어찌 제 공이라 할 수 있겠습니까?"

더글라스는 겸연쩍은 미소를 지으며 대답했다. 큼큼 몇 번 목청을 가다듬던 더글라스가 말을 이었다.

"오늘은 무척 뜻깊은 날입니다. 글로리아가 황후마마의 인장을 검에 새기게 되었군요."

"글로리아 가문이 황가의 검을 맡는다면 기쁜 일이지."

겉치레가 아닌 진심으로 한 말이었다. 라쉬드는 더글라스의 어깨를 부드럽게 다독였다.

"영광입니다, 폐하. 돌아가신 아버지께서 무척 기뻐하실 겁니다."

더글라스는 진심으로 감사를 표했다. 라뮤엘은 멀지 않은 곳에서 이런 광경을 흐뭇하게 지켜보았다. 마네는 화기애애한 라쉬드와 더글라스를 보다가, 엘리샤와 함께 로자리아를 찾아가 인사를 건넸다.

"황후마마, 그간 강녕하셨는지요?"

마네의 인사에 라쉬드를 보던 로자리아는 고개를 돌렸다. 어느새 다가온 마네가 환히 웃고 있었다.

'황후라······.'

자신을 부르던 호칭이 바뀌자, 그녀의 심장이 잘게 떨렸다. 오늘부로 그녀의 신분은 바뀌었다. 이스타샤의 공작 부인에서 신성제국의 성녀이자 황후로.

"마네가 신경 써 준 덕분에 편안히 보냈어요."

"황후마마, 마네 백작만 찾으시고 저는 잊으신 건가요?"

"그럴 리가요, 엘리샤."

엘리샤가 섭섭한 듯 묻자 로자리아는 가벼운 웃음을 터뜨렸다.

"황후마마께 꼭 인사를 드리고 싶었어요. 저번에 주신 백련차가 마음에 들었거든요."

마네는 주인을 따르는 고양이처럼 로자리아를 졸졸 따랐다.

"저도 차를 좋아하는데, 마마께 실례가 되지 않는다면 다음엔 저도 불러 주시겠어요?"

마네에 질세라 엘리샤도 눈을 반짝이며 차를 마시고 싶다고 청했다. 그레이스성은 황도에서 멀었던 터라 엘리샤는 마네처럼 자주 찾아오진 못했다. 엘리샤는 설레는 기분으로 로자리아의 대답을 기다렸다.

"엘리샤, 마네와 함께 황성을 찾아와요."

이번 대관식이 끝나면 엘리샤가 좋아할 만한 찻잎을 직접 보낼 생각이었다. 두 백작과 화기애애한 시간을 보내던 로자리아는 저녁이 되어서야 라쉬드와 함께 시간을 보내게 되었다.

연회가 시작되기 전에 로자리아는 라쉬드와 함께 다과를 들기로 했다. 라뮤엘은 로자리아에게 배운 대로 모리화차와 재스민차를 준비해 끓였다.

"이러고 있으니 두 분 결혼식이 생각나는군요."

"결혼식?"

로자리아가 묻자 라쉬드가 기억이 났는지 '아'라고 탄식하며 고개를 끄덕였다.

"그때 제가 했던 말 기억나시나요?"

라뮤엘의 말에 라쉬드는 당연한 걸 묻는다는 얼굴로 그를 흘겼다. 로자리아는 그런 둘을 보며 말없이 재스민차를 마셨다.

"부인에겐 왜 안 묻는 거지?"

"부인께선 안 물어도 아실 테니까요."

로자리아는 대답 대신 차향을 계속 음미했다. 쌉싸름한 차향이 입안에 감돌며 그윽한 향이 느껴졌다.

"왜요?"

로자리아는 그녀를 빤히 보는 라쉬드를 보며 눈을 깜빡였다.

"아니, 아무것도."

정말로 잊었나 싶어 섭섭한 기분이 들었지만 라쉬드는 자신이 이상한 거라 생각하며 화제를 돌렸다.

"그럼 앞으로 로즈를 성녀님이라고 불러야 하나?"

"정말로 그렇게 부를 생각이에요?"

로자리아가 생각만 해도 닭살이 돋는다는 듯 눈을 찡그렸다. 잠시 라쉬드의 표정을 살피던 그녀는 그럴 일은 없을 거라 속으로 확신했다.

"그렇게 불러 주길 원해?"

"아뇨, 괜찮아요. 난 라쉬드가 이름으로 불러 주는 게 좋아요."

예전이라면 상상도 못 할 대화였다. 라뮤엘은 장족의 발전을 이룩한 황제 부부를 보며 묘한 기분을 느꼈다. 라뮤엘은 힐끔 벽에 달린 시계를 확인했다. 저녁 6시, 연회가 시작될 밤 9시까지 세 시간이 남은 터.

'이쯤 빠져 줘야겠지?'

속으로 눈치 하나는 따라올 자가 없다고 중얼거린 라뮤엘이 드르륵 의자를 끌었다. 로자리아와 라쉬드의 시선이 동시에 닿자, 라뮤엘은 '그럼 저는 일이 있어서'라며 어색한 미소를 지으며 자리에서 일어섰다. 에르키사 후작은 말릴 새도 없이 먼저 도망쳤다. 단둘이 남게 된 로자리아는 애꿎은 디저트만 포크로 꾹꾹 누르며 괴롭혔다.

"로즈."

이번에도 침묵을 깬 건 라쉬드였다. 어느덧 창문 바깥은 어둑했고, 짙어진 구름이 느릿하게 서쪽으로 흘렀다. 라쉬드는 자리에서 일어나 맞은편에 앉은 로자리아에게 다가갔다. 단것을 좀처럼 즐기지 않던 아내였지만 오늘만큼은 다디단 케이크가 마음에 들었는지 포크로 야금야금 먹는 중이었다.

"입가에 생크림 묻었어."

라쉬드가 늘씬한 손가락으로 로자리아의 뺨을 가리켰다. 모호한 손가락 방향에 로자리아는 '어느 쪽요?'라고 되물었지만, 라쉬드는 대답 대신 물끄러미 그녀를 바라볼 뿐이었다. 로자리아의 곁에 앉은 라쉬드가 그녀의 뺨을 손가락으로 쿡 찔렀다.

"여기에."

로자리아는 멀쩡한 뺨을 찌르는 라쉬드를 보며 아연실색했다.

'아까 같이 마신 딸기 주스가 혹시 술이었나?'

그런 것치곤 홍조 하나 없는 평소와 같은 모습이었다. 그의 귓가가
조금 붉어진 것만 뺀다면. 예전에도 가끔, 아주 가끔씩 아내의 뺨을 눌
러 보고 싶었지만 마음대로 하지 못했던 라쉬드였다.

"어디에요?"

"여기."

라쉬드는 손을 뻗어 로자리아의 입가에 묻은 생크림을 닦아주었다.

"이제 됐어."

그렇게 말한 라쉬드는 로자리아의 턱을 부드러운 손길로 그러쥐
었다.

"여기 더 묻은 것 같은데."

로자리아와 좀 더 깊게 입을 맞출 수 있도록 라쉬드는 고개를 숙였다.

"어디……."

로자리아는 말을 끝까지 잇지 못했다. 옅은 호선을 그리던 라쉬드의
입술이 제멋대로 그녀의 입술을 삼켰다.

밤이 되자, 라쉬드 1세의 즉위를 축하하는 연회가 시작되었다.

"낮에 대관식 보셨어요? 황후마마께서 성녀가 되시는 건가 봐요."

연회에 참석한 귀족 부인이 부채를 살랑이며 말했다. 여신 아니타만
을 섬겼던 이스타샤에서, 정령의 신을 거론한 것은 이례적인 일이었
다. 지금껏 이스타샤는 신권과 황권이 철저히 분리된 신성제국이었다.

전쟁이 터졌을 때를 제외하곤, 신전과 황가는 권력을 움켜쥐기 위해 서로 반목하는 관계였다. 그러나 바르세데스 공작은 황제가 되었고, 테베의 왕녀는 이스타샤의 황후가 되었다. 대신전은 이미 몰락했으며 교황청은 대관식을 지켜볼 뿐, 성녀와 관련된 일에 일절 나서지 않았다.

천 년간 아니타의 유지를 받들었던 신성제국 이스타샤. 이스타샤 최초로 율리아의 성녀가 탄생하게 되었다. 귀족 부인들은 저마다 '율리아'가 누구인지 궁금하다는 투였다.

잠시 후, 웅성거리던 소란이 멎었다. 웅장한 징 소리와 함께, 신석(神石)으로 조각된 정문이 열렸다. 연회의 주인공인 라쉬드 황제와 로자리아 황후가 들어섰다. 하얀 제의를 입었던 라쉬드는 금빛 자수가 놓인 검은 제복을 걸쳤다.

로자리아는 대관식 때 입었던 바로크 양식의 드레스 대신 순백의 드레스를 입었다. 이스타샤에서 흰옷을 입는다는 건 여신을 따른다는 의미이자 사제나 성녀임을 뜻하는 상징이었다.

로자리아는 라쉬드의 에스코트를 받으며 연회장 안으로 발걸음을 내디뎠다. 처음 발을 내딛는 순간, 이루 말할 수 없는 감정이 들었다. 제 아비를 죽이고 이스타샤를 멸망시킨 악귀, 어머니인 데모나 후작의 목숨까지 잃게 한 악마. 왕의 피를 이어받은 딸이 테베의 왕을 죽일 거란 예언은 이루어지지 않았다.

시간이 되돌아가 새로운 기회를 얻게 되었고, 다른 삶을 살 거라 다짐한 대로 그녀의 미래는 달라졌다.

로자리아는 왕좌를 향해 걸어가면서 과거의 일을 떠올렸다.

'내가 행복해질 일은 없다고 생각했어.'

로자리아는 저도 모르게 손을 펴 보였다. 그녀의 손에는 아무것도 없었지만 과거에 거머쥐지 못했던 금빛 씨앗을 쥐고 있는 것만 같았다.

로자리아는 그녀의 곁에서 호흡을 맞추는 라쉬드를 바라보았다. 과거에 그녀의 목숨을 앗아 갔던 라쉬드의 성검은 로자리아, 이스타샤의 성녀를 지키기 위한 검이 되었다.

그녀는 라쉬드의 손을 붙잡으며 왕좌를 향해 걸음을 옮겼다. 로자리아는 그녀와 함께 걷는 라쉬드에게 웃어 보였다. 처음 그를 만났을 때처럼.

"라쉬드, 우리 처음 만났을 때 기억해요?"

"어떻게 잊을 수 있겠어?"

황제로서 엄숙함을 위해 차가운 표정을 유지하던 라쉬드는 걸음을 멈추었다. 갑작스레 그녀에게로 몸을 돌린 라쉬드는 로자리아만 볼 수 있도록 눈가를 휘었다.

"정말이에요?"

그녀의 물음에 라쉬드는 묘한 웃음을 지었다.

"로즈, 당신이 기억하지 못하는 것도 난 잊지 않았어."

로자리아는 귓가에 속삭이듯 말하는 라쉬드를 장난스레 눈으로 흘겼다. 그녀는 몇 번 헛기침을 하고는 말을 돌렸다.

"이제 정말 봄인가 봐요."

라쉬드는 활짝 열린 테라스 바깥을 바라보았다.

"로즈, 봄나들이 갈까?"

부드럽게 미소 짓는 황제와 다르게, 황후의 표정은 더없이 심각해 보였다.

"글쎄요. 할 일이 많지 않아요?"

"당신이 가자면 가야지."

라쉬드가 로자리아에게 몸을 가까이 가져가며 그녀의 귀에 소곤거렸다. 때마침 창문 밖에서 정원에서 피어난 꽃잎이 휘날렸다. 로자리아는 고개를 돌려 바람에 팔랑이는 하얀 꽃잎을 바라보았다. 바야흐로 봄을 맞은 연회의 밤이 밝았다.

"로즈, 당신이 가는 곳이면 어디든 따라갈게."

로자리아는 문득 궁금해져서 '왜요?'라고 물었다. 잠시 고민하던 라쉬드는 그녀에게만 들릴 만큼 목소리를 낮추며 말했다.

"매일 부인 곁에 있고 싶으니까."

"정말이에요?"

작게 웃음을 터뜨린 로자리아가 라쉬드를 보며 물었다. 그 달달한 시선에 라쉬드는 아내만 보이는 것처럼 그녀의 모습을 두 눈에 담았다.

"나도 당신과 떨어지기 싫어요."

로자리아는 남편에게만 들릴 정도로 작게 말했다. 안 듣는 척하던 라쉬드는 귀를 쫑긋 세웠다. 찰나의 순간이었지만 그의 귓가에 떨어지기 싫다는 말이 똑똑히 들렸다.

"나도 그래."

그렇게 대답한 라쉬드는 로자리아의 뺨에 입술을 맞추었다. 그 다정한 키스에 황후는 손을 뻗어 황제의 손을 꼭 붙잡았다. 그 후로 연회에서 이스타샤의 황제와 황후가 무슨 이야기를 나누었는지는 둘만의 비밀이었다.

〈완결〉

외전 1 그 부부의 황궁 생활

어느새 봄이 지나 초여름이었다. 로자리아는 라쉬드와 함께 숲속을 걸었다.

"몸은 어때?"

"많이 좋아졌어요. 안에만 있어 갑갑했는데, 당신과 함께 바람을 쐬니 좋네요."

"어제도 밖에 나오고 싶었는데 찬바람을 쐬면 안 좋을까 싶었어."

라쉬드는 로자리아가 천천히 걸을 수 있도록 걸음을 맞춰 주었다. 아직 여름이었지만, 밤에는 바람이 찬 데다 막달이라 조심해야 했다.

"춥진 않아?"

"이 정도는 괜찮아요. 아직 겨울도 아니잖아요."

로자리아는 웃음을 머금으며 대답했다.

"그래도 따뜻한 게 좋아."

이미 그녀는 어깨에 숄을 두르고 있었지만, 라쉬드는 그가 걸치고 있던 제복을 벗어 로자리아의 어깨에 걸쳐 주었다.

"고마워요."

말로는 괜찮다고 했지만 라쉬드의 옷을 걸치게 되자 한결 따뜻했다. 로자리아는 웃음이 나오는 걸 참느라 고개를 숙였다.

"왜?"

로자리아가 말없이 웃기만 하자 라쉬드가 궁금하다는 듯 물었다.

"예전에는 안 이랬잖아요?"

"예전?"

라쉬드가 기억이 나지 않는다는 얼굴로 묻자, 로자리아는 눈을 가늘게 떴다.

"어제도 그렇고 오늘도 그렇고 바쁜데 나만 찾는 거 아니에요?"

보름 전, 바렛사와 문제가 생겨 골머리를 앓았다. 군사 충돌은 아니었지만, 가뭄으로 식량이 부족해진 바렛사의 목축민이 국경을 몰래 건너와 이스타샤 북부의 곡창을 약탈했기 때문이다.

로자리아는 라쉬드와 함께 다른 정무를 보았지만 아이가 태어날 때가 될 때쯤엔 휴식을 취했다. 라쉬드도 바쁜 건 마찬가지였다. 본래 황제란 바쁜 위치였지만 노만 1세에 이어 클라인까지 업무를 나 몰라라 한 탓에 처리해야 할 일이 산더미였다. 그 때문에 서류가 머리 꼭대기만큼 치솟아 로자리아를 보러 가는 시간을 제외하곤 정무를 봐야 했다.

"시간이 남을뿐더러, 일도 얼마 안 돼."

라쉬드는 로자리아의 유도신문에 넘어가는 대신, 늘 그렇듯 바쁘지 않다는 대답을 했다. 로자리아는 새빨간 거짓말을 하는 남편이 귀여웠지만 입꼬리에 힘을 주어 꾹 웃음을 참았다.

"며칠 전에 라뮤엘에게 그러지 않았어요? 일이 많아도 너무 많다고, 날 볼 시간이 없다고."

"내가 그랬어? 기억이 잘 나지 않아."

라쉬드는 시치미를 뚝 떼며 말했다. 아이를 가진 뒤로 부쩍 잠이 많아져서 로자리아는 정무를 보다가도 꾸벅꾸벅 졸곤 했다. 멀쩡한 침대를 놔두고 의자에 앉아 졸다 보면 어느새 그녀는 침대에서 자고 있었다.

로자리아가 잠들 때마다 귀신같이 알아차린 라쉬드가 그녀를 안고 침실로 데려가 주곤 했기 때문이다. 한숨 푹 자고 일어난 로자리아는 라쉬드부터 찾았다. 거짓말처럼 눈앞에는 언제나 남편이 있었다. 로자리아가 침대에 몸을 뉠 때면, 라쉬드는 소파에 다리를 꼬고 앉아 서류를 보곤 했다. 집무실에서 보는 것보단 불편할 텐데도 그는 아내의 곁을 떠나지 않았다.

로자리아가 잠결에 자꾸만 감기는 눈을 깜빡이다 보면, 라쉬드는 서류를 보다가도 그녀와 시선을 마주해 왔다. 로자리아가 일어날라치면 서류를 제쳐 두고서 목이 마르진 않은지, 배가 고프진 않은지 묻곤 했다. 자주 졸린 아내를 위해 매번 이불을 목 끝까지 덮어주는 건 기본이었다. 그 덕택에 로자리아는 밤에도 편히 잠들었고 매일 낮잠을 즐겼다. 바렛사와의 전쟁 중에는 몸을 한계까지 밀어붙이며 버텼던 그녀였지만, 지금같이 평화로운 때는 마음껏 눈을 붙이곤 했다.

"아이를 가지면 잠이 자주 오나 봐요."

로자리아는 그녀의 배를 부드러운 손길로 쓰다듬다가 말을 이었다.

"의원 말로는 너무 안에 있는 것보단 가벼운 산책이 좋대요."

"아, 그래?"

라쉬드가 처음 듣는다는 듯 눈을 크게 떴지만 이미 알고 있는 사실이었다. 로자리아는 큼큼 몇 번 헛기침을 하더니 의원에게 들은 이야기를 몇 가지 해주었다.

"아, 참. 자주 피곤하고 계속 잠드는 것도……."

로자리아는 말을 하다 말고 손을 뻗어 그녀의 머리칼을 매만졌다. 바람에 살랑이던 꽃잎이 그녀의 머리 위에 내려앉았다.

"그쪽이 아니라, 여기야."

그 모습을 바라보던 라쉬드가 그녀의 머리칼에 붙은 꽃잎을 떼어주었다.

"지금 어수선하지 않아요?"

"그래? 난 모르겠는데."

그렇게 말한 라쉬드는 바람에 흐트러진 로자리아의 머리카락을 귀 뒤로 넘겨 주었다.

"태명은 정했어요?"

"샤샤."

'샤샤?'

처음에는 잘못 들은 건가 귀를 의심했던 로자리아는 웃음을 터뜨리고 말았다.

"너무 귀엽잖아요."

라쉬드라면 신어로 된 이름이나 귀족의 미들 네임을 고를 거라 생각했다. 그런데 샤샤라니! 그것도 무척이나 심각한 얼굴로 말이다.

"애칭은 귀여울수록 좋지."

라쉬드는 아기가 알아듣기 좋을 거라며 덧붙였다. 로자리아는 마음에 든다고 중얼거리다가 라쉬드의 어깨에 고개를 묻었다. 살랑이는 바람이 장난치듯 그녀의 뺨을 간질거렸다.

"우리 샤샤가 얼른 태어났으면 좋겠어요."

"당신 닮아 예쁠 거야."

라쉬드는 다른 사람이 들었다면 기함했을 소리를 아무렇지 않게 했다. 심지어 둘만 있을 때가 아니더라도 애정을 듬뿍 표현하곤 했다. 이제는 익숙해질 법도 하건만 그런 말을 들을 때마다 로자리아의 뺨은 붉게 물들었다. 그건 보고를 하기 위해 찾아온 라뮤엘도 마찬가지였다.

'폐하께 무슨 일이…….'

독재관으로 일하게 된 센도 그의 눈을 의심했다. 원래 다정한 사람은 아니었기에 더욱 그랬다. 라뮤엘과 센이 넋이 나간 채로 둘을 쳐다봐도 황제와 황후는 남다른 금실을 자랑했다. 황제와 황후는 눈만 마주쳐도 서로밖에 없는 것처럼 애틋하게 보곤 했다. 그럴 때마다 병풍이 된 둘은 자리를 피해야 하는지 보고를 계속해야 하는지 심각한 고민을 했다. 어쨌든 차가운 공작님에서 팔불출 황제 폐하가 되기까지, 수많은 우여곡절이 있었던 건 분명했다.

"어서 샤샤를 봤으면 좋겠어요."

로자리아의 말에 라쉬드는 자신도 그렇다고 대답하며 그녀를 품에 끌어안았다. 아내에게서 달달한 꽃향기가 나서 라쉬드는 저도 모르게 웃었다.

"로즈, 당신과 있다 보면 꽃밭에 있는 것 같아."

"왜요?"

"내가 좋아하는 꽃향기가 나서 그런가."

'이럴 땐 뭐라고 해야 하지?'

로자리아는 라쉬드의 품에 고개를 푸욱 묻었다. 그런 아내를 꿀 떨어지는 눈으로 보던 라쉬드가 무언가 생각난 듯 '아!'라며 탄식했다.

"라쉬드?"

"저번에 말했던 거 기억해?"

"저번에 말한 거라뇨?"

그의 말은 너무 추상적이라 무슨 뜻인지 가늠이 되지 않았다. 곰곰이 생각하던 로자리아는 감이 잡히지 않는지 눈을 찡그렸다.

"무슨 일이에요?"

"로즈, 네가 가고 싶은 곳이 있다면 어디든 가겠다고 했잖아."

라쉬드의 말에 로자리아는 고개를 끄덕였다. 분명 그런 말을 했었지.

"아이가 크고 나면 휴가라도 갈까?"

"휴가라니, 너무 바쁘다 보니 생각도 못 했어요."

로자리아가 반색하며 말을 이었다.

"휴가 어디로 갈 거예요?"

"테베로 갈까?"

"테베 말이에요?"

그렇지 않아도 아이가 태어나고 몸조리를 하고 나면 테베로 갈 생각이었다. 나흘 전쯤에 테베에 갔었지만, 아이 때문에 다시 이스타샤로 돌아오지 않았던가. 윈드를 통해 업무를 보고 있지만 계속 자리를 비워 둘 순 없었다. 분명 라쉬드가 테베를 그리 좋아하지 않았던 걸로 기억하는데. 그렇게 생각하던 로자리아는 깊은 고민에 빠졌다.

"나 때문에 억지로 가는 거라면 괜찮아요."

"가고 싶어서 그래."

라쉬드는 그게 무슨 소리냐는 얼굴을 했다. 테베를 싫다고 한 적은 없는데, 아내가 오해했던 모양이었다.

"으음, 어디가 좋을까요?"

"왕성?"

"왕성은 재미없어요."

로자리아가 절대 안 된다며 고개를 저었다. 어떻게 귀하디귀한 휴가를 왕성에서 보낼 수 있냐 말이다!

'어디로 가는 게 좋을까? 테베에 갈 만한 곳이 있으려나.'

로자리아는 어디로 여행을 가야 할지 심각한 고민에 빠졌다. 슬쩍 고개를 돌려 라쉬드를 보니 무슨 생각을 하는 건지 웃음을 감추지 못했다. 사실 그는 아내와 함께 시간을 보낼 수만 있다면 어디로 가든 상관없었다.

"강을 보는 것도 좋고 숲에서 쉬는 것도 나쁘지 않아."

"강도 가고 숲도 가는 건 어때요?"

"그거 좋은데?"

라쉬드의 대답에 로자리아는 그를 바라보며 눈꼬리를 휘었다. 로자리아를 품에서 놓아준 라쉬드는 아내의 손을 꼬옥 붙잡았다. 전쟁이 끝난 후 한동안 이스타샤에서만 머물렀기에, 로자리아가 태어나고 자란 테베가 그립진 않을까 싶어서 꺼낸 이야기였다.

"좋아요. 휴가 가려면 우리 둘 다 일 많이 해야겠네요."

공작일 때도 눈코 뜰 새 없이 바빴지만 제국의 황제가 되다 보니 비교도 안 될 정도로 할 일이 많았다. 클라인의 경우, 중요한 업무마저 가신들에게 의지하고 맡겼기에 늘 한가했지만 라쉬드는 아니었다. 모든 일을 볼 순 없었기에 가신들에게 직무를 맡기더라도, 최종적인 검토는 황제의 손을 거쳐야 했다.

"당분간은 푹 쉬어. 나야 일을 계속해야 하지만 당신은 아냐."

행여 로자리아가 피곤한 몸을 이끌고 일을 한다고 할까 봐 라쉬드는 노심초사했다.

"그럴 거예요. 걱정 말아요, 라쉬드. 저번처럼 고집부리지 않을게요."

며칠 전, 몸이 부쩍 안 좋아진 일이 있었다. 크게 다친 건 아니었고 며칠간 쉬지 않고 일을 하니 몸이 축난 것이다. 바렛사와의 일을 끝내겠다며 붙들었지만 결국 라쉬드가 서류를 보던 로자리아를 안고 침실까지 데려갔다. 그 일을 본 라뮤엘이 '폐하께서 사랑이 넘치시는군요'라며 놀렸지만 부끄러움은 언제나 로자리아의 몫이었다.

"잠시 쉴까?"

손이 평소보다 부었고 얼마 걷지도 않았는데 발도 부어 있었다. 로자리아가 나무 등치에서 걸음을 멈추자, 라쉬드는 준비해 둔 담요를 바닥에 깔았다.

"불편하면 말해."

"편하고 좋아요."

불편하다고 하면 없던 소파라도 만들어 낼 기세였다. 빈말이 아니라 정말로 괜찮아서 한 말이었는데 라쉬드가 아쉬운 얼굴을 했다.

"으음, 불편한 것 같기도?"

귀를 쫑긋 세우던 라쉬드가 그러냐고 되물으며 자리에서 일어섰다. 그러고는 말릴 새도 없이 로자리아를 안아 그의 품에 기대게 했다.

"무겁지 않아요?"

"전혀 무겁지 않아. 당신 추울까 봐."

로자리아는 라쉬드의 말에 얼굴을 붉혔다. 그녀는 슬쩍 볼록 솟은 배를 내려다보았다.

"로즈, 뭐 먹고 싶은 거라도 있어?"

라쉬드의 말에 로자리아는 고개를 갸웃거렸다. 먹고 싶은 거라…….

"드래곤 프루트?"

이름부터 희귀한, 동대륙에서 건너온 책에서 봤던 과일이었다. 드래곤 프루트는 용의 비늘처럼 두꺼운 껍질이 있으며, 주먹 크기보다 작고 붉었다. 먼 옛날, 용신이 내려와 즐겨 먹었다던 전설처럼 동대륙의 겨울에만 나는 귀한 과일이었다.

"드래곤 프루트? 그게 먹고 싶어?"

라쉬드가 되묻자 로자리아는 고개를 끄덕였다.

"아, 맞아! 그건 겨울에만 나는 거였지."

로자리아가 농담이었다고 말하려던 순간, 라쉬드가 자리에서 일어났다. 아내와 함께 있을 때면 바빠도 미적거리던 라쉬드였기에 로자리아는 의아해했다.

"급한 일이라도 생긴 거예요?"

"구해 올게."

칼같이 떨어지는 남편의 대답에 로자리아는 눈을 크게 떴다. 어쩐지 불길한 예감이 든 로자리아가 손사래를 치며 고개를 저었다.

"됐어요, 라쉬드. 난 그냥…….."

"나도 농담이었어."

라쉬드가 그렇게 말하자 로자리아는 그제야 안도했다. 동대륙까지 가서 구해 오겠노라고 할까 봐 노심초사했기 때문이다.

시간이 많이 늦어 로자리아를 침실로 데려다준 라쉬드는 홀로 집무실 책상에 앉아 서책을 훑어보았다.

'드래곤 프루트라…….'

지금 라쉬드에겐 급히 봐야 할 서류도 보이지 않았다. 톡, 톡, 테이블을 두드리는 소리만이 방을 울렸다. 이미 아내를 위해 드래곤 프루트를 구해 오기로 결정을 내린 뒤였다. 자정을 지나 새벽이 오고 있었다. 다시 서류를 검토하던 라쉬드에게 방문을 알리는 노크 소리가 들렸다.

"들어와."

문이 열리고 나타난 이는 라뮤엘이었다. 오랜 야근으로 핼쑥해진 그가 비척거리며 들어섰다. 눈 밑은 숯덩이로 슥 그은 것처럼 시커멓고, 매끄럽던 입술은 비쩍 말라 갈라졌다. 수면 부족으로 당장 기절할 것 같은 얼굴이었다.

"부르셨다고 들었습니다."

"아아, 급한 일이 있어 불렀어."

그 말을 들은 라뮤엘의 얼굴이 진흙 인형처럼 점차 굳어 갔다. 그냥 퇴근할걸! 라뮤엘은 끝까지 남겠다고 한 그의 선택을 진심으로 후회했다.

"급한 일이라면 역시 바렛사 때문에……."

"아니, 그보다 더 중요한 일이지."

라쉬드가 라뮤엘을 부르며 문을 닫으라고 손짓했다.

"드래곤 프루트."

"예……?"

그게 뭐야? 먹는 건가? 예의가 아닌 걸 알면서도 라뮤엘은 눈을 찡그리고 말았다.

"그게 무엇인지요, 폐하?"

"동대륙에서만 난다는 귀한 과일."

"설마…… 이 오밤중에 폐하께서 그 과일을 드시고 싶으신 겁니까?"

저건 무슨 뚱딴지같은 소리냔 말이다! 라뮤엘이 넋 나간 얼굴로 되물었다.

"눈치 없긴."

라쉬드가 혀를 끌끌 차며 라뮤엘을 흘겼다. 그제야 생각이 났는지 라뮤엘이 '아, 부인께서……'라고 중얼거렸다.

"로즈가 먹고 싶어 해."

"저로선 처음 들어 본 과일입니다만……."

라뮤엘은 신전의 대사제였기에 상식과 지식으로 치면 따라올 자가 없었지만, 이번만큼은 자신 없는 목소리로 대답했다.

"구할 수 없는 건가?"

"그건……."

라쉬드가 심각한 어조로 묻자 라뮤엘은 흔들렸다. 이름도 처음 들어 보는 과일인데 당연히 구하기 어렵지! 힘들다고 하려던 라뮤엘은 생각을 고쳐먹었다.

"구해 보도록 하겠습니다."

"좋아, 그대라면 그렇게 대답할 줄 알았어."

의도치 않게 생긴 미션에 라뮤엘이 원망 섞인 시선으로 그를 쳐다보았다.

이틀 뒤, 라뮤엘은 어두운 낯빛으로 라쉬드를 찾았다.

"서대륙을 샅샅이 뒤졌는데 아무도 그 과일을 모른답니다. 동대륙과 교역을 시작했으니 암암리에 유통됐을 거라 생각했는데……."

라뮤엘은 죄인이라도 된 것 같은 기분이었다.

"그렇겠지."

라뮤엘의 말을 잠자코 듣던 라쉬드가 동조하며 고개를 끄덕였다.

"역시 황후마마께 말씀드리는 것이……."

"직접 동대륙으로 가야겠어."

'폐하께서 정말로 미치신 건가?'

예상치 못한 황제의 행동에 라뮤엘이 기겁했다.

"샤샤가 태어날 때까지 며칠 안 남았어. 이때 잘해야 한다며?"

라쉬드는 이스타샤의 황제였지만, 그보다 아내에게 사랑받는 남편이길 원했다. 라쉬드가 이렇게 변한 데는 라뮤엘의 조언도 한몫했다.

바야흐로 한 달 전, 서류를 보던 중에 라뮤엘이 뜬금없는 말을 꺼냈다.

"필요 없다고 해도 뭐든 해주셔야 합니다."

"그게 무슨 소리야?"

"괜찮다고 해도 무조건 해주셔야 합니다."

평소라면 쓸데없는 잔소리라며 내쳤을 라쉬드가 귀를 쫑긋 세웠다. 어느새 그는 보던 서류마저 슬쩍 옆으로 치우고선 라뮤엘의 조언을 귀담아들었다.

"산파도 아닌데 어찌 이리 잘 아는 거지?"

"……."

"백작 부인과 기사 이야기?"

일할 시간도 부족한데 쓸데없는 걸 본다며 뭐라 하려던 라쉬드는 그의 눈앞에 내밀어진 책을 보고선 눈을 가늘게 떴다.

"저번에 말씀드린 건 1권이고, 지금 말씀드린 건 2권입니다. 2권에서 육아

에 관한 이야기가 나오죠."

라뮤엘이 펼쳐 든 건 붉은색의 향연이었던 1권과 달리 아기자기한 하얀 표지로 덮인 2권이었다. 필요 없다며 매몰차게 말했지만, 라쉬드는 로자리아가 잠들 때면 책을 꺼내 한 번씩 읽곤 했다. 라뮤엘의 조기 교육(?) 때문인지 라쉬드는 남다른 부인 사랑을 보여 주었다. 문제는 넘치는 사랑 때문에 휘하의 기사와 가신들이 죽어 간다는 점이었다.

"비슷한 과일을 구하면 되지 않을까요?"

책 이야기를 꺼낼 땐 언제고 이제 와서 비슷한 과일을 구하라니! 라쉬드는 라뮤엘의 대답이 마음에 들지 않았다.

"구해 주겠다고 했어. 동대륙의 황제에게 서신을 넣어 봐야겠군."

때마침 동대륙 이레펠트 제국의 황제, 사율이 테베 왕국에서 지내던 차였다. 사막의 신전에 있는 성물을 찾기 위해서…… 라는 건 핑계고, 사율은 테베의 차 문화에 흠뻑 빠져들고 말았다. 차로 따지면 동대륙의 이레펠트 제국이 으뜸이지만, 이국의 차에 이미 마음을 빼앗긴 걸 어쩌겠는가. 사율이 이스타샤를 찾게 된 건 그로부터 이틀이 지난 뒤였다. 라뮤엘로부터 자초지종을 듣게 된 사율은 한숨을 푹푹 내쉬었다.

"그건 내 아버지의 할아버지도 구하지 못한 귀한 과일이란 말이지."

팔짱을 낀 사율이 구할 수 없다는 뜻을 은연중에 내비쳤다.

"그래서 구할 수 없는 건가?"

"글쎄, 구하려고 마음먹으면 내가 못 구하는 게 있겠느냐만."

"처음으로 마음에 드는군."

사율의 대답에 라쉬드는 반색했다. 라쉬드를 빤히 보던 사율이 묘한 웃음을 지으며 말했다.

"근데 공짜론 못 주겠다."

"바라는 게 있나?"

"바라는 거야 많지. 당신, 사막에 있는 거 나한테 넘기기로 안 했어?"

연금술은 홀라당 받아먹고서 돌아오는 대가가 없지 않은가! 이스타샤가 바렛사와 전쟁에서 이겨서 교역이 차질 없이 진행되어 다행이긴 해도 그쪽에서 치러야 할 값이 있었다.

"도대체 그 사막에 뭐가 있다고 그러는 건지, 참."

"그러니까 그 사막에 가고 싶다는데 당신이 왜 못 가게 막느냐 말이야."

"신전이 있는 사막은 이제 이스타샤의 영토니, 타국의 황제인 당신을 막아도 이상한 건 아니지."

사율은 턱을 긁적이다가 알겠다는 듯 고개를 끄덕였다.

"뭐, 빚이라고 생각해. 이번에는 그냥 주겠지만 다음에는⋯⋯."

말을 하던 사율의 눈이 유령이라도 본 듯 커졌다. 그의 시선이 시종이 들고 있는 함에 고정되었다. 묻지 않아도 각종 진귀한 차가 들어 있는 게 분명했다.

"일단 받아."

"이걸 다 나 준다고?"

사율이 떨리는 손으로 함을 열었다. 함에 든 귀한 차를 본 그가 자리에서 벌떡 일어섰다.

"좋아, 사흘 내로 준비할게. 아, 구하는 건 동대륙 내에서도 까다로워서 직접 와야 할 거야."

사율이 함을 안고서 '늦으면 그냥 간다. 바닷길이 위험하지만 죽을 정도는 아냐'라고 몇 가지 당부의 말을 남기고는 훌쩍 떠나 버렸다.

그날 밤, 사율이 돌아가고 난 후 라쉬드는 로자리아를 찾았다. 아내가 보고 싶기도 했고 요즘따라 힘들어하는 것 같아서 자주 들르게 되었다. 아직 잠든 건 아니었는지 로자리아는 침대 헤드에 기대 책을 보고 있었다. 기척을 느낀 그녀가 책을 덮고선 자리에서 일어나 라쉬드를 맞았다.

"아직 일할 시간 아니에요?"

"쉬는 시간이야."

그런 것도 있었나? 로자리아는 부쩍 농땡이(?)를 부리는 라쉬드를 보며 눈을 가늘게 떴다.

"라쉬드, 드래곤 프루트는 됐어요."

"먹고 싶다고 하지 않았어?"

"라뮤엘이 찾아와서 당신이 동대륙으로 간다고 하던데요?"

"허튼소리야. 정무를 봐야 하는데 언제 동대륙까지 가?"

라쉬드가 부인하고 나서야 로자리아는 안도했다. 안 그래도 벌써부터 소문이 나서 곤란할 지경이었다. 심술이 난 황후마마께서 황제 폐하를 괴롭힌다나 뭐라나.

'몇 시지? 졸리네.'

라쉬드가 올 때까지 기다려서 그런지 부쩍 잠이 몰려왔다. 로자리아는 저도 모르게 하암 하품을 했다.

"잠 와?"

"잠이 오는 것 같기도 하고……."

"그럼 한숨 자."

라쉬드는 로자리아를 침대에 눕게 했다. 아내가 눕자마자 동시에 들려오는 노크 소리에 그의 눈이 가늘어졌다.

"라뮤엘이 당신 찾아왔나 봐요. 얼른 가 봐요."

"좀 있다 가도 돼. 당신 보고 싶어서 온 거야."

아무렇지도 않게 하는 말에 로자리아의 뺨이 붉어졌다.

"감기 걸렸어? 열이 나는 것 같은데."

라쉬드는 그녀의 이마에 손을 얹으며 물었다. 아기를 가졌는데 감기라도 걸리면 큰일이지 않은가.

"오늘 하루는 쉬어야겠어."

"바쁜 거 아니었어요?"

"하루 쉬는 거야 괜찮아."

이마에 닿는 손의 감촉이 따뜻하게 느껴졌다. 감기에 걸린 건 아니었지만 남편의 정성 어린 간호가 썩 나쁘지 않았다.

로자리아가 눈을 뜬 건 다음 날 아침이었다. 무슨 일이라도 생겼는지, 아침부터 소란스러워서 더 자려고 해도 눈을 뜰 수밖에 없었다. 자리에서 일어난 로자리아가 주위를 살폈다. 그녀는 옷을 갈아입고는 문밖으로 나섰다.

"무슨 일이에요?"

허둥지둥 어쩔 줄 모르는 기사를 보자 불길한 예감이 스멀스멀 고개를 들었다.

"저, 그게……."

"아무것도 아닙니다, 황후마마."

이실직고하려던 부관의 입을 상관이 막았다.

'뭔가 수상한데.'

로자리아는 무언가 숨기는 듯한 기사들을 보며 눈을 가늘게 떴다. 그녀가 라쉬드의 소식을 듣고 난 건 반나절이 지나서였다. 영원히 로자리아의 편인 라뮤엘이 그녀를 찾아와 라쉬드의 행방을 알렸다.

"황후마마, 폐하께서 동대륙으로 가셨습니다."

"갈 거라고 생각은 했지만 이렇게 빨리 갈 줄은 몰랐어."

보고를 마친 라뮤엘은 그의 앞에 준비된 차를 마셨다. 급한 일을 보고하는 것치곤 라뮤엘은 태연한 얼굴이었다. 그건 보고를 듣는 로자리아도 마찬가지였다. 숨을 깊게 들이마시자 기분 좋은 차향이 올라왔다.

"폐하께서 원래 그러지 않았는데 왜 저렇게 변하신 걸까요?"

"……그러게 말이야."

바닷길도 뜨지 않는 이 시기에 드래곤 프루트를 구하러 간다니. 로자리아는 한숨을 푹 내쉬다가 고개를 설레설레 저었다.

"마마와 샤샤를 위해서 가신답니다."

"드래곤 프루트가 조금 먹고 싶긴 했지만 남편을 쫓아 보낼 정도는 아니었어."

로자리아는 양심의 가책을 느끼며 중얼거렸다. 어쩐지 그녀 자신이 보낸 듯한 기분이 들었기 때문이다.

"아이가 태어나면 바보가 된다고 하는데 벌써부터 저러면……."

로자리아는 옅은 한숨을 내쉬었다. 동대륙으로 떠난 남편이 무사히 돌아오길 바랄 뿐이었다. 전령으로부터 연락이 온 건 그로부터 사흘이 지난 밤이었다. 늘 숙면을 취하던 로자리아는 매일 밤 잠들지 못했다. 잠들더라도 바람 소리에 예민해져 금세 일어나곤 했다. 그녀는 한참이나 누워서 오지 않는 잠을 기다리던 중이었다. 한밤중에 인기척이 들리자 로자리아는 침대에서 몸을 일으켜 조심스레 문을 열었다.

"라쉬드!"

그곳에는 다 찢긴 옷을 걸치고 있는 라쉬드가 보였다. 옷차림도 신경 쓸 겨를도 없이 바로 침실로 달려온 모양이었다. 옷이 찢기고 머리가 살짝 흐트러진 걸 제외하면 상태는 양호했다. 아내에게 사랑받기 위해선 제아무리 황제라 해도 미모를 잃지 않아야 하는 법…… 이지만 오늘만큼은 예외였다.

"깨어 있었어? 자고 있으면 몰래 두고 가려고 했는데."

그의 품 안에 정말로 책에서만 보던 드래곤 프루트가 안겨 있었다. 그것도 과일인지 무기인지 모를, 엄청난 크기의 과일이 떡하니!

"흙이 좀 묻어서 맛없어 보이지만 씻어서 먹으면 맛있을 거라던데."

라쉬드는 로자리아에게 드래곤 프루트를 내밀었다. 말없이 저를 바라보는 시선에, 그는 아내가 화났음을 직감했다.

"당신……."

로자리아는 숨을 깊이 들이쉬었다. 화가 좀 나긴 했지만 막상 저렇게 고생해서 구해 온 걸 보니 마음이 약해졌다. 드래곤 프루트가 난 자리가 무척 험난한 산지대인 데다가 흉악한 동물이 지키고 있어서 죽을 뻔했지만, 라쉬드는 굳이 그 사실을 밝히지 않았다. 로자리아는 손을 뻗어 라쉬드의 흐트러진 머리칼을 정리해 주었다.

"로즈, 지금이 제일 맛있을 때인가 봐."

'예전에는 안 이랬는데 왜 점점 눈치가 없어지는 것 같지?'

로자리아는 라쉬드를 새초롬하게 흘겼다.

"일단 씻고 와요. 기사들이 보면 뭐라고 생각하겠어요."

"그럴게. 기다려 봐."

아내의 말에 수긍한 라쉬드가 씻고 옷을 갈아입었다. 과일을 훔친 도적(?)에서 말끔한 황제로 돌아온 그는 단검을 쥐었다.

"……뭐 하려구요?"

"과일 깎기."

그 말을 들은 로자리아는 그녀의 눈을 의심했다. 남편은 이스타샤의 황족이었기에 살면서 한 번도 해보지 않았을 게 분명했다. 로자리아의 우려와 다르게 라쉬드는 능숙하게 과일을 깎았다. 껍질 반 과육 반. 껍질뿐만 아니라 과육도 한 움큼 깎여 나갔지만, 로자리아가 보기엔 그저 신기했다. 라쉬드는 시종에게 일러 그릇을 가져오게 했다. 황제가 직접 과일을 깎는 모습을 보면서 시종의 동공이 흔들렸지만, 라쉬드는 어서 나가라며 눈짓을 할 뿐이었다. 로자리아가 한숨을 내쉬었지만, 라쉬드는 모른 척 눈가를 휘었다. 그는 은으로 된 포크로 드래곤 프루트를 콕 찍어 로자리아에게 내밀었다.

"자, 드세요."

"싫네요."

로자리아가 입을 꾹 다물자 라쉬드는 설마 독이 든 거냐며 과일을 베어 물었다.

'이번에 그냥 넘어가면 안 돼!'

상큼한 과즙이 터지며 아삭한 소리가 들리자 로자리아는 꿀꺽 침을 삼켰다.

'맛있어 보여.'

"아~"

라쉬드는 로자리아에게 포크를 내밀었지만 그녀는 받아 들지 않았다. 짙은 한숨을 쉬던 라쉬드가 안 되겠다며 과일을 베어 물고선 로자리아에게 다가갔다.

"뭐, 뭐 하려구요?"

점점 가까워지는 거리에 로자리아가 움찔 뒤로 몸을 물렸다. 그러자 라쉬드가 묘한 눈웃음을 치더니 그녀의 허리를 깊이 끌어당겼다. 라쉬드는 고개를 살짝 비틀고는 로자리아의 입술에 입에 문 과일을 가져갔다. 부드러운 입술의 감촉이 닿는 찰나, 벌린 입으로 과일 조각이 넘어가 버렸다. 서로의 깊은 숨결이 오가자, 안 그래도 붉었던 그녀의 귓불이 불에 덴 듯 달아올랐다.

"지, 지금 뭐 하는 거예요?"

"부인께서 직접 먹기 싫어하니 먹여 주는 거예요."

라쉬드가 천연덕스럽게 대답하고는 로자리아의 입술을 삼켰다.

'또 이렇게 그냥 넘어가는 거야?'

에라, 모르겠다! 달콤한 과일 향이 감돌자 그녀는 저도 모르게 눈을 감고 말았다.

외전 2 겨울 여행

정원에 있는 꽃은 일 년 내내 피어 있었다. 꽃이 피는 시기는 무척 짧았지만 로자리아는 정령술로 꽃이 지지 않게 했다. 그래도 곧 있으면 겨울이라 꽃과 나무가 얼어 죽을까 살피던 참이었다.

"어머니!"

황실 정원에서 꽃을 돌보던 로자리아는 그녀를 부르는 목소리에 고개를 돌렸다. 짙은 금발을 가진 소년이 종종걸음으로 달려왔다. 그녀의 아들 라이작이었다. 첫 아이가 태어난 지 7년이 흘렀다. 라쉬드보단 로자리아를 닮은 아이였고, 첫째가 태어난 지 3년이 지나 라쉬드를 똑 닮은 딸이 태어났다. 라이작에게는 3살 터울의 여동생 로이나가 있었다. 로이나는 아직 4살밖에 되지 않았지만 말도 빠르고 잘 뛰곤 했다. 어쨌든 평소에 장난치기 좋아하는 큰 아이였지만, 지금은 답지 않게 당황하고 있었다.

"로이나는?"

로이나는 늘 오리처럼 오빠 뒤를 졸졸 따르곤 했는데, 오늘은 라이작뿐이었다. 분명 여기 왔을 텐데? 로자리아는 울먹거리는 라이작을 달래고는 로이나를 찾았다. 정원에 앉아서 놀곤 했는데 오늘따라 작은 아이가 보이지 않았다.

"제가 로이나를 잃어버렸나 봐요. 분명 잘 따라온다고 생각했는데······."

엉엉 우는 소리에 로자리아는 라이작을 안고 달랬다. 동생을 챙길 때만큼은 의젓한 오빠처럼 굴긴 해도 아이는 역시 아이였다.

"괜찮아, 라이. 정령을 시켜 찾아볼게."

로자리아는 눈이 토끼처럼 빨개진 라이작을 안고 한참을 달래 주었다. 머리를 부드럽게 쓰다듬자 그새 안정이 되었는지 라이작은 로자리아의 어깨에 고개를 푹 묻었다.

"아버지한테 혼나겠죠?"

라이작이 시무룩한 얼굴로 물었다. 로자리아가 '비밀로 해줄게'라고 말해주고 나서야 라이작은 안도했다.

로이나는 주위를 두리번거렸다. 오빠와 함께 황성 정원을 구경하다가 길을 잃고 만 것이다. 여기가 어디야? 아무리 봐도 꽃과 나무만 있을 뿐 난생처음 보는 곳이었다. 하얀 장미와 붉은 사루비아가 잔뜩 피어 있어서 꽃향기가 자욱하게 퍼졌다.

"라이······."

코를 킁킁거려도 어딘지 알쏭달쏭했다. 보통 때였으면 짠! 하고 나타날 오빠가 보이지 않자 로이나는 불안해졌다. 눈앞의 작은 정령이 울지 말라고 로이나의 뺨을 간질거리고 머리칼을 가볍게 들어 올렸지만 로이나는 혼자 동떨어졌단 사실에 무서워했다.

그때, 풀숲이 바스락거리는 소리와 함께 익숙한 얼굴이 보였다. 흰 제복을 입은 남자은 옅은 한숨을 쉬다가 금방이라도 울 것 같은 로이나를 안아 올렸다.

"여기 계셨군요, 한참을 찾았습니다."

아직 4살 아이다 보니 체구가 작아서 찾기가 더욱 힘들었다. 로이나가 있던 황성의 남쪽, 지금은 사람이 찾지 않는 신전이 있는 데다 으스스해 유령이 살고 있다는 소문마저 떠돌았다. 그래서인지 남쪽 정원의 풀은 정원사가 따로 관리하지 않아 길게 자라곤 했다. 가끔 기사들도 길을 잃는 곳이라 오기를 꺼렸는데, 로이나와 라이작은 이곳에서 숨바꼭질하기를 좋아했다. 로이나를 발견한 건 천운이었다. 라쉬드를 닮아 머리칼도 까만색이라 한번 놓치면 다시 찾기 힘들었다.

"지오 삼촌~!"

로이나가 눈물을 그치곤 눈을 반짝거리며 지오를 반겼다.

"왜 이제 왔어!"

길을 잃은 건 로이나의 실수였지만, 아이는 애꿎은 지오의 어깨를 투닥거렸다. 그러다 미안했는지 고사리 같은 손으로 지오의 어깨를 다독였다. 어린아이들이 그러하듯, 흰 기사 제복을 입은 지오는 선망의 대상이었다. 정령술과 어려운 용어가 적힌 책을 좋아하는 오빠와 다르게 로이나는 그런 것엔 관심이 없었다. 로이나에겐 지오처럼 검을 들고 휘두르는 모습이 제일 멋져 보였다.

"오빠는요?"

로이나는 그제야 주위를 두리번거렸다. 늘 보이던 금발이 보이지 않던 탓이다.

"라이작 님은 황후마마와 함께 계십니다."

로이나는 고개를 끄덕였다. 어쨌든 라이작도 무사하다니 안도가 되었다.

"삼촌, 이거 받아."

로이나는 풀숲에 떨어져 있던 하얀 장미를 지오에게 건네주었다. 잠시 고민하던 지오는 흔쾌히 그 꽃을 받아들였다. 본래 무딘 성격의 그였지만 아이가 내민 꽃을 보자 저도 모르게 웃고 말았다.

"향도 좋고 예쁘네요."

로이나는 지오를 빤히 올려다보았다. 그러다 그의 어깨에 고개를 홱 묻었다. 가끔 라뮤엘─로이나는 그를 삼촌이라 불렀다─이 지오를 찾아와 노총각, 노총각이라며 놀려 댔지만, 로이나가 보기에 지오는 그 어느 미남 사제들보다 잘생겼다. 라이작도 유독 지오를 따랐다. 라뮤엘이 아무리 놀려 대도, 아이들의 눈에는 여전히 반짝거리고 멋있는 기사님이었다.

"지오 삼촌은 휴가 안 가?"

"휴가라……. 휴가가 있는 것도 잊고 있었네요."

"아빠가 못살게 굴어?"

로이나는 유독 지오를 매섭게 굴리던 아버지를 떠올리곤 하아, 한숨을 쉬었다.

"라뮤엘 삼촌이 그러는데, 아빠는 마귀할아범이야?"

"……폐하께서 그 정도는 아닙니다만."

심각한 아이의 표정을 보던 지오는 그만 웃고 말았다. 부관을 괴롭히진 않았지만 라쉬드는 일적으로 완벽을 추구하는지라 라뮤엘과 지오는 항상 고생이었다. 그래도 라쉬드는 귀한 선물을 받게 되면 지오나 라뮤엘에게 하사하곤 했다. 가끔 휴가를 갔다 오라며 휴일이 주어져도, 뭘 해야 할지 몰라서 지오는 라뮤엘과 함께 황성에서 시간을 보냈다.

로이나는 고개를 주억거렸다. 지오가 아니라면 아닌 것이다. 아버지가 봤다면 섭섭했겠지만, 어찌 된 영문인지 로이나에겐 지오의 말이 절대적이었다.

"삼촌! 나, 엄마랑 아빠랑 휴가 가기로 했어."

황제 부부는 아이들과 함께 이틀 후에 휴가를 떠나기로 했다. 어머니가 태어난 왕국으로 간다는데, 로이나는 아직 어렸던지라 단 한 번도 가 보지 못했다.

"테베에 자주 가 보진 못했지만 이스타샤와는 또 다른, 좋은 곳입니다."

"그게 정말이야? 막 무시무시한 사람들이 산다던데."

라이작이 어디서 듣고 왔는지, 테베에는 사람을 잡아먹는 거인들만 산다고 겁을 주었던 것이다. 테베에는 무역차 건너온 바렛사 사람이 있었는데, 여타 서대륙 사람보다 키가 크다 보니 와전된 소문이었다. 벌써부터 로이나는 걱정이었다. 거인이 어머니를 잡아가면 어쩌지? 오빠가 거인에게 끌려가면? 지오는 그런 로이나가 귀여워 눈을 떼지 못했다. 또래 아이들보다 명석한 것 같으면서도 가끔 엉뚱한 소리를 하는 거 보니 역시 아이였다.

지오는 로이나를 품에 안고서 본궁으로 향했다. 아마 지금쯤 황녀가 사라졌다며 황성이 발칵 뒤집혔을 것이다. 정원에서 노닥거리느라 피곤했던지 로이나의 눈꺼풀이 스르륵 감겨 왔다.

"나도 크면 지오 삼촌처럼 엄마의 수기사가 될래."

로이나는 잠결에 지오의 손을 꼬옥 잡으며 중얼거렸다. 지오가 로자리아의 수기사가 된 지 5년의 시간이 흘렀다. 이제 그에겐 에르테반이란 가문도, 자신을 믿고 따르던 가신들도 없었지만 후회는 없었다. 평화로운 때라서 황후인 로자리아의 호위보다는, 그녀의 아이인 라이작과 로이나의 호위를 맡곤 했다. 예전과 달리 검을 쓸 일이 줄어들었어도 나쁘지 않았다. 라이작은 붙임성이 좋아서 라뮤엘은 물론 지오에게도 삼촌, 삼촌이라며 강아지처럼 졸졸 따랐다.

라뮤엘도 결혼하지 않은 건 마찬가지였다. 그는 주신 비아에게 순결을 약속했다며 결혼은 하지 않을 거라 했지만, 지오가 보기엔 그저 여자에게 관심이 없을 뿐이었다. 로자리아와 그녀의 아이들이 커 가는 걸 흐뭇하게 보는 게 라뮤엘의 유일한 낙이었다.

"오빠가 수업 듣는 걸 봤는데 너무 어려운 것 같아."

로이나는 라이작이 책을 들고 끙끙거리던 모습을 떠올렸다. 로이나는 머리가 조금 좋은 편이긴 해도 수재 소리를 들을 정도는 아니었다. 그러나 라이작은 달랐다. 지금이야 놀러 다니기 좋아하는 철없는 황자였지만, 궁중 가정 교사도 놀랄 정도로 지식 습득이 빨랐다. 로자리아는 라이작과 로이나, 둘에게 똑같은 기회를 주고 싶어 했지만 로이나는 황위라든가, 황제가 되는 것에 관심이 없었다.

"지오 삼촌! 7살이 되면 검을 가르쳐 준다는 거 진짜야?"

"황후마마께서 허락해 주신다면 황녀님께 검을 가르쳐 드리겠습니다."

지오의 대답에 로이나는 눈을 반짝거렸다. 책을 보는 데는 별 관심이 없었고 검을 드는 것만이 그녀의 유일한 흥미였다. 처음, 어머니가 데모나를 들었을 때 본 모습이 잊히지가 않았다. 가끔 대련이라며 어머니가 아버지와 함께 검을 섞는 것도 좋았다. 이스타샤에선 여자로 태어나 바지를 입거나 검을 들면 이상하다며 수군거렸지만, 로자리아와 라쉬드만큼은 로이나가 원하는 대로 해도 좋다고 지지해 주었다.

"어머니께 허락받으면 돼? 약속이야!"

로이나는 일에 치이고 있을 아버지와 저를 애타게 찾고 있을 어머니를 떠올리다가 잠이 들었다.

그날 밤, 로자리아는 안도의 한숨을 내쉬었다.

"하아, 로이나."

로자리아는 잠이 든 로이나의 이마를 부드러운 손길로 쓸었다. 정령을 시켜 찾을 수 있는 데다가 기사들이 있을 테니 큰일이야 없겠지만 유독 로이나는 숨바꼭질을 좋아했다.

'이러다 나중에 크면 가출이라도 하는 거 아냐?'

덜컥 불안감이 들었지만 로자리아는 고개를 저었다. 예전에는 어떤 일이 닥쳐도 평정을 유지했는데, 아이가 생기고 나선 그게 잘 안 된다. 몇 초라도 보이지 않으면 어디 사라진 건 아닌지, 잠깐 눈을 떼는 사이 넘어지거나 다치진 않을는지 걱정이 물밀 듯이 밀려오곤 했다. 라이작은 로자리아의 무릎을 베고는 잠든 동생을 지켜보았다.

"어머니, 아버지는 언제 와요?"

그러다 궁금한 얼굴로 물었다. 라이작이 6살일 때만 해도 매일 얼굴을 비췄던 라쉬드였는데, 근 일 년간 아이들이 잠들고 나서야 찾곤 했다. 동대륙과 교역하는데 바닷길에 문제가 생겨 이를 해결하느라 무척 바빠졌기 때문이었다.

"곧 오실 거야."

업무를 다 끝내면 자정이 넘곤 했으니, 지금 남편이 올 시간이었다. 라쉬드가 올 때쯤이면 라이작과 로이나 모두 잠든 때였다. 남편은 잠든 아이들을 깨울 순 없었는지 물끄러미 보다가 돌아가곤 했다. 이윽고 조심스레 문이 열리며 라쉬드가 들어왔다. 잠을 자지 못했는지 무척 피곤해 보였지만 웃음만큼은 잃지 않았다.

"로즈, 나 왔어."

마치 대형견이 주인에게 칭찬해 달라는 듯 꼬리를 치는 것만 같았다. 라이작은 아버지의 그런 모습을 보면서 눈을 깜빡였다. 어딜 봐서 귀족들과 가신들이 벌벌 떠는 무서운(?) 황제 폐하인지 이해가 잘 안 갔던 탓이다.

"아직 안 자고 있었어?"

"아이들을 재우고 있었어요. 로이나는 잠들었어요. 라이는 당신 기다리겠다고 해서……."

"좀 더 일찍 올 걸 그랬네."

라쉬드가 아쉬운 얼굴로 대답하고는 한걸음에 다가가 로자리아를 품에 안았다.

"아버지, 저는요?"

보통 결혼하면 부인보다는 아이를 먼저 찾지 않나? 라이작은 가정교사로부터 들은 이야기를 떠올리고는 시무룩해졌다.

"라이도 안아줘?"

투덜거리는 라이작이 귀여웠던지 라쉬드는 아이의 머리칼을 부드러운 손길로 쓰다듬었다.

"로즈, 보고 싶었어. 당신 보려고 일을 빨리 끝냈거든."

'나는? 나는?'

라이작이 삐친 듯 입술을 뾰로통 내밀었다. 심지어 아버지는 어머니 이마에 쪽, 볼에 쪽, 입술에 쪽 뽀뽀를 세 번이나 했다.

"라이, 아버지에게 오렴."

"아버지!"

로자리아에게 뽀뽀를 먼저 한 라쉬드가 라이작을 찾았다. 그제야 아이는 함박웃음을 지으며 라쉬드의 품에 달려가 포옥 안겼다.

"오늘 로이나 찾느라 고생하지 않았어?"

"고생은요, 뭘. 놀라긴 했는데 지오 경이 로이나를 찾아줬어요. 하아, 로이나가 없어지는 건 종종 있던 일이라……."

"내가 곁에 있어야 했는데, 잠깐 당신 얼굴 보려고 하면 일이 계속 쌓여."

라쉬드가 짙은 한숨을 삼켰다. 도대체 누가 이스타샤의 황제가 한가하다고 했던가! 졸린지 눈을 깜빡이는 라이작의 머리를 부드럽게 쓸던 라쉬드가 말을 이었다.

"휴가 가면 그때……."

"그때?"

라쉬드는 행여 잠에서 깬 아이가 들을까 말을 멈추었다.

"그때 둘이서……."

"둘이서?"

로자리아가 궁금한 듯 라쉬드의 말을 따라 했다.

"둘이서 시간을 보내자."

큼큼, 라쉬드는 헛기침하고는 로자리아의 귓가에 입술을 가져갔다.

"지금은 아이가 있으니 이걸로 봐줘."

뭘 봐 달란 거야? 로자리아가 묻기도 전에, 볼에 쪽 부드러운 입술이 닿았다.

해가 뜨고 아침이 밝았다. 이스타샤는 겨울에 접어들기 전이었지만, 테베는 눈이 내리는 한겨울이었다. 방금 잠에서 깬 라이작이 하암 하품을 하며 눈가를 문질렀다. 실크로 된 옷을 입었던 라이작이 눈앞에 있는 코트를 보곤 눈을 깜빡였다.

"어머니, 저 옷은 다 뭐예요?"

"테베로 가서 입을 옷이야. 한겨울이라 추울지도 모르니까."

"테베에선 눈이 내려요?"

그렇게 물은 라이작이 신기한 듯 두꺼운 검은색 코트를 매만졌다. 지난 7년간, 매해 폭설이 내리는 케딜락과 달리 수도에 눈이 내렸던 적은 단 두 번이었다. 그마저도 라이작은 감기에 걸렸던 터라 눈을 제대로 구경하지 못했다.

"이동진에 타기 전에 갈아입을 거야."

"정말요? 로이나, 오빠 어때?"

라이작은 코트가 마음에 들었는지 직접 걸쳤다. 그러고는 맵시를 뽐

내듯 빙그르르 제자리에서 돌았다.

"오빠 바보 눈사람 같아."

로자리아는 잠에서 깬 로이나를 품에 안아 들었다. 로이나는 두꺼운 코트를 입은 라이작을 보며 웃음을 터뜨렸다. 비척거리던 로이나도 시녀의 도움을 받아 드레스로 갈아입었다.

"이거 예뻐."

하얀 프릴이 달린 드레스가 마음에 들었는지 로이나는 계속 옷자락을 만지작거렸다.

'놀러 간다니까 말 잘 듣네.'

로자리아는 아이들 준비를 마치고 나서야 숨을 돌렸다.

"이제 드디어 쉴 수 있겠어."

떠날 시간이 다가오자, 라쉬드는 안도의 한숨을 내쉬었다. 아이들과 가는 여행에서 마음껏 쉴 수는 없겠지만, 일이 산더미처럼 쌓여 있는 집무실보단 나을 것이다.

"자, 아빠 손잡아야지."

이윽고 라쉬드가 로이나를 안아 들고서 마차에 올라탔다. 라이작은 로자리아의 무릎에 앉아 마차 밖의 풍경을 둘러보았다.

"일단 수도를 빠져나갈 거야."

수도를 빠져나간다는 말에 아이들이 반색했다. 종종 수도 근방으로 나들이를 가긴 했지만, 이렇게 멀리 가는 건 오랜만이었다.

"그 나무 아직도 있어요?"

"무슨 나무?"

"분수대 옆에 있는 나무!"

"아아, 레테 말이니?"

빠르게 달리던 마차가 수도의 중앙에 있는 광장 앞에서 멈추었다. 마차의 문이 열리고, 로자리아는 라이작의 손을 잡고 마차에서 내렸다.

이윽고 라쉬드는 보채는 로이나를 안고서 나무 곁으로 다가갔다.

"나무 이름이 레테예요?"

"정령어로 레테라고 불러. 이스타샤를 지키는 수호목이란다."

라이작이 신기한 듯 나무를 향해 손을 내뻗었다. 그러자 놀랍게도 나뭇가지가 라이작을 향해 움직였다.

"깜짝이야!"

"꺄악!"

놀란 건 라이작뿐만이 아니었는지 웃음기 섞인 비명이 들려왔다. 아이를 향해 내뻗었던 가지가 움츠러들었다. 로자리아는 손을 뻗어 부드러운 손길로 레테 나무를 어루만졌다.

"아버지, 아버지. 왜 그렇게 멀리 있어요?"

"나무 알레르기가 있어서 그래."

라이작이 궁금한 듯 묻자 라쉬드가 적당히 얼버무렸다. 라쉬드는 로자리아의 부름에도 멀리 떨어져서 나무를 지켜만 보고 있었다.

"어머니, 레테가 뭐예요?"

"레테는 꿈이란다. 정령어로 꿈을 뜻해."

"나무도 잠자는 거예요?"

"그래."

로자리아는 그녀의 품에 안긴 라이작의 머리를 쓰다듬으며 말했다.

"근데 아버지는 왜 나무를 무서워해요?"

"무서워하긴. 라이, 배는 안 고파?"

"아니, 안 고파요. 아버지는 왜 나무를 피해요?"

라이작은 라쉬드가 곤란해하는 걸 알면서도 끈질기게 물었다.

"그건……."

짙은 한숨을 쉰 라쉬드가 어쩔 수 없다는 듯 '저 나무가 나를 재운 적 있거든'이라고 말해주었다.

"저 나무가요?"

"그래."

라쉬드는 바람에 살랑거리는 나뭇잎을 괜스레 노려보았다. 레테는 꿈의 정령이자, 로자리아가 정령술사란 사실을 눈치채지 못하도록 감춰준 나무였다. 한때는 눈처럼 새하얀, 안개처럼 흩어지는 정령의 실체를 본 적도 있지만 지금은 사람들 눈에도 보이는 평범한 나무였다. 로자리아가 손을 내뻗자 푸르른 녹음을 띠던 나뭇잎이 금빛으로 변해 갔다.

"와아!"

라이작은 나무가 신기한 듯 눈을 떼지 못했다.

"어떻게 한 거예요?"

"정령의 마나를 쓴 거야. 라이가 조금 더 크면 알려 줄게."

서대륙에 퍼졌던 아니타의 성력이 사라지고, 이스타샤를 지키던 결계는 사라졌다.

수도 중앙에 있던 아니타의 신전은 허물어졌고, 그 자리에는 푸른 빛깔을 품은 나무, 레테가 있었다. 7년 전, 단단한 흙 속에 뿌리를 감고 태어난 나무는 백 년은 훌쩍 지난 것처럼 커다랗고 거대했다.

"예전에는 정령들이 힘을 쓸 수 없었단다. 가뭄이 있어도 비를 내리지 못했고 홍수가 나도 비를 멈추지 못했지."

로자리아는 그녀의 키보다 훨씬 큰 레테를 올려다보았다. 고개를 들어도 나뭇가지가 다 보이지 않을 정도로 높았다. 이스타샤를 전쟁과 재앙으로부터 지켜 줄 나무.

"레테는 정령들을 지키고 이스타샤를 수호해 줄 거야."

레테는 영생을 누리는 정령으로서의 삶을 버리고 이스타샤의 수호목이 되기를 원했다. 로자리아는 라이작의 머리를 매만지며 말했다.

"그러니 라이작, 네가 나무를 잘 돌봐야 한단다."

"응, 그럴게요."

라이작은 나무를 올려다보며 고개를 끄덕였다. 수도 중앙 광장에 있는 분수대에 소원을 빌고 동전을 던지고 나서야 로자리아는 아이들과 함께 마차에 올라탔다.

"로즈, 아이들이 두 손 꽉 잡고 소원 비는 거 봤어? 누구 닮았는지 귀여워 죽겠다니까."

라쉬드는 흐뭇한 얼굴로 그 모습을 지켜보았다. 그러다 라이작의 재촉에 그도 마차에 올라탔다.

수도를 달리던 마차는 외곽에서 멈추었다. 마차에서 내리기 전, 로자리아는 라이작과 로이나가 춥지 않도록 코트를 단단히 여몄다. 이윽고 마차에서 내린 그들은 준비된 이동진에 올라섰다. 눈 깜짝할 사이에 시야가 변하는 듯싶더니, 새하얀 눈밭이 펼쳐졌다.

"우와, 여기가 테베예요?"

"조금만 더 가면 테베란다."

동화책에서 본 것처럼 별사탕 같은 눈이 내리고 있었다. 라이작은 로이나의 손을 잡고 눈밭으로 내달렸다. 그러다가 넘어져 눈밭에 폭 코를 묻었지만 펭귄처럼 그대로 누워 있었다.

"엄마, 오빠가 이상해!"

"라이작, 그러다 감기 걸려."

눈을 구경하기 여념 없는 로자리아와 그녀를 닮아 눈밭에서 노는 아이들을 보던 라쉬드는 고개를 설레설레 저었다.

"로이나 넘어지지 않게 잘 봐."

이내 라이작을 일으켜 준 라쉬드가 아이의 코트에 묻은 눈송이를 털어주었다.

"로이나, 오빠가 눈 털어줄게."

라이작은 라쉬드가 그에게 해준 대로, 하얀 손으로 동생의 옷에 묻은 눈을 털어주었다.

"자, 오빠 손 잘 잡아."

눈밭에서 노느라 바쁜 아이들을 보던 라쉬드는 눈 내리는 설원을 구경하는 로자리아를 바라보았다.

"로즈, 당신이 눈을 이렇게 좋아할 줄은 몰랐어."

"오랜만에 보다 보니 신기해서 그랬나 봐요."

"눈 내리는 걸 좋아하는 줄 알았으면 자주 찾아오는 건데."

"바빠서 오기 힘들지 않아요? 지금도 그렇지만, 나도 아이들이 크고 나면 왕국 일로 바쁠 거예요."

"괜찮아. 로즈, 당신이 테베에 있으면 내가 가면 돼."

라쉬드가 짐짓 심각한 얼굴로 말을 덧붙였다.

"당신이 귀찮다고 오지 말라고 해도 갈 거야."

"귀찮긴요."

라쉬드는 로자리아를 위해 어깨를 내어주었다. 바람이 차가워 감기에 걸릴까 봐 그녀가 걸친 코트를 단단히 잠가 주었다. 그러고는 빨개진 아내의 손을 그의 손으로 감쌌다.

"어디로 가든 따라갈 거야. 당신이 있는 곳이 내가 있을 곳이니까."

눈밭에서 아이들과 놀던 정령들이 '스토커'라고 중얼거렸지만 라쉬드는 모른 척했다.

"그나저나 요새 헛것이 들려서 큰일이야."

"헛것?"

간혹 걷다가도 거대한 늑대에게 눌리는 환각을 보기도 하고, 일을 하다가도 귓가에 재잘거리는 소리가 들려왔다.

"자그맣고 날개 달린 이상한……."

라쉬드는 눈을 가늘게 뜨며 '지금 눈앞에도 있어'라고 속삭였다.

"정령들 말이에요?"

예상치 못한 이야기에 놀란 로자리아가 조금 높아진 목소리로 물었다.

"저 모기…… 아니, 날아다니는 것들이 정령들이라고?"

로자리아는 고개를 끄덕였다. 라쉬드는 잠시간 말이 없다가 그의 관자놀이를 꾹꾹 눌렀다.

"로즈, 저것들이 죽어라 나를 괴롭히는데 어쩌지?"

"정령들이 당신을 괴롭혀요?"

"심한 건 아니지만 가끔 그래. 머리를 잡아당기거나 모르는 말로 욕을 하곤 해."

처음 듣는 말이니 욕인지 아닌진 확실히 알 수 없지만 어감이 강해서 척 듣기에도 욕이었다.

"그리고 체프, 체프라고 막 놀리던데."

로자리아는 덩달아 심각해진 얼굴로 한숨을 내쉬었다.

"무슨 뜻이지?"

"그건……."

말해줄까 말까, 로자리아가 고민하던 사이 라이작이 로이나를 붙잡고 쪼르르 달려왔다.

"아버지, 체프!"

"라이, 체프가 뭐지?"

로이나와 라이작이 서로를 마주 보며 말간 얼굴로 웃었다. 어쩐지 혼자 놀림당하는 기분에 라쉬드가 눈을 가늘게 떴다.

"아버지, 정령들이 아버지보고 도둑이래요."

라쉬드는 억울했지만 말이 안 통하는 정령들에게 항변할 수는 없었다. 그래도 이스타샤의 황제인데 도둑이라니.

"저것들, 쫓아낼 수는 없겠지?"

라쉬드는 아이들 머리에 붙어 있는 정령들을 보곤 한숨을 내쉬었다. 로자리아가 손을 가볍게 휘두르자 꺄르르 웃음소리와 함께 자그마한 정령들이 멀리 날아갔다.

'그러고 보니 테베에도……'

안도하던 라쉬드는 갑작스레 불안감이 들었다. 저런 잔챙이들이야 손으로 내쫓으면 그만이었지만 쫓을 수 없는 큰 놈(?)이 있었다. 교묘히 바람으로 괴롭히는…….

"윈드는 어디에 있지?"

"왕성에서 우리를 기다리고 있을 거예요."

멀리 나오지 말라고 했는데 강을 건너는 건 위험하다며 테라 강에서 기다리고 있을 게 뻔했다.

"라쉬드?"

로자리아는 걱정이 겹겹이 쌓인 라쉬드를 보곤 고개를 갸웃했다.

"아아, 윈드가 있었지."

로자리아의 호위가 정령이었을 줄은! 예전에 듣고도 믿기 힘든 사실이었지만, 이미 오래전 적응을 끝내지 않았던가. 그러나 이유 없는 불안감이 계속 들었다.

"걱정하지 말아요. 당신이 본 건 아직 어린 요정들이지만 윈드는 천 살 된 정령이니까요."

"우와, 아버지보다 더 나이가 많네요? 그럼 아버지가 깍듯이 대해야겠다."

라이작이 놀란 듯 입을 다물지 못했다. 라쉬드가 줄곧 가졌던 불안감은 현실이 되었다. 테라강에서 테베 왕성까지 오는 건 어렵지 않았다. 문제는…….

"오셨습니까, 로즈 님."

아이를 두 품에 안고서 환히 웃는 저 남자 때문이었다. 테베의 전통 복장을 갖춘 남자는 짙은 녹색 머리칼을 하나로 단정히 묶었다.

"라이작 님과 로이나 님도 오셨군요."

"삼촌!"

아버지 빼고 다 삼촌인 로이나가 윈드의 품에 와락 안겼다. 심지어 믿었던 라이작도 윈드의 목을 끌어안고 난리였다.

"날이 무척 추운데 오시느라 고생 많았습니다. 안으로 드시지요."

'나는 언급도 하지 않는군. 유령 취급하는 건가?'

라쉬드는 정령의 묘한 차별에 눈을 가늘게 떴다.

"라쉬드, 어서 가요."

로자리아가 초대받지 못한 손님처럼 우뚝 서 있는 라쉬드의 팔짱을 끼며 안으로 들어섰다. 아이들을 보며 환히 웃고 있던 윈드는 그를 좇는 묘한 시선에 뒤를 돌아보았다.

"오랜만입니다. 라쉬드 님."

"오랜만이군, 윈드."

인사를 끝낸 둘 사이에 묘한 침묵이 흘렀다. 윈드가 자신을 환대하는 표정은 아니었지만 라쉬드는 대수롭지 않게 넘겼다.

로자리아는 눈밭에서 오래 있었던 몸을 따뜻한 물로 씻고, 편한 옷으로 갈아입었다. 몸을 감도는 따뜻한 온기를 느끼며 그녀는 아이들과 함께 갓 나온 음식이 놓인 협탁에 앉았다. 라이작과 로이나는 처음 보는 요리에 눈이 휘둥그레졌다. 라쉬드도 마찬가지였지만 그는 으레 그렇듯 내색하지 않았다. 로자리아는 스튜를 뜬 스푼을 입가에 가져가며 말했다.

"이건 버섯 스튜야? 향이 특이하네."

"테베의 서쪽 산지에서 나는 버섯이라더군요. 버섯 스튜를 좋아하시기에 궁중 요리사에게 일러 준비했습니다."

집사라도 된 것처럼 척척 말하는 윈드를 보며 라쉬드는 흐음, 낮은 숨을 내쉬었다. 묘한 긴장이 흘렀지만 이렇다 할 소란은 없었다. 늘 장난을 치던 아이들도 천 살 먹은 정령의 위엄에 무척 경건한 태도로 식사를 마쳤기 때문이었다.

"아, 맞아! 윈드."

불현듯 로자리아가 무언가 생각난 얼굴로 윈드를 불렀다.

"라쉬드가 정령이 보인다는데 왜 그런 거야?"

"……정령이 보인다니요?"

"말 그대로야. 얼마 전부터 정령이 보인다는데 장난을 계속 치나 봐."

저 남자에게 정령이 보인다고? 윈드는 놀란 눈치였다. 고심하는 얼굴로 턱을 매만지던 윈드가 '어린 정령들이 폐하를 무척 보고 싶었나 봅니다'라며 묘한 말을 중얼거렸다. 라쉬드는 '그런가?'라고 의미 없는 대답을 하며 식사를 계속했다. 그의 얼굴이 뚫어질 정도로 시선이 계속되자, 천 년 묵은 가시방석에 앉은 기분이었다. 윈드는 정령이었으나 좀 더 사람의 감정을 가진 자였다.

로자리아는 별말 없었지만 정령이 자신에게 좋지 않은 감정을 가지는 것도 이해가 갔다. 하필이면 엔리케와 같은 얼굴을 한 탓에 미움을 사기 딱 좋았던 탓이다.

"정령도 식사하는 건가?"

"사람의 흉내를 내는 것이지요. 정령은 음식을 섭취하지 않고, 잠을 자지 않아도 괜찮습니다."

라쉬드의 물음에 윈드가 의연하게 대답했다. 둘의 표정이 유달리 심각해 보였지만 로자리아는 모른 척 식사를 계속했다.

"정령은 시간에 묶인 자들입니다. 과거가 지나도 모두 기억할뿐더러……."

말을 하던 윈드는 힐끔 라쉬드를 쳐다보았다. 예전이라면 감정을 읽어 낼 수 없던 냉막한 남자의 낯빛이 가라앉았다.

'너무 심했나? 모처럼 놀러 온 거라 들었는데.'

더 말하려던 윈드는 화제를 돌리기로 했다.

"아무튼 정령은 놀리기 좋아하니 집요하게 괴롭힐 겁니다. 그 정도는 감수하시지요."

해결책이라고 딱 내놓은 게 이거였다.

"다 좋은데 도둑 소리는 듣고 싶지 않아."

그렇게 중얼거린 라쉬드는 깊게 한숨을 내쉬었다. 이를 무심히 지켜보던 윈드가 이해 간다는 얼굴로 고개를 끄덕였다. 어린 정령은 원래부터 장난을 좋아했을 뿐, 해맑은 정령들을 사주한 진짜 범인은 따로 있었다.

"신경 쓰지 마십시오. 정령들에게 한 번 도둑은 영원한 도둑이니까요."

"지금……."

라쉬드는 기가 찰 노릇이었다. 저걸 말이라고 하는 건가! 게다가 아까부터 무겁고도 찬 바람이 귀싸대기를 때리듯 뺨에 닿는 기분이었다. 눈에 보이지 않는 바람의 형태라 더욱 기분이 묘해졌다. 식사가 끝나고 로자리아가 윈드를 불렀다.

"윈드, 아깐 좀 심했어."

"죄송합니다."

"라쉬드와 결혼했고 그는 나의 남편이야. 좀 더……."

"좀 더?"

"사이좋게 지냈으면 해."

사이좋게? 윈드는 라쉬드와 손을 잡고 하하하 웃는 모습을 떠올리다가 정색했다.

"그건 어렵습니다만…… 아니, 해보겠습니다."

로자리아의 표정이 굳어지자 윈드는 재빨리 말을 바꾸었다. 윈드의 확답을 듣고 나서야 로자리아는 안도했다. 마치 궁둥이를 때리듯 뺨을 철썩 치는 걸 보고 깜짝 놀랐더랬다. 물론 형체가 없는 바람이라 작은 생채기 하나 생기지 않았지만.

'상처야 남지 않겠지만 괜찮으려나? 안 맞은 척하던데.'

그래도 모처럼 놀러 온 건데 기분 상할 일을 만들 필요는 없었다. 로자리아의 걱정과 다르게 라쉬드는 아이들과 화기애애한 시간을 보내고 있었다.

식사를 마친 라쉬드는 침실로 향했다. 그는 침대 헤드에 몸을 기대며 눈을 감은 채로 휴식을 취했다. 그때, 도도도 맹랑하게 뛰어오는 발걸음 소리가 들렸다.

벌컥, 문이 열리며 라이작과 로이나가 방 안에 들어섰다.

"오빠, 노크!"

"아, 맞다. 아버지, 죄송합니다."

꾸벅, 배꼽 인사를 한 라이작이 로이나를 데리고 침실을 나가더니 다시 노크했다. 어딘지 엉성한 궁중 예법이었지만 라쉬드는 그러려니 하며 '들어와'라고 아이들의 장단에 맞춰 주었다. 로이나가 토끼처럼 껑충 뛰어올라 라쉬드의 배에 철퍼덕 앉았다.

"⋯⋯읍."

탄탄한 복근 덕에 많이 아프진 않았지만 갑작스러운 충격에 라쉬드는 숨을 들이켰다.

"아빠, 호오!"

로이나가 라쉬드의 목을 끌어안고는 호호 바람을 불기 시작했다. 어느새 라이작도 라쉬드의 다른 쪽 뺨에 바람을 불어댔다.

"자, 이제 다 나았어요!"

라이작이 라쉬드의 어깨를 도닥이며 짐짓 근엄한 얼굴로 말했다.

'귀염둥이들. 그냥 쉬고 있었던 건데.'

라쉬드는 말없이 아이들을 바라보다가 와락 끌어안았다. 웃기기도 하고 귀엽기도 하고, 아무튼 나쁘지만은 않은 시간이었다.

다음 날, 정오가 되자 로자리아와 라쉬드는 아이들과 함께 왕성을 둘러보았다. 왕성의 정원도 구경하고 궁중 미술관도 둘러본 유익한 시간이었다. 오후에는 윈드가 라이작과 로이나를 데리고 수도로 나가기로 했다. 그 말인즉슨, 오늘 오후부터 내일 아침까지 단둘이 보낼 수 있는 시간이 주어졌다는 것. 로자리아는 너무 좋아하지 않으려 내색하며 물었다.

"테베의 수도로 가는 거야?"

"로즈 님도 제대로 쉬지 못하신 것 같고, 저도 아이들과 함께 시간을 보내고 싶었거든요."

"둘 다 말썽꾸러기라······."

"저도 있고 정령들이 잘 돌봐 줄 겁니다."

어디든 갈 수 있는 바람의 정령이라 아이들이 수도에서 미아가 될 확률은 지극히 낮았다. 만반의 준비를 마친 윈드를 보자 로자리아는 진심으로 안도했다. 아이 걱정을 내려놓고 온전한 휴식을 즐길 기회는 흔치 않았다. 로자리아는 라이작과 로이나의 뺨에 가벼운 뽀뽀를 하며 말했다.

"그럼 부탁할게. 삼촌 말 잘 듣고 조심히 갔다 와."

"네!"

소풍을 간다고 신난 아이들이 떠나자 좋기도 하고 한편으론 허전했다. 그것도 잠시, 함께 아이들 배웅을 나갔던 라쉬드가 로자리아가 있는 침실로 돌아왔다. 늘씬한 재규어가 기지개를 켜듯, 라쉬드는 안에만 있어 갑갑했던 몸을 쭉 폈다. 그러고는 제멋대로 흐트러진 머리칼을 쓸어 넘겼다. 이스타샤에 있을 때는 칼같이 의복에 신경 썼던 그였지만 지금은 꽤나 자유로웠다.

"로즈, 가고 싶은 데 있어?"

"으음, 가 보고 싶은 곳이 있긴 해요. 지금은 사람이 가지 않는 정원인데, 로테사왕이 기르던 호랑이가 있나 봐요."

"호랑이?"

라쉬드가 뜻밖이란 얼굴로 물었다. 호랑이는 테베에서 귀한 동물로, 하얀 털을 가진 산짐승이었다. 로자리아는 라쉬드와 함께 서쪽 정원을 찾았다. 입구로 들어서자마자 출입을 엄격히 금하는 표식이 새겨진 철문이 보였다. 로자리아는 문을 열고서 라쉬드와 함께 미로와 같은 정원을 거닐었다.

"이쯤이었던가?"

본래 산에서 자유로이 살아야 하지만, 억지로 데려오기도 했고 워낙 흉악한 동물이라 자유로이 풀 수도 없다고 들었다. 부스럭거리는 소리와 함께 거대한 호랑이가 풀숲을 헤치고 나타났다.

"맹수로군."

라쉬드는 으르렁 이를 드러내는 호랑이를 보다가 로자리아가 하는 행동을 지켜보았다. 신기하게도 그에겐 이를 드러내던 짐승이 로자리아 앞에선 양이라도 된 듯 순해졌다. 라쉬드는 마치 그 광경이 그를 길들이던(?) 모습과 비슷하다고 생각하며 감탄했다. 그도 로자리아를 따라 호랑이의 이마를 매만졌다. 등 쪽의 털은 빳빳했지만 정수리 쪽 털은 부드러웠기에 더욱 신기했다. 로자리아도 신기한 듯 호랑이 옆에 털썩 앉았다. 이윽고 그녀는 거대한 짐승의 등에 몸을 기대며 눈을 감았다.

"로즈, 무섭지 않아?"

"어렸을 때 자랐던 숲에서 종종 본 적이 있어요. 어머니는 꽃과 나무를 귀히 여겼지만 동물도 좋아했거든요."

로자리아는 서늘한 바람을 쐬며 중얼거렸다. 그녀의 시야에 평화로운 테베 왕성의 정경이 보였다. 로테사가 엉망으로 만든 왕국의 재정은 모두 되돌렸고, 해이해진 기강도 다시 바로 세웠다. 로테사가 지배자로 있던 왕국이 제자리로 돌아오기까진 많은 시간을 필요로 했다. 혼혈이라 천대받던 이들도, 바렛사와 피가 섞인 소수민족으로 노예처럼 부림당하던 이들도 모두 자유민으로 풀어주었다. 지난 7년간 로자리아가 쉬지 않고 이루어 낸 일이었다.

"여기 갇힌 호랑이를 원래 있던 산에 풀어줄까 해요."

모두 로테사에 의해 끌려온 것들이었다. 한때 그녀 자신이 그러했듯. 라쉬드는 고개를 숙이곤 로자리아의 뺨에 입술을 맞추었다. 간질거리는 숨결이 닿자 따로 말을 하지 않아도 다정하게 위로해 주는 기분이었다. 이스타샤의 황족과 테베의 왕으로서 균형을 지키는 건 어려운 일이었다. 때론 이스타샤의 이득을 좇는 일이 테베에 위해가 될 수 있었다. 그러나 로자리아는 테베의 왕으로서 판단하고 결정을 내렸다. 그건 왕국민과 후에 테베를 이을 로이나를 위해서이기도 했다. 한적한 정원에서 라쉬드와 함께 휴식을 취하자 그간 복잡했던 마음이 사르르 녹는 기분이었다.

"로즈, 우리도 수도에 놀러 가 볼까?"

로자리아가 라쉬드의 품에 포옥 안겨 있던 차에, 그가 생각지도 못한 제안을 해왔다.

"수도에요?"

"모처럼 휴식인데 성안에서만 지내면 재미없잖아."

"으음, 그건 그렇죠."

로자리아는 흔쾌히 고개를 끄덕였다.

"어디로 가려구요?"

"주점."

라쉬드의 말에 로자리아는 눈을 깜빡였다. 귀족들이 찾는 주점은 대부분 왕명에 의해 폐쇄되었다. 한때 로테사의 방관에 의해 사람을 사고파는 것이 묵인되었으나, 로자리아가 왕위를 이은 후론 정리된 지 오래였다. 또한 마약을 파는 곳도 여럿 있어서 전부 문을 닫게 하지 않았던가. 보통의 주점은 문을 열곤 했다. 밤 8시까지 하는 곳도 있었고, 간혹 자정 넘어 문을 여는 가게도 있었다. 주로 거친 용병들이 고된 하루 일과를 마치고 찾는 허름한 술집이었다.

"장미 맥주를 파는 곳이 있다던데."

라쉬드가 가 보고 싶지 않느냐고 되물었다.

'장미 맥주? 맛없을 것 같은데.'

로자리아의 생각엔 그저 그랬지만 그녀는 '좋아요'라며 고개를 끄덕였다. 로자리아가 흔쾌히 수락하자 라쉬드의 입꼬리가 느슨히 올라갔다. 여름이라면 강이나 산을 둘러봐도 좋겠지만 지금은 한겨울이었다. 괜히 갔다가 눈보라에 휩싸여 아내와 함께 눈사람이 되는 건 사양이었다. 그래서 생각해 낸 방안이 거리 데이트였다.

'전령을 시켜 미리 수도에 보내길 잘했지.'

모두 아내와의 오붓한 시간을 위해서였다. 로자리아가 테베에서 자랐긴 해도 거래하는 길드를 가 본 걸 제외하곤 수도를 많이 둘러보진 못했을 거라 추측했다.

"분명 당신이 좋아할 거야."

왜인지 로자리아, 그녀보다 라쉬드가 더 들떠 보였다.

"밤이 늦으면 문을 닫을지도 몰라요. 옷만 갈아입고 가면 되겠네요."

이 김에 점수 팍팍 따야지. 라쉬드의 계획을 모르는 로자리아는 어쨌든 가 보자며 자리에서 일어났다.

"이 정도면 됐겠지."

침실로 돌아온 로자리아는 얼굴을 가리기 위해 로브를 뒤집어썼다. 코트를 걸치는 것도 잊지 않았다. 로자리아는 라쉬드와 함께 성문 밖을 나섰다.

차가운 겨울바람을 막아주던 성의 외벽을 벗어나자, 코끝에는 칼바람이 스쳤다.

"에취."

로자리아는 고개를 숙인 채로 재채기했다.

"추워?"

"괜찮아요."

"생각보다 사람이 많은데?"

"잠깐이지만 시장이 열리기도 하고 장사는 계속하니까요."

겨울이 되어 낮이 짧아지고 밤이 길어지면서 거리는 사람들로 넘쳤다.

'라이와 로이나는 어디 갔으려나?'

주위를 두리번거렸지만 아이들의 모습은 보이지 않았다. 시끌벅적한 소리가 울릴 즈음, 라쉬드가 어느 한 곳을 가리켰다.

"저기 가 볼까?"

"찻집?"

노란 모과가 그려진 찻집이었는데, 간판에는 스푼과 나이프가 교차한 그림이 있는 것으로 보아 식당도 겸하는 듯했다.

"어서 오세요."

딸랑, 맑은 종소리와 함께 명쾌한 종업원의 인사 소리가 들렸다.

"신기하네요. 몇 번 수도에 와 봤지만 못 봤던 가게인데."

로자리아는 가게 정경을 둘러보며 중얼거렸다.

"두 분이시죠? 안으로 오시겠어요?"

메뉴판을 든 종업원이 창밖이 보이는 가장자리로 그녀를 안내했다. 식탁은 하얀 보로 씌워져 있었고, 중앙에 놓인 물병에는 노란 들꽃이 꽂혀 있었다. 몇 번 음식점을 가 보았지만 못 보던 유형의 가게였다. 시끌벅적한 테베의 음식점과 달리 유달리 식당 안은 조용했다.

"모과차가 유명한가 봐요."

"향이 꽤 괜찮던데."

아까부터 나던 은은한 향의 정체는 모과였다. 로자리아는 메뉴판을 들여다보다가 모과차와 칠면조 구이, 매콤한 해물 스튜를 시켰다. 이윽고 철로 된 물병을 가져온 종업원이 하얀 자기에 갓 끓인 모과차를 따라 주었다.

"조용하고 좋네요."

조르륵, 차를 따르는 소리가 들렸고 따뜻한 김이 모락모락 올라오고 있었다. 벽 한편에는 오리엔탈풍의 화로가 있었고, 오렌지색 모닥불이 타올랐다.

'생각보다 괜찮은데?'

로자리아의 입가에 절로 미소가 지어졌다. 그동안 줄곧 일하느라 쉬지 못했는데, 이곳에 오자 어쩐지 위안을 받는 기분이었다.

"주문하신 음식 나왔습니다."

생글생글 웃음기를 띤 종업원이 테이블 위에 음식을 올렸다. 깊은 향이 우러나는 모과차에, 월계수를 곁들여 구운 칠면조 구이, 새우와 홍합을 넣고 토마토 소스를 넣은 해물 스튜까지.

'오랜만에 먹는 테베 음식이라 그런가? 맛있네.'

모든 것이 마음에 드는 가게였다. 로자리아의 얼굴에서 웃음꽃이 피어나자 덩달아 라쉬드도 기분이 좋아졌다.

"요리가 마음에 드나 봐."

"맛있어요. 이스타샤 음식도 맛있지만 뭐랄까, 테베의 북부가 향신료로 유명하거든요. 신선한 재료에 약간의 향신료를 곁들이면 맛이 좋아요."

로자리아의 말에 라쉬드가 고심한 얼굴로 물었다.

"데려갈까?"

"누구를요?"

"저 요리사."

라쉬드가 가리킨 것은 하얗고 기다란 모자를 쓴 채 스튜를 펄펄 끓이는 젊은 청년이었다.

"이상한 사람 취급받을걸요. 얼굴도 이렇게 가렸고."

'나도 왕족이긴 하지만 누가 이스타샤 황족 아니랄까 봐.'

로자리아는 고개를 설레설레 저었다.

"영락없는 사기꾼 취급을 받을지도 모르겠어."

라쉬드는 요리에 열중인 청년에게서 시선을 거두었다. 모처럼 만의 즐기는 오붓한 분위기에 달콤한 디저트까지 먹으니 온몸이 사르르 녹는 기분이었다. 말린 과일에 꿀을 묻혀 먹는 빠포르떼(전통 과자)도 포도주와 함께 한 입 곁들였다.

'맛있어!'

한 입 베어 물자 바삭한 과자 사이로 꿀이 새어 나오면서 달콤한 꿀향이 입안에 감돌았다. 둘만의 시간을 만끽하고 있을 때, 문이 열리며 검은 옷을 입은 수상한 사내들이 들어섰다.

'용병들인가?'

그냥 걸을 법도 한데, 바닥이 파이도록 거칠게 걷는 탓에 가게 안이 쿵쿵 울렸다. 모두 다섯 명이었다. 그중 가장 나이가 많아 보이는, 의자에 아무렇게나 앉은 중년 사내가 손을 들어 올렸다.

"무, 무엇을 드릴까요?"

종업원의 기색을 살피니 그리 반가운 눈치는 아니었다.

"짐승 새끼들 먹을 음식은 됐고. 요리사나 불러와."

행복한 얼굴로 과자를 먹던 로자리아의 얼굴이 설핏 굳었다. 그녀의 시선이 무례한 손님에게 고정된 건 당연한 수순이었다. 종을 부리듯 까닥이는 손가락부터 오만한 사내였다.

"다른 손님들께서 있으신데, 이러시면……."

"데려와!"

쿵, 사내는 붉어진 얼굴을 하더니, 주먹으로 테이블을 내려쳤다.

"오, 오셨어요?"

요리하던 청년이 손의 물기를 닦으며 다급한 얼굴로 뛰어나왔다. 그는 울상인 얼굴로 중년의 사내와 마주했다. 어느새 라쉬드도 식사하던 것을 멈추고 그들을 주시했다.

"야, 말라깽이."

"예?"

무거운 쇠 냄비를 척척 들던 것과 다르게 청년의 피부는 하얗고 코에는 주근깨가 있었으며 전체적으로 마른 인상이었다.

"테베에서 장사하려면 돈을 바쳐야 한다고 누누이 말했잖아."

"이, 이미 세금을 냈는데요."

청년이 소심한 얼굴로, 그렇지만 기는 죽지 않았는지 꿋꿋하게 되받아쳤다.

"확, 진짜!"

중년 사내가 협박하듯 주먹을 치켜들자 마른 청년이 고개를 수그렸다.

"네놈이 뭘 모르나 본데 넌 이국 출신이라서 더 내야 해."

"그, 그런 게 어디 있어요? 게다가 전 이미 정착할 때 적지 않은 돈을 냈다구요!"

그들의 대화를 듣던 로자리아의 눈이 가늘어졌다. 그녀가 왕위를 이으면서 테베는 개방 정책을 실시했다. 예전에도 국가 간 교역이 없었던 건 아니었지만, 왕국은 문을 열고 이스타샤는 물론 다른 소왕국과의 교역을 증대시켰다. 그러다 보니 물건을 팔러 온 상인들이 테베에 정착하기도 하고, 여러 가지 이유로 살던 나라를 떠나 테베로 오는 이국인이 늘어났다.

"내가 여기 경비대장이야. 그런데 이상하지? 네놈에게 돈을 받은 기억이 없는데."

"이미 냈다구요!"

실랑이를 보던 로자리아의 표정이 싸늘하게 굳어졌다.

'모처럼 로즈와 단둘이 보내는 건데 저놈들이 감히……'

그걸 보던 라쉬드의 눈빛이 사람 하나 말려 죽일 만큼 무겁게 침전했다.

"내긴 뭘 내, 새끼야. 기생오라비같이 허여멀건 재수 없는 이스타샤 놈들은 세 배는 더 내야 해."

낄낄거리던 중년 사내가 청년의 뒤통수를 주먹으로 후려쳤다.

"자비로운 여왕 전하께서 이스타샤 놈들에겐 조금만 더 받으신단다. 몰매 맞거나 쫓겨나기 싫으면 알아서 내놓으라고."

일을 칠 것 같은 살벌한 기세에 청년은 벌벌 떨었다. 모처럼 장사를 해보겠다며 테베로 온 것까진 좋았는데, 제멋대로 돈을 걷는 이들이 간혹 있었다. 걸리면 최소 몇 년은 감옥에 박혀야 하는 중죄이건만, 간이 부은 건지 오늘만 사는 건지 이국 출신의 사람들에게 돈을 뜯곤 했다.

"아저씨가 경, 경비대장도 아니잖아요."

"건방진 놈이 누구보고 아저씨래! 억울하면 네가 테베를 떠나야지? 응?"

언어가 달라서 어눌한 것도 있었고, 아는 사람이 없다는 점을 이용한 것이다.

'똑바로 관리하라고 했는데 저런 잔챙이들까진 통제 못 하는 건가?'

로자리아는 짙은 한숨을 내뱉었다. 아무래도 겨울이 지나갈 때까지 테베에 머물러야 할 듯싶었다. 로자리아는 라쉬드와 함께 사내들이 있는 곳으로 다가갔다. 식사를 즐기던 다른 손님들은 은화를 테이블 위에 올려놓고 도망간 지 오래였다. 인기척이 느껴지자 중년 사내가 눈을 홉 뜨고는 소리쳤다.

"뭐야?"

"얼마야?"

"얼마기는! 네년이 알아서 뭘 한다고?"

로자리아는 조금 더 낮아진 목소리로 말했다.

"이봐, 여왕 전하께 드려야 하는 세금이 얼마인지 물었는데."

"금화 다섯 개."

중년 사내가 이를 드러내며 손가락 다섯 개를 펴 보였다. 흐음, 뜻 모를 감탄사를 내뱉던 로자리아가 금화 다섯 개를 품에서 꺼냈다.

"자, 받아."

"정말로 준다고? 하, 미친 여잔가?"

처음에 가짜 금화 아니냐고 의심하던 중년 사내는 이로 금화를 잘근잘근 씹고 나서야 진짜라고 확신했다.

"돈 줬으니까 소란 피우지 말고 이만 나가 봐."

팔짱을 낀 로자리아가 사내들을 주시했다. 라쉬드는 언제 저놈들을 족치면 좋을까, 벽에 기댄 채로 그들의 움직임을 살폈다.

"오호, 돈이 꽤 많나 보네."

중년 사내는 잡고 있던 청년의 멱살을 풀었다. 짐을 던지듯 내동댕이친 사내가 로자리아에게 다가갔다.

"돈이야 많지."

로자리아는 검을 쓸까 하다가 뒤로 물러섰다. 그녀의 움직임에 따라 사내들이 흐흐흐 웃으며 앞으로 바짝 거리를 좁혀 왔다.

"그 돈만 건네주면 아무 일 없을 거야. 자비로우신 여왕 전하께 알릴 일도 없을 테고."

'자비로우신 여왕 전하?'

로자리아는 헛웃음을 터뜨렸다. 오늘 운은 영 꽝이었다. 모처럼 만의 휴식인데 이런 얼간이들을 만나다니. 아니, 오히려 잘된 건가?

"돈이야 많은데, 경비대장을 사칭한 죄가 만만치 않을 텐데?"

"낄낄, 사칭은 무슨. 자, 이거 보이지? 이거 여왕 전하께 받은 거라고."

사내가 내민 건 테베의 충신에게 수여하던 금패였다. 정말로 금도 아니었을뿐더러, 황동으로 만들었는지 겉면이 매끄럽지 않고 조잡했다.

"그래? 고위 귀족도 받기 힘든 금패를 받았단 말이지?"

로자리아는 주먹을 쥐었다가 느릿하게 풀었다. 가게 안에 미세한 바람이 불기 시작했다. 짙게 타오르던 화로 안의 모닥불이 기묘한 춤을 추듯 일렁거렸다. 딱, 허공에서 손가락이 맞부딪히는 소리와 함께 바닥에서 물줄기가 솟아올랐다.

"아아악!"

"이건 뭐야?!"

이놈들에겐 데모나를 보이는 것 자체가 아까웠다. 푸른 빛깔을 띠는 물이 뱀처럼 똬리를 틀며 사내들의 몸을 옥죄었다. 허리춤에서 단검을 빼낸 라쉬드가 물줄기에 붙잡힌 사내에게 느릿한 걸음으로 다가갔다. 그 모습을 보고 피식 웃던 라쉬드가 로자리아에게 묘한 말을 던졌다.

"이봐, 이번에도 맛없고 질긴 고기로 스튜를 만들 셈이야?"

"문어처럼 물에 푹 삶는 것도 좋은 방법이지. 마녀인 우리 가문에서 대대로 내려오는 요리법이거든."

재미없는 농담이었는데 중년 사내는 철석같이 그 말을 믿었다. 자신을 고기로 만든다는 소리에 사내가 새하얗게 질린 얼굴로 질겁했다.

"흐윽, 살, 살려 줘!"

바짝 쫄았는지 사내가 벌벌 떨며 흐느꼈다. 붙잡힌 이들이 숨이 멎을 것처럼 꺽꺽대자, 로자리아는 사내들을 죄던 물줄기를 풀었다.

'보아하니 한두 번 이런 짓을 한 건 아닐 테고.'

휴일이라 쉬고 싶었지만 눈앞에서 발견한 골칫거리를 그대로 방치할 순 없었다.

"사이좋게 오 년씩만 살자."

넋이 나간 사내들은 무슨 뜻인지 이해하지 못했다. 로자리아는 정령술로 왕성을 지키는 기사단장에게 신호를 보냈다. 왕성에서 훈련하던 기사단장은 눈을 크게 떴다. 땅에 그림이 그려지면서 여왕으로부터 신호가 온 것이다. 이윽고 갑주를 걸친 기사들이 가게로 들이닥쳤다. 그들은 로브를 쓴 여인 앞에서 허리를 정중하게 숙이고는 넋이 나간 이들을 질긴 밧줄로 동여맸다.

"도, 도대체 당신은……."

"여왕 전하께서 정령술사란 사실을 잊었나?"

라쉬드는 혀를 낮게 찼다. 경비대장을 사칭하는 것까진 좋았는데, 가도 너무 가지 않았던가.

"또한 이스타샤 남자와 결혼했다는 것도."

단검을 거둔 라쉬드는 로자리아를 뒤에서 끌어안으며 중얼거렸다.

"그, 그럴 리가……."

사내들은 넋 나간 얼굴로 로자리아를 올려다보았다. 로브를 쓰고 있어 여왕의 얼굴은 볼 수 없었지만 에메랄드빛 눈동자가 선연했다.

'정말로 여왕이라고?'

경비대장을 사칭했던 사내는 혀를 깨물고 죽고만 싶었다. 선왕 로테사가 죽은 후, 여왕이 즉위한 뒤로 테베는 많은 변화를 겪었다. 범죄를 저질러 잡히더라도 간수에게 돈 몇 푼 찔러주 면 으레 그렇듯 며칠 뒤에 풀어주곤 했었다. 그러나 그들을 잡으러 온 건 얼마 전까지 농담을 따먹던 병사들이 아닌, 여왕의 친위대였다.

'여왕의 친위대가 여긴 왜…….'

몽큐의 절규처럼 사내들의 낯빛이 새파랗게 질려 갔다. 이를 무심히 내려다보던 로자리아는 기사들에게 명령을 내렸다.

"수도 내에 거처가 있을 거다. 이번 사기횡령과 관련된 자들을 모두 잡아들여."

"알겠습니다, 전하."

"또한 증거가 될 장부를 찾는 것은 물론, 이들이 억지로 빼앗은 재산은 돌려주도록."

"명에 따르겠습니다, 전하."

수도 내에 이와 같은 범법을 행하는 무리는 모두 8개였다. 조직적으로 움직였으며 한 명이 잡히면 음독으로 꼬리를 끊곤 했다. 이들은 철저했다. 중앙과 관련된 귀족은 노리지 않았으며 연줄이 있을 법한 부유한 상인도 건들지 않았다. 빼돌리는 금액 또한 소규모였던지라 당장 큰 사건을 처리해야 할 감시관의 눈을 피하는 데 용이했다.

"전하, 이들의 처우를 어찌할지 명령을 내려 주십시오."

"잡은 이들은 모두 왕성 내의 감옥에 수감해."

기사들이 죄인들을 포박한 후, 가게 주인인 청년은 몇 번이고 감사를 표했다.

"정, 정말 감사합니다, 전하."

눈물범벅의 젊은 청년이 음식값은 받지 않겠다고, 두 분을 모시게 되어 영광이라고 읍했다. 라쉬드는 눈이 빨갛게 된 청년의 어깨를 가볍게 치며 말했다.

"음식은 훌륭했어. 이스타샤인이라고 했던가? 다음에 한번 제국에 초대하고 싶군."

여전히 얼굴을 가린 로자리아와 달리, 라쉬드는 그의 얼굴을 가리던 로브를 벗은 지 오래였다. 라쉬드의 정체를 알아본 청년은 흡 숨을 들이켰다.

'……이스타샤의 황제!'

방금 전 들이닥친 사내들 때문에 빠르게 뛰던 심장이 지금은 미친 듯이 요동쳤다. 한때 이스타샤의 공작이었으며 지금은 제국을 다스리는 황제가 아닌가!

"부, 부족한 실력이지만 불러만 주신다면 언제든 제국으로 가겠습니다, 폐하."

"무얼. 이스타샤에서 먹은 테베 스튜보다 맛있더군."

라쉬드의 말에 로자리아는 몸을 돌려 남편을 빤히 보았다.

'이런……!'

무심결에 진심을 말하던 라쉬드는 곧바로 입을 다물었다. 올해 여름이었던가, 로자리아가 그에게 해물 스튜를 해준 적이 있었다. 부야베스라 불리는, 해물을 볶고 다시 끓이는 독특한 요리법이라 궁중 요리사도 알지 못하는 요리였다. 요리에 서툰 로자리아가 유일하게 자신 있어 하며, 매해 여름마다 해주는 특별식(?)이었다.

"여보."

'……!'

라쉬드는 '여보' 소리에 흠칫 몸을 떨며 고개를 돌렸다. 로자리아는 눈꼬리를 휘며 다정한 어투로 말했다.

"맛없으면 이야기하지 그랬어요."

"맛이 없었…… 다고 누가 그래?"

"당신."

순식간에 싸해지는 분위기에 기사들은 어쩔 줄 몰라 했다. 그건 황제의 칭찬에 쑥스러워하던 청년도 마찬가지였다. 한겨울에 찬바람이 쌩쌩 부는 듯한 분위기에 라쉬드는 부인의 눈치를 살폈다.

"누가 부인의 심기를 이토록 불편하게 하는 거지?"

기사들은 '폐하께서……'라고 말하고 싶었지만 모른 척 애꿎은 죄수들의 뒤통수를 후려쳤다.

"겁도 없이 테베의 여왕을 사칭하다니."

라쉬드는 죄수들을 보며 낮은 목소리로 경고했다. 로자리아는 죄수를 혼내기에 여념 없는 그를 빤히 바라보았다. 그러고는 기사들에게 이만 죄수들을 데려갈 것을 명령했다. 기사들이 죄수들을 끌고 나가자, 가게에는 정적이 흘렀다. 슬쩍 상황을 살피던 청년이 주방으로 들어가 새하얀 그릇을 들고 나왔다.

"이, 이건 손님들께 드리는 건데 박하잎이에요."

'박하잎?'

로자리아에겐 익숙한 잎이었다. 귀족들이 쓰는 질 좋은 잎은 아니었지만 제법 향긋했다. 식사를 마친 뒤 박하향이 감도는 잎을 입술에 머금자 은은한 향이 감돌았다.

"아, 그간 빼앗긴 돈은 걱정 말아요. 며칠 후 기사들이 찾아올 거예요."

"감, 감사합니다, 전하!"

로자리아는 청년에게 음식값의 배가 넘는 금화를 내밀고는 가게를 빠져나갔다.

딸랑, 나갈 때도 들어올 때와 같은 맑은 종소리가 울렸지만 라쉬드의 낯빛은 극히 어두웠다.

"나 좀 봐요."

"왜 어두운 곳으로 날 데려가는 거야, 로즈."

"단둘이 할 얘기가 있어 그래."

둘만 남게 되자 로자리아는 그를 인적이 드문 골목으로 데려갔다. 로자리아는 두 팔을 뻗어 라쉬드가 등을 기댄 벽을 살짝 쳤다.

"왜 이래, 로즈."

꼼짝없이 아내의 품에 갇히게 된 라쉬드가 마른침을 삼켰다.

"당신, 겁도 없이 맛없다고 하다니."

로자리아는 더운 여름밤에 세 시간 동안 끓이던 스튜를 떠올리다가 마른 눈가를 훔쳤다.

"미안해."

라쉬드는 정말로 미안한 얼굴로 사과했다. 모처럼 만의 데이트인데 아내의 기분을 망쳐 버렸다.

"정말로 맛있었어."

"거짓말."

"내가 왜 거짓말을 해?"

"그때……."

라쉬드는 곰곰이 기억을 떠올렸다. 토마토를 듬뿍 넣어 건강에만 좋은 문제의 해물 스튜.

'당신이 끓인 거라 더 맛있어. 더 줘'라며 배가 터질 때까지 먹지 않았던가.

심지어 그 스튜는 넉살 좋은 라이작마저 '어머니, 우리 그만 괴롭혀요'라며 스푼을 내려놓았고 어린 로이나는 눈물을 터뜨리며 '나 안 먹을 거야!'라고 했던 요리였다. 라쉬드가 당신의 오해라고 말하려던 때, 로자리아가 잠자코 숨겨 둔 이야기를 꺼냈다.

"그날, 맛없다고 라뮤엘에게 말하는 거 들었어요."

"그건 사실이 아냐."

로자리아는 굳었던 표정을 슬쩍 풀고는 고개를 숙였다.

"로즈, 나 때문에 우는 거야?"

놀란 라쉬드가 로자리아를 품에 안으며 다독였다.

"당신이 한 요리가 오늘 가게에서 먹은 음식보다 훨씬 더 맛있었어. 다음에 또 해줘."

그가 진중한 얼굴로 말하던 때, 바로 옆에서 끅끅 웃음을 참는 소리가 들려왔다.

"로즈?"

그칠 줄 모르는 웃음에 라쉬드는 눈을 가늘게 떴다.

"미안해요. 사실 그간 궁중 요리사에게 도움을 받았었는데, 그날은 요리사가 고향으로 내려갔거든요."

어쩐지 맛이 확 달라지긴 했었지. 로자리아의 웃는 얼굴을 본 라쉬드는 안도의 한숨을 내쉬었다.

"화난 거라 생각했어."

"음식 망쳤는데 여전히 맛있게 먹길래 혀가 돌인 줄 알았어요."

"부인이 해준 대로 먹어야지."

라뮤엘이 보았다면 '황후마마께서 먹으라 하시면 독까지 드시겠다' 라고 한숨을 내쉴 상황이었다.

"그나저나 기대했는데 아무것도 없어?"

"뭘요?"

"당신이 벽에 나를 밀치길래……."

"내가 벽에 밀쳐서?"

"좀 더 진한 걸 기대했는데 아무것도 없잖아."

라쉬드의 말에 로자리아의 귓가가 붉어졌다. 어쩐지 순순히 끌려온다 싶었는데 이걸 노렸던 거였다. 로자리아는 주위를 한번 살피고는 인적이 없음을 확인했다.

"눈 감아요."

라쉬드는 부인의 명령대로 눈을 감았다. 이윽고 로자리아가 그의 목에 두 팔을 두르자 라쉬드는 그에 맞춰 허리를 숙여 주었다. 고개를 숙이면 입술이 닿을 거리였다. 그와의 깊은 숨결이 닿자 어쩐지 노곤해지는 기분이었다. 키스가 깊어질수록 호흡이 불규칙해졌다. 한겨울의 추위도 느껴지지 않을 만큼 발끝부터 화끈한 열기가 올라왔다. 낮은 숨이 절로 쉬어지고, 다리에 힘이 풀릴 것만 같자 라쉬드는 로자리아의 허리를 단단히 끌어안았다.

"아쉽지만 불청객이 온 것 같군."

한참이나 아내를 놔주지 않던 라쉬드는 낯선 인기척이 느껴지자 그녀를 놓아주었다. 왕국의 기사가 긴장이 역력한 얼굴로 다가왔다. 여왕께서 이스타샤의 황제를 끌고 가는 모습을 본 그는 꿀꺽 마른침을 삼켰다.

"전하, 외람되오나…… 방금 전에 말씀드리지 못한 일이 있었습니다."

로자리아는 아무 일이 없었던 것처럼 태연한 얼굴로 물었다.

"무슨 일이지?"

"방금 전에 붙잡힌 자들을 조사해 봤는데, 단순히 좀도둑은 아니었습니다."

"좀도둑이 아니다?"

"뒤에서 횡령을 봐주는 세력이 있다고 추정됩니다."

"확실한 건가?"

"좀 더 조사해 봐야 알겠지만 뒤를 봐주는 테베의 중앙 귀족이 있는 듯합니다."

"대범한 자로군."

기사의 보고를 듣던 로자리아의 눈매가 날카로워졌다. 그녀가 처음 즉위했을 때, 귀족들의 절반이 왕국의 재산을 횡령했다. 횡령, 살인, 마약과 노예를 거래하는 불법 암시장까지. 불법을 저지른 귀족 중 대부분이 파직당했고, 귀족으로서 누리던 특권과 권리를 빼앗겼다. 테베의 역사서에 서두를 장식하던 그들의 가문 또한 사라졌다.

"또한 적지 않은 평민들이 이번 일을 여왕 전하께서 내리신 지시로 알고 있습니다."

"단순히 저들의 사칭을 믿는 건 아닐 테고."

"확인된 바로는 전하의 인장이 새겨진 검을 들고 있었습니다."

금빛 장미. 로자리아의 인장이자, 글로리아의 가주인 명장 더글라스가 그녀를 위해 새긴 표식이었다.

"이들은 테베인은 건드리지 않았지만, 테베에 사는 이국인을 목표로 삼은 듯합니다."

테베어는 이스타샤어보다 배우기 어려웠다. 이스타샤어는 서대륙의 공용어로 널리 알려진 언어였고 관련 책이 많았다. 또한 이스타샤어만 배우는 소규모 아카데미도 있어서 그만큼 배울 기회가 많았다. 그러나 서대륙의 소왕국인 테베어는 배우기가 어려웠을뿐더러, 지금 시기에 테베로 들어온 이국인은 테베어에 능숙하지 않은 경우가 더 많았다. 이국인들은 거주권이나 시민권을 얻기 위해 정당한 대가를 치르고 테베에 들어왔다. 그러니 이를 제대로 해결하지 못한다면, 자칫하다간 다른 왕국 간의 문제로 번질 수도 있었다.

'조직적으로 벌인 일이야.'

로자리아는 낮은 목소리로 기사에게 명령했다.

"죄수들이 자살하거나 탈출하는 일이 없도록 잘 지켜보도록."

"명에 따르겠습니다."

로자리아는 인적이 드문 골목을 빠져나간 뒤로 한동안 말이 없었다.

"나 때문에 미안해요. 모처럼 만의 휴가인데."

"당신과 함께 보내는 시간이 내겐 휴가야."

그렇게 대답한 라쉬드는 로자리아의 손을 다정하게 붙잡았다. 같이 즐거운 시간을 보내는 것도 좋았지만, 로자리아가 행복한 것이 가장 중요했다. 라쉬드는 로자리아의 어깨를 끌어안았다.

"같이 범인 잡을까?"

"나 도와줄 거예요?"

"내가 촉이 좋거든."

로자리아는 결국 웃고 말았다. 혼자였다면 심각했을 일이 그와 함께 있는 것만으로도 큰 의지가 되었다. 라쉬드는 로자리아와 함께 싸늘해진 밤거리를 걸었다. 어느새 시간이 늦었는지 주점을 제외하곤 음식을 파는 가게들의 문은 모두 닫혀 있었다.

"어딜 가는 거예요?"

"길드 겸 주점."

라쉬드가 로자리아와 함께 향한 곳은 장미 맥주를 파는 주점이었다.

'여기가 아닌 건가? 인적이 드문 곳에 있다고 했었지.'

꽤 걸은 것 같은데 목적지가 나오지 않았다. 결국 으슥한 골목까지 들어가고 나서야 전령이 보고했던 주점이 나타났다.

"여기야, 로즈."

걸음을 멈춘 라쉬드의 눈에 장미가 그려진 주점의 간판이 보였다.

"여긴가 봐요."

아무리 봐도 데이트하는 주점과는 거리가 멀었지만, 라쉬드는 로자리아와 함께 주점 안으로 들어섰다. 딸랑, 문을 열자 맑은 종소리가 났다.

"어서 오세요."

낭랑한 목소리가 들리고 앞치마를 한 젊은 사내가 이들을 반겼다. 테베 왕국에선 드문, 자홍색 머리칼에 무테안경을 쓴 사내였다.

"두 분이신가요? 자리는……."

힐끔, 가게 안을 살피던 사내가 가장 구석진 자리로 안내했다.

'전령의 눈이 이상한 건가?'

라쉬드는 로브를 쓴 채로 가게 안을 둘러보았다. 아늑하고 편안했던 낮의 음식점과는 달리, 기괴한 해골 장식이 주렁주렁 달려 있었다. 수도 중앙에서 떨어진 데다가, 밤에는 이 주변이 으슥하여 잘 찾지 않는 곳이라 하였다.

"무엇을 드시겠어요?"

"장미 맥주 두 잔."

라쉬드는 능숙하게 손가락 두 개를 펴 보였다.

'베이비 드래곤?'

메뉴판을 쭉 훑던 로자리아의 눈이 크게 떠졌다. 처음 듣는 괴상한 이름의 음식이었던 탓이다.

"이건 뭐죠?"

"용의 새끼입니다. 용병들이 자주 찾는 음식이죠."

로자리아는 눈을 가늘게 떴다. 의심스럽단 시선에도 젊은 가게 주인은 어깨를 으쓱할 뿐이었다.

"그럼 이걸로 주세요. 아, 숙련된 암살자의 빵 이것도요."

하나같이 음식 이름이 괴상했다. 맛은 별 기대가 안 되지만, 호기심이 들기도 했고 주인이 추천한다고 쓰여 있는지라 두 음식을 주문했다.

"금방 갖다 드릴게요."

넉살 좋은 인상의 사내가 연신 웃음을 띠며 주문을 받았다.

"주문하신 베이비 드래곤과 숙련된 암살자의 빵, 장미 맥주 두 잔 나왔습니다."

테이블에 먹음직스러운 검은 빵과 강한 화롯불에서 구워 매콤한 칠리소스를 얹은 닭 요리가 올려졌다. 갓 구운 닭 요리에서 따끈따끈한 김이 올라오면서 식욕을 자극하는 향이 풍겼다.

'맛있어 보여.'

꿀꺽. 로자리아는 저도 모르게 침을 삼켰다.

"난 정말로 용이 나오는 줄 알았는데."

라쉬드가 너스레를 떨며 말했다. 주인이 말하는 베이비 드래곤은 치킨이었으며, 숙련된 암살자의 빵도 숙성 잘 시킨 검은 빵이었다. 투명한 유리잔에 든 맥주는 신기하게도 달달한 핑크빛을 띠었다. 로자리아는 우선 장미 맥주를 한 모금 마셨다.

"와, 이거 맛있어요!"

그녀의 입에서 순수한 감탄이 흘러나왔다. 평소 술을 즐겨 하는 편

은 아니었지만, 달달한 벌꿀향과 향긋한 장미향이 감도는 상큼한 맛이
었다.

'여자들이 좋아한다고 했던가?'

라쉬드도 로자리아를 따라 맥주잔을 입에 가져갔다. 꿀꺽, 그의 목
울대가 시원하게 넘어갔다. 로자리아는 푹신한 의자에 등을 기댔다.
일로 곤두세웠던 정신이 한결 말랑말랑해지는 기분이었다.

"여기 마음에 드네요."

"다행이야. 당신이 싫어할까 봐 조마조마했거든."

처음에는 해골 유령이 튀어나올 것 같은 가게 정경을 보고 걱정했지
만, 가게 외관과 달리 음식과 맥주는 정말로 훌륭했다. 만족스러운 미
소를 지은 라쉬드가 맥주잔을 내려놓으며 말했다.

"이처럼 쉬는 게 얼마 만인지."

"그러게요. 이스타샤에서도 이렇게 지낼 수 있으면 좋을 텐데."

"이제 급한 일은 다 처리했으니까 자주 올 수 있을 거야."

라쉬드와 로자리아는 오랜만에 누리는 자유를 만끽했다. 반 잔쯤 마
시다 보니 몸이 노곤하게 풀리는 기분이었다. 마침 기분도 좋았던 터
라 로자리아의 입술이 호선을 그렸다. 담소를 나누다 보니 자연스레 이
스타샤에서 있었던 이야기가 나오게 되었다.

"아, 참. 외곽 신전의 일은 내가 처리했어요."

"아아, 귀족들 불만이 많았지."

벌써 수년도 지난 일이었다. 로자리아는 5년 전부터 쓰이지 않는 신
전을 국영 고아원과 의료원으로 바꾸었다.

"수도 외곽의 신전이었지?"

"맞아요."

기억을 떠올린 로자리아는 고개를 끄덕였다. 가장 첫 시작은 수도 외
곽의 신전이었다. 아니타의 사제들과 신녀가 떠난 후, 텅 비게 된 신전

에는 지오가 후원하는 아이들이 있었다. 그중 가장 나이가 많던 아이는 열다섯의 레이븐이었다.

"이번에 기사 시험에 지원한다고 하더군요."

"아아, 지오가 후견하던 그 아이?"

"맞아요. 황실 직속 기사가 되고 싶나 봐요."

"어려운 일이지. 가문이 없으니 몇 배는 더 노력해야 할 거야. 혜택을 주고 싶은 거라면……."

라쉬드는 흐음, 묘한 숨을 내쉬었다. 그렇다고 다른 혜택을 줄 순 없는 법이었다.

"당신도 어렵다고 봐요? 그가 평민이라서?"

"뭐, 아예 불가능한 것도 아니지. 어떤 실력을 가졌는지 보고 싶긴 해."

라쉬드는 담담한 목소리로 말했지만, 어느 정도는 진심이었다. 로자리아가 고아원의 아이들에게 무척 신경을 쓴다는 건 알고 있었다. 귀족들의 반대가 거셌을 때, 그의 아내는 상당한 골머리를 앓았다. 그로선 도움을 주고 싶었지만, 로자리아는 혼자서 해결하기를 원하는 눈치였다. 어쩔 수 없이 라쉬드는 그녀가 하는 대로 지켜봐 주었다. 아내 몰래 익명의 후견인으로 아이들이 커 가는 데 필요한 물품과 가정교사를 보낸 적도 있었다.

차가운 유리잔을 쥐던 라쉬드가 말했다.

"실력이 있다면 에르테반에서 양자로 삼겠다더군."

"레이븐을 말이에요?"

"지오는 공식적으론 죽은 걸로 되어 있지만, 그가 떠나기 전 레이븐을 아꼈다고 하던데. 뭐, 어찌 됐든 전(前) 가주의 후계자나 다름없으니 가문에서 받아들인 거겠지."

로자리아는 고개를 끄덕였다. 한때 에르테반은 혈통주의가 뼛속까지 스며든 신성가문이었다. 이스타샤에선 피가 섞이지 않은 양자를 가문의 후계자로 삼는 일은 극히 드물었다. 그러니 이번이 이례적인 일이었다.

"많이 바뀐 것 같아요."

"뭐가?"

"당신도 그렇고 나도."

"로즈야 늘 한결같았지."

"한결같다니요? 칭찬이에요?"

라쉬드의 말에 로자리아는 가늘게 떴다.

"한결같이 매력적이었어."

라뮤엘이 들으면 '폐하, 그만하시지요'라고 고개를 내저을 소리였다.

"당신도 참. 그걸 당사자 앞에서 이야기해요?"

예전이라면 얼굴이 갓 익은 사과처럼 빨개져 당황했겠지만, 지금으로선 조금 면역이 된 터였다.

"처음에는 솔직히……."

"솔직히?"

무슨 소리를 하려고 그러는 거지? 로자리아가 눈을 가늘게 떴다.

"이상한 왕녀라고 생각했어."

"나도 그렇게 생각했어요. 냉정하고 독선적인 공작 말이에요."

"맞는 말이라 반박을 못 하겠는걸."

라쉬드가 두 손을 들어 올렸다. 지금에야 많이 바뀌었지만, 로자리아와 처음 만났을 때는 직속 부관들도 혀를 내두르는 지독한 상관이었다.

"난 당신 모습이 좋아. 바뀐 것도 바뀌지 않은 것도 전부."

"갑자기 낯간지럽게 왜 그래요?"

"나야 늘 이랬지."

딱히 점수를 딸 의도는 아니었지만-조금은 그런 마음이 없잖아 있었다-늘 진심이었다. 사랑의 유효 기간은 3년이라는 말이 있었다. 처음 만나 불같은 사랑을 하고, 결혼한 뒤 아이가 태어나 시간이 흐르면 사랑이 식는다고 하건만 라쉬드는 반대였다.

처음에는 로자리아에게 저도 모르게 빠져들었고, 어느새 사랑을 깨닫게 된 이후에는 로자리아가 제 목숨보다도 소중해졌다. 매일 아침 눈이 마주치고 매일 밤 목소리를 들어도 여전히 아내를 보면 심장이 떨렸다. 시간이 흐르면 좀 진정되려나 싶었는데 그것도 아니었다. 마치 처음 세상과 마주하게 된 아이처럼, 로자리아와 함께라면 모든 것이 새롭고 신기했다.

"나도 내가 바보일 줄은 몰랐지."

"라쉬드 당신이?"

"라뮤엘이 매번 놀리는데 못 들었어?"

"라뮤엘이야 항상 그러니까⋯⋯."

그러고 보니 성격이 많이 바뀌기도 했다. 예전의 라쉬드였다면 라뮤엘이 입도 벙긋 안 하거나 농담도 한 번만 하고서 도망갔겠지. 부관들이 믿지 못하겠다고, 유독 폐하께서 자상해졌단 말을 자주 했었다. 가장 놀라운 건 검밖에 모르던 외골수 황제께서 주머니에 아이들을 위한 달달한 간식거리를 종종 넣고 다닌다는 것이다.

"이스타샤도 많이 변했어요."

"전부 당신 덕분이야."

라쉬드는 진심으로 고마움을 표했다.

"라쉬드가 곁에 없었다면 생각지도 못했을 거예요."

그 말에 라쉬드는 입가에 부드러운 미소를 지었다. 로자리아는 턱을 괴곤 라쉬드를 빤히 바라보았다. 그녀의 시선을 느낀 라쉬드가 시선을 마주해 왔다.

"왜?"

"잘생겨서."

그는 쿨럭, 마른기침을 내뱉었다. 하마터면 마시던 맥주를 뱉을 뻔했다. 손등으로 입가를 훔친 라쉬드는 옅은 한숨을 내쉬곤 흐트러진 머리칼을 쓸어 넘기며 물었다.

"지금도 그래?"

"지금은 더 잘생겼어요."

"반쯤은 타고난 거지."

"그럼 나머지 반은?"

"남편으로서 사랑을 받으려면⋯⋯."

"사랑받으려면?"

"적당한 미모는 유지해야지."

"뭐야, 진심이에요?"

"그럼."

라쉬드의 말에 로자리아는 고개를 숙인 채 웃음을 터뜨렸다. 제법 웃긴 농담이라고 생각했지만 그가 한 말은 진심이었다.

"또 그 책 말하는 거죠? 백작 부인과 뭐더라⋯⋯."

"기사 이야기?"

"아, 맞아. 그런 책 좀 그만 봐요."

"그럼 나 대신 라뮤엘에게 말해주겠어? 그 책 좀 내 눈앞에서 제발 치워 달라고."

"나한텐 그런 책 안 보여 주던데."

얘기하다 보니 벌써 맥주 반을 비웠다. 로자리아는 장미꽃을 따 만든 것처럼 핑크빛을 띠는 맥주를 지그시 바라보았다.

'상단에 팔아도 되겠는데.'

이스타샤의 수도에는 그녀의 상단, 로제가 있었고 국영이 아닌 민간 상단으로 운영 중이었다.

'제조법을 물어볼까?'

로자리아는 깊이 고심했다. 쉽게 알려 줄 것 같진 않고……. 일단 지금은 휴가차 방문한 거니까 패스. 제국의 일은 물론, 왕국과 상단 일로도 줄곧 바쁘지 않았던가. 그렇게 생각했지만 역시나 나오는 건 제국과 관련된 이야기였다.

"아, 국영 의료원도 슬슬 마무리 중이에요."

"방치된 신전을 의료원으로 쓰는 거?"

"전염병 예방도 중요하기도 하고, 평소에 제국민이 갈 의원이 없으니까요."

소규모로 의원이 있었지만, 아니타를 믿었던 제국민은 편견 때문인지 의원에 가지 않았다. 사기꾼이라는 의식이 만연했고, 실제로 조잡한 가짜 약을 만들어 금화를 벌어들이는 이도 수두룩했다. 그래서 그녀는 체계적으로 운영할 수 있는 국영 의료원을 설립했다.

서대륙 각국의 의원을 좋은 조건으로 데려왔고, 그들의 후계를 키우기 위해 아카데미도 세웠다. 또한 평민들과 같이 의료 시설을 이용할 수 없다는 귀족들의 주장을 받아들였다. 의료 시설을 따로 두어, 귀족들에겐 높은 치료 값을 받았다. 그렇게 해서 모은 돈으로 평민 신분을 가진 제국민이 이용할 수 있는 의료원을 운영할 수 있었다. 어느덧 7년 전부터 계획했던 제국 전반에 걸친 사업이 마무리 단계에 접어들었다.

로자리아는 제국민의 마음을 얻기 위해 노력했다. 귀족들이 반대하더라도 황족으로서 명령을 내려 의료원을 설립하면 그만이었지만, 강압적으로 내리누르기보다는 귀족들을 회유했다.

"엘을 의료원장으로 삼을 생각이에요."

"아아, 고지식한 내 전령? 자신에게 과분하다며 다섯 번은 거절할 테니 열 번쯤 제의하면 될 거야."

엘은 간자로서 바렛사로 보냈던 전령이었다. 마르쉬에 의해 다리가 잘렸지만 그를 이페리아 치료제로 돌봐 준 건 로자리아였다. 이스타샤

제국군에서 높은 직급을 주겠다고 했지만, 그는 과분한 직책이라며 한사코 거절했다. 전령에게 말을 타고 달릴 수 있는 다리는 생명과도 같았다. 바렛사와의 전쟁이 끝나고 불구가 된 엘은 은퇴하겠다는 뜻을 내비쳤지만, 로자리아는 그를 찾아가 치료해 주었다. 다소 고지식하긴 해도 이스타샤를 위해 목숨을 걸 정도로 제국을 향한 충성심도 높을뿐더러, 무엇보다도 성실하고 욕심 없는 자였다.

"내 제의는 거부했어도 로즈가 한 제의는 따를 거야."

"사실 세 번쯤 제의했는데 거절당했어요. 라쉬드에겐 말 안 했지만."

"흐음, 그래?"

농담으로 다섯 번이라고 말했지만 정말로 거절할 줄이야. 라쉬드는 겉과 속이 다른 듯한 그의 부관들이 이해가 가지 않았다. 몸값을 높이려는 고도의 계획이라고 보기엔, 그의 전령은 그런 면에서 허술했다. 게다가 라뮤엘과 종종 모임을 가지는 것도 봤었다.

로자리아에겐 비밀로 했지만, 황성에는 비공식적인 기묘한 모임이 있었다. 블랙로즈 나이트, 통칭 검은 장미단으로 황후마마의 안전과 호위를 책임지겠단 거창한 목표가 있었지만, 사실상 팬클럽이나 다름없었다. 장미단은 라뮤엘이 창립자로서 세운, 황후바라기들이 모인 모임이었다. 라쉬드가 이들과의 전쟁을 선포하며 매섭게 장미단을 탄압했지만(?) 그들의 끈질김에 끝내 포기하고 말았다. 그때를 떠올리던 라쉬드는 고개를 설레설레 저었다.

"이스타샤를 벗어나니 이렇게 좋을 줄이야."

"그렇게 좋아요?"

"꽥꽥 시끄러운 오리들에게서 벗어나니 당연히 좋지."

단장 라뮤엘, 부단장 마네. 전령인 엘에 한때는 기사단장이었던 센까지. 얼마 전에는 성기사였던 아델이란 여자까지 가입했다. 그 외에 꼬박꼬박 참석하는 엘리샤 그레이스, 유령 회원인 지오, 그런 이상한 단체 모른다고 발뺌하는 더글라스 글로리아까지! 열거하자면 끝이 없었다.

"찰거머리들이 보이지 않으니 속이 다 시원해. 다음에도 테베로 와야겠어."

'찰거머리들?'

로자리아는 '폐하, 저희를 이렇게 괴롭히시다니 정말 너무하십니다!'라고 우는 척하며 라쉬드를 쫓아다니던 라뮤엘을 떠올렸다.

"어째 나보다 라쉬드가 더 좋아하는 것 같아. 내년에도 테베로 오는 게 어때요?"

"안 그래도 이미 갈 생각이었어."

"여기가 마음에 들었나 봐요."

이곳은 천국인가? 귀찮게 달라붙는 부관들이 없으니 살 것 같았다.

"당신과 매년 올 거야."

아내와 함께 보내는 달달한 시간! 이 얼마나 좋단 말인가.

"로즈, 다음에도 나와 테베에 올 거지?"

라쉬드는 턱을 괴고선 입꼬리를 올리며 물었다.

"그럼요."

이미 밤이 늦은 시간이었지만, 주점 안은 사람들로 북적거렸다.

딸랑, 문이 열리고 코트를 입은 사내 두 명이 가게 안으로 들어섰다. 단골손님이었는지 가게 주인은 '오랜만에 오셨네요'라며 그들을 반겼다. 비가 내리기 시작했는지 사내가 눌러쓴 모자에는 빗물이 맺혀 있었다.

툭, 툭. 우산 끝을 털어 낸 사내가 가게 주인을 보며 웃을 듯 말 듯 미묘한 미소를 지었다.

"무척 바빴지. 수금 일도 있고."

"잘되어 가는 거예요?"

"잘되기는. 매번 걸려서 한 놈씩 죽어 나가는 판이라고."

사내는 자리에 앉고서 익숙한 듯 갓 구운 빵과 위스키를 주문했다. 크으, 바로 이 맛에 술을 마시는 거지. 턱수염이 술에 흠뻑 젖을 정도로 털어 마신 사내가 클클거렸다.

"인장 작업은 잘되어 가고 있나 봐요?"

"잘되고 안 될 게 뭐가 있어. 그냥 적당히 후벼 파는 건데. 뾰족한 송곳과 쇳덩이만 있으면 된다고."

"하여간, 우리 손님들은 간도 크시다니까."

뾰족한 송곳? 그걸로 뭘 한다는 거지? 아무리 생각해도 수상하지 않은가. 로자리아는 잔을 든 채로 귀를 쫑긋 세웠다.

그때, 가게 안에 있던 사람들이 불편한 기색으로 하나둘 자리에서 일어났다.

"벌써 가시게요?"

"하하핫, 오늘은 이만 마셔야지. 마누라가 바가지 긁어 대거든."

자리에 남아 있던 손님들이 급한 일이라도 생긴 것처럼 허둥지둥 빠져나갔다. 어찌나 정신이 없던지, 어떤 손님은 들고 있던 돈주머니를 놓고 갈 뻔했다.

'왜 다들 나가는 거지?'

이상한 일이었다. 애초에 이곳은 귀족들이 찾는 주점이 아니었고, 방금 전에 들어온 사내 둘은 귀족으로 보이지 않았을뿐더러 손님을 내쫓는 행동도 하지 않았다. 광견병에 걸린 개를 피하듯 슬금슬금 눈치를 보다가 도망치는 것이 영…….

'뭔가 분명 있단 말이지.'

로자리아는 주점 안을 빙 둘러보았다. 이제 자리에 있는 손님은 술을 벌컥벌컥 마시는 두 명의 사내, 그리고 그녀와 라쉬드뿐이었다.

'동료? 아니면 밀회를 나누는 연인인가?'

자연스레 사내들의 시선이 주점에서 떠나지 않은 로자리아와 라쉬드에게 향했다. 간혹 테베에서는 부인이나 남편을 두고 바람을 피우는 이들이 있었고, 이들은 사람들의 시선을 피해 로브를 뒤집어쓰곤 했다.

'뭐, 자기들이나 우리나 찔리는 게 있다는 거지.'

사내는 곧 심드렁한 얼굴로 고개를 돌렸다. 가게 주인은 사내들에게 말을 걸며 마른 수건으로 물이 묻은 유리잔을 닦았다.

"오늘 잡혔다고 하지 않았어요?"

"잡히긴 했지. 그래 봤자 말단 놈들이라서 쳐 내면 그만이야."

"그래도 조심하시는 게 좋지 않아요?"

조심하라는 것치곤 그다지 걱정하는 얼굴은 아니었다.

"그러니까 네가 이렇게 작은 가게밖에 못하는 거야, 카즈."

사내가 으스댔지만 가게 주인은 자주 있는 일인지 그저 어깨를 으쓱할 뿐이었다.

"범죄자보다야 낫죠."

"카즈, 네가 이국인이었으면 지금쯤……."

'이국인?'

귀가 좋아서인지 굳이 들으려고 하지 않아도 오가는 말이 들렸다.

'이국인을 노리는 범죄자인가?'

저들이 오자마자 사람들이 우르르 빠져나가는 건 이상한 일이었다. 로자리아는 차가운 물이 든 잔을 입으로 가져갔다.

"왜?"

"이상해서요."

"나도 그렇게 생각했어."

순간, 사내의 시선이 이스타샤어로 대화하는 로자리아에게 닿았다. 이국인 여자란 사실만으로 그들은 마시고 있던 술잔을 내려놓았다.

상황은 반대가 되었다. 로자리아는 그들의 시선을 느끼고는 라쉬드를 이끌며 주점을 나가자고 했다. 로자리아는 음식값을 내고 라쉬드와 함께 가게를 빠져나왔다. 연거푸 술을 마시던 사내들의 시선이 문이 닫히기 직전, 로자리아를 향했다.

　가게를 나서자 뺨이 얼어붙을 것 같은 추위가 그들을 에워쌌다. 서서히 숨을 내쉴 때마다 새하얀 입김이 안개처럼 흩어졌다. 로자리아는 두터운 소매 안으로 감췄던 손을 내뻗었다.

　"곧 눈이 오려나 봐요."

　"그걸 어떻게 알아?"

　"어제보다 훨씬 추워졌어요. 또 오늘 낮은 유난히 건조했으니까요."

　"춥긴 한데 눈이 오는 건 모르겠어."

　그저 눈이 내리면 그런가 보다 하고 넘기곤 했다. 사실 라쉬드는 눈 자체에 별 감흥이 없는 남자였다.

　"정령술사라 그런지 뭔가 감이 있나 봐요."

　바람, 기온, 햇빛을 보고 날씨를 예측하는 건 아니었다. 그냥 눈이 올 것 같다는 생각이 들면 정말로 새하얀 눈이 내리곤 했으니까. 로자리아는 라쉬드의 손을 잡은 채로 서서히 거리를 거닐었다.

　"테베에선 겨울에 축제를 하곤 해요."

　"축제?"

　"왕성에서 여는 건 아니고, 그저 따뜻한 스튜를 먹고 포도주를 마시면서 친구나 가족끼리 같이 보내는 거죠."

　"그래?"

　라쉬드는 들뜬 아내를 바라보다가 다정한 미소를 지었다.

　"어렸을 때 어머니와 함께 숲에서 축제를 보내곤 했어요. 사실 별건 없었지만 축제를 보낸다는 생각에 들떴었는데……."

　어렴풋이 옛 생각이 떠올랐다. 숲에서 살 땐 길을 잘못 들어섰는지 사슴과 토끼를 종종 볼 수 있었고, 나무로 만든 집은 추웠지만 벽난로를 지필 때만큼은 따뜻했다.

"음식이 무척 귀했거든요. 지금에야 어머니가 귀족인 걸 알아도, 그때는 혹여 굶어 죽지 않을까 걱정을 하곤 했죠."

평소에는 양파 수프와 바짝 말라 질긴 육포를 먹었다. 그날 하루, 여신을 기리는 축제 날만큼은 고기가 듬뿍 들어간 스튜와 갓 구운 따끈한 빵에 잼을 발라 먹었다.

"그때 생각이 나네요."

슬프기보다는 그때 생각이 나서 좋았다. 특별할 것 없는 숲속에서의 삶이었지만, 사랑하는 사람과 같이 시간을 보낸다는 것만으로 충분했었다.

"그때처럼 지금도 행복해요."

"나도 당신 덕에 행복해."

라쉬드는 로자리아가 추울까 봐 그녀를 품에 가득 끌어안았다.

"너무 꽉 끌어안았어요, 라쉬드."

"나도 모르게 그랬나 봐. 당신이 너무 좋아서……."

사랑이 너무 넘쳤던 탓일까, 그는 갑갑한 듯 바르작거리는 아내를 놔주었다.

"난 예전에 눈사람이 싫었어."

"눈사람이 왜요?"

"무섭게 생겼잖아."

눈사람이? 왜 무서워? 남편의 말에 로자리아는 고개를 갸웃했다. 어린 시절 이야기를 꺼내던 라쉬드는 무안했는지 '지금은 무섭지 않아'라고 중얼거렸다.

"그때는 정말 사람인가 싶었거든. 눈은 폭 파였지, 코는 나뭇가지로 뾰족하지."

"어렸을 때는 순수했나 봐요."

"그땐 그랬지. 데레사가 날 자주 놀리곤 했어."

지금은 순수와는 거리가 멀어 보이는데…… 속으로 중얼거리던 로자리아는 라쉬드의 품에 다시 폭 안겼다.

라쉬드는 그녀를 깊게 끌어안다가 눈이 펑펑 내리는 하늘을 올려다보았다. 데레사와 함께 눈이 내린 신전 밖을 창문 너머로 구경했던 적이 있다. 날씨가 무척 추워 눈보라가 휘날렸고, 데레사는 라쉬드의 어깨에 모포를 씌워 주며 얼음여왕이 찾아왔다고 겁을 주곤 했었다. 그때의 라쉬드는 까마귀와도 같은 짙은 흑발에 무심한 보랏빛 눈동자를 한 소년이었다. 거대한 눈보라가 치던 날이었다. 속으로 무서워할 뿐, 겉은 덤덤하기 그지없었기에 데레사는 그를 놀리던 것을 포기했었다.

"정말 커다란 눈사람이었지."

데레사가 능력을 쓴 건지, 아니면 사제들이 만든 건지 2m가 훌쩍 넘는 눈사람이었다. 처음으로 유령이라도 본 것처럼 놀랍고 두려웠는데, 지금 생각하니 우스웠다.

"그래서 라이작이 당신 닮아 눈사람을 무서워하나 봐요."

"그랬나?"

"라이작 보고 겁쟁이라고 놀렸으면서."

"큼큼."

라쉬드는 민망했던지 고개를 숙이곤 헛기침을 두어 번 했다.

"로이나가 로즈를 닮아서 눈사람을 맨손으로 부쉈지."

오빠를 괴롭히던 눈사람을 처치했다고 좋아하던 로이나가 생각나자 로자리아는 모른 척 고개를 돌렸다.

"로즈, 당신은 어렸을 때 무서워한 것 없어?"

"으음, 없었던 것 같은데."

겁이 많은 편은 아니었다. 날카로운 이빨을 가진 맹수를 봐도 좋다고 뛰어들곤 했으니까.

'지금 생각하면 바보 같지만.'

공작 부인이 되고 나서도 어렸을 적의 기억은 어머니와 관련된 일만 드문드문 날 뿐 대부분이 안개에 잠긴 것처럼 흐릿했다. 정확히는 기억해 내지 않으려 안간힘을 썼다는 말이 맞을 것이다. 그러나 지금은 아무래도 좋았다. 그녀가 바라던 삶이었고, 목숨보다도 사랑하는 연인이 그녀의 곁에 있었다. 아무도 없는 거리에서 로자리아는 라쉬드와 함께 왕성이 있는 방향으로 걸었다.

그때 바스락, 길가에 떨어진 나뭇가지를 밟는 소리가 났다.

"우리를 대놓고 따라올 줄이야."

"흔적을 남기는 걸 좋아하나 봐요."

앞을 걷던 로자리아는 걸음을 멈추고는 뒤를 돌아보았다. 그녀의 시야에 아무도 없었지만 자신을 뒤쫓는 사내 두 명이 숨어 있다는 것만은 확실했다. 로자리아는 눈을 내리깔고선 주변의 마나를 훑었다.

'골목 안에 하나. 가게 문 뒤에 하나.'

계속 쫓아오는 것 같은데 어떻게 해야 하나. 로자리아는 이대로 모른 척 가야 할지, 이쯤 눈치챈 사실을 알려 줘야 할지 짧은 시간 고심했다.

"나와라!"

그녀의 곁에 선 라쉬드가 품에서 단검을 꺼내 들며 낮게 소리쳤다.

'뭐야, 이스타샤 놈들이 아니었나?'

다소 당황한 사내 둘이 시퍼런 빛깔을 띠는 철퇴를 들고선 나타났다.

"돈이 든 주머니만 내놓는다면 여자는 보내 주마."

철퇴를 든 사내, 지크가 의기양양하게 소리치자 로자리아는 '아직도 저런 얼간이가 있다니'라며 한숨을 삼켰다.

"헛소리는."

라쉬드가 테베어로 대답하자 사내들은 어지간히 놀랐는지, 눈을 홉뜨며 그를 쳐다보았다.

"우리가 누군 줄 알고……."

"관심 없어. 여왕께서 싫어하는 일만 골라 하는 놈들인 건 알고 있지."

라쉬드는 가라앉은 목소리로 대답하며 사내들을 노려보았다. 사람 하나 벨 것 같은 날카로운 시선에 철퇴를 든 사내들의 몸이 움찔했다.

'분명 인장 작업이라고 했었지.'

가게 주인이 저들에게 인장 작업은 잘되고 있느냐고 묻지 않았던가. 이미 주점에서의 대화를 들은 후였다. 인장은 상단에서 만든 물건을 팔 때 그 상단의 표식을 새기는 용도로 쓰였다. 하지만 저들이 말하는 인장이 누구의 것인지 묻지 않아도 알 수 있었다.

'더글라스가 저런 놈들에게 팔진 않았을 테고.'

라쉬드는 싸늘한 시선으로 사내들을 훑었다. 저런 한심한 놈들 때문에 로자리아가 곤란해지는 일은 없어야 했다.

"미친놈."

눈빛만 봐도 보통 사람이 아니라는 건 확실했지만, 동료 앞에서 겁 먹은 티를 내고 싶지 않았던 지크는 허세를 부렸다.

"네놈이 그 얄팍한 쇠꼬챙이를 써 봤는지, 장식용으로 들고 다니는 진 안 봐도 뻔하지."

그 말에 라쉬드는 '틀린 말은 아니네'라고 답하며 묘한 감탄사를 흘렸다. 저들의 말이 맞았다. 장식용 검은 아니었지만 제국의 창고에 박아 놓고 써 본 적 없는, 손에서 팔꿈치까지 오는 길이의 단검이었다. 라쉬드의 대답에 사내들이 웃음을 참지 못하고 터뜨렸다.

"아서라, 여자 앞이라고 개통폼 잡고 싶나 본데 너 같은 샌님은 내 주먹 한 방이면……."

흐음, 그런가. 라쉬드는 우락부락한 근육을 자랑하는 사내들을 가늘게 뜬 눈으로 쭉 훑어 내렸다. 라쉬드는 발목까지 내려오는 로브를 스르륵 벗었다.

풀썩, 그가 걸치던 로브가 서서히 바닥으로 떨어졌다. 그 순간, 폐가 터져라 웃어 젖히던 사내들의 입가가 차츰 멎었다. 그들의 동공이 유령이라도 본 것처럼 애처롭게 흔들렸다.

"샌님이라서 미안하군."

라쉬드는 무심한 얼굴로 중얼거리고는 단검을 느슨히 쥐었다. 눈앞의 샌님, 아니, 귀족 사내는 늑대 털로 만든 검은 코트를 입고 있는데 그 눈빛이 맹수의 것처럼 사납고 날카로웠다. 칼에 베일 것 같은 시선에 간헐적으로 떨리게 만드는 위압적인 기운까지.

'점점 휴가와 거리가 멀어지는 것 같은데 착각인가?'

로자리아는 몸풀기에 나선 라쉬드를 멀뚱멀뚱 지켜보았다. 보통 사람이었다면 '꺄아악' 하고 비명을 지르거나 어떻게 하면 좋냐고 발을 동동 굴릴 테지만, 로자리아는 팔짱을 낀 채 느긋하게 구경할 뿐이었다.

'미친 여자야? 아니면 그 정도로 믿는 건가?'

그녀의 연인이 조금도 걱정되지 않는 것처럼. 지크는 '샹, 잘못 골랐어'라며 욕지거리를 내뱉었지만, 이미 엎질러진 물을 다시 담을 수 없었다.

"으아아!"

철퇴를 든 동료가 매서운 기합을 내지르며 라쉬드에게 달려들었지만, 단 한 번의 일격으로 철퍼덕 바닥에 쓰러지고 말았다.

"자, 다음."

나이스 캐치! 역시 내 남편이야. 로자리아는 남몰래 흐뭇한 미소를 지었다. 라쉬드와 함께 전쟁을 이끌었던 그녀로서는 지금 일어난 일이 사소한 해프닝 같았다. 라쉬드는 검을 거두고선 날카로운 챙이 달린 가죽 신발을 들었다. 그러고선 무표정한 얼굴로 바닥에 쓰러져 꿈틀거리는 사내의 등을 잘근잘근 밟았다.

싸움 아닌 일방적인 구타에 지크는 당혹스러운 얼굴로 주위를 둘러보았다. 사람이 드문 이곳 밤거리에서 가련한 자신들을 도와줄 이는 없어 보였다. 악마 같은 저 남자에게서 탈출해야만 한다! 그 생각만이 지크의 머릿속에 가득 들어찼다.

"이, 이년의 목숨이 소중하면······."

"뭐라는 거야."

"아아악!"

로자리아를 위협하려던 지크는 목청이 터져라 비명을 질렀다.

으드득. 뼈가 부러지는 소리와 함께 보기 좋게 꺾인 지크의 팔이 흐느적거렸다.

"뭐, 뭐, 뭐냐고!"

분명 저 여자는 가만히 있었는데, 두 팔이 줄에 매달린 피노키오 손처럼 너덜너덜했다.

"무기도 들지 않은 여자를 노려?"

로자리아는 쯧쯧 낮게 혀를 차며 지크의 몸을 바닥에 눕게 했다.

"으허헉."

거대한 거인이 그의 몸을 누르는 것처럼, 지크는 정신 차릴 새도 없이 바닥에 철썩 붙었다.

"내 몸만 한 무기를 들고서 되게 치사한 거 아니야?"

그것도 무식하기 짝이 없는 철퇴를 들고서. 로자리아는 넋이 나간 사내의 옆에 쪼그려 앉았다.

"만지지 마, 로즈."

어느새 다가온 라쉬드가 사내의 머리채를 들어 올렸다. 그의 곁에 서 있던 로자리아는 눈을 내리깔고는 유려한 테베어로 사내에게 물었다.

"그대는 신을 믿나?"

"믿, 믿습니다!"

믿는다고 하면 살려 주려고? 지크는 지푸라기라도 잡는 심정으로 애타게 소리쳤다.

"믿는 놈이 그런단 말이지?"

"예, 예?"

어라, 이게 아닌데? 지크는 벌겋게 충혈이 된 눈으로 로자리아를 간절하게 올려다보았다.

"눈 깔아."

지크는 얌전히 눈을 내리깔았다. 그의 팔을 두 동강 낸 저 여자와 다시는 시선을 마주하고 싶지 않았다.

"묻는 말에만 대답하면 살려 줄게."

"정, 정말입니까?"

"그럼."

봐주겠다는 것치곤 로자리아의 시선이 무척 싸늘해서 지크는 몸을 웅크렸다.

"뒤를 봐주는 귀족이 있는 듯한데……."

"뒤, 뒤를 봐준다니요!"

라쉬드는 흐음, 낮은 숨을 내쉬곤 사내의 턱을 우악스럽게 쥐었다.

"지금부터 내 아내가 하는 질문에 하나씩 대답하는 거야. 할 수 있겠지?"

마치 어린아이를 타이르듯 나긋한 목소리에 지크는 목이 떨어져라 고개를 끄덕였다.

"이름은?"

"지, 지크 하이켄입니다."

"그럼 지크, 네 뒤를 봐주는 귀족은 누구지?"

말해도 되는 건가? 백작이 알게 되면 바로 목이 날아갈 텐데?! 지크는 망설였지만, 그의 목에 겨누어진 서슬 퍼런 단검 앞에서 솔직해지기로 했다.

"그, 그게 하눔 백작입니다."

"하눔 백작?"

의외의 인물에 로자리아는 눈을 가늘게 떴다. 하눔 백작이라면 교역을 맡는 무역관이 아니던가.

"바, 바렛사로부터 귀한 사치품을 수입하는 데 자금이 필요하다고 하였습니다."

"사치품?"

이미 바렛사와의 일은 끝난 터였다. 바렛사가 테베와 전쟁을 한 건 아니었으니 왕국에 배상금을 줄 일은 없었지만, 이스타샤에 열 배에 달하는 전쟁 배상금을 완납하지 않았던가. 그 뒤로 정신을 차렸는지 지독히 당해서 넌덜머리가 났는지, 마르쉬는 이스타샤가 있는 남쪽으로는 잠도 자지 않고 밥도 먹지 않는다고 들었다.

"사치품이라면……."

로자리아의 목소리가 한껏 낮아졌다. 바렛사에서 사들일 사치품이 뭐가 있지? 향료? 비단? 고래의 향유? 아마도 모두 정답은 아닐 것이다.

"오, 오늘 밤에 백작님의 집사와 만나기로 했습니다. 전해진 물건이 있다고 해서……."

지크는 개미가 기어가는 듯 작은 목소리로 대답하고는 유령이라도 본 것처럼 벌벌 떨었다. 오늘 밤 12시, 수도에서 조금 떨어진 서쪽 라벳 마을에 백작의 집사가 나온다는 정보를 입수했다.

"백작의 하수인이 왜 날 공격한 거지?"

"죄, 죄송합니다. 원래 습격하려던 건 아니었어요. 백작님께 심부름값을 받긴 했는데 술과 도박으로 탕진하다 보니…… 제가 돈에 눈이 멀어 그만 큰 실수를 저지르고 말았습니다."

말하지 않아도 대강 짐작이 갔다. 정체를 알고서―만약 정체를 알았다면 발바닥에 불이 날 정도로 뛰어 도망쳤을 것이다―저지르진 않았을 테고, 단순히 금화가 든 주머니가 탐났겠지. 로자리아는 그렇게 추측했다. 평민인 데다가 범죄자들이니 언제 죽여도 뒤탈이 없을 테고. 이런 놈들을 쓰는걸 보면 떳떳한 심부름은 아닐 것이다.

로자리아는 자리에서 일어났다. 정보를 캐내는 건 이쯤 하면 될 것 같고, 나머진 조사해 봐야 알 듯싶었다.

휘익. 로자리아는 입술을 둥글게 말고는 바람 소리를 냈다. 이윽고 기사단장이 도착하자 그녀는 끙끙 앓는 사내들을 돌아보았다.

"신분패는?"

"명령하신 대로 두 개의 신분패를 들고 왔습니다. 실제로 라벳 사람들이 쓰는 패라 의심하진 않을 겁니다."

로자리아는 기사에게서 라벳의 거주민임을 뜻하는 신분패를 건네받았다.

"수고했다. 이만 돌아가도 좋아. 아, 둘 중 한 명은 풀어주도록 해."

"알겠습니다."

"다른 한 명은 기절시켜서 마을 구석에 데려다 놔. 마치 실수로 놓친 것처럼."

"존명."

한 명은 왜 풀어주는지 의문이 들었지만, 기사는 하명하는 대신 여왕의 명령에 따랐다. 떠나가는 기사들을 지켜보던 로자리아는 라쉬드가 있는 쪽으로 몸을 돌렸다.

"라벳으로 한번 가 봐야겠어요."

"좋아. 이 김에 정리하는 편이 당신도 편하겠지."

"내가 신경 쓰는 거 티 났어요?"

"조금."

라쉬드는 그렇다고 답하며 어깨를 으쓱했다. 태생이 그런 것인지 아내에게 관심이 많아서인지 그는 그녀의 기분을 파악하는 데 능숙했다. 로자리아는 로브를 어깨에 대충 걸친 채 걷는 라쉬드를 붙잡았다.

"감기 걸려요."

그녀는 남편이 입은 로브를 꼼꼼한 손길로 잠갔다. 행여 풀릴까 봐 목의 매듭을 묶는 것도 잊지 않았다.

"방금 감기 걸려도 나쁘지 않겠단 생각을 했어."

"왜요?"

"좀 더 같이 있으려고."

"지금 같이 있는 걸론 부족한 거예요?"

"난 욕심이 많잖아. 휴가가 끝날까 봐 벌써부터 아쉬워."

"그래도 안 돼요. 감기에 걸리면 아이들도 옮잖아요."

"날 걱정한 게 아니었어?"

라쉬드가 시무룩한 얼굴로 묻자 로자리아는 솔직하게 대답했다.

"당신은 튼튼하니까."

"그거야 그렇지, 그냥 말뿐이었어."

그러고 보니 감기에 걸린 적이 손에 꼽았다. 공작으로서 한 해의 3분의 2를 케딜락에서 지내다 보니 추위에 무뎌진 것일 수도.

"로즈, 기다려 봐. 매듭 풀렸어."

"어라, 이게 언제 풀렸지?"

그는 로자리아의 코트를 단단히 여며 주고는 그녀의 걸음에 맞춰 걷는 속도를 늦추었다. 아내는 똑 부러진 타입이라 뭔가를 해주려고 해도 그녀가 먼저 나서서 일을 해결하곤 했다. 그래서인지 큰일을 한 건 아니었지만, 매듭을 정리해 준 것만으로도 흐뭇한 미소가 절로 지어졌다.

"그놈들이 빨리 잡혀야 할 텐데."

"오래가진 않을 거예요. 마음만 먹는다면 잡는 것쯤이야……."

"빨리 잡을 것 같아?"

"그럼요. 질질 끌 이유도 없고 바로 잡을 거예요."

"그래, 얼른 잡아야지."

라쉬드는 그렇게 말하면서도 속으론 내심 늦게 잡혔으면 좋겠다고 생각했다. 인장을 사칭하는 범인들을 잡으면 바로 이스타샤로 돌아갈 것이며, 이스타샤에는 오붓한 시간을 훼방 놓는 방해꾼들이 넘쳐 났던 탓이다.

"아이들은 잘 있겠지?"

"안 그래도 연락 받았어요."

"언제?"

"언제였지, 아까 가게에 들어가기 전에 받았던 것 같은데."

로자리아는 고개를 갸웃했다. 저녁쯤이었나? 아무튼 세 번이나 아이들은 잘 있다고 윈드로부터 전언이 왔었다.

"정령술사라서 그런 것도 되는 건가? 신기하네."

"나도 처음엔 신기했어요. 지금은 익숙해졌지만."

"나와는 안 되는 거야? 왕성에서 떨어져 있을 때 말이야."

"글쎄요, 사람하고는 안 해봐서 모르겠어요. 정령 중에서도 전언을 주고받는 건 윈드뿐이라……."

다른 정령과도 되긴 했지만, 윈드는 바람의 정령이었기에 거리의 제약이 적었다. 그래서인지 윈드와 먼 거리에서도 전언을 나눌 수 있었고, 테베에 있지 않아도 왕국을 다스릴 수 있었다.

"많이 쓰면 피곤해져서 가끔 쓰고 있어요. 왕국 일은 서신으로 많이 의논하는 편이고."

"그래?"

어쩐지 섭섭한 기분이 들었다. 윈드는 정령이었고, 무성체─남성의 모습을 띠긴 했지만 정령은 성별과 모습을 자유자재로 바꿀 수 있었다─였지만 질투가 나는 건 어쩔 수 없었다.

"정령이 부럽긴 처음이야."

"으음, 라쉬드가 정령술을 익히면 될 것 같긴 한데."

"내가?"

라쉬드의 눈이 반짝거리자 로자리아는 흠칫 뒤로 물러섰다. 의욕이 넘치는 남편을 보니 괜히 말했나 싶은 생각도 들었다.

"될 것 같기도 하고 안 될 수도 있고 잘 모르겠어요."

"될 것 같은데?"

언제든 로자리아의 목소리를 들을 수 있단 생각에 심장이 두근거렸다.

"열심히 배울 거야."

"정말요?"

"성력 때문에 쉽진 않겠지만 어떻게든 해보면 되겠지."

성력과 정령의 마나는 상충되서 배우기 힘든 편에 속했다. 라쉬드는 괜찮다며 웃었지만 그녀는 차마 남편을 따라 웃지 못했다.

"잘될 거예요."

"정말로 그렇게 생각해?"

"아마도……."

로자리아는 말끝을 흐리며 얼버무렸다. 라이작과 로이나의 경우에는 배우지 않아도 정령을 볼 수 있었고 정령술도 쓸 수 있었다.

"지금부터 배워 볼까?"

"어렵지 않겠어요? 정령어가 사람의 언어와 같이 체계가 있는 언어가 아니라서."

"으음, 정령이 보이기 시작했으니 해보면 잘할 것 같은데."

"그럴지도 모르겠네요."

"당신이 날 가르쳐 줘."

로자리아는 고심하다 고개를 끄덕였다. 곧바로 습득하는 건 어려울 테고 단어부터 하나씩 알려 주면 되려나.

"차근차근 가르쳐 줄게요."

"좋아, 그러면 '사랑해요'부터."

뭔가 낚이는 기분이었지만 로자리아는 슬며시 미소 짓고는 입술을 떼었다.

"아메르."

"아메르?"

"사랑한단 뜻이에요. 연인뿐만 아니라 가족, 친구에게도 쓰곤 하죠."

라쉬드는 '아메르'란 단어를 몇 번이고 입안에서 굴렸다.

"……아메르."

조금 어색하긴 해도 그는 제법 그럴싸하게 따라 했다.

"예쁘다는?"

"벨리카."

"'좋아해요'는 어떻게 말해?"

"똑같아요. 그것도 아메르."

로자리아는 라쉬드가 묻는 대로 정령어를 알려 주었다.

"그럼 키스해 달라는 건?"

흐음, 낮은 숨을 내쉬던 라쉬드가 그녀에게 나지막한 목소리로 물었다.

"루 베시토."

"이번 건 좀 어려운데. 루…… 베스?"

"루- 베시토."

루에서 한 박자 길게 쉬고, 베시토는 빠르게.

"아메르, 로즈."

쪽. 방심한 사이 그녀의 뺨에 차가운 입술이 닿았다. 라쉬드에게 손짓까지 해가며 열심히 설명하던 그녀의 눈이 깜빡였다.

"루 베시토."

라쉬드는 로자리아의 턱을 부드럽게 그러쥐고는 그녀에게 낮은 목소리로 속삭였다. 정령어를 처음 하는 것치곤 놀랄 정도로 정확한 발음이었다.

"처음부터 그러려고…….."

"들켰지만 이미 늦었어."

느슨히 올라간 그의 입꼬리가 호선을 그렸다. 겨울바람이 부는 거리에서 나누는 키스는 묘한 기분이 들게 했다. 그가 얼어붙은 뺨을 감싸자 따뜻한 온기가 느껴져 몸이 노곤해졌다. 손과 달리 그의 입술 끝은 무척 차가워서 얼음 사탕을 맛보는 것 같았다.

로자리아는 슬쩍 주위를 돌아보았다. 뒤를 따르겠다는 기사들을 전부 왕성으로 보내서 다행이었다.

"아깐 추웠는데……."

"나도."

"지금은 신기하게 안 춥네요."

"내가 하려던 말이었어."

추위 때문인지 눈이 마주쳐서인지 라쉬드의 귓불은 새빨갛게 달아올랐다.

"면역이 안 돼서 어쩌지?"

"뭐가요?"

"수년을 봤는데도 로즈 당신만 보면 떨려."

"그래요?"

로자리아는 아무렇지 않게 그에게 물었지만 절로 미소가 지어지는 건 숨기지 못했다.

수도에서 라벳까지 가는 건 어렵지 않았다. 그녀는 라쉬드와 함께 기사가 준비한 말에 올라탔다. 그들이 탄 말이 빠르게 라벳 마을로 내달렸다.

"조금만 더 가면 라벳이에요."

"생각보다 가까운데?"

"수도와 라벳은 붙어 있거든요. 수도에는 상단이 많고, 라벳은 무역업을 하는 이들이 사는 곳이에요."

"아, 수년 전에 마을을 만들었다고 했지."

라벳은 본래 탈세를 밥 먹듯이 했던 귀족의 영지였는데, 가문을 몰수한 후 무역업을 키우기 위해 지정한 특별자치마을이었다.

말을 타고 한 시간쯤 달렸을까. 멀지 않은 곳에서 일렁거리는 횃불이 그녀의 시야에 들어왔다. 스무 걸음만 걸으면 도착할 듯싶었다. 그녀의 시야에 자욱한 물안개에 둘러싸인 성이 보였다. 라벳성은 왕성과 비교했을 때 성이라고 부르기 민망할 정도로 작았다. 새벽에는 출입을 통제했기 때문에 라벳의 성문은 굳게 닫혀 있었다.

"경비병들도 매수된 건가?"

"그건 모르겠어요. 그럴 확률이 높긴 하지만 큰 문제는 없을 거예요."

라쉬드는 로자리아에게 물으며 성 위의 경비병들을 주시했다.

"받아요, 라쉬드. 자유민 패예요.

로자리아는 그녀가 쥐고 있던 두 개의 패 중 남자라고 새겨진 나무패를 내밀었다.

"우린 이대로 성문을 통과하면 돼요."

라쉬드는 그에게 내밀어진 패를 받고는 신기한 듯 신분패를 내려다보았다.

"테베어가 힘들면 말하지 않아도 돼요."

라쉬드는 고개를 끄덕이며 신분패를 품에 넣었다.

"우리 이대로 가면 발각되지 않아?"

"범인을 잡을 때까지 신분을 밝히지 않을 거예요. 머리와 눈 색이야

베리를 통해서 바꾸면 되니까."

눈앞에서 옅은 바람이 부는가 싶더니, 짙은 금빛의 잎이 살랑거렸다.

"예전에도 쓴 적 있지? 모습을 바꿔 주는 정령술 말이야."

"맞아요. 베리라고 모습을 바꿔 주는 정령이 있거든요. 간지러워도 참아요. 잠깐이면 되니까."

"참는 것쯤이야."

그러니까 보일락 말락 숨는 저 소년이 모습을 바꿔 주는 정령이라는 거지? 라쉬드는 베리를 보며 눈을 가늘게 떴다. 그와 눈이 마주친 베리는 흠칫 놀라다가 변신술만 쓰고는 곧바로 허공에서 사라졌다.

로자리아는 로브를 깊게 눌러쓰고는 라쉬드보다 앞서 성문을 향해 걸었다. 새벽에 사람이 찾아올 일은 드물었는지, 두 명의 경비병이 경계 어린 시선으로 로자리아를 쳐다보았다.

"신분패를 보이십시오."

"그러죠."

로자리아는 라쉬드와 함께 성문 밖에 있던 병사에게 다가가 신분패를 내밀었다.

"라벳 사람이군요?"

"맞아요."

"새벽에는 성문 출입이 불가한 건 알고 계시죠?"

"마람 항구 쪽에 문제가 있어 왕성을 갔다오는 길이에요."

"마람 항구는 우리 관할이 아닐 텐데요."

"백작님의 명령이 있었어요. 검역에 문제가 있어 검역관인 제가 갈 수밖에 없었죠."

"흐음, 알겠습니다. 요새 가짜 신분패를 쓰는 사람이 많아서요. 다른 사람의 것을 빌린다거나……."

"정말요? 간도 크네요. 걸리면 벌금이 얼마야?!"

"미친놈들이죠. 반년 생계값을 지불해야 하는데."

"미친놈들이야 그렇겠죠. 저같은 소시민으로선 신기할 따름이에요."

태연스레 입가를 가린 로자리아가 놀란 얼굴로 중얼거렸다. 지금은 바렛사와 무역하는 시기였고, 약 한 달간은 검문을 까다롭게 하라는 백작의 전언이 있었지만, 이들의 신분이 확실했기에 경비병은 성문을 열었다.

"들어가셔도 좋습니다."

"고마워요."

로자리아는 라쉬드와 함께 성문 안으로 들어섰다. 그들은 라벳성을 둘러보며 약속 장소로 걸음을 옮겼다.

"무슨 성이 이렇게 음침해?"

"그러게요."

"케딜락도 이렇진 않았는데."

'더 심했는데 잊은 거야?'

로자리아는 이상하다는 시선으로 그를 쳐다보았다.

"왜?"

"아니, 아무것도 아니에요."

"수상하긴 하네. 성안을 둘러봐야겠어."

성 안이라고 하기엔 바로 앞도 보이지 않을 정도로 컴컴했다. 밤이 깊었지만 로자리아와 라쉬드가 앞을 보는 데 지장은 없었다. 이와 별개로 새벽에도 돌아다니는 경비병과 기사가 있을 텐데, 아무도 보이지 않는 건 이상한 일이었다. 성 외곽을 돌아 중앙으로 향하던 길이었다. 나선으로 된 계단을 걷던 중에 자정임을 알리는 거대한 종소리가 세 번 울렸다.

"자정이에요."

"지하 3층에서 보기로 했었지? 5분쯤 더 가면 도착할 거야."

"한 번도 안 와 본 곳인데 어떻게 알아요?"

"성주의 감이라고 해야 하나. 케딜락 말고도 여러 성을 가 봤었고."

성의 구조, 탑의 높이, 성문의 위치, 성의 정문이 향하는 방향을 살피면 걸리는 시간을 대략 추측할 수 있었다.

"지금 별관이니까 다리만 건너면 본관이야."

"시간에 맞춰 딱 도착했네요."

"그나저나 별관이라 해도 시종이 없는 건 이상한데."

"그러게요. 이 넓은 성에 아무도 없다는 건 조금 이상하네요."

다리를 지나던 차에, 머리부터 발끝까지 두터운 명주로 감싼 사내들이 커다란 관을 옮기고 있었다. 그들은 한겨울에도 코트를 입는 대신, 명주옷만 걸치고서 땀을 뻘뻘 흘리며 다리를 건넜다.

'뭐지? 왜 그냥 건너는 거지?'

새벽에 다른 사람이 있으면 쳐다볼 법도 한데, 유령을 본 것처럼 슥지나가 버렸다.

"새벽에 관을 옮길 일이 있던가?"

라쉬드는 잠긴 목소리로 중얼거렸다. 이스타샤에는 더러운 취미를 가진 귀족이 많았는데, 새벽에 기사들을 이끌고 급습하면 저런 관이 무더기로 나오곤 했었다. 로자리아는 가라앉은 시선으로 백작이 머무는 본관을 바라보았다.

"라쉬드, 뭔가 감이 좋지 않아요."

"나도 그래."

"먼저 지하 3층으로 갈 테니 백작을 찾아가요."

"혼자 가겠다고?"

"별수 없잖아요? 집사를 잡으면 백작이 도망칠 수도 있으니."

"좋아, 이번에는 양보할게. 대신 소원 하나 들어줘야 해."

"하나론 부족할 텐데, 소원 두 개는 들어줄게요."

"좋아, 두 개 콜."

소원으로 뭘 말할 줄 알고? 라쉬드는 올라가려는 입매를 내리고는 낮은 한숨을 내쉬었다. 혼자 보내는 게 껄끄럽기도 하고 위험하긴 했지만, 그는 로자리아의 뜻에 따르기로 했다.

"도망치려는 낌새가 보이거나 위협을 해오면 붙잡아요. 여왕의 친위대라고 밝혀도 상관없어요."

"순순히 협조할 것 같진 않은데. 별다른 일이 없으면 시간을 벌게."

"몸조심해요, 라쉬드."

"로즈도."

로자리아는 고개를 끄덕였다. 그녀는 자신의 남편이 내심 걱정되긴 했지만, 별일 없을 거라고 되뇌며 지하로 향했다.

지하로 향하는 입구는 서재와 연결되어 있었다. 로자리아는 횃불을 든 채 서재 안을 둘러보았다. 주위를 탐색하던 중 재질이 특이해 보이는 책 한 권이 그녀의 시야에 스쳤다. 그녀가 발견한 건 금속으로 만들어진 책이었다.

'읽기 위해 만든 책은 아닐 테고.'

금속 재질만 아니었다면 겉보기엔 평범해 보이는 책이었다. 붉은 테두리에 검은 글씨로 '테베의 역사'라고 쓰여 있었고, 양식은 양옆에 있는 책과 같았다. 책을 꺼내 들자 웅웅 거대한 쇳소리가 서재 안을 울렸다.

달칵, 도르래가 돌아가는 소리와 함께 책이 꽂혀 있던 책장이 이동하며 문이 나타났다. 높이는 1m, 폭은 성인 남자 두 명이 두 팔을 뻗으면 닿을 정도. 이상한 문자가 새겨진, 견고한 철로 만든 아치형의 문이었다.

'역시 저 문은 함정이었나?'

로자리아는 횃불을 들고선 철문에 들어가기 위해 허리를 굽혔다. 그때, 낮고 굵은 소름 끼치는 비명이 들렸다.

'새벽에 하인들이 보이지 않는 이유가 있었어.'

횃불을 손에 든 로자리아는 다른 손으로 단검을 쥐었다. 그녀는 주저 없이 지하와 연결된 계단을 걸어 내려갔다. 계단을 다 내려가자 갈림길이 보였다. 네 갈래 길에서 그녀는 걷던 것을 멈추었다.

'북쪽에서 소리가 들려.'

고문을 하는 게 아니라면 저런 소리가 들릴 리가……. 로자리아는 곧장 소리가 나는 북쪽으로 향했다. 지하에 오자 진득한 습기가 그녀의 몸에 질척하게 달라붙었다. 비릿한 쇠 냄새와 이끼가 눅눅히 서린 것을 빼곤 이상한 점은 발견하지 못했다. 소리가 나는 진원지까지 가는 데 꽤 시간이 걸렸다.

로자리아는 턱 끝으로 흐르는 땀을 훔치고는 문 없이 뚫린 곳으로 걸음을 내디뎠다. 그녀가 마주한 건 쇠사슬에 양팔과 다리, 묶인 사내였고, 사내 외에 다른 사람은 보이지 않았다.

"왜 아무도 없는 거지?"

로자리아는 주위를 둘러보며 중얼거렸다. 자그마한 목소리였음에도 소리를 내지르는 것처럼 크게 울렸다.

그때, 귓가를 날카롭게 파고드는 정체를 알 수 없는 이명이 들렸다.

'가까워.'

로자리아는 그녀에게로 달려드는 무언가를 향해 단검을 휘둘렀다.

철푸덕, 바닥에 무언가가 떨어지는 소리와 함께 검은 물체가 꿈틀거렸다.

"이건……."

박쥐였다. 그것도 바렛사의 북쪽에서만 서식한다는 북부 동굴 박쥐.

'바렛사의 란 부족이 즐겨 먹었던 푸른 사막의 원인!'

실제로 본 건 처음이지만 수차례 책에서 보지 않았던가. 로자리아는 도망친 박쥐를 잡는 대신, 한쪽 벽에 은밀히 몸을 숨긴 백발이 희끗희끗한 노인에게로 다가갔다. 완벽히 숨었다고 생각했는지 노인은 화들짝 놀라며 철퍼덕 넘어졌다.

"백작께서 재밌는 일을 벌이시는군?"

짙은 사루비아색 머리칼에, 청록색 눈동자. 분명 여왕은 아니었다. 테베의 왕은 옅은 금발에 푸른 눈을 가진 미인이라 들은 적이 있다.

"누, 누구냐!"

"누군지 알려 주면 달라질 거라 생각하나?"

처음 보는 여인이었지만 알 수 없는 위압감에 몸서리가 쳐졌다. 짙은 살기가 깃든 시선이 집사의 몸에 내리꽂혔다.

"왕국민의 목숨으로 더러운 장난을 쳤을 때 예상했어야지."

로자리아는 단검 대신 데모나를 꺼내 들었다. 그제야 집사의 눈이 귀신이라도 본 것처럼 크게 떠졌다.

금빛의 레이피어! 테베의 기사단을 이끌었던 데모나 후작의 상징이자, 지금은 여왕의 검이었다.

"나는 바렛사와 붙는 놈들을 싫어해. 그것보다 더 싫은 건……."

로자리아의 시선이 절망스러운 고통에 비명을 내지르는 사내에게서 늙은 집사로 옮겨졌다.

"왕국민을 기만하며 왕을 우습게 보는 자들."

로자리아는 노집사의 목을 겨누던 검을 높이 쳐들었다. 그녀의 검이 떨어지고, 노집사는 덜덜 떨리는 눈동자로 그의 몸을 내려다보았다.

툭, 가차 없이 잘린 팔에 노집사는 비명을 내질렀다. 더러운 벌레가 꿈틀거리는 것을 보듯 로자리아의 시선은 차갑고 무감각했다.

"하눔 백작님은 여왕께서 아끼시는 가신이오. 여, 여왕 전하께서 용서치 않을 것이오!"

집사의 말에 로자리아는 눈을 가늘게 떴다. 아끼는 건 아니었고, 그저 일 처리에 능숙하기에 작위와 권한을 주었던 것뿐. 어지간히도 충성을 바쳐야 할 왕을 팔아 대는군. 백작을 두둔하는 발언에 그녀는 조소했다.

"여왕 전하께 잘 전해 드리도록 하지. 하눔 백작은 꽤 말 잘 듣는 충신이었다고."

로자리아는 지하를 빠져나가 곧바로 백작이 머무는 침실로 향했다.

"저, 저, 전하!"

그곳에는 하눔 백작이 나체로 두 무릎을 꿇고 있었다.

라쉬드는 가운을 내던졌다. 때마침 씻고 나왔을 때 급습했던 거였는데, 그녀에게 더러운 것을 보게 할 순 없었다.

하눔은 악의 무리로부터 그를 구하러 온 여왕이 반가웠던지 눈물 섞인 얼굴로 애타게 로자리아를 불렀다.

"저, 저 파렴치한이 라벳의 무역관이자 저하의 충신인 저를 갑자기 습격하고는 이유 없이 때리고 포박했습니다."

"오랜만이군, 하눔 백작."

로자리아는 속을 읽을 수 없는 얼굴로 백작을 내려다보았다. 만년설처럼 싸늘한 시선에 하눔은 움찔 몸을 떨었다. 그러나 그는 곧 용기를 내어 암살자를 올려다보며 소리쳤다.

"네 이놈! 여왕 전하께서 오셨으니 이제 네놈은 죽은 목숨이다!"

"그렇다는데."

재밌다는 듯 백작을 내려다보던 라쉬드가 로자리아를 보며 어깨를 으쓱했다.

"여왕 전하를 모독하고 백작인 나를 해하려고 한 죄, 죽음으로 갚아야 할 것이다!"

하눔이 피가 새어 나올 정도로 입술을 짓이기며 고함쳤다. 팔짱을 끼고선 벽에 몸을 기댄 라쉬드가 로자리아를 바라보며 물었다.

"이렇게 생각하시니요, 여보?"

"……!"

젠장, 말도 안 돼! 여보 소리에 백작의 눈이 빠져나갈 것처럼 커졌다.

"최소 사형이죠."

"충신 하눔 백작? 여왕 전하께서 사형이시라는군."

라쉬드는 벌벌 떠는 하눔에게 속삭였다.

"내가 성주로 있던 케딜락에선 반역자나 군 기밀을 유출한 자를 들개의 먹이로 주곤 했었지."

라쉬드는 괴물이라도 본 것처럼 덜덜 떠는 하눔을 보며 혀를 낮게 찼다.

"마르쉬가 그리 좋던?"

"어, 어떻게……."

라쉬드는 울먹거리는 하눔을 보며 입꼬리를 비스듬히 올렸다.

"좋으면 보내 줘야지, 별수 있겠습니까?"

"여보 말마따나 보내 줄 생각이에요."

이것만큼은 협박이 아닌 진심이었다. 패자(敗者)는 말이 없다고, 전쟁에서 졌으면 물러서는 법을 알아야 하건만.

"마르쉬가 아직 살 만한가 보네요."

"그놈이 아직 덜 맞았나 봐."

라쉬드는 마르쉬가 관심병이 생긴 건 아닌지 잠깐 고민했다.

"마르쉬가 덜 맞긴 했죠."

아무리 생각해도 그게 답이었다. 이스타샤에서 먼저 일으킨 정복전쟁은 아니었기에 바렛사를 침략할 이유가 없었고, 배상금과 바렛사의 남쪽 경계였던 바그둠을 받는 대가로 마르쉬를 살려 주었다.

"전하, 제가 어리석었습니다! 제, 제발……."

"이 정도 결과는 예상하고 저지른 일 아니었나?"

"저, 저는 단지 왕국을 위해서였습니다! 제가 아니라면 누가 라벳을 돌보겠습니까?"

"하눕 백작, 그대를 대신할 무역관은 얼마든지 많아."

어디서 나온 자신감인지 물어보고 싶을 정도였다. 어차피 백작은 소왕국과의 무역을 맡았고, 작은 규모는 아니었지만 큰 규모도 아니었기에 백작의 일을 대신할 이는 많았다.

"전, 전하!"

아쉬울 것 없다는 로자리아의 대답에 백작의 얼굴이 하얗게 질려 갔다.

"그대가 박쥐를 좋아하는 것 같으니 바렛사의 북부로 보내 주도록 하지."

"바, 바렛사만큼은……!"

"그대에게 거부권은 없어, 백작. 아니, 이젠 백작도 아니지."

뭐라고? 예상치 못한 충격에 정신을 잃었는지 하눕이 비틀거리며 땅을 짚었다. 그의 가문은 대대로 무역에 종사해 왔고, 본인도 영특했던지라 무역관에 임명했지만 그뿐이었다.

절그럭. 백작의 비명을 들은 기사들이 갑주를 걸친 채로 맹렬히 뛰었다. 그들은 눈썹이 휘날릴 정도로 달려오며 검을 빼 들었다.

"누구냐!"

"누가 감히 백작님을……!"

그 모습을 보던 라쉬드는 혀를 낮게 찼다. 주인을 닮아서 똥인지 된장인지 구분을 못 하는 놈들 천지였다. 기사들이 본 건 로브를 걸친 사내와 웬 여자에게 애처롭게 무릎 꿇고 빌고 있는 백작이었다. 검을 들어 굴복시켰다고 보기엔…… 무언가 이상했다. 그들은 아무런 무기도 들지 않았고, 심지어 사내의 허리춤엔 단검이 그대로 매여 있었다.

"신분을 밝혀라!"

무언가 이상한 낌새를 눈치챈 단상이 손을 들어 기사들을 제시했다.

"그나마 넌 똑똑해 보이는군. 이 정도면 되었나?"

라쉬드는 여왕의 친위대로부터 빌린 기사패를 보여 주었다. 정말인가? 아니면 가짜로 만든 패? 기사패를 본 단장의 눈이 커다래졌다. 같은 기사라 한들 일개 백작의 기사와 여왕의 직속 기사는 실력과 권한부터가 달랐다. 발치에서 보았던 여왕의 모습과는 조금 달랐지만, 단장은 만일의 가능성을 염두에 두며 주위를 살폈다.

"그대들은 백작의 기사이기 이전에 테베의 왕국민이다. 어찌하여 여왕의 앞에서 검을 드는가?"

"전하를 뵙습니다. 부디, 무례를 용서해 주십시오."

백작의 비명에 달려왔던 기사들은 들던 검을 내리고 무릎을 꿇었다. 그나마 제정신을 유지했던지 백작은 그의 기사에게 구해 달라고 입도 뻥긋하지 못했다.

"백, 백작을 어떻게 할까요?"

"이 시간부로 하눔 도네타의 백작위를 박탈한다. 죄인을 포박하도록."

"명에 따르겠습니다, 전하."

기사들은 착실히 움직였다. 그들은 백작과 같이 파직당하고 싶지 않았기에 여왕의 명령에 따라 일사불란하게 움직였다. 하눔 백작을 포박시킨 기사들은 성 아래에 있는 감옥에 백작을 가뒀다. 약속된 보수보다 항상 적은 값을 받아 왔던 단장에게선 눈 씻고 찾아봐도 백작에 대한 미련은 없어 보였다.

"백작이 무슨 짓을 해왔는지 알겠지."

"모두 제 책임입니다, 전하."

죽고 싶지 않아서 백작의 명령에 따랐다는 건 변명이 되지 않는다. 배우지 못한 평민과 다치고 굶주린 이들을 위해서 의료원과 구휼소를 세우긴 했어도 철의 여왕이라 불리는 이였다.

"관에 든 건 무엇이지?"

"란 부족의 시신입니다."

란 부족이라면 푸른 사막에 걸렸던 바렛사의 소수민족…… . 낮게 중얼거린 로자리아의 낯이 서늘하게 굳어졌다.

"모두 수거해 와."

"알겠습니다, 전하. 기사들을 시켜 수거하겠습니다. 모은 시신들은 땅에 묻을까요?"

"땅에 묻으면 전염병이 퍼지는 건 순식간이야. 불에 태우도록."

마음 같아선 바렛사의 수도로 보내고 싶었지만, 전염병에 걸린 시신을 무기로 쓰고 싶진 않았다. 만약 바렛사에 전염병이 다시 발발한다면 이스타샤도 무사하지 못할 것이다.

"항구를 통해 들여왔으니 다시 바렛사로 보낼까요?"

"어찌어찌 들여왔을진 몰라도 다시 보내는 건 더욱 위험해. 시신은 모두 수거해서 불에 태운다."

"그러면 수도에서…… ."

로자리아의 시선이 더욱 싸늘해지자 단장은 몸을 움츠렸다. 하눔 백작의 명령만 들었지, 그는 전염병에 무지한 기사였다.

"수도와 멀리 떨어진, 사람이 살지 않는 외곽으로 옮긴다. 관을 들 땐 전염병에 걸리지 않도록 코와 입을 두꺼운 천으로 가리고, 보호 의복을 착용하도록. 이를 지키지 않은 자는 엄중한 책임을 물어도 좋다."

"명, 명심하겠습니다."

"백작의 기사였던 그대들에게 죄가 없는 건 아니나, 이번 일을 무사히 넘긴다면 죄를 감해 주도록 하지."

"감, 감사합니다. 목숨을 바쳐 무사히 소각하겠습니다."

기사가 긴장이 역력한 얼굴로 답했다. 주위를 한차례 둘러보던 로자리아가 말했다.

"지하에 박쥐가 있을 터."

"제가 달려가 당장 잡겠습니다."

"지휘는 누가 맡지?"

"……제, 제가 맡겠습니다. 기, 기사들을 시켜서……."

치밀하지 않고 멍청해서 다행이군. 로자리아는 허둥대는 단장을 보며 중얼거렸다. 수족의 상태가 저러니 백작의 만행이 빨리 들킨 거였다.

"내일 당장 왕성에서 사람을 보낼 테니 관을 지키도록. 내가 내렸던 명령은 잊어도 좋다. 누구든 관에 접근하지 못하도록 해."

단장을 차가운 시선으로 내려다보던 로자리아는 짙은 한숨을 삼키며 명령했다.

"지, 지하의 박쥐는 어찌할까요?"

"그것까진 신경 쓸 것 없다. 단, 백작이 풀려나면 그대들의 목도 같이 잘리게 될 거야."

로자리아는 엄중히 경고하고는 라쉬드와 함께 지하 3층으로 향했다. 기사들에게 박쥐 처리를 맡길 생각은 없었다. 테베 왕국은 전염병의 근원지였던 바렛사의 북부와 멀리 떨어져 있었다. 그래서 왕국민에게 푸른 사막은 생소한 병이었고, 이들은 전염병에 무지했으며 대처하는 기본 방법조차 몰랐다.

'박쥐를 검으로 베어서 피가 튀는 순간 더 위험해질 거야.'

여왕이라고 명령만 내리는 건 아니었다. 지금으로선 정령술을 쓸 줄 아는 그녀가 나서는 게 최선이었다. 박쥐를 처리하는 건 어렵지 않았다. 그녀는 불의 정령인 화목(火木) 플레어를 불러 지하의 천장에 숨어 있던 박쥐를 불태웠다.

이를 지켜보던 라쉬드가 신기한 듯 플레어를 내려다보았다. 그의 시선이 로자리아의 발치에서 헥헥거리며 자신을 멀뚱멀뚱 올려다보는 불의 정령을 향했다.

"불의 정령은 처음 봐."

"잘 부를 일이 없으니까요. 게다가 고고한 정령이라 정령계에서 불러내기 까다롭거든요."

"며칠 전에 아이들이 있을 때 벽난로에서 소환하지 않았어?"

"……그랬던가?"

고고하긴 하지만 어린아이를 좋아하는 터라, 난로 겸 아이들과 놀아 달라며 불러 내곤 했는데……. 로자리아는 머쓱한 얼굴로 뺨을 긁적였다.

"난 그게 애완동물인 줄 알았지."

"아, 플레어는 사람 형체를 띠지 않으니까요."

"굳이 따지자면 날개 달린 개?"

플레어를 유심히 보던 라쉬드가 혼잣말을 이었다.

"아무리 봐도 정령이라기보단 불내는 개……."

은근히 자신을 소외시키던 새침데기 윈드를 봐서 그런지, 눈앞의 불의 정령은 굉장히 귀여워 보이는 강아지였다. 사나운 들개를 잘 다루던 라쉬드로선 숨을 안 쉬어도 되면서 작고 붉은 혓바닥을 내미는 플레어가 친숙하게 보였다.

"이리 온."

플레어의 빨간 동공이 커지는가 싶더니, 다시 좁혀졌다. 귀를 쫑긋 세우던 플레어는 바닥에 누워 자그마한 두 발에 고개를 묻었다.

"라쉬드에게 관심 없다네요."

"졸린 게 아니고?"

"저건 잠 오는 게 아니라 관심 없다는 뜻이에요. 부르지 말라는 거 같기도 하고."

"아이들은 잘 따르던데?"

"플레어는 남자를 싫어해요. 특히 성인 남자."

"왜?"

라쉬드가 억울하다는 듯 물었지만 로자리아는 그 이유를 모르겠다며 어깨를 으쓱할 뿐이었다.

"그런데 불의 정령이 왜 강아지 모습을 한 거지?"

"플레어가 가장 마음에 든 생물이 버려진 강아지였고, 옛 친구의 모습을 따라 한 거예요."

따지고 보면 수컷 강아지이긴 한데, 정령이라 그마저도 모호했다.

강아지의 모습을 해서 그런지 말도 잘 하지 않았고, 가끔 화가 나면 짖거나 불만이 있으면 끼잉거리곤 했다.

"윈드처럼 말하는 건 어려운 건가?"

"말할 수 있는데 변화한 생물에 맞춰서 그런지 사람처럼 말하진 않아요."

"할 수 있는데 일부러 말 안 하는 거라고? 똑똑한 개로군."

"웬만한 학자보다 아는 게 더 많을걸요? 강아지의 모습을 하기 전에는 고대 대현자로 살았거든요."

"지금은 왜……."

"윈드에게 듣기론 한때는 사람으로, 어쩔 땐 사루비아로, 어쩔 땐 나비로 모습을 바꾼다고 하던데 이유는 잘 모르겠어요."

'멍멍', '헥헥', '끼잉끼잉'만 하는 저 강아지가?

주인의 말은 잘 안 듣지만, 아무리 봐도 순진무구한―지금 보니 꽤 능글맞아 보였다―강아지로 보이는데.

"플레어, 손."

"……."

마치 '뭐래, 이 어린 XX가?'라고 쳐다보는 눈빛이었다. 말은 하지 않아도 동그란 눈을 세모꼴로 치켜뜬 걸로 봐선.

"로즈 당신 말대로 말은 잘 안 듣네."

"우리보다 나이가 많으니까요. 다른 정령이야…… 잘 들어주지만, 플레어는 쉽지 않은 정령이에요."

더 충격적인 건, 그 고지식하고 냉철한 바람의 정령, 윈드가 앙증맞은 두 발이 화염에 휘감긴 이 강아지에게 '형님'이라 부르는 것이었다.

'뭘 자꾸 쳐다봐? 촌뜨기가 정령 처음 보나.'

플레어는 심드렁한 눈빛으로 라쉬드를 훑고는 툭툭 꼬리로 바닥을 쳐 댔다.

'다 커서 귀엽지도 않은 게 뭘 봐.'

무관심. 귀찮음. 탐탁지 않음. 플레어의 감정을 읽어 낸 로자리아는 그를 돌려보내기로 했다. 왕왕 짖는 소리가 사람의 말로 들리자 라쉬드의 얼굴이 심각해졌다. 아이들이 플레어 보고 대화하면서 꺄르륵 좋아할 때만 해도 동심은 다르네라고 넘겼는데.

"아, 플레어가 해줄 일이 있어요."

"왕."

"좀 어려운 부탁이긴 한데……."

"왕."

라쉬드를 대할 때와는 완전히 다른 태도였다. 꼬리를 세운 플레어가 헥헥대며 자그마한 몸을 일으켰다.

"사막에 가 본 적 있어요?"

"왕."

가 본 적 있다는 뜻이다. 그것도 세 번이나. 플레어는 하얀 찹쌀떡 같은 발을 로자리아의 손등에 올리며 짖었다.

"율리아의 신전에 가 본 적 있죠? 길 안내를 부탁할까 해요."

"왕왕."

플레어는 고개를 갸웃했다. 사막은 텁텁하고 멀어서 가기 싫어. 귀찮기도 하고. 정령의 중얼거림을 들은 라쉬드의 얼굴이 더욱 묘해졌다.

"개다래나무 줄게요."

"……왕?"

익숙한 단어에 갸웃거리던 플레어는 이번에는 거절하지 못했다.

해줄 듯 말 듯 교묘한 태도로 로자리아를 헷갈리게 하던 플레어가 개다래나무에 회까닥 넘어간 것이다.

"사막에 가기 전에 나라 하나 구경하는 것도 나쁘지 않을 거예요."

"저 강아지를 데리고 바렛사에 가려고?"

"왕."

좀 귀찮긴 해도 가는 김에 바렛사라는 나라에 가 주기로 했다. 로자리아는 플레어를 품에 안고 라쉬드와 함께 라벳성 밖으로 나섰다. 한참을 꾸벅 졸던 플레어는 제 발밑을 내려다보았다. 뭔가 거슬린다 했더니 눈이 펑펑 내리는 한겨울이었다.

'젠장, 발 시려.'

플레어는 로자리아의 발치에 앉고선 하암 하품을 했다.

"갈 거죠, 플레어?"

"왕."

뭔가 이상하다고 생각한 라쉬드가 운을 떼었다.

"로즈, 개다래나무는 고양잇과 동물이 좋아하는……."

"쉿!"

"그런 거였어?"

라쉬드는 안타까운 시선으로 홀라당 넘어가 버린 순진무구한(?) 플레어를 내려다보았다.

"마르쉬를 찾아갈 생각이에요."

"바렛사와 다시 전쟁을 하겠다고?"

"그럴 리가요. 이제야 겨우 이스타샤가 안정을 되찾았는데 전쟁을 일으킬 순 없죠."

전쟁을 일으켜서 얻는 이익보다 손해가 더 많았다. 무엇보다도 전쟁이 나면 휘말리는 건 제국민이었다.

"전쟁은 위험이 너무 커요. 경고의 의미로 위협할 생각이에요."

"강아지를 데리고 나가면 웃을 것 같은데."

"뭐, 그렇긴 해요. 겉보기엔 전혀 위협적이지 않으니까."

라쉬드는 의심스러운 눈길로 플레어를 훑었다. 저 조그마한 발로 귀를 긁는 무신경해 보이는 강아지가 위험이 될까? 라쉬드가 플레어를 보며 가졌던 의문은 오래지 않아 풀리게 되었다.

바렛사에서 들인 박쥐도 처리했고, 사흘 만에 란 부족의 시신도 무사히 소각을 마쳤다. 혹시 몰라 푸른 사막의 증상을 널리 알리고, 날것을 먹지 않고 물을 끓여서 마시는 등의 예방법까지 널리 알렸으니 별 탈은 없을 것이다.

로자리아는 휴가의 마지막 날, 테베의 성안을 둘러보았다. 왕성의 서쪽 성에 버려졌던 빈 창고에는 이페리아 잎이 가득 들어찼다. 신기한 듯 이페리아 잎을 만지작거리던 라이작이 불퉁한 얼굴로 물었다.

"너무해요, 어머니. 로이나와 저만 두고 가신다니."

"금방 돌아올 거야, 라이."

"치, 거짓말. 이것도 아버지가 세운 계획이죠?"

라이작의 투정에 라쉬드는 한쪽 눈썹을 추켜세우며 말했다.

"우린 놀러 가는 게 아니야. 바렛사를 치러…… 외교상 문제가 있어서 가는 거지."

"치러 가는 거예요? 바렛사를?"

"뭐, 아무튼."

"저도 알 거 다 알아요. 박살 내러 가는 거죠?"

"박살이라니? 우리가 무슨 야만인노 아니고."

로자리아가 말도 안 된다는 듯 눈을 크게 뜨며 되물었다. 그런 아내를 보던 라쉬드도 덩달아 거들었다.

"어머니와 아버진 평화적으로 해결하려고 가는 거야. 그렇지, 로즈?"

"그렇죠, 호호."

"그런 거라면 이해해 드릴게요."

이해? 무슨 이해? 로자리아는 생각보다 순진무구하지 않은 라이작을 보며 옅은 한숨을 삼켰다. 하기야, 황위를 이을 후계자이니 오히려 이편이 더 나을지도. 좀 더 크기 전까진 라이가 순진무구한 아이로 자랐으면 했는데, 제국이 돌아가는 상황을 놀랍도록 자세히 파악하곤 했다.

"어머니 말씀 들었지? 로이나, 당분간 테베에서 지내는 거야."

"응."

"로이나, 어머니 며칠 못 봐도 섭섭하지 않아?"

"응, 삼촌이랑 놀 거야."

그 나잇대의 아이들이라면 보통 어머니를 찾게 마련인데, 쿨한(?) 4살 딸을 보며 로자리아는 말로 설명할 수 없는 묘한 감정을 느꼈다. 뭘까, 이 기분. 대견하기도 하면서 시원섭섭하다고 해야 하나.

"아버지를 못 봐도?"

"응! 삼촌이랑 놀 거예요!"

"그, 그래. 재밌게 놀아야지."

로자리아는 당황했지만 능숙하게 표정을 감추며 대답했다. 그녀는 슬쩍 라쉬드를 돌아보았다. 역시나, 라쉬드는 아무렇지 않은 건가? 아니, 조금 슬퍼 보이는 것 같기도 하고.

"아버지 다녀올게. 어머니는 걱정 마. 아버지가 잘 지킬 테니까."

"알아요, 로이나는 제가 지킬게요."

라이작이 자기만 믿으라는 듯 어깨를 으쓱 치켜올렸다. 라이작이 아이치곤 대범하긴 해도 아직 어린아이였다. 그럼에도 라쉬드는 웃거나 놀리는 대신 '라이, 너만 믿는다'며 고개를 끄덕여 주었다.

"로이나, 우리가 없는 동안 삼촌이랑 오빠 말 잘 들어야 해."

"응! 잘 갔다 와요."

어제 윈드와 함께 눈사람을 만들던 것이 재밌었던 모양이었다. 빨리 나가고 싶은지 로이나의 발가락이 꼼지락거렸다.

'하여간, 둘 다 로즈 닮아서 귀엽다니까.'

라쉬드는 말없이 두 아이를 꼬옥 품에 안아주었다. 그러고는 라이작과 로이나의 뺨에 뽀뽀하는 것도 잊지 않았다.

"아이들은 제가 잘 볼 테니 두 분 다 걱정 마세요."

"고마워, 윈드. 잠시만 부탁할게."

로자리아와 라쉬드는 아이들을 테베에 두고 바렛사로 떠났다. 북부 케딜락에 들린 후 바로 바렛사와의 경계, 바그둠으로 향할 생각이었다. 전쟁을 일으킬 것도 아니었고, 바렛사의 군대가 이스타샤로 올 일은 없었다. 그러니 아이들이 이스타샤에서 지내도 별 탈 없겠지만, 윈드도 있고 바렛사와 거리가 떨어진 테베에 두는 편이 더 나을 듯싶어 내린 결정이었다.

오랜만에 찾은 케딜락은 예전과는 많이 바뀌어 있었다. 무너진 성을 보수했고 성벽에는 바르세데스의 검은 기와 데모나의 금빛 기가 꽂혀 있었다. 바그둠으로 떠나기 전, 케딜락에서 사흘간 머물 예정이었다. 로자리아는 그녀를 보고 한걸음에 달려오는 여인을 보며 반색했다. 로자리아는 팔을 활짝 벌려 그녀에게로 달려오는 멜라니를 와락 끌어안

앞다. 라쉬드는 성의 가신들을 만나러 먼저 떠난 후였다.

"로즈 님!"

"이게 얼마 만이야. 멜라니, 잘 지냈어?"

"그럼요. 신경 써 주신 덕분에 잘 지내고 있는걸요."

"코끝이 빨간데?"

"며칠 전에 너무 추웠던지 감기에 걸렸어요."

"검을 만드는 것도 좋지만 감기 조심해야 해."

로자리아는 제법 앳된 모습을 벗은 멜라니를 보며 옛 기억을 떠올렸다. 7년 전의 멜라니는 허리까지 길게 머리를 기르고 원피스를 입은 소녀였다. 지금은 사내보다도 더 머리를 짧게 치고선 흙에 더러워진 바지를 입고 있었다.

"그래야죠, 로즈 님. 검을 만들다 보면 추운지 더운지 모를 때가 있더라구요."

멜라니는 뒤통수를 긁적이며 쑥스러운 미소를 띠었다. 듣기론 글로리아의 가주인 더글라스에게 제련 수업을 받고 있다고 했다. 멜라니는 북부 명장의 딸이었지만, 아버지가 돌아가신 후 귀한 재료를 만져 본 일이 손에 꼽을 정도로 드물었다. 더글라스가 깐깐한 스승이긴 해도, 제법 세심하게 가르쳐 주는 듯했다.

"아델은? 북부에서 지낸다고 하지 않았어?"

"며칠 전에 오셨는데 얼마 되지 않아 떠나셨어요. 용병 일을 하신다나."

"용병? 성기사인 아델이?"

의외의 일이었다. 아니타를 믿고 따르던 성기사 일을 진작 때려치우긴 했지만, 황성 소속이든 가문 소속이든 정식 기사가 될 거라 생각했었다.

"데모나의 검이 되고 싶다고 하던데요?"

"내겐 그런 말 없었는데?"

로자리아는 의아한 얼굴로 '아델이 그런 말을 했었어?'라고 중얼거렸다. 멜라니는 아델이 왜 말을 하지 않았는지 알 것 같았다. 로자리아는 그녀가 동경하는 사람이었고, 아직까진 섣불리 말을 하고 싶지 않았던 탓이다.

"지오 경을 뛰어넘을 때까지 기사는 하지 않겠다고 했었는데, 돌아오면 제가 검을 만들어드리기로 했어요."

"아델이라면 잘할 거야."

빈말은 아니었다. 실력을 키우기 위해 용병이 된다는 것도 쉽지 않은 결정일 테니. 멜라니와 담소를 나눈 로자리아는 케딜락을 나섰다. 사흘 전, 바렛사에 공식 서신을 보냈으니 마르쉬와 만날 참이었다. 케딜락의 가신들이 바그둠으로 떠나는 황제 부부를 마중하기 위해 성 밖으로 나섰다. 허리춤에 검을 찬 기사들도 일렬로 서서 배웅할 준비를 마쳤다.

"뵙게 되어 영광이었습니다, 황후마마."

"부디 살펴 가십시오, 폐하."

로자리아와 라쉬드를 향해 가신들과 기사들이 정중히 묵례하며 예를 취했다.

'라쉬드와 함께 지냈던 곳…….'

로자리아는 케딜락을 떠나기 전 다시 한번 성의 정경을 두 눈에 담았다. 바르세데스의 병사들과 목숨을 걸고 항전했던 것은 쉬이 잊지 못할 기억이었다.

아르헨 누벨은 해먹 위에서 잠을 청했다. 이백 걸음만 더 가면 창을 든 바렛사의 병사들이 주둔해 있겠지만, 그는 마치 휴양지라도 온 것처럼 느긋하게 휴식을 취했다. 주위에 용병들이 얼어 죽겠다며 투덜거려도 그의 귀엔 들리지 않았다.

"아아, 하늘은 이다지도 맑은데 내 인생엔 마가 꼈나."

"마가 끼긴 했죠. 정확히는 대장이 사서 고생한 거지만."

"이 자식이? 고생은 무슨! 너, 백작위가 그냥 나오는 건 줄 알아?"

"직위도 받았겠다, 돈도 어마어마하게 받았겠다, 그냥 왕국 수도에 박혀서 희희낙락하며 살지 뭐하러 여긴 또 왔어요."

"타고난 용병이라 그런지, 왕실 회의만 들어가면 울화통이 터지더라고. 그냥 저놈들 감시하게 북부로 보내 달라고 했어."

사실은 재미없는 왕성 생활을 벗어나고 싶은 마음이 제일 컸다. 여왕은 포상에 후했다. 약속대로 백작위와 영지, 귀족으로서 가문을 운영할 수 있는 재산을 주었지만 처음에만 좋았지, 나중에는 영지에 틀어박히는 생활에 몸이 쑤셔 못 참을 정도였다.

"서신은 잘 전달했겠지?"

"그럼요, 누구 명령인데 실수가 있겠습니까?"

"너야 목이 잘리면 그만이지만, 나는 목만으론 안 끝날 거거든."

"……그 정도예요?"

누벨의 용병대장이자 왕국의 백작이 된 아르헨은 고개를 끄덕였다. 약속 시간이 다 되었는지 무척 굳은 얼굴의 사내가 열 명의 기사를 이끌고 아르헨이 있는 진지로 오고 있었다.

"이런, 바렛사의 황제가 먼저 도착하겠는데?"

"기다리는 걸 무척 싫어한다는데 일 나는 거 아니에요?"

"그래 봤자 마르쉬는 여왕 전하께 깨깽 하는 수사자야. 패배의 굴욕감이 머리 골수까지 가득 들어차 있는."

아르헨은 재미난 구경거리를 훔쳐보듯 눈을 크게 떴다.

"아, 저기 오신다."

아르헨은 빠르게 달려오는 말을 보고선 벌떡 자리에서 일어났다.

"여왕 전하께서 오셨군. 맞이하러 가야겠어."

언제 해먹에서 게으름을 피웠냐는 듯 아르헨은 칼 같은 태도로 일어나 복장을 점검하고 로자리아를 향해 달렸다. 다행히 늦지 않게 여왕을 만날 수 있었다. 그녀의 곁에는 7년 전이나 지금이나 젊은 황제가 있었다.

"아르헨 누벨, 주군을 뵙습니다."

"수고했다, 누벨."

로자리아는 이스타샤의 황후이기도 했지만, 아르헨에게 있어 그녀는 테베의 왕이자 주군이었다. 그때, 아르헨의 발밑에 거대한 그림자가 지는 듯싶었다. 그는 고개를 살짝 들고선 그림자의 주인을 확인했다.

"이스타샤의 태양을 뵙습니다."

"오랜만이군, 누벨 백작."

"뵙게 되어 영광입니다. 폐하께 율리아의 축복과 영광이 함께 하길."

로자리아에게 깍듯이 예를 취하던 아르헨은 라쉬드를 보고선 가슴에 손을 얹고 예를 표했다. 그 모습을 지켜보던 로자리아는 담담한 얼굴로 아르헨에게 명령을 내렸다.

"큰 소란은 안 나겠지만 행여 문제가 생기면 그대가 정리하도록."

"명심하겠습니다, 주군."

"자, 그럼 마르쉬를 보러 가 볼까?"

로자리아는 얌전히 기다리는 말의 고삐를 다시 잡아당겼다. 그녀의 말이 마르쉬가 기다리고 있을 막사로 향했다. 오랜만에 본 마르쉬는 조금 달라져 있었다. 목을 겨우 덮는 백발에, 핏기가 서린 붉은 눈이 희번덕거렸다. 마치 뱀이 사냥을 노리듯 그의 눈에 짙은 살기가 잠식되어 있었다.

"전쟁에 대한 일은 모두 처리했을 텐데, 굳이 나를 바그둠으로 부른 이유가 뭐지?"

"뭐기는, 알면서 왜 물어?"

처음 봤을 때와 완전히 다른 태도였다. 로자리아는 느긋하게 소파에 몸을 기대고는 고개를 살짝 뒤로 젖혔다. 케딜락에서 쉬지 않고 달린 터라 온몸이 뻐근했다. 추를 매단 듯 목은 무거웠고 어깨는 결렸으며 자잘한 통증까지 뼈를 휘감는 듯했다.

"생각보다 빨리 눈치챘어. 왕국에 전염병이 퍼졌으면 손쓸 도리가 없었을 텐데."

"너무 쉽게 인정하는 거 아니야?"

"상관없어. 어떻게든 내 입에서 그 말이 나오게 할 거 아니었나?"

"알면 됐어. 이야기가 빨라서 좋네."

황족끼리의 대화라고 보기엔 서로에 대한 예의라곤 없어 보였다. 그러나 이스타샤와 바렛사의 기사들에겐 익숙한 모습이자 그다지 놀랍지 않은 일이었다. 마르쉬는 교묘한 미소를 입가에 걸치며 말했다.

"혼자 나올 줄 알았는데 이스타샤의 황제까지 부를 줄 몰랐지."

"부부는 일심동체란 거 모르나?"

"네가 버림받은 개처럼 여왕 뒤꽁무니를 졸졸 따라다니는 건 알지."

"아아, 그랬나?"

그런 모욕을 들었음에도 눈앞의 황제는 화난 기색이 아니었다. 이스타샤 황제의 짙은 흑발도, 속을 알 수 없는 보랏빛 눈동자도 그대로였다. 달라진 점이 있다면 얼음기둥에 휩싸인 불 같던 사내의 내면을 더욱 알기 힘들다는 점이었다. 라쉬드는 마르쉬에게 이유 모를 미소를 한번 짓더니 입가에 유려한 호선을 그리며 말했다.

"그대가 우리에게 살려 달라 애절하게 빌었던 건 기억나지 않고?"

"지금 뭐라고……!"

"아아, 화내지는 마. 상처 주려던 건 아니었어."

"넌 예나 지금이나 개새끼야, 라쉬드 폰 바르세데스."

"바그둠을 내어주는 대신 살려 달라고 하더니, 요새 좀 살 만한가 봐?"

라쉬드가 눈을 가늘게 뜨며 말하자 마르쉬는 주먹을 거세게 그러쥐었다. 딱 한 대만 때리면 소원이 없겠다. 그 생각을 할 때쯤, 마르쉬의 기사들이 허리춤에 매어진 검으로 손을 가져다 대었다.

"주인 닮아서 참을성도 없고 급해."

로자리아는 백잎차를 마시며 나지막한 목소리로 중얼거렸다. 그녀의 발밑에 작은 짐승의 새하얀 꼬리가 살랑거렸다. 무모한 건지 전쟁에서 이겼다는 자만심 때문인지, 바렛사의 군대가 주둔한 것도 모르고 여기까지 기어 오다니. 마르쉬는 이죽거리며 입꼬리를 미끄러뜨렸다.

"여기까지 온 걸 후회하게 될 거야."

후회? 잘못 들은 건가? 로자리아는 말도 안 되는 허무맹랑한 이야기라도 들은 것처럼 고개를 갸웃했다. 그녀에게로 점점 좁혀 오는 기사들을 보면서도, 로자리아는 막사 밖의 아르헨을 부르는 대신 느긋하게 차를 마셨다. 라쉬드는 가늘게 떠진 눈으로 기사들을 노려보았다. 그때, 긴장감이라곤 눈곱만큼도 찾아볼 수 없는 낭랑한 목소리가 막사에 울렸다.

"좀 춥지?"

"안 본 사이에 미친 건가, 여왕?"

"나는 좀 추운데 다들 바렛사 출신이라 그런지 추위를 안 타나 보네."

그렇게 중얼거린 로자리아가 자리에서 일어섰다. 그와 동시에 그녀의 발치에 숨어 있던 하얗고 작은 짐승이 튀어나왔다.

"이 개새낀 뭐야?"

"내 사랑스러운 정령보고 한 말이야?"

로자리아는 낮은 웃음을 터뜨렸다. 개의 형상을 띠긴 했지만, 기사가 말한 건 플레어가 가장 듣기 싫어하는 욕이었다. 기사가 플레어를 차기 위해 발을 든 참이었다. 그걸 보던 플레어의 동공이 맹수의 것처럼 날카로워지며 번뜩였다.

"오히려 명분이 주어지면 우리에겐 반가운 일이지."

무슨 명분이냐고 마르쉬가 묻기도 전에, 로자리아는 눈을 내리깔곤 고요한 목소리로 정령어를 읊었다. 어디선가 우드득 뼈가 뒤틀어지는 소리가 들리더니 단단한 나무로 지은 막사가 한순간에 부서졌다. 여왕의 발밑에서 꼬리를 말고 멀뚱히 눈을 뜨던 동물이 어느새 붉은 갈기가 달린 거대한 흰 늑대로 변했다.

"인페르노."

로자리아가 정령어를 읊자 플레어는 날카로운 송곳니가 달린 입을 옆으로 벌렸다.

화르륵. 기사들이 비명을 지르기도 전에 시뻘겋고 거대한 화염이 그들을 전부 삼켰다. 거대한 불길이 바그둠에 치솟자 마르쉬는 아연실색한 얼굴로 로자리아를 쳐다보았다.

"각오는 하고 저지른 일이겠지?"

"황제인 나를 죽인다면 바렛사와의 전쟁을 각오해야 할 거다!"

로자리아는 무감각한 눈길로 마르쉬를 내려다보고는 멀지 않은 곳에서 대기하고 있던 아르헨을 손짓으로 불렀다.

"바렛사의 황제, 아니, 폐위된 황제께서 이스타샤를 구경하고 싶다더군."

"현명한 선택이십니다, 폐하."

"네년이 감히 내게……!"

로자리아는 기사에게 눈짓을 보내 마르쉬의 입을 다물게 했다.

"7년 전 이스타샤의 땅을 밟지 못한 게 한이 된 모양이야. 황성 감옥으로 안내해 주도록."

다행인지 불행인지, 마르쉬에겐 황녀 비올라 말고도 다른 형제자매들이 있었다.

마르쉬가 황위에 오르기 전 그들을 반쯤 도륙 냈다고 들었다. 그런 마르쉬가 바렛사에서 사라진다면 목에 핏대를 세우며 환호할 것이다. 바렛사의 새로운 황제는 이스타샤에 반기를 들지 못하는 자로 뽑을 생각이었다.

로자리아와 그렇게 결정한 라쉬드는 불에 통째로 구워진 기사들을 바라보다가 막사 안을 빠져나갔다. 이미 바그둠은 플레어와 그의 검으로 인해 아수라장이 된 상태였다. 채 도망가지 못한 바렛사의 병사들이 허둥거리며 북쪽으로 부리나케 뛰었다.

마르쉬는 무릎을 꿇고 앉은 채로 그 모습을 지켜보았다.

"전리품이 된 기분이 어때?"

"……."

"아니었나? 별 쓸모는 없는 전리품."

마르쉬는 대답하는 대신 이를 갈며 로자리아를 노려보았다. 살기가 깃든 시선에도 그녀는 기사들에게 명령만 내릴 뿐, 별다른 관심을 주지 않았다.

"욕심이 컸어, 마르쉬 히킨샤."

저항할 것 같았던 마르쉬는 기사의 손에 얌전히 붙잡혔다. 체념과 순응. 살면서 그가 한 번도 선택해 본 적 없는 것들이었다. 이제야 완전히 포기한 것인지 마르쉬는 기사에게 끌려가면서도 허망한 웃음을 멈추지 않았다.

마르쉬 히킨샤는 이스타샤로 끌려가게 되었고, 그는 테베에 전염병을 일으키려고 했던 책임을 지게 되었다. 푸른 사막을 막기 위해 조약을 체결하였지만 이번에도 이를 어긴 건 바렛사 쪽이었다. 바렛사 측은 그들의 황제를 끌고 간 것에 대해 어떠한 책임도 묻지 않았다.

마르쉬의 누이, 피아르가 바렛사의 새로운 황제가 되었다. 피아르는 황위 전쟁에서 패배하고 마르쉬에게 두 다리를 잃은 바렛사의 황녀였다. 그녀의 다리를 잘라 냈던 마르쉬가 이스타샤로 끌려가게 되자, 피아르는 무척 흡족해했다. 그녀는 이스타샤 감옥에 갇힌 마르쉬를 구하기 위해 군사를 일으키는 대신, 이스타샤에 협조하겠다는 뜻을 밝혔다.

바렛사의 황제가 되는 걸로 만족하지 못했던 마르쉬와 달리, 그녀는 황위에 오르는 조건으로 이스타샤에 충성을 바치기로 했다. 피아르의 뜻을 받아들인 로자리아는 바렛사와 새로운 조약을 맺었다.

베르단디 조약. 바로 바렛사의 자치권을 인정하되, 이스타샤 국경을 허락 없이 넘는 자는 신분을 불문하고 책임을 져야 한다는 것이었다. 조약을 체결한 지 보름의 시간이 흘렀다. 로자리아는 이스타샤 황성으로 돌아가는 대신, 그토록 가고자 했던 사막의 신전을 찾아 나섰다. 로자리아는 라쉬드와 함께 바렛사의 북부로 떠났다. 그곳에는 폐허가 된 신전이 있었다. 지금은 아무도 찾지 않는, 한때는 바렛사에서 율리아를 기리던 곳이었다.

'저기가 율리아의 신전⋯⋯.'

오십 걸음 떨어진 곳에 존재를 드러낸 새하얀 신전이 있었다. 그녀의 생각보다 신전은 크고 견고했으며, 모래바람에 휩쓸렸을지언정 무너지지 않았다.

"들어가도 괜찮겠어?"

"그럼요, 라쉬드와 함께이니까요."

로자리아는 고요한 시선으로 사막의 정경을 두 눈에 담았다. 그녀의 기다란 속눈썹이 하얀 피부 위로 그림자를 드리웠다. 율리아는 로자리아에게 있어 설명하기 어려운 존재였다. 아직까지도 전생에 대한 기억이 희미해 환생이란 것이 실감 나지 않았다. '로자리아'가 아닌 '율리아'

로 불리는 것이 한때는 두려운 적이 있었으나, 신기하게도 지금은 그런 생각이 들지 않았다.

로자리아는 흰 터번을 움켜쥐고는 조심스레 걸음을 떼었다. 겨울의 사막은 눈의 여신이 시린 입김을 부는 것처럼 차갑고 건조했다. 숨을 내쉴 때마다 얼어붙은 사막의 향이 폐부 안으로 깊게 스며들었다.

그녀가 쓴 흰 터번이 옅은 바람에 휘날렸다. 황금빛 고운 모래들이 그녀가 걸음을 뗄 때마다 부스스 흩어졌다. 로자리아는 율리아의 신전을 향해 걷고 또 걸었다.

마침내 신전에 도착했을 때 아늑하고 고요한 바람이 그녀를 맞아주었다. 겨울의 해는 무척 짧아 어느새 사위가 어둑해졌다. 신전 안은 그림자가 지는 듯 어둡고 고요했다.

로자리아가 걸음을 내딛는 순간, 어두웠던 신전에 달빛이 스며들었다. 그녀는 사막의 모래바람에 갈라진 기둥을 조심스레 쓸었다. 하나하나 그 모습을 아로새기듯, 폐허의 신전을 두 눈동자에 담았다. 거대한 네 개의 기둥이 새하얀 신전을 바치고 있었고, 녹음을 머금은 넝쿨이 기둥을 휘감고 있었다.

'사막에서 볼 수 없는 넝쿨이 피어 있을 줄은.'

그녀는 네 개의 견고한 기둥을 지나쳐 신전의 중앙으로 들어섰다. 신전의 중앙에는 아무도 찾지 않는 제단이 있을 뿐, 문은 보이지 않았다. 대리석으로 만들었을 제단에는 이미 꺼진 성화만이 그 자리를 지켰다.

"로즈."

라쉬드가 나지막한 목소리로 신전을 둘러보던 로자리아를 불렀다. 폐허의 사막은 아무도 찾지 않는 곳이었고, 바렛사의 부족조차도 살기를 꺼리는 곳이었다. 그러니 사막의 중심부에 위치한 신전을 찾는 이도 당연히 없어야 했다. 라쉬드는 그가 제단 위에서 발견한 무언가를 그녀에게 건넸다.

"이건……."

로자리아는 떨리는 손으로 금빛 장미를 받아들였다. 풀 한 포기도, 작은 짐승도 보이지 않는 사막에 금빛 장미가 피어나 있었다. 제단 위에 있던 장미 한 송이는 신전 주위에 피어난 금빛 장미 중 하나였다. 로자리아는 라쉬드가 찾아왔나 싶어 그를 쳐다보았지만, 그도 영문을 모르는 듯했다. 그녀는 라쉬드가 건넨 금빛 장미를 손에 그러쥐고는 고개를 숙여 꽃향기를 맡았다. 메마른 사막에서도 살아 있음을 증명하듯 생생한 향이 코끝으로 스며들었다.

"데모나."

검의 여제이자, 정령어로는 금빛 장미. 누가 갖다 놓은 것일까. 신전을 찾아올 이는 아무도 없건만. 누군가 율리아를 위해 둔 것처럼 금빛 장미만이 제단 위에 놓여 있을 뿐이었다.

느긋하게 휴식을 취하던 라뮤엘은 침대에서 일어났다. 황제 부부가 돌아올 때까지 크고 작은 황성의 업무는 모두 그의 몫이었다. 겨울이라 감기에 걸릴까 봐 창문을 닫고 잤는데, 어느새 창문이 활짝 열려 있었다.

"나처럼 청렴결백하고 재산도 별로 없는 사람을 찾아올 암살자는 없을 텐데."

심지어 '침입자입니다. 가주님, 피하십시오!'라며 기사들이 호들갑을 떨지도 않았다.

"뭐야?"

요새 힘들게 일해서 그런가. 몽유병이라도 생긴 건가? 라뮤엘은 잠에서 깬 멍한 얼굴로 침대 옆 협탁을 쳐다보았다. 웬 미친놈이 푸른 꽃을 한 아름 뜯어 협탁 위에 올려 둔 것이 아닌가. 지금은 사라진, 한때는 비아의 꽃이라 불렸던 푸른 히아신스였다. 타고난 후각을 지닌 탓에 그는 낯선 불청객이 남자임을 알아차렸다.

"어떤 미친놈이 내 방에 들어와선 나를 관음하는지는 몰라도……."

이래서 미인은 피곤해. 미인박명이라는 말이 괜히 나오는 게 아니라니까. 라뮤엘은 짙은 한숨을 내쉬며 협탁 위에 놓인 꽃을 그러쥐었다.

"도대체 어떤 놈이……."

게다가 폐허의 신전에 있어야 할 물건이 왜 여기 있단 말인가! 비아의 것이었던 짙푸른 빛의 검이 협탁 근처에 놓여 있었다.

"로즈가 갖다 놓은 건 아닐 테고."

라뮤엘은 팔짱을 꼈다. 아무리 생각해도 그놈밖에 없는데, 반갑기보단 기분이 싱숭생숭했다.

"발루아인가? 하여간, 그놈은 나 잡아 달라고 시위하는 것도 아니고."

어차피 발 빠른 놈이라서 수배령을 내려도 잡을까 말까 한 작자였다. 아마도 발루아가 로즈를 찾아오는 일은 없을 것이다. 나와 로즈를 위해 꽃을 바치는 게 끝. 그토록 보고 싶어 했던 것치곤 소박한 행동이었다.

뭐, 나쁘진 않네. 옅은 웃음을 지은 라뮤엘이 중얼거렸다. 마주치면 반쯤 죽일까 싶었지만, 조금은 봐줄 마음이 생겼다. 율리아의 수기사가 로자리아의 곁에 있을 이유는 사라졌다. 에르키사와 에르테반, 두 신성 가주가 여왕을 위한 검이 되었고 로자리아의 곁에는 바르세데스가 있었다.

"신전에 갔다가 충격을 받는 건 아니겠지."

라뮤엘은 잠결에 흐트러진 머리칼을 쓸어 넘기며 중얼거렸다.

"어차피 전생이니까."

에르키사의 가주로 태어났지만, 비아의 기억을 지니게 된 그에게 가족이란 건 거리가 먼 이야기였다.

'그다지 갖고 싶은 게 없었지.'

평생 순결을 지켜 온 것도 사람이 가져야 할 욕망을 지니지 못했기 때문이다. 그건 지금도 마찬가지였다. 그저 귀여운 로즈와 이젠 제법 정이 든 황제 폐하. 그리고 라이작 황자와 로이나 황녀, 넷이서 오순도순 지내면 그만이었다.

비아의 예언처럼, 로자리아는 테베의 여왕이 되었으나 바렛사와 이스타샤를 멸망시키진 않았다. 어떤 의미론 두 제국을 집어삼켰다고 봐야 할지도 모른다. 서대륙의 교역은 로자리아의 손안에서 진행되었으니 말이다.

예언이 이루어졌든 이루어지지 않았든 로즈가 행복하면 그걸로 되었다. 이를 위해서 비아는 그녀에게 두 번의 기회를 주었던 걸까. 자신은 주신이 아니었으니 비아의 뜻을 정확히 알지 못했지만. 그저 어렸던 정령의 신, 율리아를 바라보았던 주신의 푸른 눈동자만이 기억날 뿐이었다.

어째서 그의 기억을 가지게 되었는지 지금도 모른다. 그저 어렴풋한 기억을 가졌을 뿐, 신으로서 권능을 쓸 수도 없고 미래를 보는 예지력도 가지지 못했다. 그러나 비아가 염원했던 것은 알겠다. 아니타에 의해 사라지면서도 그가 바랐던 것은……

로자리아가 여왕이 되는 것도, 정령의 신이 되는 것도 아닌 어린 딸의 행복이었다. 노파는 마지막으로 감옥에 갇힌 왕녀를 만났다. 복수를 이룰 수 있는 검은 씨앗 대신, 행복을 가질 수 있는 금빛 씨앗을 택하기를 기도하며. 로자리아를 닮은 금빛 장미가, 서대륙을 수놓도록.

외전 3 금빛 장미

신전에는 별다른 인기척이 없었다. 넝쿨과 장미, 사막에서 꽃을 피울 수 있는 존재는 흔치 않았다.

'누군지 알 것 같아.'

그러나 로자리아는 그 사람이 누구인지 굳이 입 밖으로 꺼내지 않았다. 율리아의 수기사였으나, 그녀의 목숨을 노렸던 사내가 아니던가.

"로즈, 더 둘러볼 생각이야?"

"좀 더 보고 싶어요. 신전 안에 뭐가 있는지."

로자리아는 그렇게 말하며 꽃을 다시 제단 아래 내려놓았다.

'찾는 사람이 있을 거라 생각 못 했지만.'

율리아의 신전이 어떤 곳인지 알고 싶었다. 그녀가 몰랐던 진실, 과거의 이야기까지도. 제단 위에 올려진 꽃은 그녀가 아닌 '율리아'를 위한 것. 미련 없이 제단을 떠난 그녀는 지하와 연결된 계단으로 향했다. 오랫동안 사람이 찾지 않았음에도 계단의 입구는 닳아 있었다.

"다치지 않도록 조심해."

"라쉬드, 내 손 잡아요."

조심하란 말에 로자리아는 몸을 돌려 그에게 손을 내밀었다. 이걸 잡아야 하나. 묘한 얼굴의 라쉬드를 보며 그녀는 '넘어질까 봐 그러는 거예요, 잡아요'라고 재촉했다.

"흐음, 로즈. 날 에스코트해 주는 거야?"

"따지고 보면 그런 셈이네요. 왜요? 마음에 안 들어요?"

"아니, 반할 뻔했어."

이미 반했지만. 그 소리에 침착하게 앞을 보며 걷던 로자리아가 발을 헛디뎠다. 벽을 짚어 피하려고 했으나 부스스 돌벽이 떨어지며 손이 엇나가고 말았다.

"로즈!"

생각할 겨를도 없이 몸이 먼저 움직였다. 그는 몸을 내던져 계단 아래로 떨어지는 로자리아를 끌어안았다. 둔탁한 충격이 몸을 강타했지만, 그는 고통에 찬 신음을 내뱉는 대신 로자리아를 살피기에 바빴다.

"괜찮아요?!"

"이 정도면 괜찮아. 어디 뼈가 부러진 것도 아니고."

"다쳤잖아요! 정말로 괜찮은 거예요?"

로자리아는 라쉬드의 품에 안겨 있는 채로 물었다. 가파른 계단 위에서 떨어졌으니 충격이 클 텐데도 아프단 소리 하나 하지 않는다. 침착해 보이는 표정과 다르게 안색이 새하얗게 질려 있었다.

"다쳤으면……."

"진짜 괜찮아. 이 정도는 아무렇지도 않아."

아픔을 내색하지 않는 남편을 보니 조금 미안해졌다. 로자리아는 손을 뻗어 그의 등을 조심스레 쓰다듬었다.

"여길 벗어나면 치료해 줄게요."

신전의 지하에 발을 딛는 순간, 로자리아는 정령술을 쓰지 못했다.

라쉬드도 성력을 쓸 수 없는 건 마찬가지였다.

"조금 쉬니 괜찮네. 옷은 좀 더러워졌지만."

"우리 이대로 들어가면 황성에서 쫓겨나는 거 아니에요?"

"그럴지도 모르지."

까마귀가 '형님' 하며 달라붙을 모습이었지만, 어쩐지 웃음이 나왔다. 시간이 지나자 창백했던 라쉬드의 안색이 돌아왔다. 로자리아는 라쉬드가 일어날 수 있도록 그의 품에서 몸을 일으켰다. 그녀는 제법 멀쩡해 보이는 라쉬드와 함께 지하의 깊숙한 곳으로 내려갔다. 드문드문 계단이 끊어진 곳도 있어서 넘어지지 않게 조심해야 했다. 안으로 들어설수록 희미하게 보이던 빛은 사라졌고 바로 앞사람의 형체만 보일 정도로 어둠이 깊어졌다.

"컴컴하네요. 횃불이 필요해요."

"잠깐만. 벽에 횃대가 있어."

"아, 바로 옆에 있네요."

로자리아는 라쉬드에게서 횃대를 건네받았다. 문제는 정령술을 쓰지 못한다는 것이었다. 어떻게 해야 하나 고민하는 찰나, 코트 주머니에서 하얗고 작은 무언가가 불쑥 튀어나왔다.

"플레어!"

깜짝 놀란 로자리아가 소리쳤다. 주머니에서 나온 것의 정체는 플레어였다. 그것도 사막을 건너던 도중에 제멋대로 사라진. 플레어는 '왕'을 제외하곤 별다른 소리를 내지 않았지만, 눈치는 그 누구보다도 빨랐다. 얼마 가지 않아, 자그마한 입에서 붉은 화염이 쏟아져 나왔다.

화르륵. 오래되어 딱딱한 횃불의 송진에 불이 붙으며 시야가 한순간에 밝아졌다. 로자리아는 횃불에 의지해 아래로 내려갔다. 앞이 또렷하게 보이지 않아도 그녀는 익숙한 곳처럼 발을 내디뎠다.

꽤 걸었을까, 더 이상 내려가는 계단이 보이지 않았다.

'여기가 끝인가?'

신전의 지하에 도착한 듯싶었다.

"하아, 조금 어지럽네요."

"업어줄까?"

"그랬다간 허리가 부러질 거예요."

"겨우 그 정도로?"

조금 아프긴 해도, 큰 부상을 입은 건 아니었다. 다치지 말라고 생각해 주니 고마우면서도 기분이 싱숭생숭했다.

"아까 삐끗한 거 같던데 조심하는 게 좋아요."

로자리아는 라쉬드를 살짝 흘기며 '진통제도 없는데'라고 중얼거렸다.

"그게 뭔 상관이야. 키스 한 번이면 낫는데."

"당신도 참."

라쉬드는 로자리아의 목에 대롱대롱 매달린 플레어를 뒤에서 예의 주시했다.

"로즈, 힘들지 않아? 업어줄게."

"에이, 됐어요. 언제는 허리가 생명이라면서요."

"생명이긴 하지."

라쉬드의 중얼거림에 로자리아의 뺨이 한껏 달아올랐다. 순진한(?) 정령이 있는데 할 말 못 할 말 다 한다니까!

"허리 튼튼한 거 아니까 이제 그만 말해요."

로자리아는 입술을 지그시 깨물며 말했다. 그녀는 손으로 연신 부채질하기 바빴다.

"어떻게 아는데?"

"어떻게 알긴! 모르려야 모를 수가 없죠."

"왜 화를 내?"

무언가 말하려던 로자리아는 입을 꾹 다물었다. 어쩐지 이상했다. 분명 어떻게 아느냐고 누가 묻긴 했는데, 라쉬드가 한 말은 아니었다. 그는 벽에 팔짱을 끼고선 나 홀로 홍당무로 변신한 로즈를 바라볼 뿐이었다.

　"거봐, 로즈. 내가 말했지, 저놈도 이상하다고."

　라쉬드가 손으로 짚은 건 그들의 눈치를 보며 낑낑거리기 바쁜 플레어였다.

　"이제 와서 하는 말이지만, 당신 정령들……."

　"내 정령들?"

　뭐. 왜. 뭐 어떻다고. 말 잘못했다간 뾰족한 부메랑에 맞을 기색이라서, 라쉬드는 정령들이 타고났다며 얼버무렸다. 타고나긴 했지. 얄미운 윈드에 사기꾼 변신나무에 물을 아끼자며 자주 부르지 말라던 마린까지.

　'어쩌면 로즈도…….'

　정령들이 로즈를 닮은 게 아닐까. 라쉬드는 그렇게 생각하며 플레어의 둥그런 머리를 쓰다듬었다.

　"그래, 착하지."

　"왕!"

　무표정한 얼굴의 남자가 무심한 강아지를 쓰다듬는 건 묘한 광경이었다. 결국 답답했던지 플레어는 로자리아 품에서 폴짝 뛰어내려 길을 안내하기 시작했다. 냄새로 맡고 찾는 건 아니면서도, 강아지 역할에 심취한 정령은 코를 킁킁거렸다. 엉덩이를 씰룩거리며 걷는 플레어의 뒤를 로자리아와 라쉬드가 뒤따랐다.

　"왕."

　플레어는 '이곳이 율리아가 잠든 곳이야'라며 턱짓으로 가리켰다. 지하로 내려갈수록 공기가 희박했다. 점점 숨쉬기가 힘들어져서 로자리아는 깊게 숨을 들이켰다. 바람 소리조차 새어 나가지 않는 고요한 곳. 정령의 신, 율리아를 기리는 신전이라 생각되지 않을 정도로 신전 안은 어둡고 음습했다. 정령의 신이 잠든 곳. 그곳에 두 눈을 감고 검을 든 조각상이 있었다.

'율리아.'

여신을 기린 조각상이었다. 로자리아는 떨리는 손으로 조각상을 어루만지다 자신의 목으로 손을 가져다 대었다. 그녀의 목에는 푸른 빛깔을 품은 보석으로 만든 둥그런 목걸이가 걸려 있었다.

'마르바가 비밀을 푸는 열쇠일 거야.'

그녀가 가진 성물은 마르쉬와 사율에게서 되찾은 두 개의 마르바였다. 로자리아는 손을 뻗어 자신의 목에 걸려 있던 성물을 빼냈다. 그러고는 여신상의 목에 성물을 걸었다. 마르바를 여신상에 거는 순간, 기묘한 빛이 감돌았다. 푸른 성물로부터 나온 금빛의 안개가 짙어지며 지하의 신전을 에워쌌다. 로자리아는 플레어를 끌어안고선, 주춤 뒤로 물러섰다. 신전이 무너지는 소리와 함께 견고했던 기둥이 흔들리기 시작했다.

"여기서 나가야 해요!"

"로즈!"

라쉬드는 생각할 겨를도 없이 로자리아를 품에 끌어안았다. 무너지는 신전 속, 그녀가 본 건 율리아의 옛 기억이었다.

고대 왕국이 존재하고, 사람들이 신을 믿지 않던 때였다. 대륙의 동쪽 끝에 위치한 작은 왕국 세자르가 있었다. 엔리케 바르세데스는 왕국의 기사였다. 그는 왕의 명령에 의해 검을 들었고, 정복을 위해 그 누구도 가 보지 못한 서대륙 땅을 밟았다. 오백의 왕국군의 기사가 그를 따랐다. 왕을 위해서라면 뭐든 하겠노라 맹세하며 검을 들었던 기사는 새하얀 옷을 입고 있는 소녀와 마주했다.

"네가 이곳의 주인인가?"

"……."

"대답해라."

목에 검이 들어왔음에도 소녀는 조금도 두려워하는 기색이 아니었다. 이를 지켜보던 병사가 숨죽인 목소리로 '제가 여러 번 협박했으나 아무런 말이 없었습니다. 벙어리가 아닐까요?'라고 그에게 고했다. 엔리케가 소녀를 보는 시선은 사냥꾼이 짐승을 내려다보는 것처럼 무감각했다. 이곳에 사는 사람들이 왕에게 충성을 맹세하고 항복을 한다면 살려 주겠으나, 그게 아니라면…….

엔리케의 서늘한 시선이 소녀에게 닿았다. 왕국에서 볼 법한 귀족 여인이 입는 화려한 드레스를 입은 것도 아니었고, 그 흔한 분내도 나지 않았다. 어디서도 맡아 보지 못한, 고아한 향이 소녀의 손끝에 맴도는 듯했다.

"서대륙인들이 널 성녀라고 부르더군."

"……."

이번에도 소녀에게선 별다른 말이 없었다. 엔리케는 인내심을 가지기 위해 숨을 깊게 들이마시고는 검을 허리춤에 다시 매었다. 엔리케가 검을 거두자 그의 뒤에 있던 기사들도 사령관의 행동을 따랐다. 사람들을 위협하던 검이 시야에서 사라지자, 그제야 율리아는 자신을 찾아온 사내에게 시선을 주었다.

율리아와 눈이 마주치는 순간, 엔리케는 숨이 멎을 것만 같았다. 이 세상의 사람이 아닌 듯한 푸른 눈동자는 그가 충성을 바쳤던 왕의 것보다 고귀하게 느껴졌다. 마치 신의 숨결이 머무르는 것처럼.

그 뒤로 엔리케는 몇 번이고 율리아를 찾아왔으나 그녀는 말하는 법을 잊은 것처럼 아무 대답도 해주지 않았다. 왕에게 정복을 약속한 날이 다다르자 엔리케는 조급해졌다. 성녀가 그에게 동조해 준다면 낯선 이대륙을 정복할 수 있을 것이다. 게다가 서로 죽이기 위해 살육을 자행했던 병사들과 달리, 이곳의 사람들은 평화롭기 그지없었다. 그들에겐 검이 없었으며 짐승을 기르고 땅을 갈기 위한 농기구들이 전부였다.

　앞으로 보름. 그 기간 안에 돌아가지 않는다면 왕은 그를 의심할 것이다. 엔리케의 명령에 의해 병사들은 낯선 땅에 머물렀다.

　'미친놈들마저 여기선 얌전하군.'

　추측건대, 무기를 들지 않은 사람들을 보곤 전의를 상실했을지도 모른다. 그러나 그의 휘하엔 살육에 미친 놈들도 더러 있었다. 신기한 건 그놈들마저 들판을 거니는 양처럼 순해졌다는 것이다. 약속한 보름이 지났으나 엔리케는 돌아가지 않았다. 왕과의 약속을 지키는 건 평생 기사로 태어난 그의 사명이요, 삶 그 자체였다. 시간이 흐르자 엔리케는 들고 있던 검을 내려놓고 성녀와 마을 사람들을 살폈다.

　"너, 마을 사람들을 감시하라고 시켰을 텐데."

　"엔, 엔리케 님. 죄송합니다. 율리아 님께서 시키신 일이 있어서 그만……."

　"시킨 일? 말도 못 하는 성녀가?"

　"예. 그게 혼자 사는 아이가 있는데, 부서진 집을 고쳐 달라 하셔서……."

　"그래서 내 명령을 어기고 성녀의 명령을 따랐다?"

　"죄, 죄송합니다."

　이상한 일이었다. 사람 죽이기에 여념 없었던 그의 병사들이 검을 들지 않고 마을 사람들을 돕기에 바빠 보였으니까. 비단 저 병사뿐만이 아니었다. 이를 이상하게 여긴 엔리케는 결국 율리아를 찾아갔다. 그녀는 무장한 기사들이 감시하고 있음에도 고민이라곤 없는 것처럼 부드러운 손길로 흰 늑대의 등을 쓰다듬고 있었다. 이번에도 원하는 답을 듣지 못할 것이다. 이를 알면서도 엔리케는 율리아를 다가가 물었다.

"넌 누구지?"

"누군지 묻기 전에 신분을 밝히는 게 먼저예요."

"……말을 할 줄 아는 건가?"

"세자르어라면 조금."

그전에 세자르인이 온 흔적이 전혀 없었기에 엔리케는 조금 놀란 얼굴로 그녀를 바라보았다.

"네 사제라는 이들도 세자르어를 할 줄 알더군."

"제가 가르쳤으니까요."

"그걸 믿으라고?"

"믿으라고 한 말 아니에요. 어차피 넌 눈에 보이는 것만 믿잖아."

갑작스러운 반말에 엔리케의 몸이 움찔 굳었다. 그것도 그럴 것이, 그림 속의 존재하는 성녀처럼 거리를 두던 소녀가 그에게 가까이 다가왔기 때문이다. 무척 가까운 거리였다. 숨결이 닿을 정도로, 맹렬히 뛰는 심장 소리가 들릴 만큼.

"거리가 너무 가깝다고 생각하지 않나?"

"거리?"

뭐야, 이 남자. 평화로운 마을에서 저 혼자 무장해 놓고선 긴장하는 거야?

"보기보다 순진하네."

율리아는 그렇게 말하며 말간 웃음을 터뜨렸다.

'순진하다고?'

어쩐지 비웃는 것만 같아서 엔리케는 눈을 가늘게 떴다.

"이봐, 당신."

"나?"

"그래, 너. 엔리케 바르세데스."

자신의 이름이 나오자 엔리케의 눈이 크게 떠졌다. 율리아는 심드렁한 얼굴로 턱을 괴고선 그를 위아래로 쭉 훑어 내렸다.

"세자르는 여기서 엄청 멀어. 배를 타다가 조난당한 거지?"

"……무장한 우리가 조난당했다고 생각하나?"

"바보라서 항해하다가 길을 잃었을 수도 있지."

"그건 네 바람이고."

엔리케가 경고하듯 낮은 목소리로 읊조렸다. 그러자 아무렇게나 널브러져 있던 흰 늑대가 몸을 일으켰다.

"아아, 됐어."

"뭐가 됐다는 거지?"

"저리 가, 플레어. 이건 맛없어. 관심 가지지 마."

성녀의 입에서 나온 소리라곤 믿기지 않아, 엔리케는 몇 번이고 그의 귀를 의심했다.

"저 늑대, 사람도 잡아먹는 건가?"

"걱정 마. 못생긴 남자는 안 먹어."

"……그것도 나를 말한 거고?"

"응, 너."

엔리케는 잠시 할 말을 잃었다. 이제껏 그의 면전에 대고 못생겼느니 뭐니 평가하는 이는 없었으리라.

"농담이야. 플레어는 사람은 안 먹어. 다른 걸 먹지."

"다른 것?"

여기 온 목적을 얘기하고 있었는데, 어느새 늑대 이야기를 하고 있었다. 성녀의 의도대로 휘말린 것 같아 엔리케는 신경질적으로 머리칼을 헤집었다. 그러면서도 저 늑대가 무얼 먹는다는 건지 궁금해져서 그는 율리아에게 물었다.

"뭘 먹지?"

"과일, 풀, 나무껍질 같은 거."

"그 늑대 이름이 플레어인가?"

"응. 신성을 지키는 불꽃이야."

"늑대는 육식하는 짐승이다. 뭘 잘못 알아도 한참……."

"잘못 아는 건 너지."

율리아의 말에 엔리케는 어이없다는 듯 헛웃음을 터뜨렸다. 뭐지, 이 여자? 미친 건가? 무장한 병사 오백 명을 이끌고 왔는데도 아무렇지 않지. 목에 검을 들이대고 위협하는데도 눈 하나 깜짝 안 하지. 왕의 명령이라곤 하나, 성녀라는 여자와 상대할 때마다 환장할 노릇이었다.

"플레어는 정령이야."

"정령? 웃기는군. 아주 재밌어."

"재밌으라고 한 소리 아냐. 플레어는 화염을 다스리는 정령이니까."

"그렇다고 쳐. 왜 사람들이 너를 신의 딸이라 부르는 거지?"

"내가 비아의 딸이니까."

비아? 그건 또 뭐야. 엔리케는 그게 누구냐고 되물었지만 그녀는 못 들은 척 입을 다물었다. 정체를 알 수 없는 기묘한 성녀. 성녀라기엔 뭔가…… 이상했다. 그렇게 생각한 엔리케에게 청아한 목소리가 들렸다.

"그래서 이제 어쩔 거야?"

"어쩔 거냐고?"

"여기 정착할 거야, 말 거야?"

"정착?"

엔리케는 그렇게 되물으며 한쪽 눈썹을 치켜세웠다. 율리아는 흥미로운 시선으로 그를 내려다보며 입을 열었다. 태어났을 때부터 성녀였던지라 모두의 경외와 추앙을 받긴 했어도 이토록 무례한 치는 처음이었다. 그래도 자신은 성녀였으니 거처 없이 떠도는 가련한 자들을 포용해야 하지 않겠는가. 그래서 눈앞의 남자가 검을 들었든 곡괭이를 들었든 뜻을 물어본 것이다. 그녀의 땅에 살 건지 말 건지.

"정착하고 싶다면 해도 돼."

"세자르군을 싫어하는 게 아니었나?"

"땅따먹기엔 관심 없어."

"그러면?"

"마음 있을 때 결정하란 얘기야."

율리아의 말을 듣던 그는 한참 후에야 본론을 꺼냈다. 정말로 검을 들 생각은 없었지만 성녀를 떠볼 작정이었다.

"나는 세자르왕의 기사로 이 땅을 정복하러 왔다."

"그래? 다들 처음엔 호기롭게 소리치더니 며칠 못 가 도망가던데?"

율리아가 '다들 엉엉 울면서 떠났지'라고 중얼거리며 피식 낮은 웃음을 터뜨렸다. 엔리케의 묘한 시선을 느낀 율리아가 팔짱을 끼고선 물었다.

"그래서 어쩔 거야?"

세자르 왕국의 기사로 살지, 아니면 모든 것을 버리고 이 땅에 들어와 살지 선택하란 소리였다. 엔리케는 그가 밟고 선 땅을 둘러보았다. 풍요롭기 그지없는 땅이었다. 바람마저도 농부가 흘린 땀을 식혀 주고, 더위에 지친 이들의 휴식처가 되어주는. 그런 땅이 있다면 누구든 정복하기 위해 무기를 들었을 것이나, 이곳은 누구에게도 정복당하지 않았다. 이는 불가능한 일이었다. 군대를 가진 왕국도 한순간의 전쟁으로 무너지지 않던가.

'그들의 말대로 사람이 아니라면……'

선택해야 한다. 병사들을 이끌고 세자르로 돌아갈지, 성녀와 맞서서 땅을 빼앗을지.

"세자르의 병사들을 받아주겠다고?"

"그래."

"네 땅을 침략하러 온 우리를?"

"침략이라……."

화를 낼 것 같았던 율리아는 턱을 괸 채로 심드렁한 얼굴로 중얼거렸다.

"사실 알고 있었어. 내가 정착할 거냐고 물어본 것도 당신의 군대가 무기를 들지 않아서야."

"……단지 그 이유로?"

"전에 몇 번이고 무장한 병사들이 찾아왔지. 서대륙의 다른 왕국에서도 이 땅을 노렸어. 왕도, 지배자도 없는 곳이니까."

율리아는 하얀 늑대의 털을 부드럽게 쓰다듬으며 말을 이었다.

"이상하지 않아?"

"병사들은 어떻게 되었지?"

율리아는 말을 하다 말고 몸을 일으켜 그에게 다가갔다. 한 발자국, 걸음이 가까워질수록 그녀에게서 짙고 달콤한 장미향이 나는 듯했다.

"포기하고 도망치는 자들은 살려 줬어. 하지만 내 땅에서 내 허락 없이 검을 드는 자는……."

스산한 바람이 그와 그녀의 사이를 스쳐 지나갔다. 검을 들지 않았건만 살기가 느껴질 정도로 날카로운 바람이었다.

'일종의 경고로군.'

엔리케는 결정을 내렸다. 왕명을 수행하기 위해 성녀에게 접근하기로. 그 후로 엔리케는 매일 낮, 해가 뜬 정오가 지나 더위가 물러갈 즈음이면 율리아를 찾았다. 그가 겪었던 일과 다른 사람에게 전해 들었던 이야기를 율리아에게 해주곤 했다. 세자르에서 겪었던 일, 다른 왕국에서 만난 독을 쓰던 주술사, 지금은 보기 힘든 북쪽 숲에 산다던 마물까지.

이야기에 별 재주가 없는 엔리케였지만, 율리아는 그의 이야기를 듣는 것이 좋았다. 늑대의 품에 느긋이 몸을 기댄 채 듣거나 두 무릎을 웅크리곤 그의 이야기를 새겨들었다. 성역을 벗어나지 않은 율리아에게 세상 밖의 이야기는 놀라움을 넘어 신기한 것투성이였다.

나를 이용하려는 사내의 의도를 모르는 건 아니었지만, 이야기를 듣는 것쯤은 문제가 되지 않을 거야. 율리아는 그렇게 생각하며 매일 그녀를 찾아오는 엔리케를 내치지 않았다. 엔리케의 행동도 미묘하게 변해 갔다. 처음에 검으로 율리아를 위협했던 그는 검을 막사에 놔둔 채로 율리아를 찾았다. 처음에 무례한 자라고 치를 떨었던 것이 무색하도록 엔리케는 그녀에게 정중했고 깍듯하게 예를 갖췄다.

"오늘은 그 이야기 안 해줘?"

"어제 해드린 유니콘 말입니까?"

"그래, 그거."

"한 세 번 이야기한 것 같은데, 질리지도 않아요?"

"엔리케가 해주는 게 제일 재미있단 말이야."

사실은 그가 해주는 이야기보다 그녀를 향한 다정한 목소리가 듣고 싶었다. 엔리케는 이를 알면서도 모르는 척 같은 이야기를 해주었다.

"동대륙에선 천 년간 순결을 지킨 사제가 신의 선택을 받아 유니콘이 된다고 하더군요."

"에이, 그런 게 어딨어?"

"율리아 님께선 정령의 신이라면서 제 말을 믿지 않는군요."

"그거야 그렇지만. 아무튼 그래서 누구나 될 수 있다는 거야?"

"유니콘은 수컷만 될 수 있습니다."

"왜?"

"방랑 시인이 그러길, 신이 그렇게 만들었다고 해요."

실제로 존재하는지도 모르겠고, 그저 흥미를 위한 이야기임을 알면서도 율리아는 점점 그의 이야기를 듣는 것이 좋아졌다. 그녀의 땅에서 보지 못한 짙은 흑단 같은 머리칼도, 이야기할 때면 마주쳐 오는 짙은 보랏빛 눈동자도.

"북쪽 숲에 가 본 적 있어?"

"가 본 적은 있지만 유니콘은 본 적 없어요."

"착한 사람 눈에만 보여서 그런 거 아니야?"

"그럴지도 모르죠."

엔리케는 그녀의 말에 그저 웃고 말았다. 율리아는 세상을 다산 노인 같으면서도 어쩔 땐 마냥 순진무구한 아이 같았다. 그래서 더욱 성녀를 종잡을 수 없었다. 엔리케는 말을 하다 말고 그의 심장가를 어루만졌다. 죽은 자의 것처럼 느리게만 고동치던 심장이 통제를 잃고 제멋대로 요동쳤다.

어째서일까. 제멋대로에 자기 마음대로인 율리아가 다르게 보인 것은. 그저 기회를 얻기 위해 접근한 것뿐이었다. 그가 아무리 검을 잘 쓴들 율리아는 정령의 신이었다. 단지 기회를 보기 위해서라고 여겼으나, 지금은 율리아의 곁에 있고 싶었다. 그걸 깨닫게 된 순간, 그녀를 향한 엔리케의 시선이 바뀌었다.

낯선 서대륙 땅에 온 지 한 해가 지났다. 엔리케는 어느 순간부터 율리아에게서 눈을 떼지 못했다. 그녀의 손짓 하나가 존귀했고, 모든 것이 경이롭고 신이했다. 정령을 부리는 마나도, 그녀의 자매라던 금빛의 신성한 검도. 저를 보던 무심한 눈동자가 소중한 사람을 보듯 따스하게 변해 갔을 때부터 엔리케는 율리아의 시선에 온몸을 뻣뻣하게 굳혔다. 자신을 빤히 바라볼 때면 그녀에게 품은 마음이 들킬까 초조했고 불안했다. 전쟁과는 다른 긴장감. 아니, 검을 든 적군과 마주했을 때보다 더한 두려움과 형용할 수 없는 미묘한 감정들이 엔리케를 옭아매었다. 그녀와 마주하다 보면 세자르에 대한 그리움도 잊혀 갔다. 율리아와 함께 있는 매 순간이 더없이 소중해졌다. 그녀의 앞에선 보잘것없는 인간이지만, 성녀를 위해서라면 뭐든 할 수 있을 것만 같았다.

엔리케는 그의 무릎을 베고 누운 율리아를 보며 짙은 한숨을 내쉬었다. 이야기를 나누다가 졸렸는지 눈을 비빈 그녀가 제멋대로 잠들어버렸다.

'무성인 정령들과 지냈으니 긴장감이 없는 거겠지.'

오히려 지금 이 순간 떨리는 것 자체가 감히 품지 못할 죄악을 가지는 기분이었다.

'저 하얀 늑대처럼 내 품이 따뜻해서 그런 건가.'

엔리케는 한여름에도 붉어진 제 귀를 감추고 싶었다. 그의 두 손까지 통제를 잃고 떨렸다.

"율리아 님."

"……."

"여기서 주무시면 감기 걸리십니다."

정령의 신이라 감기에 걸리는지 모르겠지만, 가끔 재채기하던 것을 본 기억이 있다.

"하아."

속마음도 모르고 편히 자는 율리아를 보니 어쩐지 괘씸해졌다.

"정말이지 너무하십니다."

그러면서도 엔리케는 행여 그의 무릎을 베고 잠든 율리아가 깰까 봐 굳어버린 석고상처럼 조금도 움직이지 않았다. 깊게 잠이 들었는지 그녀에게선 별다른 말이 없었다.

'어찌 신이라면서 제 마음을 헤아리지 못하십니까?'

반한 게 죄였다. 아니, 처음 만났을 때부터 눈을 질끈 감아야 했다. 심장이 요동쳤을 때부터 거리를 두고 만나지 말아야 했다. 애초에 왕의 명령을 듣는 게 아니었다. 그랬다면 자신은 그저 왕의 기사로 소명을 받들었을 터. 그렇다고 감히 고백할 생각 따위 들지 않았다. 율리아는 성녀였고, 그는 검만 휘두를 줄 아는 기사였다. 그것도 처음엔 땅을 빼앗기 위해 찾아왔던.

"제가 너무 원망스럽습니다."

왕의 기사라는 건 그의 소명이자 자긍심 그 자체였다. 그런데 어찌하여 후회가 이토록 되는가.

"차라리 아무것도 모르는 범부(凡夫)였다면……."

뺨을 어루만지고 싶은데, 감히 손조차 대지 못하겠다. 잠든 이마에 입을 맞추고 싶은데 다시는 보지 않겠다고 할까 봐 두려웠다. 잠결에 흐트러진 머리칼을 정리해 주고 싶은데, 역정을 낼까 손 하나 댈 수 없었다.

"어쩌겠습니까, 제가 진 것을."

엔리케는 잠든 율리아를 향해 손을 내뻗었다. 새근새근, 그녀의 몸이 작게 들썩이는 것을 보니 깊이 잠든 모양이다.

"다음에 기회가 된다면……."

율리아가 잠든 걸 확인한 엔리케는 그녀에게 잠긴 목소리로 중얼거렸다.

"저와 함께 북쪽 숲으로 가 주실는지요."

길 안내도 하고, 유니콘이 없다면 비슷한 하얀 말을 구해 그녀의 앞에 데려올 생각이었다.

"……미쳤군."

율리아는 아무런 말이 없건만, 혼자서 한 말에 뒤늦게 부끄러움이 밀려들었다. 두 뺨까지 붉어진 엔리케는 애꿎은 자신의 머리칼을 헤집으며 짙은 한숨을 내쉬었다. 그는 마른세수를 하듯 두 손으로 연거푸 얼굴을 쓸어내렸다.

"……가요."

"……율리아?"

잠든 게 아니었나? 율리아는 그의 품에 고개를 묻은 채로 중얼거렸다. 슬쩍 실눈을 뜬 율리아는 엔리케를 올려다보며 말했다.

"가자, 엔리케. 너와 나 단둘이서."

그녀의 말에 엔리케는 믿을 수 없다는 듯 눈을 크게 떴다. 엔리케는 떨리는 목소리로 물으며 율리아와 시선을 마주했다.

"저와 함께 말입니까?"

"그럼 누구와 가겠어?"

"……성녀이시지 않습니까."

"성녀라고 가지 못하는 법 있어?"

율리아는 말간 웃음을 터뜨리며 엔리케의 품에 몸을 기대었다.

"내가 원하면 날 데려가 주는 거야."

"제멋대로이십니다."

"그래서 싫다는 거야?"

"싫다고는 하지 않았어요."

처음부터 데려다준다고 하면 될 텐데, 꼭 저러더라.

율리아는 얄미운 듯 엔리케를 흘겼다.

"북쪽 숲도 가고 왕국도 가 보고 싶어."

"원하신다면 안내해 드리겠습니다."

"정말이지?"

"어찌 거짓을 고할까요."

엔리케는 손을 뻗어 자신을 올려다보는 율리아의 뺨을 어루만졌다. 이곳에 사는 사람들은 율리아가 사람이 아닌 신이라고 했지만, 손끝에 닿는 온기는 분명 사람의 것이었다. 엔리케는 잠긴 목소리로 몇 번이고 율리아를 불렀다. 스르륵, 눈꺼풀이 올라가며 깊고 선연한 푸른 눈동자가 그를 향했다.

"율리아."

"왜?"

"저를 용서해 주시는 겁니까?"

"용서라니?"

"제가 율리아 님의 땅을……."

"뭐야, 언제 적 이야기를 하는 거야. 어차피 빼앗으려 해도 두드려 맞고 쫓겨난다니까?"

율리아의 말에 엔리케는 물끄러미 그녀를 바라보다가 운을 떼었다.

"저는 세자르의 기사였습니다."

"알아."

"왕에게 충성을 바쳤죠."

"그것도 알아."

"왕은 제게 당신의 땅을 빼앗으라 하였지만……."

"그래서?"

"제겐 선택권이 없었습니다. 왕의 기사로 사는 것이 제 삶의 전부였으니까요."

엔리케는 쓴웃음을 짓다가 고개를 숙였다. 그녀가 곁에 있는 지금 이 순간도 심장이 빠르게 요동쳤고 어질어질했다. 좋아한다는 말조차 내뱉기 어려웠다. 이제껏 왕의 기사로 살면서 원하는 것이 없었다. 그러나 처음, 율리아를 갖고 싶었다. 그녀의 눈동자가 자신을 향하고 그녀의 목소리가 온전히 자신에게만 들리기를 원했다. 그러나 그녀는 성녀였고, 가져서는 안 될 욕심이었다. 그렇기에 엔리케는 그녀의 연인이 되는 대신, 성녀의 기사가 되기로 했다.

"율리아 님, 제가 세자르의 기사가 아닌……."

"엔리케?"

평소 같지 않은 모습에 율리아가 놀란 얼굴로 그를 불렀다.

"당신의 기사로 사는 것을 허락해 주시겠습니까?"

"……!"

엔리케의 말에 율리아는 그의 품에서 몸을 일으켰다. 어찌나 놀랐던지, 늘 평정을 유지하던 푸른 눈동자가 잘게 흔들렸다.

"엔리케? 너 지금 뭐라고 한 거야……?"

"허락해 주신다면 전 율리아 님만을 위해 사는 기사가 될 것입니다."

엔리케는 한쪽 무릎을 꿇고서 검으로 바닥을 짚었다. 율리아가 허락할 때까지 그는 고개를 들지 않았다.

"엔리케, 난……."

"연인이 되지 않아도 좋습니다. 아니, 바랄 수 없다는 것도 알고 있습니다."

그에게 담긴 시간과 율리아가 가진 시간은 달랐다. 지금은 그가 아름답고 강할지 몰라도 후에 시간이 흐른다면 함께 있을 수 없으리라. 시간이 흘러 그는 노인이 되더라도 율리아는 영원한 소녀의 모습으로 살아갈 것을 알고 있었다.

"후회하지 않을 거야?"

"어찌 후회하겠습니까?"

엔리케의 진심을 알아차린 율리아는 그의 손을 맞잡았다. 어쩌면 욕심인 걸 알면서도 그가 내민 손길을 뿌리칠 수 없었다. 엔리케는 허리를 숙여 그의 손을 감싼 율리아의 손등에 입을 맞추었다. 그의 차가운 입술이 닿자 이상한 기분이 들었지만, 율리아는 내색하지 않았다.

'맹세야 수차례 들어 봤잖아.'

그런데도 그를 보면 심장이 빨리 뛰어 호흡이 가빠지고 손끝까지 미세하게 떨렸다.

"내 기사가 되는 건 어렵지 않아. 얼마든 허락해 줄게."

어쩐지 그 소리가 책망하는 것처럼 들렸지만, 엔리케는 그것만으로도 감사하다며 그녀의 손등에 제 뺨을 묻었다. 좀 더 욕심을 가지기를 바랐어. 정령의 신이라서 아무것도 모르는 건 아닌데. 그러나 그녀는 땅을 지켜야 할 의무가 있었다. 평생을 죽지 않고 살면서, 마나를 유지하기 위해 영원히 소녀의 모습을 한 채.

'시련을 겪으면 어른으로 성장할 수 있다지만.'

태어난 지 수백 년이 지나도 소녀 모습 그대로였다. 한때 그녀가 아꼈던 이들이 한 줌의 흙이 될 때까지도. 그럼에도 데모나가 있어 외롭지 않았다. 그녀를 진심으로 아껴 주는 데모나의 수기사 이오르도 있었다. 엔리케가 그녀에게 맹세한 이후로, 율리아는 처음으로 느껴 보지 못한 외로움을 알게 되었다. 그가 보이면 즐거웠고 그가 곁에 있으면 행복했다. 그러나 잠시라도 엔리케가 보이지 않으면 걱정이 되었다. 그가 오랫동안 자리를 비우면 행여 다친 건 아닐까 겁이 났고, 영영 못 보게 될까 봐 두려웠다.

'왜 난 자라지 않는 거지?'

처음으로 비아가 미워졌다. 왜 나를 사람이 아닌 정령신으로 태어나게 한 건지 원망스러웠다.

'보고 싶어.'

차라리 예전처럼 아무것도 모르는 순진무구한 아이였다면…… 그랬다면 좋았을지도 모른다는 생각에 절로 쓴웃음이 지어졌다. 심장 한구석이 욱신거렸다. 검에 베여 생채기라도 난 것처럼 쓰라렸다. 가슴 한구석이 갑갑했고 이유 모를 짜증과 불안이 이따금씩 치솟기도 했다.

"율리아 님."

이상하게도 그의 목소리만 들으면 복잡했던 머릿속이 하얗게 되었다. 방금 전까지 엉켜 있던 걱정과 불안, 외로움은 언제 있었냐는 듯 사라졌다.

"제가 늦었습니다."

"……엔리케, 너……!"

고작 땅을 정찰하는 것뿐이면서. 율리아는 왜 이렇게 늦은 거냐고 물으려다가 입술을 달싹거렸다.

"많이 기다리셨……."

"안 기다렸어."

"그랬군요. 조금 더 늦게 올 걸 그랬나 봐요."

"지금 심술부리는 거야?"

"제가 어찌 율리아 님께 심술을 부리겠습니까? 율리아 님이 제게 그러시면 몰라도."

그 말에 율리아는 그를 흘기며 말했다.

"어째서 아무 말 안 하는 거야?"

"무슨 말씀을 하시는지 모르겠습니다."

"보고 싶다거나 걱정됐다거나 그런 거!"

처음엔 이해가 가지 않아 엔리케는 한쪽 눈썹을 추켜올렸다. 그는 율리아의 말을 곱씹다가 놀란 듯 눈을 크게 떴다.

"제가 보고 싶었나요?"

"아주 조금."

"저는 그것보다 더 보고 싶었는데."

늘 기사로서의 일을 해오던 엔리케가 처음으로 그녀에게 감정을 내비쳤다. 그동안 알면서도 모르는 척하기에 괘씸했는데, 그가 자신에게 보고 싶다고 할 줄은 몰랐다.

흠흠, 고개를 숙인 율리아가 헛기침을 하며 말했다.

"앞으론 자주 해."

"알겠습니다."

감정을 내보이면 그녀가 도망갈 것 같아서 하지 못했었다. 하지만 지금은 그런 걱정은 들지 않았다.

"사실 율리아 님이 보고 싶어서 뛰어왔습니다."

"그랬어?"

"안 보이면 걱정도 되고…… 아무튼 그래요."

처음 듣는 소리였다. 엔리케는 놀랐는지 눈을 깜빡이는 그녀에게로 허리를 숙였다. 그는 율리아와 입술이 닿을 듯한 가까운 거리에서 몸을 멈췄다.

"제겐 당신뿐입니다."

엔리케는 그렇게 말하며 율리아의 머리칼을 조심스레 그러쥐고선 입술을 맞추었다. 모든 것이 귀해 감히 입을 맞출 생각을 하지 못했지만, 오늘은 욕심을 내 버렸다.

"나도 그래."

그녀의 대답에 엔리케는 무어라 대답하는 대신 부드럽게 눈가를 휘었다. 세자르를 버린 그와 다르게 율리아는 이 땅을 지켜야 하는 성녀였다. 그 무게감이 다르다는 것도, 율리아 하나만을 보며 사는 그 자신과 다르다는 것도.

엔리케는 고개를 들어 석양이 지고 있는 하늘을 바라보았다. 세자르왕이 보낸 전령이 성녀의 땅에 도착한 지 나흘 전이었다.

'율리아 님께선 이 사실을 모르겠지.'

그는 풀이 자란 언덕 위에 앉아 율리아의 손을 맞잡았다. 따스한 온기가 닿자 심장이 간질거렸다. 세자르의 군이 온다 한들, 그가 나서 해결해야 할 일이었다. 율리아가 사람을 죽이기 위해 나서는 것도, 사람과 정령을 돌보는 성녀가 손에 피를 묻히는 것도 원하지 않았다.

'조만간 세자르군이 도착하겠군.'

저 멀리 붉게 타오르는 연기를 바라보던 엔리케는 율리아의 고개를
제 어깨에 기대게 했다.

두 해가 지나도록 왕의 기사가 돌아오지 않자, 세자르왕은 천 명의
기사를 엔리케가 밟았던 서대륙의 땅에 보냈다. 그들은 항복을 요구했
고, 변절자를 찾으러 왔다며 엔리케의 목숨을 원했다.

엔리케는 그가 이끌고 온 오백의 병사와 함께 검을 휘둘렀다. 그는
율리아가 주었던 흑마에 몸을 뉘었다. 얼마나 많은 사람을 죽였는지 머
릿속으로 헤아릴 수가 없었다.

"어린 계집에게 정신이 팔려 왕을 배신하다니. 실망이야, 엔리케."

"지금이라도 늦지 않았다, 항복해라."

왕을 배신한 대가를 치르라는 말들이 들렸다. 한때는 그의 동료였으
나, 지금은 죽여야 할 적이었다.

"누구든 성녀의 이름을 더럽히는 자는……."

엔리케는 피에 젖은 눈꺼풀을 들어 올려 저를 둘러싼 사내들을 주시
했다.

"사지를 처참히 도려낼 것이다."

"큭큭, 계집에게 혹해 주군도 배신하다니."

붉은 투구를 걸친 기사들이 조소를 숨기지 않았다. 붉은 기의 기사
들, 왕의 최정예였다.

"덤벼라, 왕의 개들!"

엔리케는 살기가 담긴 눈으로 그들을 노려보며 거친 날숨을 토했다.
사지가 끊길 것 같은 고통이 일었으나 그는 두 손으로 검을 거머쥐었
다. 그의 움직임에 맞춰 피에 전 갑주가 덜그럭거렸다.

"말로 해선 안 되겠군."

기사들이 엔리케를 향해 검을 겨누었다. 악에 받친 고함과 함께 그들의 검이 섞여 갔다. 하나, 둘, 셋, 넷…… 여섯의 목숨을 베었을 때였다. 엔리케는 그의 등 뒤를 노리는 검을 피하지 못했다.

"혼자서 최정예 여섯을 죽인 건 놀라운 일이나, 여기가 끝인 것 같군."

기사의 검이 엔리케의 가슴팍을 꿰뚫었다. 으드득, 뼈가 갈리고 살갗이 검에 베어 붉고 진득한 핏물이 범람했다.

'율리아…….'

엔리케는 무감각한 시선으로 제 가슴팍을 내려다보았다. 그녀가 허락하기 전까지 그는 죽을 수 없었다.

"왜 나서지 않으시는 겁니까?"

율리아는 신전에서 엔리케가 기사들과 맞붙는 모습을 지켜만 보고 있었다. 참다못한 사제가 그녀를 찾아와 물었지만 어떤 대답도 들을 수 없었다.

"비아께서 내가 나서는 것을 원치 않아."

"율리아 님!"

"신탁이 내려왔다. 난 주신의 뜻을 저버릴 순 없어."

그녀에게 신탁이 내려온 이유를 알지 못했다. 어째서 모든 사람의 생명을 귀히 여기란 주신께서 방관하라 하는지도.

"엔리케 님이 죽게 내버려 두실 겁니까?"

"내버려 두고 싶지 않아. 하지만……."

그녀는 주신의 명령을 따르는 성녀였다. 율리아는 피가 새어 나올 정도로 입술을 꽉 깨물었다.

타닥타닥. 그녀가 두 무릎을 꿇고 앉은 제단에는 영원히 타오르는 비아의 성화가 있었다. 꺼지지 않는 불 때문에 그녀는 아무것도 할 수 없었다. 그를 구하기 위해 정령을 다스리는 것도, 그녀의 자매인 데모나를 휘두르는 것도. 엔리케를 구해야 한다는 사제 또한 저를 시험하러 온 자에 불과했다.

"나는 이곳에 있을 거야."

"뜻대로 하십시오."

사제가 물러가고 난 후, 율리아는 몸을 웅크렸다. 그녀는 푸른 화염으로 타오르는 성화를 흐릿한 눈동자로 바라보았다. 주신 비아의 성령이 아직 꺼지지 않았다. 그 때문인지 주신의 명령을 거부할 수 없었다. 율리아는 떨리는 걸음으로 성화가 있는 제단으로 걸어갔다. 그녀는 손을 내뻗어 푸른빛으로 타는 성화를 꺼뜨렸다. 신전 안의 모든 성화가 꺼졌을 때, 그녀는 로브를 뒤집어쓰고 신전 밖으로 뛰쳐나왔다.

"엔리케!"

율리아는 애타게 그의 이름을 외치며 맨발로 그를 찾아다녔다.

죽어 가는 사람들이 그녀의 눈에 보였다. 한때 세자르의 병사이자 그녀를 위해 정착했던 이들이었다.

"엔리케, 엔리케!"

율리아는 넋이 나간 얼굴로 그의 이름을 외쳤다. 어디 있는 거야? 어째서 보이지 않는 거야? 맨발이 핏물에 젖어 가는 것도, 새하얀 의복이 더러워지는 것도 알지 못했다. 엔리케를 찾던 율리아는 사람들이 죽어 있는 기묘한 늪에서 걸음을 멈추었다.

"엔리케?"

그녀는 손을 뻗어 죽어 가는 엔리케의 뺨을 어루만졌다. 온기가 느껴지지 않는 차가운 몸, 힘없이 감긴 두 눈동자, 그럼에도 그녀를 보며 웃어주는 파리해진 입술까지.

"엔리케……."

"……저를 잊으신…… 줄 알았습니다."

"어떻게 내가 너를 잊겠어."

"제가…… 성녀님을 실망시켜 오시지 않는 거라 생각…… 했습니다."

붉은 선혈이 그의 입가에서 주르륵 흘러내렸다. 율리아는 몇 번이고 그의 이름을 되뇌며 차갑게 굳어 가는 엔리케의 몸을 끌어안았다.

"약속을…… 성녀님과 했던 약속을 지켰…… 습니다."

엔리케는 부드럽게 눈가를 휘며 율리아의 눈가를 다정하게 어루만졌다.

툭, 투둑. 율리아의 눈에서 처음으로 눈물이 흘러내렸다. 그의 창백해진 뺨이 눈물로 젖어 가자 엔리케는 떨리는 손을 뻗어 그녀의 눈가를 손으로 쓸었다.

"그러니 성녀님, 울지 마세요. 제가 없더라도……."

율리아는 숨이 멈춰 가는 엔리케를 가득 끌어안았다. 그녀의 손이 그의 핏물에 물들어 가고, 눈부신 금발이 핏덩이에 엉킬 때까지도.

"감히…… 연심을 품었습니다."

그것이 율리아가 그에게 마지막으로 들은 말이었다. 그녀는 창백한 얼굴로 바닥에 무언가를 그려 나갔다. 성검을 뱀처럼 감싼 금빛 가지. 비아가 그의 어린 딸에게 알려 준 것이자, 정령의 신으로서 절대로 해서는 안 될 금기.

"나를 도와줘."

아무 소리도 들리지 않았다. 지하 아래에 사는 '그것'은 사람의 말을 하지 못했으니까.

"나를 도와줘, 아니타."

율리아가 세계를 창조할 때 빛이라면, 아니타는 순수한 어둠 그 자체였다. 어둡고 음습한 감정들의 덩어리. 탐욕과 저주로 뒤섞인 그림자.

"네가 원하는 대로 할 테니 엔리케를 살려 줘."

한 번도 얼굴을 본 적 없는 그녀의 자매였다. 생명의 형체를 갖추지 못한 음습한 그림자가 꿈틀거리며 나타났다.

[내가 그자를 살려 준다면 넌 내게 무엇을 줄 거지?]

그녀의 목소리를 듣는 건 처음이었다. 율리아는 굳어 가는 엔리케의 몸을 끌어안으며 흐느꼈다.

"네가 원하는 거라면 전부."

율리아는 그녀의 기사를 살리기 위해 아니타와 계약을 맺었다. 주신에 의해 세상 밖으로 나오지 못한 검은 뱀과 거래하는 것이 위험하다는 걸 알면서도. 수백 년을 갇혀 살던 아니타를 꺼내 준 건 그녀의 어린 자매 율리아였다.

[네가 누릴 명예, 권능. 그리고 저 사내의 기억으로 하지.]

보랏빛 눈을 드러낸 검은 뱀이 죽어 가는 사내를 휘감고 교묘한 목소리로 속삭였다.

율리아는 눈을 떴다. 분명 춥고 어두운 곳에 있었는데, 어느새 빛이 드는 침대 위였다.

"뭐야, 언제 잠들었지?"

하암, 율리아는 기지개를 켜며 몸을 일으켰다. 짹짹, 새가 지저귀는 소리가 들리자 그녀는 저도 모르게 창가로 고개를 돌렸다.

"벌써 아침이야? 얼마 안 잔 것 같은데."

율리아는 창문 너머를 바라보다가 비단신을 신고 신전 바깥으로 나섰다. 아까부터 소란스러운 소리가 들린다 싶더니, 신전 앞에는 사람들이 나와 있었다.

"엔리케 님!"

그 소리에 율리아는 제단 위에 서 있는 사내를 향해 고개를 들었다.

"엔리케 님께서 저희를 구하셨습니다!"

그건 분명히 사람들의 환호 소리였다.

'엔리케야, 분명 그야!'

그가 살아 있단 생각에 그녀의 심장이 벅차올랐다.

"엔리케!"

율리아는 버선발로 제단을 향해 뛰어올랐다. 기사로서 걸치던 검은 제복 대신 그는 금수가 놓인 새하얀 제복을 입고 있었다. 사람들의 인사를 받아주던 엔리케는 낯선 소녀의 부름에 고개를 돌렸다. 그로선 처음 보는 사람이었다. 엔리케는 그에게 다가오는 소녀를 싸늘하고도 무감각한 시선으로 내려다보았다.

"성녀님?"

사람들이 놀란 눈으로 그에게 다가가는 율리아를 바라보았다.

"다행이야, 정말 다행이야."

율리아는 그렇게 중얼거리며 엔리케의 품에 고개를 묻었다. 그녀의 뺨이 축축하게 젖어 갈 때쯤, 그는 조심스레 그녀의 손길을 떼어 냈다.

"사람을 착각하신 듯합니다."

"엔리케……?"

"제 이름은 맞지만 저는 당신을 모릅니다."

"모른다고?"

그답지 않은 건조한 목소리였다. 율리아는 그의 품에서 벗어나 저도 모르게 뒤로 물러섰다.

"어째서?"

"죄송합니다."

그에게 사과를 듣고 싶은 것이 아니었다. 기억을 잃었다는 자각은 없었는지 그는 마치 처음 보는 사람을 보듯 율리아를 바라보았다.

"네가 누릴 명예, 권능. 그리고 저 사내의 기억으로 하지."

율리아는 입술을 달싹거리다 드레스 자락을 꾹 쥐었다. 뭐라고 말해야 하지? 당신은 나의 기사였다고? 나의 연인이 되기를 바랐다고? 엔리케와 눈을 마주하는 순간, 그녀는 깨달았다. 그에게선 감정의 혼란도 기억을 잃었다는 동요도 찾아볼 수 없었다.

"성녀님!"

율리아는 사제의 부름에도 사람들을 지나쳐 신전 안으로 뛰어들었다. 아무도 보이지 않는 곳에서 혼자 있고 싶었다. 이윽고 사제가 찾아와 그간의 상황을 알려 주었다. 세자르왕의 군대가 그녀의 땅을 침략했으며 엔리케가 목숨을 걸고 이를 지켰다는 소식을 전했다. 그녀는 몸을 웅크린 채 무릎에 고개를 묻었다. 듣고 싶지 않아도 사제가 하는 말이 똑똑히 들렸다.

"성녀님께서 그 사내를 구하신 후로 5년의 시간이 흘렀습니다."

"……말도 안 돼!"

"믿지 않으셔도 오랜 시간이 지났습니다. 성녀님에겐 찰나의 시간일지 몰라도, 이 땅엔 많은 변화가 있었습니다."

5년이나 흘렀다니? 율리아는 믿을 수 없다는 얼굴로 사제를 쳐다보며 벌떡 일어섰다.

"성녀님에게 기도를 올리던 이들은 신전을 찾지 않게 되었고……."

"……."

"사람들은 엔리케를 구한 사람을 성녀님이 아닌, 아니타로 믿고 있습니다."

"아니타가 그를 구했다고?"

"성녀님께서 눈을 뜨지 않는 지난 5년 동안, 전염병에 걸린 이들도 생겨났습니다."

선택받은 땅이자 주신의 딸이 비호하는 땅. 성역에 사는 이들은 정해진 수명에 따라 숨을 거뒀을 뿐, 어떠한 질병과 재해도 겪지 않았다.

사제가 말을 하는 동안에도 율리아는 어떤 대답도 하지 않았다. 사제는 멍하니 제 손만 내려다보는 그녀에게 말했다.

"신전이 비었으니 성녀님께서 다시 사람들을……."

"이미 늦었어. 내가 자초한 일이야."

그제야 현실을 깨달은 율리아는 쓴웃음을 삼켰다. 욕심을 부렸다. 그녀를 진심으로 아껴 준 비아를 배반하고, 사랑하는 사람을 살리고자 금기를 깼다.

"그 정도면 충분해."

"성녀님……."

"이제야 알겠어. 내가 어떤 상황에 처했는지."

우습게도 모든 것을 잃었으나 후회가 들기보다 다행이란 생각이 들었다. 사제는 안쓰러운 얼굴로 율리아를 바라보았다. 무슨 일이 있어도 그녀를 말려야 했다.

"성녀님이 깨어나시지 않아 걱정했습니다."

"……더 이상 걱정시키는 일은 없을 거야."

"도움이 되지 못해 죄송합니다."

율리아가 혼자 있고 싶다는 뜻을 내비치자 사제는 조용히 신전을 떠났다. 홀로 남은 율리아는 벽에 몸을 기대며 지친 두 눈을 감았다.

"차라리 잘됐어."

누구에게 하는 건지도 모를 말을 하면서 그녀는 그저 웃었다. 한때 어떤 고민도 없는 아이처럼 말갛게 웃던 것과는 다르게.

'엔리케가 행복해지면 그걸로 됐어.'

그가 잊고 싶어서 잊은 것도 아니잖아. 내가 너무 늦게 그를 찾았기 때문이야. 조금만 더 빨랐어도 결과는 달라졌을까. 그런 생각을 해봐도 달라지는 건 없었다. 아니타가 깨어났단 소리에도 그녀는 신전 밖을 벗어나지 않았다.

5년이란 시간이 흐르는 동안, 상황은 크게 달라졌다. 여전히 사람들은 율리아를 '성녀님'이라고 불렀지만, 다른 이들은 아니타를 먼저 찾았다. 율리아의 기사라던 엔리케 또한 그녀보다 아니타와 함께 보내는 시간이 많아졌다.

엔리케는 그가 율리아에게 맹세했었단 이야기를 다른 사람들로부터 들었지만 율리아를 찾아가지 않았다. 그를 구한 건 율리아가 아닌 아니타였고, 죽어 가는 엔리케를 밤낮으로 간호한 것도 아니타였다. 사람들은 아니타가 율리아의 자매란 사실도, 한때 주신이 가뒀던 악신이란 것도 알지 못했다.

세자르로부터 땅을 지켜 낸 기사와, 그를 구한 성녀 아니타. 율리아는 사람들에게 잊혔고, 아니타는 그녀의 자리를 대신했다. 아니타가 새로운 성녀가 되었을 때, 율리아는 이오르와 함께 그녀가 지키던 땅을 떠났다.

엔리케의 기억을 되살리는 건 불가능했다. 어쩌면 아니타가 잘못된 기억을 심었을지도 모르는 일이었다. 그게 아니라면 그가 자신을 그토록 원망하는 눈동자로 바라볼 이유가 없을 테니까. 시간이 흐르고 나서야 율리아는 엔리케를 잃었다는 사실을 덤덤히 받아들였다. 그녀가 태어났던 땅을 떠난 이후, 율리아는 더 이상 엔리케를 찾지 않았다. 그가 보고 싶어도 동쪽으로 떠난 발걸음을 돌리지 않았다.

율리아는 그녀가 지키던 작고 평화로운 땅을 벗어나 동쪽으로 향했다. 그녀가 이오르와 함께 밟은 땅은 어두컴컴하고 음습했다. 율리아는 그녀가 정착한 땅을 '이스타샤'라 지었다. 율리아는 새로운 땅에 정령들을 불렀다. 메마른 사막에 나무가 자라며 꽃이 피어났고, 열매를

맺으니 새들이 찾아왔다.

모래밖에 보이지 않았던 사막에 풀숲이 생겨나고 녹음이 무성해졌다. 강물이 흐르고 생명이 살지 않던 땅에 사람들이 찾아왔다. 세자르를 정복한 엔리케는 넓은 영토를 가진 제국을 세우기를 원했다. 그는 그의 가문 바르세데스를 본뜬 검은 기를 서대륙 곳곳에 꽂았다. 마침내 그의 군대가 이스타샤에 도착했을 때, 율리아는 병사들을 이끄는 대신 홀로 그를 맞았다. 그녀가 새로 찾아낸 땅에 엔리케가 이리도 빨리 찾아올 줄은 몰랐다.

"이곳에 계셨군요, 성녀님."

"언젠가 엔리케, 당신이 이스타샤에 올 거라 생각했어요."

"오랜 시간이 지났건만, 저를 기억하실 줄은 몰랐습니다."

"단 한 번도 잊은 적이 없으니까요."

율리아는 그렇게 말하며 쓴웃음을 삼켰다. 내가 엔리케, 당신을 어떻게 잊을 수 있을까. 나만을 위해 삶을 바치겠던 그대를.

"여긴 무슨 일인가요?"

"이곳만이 바르세데스의 깃발이 꽂히지 않았습니다."

"내게서 이스타샤를 빼앗을 거라면……."

"성녀님께 가르침을 받으러 왔습니다."

생각지도 못한 말이었다. 가르침이라니?

"땅은 커져 가나 다스릴 능력이 부족하여 율리아 님을 찾아왔습니다."

그의 입에서 그녀의 이름이 나오는 순간, 율리아의 심장이 무너질 듯 요동쳤다. 기억과 함께 자신에게 가졌던 감정 또한 사라졌을 텐데.

'진심일 리가 없지.'

짙은 보랏빛 눈동자를 보는 순간, 율리아는 알아차렸다. 일말의 희망을 가졌으나 그것 또한 부질없다는 것을. 기억을 찾게 되어 자신을 찾아온 거라고, 감정을 알게 되어 그리워서 보러 온 것이라고……….

잠시나마 희망을 가졌던 자신이 어리석었다.

"엔리케 바르세데스, 당신의 뜻을 받아들이겠어요."

율리아는 그렇게 말하며 먼저 몸을 돌렸다. 무겁게 잠긴 그의 눈빛이 떠나가는 성녀에게 오랫동안 머물렀다.

성녀에게 가르침을 받기를 원한다고 하였기에, 율리아는 그녀가 아는 모든 것을 엔리케에게 가르쳐 주었다. 엔리케는 일평생 기사로서만 살았던 사내였다. 검을 휘두르는 법만 알았지, 왕이 될 자격은 충분치 않았다. 정복한 땅의 신민들을 복종시키는 법은 알아도 그들을 회유하고 받아들이는 법은 알지 못했다. 정치와 문화. 그런 것들은 엔리케에게 생소한 것들이었다.

"제국이 번창하기 위해선 상업이 발달해야 해요."

"상업 말인가요?"

"이곳에 사는 사람들은 세자르만큼 기술력이 뛰어나지 않아요. 지금으로선 무기를 만드는 것도 버거워하죠."

"그렇군요."

"철로 된 무기를 가진 세자르와 다르게, 서대륙 대부분의 왕국은 황동과 청동을 섞은 무기를 사용해요."

율리아는 엔리케의 허리춤에 있는 검을 흘끗 쳐다보았다. 예전의 그였다면 그녀 앞에서 검을 차는 일은 없었을 것이다.

"얼마 전, 남쪽 땅을 점령했습니다. 반발이 심하면 어떻게 해야 하는 겁니까?"

"오래 전쟁을 겪었을 테니 식량이 부족할 거예요. 곡식을 풀어 구휼을 하고 세금을 받는 대신 변방 부족의 약탈로부터 제국민을 지켜야 해요."

엔리케는 서책만 내려다보는 율리아를 물끄러미 바라보았다. 정복 전쟁을 도왔던 그의 책사가 성녀와 자신이 무척 다정한 사이였다고 귀띔해 준 것이 생각났다. 그런 것치곤 그를 보는 성녀의 눈빛은 담담했고, 목소리 또한 무미건조했다. 성녀의 말을 듣던 엔리케는 턱을 괴곤 그녀의 모습을 두 눈에 담았다.

엔리케는 왜 그의 기억이 사라졌는지 알고 싶었다. 어째서 왕의 기사로만 살았던 그가 율리아에게 충성을 바쳤던 건지. 아무것도 기억이 나지 않았고 자신의 이름조차 기억하지 못할 때였다. 혼란스러웠던 그의 곁에 있어준 건 아니타였다.

서서히 세자르의 기사로 살았던 기억이 떠오르고, 낯선 땅에 적응할 즈음 지독한 악몽을 꾸었다. 눈부신 금발에 푸른 눈동자를 가진 소녀. 성녀가 금빛에 휘감긴 검을 든 채 저를 죽이려던 기억만큼은 꿈에서 깨어나도 방금 겪은 것처럼 생생했다. 그 꿈이 반복될수록 엔리케는 미칠 것 같았다.

처음에는 고작 꿈이라고 생각했던 기억은 매일 밤 반복되어 그를 괴롭혔다. 무엇이 진실인지 알 수 없었지만, 율리아가 그를 죽이려 했다는 사실만큼은 진실로 여겨졌다.

그는 더 이상 율리아가 깨어나기를 원하지 않았다. 그녀와 이야기를 하고 싶다는 생각조차 사라졌고, 매일 신전을 찾아 율리아를 기다리는 것도 그만두었다. 꿈속의 기억만이 진실이라고 믿을 때, 율리아가 잠에서 깨어나 그를 찾았다.

"엔리케!"

자신을 부르던 간절한 목소리도, 그토록 애틋한 눈빛도 쉬이 잊히지 않았다.

'아니타가 날 속인 거라면…….'

성녀와 기사의 관계일 뿐이라던 아니타의 말과 사실이 다를지도 모른다는 생각이 뒤늦게야 들었다.

"율리아 님, 제가 당신을 잊어 원망스럽지 않습니까?"

"원망하지 않아요."

율리아는 담담히 말하며 고개를 들었다. 그의 시선을 피하려고 한 건 아니었지만, 예전처럼 그와 눈을 마주치고 싶지 않았다.

"엔리케, 내 기사였던 당신이 나를 잊었듯……."

말을 하는 율리아의 입술이 파르르 떨렸다. 그 사실조차 우스워 그녀는 어리석은 스스로를 탓하듯 자조적인 웃음을 지었다.

"나 또한 당신에 관한 모든 것을 잊었으니까."

그녀를 따르는 이스타샤 사람들이 엔리케와 그가 이끌고 온 병사들을 이길 수 없다는 것을 잘 알았다. 신의 가르침만을 읊었던 그녀와 다르게, 그는 사람들을 위한 제국을 세울 거란 믿음도 있었다. 그러나 엔리케가 아무리 강한들, 율리아는 검의 여제라 불리는 데모나의 자매였다. 모든 초목과 자연이 그녀에게 몸을 엎드리며 경외했다. 수백 년을 살아도 아이같이 순진무구했던 율리아는 변했다. 그녀는 엔리케를 믿는 대신, 그가 언젠가 자신을 배신할 거라 확신했다.

"어째서 제게 아무것도 말해주시지 않는 겁니까?"

"엔리케, 당신은 한때 나의 기사이자 연인이었습니다."

그의 물음에 율리아는 차갑게 잠긴 목소리로 대답했다. 그와 마주한 순간에 문득 이런 생각이 들었다. 엔리케를 죽여 그의 목숨을 취한다면 이스타샤는 빼앗기지 않을 것이다. 주신의 뜻을 그르친 잘못도 바로잡을 수 있겠지. 그를 죽인다면 제 권능을 탐내는 아니타도 죽일 수 있다.

'내가 아니타를 죽인다면 엔리케는…….'

아니타가 죽어 가는 엔리케를 살렸으니, 아니타를 죽인다면 엔리케 또한 죽게 될 것이다. 율리아는 연인을 향한 감정을 숨긴 채, 무감각한 눈동자로 엔리케를 바라보았다.

"……비아의 성녀이신 당신께서 어찌 저와 연인이었다 하십니까?"

"입을 맞춘 적 없고 몸을 섞은 적 없어도 당신은 나를 연인으로 여겼습니다. 나 또한……."

점차 흐려지는 목소리에 엔리케는 말을 잇지 못했다. 율리아의 말이 사실이라면, 어째서 성녀가 자신을 죽이는 꿈을 꾸는 건지 묻고 싶었다. 지금이라도 늦지 않았을까. 엔리케는 그런 생각을 하며 말했다.

"율리아 님, 제가 잃어버린 기억을 되찾는다면……."

그의 말에도 율리아는 덤덤했다. 이미 모든 것이 엉망이 되었고, 되돌리기엔 늦었다. 율리아는 차가운 시선을 내리깔며 말했다.

"엔리케, 나는 더 이상 당신을 사랑하지 않아요."

엔리케에게 말하는 그녀의 목소리는 떨렸지만, 그를 바라보는 두 눈동자는 흔들리지 않았다. 그의 눈동자가 잘게 흔들리는 것을 보면서도 율리아는 말을 이었다.

"엔리케, 당신이 내게 그러했듯."

그렇다면 이 감정은 뭐란 말인가. 저를 죽이려 했단 사실에 원망이 들끓으면서도 그토록 간절하게 율리아를 보고 싶어 했던 것은.

"……그게 성녀님의 뜻이로군요."

"엔리케, 당신은 나를 배반할 것이며 이 땅에 수놓은 금빛 장미를 꺾을 겁니다."

"어찌 그리 단정하십니까?"

율리아는 엔리케의 말에 대답하는 대신, 그를 바라보며 알 수 없는 미소를 지었다.

"아니타의 곁에서 몇 번이고 나를 죽이는 것이 당신의 미래이니까요."

엔리케는 율리아의 말에 아무런 대답을 할 수가 없었다. 그것이 정해진 미래라면, 어째서 눈앞의 성녀는 조금도 저를 원망하는 기색을 보이지 않는가.

"……그게 정해진 미래라면 왜 저를 미워하시지 않는 겁니까?"

율리아의 무겁게 잠긴 시선이 그에게 닿았다. 엔리케, 당신이 나를 배반하는 것도, 내 심장에 검을 꽂는 것도…….

"모두 내 선택이었으니까요."

율리아는 마지막으로 엔리케를 향해 웃어 보였다. 금방이라도 사라질 것 같은 희미한 미소 대신, 그에게 단 한 번도 보인 적 없었던 다정한 미소를 지으며.

"엔리케 바르세데스, 당신을 사랑했던 것도."

그를 향한 성녀의 다정한 미소는 잊지 못할 기억이었다. 성녀의 처연한 미소를 보는 순간, 엔리케는 그가 성녀를 진심으로 사랑했음을 깨달았다. 기억은 나지 않아도 성녀를 향한 감정은 그대로였다. 그녀를 보면 긴장되었던 몸도, 맹렬히 뛰던 심장도.

"저 또한 당신을 사랑했습니다."

엔리케의 눈가로 차가운 눈물이 흘러내렸다. 덤덤하게 말하려고 했지만 마음대로 되지 않았다. 말을 하는 순간까지도 그의 눈가가 파르르 떨렸다.

"비록 성녀님을 기억하지 못하더라도, 당신을 향한 제 마음은 진심이었습니다."

차라리 사랑을 고백하는 거라면 좋았을 것을……. 이별의 순간을 알리는 것은 그에게도 그를 바라보는 율리아에게도 잔혹한 기억이었다.

엔리케가 율리아를 찾은 지 반년의 시간이 흘렀다. 날이 밝자 율리아는 신전 바깥으로 향했다.

'눈이야.'

새하얀 겨울이었다. 그녀가 이스타샤를 세운 지 3년이란 시간이 지났다. 오늘은 처음으로 눈이 내리는 날이었다. 율리아는 하늘을 향해 손을 내뻗었다. 예전에 있던 곳에서도 드물게 보았던 눈이었지만 다시 보게 되니 그때의 기억이 새록새록 피어났다. 하늘을 향해 뻗어진 율리아의 손등에 차가운 눈이 내려앉았다.

"차가워."

눈의 시린 감각이 그녀를 잠에서 깨워 주었다. 율리아는 신전 바깥에서 눈이 내리는 광경을 물끄러미 바라보았다.

'어째서 그가 생각나는 걸까.'

율리아는 쓰게 웃었다. 이스타샤에서 처음 마주쳤던 엔리케의 모습도, 기억을 찾고 싶다는 그의 말도 잊고자 했건만. 그녀는 갑작스레 등 뒤에서 느껴진 인기척에 몸을 돌렸다. 누구냐고 물을 새도 없이 익숙했던 향이 그녀에게로 스며들었다.

'어째서…….'

무어라 말하기도 전에 그녀의 어깨에 검은 제복이 걸쳐졌다.

"춥습니다."

언제부터 여기에 있었는지 알지 못했다. 엔리케는 그렇게 말하며 율리아의 어깨에 그가 입던 제복을 벗어 걸쳐 주었다.

"엔리케……!"

"놀라셨다면 죄송합니다."

"놀라긴 했지만 괜찮아요. 하지만 내게 이런 걸 줄 이유는 없어요."

"마음에 드시지 않는다면 버리셔도 좋습니다. 그럼 전 이만 물러가겠습니다."

눈앞의 성녀는 한겨울에도 얇은 옷을 입고 있었다. 추위도 느끼지 못하는 건지, 그저 하늘만을 올려다보면서.

'가까이 오지 말라고 했는데도.'

율리아는 그가 건넨 제복 끝자락을 거세게 움켜쥐었다. 그와는 이미 끝난 사이였다. 이미 가르침은 충분했으니 이스타샤에서도 떠나 달라 말하지 않았던가. 엔리케가 떠나고 그 모습이 보이지 않고 나서야 율리아는 신전 안으로 들어섰다. 제단에는 금방 꺾어온 듯한 하얀 장미가 놓여 있었다. 그가 준 옷에서도 나는 것 같은 향이 스며들었다.

율리아가 예견했던 미래는 그녀의 생각보다 조금 더 일찍 찾아왔다. 몸이 약해 엔리케와 함께 오지 못했던 아니타가 이스타샤를 찾아온 것이다. 아니타의 모습을 보게 된 율리아는 눈을 크게 떴다. 마치 제 쌍둥이라도 되는 것처럼 비슷한 모습이었다. 성녀임을 뜻하는 하얀 드레스와 눈 밑에 있는 성흔까지. 아니타가 찾아온 날, 율리아는 자신을 지키는 기사들에게 엔리케와 맞서라는 명령을 내렸다.

"이스타샤의 성녀님께 인사드립니다."

"아니타……?"

여인의 낭랑한 목소리는 지하에 갇힌 뱀이라고 볼 수 없을 정도였다. 꿈에서 몇 번 소녀의 모습을 한 아니타를 본 적이 있다. 하지만 실제로 본 아니타는 성장이 멈춘 율리아와 다르게 성숙한 여인의 모습이었다.

"율리아, 나를 잊었을 거라 생각했어."

"……."

"하지만 난 한시도 널 잊은 적이 없어."

묻지 않아도 원망하는 기색이 잔뜩 묻어났다. 아니타는 놀란 듯 보이는 율리아에게 억눌린 목소리로 말했다.

"왜 원망하는지 묻고 싶겠지."

"난 네게 아무것도 하지 않았어."

"넌 아무것도 하지 않았지만, 너 때문에 본래 내 것이었을 전부를 빼앗기고 말았어!."

아니타는 저주하는 것 같은 심정으로 소리쳤다. 태어나자마자 시야에 비치는 건 깊고도 음습한 동굴이었다. 수백 년이 넘는 시간 동안 그곳에 갇혔다. 자매가 누리는 눈부신 햇빛도, 시원한 바람도, 다정한 보살핌도 아니타에겐 한 줌의 허상이었다.

"나라면 그런 선택은 하지 않았을 거야. 널 지키던 비아를 배반하는 짓은."

모든 걸 누렸으면서 하나를 잃는다고 그런 선택을 할 줄 몰랐다. 아니타는 음습한 미소를 거두었다. 어차피 율리아가 목숨보다도 귀히 여기는 기사가 제 것이었다.

"미래를 볼 수 있음에도 도망가지 않은 건……."

아니타는 율리아가 본 미래를 알 수 없었으나, 제 손에 죽을 거라고 확신했다. 아니타는 무표정한 율리아에게 서서히 다가갔다. 그녀의 손에는 비아의 검이 들려 있었다.

"죽음을 받아들이겠단 뜻이겠지?"

아니타에게 율리아는 넘볼 수 없는 존재였다. 비아가 가장 총애한 딸이자 검의 여제 데모나를 휘두를 수 있는 유일한 존재. 자연을 다스리고 그들을 비호하는 정령의 신.

"율리아, 줄곧 성장하고 싶었겠지."

"……."

"날 죽인다면 모든 것이 제자리로 돌아갈 거야."

금기를 깼더라도 율리아는 여전히 정령의 마나를 다스릴 수 있었다. 그러니 자신을 죽인다면 사라져 버린 비아의 성화도, 빼앗긴 땅도 되찾을 것이다.

"날 죽여야만 네가 성장할 수 있어."

떨리는 손으로 검을 움켜쥐던 아니타가 입술을 질끈 깨물었다. 아무 것도 들지 않은 건 율리아였고, 검을 든 쪽은 아니타였다. 눈앞의 성녀는 목숨을 노리는 위협에도 알 수 없는 시선으로 자신을 내려다볼 뿐이었다. 그녀를 벨 수 있는 검 앞에서도 두려워하는 기색을 보이지 않았다.

아니타는 초조해졌다. 울고 저주하며 소리라도 지를 줄 알았는데 어찌 저리 담담하단 말인가!

"순진무구한 성녀님께서 처한 상황을 모르나 본데……."

율리아가 데모나를 든다면 승산은 없었다. 겨우 얻은 사람의 모습도 잃게 되고 이번에야말로 사라질지도 몰랐다.

"알고 있어."

정적을 깨고 나온 말에 아니타는 뒤로 물러섰다.

"네가 예전부터 나를 죽이려고 했던 것쯤은."

율리아의 싸늘한 눈동자가 아니타를 향했다. 그녀는 아니타가 덜덜 떨면서 들고 있는 검을 붙잡았다.

"뭐, 뭐 하는 거야?"

주륵, 검날에 여린 살이 베어 붉은 핏물이 흘러내렸다. 그녀의 피에 놀란 아니타가 소리 지르기도 전에 율리아는 검날을 잡은 손에 으득 힘을 주었다.

"검을 놔!"

상처가 더 깊어졌지만 미약한 신음조차 들리지 않았다. 아니타는 겁에 질린 눈으로 율리아를 올려다보았다.

"날 죽이려니 겁이 나는 거지?"

율리아는 검날을 잡은 채로 흔들리는 검을 아니타의 목끝으로 밀어 붙였다.

"너만 아니었으면……."

금방이라도 목이 베일 것 같은 예기에 아니타는 몸을 떨었다.

"아니타, 난 네 손엔 죽지 않아."

챙! 피로 물든 율리아의 손에서 벗어난 검이 바닥으로 떨어졌다. 그녀는 다리에 힘이 풀려 주저앉은 아니타를 무감각한 시선으로 내려다보았다.

"네게 기회를 줄게, 아니타."

기회? 무슨 기회? 아니타가 묻기도 전에 율리아는 데모나를 꺼내들었다. 마나에 휘감긴 금빛의 검을 보는 순간, 아니타는 도망가기 위해 몸을 일으켰다.

"이스타샤, 내 땅을 다스릴 기회."

율리아는 데모나를 든 채로 서서히 아니타에게 다가갔다. 몸을 저릿하게 하는 위압감에 아니타는 숨을 쉬는 것도 잊어버린 채 그녀를 올려다보았다.

"천 년."

율리아는 낮게 잠긴 목소리로 말을 이었다.

"네게 기회를 주는 시간이야."

아니타는 멍하니 율리아를 쳐다보았다. 눈앞의 성녀가 미친 게 아니라면 지금 무슨 소리를 하는 건지 이해가 가지 않았다. 율리아는 아니타가 보는 앞에서 데모나를 위로 들어 올렸다. 그러고는 그녀에게 달려오는 기사에게로 잠시간 시선을 주었다. 그녀의 연인이자 기사였던 엔리케였다. 기사들의 습격으로 인해 검에 베인 자상이 그의 몸 곳곳에 있었다.

"율리아!"

그럼에도 엔리케는 상처 하나 입지 않은 것처럼 율리아를 향해 뛰어들었다. 몇 번이고 검에 베였을지 모를 짙은 상흔이 그녀의 눈에 보였다.

"나와의 모든 기억을 잊었어도……."

율리아는 엔리케를 한동안 바라보다가 그녀가 든 검을 향해 시선을 서서히 내렸다.

"나와 이스타샤에 했던 맹세는 잊지는 마."

율리아는 위로 치켜들었던 검을 있는 힘껏 아래로 내렸다.

"율리아!"

금빛 마나에 휘감긴 데모나가 주인의 심장을 꿰뚫었다. 이해되지 않겠지. 미쳤다고 생각할지도 모른다. 하지만 이게 내겐 최선이었어. 사랑하는 연인의 손에 죽게 될 바에야⋯⋯. 같은 시간을 지니고 태어난 자매의 손에 이용당할 바에는, 스스로 죽음을 택하는 것도 나쁘지 않으리라. 그녀가 보았던 미래는 언젠가 이루어질 일이었다. 연인의 손에 죽게 될 미래를 기다리고 싶지 않았다.

"이젠 공평하겠지, 아니타."

붉은 핏물이 입가로 흘러내렸지만, 율리아는 웃음을 머금었다. 자매였던 아니타는 태어날 때부터 비아에 의해 갇혔다고 들었다. 제 것이던 이스타샤를 내어주었으니 그 후엔 아니타와 엔리케의 몫이었다.

"엔리케, 난⋯⋯."

아니타는 충격에 물든 눈으로 율리아를 바라보았다. 단지 위협을 하려고 했을 뿐인데⋯⋯! 율리아가 지금 죽어서는 안 되었다. 엔리케와 율리아가 서로를 배신하도록 환각을 심는 주술을 쓸 생각이었다. 엔리케는 숨이 멎어 가는 율리아를 품에 끌어안았다. 성녀의 입가에서 붉은 핏물이 멈추지 않고 흘러내렸다.

"율리아, 율리아."

엔리케는 몇 번이고 그녀의 이름을 되뇌었다. 기억을 찾기까지 조금만 기다려 주었다면⋯⋯. 나와 당신은 이토록 비참한 이별을 겪지 않아도 되었을 텐데. 이스타샤에 와서야 율리아와 처음으로 시선을 마주하고 그녀의 목소리를 듣게 되었다. 그저 잃어버린 기억을 찾고 싶었을 뿐, 이스타샤를 정복할 생각 따위 없었다. 이스타샤는 율리아의 땅이었다. 어찌 감히 지키겠다고 맹세한 성녀의 것을 탐하겠는가.

"율리아, 저를……."

엔리케는 피가 묻은 손으로 율리아의 뺨을 쓸었다. 그의 심장이 율리아의 검에 베인 것 같은 끔찍한 고통이 일었다.

"저를 용서하지 마십시오."

그에겐 아무런 능력이 없어서 죽어 가는 율리아를 살릴 수 없었다. 엔리케는 미미한 숨을 내쉬는 율리아의 뺨에 얼굴을 묻었다. 그는 조심스레 고개를 들어 피로 얼룩진 성녀의 이마에 입을 맞추었다. 그의 뺨을 타고 흐른 뜨거운 눈물이 율리아의 뺨에 닿았다.

"저는 성녀님을 지키지 못했습니다."

어째서 지금에서야 성녀에게 했던 맹세가 기억나는 건지. 엔리케는 흐느낌을 억누르며 거친 숨을 토해 냈다.

"저를 벌하십시오. 당신을 지키지 못한 저를……."

율리아는 흐릿한 눈으로 엔리케를 바라보았다. 그가 울고 있었다. 어째서 우는 건진 몰라도, 그가 자신을 끌어안고 눈물을 흘렸다.

"이스타샤……. 나의 어린아이들."

이스타샤를 지켜 주는 것만으로 충분했다. 율리아는 힘없이 중얼거리며 곧 꺼질 듯한 희미한 미소를 지었다.

"제가 이스타샤를 지키겠습니다."

엔리케의 말을 끝으로 율리아는 무거운 눈꺼풀을 감았다.

"율리아, 당신을 사랑했습니다."

그녀의 숨이 멎고 나서야 그는 무너질 듯한 목소리로 속삭이며 율리아를 끌어안았다. 그건 지금도 마찬가지였다. 기억은 완전하지 않아도 그에게 말간 웃음을 짓던 율리아의 모습만큼은 선연했다. 그녀를 향해서만 맹렬히 뛰던 심장도, 율리아에 대한 마음도 그대로였다. 기억을 되찾을 것입니다. 성녀님과 함께했던 시간을 결코 잊지 않을 것입니다. 엔리케는 싸늘해진 성녀의 주검을 품에 끌어안은 채 몇 번이고 그 말을 되뇌었다.

　로자리아는 눈을 떴다. 물에 잠긴 듯 몸이 무거워서 손가락 하나 움직일 수 없었다. 온몸에 추를 매단 듯 뼈마디가 저려 왔다. 그녀는 자꾸만 감기려는 눈꺼풀을 겨우 들어 올렸다.

　"머리야……."

　머릿속이 어지러웠고 속이 울렁거리며 메스꺼웠다.

　"으, 어지러워."

　머리가 깨질 듯한 두통에 미약한 신음이 새어 나왔다. 목이 무척 말라 갈라진 목소리로 '물'이라고 중얼거리자, 약속이라도 한 듯 그녀 앞에 물이 든 잔이 나타났다.

　"로즈, 괜찮은 거야?"

　"……라쉬드?"

　어찌나 놀랐던지 유령이라도 본 것처럼 그녀의 눈이 크게 떠졌다. 아내가 깨어나자 안도한 라쉬드는 무거운 숨을 들이쉬며 그의 얼굴을 쓸어내렸다.

　"하아, 로즈."

　로자리아가 깨어났다. 신전이 무너져 내린 이후, 보름 동안 잠에서 깨어나지 않아 얼마나 걱정했던지 하루하루 속이 까맣게 타들어 가 미칠 지경이었다.

　"다행이야, 정말 다행이야."

　라쉬드는 그렇게 중얼거리며 안도의 숨을 내쉬었다.

'내가 크게 다쳤던가?'

오히려 이 상황이 낯선 건 로자리아였다. 다소 놀란 그녀는 뻑뻑한 두 눈을 깜빡이며 그를 올려다보았다.

"괜찮은 거예요?"

"조금 놀란 것뿐이야. 다친 건 당신인데."

'다쳤다고?'

로자리아는 고개를 갸웃했다. 오랫동안 누워 있었는지 몸이 뻐근했을 뿐, 몸에 이렇다 할 상흔도 없었고 아픔도 느껴지지 않았다. 금세 안정을 되찾은 라쉬드는 로자리아가 몸을 일으킬 수 있도록 부축했다.

로자리아는 그의 부축을 받으며 무슨 일이 일어난 건지 기억을 되짚었다. 율리아의 기억을 오랫동안 봐서 그런지 현실과 꿈을 분간하는 것이 어려웠다. 그녀는 저도 모르게 손을 내려다보았다. 손끝에 보드랍고 푹신한 이불의 감촉이 닿았다.

'이건 현실이야.'

라쉬드는 애꿎은 이불자락만 쥐었다 폈다 하는 그녀를 의아한 눈으로 보다가 물었다.

"하아, 당신 며칠 만에 눈을 뜬 줄 알아?"

"모르겠어요. 나 얼마 만에 눈을 뜬 거예요?"

"……2주."

"그렇게나 오래?"

믿지 못하겠다는 듯 눈을 찡그린 로자리아가 연이어 물었다.

"그나저나 여긴 어디예요?"

"황성이지. 로즈, 기억을 잃은 거야?"

"머리를 다치진 않았어요. 그런데 여긴 못 보던 곳인데."

망치로 머리를 맞은 것처럼 띵했다. 지끈거리는 관자놀이를 꾹꾹 누르던 그녀는 라쉬드가 건넨 물을 한 모금 들이마셨다. 물로 입안을 적

시자 그제야 살 것 같았다. 팽팽하게 머리를 조여 오던 두통도 한결 가셨고, 온몸을 뻐근하게 누르던 무거운 느낌도 말끔히 사라졌다.

"아, 여기 별관이에요?"

"맞아. 본관보단 조용하지?"

어쩐지 자신이 있는 침실이 아늑하다 못해 고요하다 싶었다. 로자리아는 고개를 끄덕이며 주위를 둘러보았다.

"아이들은요?"

"라뮤엘이 봐주고 있어. 라이작과 로이나는 걱정 마."

'다행이다.'

아이들이 무사하다면 되었다. 그녀는 환영 속에서 보았던 마지막 기억을 훑었다. 그녀가 알던 성서의 기록과는 달랐다. 이스타샤 신전에 있는 성서야 아니타를 위한 것이니 처음부터 거짓이라 해도, 바렛사의 성서까지 진실과 다를 줄은. 이스타샤의 초대 황제인 엔리케 폰 바르세데스와 최초의 성녀 아니타가 율리아를 배신했다고 하지 않았던가. 바렛사의 성서에 의하면 분명 엔리케가 율리아의 심장에 검을 꽂았다 하였다. 그러나 그녀가 본 건 스스로 죽음을 택한 율리아였다.

'엔리케에게 잘못이 없는 건 아니지만.'

로자리아는 두 손으로 컵을 그러쥐며 생각에 잠겼다. 아무리 떠올리려고 해도 그 뒤의 일이 어떻게 되었는지 알 수 없었다. 율리아는 스스로 죽음을 택했다. 아니타의 계략에 넘어가지 않기 위해, 그녀만을 위해 살았던 기사를 위해. 율리아가 죽는 순간 자신이 보았던 과거는 한 줌의 재가 되어 사라졌다. 어떻게 사막에서 여기까지 온 건지 모르겠지만 그녀는 이스타샤 황성에 있었고, 아이들도 테베에서 무사히 돌아왔다.

"로즈, 당신이 사막에서 쓰러지고 나서 얼마나 놀랐는지 알아?"

그때만 생각하면 아찔했다. 라쉬드는 걱정이 가득한 손길로 아내의 뺨을 쓸었다. 로자리아가 율리아의 신전에 가자고 했을 때 말렸어야 했다. 버려진 신전에 뭐가 있든 간에. 전부 제 잘못인 것 같아 얼마나 후회했던가.

신전이 무너지는 순간, 머릿속이 새하얗게 변했다. 생각할 겨를도 없이 달려가 로자리아를 끌어안았다. 기둥이 무너지면서 조각난 파편이 떨어져 내렸다. 날카로운 파편이 어깨에 박혔지만 그는 필사적으로 로자리아를 보호했다.

무너져 내린 신전 속에서 그가 눈을 뜬 건 반나절이 지나서였다. 신전 안은 빛이 하나도 들지 않아 낮인지 밤인지 구분이 되지 않을 정도로 어두웠다. 그가 감싼 덕에, 로자리아는 상처 하나 입지 않았다. 그럼에도 무언가 잘못됐는지 그녀는 눈을 뜨지 않았다.

라쉬드는 살면서 그토록 간절히 빌었던 적이 없었다. 그는 쓰러진 로자리아를 안고 신전으로 왔던 길과 반대로 사막을 건넜다. 반쯤 건넜을 때, 황제 부부를 찾으러 온 기사들을 만나 무사히 빠져나올 수 있었다.

곧바로 이스타샤 황성으로 왔지만, 로자리아를 본 라뮤엘은 다친 곳이 없다며 시간이 지나면 괜찮을 거라고 라쉬드를 진정시켰다. 괜찮다는 말을 듣긴 했어도 매일 밤 뜬눈으로 지새우며 아내 곁을 지켰다.

라쉬드는 말없이 로자리아를 품에 끌어안았다. 어찌나 놀랐던지 그의 심장이 거세게 요동치는 것이 느껴질 정도였다.

"놀랐어요?"

"놀라기만 했겠어? 세상이 끝난 줄 알았어."

얼마나 절박했던지, 더 이상 이스타샤의 황제가 아니어도 좋으니 로자리아가 눈을 뜨기만을 기도했다.

"걱정 끼쳐서 미안해요."

"미안하긴, 내 잘못이지."

"당신 잘못도 아니에요. 신전이 갑자기 무너진 거니까."

"내가 잘 살폈어야 했어."

누구 잘못인지 겨루는 건 별 소용이 없는 일이었다. 라쉬드는 그녀의 어깨에 지친 고개를 묻었다. 천국과 지옥은 종이 한 장 차이라고, 로자리아가 곁에 있을 땐 행복했던 나날이 순식간에 나락으로 떨어졌다. 로자리아가 눈을 뜨자 그가 지내던 황성이 한순간에 달라 보였다. 지겹던 황성이 낙원으로 보일 정도로.

라뮤엘은 오늘도 무척 바빠 보이는 라쉬드를 보며 한숨을 삼켰다. 이젠 황제 폐하께서 신분을 바꾸셨나 보다. 아예 황후마마의 보호자 겸 기사가 되기로 했는지 곁을 지키기에 바빴다. 예전에도 사랑이 넘치긴 했어도 이 정도로 심하지 않았건만. 도대체 밀린 일은 어떻게 처리할 심산인가. 황제 폐하의 얼굴을 마주 보며 묻고 싶었다.

"이건 과보호예요, 라쉬드."

그렇게 말하면서도 나쁘지 않다고 웃는 황후마마나,

"로즈가 싫다면 그만두려고."

마음에도 없는 소리를 하는 황제 폐하나, 혼자인 라뮤엘의 마음에 불을 지피는 잉꼬부부였다. 그날 이후로, 라쉬드가 밀린 업무로 가신들에게 붙잡혀 있을 때 로자리아는 라뮤엘을 찾았다. 바삐 업무 처리를 하던 라뮤엘은 자리에서 벌떡 일어나 그녀를 맞았다. 둘 사이에 어색한 기류가 흐르자 로자리아가 먼저 조심스레 말을 꺼냈다.

"라뮤엘, 그간 고생이 많았어."

"고생이라뇨, 당연히 해야 하는 일이었습니다."

"일도 일이지만 라이작과 로이나를 봐주었다고 들었어."

"두 분께서 워낙 저를 따르니 힘든 일은 없었습니다."

"그래도 아이들이 워낙 활달하다 보니 힘든 점도 많았을 거야."

"귀엽기만 하던데요."

웃으며 말하던 라뮤엘이 아차 싶은 얼굴을 했다. 어리긴 해도 라이작과 로이나는 황족이었다. 가신으로서 무례라고 생각했기에 사과하려던 참이었다.

"라뮤엘, 할 말이 있어."

언젠가 들을 거라 예상했던 라뮤엘은 올 게 왔구나란 심정으로 그녀를 바라보았다.

"황후마마, 제게 할 말이란 것이······."

"율리아의 기억을 봤어."

무어라 할 말을 찾지 못한 라뮤엘은 별다른 말을 붙이지 못했다. 그런 그를 보며 로자리아가 말했다.

"율리아의 기억을 보았을 뿐, 그녀의 기억을 전부 가지게 된 건 아니야."

"그렇군요."

담담한 목소리에 라뮤엘은 긴장이 역력한 얼굴로 그녀를 바라보았다.

"과거는 과거일 뿐이야."

로자리아는 그렇게 말하며 그에게 상냥하게 웃어주었다. 눈앞의 사내는 비아가 아니었고, 자신도 율리아가 아니었다. 다만, 그 기억으로 인해 라뮤엘이 짐이 얼마나 무거웠을지. 짐을 덜어주지 못해 미안할 뿐이었다.

"폐하께 말씀드리지 않아도 될지······."

"이미 얘기했어. 신전에서 뭘 봤는지."

"그럼 폐하께서도 과거의 일을 아시는 건가요?"

로자리아는 말없이 웃었다. 과거의 엔리케와 무척 닮긴 했어도 그녀의 남편은 엔리케가 아니었다.

"궁금해하길래 직접 알아보라고 했어."

잠에서 깨자마자 라쉬드를 보니 복잡한 기분이 들었던 건 사실이다. 정복 대신 간소한 의복을 걸친 채 밤낮으로 그녀를 간호한 남편 때문에 더욱 그랬다. 하필이면 엔리케와 똑 닮은 얼굴이라서 별 이유 없이 그의 발등을 꾹 밟고 싶었달까. 세 번쯤 실수라며 밟았는데, 그럴 때마다 다친 곳이 없냐고 물어 오는 그를 보니 그제야 미안한 마음이 들었다. 생각을 정리한 그녀는 라뮤엘을 바라보며 말했다.

"힘들 때 도와줘서 고마워."

그 말은 진심이었다. 로자리아의 곁엔 사랑하는 연인과 아이들, 그녀를 아껴 주는 이들이 있었다.

황실 정원에는 거대한 느티나무가 있었다. 수도 중앙에 있는 레테 나무만큼은 아니더라도, 천 년간 푸른 녹음을 자랑하는 나무였다. 하얀 눈이 내리던 겨울이 지나 어느새 따뜻한 햇볕이 내리쬐는 봄이 왔다. 무성한 느티나무 잎이 정오의 강한 햇살을 가려 주었다. 나무에 몸을 기댄 로자리아는 그녀의 품에 파고드는 로이나를 안아주었다.

"어머니, 졸려요."

"잘래?"

나른한 오수 때문인지 로이나는 눈을 비벼 댔다. 그러면서도 잠들긴 싫었는지 고개를 저었다.

"안 잘래요."

"왜? 잠 오면 자도 돼."

"그냥요."

"그럼 잠 오면 자자."

로이나는 다정하게 웃어주는 어머니가 반짝이는 요정 같았다. 잠들면 그 모습을 볼 수 없으니까 지금 봐야지. 로이나는 눈을 크게 뜨고 로자리아를 올려다보았다.

"이렇게 귀여워도 되는 거야?"

그 모습이 무척 귀여워서 로자리아는 로이나를 품에 가득 끌어안았다. 그걸 보던 라이작도 꽃에 물을 주다 말고−정원사의 만류에도 그의 물뿌리개를 뺏었다−뛰어왔다.

"저도 안아주세요!"

"윽…… 라이."

라이작을 안아주려던 로자리아는 미약한 신음을 흘렸다. 아이들은 눈 떼기 무섭게 자란다더니 도도도 달려오는 라이작을 하마터면 놓칠 뻔했다. 어쨌든 어머니의 품에 안겨 달달한 시간을 보내는 로이나와 꽃이 목마를까 물을 한껏 주었다며 들뜬 목소리로 자랑하는 라이작 덕분에 정신없는 오후였다.

"아버지는?"

"아마 꽃에 물 주고 계실 거예요."

"농담이지?"

"에휴, 어머니도 참. 제가 농담하는 거 봤어요?"

라이작이 입술을 오물거리며 자신의 진실함(?)을 주장했다.

"앞으로 정령들에게 점수를 딸 거래요."

"점수라니?"

"저도 잘 모르겠어요. 정령들이 아버지만 미워하니까 그런 게 아닐까요?"

"맞아! 로이나가 목이 마르다니까 아버지 머리에 물 뿌리고 도망갔어요."

"마린이?"

설마, 아니겠지. 로자리아는 속으로 중얼거리며 아이들의 대답을 기다렸다.

"마린은 가만히 있었어요. 아기 정령들이 그랬는걸요."

로이나가 고개를 갸웃하며 대답했다. 주동자인 마린은 어린 정령들을 시킬 뿐, 직접 나서지 않았다.

"아, 저기 아버지 오시나 봐요!"

라이작이 로자리아의 품에서 벗어나 내달렸다. 이번의 타깃은 아버지였지만, 라쉬드는 달려오는 아이를 능숙하게 품에 안았다. 라쉬드는 오늘도 완벽한 황제의 정석이었다. 화려한 금장식이 어깨에 달려 있고, 주름 하나 잡히지 않는 흰 제복을 걸친 것을 보면. 그런데 혼자 비라도 맞은 것처럼 그의 짙은 흑발에서 물이 뚝뚝 떨어져 내렸다.

"라이, 그러다 넘어진다."

그는 턱 끝으로 흐르는 물을 닦으며 꼼지락거리는 라이작을 한 팔로 안았다. 로이나는 비를 맞은 듯한 아버지의 모습을 보고 꺄르륵 웃었다. 어쩐지 서운해진 그는 로자리아 곁으로 다가가 앉았다.

"비라도 맞은 거예요?"

"갑자기 비가 내려서 어쩔 수 없었어."

"정령이 그런 게 아니라?"

"그럴 리가. 로즈, 당신 정령은 전부 내게 잘해 줘."

그런 것치곤 백과사전을 읽는 것처럼 영혼이 느껴지지 않는 어조였다. 거짓말 같은데? 로자리아는 캐묻는 대신 앞으론 비를 가릴 것을 들고 다녀야겠다며 덧붙였다.

"짓궂은 정령이 있나 봐요."

"……정령이 아니라니까. 아무튼 노숙한 정령들과는 친해졌어."

"어린 정령들은요?"

"아직 어려서 말도 안 통하고 말도 안 들어."

"도와줄까요?"

"아니, 괜찮아. 명령을 내리면 더 싫어할 거야."

라쉬드는 고개를 저으며 혼자서 해결할 거라고 말했다. 로자리아는 터져 나오려는 웃음을 속으로 삼켰다. 정령이 장난쳤다고 말하지 않는 걸 보면 친해지고 싶다는 건 진심인가 보다. 어느덧 시원한 바람이 불어와 잠든 로이나의 머리칼을 쓸어주었다.

로자리아는 아이를 보다가 저도 모르게 부드러운 미소를 지었다. 그녀는 남편의 어깨에 고개를 묻은 채 금빛 장미가 펼쳐진 정원을 바라보았다. 눈앞에는 가지각색의 꽃이 피어나 있었다. 붉은 사루비아, 하얀 프리지아, 자몽색 튤립, 푸른 히아신스까지.

"봄이네요."

지난해의 겨울은 무척 추워서 유독 이번 봄이 더 따뜻하게 느껴졌다. 로자리아는 느티나무에 몸을 기대며 두 눈을 감았다. 꽃내음을 품은 바람이 불어와 그녀의 머리칼을 간지럽혔다.

로자리아는 고개를 돌려 라쉬드를 바라보았다. 그녀의 시선을 느낀 그가 아내를 마주 보았다. 그의 눈에 행복하게 미소 짓는 로자리아의 모습이 비쳤다. 로자리아는 자신을 향해 웃는 남편을 빤히 보다가 문득 궁금해진 얼굴로 그에게 물었다.

"나와 결혼한 거 후회하지 않아요?"

라쉬드는 흐음, 묘한 숨을 내쉬더니 말했다.

"사실대로 말하길 바라?"

"솔직히 말해봐요."

"솔직히 말하자면 후회해."

모른 척 귀를 쫑긋 세우며 대화를 듣던 라이작이 '망했어'라고 속으로 중얼거렸다. 물론 자신이 아닌 아버지가 망한 거겠지만.

'조만간 쫓겨나시려나.'

라이작은 아버지의 운을 점쳤다. 아마 타로를 본다면 거꾸로 서서 낮을 든 사신이 나오지 않을까.

"······솔직해서 좋네요."

듣기에 굉장히 묘한 어조였다. 그녀는 평온을 가장한 얼굴로 미소 지었다. 그녀의 기색을 살피던 라쉬드에겐 어쩐지 그 미소가 태풍이 불기 전의 고요함처럼 느껴졌다.

"날 만나러 왔을 때 좋다고 바로 승낙하지 않은 게 후회돼."

"응?"

뭐야, 그런 뜻이었어? 로자리아는 남편을 보며 눈을 가늘게 떴다.

"그때 난 열다섯이었어요."

"난 열아홉이었고."

"그런 것치곤 세상을 다 산 것 같은 분위기였죠."

"그랬어? 그건 로즈도 그랬지."

"그야······."

할 말을 찾지 못한 로자리아는 결국 웃음을 터뜨렸다. 라이작은 그런 어머니를 보다가 아버지의 능수능란한(?) 처세술에 감탄했다.

"그때도 예뻤어."

"무슨 소리예요? 싫다고 내뺐으면서."

"내가 그랬던가? 기억이 나지 않아."

"내게 싸늘하게 굴었던 거 기억 안 나요?"

"내가?"

"꽁꽁 어는 줄 알았죠."

그 말에 라쉬드가 심각한 어조로 말했다.

"난 당신 때문에 계속 떨렸는데."

"거짓말! 아주 담담했잖아요."

"그건 타고난 성격이라서······."

라쉬드가 곤란한 어조로 말하고는 한 손으로 얼굴을 쓸었다.

"겉으로 보기에 담담했을 뿐이지, 속으로 얼마나 떨렸는지 알아?"

라쉬드는 그의 마음도 몰라준다며 로자리아를 섭섭한 눈으로 보았다.

"정말?"

"그럼 정말이지."

"난 아닌데."

라쉬드는 그게 무슨 소리냐는 얼굴로 그녀를 쳐다보았다.

"어쨌건 난 아니에요."

"로즈, 원하는 대답만 듣고 빠져나가는 거야?"

"왜, 난 그러면 안 되나?"

일촉즉발의 상황이었다. 부부 싸움은 칼로 물 베기라던데 과연? 라이작은 흥미가 서린 눈으로 묘한 기류가 흐르는 어머니와 아버지를 구경했다.

"되고도 남지."

라쉬드는 그렇게 말하며 로자리아의 볼에 쪽 입을 맞추었다.

"뭐예요?"

"잘 봐 달란 거야."

"뭘요?"

"전부."

그럴까 말까. 그녀가 고심하는 사이, 라쉬드가 눈가를 휘며 말했다.

"여보, 잘 봐줘요."

쪽. 연이어 들리는 뽀뽀 소리에 라이작은 엉덩이를 풀숲에서 떼어냈다.

"알았어요, 봐줄게."

"역시 여보뿐이야."

라쉬드는 고맙다는 의미로 그녀를 뒤에서 와락 끌어안았다. 라쉬드에겐 이제 더 이상 '백작 부인과 기사'라는 교본이 필요하지 않았다. 그는 팔로 로자리아의 허리를 감싸며 그녀의 목에 얼굴을 파묻었다. 같이 있는 것만으로 이렇게 설렐 수 있다니. 그녀의 목덜미에 입을 맞추자 산뜻한 장미향이 났다. 라쉬드가 숨을 내쉴 때마다 목이 간질거려서 로자리아는 그의 품에서 벗어나기 위해 살짝 몸을 틀었다.

"그런데 이걸론 부족하지 않아?"

"무슨 뜻이에요?"

"글쎄, 무슨 뜻일까?"

로자리아는 영문을 모르겠단 얼굴로 고개를 저었다. 그러다가 라이작이 꽃에 물을 주러 가자, 이때다 싶어 대답했다.

"좋은 생각이라도 있어요?"

"아이들이 잠들면?"

"그때?"

"그때."

부부의 비밀스러운 대화가 끝나고, 꽃에 물을 뿌리고 온 라이작이 돌아왔다.

"아버지, 꽃에 물 다 주고 왔어요."

"잘했어, 라이. 힘들진 않았고?"

"아시잖아요, 쉬운 거."

라이작은 도도도 걸어와 두 팔을 내뻗는 아버지 품에 쏙 안겼다. 라쉬드는 아이들이 잠들기를 기다렸다. 새근새근, 곤한 숨소리가 들렸을 때 그는 로자리아의 이마에 쪽, 입을 맞추었다.

"로즈, 사랑해."

낯간지러운 고백에 로자리아의 뺨이 화르륵 달아올랐다. 그녀는 흠흠, 헛기침을 하다가 '나도 사랑해요'라고 중얼거리며 그의 뺨에 쪽쪽 두 번이나 입을 맞추었다.

"여긴 정원이에요."

"맞아, 침실은 아니지."

"아이들은 자고 있구요."

"나도 같은 생각을 했어."

로자리아와 라쉬드의 눈이 맞았다. 부부 사이에 눈이 마주치는 거야 당연한 일이었지만, 말하지 않아도 생각이 통하는 건 신기한 일이었다. 황제 부부는 잠든 아이들이 깰까 조심스럽게 움직였다.

"로즈, 로이나 잠들었어."

"라이작은요?"

"라이도."

"……좋아요."

황제 부부는 엄청난 비밀을 나누듯 작은 목소리로 소곤거렸다. 아늑하게 꾸며진 아이용 침대에 아이들을 눕히고 나서야 둘은 문을 닫고 나왔다. 곤히 자는 아이들을 보니 절로 안도의 한숨이 새어 나왔다. 로자리아는 라쉬드의 손을 잡으며 복도를 거닐었다. 부부의 침실로 향하던 라쉬드는 주위를 슥 둘러보았다.

'운이 좋아.'

때마침 '폐하, 승인해 주옵소서!'라며 성가시게 구는 가신도 없겠다, '폐하, 서명을 해주십시오!'라고 달려드는 승냥이 떼도 없었다. 이건 놓칠 수 없는 절호의 기회였다.

로자리아와 라쉬드는 약속이라도 한 듯 침실로 향했다.

"왜 이렇게 덥지?"

"로즈, 당신도 그래? 나도 아까부터 더웠는데."

"비 맞았는데도 더워요?"

그녀의 말에 라쉬드는 한쪽 눈썹을 추켜세웠다. 그는 모른 척 자신을 놀리는 아내를 보며 눈을 가늘게 떴다.

"별로 덥진 않아."

"나도 괜찮아요."

"얼굴이 빨간데?"

"많이 걸어서 그런 거예요."

"그럴 만도 하지."

라쉬드는 그렇게 말하며 침대에 걸터앉은 로자리아에게 다가갔다. 결혼한 지 8년이 지났고 아이가 둘이나 있었지만, 이스타샤 황제 부부는 언제나 신혼이었다.

로자리아는 뒷머리를 꼬아 틀어 올린 머리칼을 매만졌다. 한순간에 그와 가까워진 거리에 그녀는 숨을 짧게 들이켰다. 이젠 좀 익숙해지면 좋으련만. 남편을 볼 때마다 심장이 쿵쿵 떨리는 건 왜 그런 건지. 그건 라쉬드도 별반 다르지 않다고 생각했는데, 그에게선 긴장한 기색을 조금도 찾아볼 수 없었다. 원래도 태연한 편이긴 했지만 유독 침대 위에선 느긋했다. 오수를 나른하게 즐기는 흑표범 같다고 해야 하나. 그는 능숙하게 아내의 목깃을 잠그던 단추를 풀었다. 이윽고 손을 느릿하게 뻗어 사파이어가 박힌 장신구를 그녀의 머리에서 빼냈다.

사르륵. 그가 부드러운 손길로 장신구를 빼내자 하나로 틀어 올린 로자리아의 머리칼이 상기된 뺨을 타고 흘러내렸다.

"키스해 줘."

늘 라쉬드가 먼저 하는 편이었는데 오늘은 평소와 달랐다. 단단한 손이 그녀의 뺨을 스치자 불에 덴 것처럼 선연한 감각이 서렸다.

"로즈."

그는 아내의 손을 부드럽게 잡으며 그녀의 이름을 불렀다. 라쉬드는 로자리아의 허리를 끌어안은 채로 그녀와 눈을 마주쳤다. 닿을 듯 말 듯한 거리에 애가 탈 법도 한데, 라쉬드는 짙어진 눈동자로 로자리아를 바라볼 뿐이었다.

"놀리는 거지?"

"놀렸으면 좋겠어요?"

"뭐든."

좋다는 말이 뒤이어 들렸다. 이윽고 그의 입술이 곧바로 그녀의 입술을 짙게 탐했다. 그의 관능적인 체향이 느껴지자 절로 한숨 같은 것이 나왔다. 로자리아는 무어라 말하는 대신 그의 옷자락을 꽈악 쥐었다. 실크로 된 하얀 제복이 사락 소리를 내며 손가락 사이로 빠져나갔다.

"키스만으론 부족하지 않아?"

"……꼭 대답해야 돼요?"

"안 해도 돼."

풀썩. 뭘 할 생각이냐고 묻기도 전에 이불이 흐트러지며 그녀의 몸이 침대에 눕혀졌다.

"당신이 지금 원하는 거."

라쉬드는 나른한 목소리로 속삭였다.

"라쉬드가 원하는 거겠죠."

두 팔로 가둔 상황에서 그는 로자리아를 내려다보며 눈가를 부드럽게 휘었다.

"답은 정해져 있지."

그녀는 라쉬드를 살짝 흘기다가, 그의 목을 깊게 끌어안았다. 서로의 숨결이 닿으며 절로 달뜬 숨이 내뱉어졌다. 서서히 몸을 겹치자 뜨거워진 체온이 느껴졌다. 아직 달도 뜨지 않은 밤이건만, 황제와 황후의 밤은 지금부터 시작이었다.

〈외전 완결〉

작가 후기

안녕하세요. 문해랑입니다.

두 번째 작품 로자리아를 책으로 뵙게 되어 기쁩니다. 로자리아를 사랑해 주시고, 격려해 주신 분들께 다시 한번 진심으로 감사의 인사를 드립니다.

로자리아는 2017년 2월부터 쓰기 시작하여 2017년 12월 15일에 완결을 맺은 작품입니다. 연재하지 않고 낸 작품이라 더 떨리기도 하였지요. 한 해의 시간이 담긴 작품을 다시 가다듬고 종이책으로 만나게 되어 무척 설레고 떨립니다.

처음에는 글 쓰는 것이 즐겁고 재밌어서 시작했는데, 어느덧 제 이름으로 책을 내게 되어 감회가 새롭습니다. 제 글을 읽는 분들이 행복하고 따뜻해지기를 바랍니다.

로자리아는 다시 살아갈 수 있는 기회가 주어진다면 어떨까란 생각에서 시작한 작품입니다. 책의 제목이자 주인공의 이름인 '로자리아'는 흑사병을 퇴치하고, 흰 장미 화관을 쓴 로살리아(Rosalia) 성녀에서 모티

브를 따왔습니다. 주인공의 이름인 로자리아(Rosaria)는 로사리아라고
도 불리며 장미 화원, 묵주의 뜻을 갖고 있지요. 고유의 세계관을 만드
는 것과 신화를 좋아하는지라, 작품에도 많이 담겨 있습니다.

로자리아를 쓰면서 어떻게 살고 있는지 삶을 되짚어보기도 하고, 사
람들이 삶을 살아가는 방식을 그려보기도 했습니다. 사람으로서, 그리
고 작가로서도 한 걸음 더 발전된 계기라고 생각합니다.

소심하고 유약한 왕녀, 삶의 기회를 모두 빼앗긴 채 복수만을 꿈꿨
던 로자리아가 다시 살아갈 기회를 얻게 되고, 그전엔 돌이켜보지 못
했던 자신을 찾아가는 과정을 써나갔습니다. 어떤 선택을 한들 후회와
미련은 있게 마련이고, 주어진 삶 내에서 최선을 다하는 로즈의 삶을
그리고 싶었습니다.

후회하던 것을 벗어나 스스로의 삶을 개척해 나가는 로즈와 가문과
제국이 전부였으나 삶의 다른 의미를 깨닫게 되는 라쉬드의 이야기, 그
리고 욕망에 충실한 다른 인물들을 다루게 되어 여러모로 뜻깊은 일이
었습니다.

글을 쓰는 것은 닦이지 않은 길을 걷는 여정이라 생각합니다. 처음
에는 가뿐한 발걸음으로 시작했지만, 점차 어깨가 무거워지고 막중한
책임감을 느끼며 걷게 됩니다. 그래서 지칠 때도 있지만 길의 끝에 다
다를 때는 세상 무엇보다 보람차고 값진 기분이 들곤 합니다.

좋아하는 일임에도 글을 쓴다는 건 쉬운 일은 아니었고, 생각했던 대
로 내용이 나오진 않을 땐 지치고 힘들었지만 그때마다 제 곁에서 도
움을 주신 분들 덕에 즐겁게 글을 쓸 수 있었습니다.

힘이 되어주는 귀여운 강아지 모모, 사랑스럽고 멋진 조카, 늘 격려
해 주는 언니와 부모님께 고맙다는 인사를 덧붙입니다. 다정하고 상냥
한 제 지인들에게도 감사 인사를 전합니다.

한 해가 넘는 시간 동안 기다려 주시고 응원해 주신 분들께 감사드

립니다.

　이 글을 읽는 모든 분이 행복하기를 바라며, 더 좋은 작품으로 찾아뵙겠습니다.

　감사합니다.

2018. 05. 문해랑.